내가 죽인
소녀

私が殺した少女

私が殺した少女
Watashi ga Koroshita Shoujo
©Ryo Hara 1989
監視される女
Kanshi Sareru Onna
©Ryo Hara 1995
All rights reserved.

First published in Japan by Hayakawa Publishing Corporation
Korean translation rights arranged with Hayakawa Publishing Corporation through Timo
Associates, Inc. & Shinwon Agency Co.
Korean translation copyright © 2022 by Viche, an imprint of Gimm-Young Publishers, Inc.

내가 죽인 소녀

하라 료

권일영 옮김 —

私が殺した少女

비채

아버지 영전에 바친다.

등장
인물

1

초여름 점심때가 조금 지났을 무렵. 자연을 거의 상실해가는 이 거대한 도시에도 푸른 나뭇잎이 내뿜는 풋풋한 냄새가 가득했다. 니시신주쿠에 있는 사무실을 출발해 도시마 구 메지로를 향해 블루버드를 몰았다. 오전에 전화로 들어온 의뢰는 미심쩍은 점이 거의 없었다. 남자처럼 낮은 목소리로 전화를 건 여자는 행방을 알 수 없는 가족 문제로 상담하고 싶으니 메지로에 있는 마카베 오사무라는 사람 집으로 와주겠느냐고 했다. 약속한 오후 2시에 늦지 않으려 야스쿠니 거리에서 메이지 거리 쪽으로 우회전했다. 도로는 붐비지 않았고 바깥 공기는 상쾌했다. 웬일로 블루버드도 속을 썩이지 않았다. 하지만 내 운은 거기까지였다. 전혀 상상도 하지 못한 운 없는 하루가 그 전화로 시작된 것이다.

이 부근은 이른바 고급 주택가라서 고급스러운 집, 고급스러운 정원, 고급스러운 차, 그리고 고급스러운 개는 얼마든지 볼 수 있지만 그 밖에는 거의 아무것도 없는 동네였다. 가쿠슈인 대학교 캠퍼스를 왼쪽으로 바라보며 메지로 거리 아래를 빠져나와 의뢰인이 알려준 대로 따라가니, 마카베 오사무라는 사람의 집을 쉽게 찾을 수 있었다. 1960년대 초반 고도성장 시대에 지은 서양식 옅은 갈색 2층 목조건물이었다. 이 동네에서는 크게 돋보이지 않지만 무척 호화로운 모습의 저택이었다. 집 둘레에 높이 1미터쯤 되는 관목을 심은 돌담이 옆집 경계 부근까지 이어졌다. '개똥은 주인이 치우세요'라고 적힌 벽보 앞에 블루버드를 세웠다. 혹시 개똥으로 오해한다고 해도 쓸어버리거나 하지는 않으리라. 서너 채 앞쪽, 모던한 3층짜리 철근 콘크리트 주택 입구 부근에 앞 범퍼 양쪽이 아래로 처진 모양을 한 '야마토' 택배회사 밴이 서 있었다. 나는 철 지난 두툼한 모직 상의를 조수석에서 집어 들고 차에서 내렸다.

마카베 씨 저택의 도로 쪽 출입구는 다카라즈카 가극단 무대미술 담당자가 방금 만든 듯 화려했다. 동화에나 나올 법한 하얀 문이었다. 앞마당 너머로 보이는 산뜻한 건물과 전혀 어울리지 않아 가족 중 누군가가 불쑥 신데렐라가 되기로 작정이라도 한 것 같았다. 문기둥 옆 모르타르를 칠한 작은 벽에 문패가 붙었는데, '마카베 오사무' 아래로 세 사람의 이름이 함께 적혀 있었다. 네 식구 가운데 두 명은 여성인 듯했다. 문패 밑에 베이지색 인터폰이 달려 있었다. 빨간 버튼을 누르자 오 초쯤 있다가 남자가 짧게 대답했다.

"사와자키입니다." 내가 말했다. "오전에 전화 통화를 하면서 2시에 찾아뵙기로 한……."

"예? 사와자키 씨라고요? ……와타나베 씨 아니신가요?" 남자의 당황한 듯한 목소리가 이어졌다.

"아뇨, '와타나베 탐정사무소'의 사와자키입니다." 나는 참을성 있게 칠 년간 700번 이상 반복해온 정정을 다시 했다. 의뢰인은 대개 탐정의 이름 따위는 기억하고 싶어 하지 않기 때문에 별 문제 아니었지만, 이만한 번거로움도 싫다면 탐정 일이란 할 수가 없는 노릇이다.

"아, 알겠습니다. ……잠깐만 기다려주세요." 누군가와 의논이라도 하는지 인터폰이 잠시 끊어졌다. "저어…… 문을 열어드릴 테니 곧장 현관 쪽으로 들어오시면 됩니다."

위잉 하는 전기음이 나는가 싶더니 철컥 하고 금속음이 들렸다. 이런 최신식 장치를 했어도 가족 행방을 알 수 없게 되는 상황은 막지 못한 모양이다. 문을 밀어 열고 안으로 들어갔다.

살짝 비탈진 마당에 깔린 돌을 밟고 10미터쯤 가자 잘 손질된 느티나무 원목 장식 문이 있는 현관이 나왔다. 내 모습을 살피고 있었다는 듯이 안쪽에서 문이 열리더니 수염이 삐죽삐죽 나고 눈이 충혈된 남자가 도어체인 안쪽에서 얼굴을 내밀었다. 나보다 다섯 살쯤 더 들었을까. 사십대 후반으로 보였다. 그는 멸종된 파충류라도 들여다보듯 내 얼굴을 찬찬히 살폈다.

"와타나베 탐정사무소에서 오신 분이 틀림없습니까?" 남자가 약간 떨리는 목소리로 다시 물었다.

그렇다고 대답했다. 문이 일단 닫히더니 도어체인을 벗기는 소리가 들린 뒤, 다시 살짝 열렸다. "들어오시죠." 남자 목소리가 들려 나는 내 몸이 지나갈 만큼만 문을 열고 현관으로 들어가 손을 뒤로 돌려 문을 닫았다.

겉모습과 마찬가지로 산뜻하고 실용적으로 꾸민 현관이었다. 잘 정돈된 평범한 현관처럼 보였다. 평범하지 않다고 느낀 것은 나를 맞이한 남자가 현관 안쪽에 있는 젖빛 유리문 가까이까지 물러서 있다는 사실을 깨달았을 때였다. 장발에, 나이에 비해서는 흰머리가 많은 남자였다. 햇볕을 거의 받지 못하고 생활하는 사람처럼 건강해 보이지 않는 흙빛 얼굴이었다. 넥타이를 매지 않은 흰 와이셔츠에 얇은 감색 카디건과 약간 밝은 감색 슬랙스 차림이었다. 그리고 그 남자와 나 사이 정확하게 중간 지점에 해당하는 현관 앞 약간 낮은 마루에 벽돌색 작은 여행 가방이 오도카니 놓여 있었다.

"사야카는―내 딸은 무사하겠죠?" 그가 물었다. 다른 사람도 아닌 바로 내게. 무슨 말이든 하지 않고는 견딜 수 없는 모양이었다. 그렇다고 실성한 사람처럼 보이지는 않았다.

내가 신중히 되물었다. "행방을 알 수 없는 가족이 따님입니까?"

"이제 와서 무슨 소릴 하는 거요!" 화가 불끈 치민 듯 남자가 언성을 높였다. "그 여행 가방 안에 당신이 원하는 것이 있어. 제발 그걸 가져가고, 대신에 딸이 어디 있는지 가르쳐줘. 돈만 손에 넣으면 동료들에 대한 의리 같은 건 필요 없지 않은가. 지금 당장 사야카가 어디 있는지 알려준다면 내 평생 감사히 여기겠소."

마지막 한마디는 거의 애원하는 말투였다. 어떤 상황인지 대략 짐작이 갔다. 하지만 상상만으로 경솔하게 행동할 상황이 아니라는 사실도 깨달았다. 일단 대화를 내 출발 지점까지 되돌리는 방법밖에 없었다.

"제 사무실로 전화를 건 여자분은—여자 목소리라고 생각되는데, 대체 누구죠? 부인이 하셨나요? 아니, 그 전에 당신이 마카베 오사무 씨 맞습니까?"

상대 얼굴에 당황한 기색이 떠올랐다. 하지만 이윽고 깊은 한숨을 내쉬더니 낙담한 표정으로 말했다. "내가 마카베 오사무요. 아내는 충격을 받아 누구에게 전화를 걸 만한 상태가 아니오……. 어쨌든 우린 당신들 요구대로 했어. 물론 경찰에 알리지도 않았고, 현금 6000만 엔을 헌 지폐로 준비했고. 그러니 약속대로 그 돈을 동료들에게 가져가고 어서 내 딸 사야카를 돌려줘."

그는 몇 초 동안 내 눈 속을 들여다보기라도 하듯 뚫어지게 바라보았다. 하지만 기대한 것은 전혀 발견하지 못한 모양이었다. 머릿속에 '퇴장'이란 두 글자밖에 없는 배우처럼 비틀거리는 걸음으로 젖빛 유리문 안쪽으로 사라졌다. 현관에는 6000만 엔이나 되는 현금이 들어 있는 듯한 벽돌색 여행 가방과 나만 남겨졌다. 나는 생각했다. 최대한 신속하게. 여행 가방을 들고 이 집을 나가 어딘가에서 꼬여 있을 실이 팽팽하게 당겨지기를 기다려야 하나. 아니면 묶인 실을 풀기 위해 여기 남아 내 처지를 설명해야 하나……. 하지만 대체 누구에게 설명한다는 건가. 사실 그때 내게는 무언가를 선택할 여지 따위는 전혀 없었던 셈이다.

뒤에 있는 현관문 밖에서 인기척이 느껴졌다. 뒤돌아볼 새도 없이 조금 전 마카베 오사무가 사라진 문에서 남자 두 명이 나타났다. 얼핏 본 것만으로도 가장 마주치고 싶지 않을 때만 나타나는 부류의 남자들이라는 사실을 깨달았다. 앞에 선 오십대쯤 되어 보이는 중키의 남자는 근육질 몸을 얇은 감색 양복으로 감싸고 파란색에 회색 줄무늬가 들어간 넥타이를 맸다. 왼쪽 눈썹 안에 여자 젖꼭지처럼 보이는 사마귀가 있었다. 빈틈없어 보이려는 생각인지 미간을 잔뜩 찡그리며 험상궂은 표정을 지었다.

"마카베 씨에게 무슨 용건인가?" 그 남자가 의외로 부드러운 말투로 물었다.

뒤따라 나온 삼십대 후반의 덩치 큰 남자는 곧장 현관 앞에 있는 마루 쪽으로 내려섰다. 그러고는 거기 있던 커다란 검은 구두를 재빨리 신더니 나하고 몇 걸음 떨어진 위치에 버티고 섰다. 나보다 키가 5센티미터 넘게 크고 체격도 단단해 보였다. 스포츠머리 아래 동남아산 모조 불상 같은 무표정한 얼굴이 있었다. 젊은 쪽이 유도 전국대회 선수급이라면 말을 건 나이 든 쪽은 검도 현縣 대회 선수급이었다.

"무슨 용건이지? 대답을 들어볼까?" 나이 든 남자의 말투가 심각하게 바뀌었다. 그게 신호인 양 뒤쪽의 현관문에서 남자 두 명이, 실내로 통하는 문에서 또 한 명이 나타났다. 모두 어두운색 양복이나 감색 점퍼 차림에 힘깨나 쓸 법해 보였다.

"마카베 오사무 씨를 만나러 온 거야." 내가 말했다. "다른 사람과는 이야기할 생각 없어."

나를 둘러싼 다섯 남자가 포위망을 좁혀 왔다. 정면에 있는 나이든 남자가 상의 안주머니에서 꺼낸 검은 수첩을 슬쩍 보여주더니 딱하다는 듯이 말했다.

"이름이 사와자키라고 했지? 널 마카베 사야카 유괴 공범으로 체포한다."

아마도 그때 나는 쓴웃음을 지었을 것이다. 너무 어처구니가 없었기 때문이다.

"신종 악질 장난인가?" 내 목소리가 내 귀에 공허하게 울렸다. 이것은 누군가가 장치한 교묘한 함정이 틀림없다는 생각이 들었기 때문이다.

불상 같은 얼굴을 한 형사가 허리춤에서 수갑을 꺼내더니 내 오른쪽 손목에 채웠다. "너는 네 동료들에게 배신당한 거야. 이제 그만 포기하고—"

"무로오 형사." 눈썹에 사마귀가 있는 상사가 말을 가로막았다. "이 남자를 뒷문으로 연행하도록."

무로오라고 불린 형사는 수갑의 나머지 한쪽을 자기 왼쪽 손목에 채우더니 화난 듯이 휙 잡아당겼다. 이런 재미를 즐기려 형사가 된 모양이다. 나는 무로오와 두 형사에게 둘러싸여 밖으로 나갔다. 현관 옆에 선 물푸레나무 뒤를 지나 저택 옆쪽으로 돌아갔다. 길에는 야마토 택배회사 밴이 옅은 파란색 폭스바겐을 들이받을 기세로 달려가는 모습이 보였다. 나는 걸음을 멈췄다.

"상의 왼쪽 주머니에 밖에 세워둔 블루버드 키가 있어. 누가 내 차를 좀 옮겨주겠나?"

무로오 형사가 애써 화를 참으며 내 앞으로 와서 주머니에 손을 찔러 넣었다. 키홀더를 꺼내더니 동료 한 명에게 토스했다.

그때 주방으로 통하는 출입구의 문짝이 큰 소리를 내며 열렸다. 티셔츠에 청바지 차림을 한 소년이 튀어나오더니 나를 향해 똑바로 돌진해왔다. 나는 무로오 형사와 수갑으로 연결되어 있어 재빨리 피할 수가 없었다. 소년은 머리로 내 오른쪽 옆구리를 거세게 들이받았다. 무로오도 뜻밖이었는지 내가 움직이는 쪽으로 팔이 끌리며 크게 비틀거렸다. 나는 다음 공격을 막기 위해 소년의 발길질을 뿌리쳐 땅바닥에 넘어뜨렸다. 소년은 벌떡 일어나 집요하게 덤벼들었다. 하지만 이번에는 자세를 바로잡은 무로오와 또 한 명의 형사에게 두 팔을 잡혔다. 그런 상태에서도 나를 걸어차려 필사적으로 버둥거렸다. 나는 옆구리에 심한 통증을 느끼며 겨우 한숨 돌렸다. 사납게 나를 쏘아보는 소년의 얼굴은 대략 열네댓 살짜리 중학생쯤으로 보였다. 그 나이치고는 호리호리하고 작은 체격이었다.

"만약에 내 동생 사야카에게 무슨 일이라도 있으면……." 소년은 목이 메어 기침하며 말을 잇지 못했다. 앞머리만 약간 기른 짧은 머리 아래로 아직 어린 티를 벗지 못한 신경질적인 얼굴이 있었다. 증오 때문인지 슬픔 때문인지 몰라도 부릅뜬 눈에 눈물이 그렁그렁했다. 형사들이 잡아당기는 바람에 티셔츠 가슴께에 찍혀 있는 마이클 잭슨의 얼굴이 성형수술을 받은 보람도 없이 추하게 일그러졌다.

2

메지로 경찰서 유치장 벽에는 빗물이 스며 생긴, 남아메리카 대륙을 뒤집어놓은 것 같은 얼룩이 있다. 다이어트를 해야 할 듯한 바퀴벌레가 그 위를 슬금슬금 가로질렀다. 이 유치장에 갇힌 지 벌써 대여섯 시간이 지났다. 유치장에 들어오기는 팔 년 만이었다. 와타나베 탐정사무소를 만든 사람이자 팔 년 전 파트너이기도 했던 와타나베 겐고라는 남자는 1억 엔과 각성제를 강탈하는 사건을 일으켰다. 나는 그 사건으로 무고하게 공범 혐의를 뒤집어쓰고 유치장에 갇힌 적이 있다. 바퀴벌레는 동거인을 버려두고 뚱뚱한 몸집에도 유유히 탈옥하더니 유치장 출입구 옆 '유치인 수칙'이란 글이 붙은 곳 밑으로 기어들어 갔다. 경찰서를 단골로 드나드는 사람이라면 몰라도 멀쩡한 사람이라면 이런 곳에 갇히는 일에 절대 익숙해질 수 없으리라.

간수 역할을 하는 나이 든 경관은 구실만 생기면 자리를 비웠다. 세 개가 나란히 붙은 감방 제일 안쪽에 미성년자로 보이는 소년이 저녁부터 한 시간가량 갇혀 있는데, 내내 소리 죽여 울었다. 소년을 데리고 온 경관 말로는 무면허 운전으로 뺑소니 사고를 내고 체포되었다고 한다. 겉으로야 몰라도 심리적으로는 나도 소년과 별 차이가 없었다. 소년과 교대하듯이 아직 초저녁인데도 잔뜩 술 취한 중년이 들어왔다. 그 남자는 야구부원 가운데 단 한 명이 일으킨 불상사 때문에 여름 고시엔 대회에 출전하지 못하게 된 어느 고교 야구부에 대한 동정과 그 처분에 관한 불만을 거의 두 시간에 걸쳐 감방 벽에 대고 퍼부었다. 만취해 두서없이 늘어놓는 이야기로는 그 야구부원의 불상사가 요즘 일인지 이십 년 전 일인지 확실하게 알 수 없었다. 남자가 그저 공연히 떠들어대는 사람인지 불상사를 일으킨 본인인지도 확실치 않았다. 한바탕 제멋대로 지껄이더니 남자는 감방 벽에 기대어 곯아떨어져 큰 소리로 코를 골았다. 가운데 감방은 내내 비어 있었다.

감방 구석에 있는 뚜껑 없는 변기에 걸터앉아 여섯 시간 전 2층 취조실에서 받은 신문을 떠올렸다. 신문을 담당한 수사관은 눈썹에 사마귀가 있는 메지로 경찰서 소속 오사코 경부보와 경시청에서 파견 나온 가지키라는 경부였다. 그들은 내가 마카베 씨 집을 방문한 이유를 세 차례나 반복해서 물었다. 나는 세 번 대답했다. 신문은 매우 세밀하고 꼼꼼하게 여러 각도에서 진행되었지만 내 대답은 늘 같았다. 오전에 사무실로 남자처럼 목소리가 낮은 여자에게서 전화가 걸려와 '행방을 알 수 없는 가족 문제로 상담하고 싶으니 오후 2시에 메지로에 있는 마카베 오사무라는 사람 집으로 와줄 수 있겠느냐'라는 의뢰를 받았다―그뿐이다.

처음에는 내 이야기를 믿으려 들지 않았다. 다음에는 반신반의하며 귀를 기울이기 시작했다. 그리고 어제저녁부터 오늘 오전에 걸친 알리바이를 확인했다. 내게는 드물게 완벽한 알리바이가 있었다. 규슈에 있는 '후지도모에'라는 골동품상 의뢰로, 그 가게 사장과 함께 공항 렌터카인 벤츠를 타고 '덴·미야모토 무사시'라는 족자를 하네다 공항에서 나가노 현 시모스와에 있는 구입자의 집까지 왕복 수송했다. 그 사실을 확인한 뒤 진행된 세 번째 신문에서 그들은 곤혹스럽고 자신 없는 태도를 보였다. 그 직후에 이 사건과 관련된 뭔가 새로운 전개가 있었던 모양이다. 수사관이 뻔질나게 드나들고 취조실 밖이 소란스러워지는가 싶더니 갑자기 나를 유치장에 처넣었다.

감방 안이 더 추워졌다. 초여름이라고는 해도 5월 하순이라 밤공기는 아직 차가웠다. 나는 벗어두었던 상의를 걸치기 전에 오른쪽 팔꿈치에 난 상처를 살폈다. 두 번째 신문을 받기 위해 취조실로 이동할 때 무로오 형사는 내가 뒤따르는데도 유리문을 힘껏 닫았다. 등 뒤로 수갑을 채웠기 때문에 자칫 얼굴에 정통으로 맞을 뻔했다. 전혀 예상치 못한 바는 아니었기 때문에 얼른 상체를 틀어 간신히 오른쪽 팔꿈치로 막았다. 유리창이 깨지고 팔꿈치에 몇 센티미터 찢어진 상처가 났다. 무로오는 '이미 들어와 있는 줄 알았다'라며 슬쩍 웃고 사과하더니 의무실에서 얻어온 반창고 세 장을 나란히 붙여주었다. 출혈은 바로 멈췄지만 통증은 쉽사리 가시지 않았다. 아픈 곳이 진짜 오른쪽 팔꿈치인지 어떤지도 구분되지 않을 지경이었다.

찢어지고 피 묻은 와이셔츠 소매를 내리고 상의를 입었다. 유치장 출입문이 열리더니 간수 역할을 맡은 경찰관이 돌아왔다. 그는 문 옆 책상에 앉아 자기는 한 번도 제자리를 뜬 적이 없다는 듯한 표정을 지으며 담배에 불을 붙였다. 그러고는 내 쪽을 돌아보았다.

"담배, 피울 텐가? 피곤하지?"

나는 고개를 끄덕이며 일어섰다. 그가 알루미늄 재떨이를 들고 내가 갇힌 감방으로 다가왔다. 정년이 얼마 남지 않아 보이는 통통한 경관인데 안경 안쪽에는 늘 누군가에게 뭔가 사과할 것 같은 작은 눈이 있었다. 그는 적당한 거리를 두고 철창 너머로 재떨이를 건넸다. 그리고 제복 상의 주머니에서 '하이라이트'를 꺼내 한 개비 뽑아 자기가 피우던 담배로 불을 붙여주었다. 눈짓으로 고맙다는 표시를 하고 예닐곱 시간 만에 담배 연기를 빨아들였다. 필터 달린 담배에 익숙한 사람은 이해할 수 없겠지만 필터 없는 담배에 비하면 연기가 잘 빨리지 않았다.

"2층 수사과 경비 태세가 살벌하던데, 대체 무슨 일인가?" 자기가 그런 상황에서 소외되어 있다는 것이 불만인 듯한 목소리로 물었다.

나는 고개를 가로젓고 담배를 재떨이에 얹은 다음 철창 너머로 내밀었다.

"나도 잘 모르죠."

"아, 그럴 의도로 건넨 게 아닐세." 그는 재떨이가 닿지 않는 위치에서 뒷걸음질 치면서 말했다. "뭔가 캐내서 공로를 세우자는 속셈은 아니야. 괜찮으니 담배는 그냥 피워. 자네처럼 멀쩡해 보이는 사람이 대체 무슨 일로 잡혀왔나 싶어서 물어보았을 뿐이야."

"아무 짓도 하지 않았습니다." 내가 대답했다. 재떨이를 당겨 다시 한 모금 빨았다.

"다들 처음엔 그렇게 말하지." 나이 든 경관은 쓴웃음을 지으며 말했다. 별 싱거운 녀석 다 보겠네, 하는 표정이었다. "내게 할 수 있는 이야기라면 나하고 의논해도 괜찮아."

나는 얼른 연기를 뿜어내고 말했다. "내가 여기 갇혀 있다는 걸 신주쿠 경찰서에 있는 형사에게 알려줄 수 있습니까?"

정신적으로 상당히 지친 걸까. 나는 그렇게 말을 해놓고 깊이 후회했다.

"형사에게? 신주쿠 경찰서라고?" 그는 생각보다 훨씬 당황했다.

"……아, 됐어요. 내가 공연한 소리를 했습니다. 지금 한 말은 잊어주세요." 나는 담배를 재떨이에 껐다.

"못할 것도 없지. 이름이 뭔가?" 그는 자기를 얕보았다고 생각했는지 살짝 발끈하며 말했다.

책상 위에 있는 내선전화가 간격이 짧은 호출음을 울려댔다. 그는 뒤에서 습격이라도 당한 듯이 흠칫 놀라더니 잠깐 내게 도움을 청하는 표정을 지었다. 내가 재떨이를 내밀자 얼른 받아 들고 책상으로 돌아갔다. 수화기를 들고 무척 긴장한 모습으로 잠깐 동안 몇 차례 '예'라는 대답을 반복하더니 수화기를 내려놓았다. 그러고는 책상에 앉아 내 쪽은 보지도 않았다.

변기로 돌아가 걸터앉으려고 하는데 유치장 출입문이 열렸다. 오사코 경부보가 젊고 덩치 큰 제복 경관을 데리고 들어왔다.

"1호실 유치인을 내보내주게." 오사코가 말했다. 나이 든 경관은 책상 앞쪽 벽의 판자에 걸려 있던 감방 열쇠 하나를 꺼내 이쪽으로 다가왔다. 그는 나와 시선을 마주치지 않으려고 애를 썼다. 오사코 경부보와 젊은 제복 경관이 그 뒤를 따랐다. 감방 문이 열리자 함께 온 덩치 큰 경관이 오사코에게 물었다. "수갑 채웁니까?" 오사코가 대답했다. "필요 없어."

우리는 유치장을 나왔다. 바로 밖 복도에 있는 전당포 카운터 같은 곳에서 나이 든 경관이 장부를 뒤져 서명하라고 한 뒤에 내 소지품을 꺼내주었다. 그때도 그는 나와 눈을 맞추지 않고 일을 마치더니 유치장으로 돌아갔다. 담배를 줘서 고맙다는 인사는 하지 않는 것이 예의라는 생각이 들었다.

우리 세 사람은 계단을 두 개 올라가 복도를 두 개 지난 뒤 수사과 안쪽에 있는 취조실 앞으로 갔다. 아무 팻말도 붙지 않은 방이 있는데 그 출입구 앞에서 멈춰 섰다. 덩치 큰 제복 경관은 거기서 돌아갔고 오사코 경부보와 나만 안으로 들어갔다.

방 안에는 남자 여섯 명이 나를 기다리고 있었다. 아는 얼굴은 그 가운데 셋이었다. 낯선 남자 가운데 한 명이 나를 보더니 일어섰다.

"사와자키 씨라고 했나요? 난 서장인 오치아이 경시요." 자기소개를 하지 않아도 위엄 있는 제복을 보고 짐작이 갔다. 그가 나머지 두 명이 누군지 알려주었다. "이쪽은 본청의 이사카 경시. 이번 사건 수사의 모든 책임은 본부장인 내가 맡고 있지만 실제 지휘는 여기 있는 이사카 경시가 하죠."

이사카는 쉰 살쯤 된 영리해 보이는 남자였다. 엘리트 냄새가 강하게 풍기는 경찰관이었다. 상투메프린시페Sao Tome and Principe라는 나라가 어디 있는지도, 삼극통화권三極通貨圈 구상이 어떤 내용인지도 잘 알며, 영어에도 능통하고 〈뉴스위크〉와 〈아에라〉를 정기 구독할 게 틀림없는 타입으로 보였다.

"그리고 이쪽은 우리 수사과장 모리 경부."

이쪽은 대조적으로 무얼 생각하는지 알 수 없는 진중한 분위기와 체격을 지닌 경찰관으로, 정년 즈음인데도 유치장에 근무하던 나이든 경찰관과 크게 다를 바 없는 인상이었다.

"이미 알겠지만—." 서장이 소개를 계속했다. "이쪽은 이번 사건의 피해자 부친인 마카베 오사무 씨. 그리고 역시 본청에서 나온 가지키 경부로, 우리 경찰서의 오사코 경부보와 함께 당신 신문을 담당했죠. 그리고 또 한 사람—."

나를 등지고 있던 다부진 어깨의 사내가 돌아서며 무뚝뚝한 얼굴을 드러냈다. 엄청난 정보량을 자랑하는 경찰 컴퓨터에 내 이름을 입력하면 틀림없이 이 형사 이름이 튀어나오리라. 유치장에 있던 사람 좋아 보이는 나이 든 경관에게 번거롭게 부탁할 것까지도 없었다.

"신주쿠 경찰서 소속 니시고리 경부." 서장이 말했다.

3

　방 안에 있는 모든 사람이 화가 난 상태였다. 하지만 그걸 표정에 나타내면 지는 게임이라도 하는 듯이 다들 꾹 참고 있었다. 다섯 평쯤 되는 공간 한복판에 회의용 긴 탁자가 ㅁ자 모양으로 놓였다. 구석 쪽에 쇠창살을 끼운 창이 있어 낮이라면 왕실 자제도 진학하는 대학 한 모퉁이가 내다보일지도 모르지만, 쇠창살 너머로는 어떤 풍경을 보든 감흥이 날 리 없다.

　오사코 경부보와 내가 자리에 앉자 서장 오른쪽에 앉은 이사카 경시가 입을 열었다.

　"우리는 아직 당신이 이 사건의 공범이라는 혐의를 완전히 떨쳐버린 건 아니야. 당신 진술서는 나도 읽었어. 그게 사실이라면 당신은 범인들에게 이용당했을 뿐 아무 관계가 없는 사람이라고 할 수 있을지도 모르지……."

유치장에서 나올 때 돌려받은 '피스'를 상의 주머니에서 꺼내 종이성냥으로 불을 붙였다. 불을 담배에 댈 때 다친 오른쪽 팔꿈치가 약간 쑤셨다.

"하지만 우리로서는—." 이사카가 말을 이었다. "당신이 체포될 경우에 대비해 구실이나 알리바이를 미리 만들어놓은 다음, 경찰이 이번 사건에 개입하지 않았다고 생각하고 몸값을 받으러 온 공범자일 가능성도 무시할 수 없어. 그 점은 이해해주겠지?"

"인사는 필요 없고." 내가 말했다. "나를 유치장에 처박아둘 수 없게 된 이유를 듣고 싶군. 아니 그 전에 나를 유치장에 처박아둘 충분한 근거가 있다면 우선 그 이야기를 먼저 들려주시지. 만약 근거가 없다면 나는 누가 가로막건 여기서 나갈 수 있을 테니까." 의자에서 일어서서 방 안에 있는 사람들을 둘러보았다. "근거가 있다면 내가 있어야 할 곳은 아까 그 유치장이겠지. 난 어느 쪽이건 상관없어. 하지만 수사관이 아닌 피해자 마카베 씨와 시간이 남아도는 다른 관할 지역 형사까지 있는, 이런 이해할 수 없는 자리에 불려 나와야만 한다면 그 이유를 똑바로 이야기해줘. 인사고 흥정이고 속임수고 모두 사양하겠어."

마카베 오사무와 니시고리 경부 이외에는 다들 머쓱한 표정이었다. 민간인인 마카베 오사무가 없다면 그들은 경찰관다운 반격을 했을 것이다. 하지만 그럴 수 없는 사정이 있는 모양이었다. 내 오른쪽 옆 의자에 깊숙이 눌러앉은 니시고리가 어떤 반응을 보였는지는 다행히 눈에 들어오지 않았다.

"좋아." 이사카가 신음하듯 말했다. 회복도 빨랐다. "가지키 경부, 녹음기는 준비됐나?"

가지키는 옆쪽 의자에 놓여 있던 카세트덱을 탁자 위로 올리더니 고개를 끄덕였다.

"자리에 다시 앉게." 이사카가 말했다. "도저히 거를 수 없는 한 가지 인사는 해야겠군. 이 사건은 아직 엄중하게 보도 통제를 하고 있으니 절대 대외비야. 명심해."

나는 자리에 앉아 이사카 경시를 향해 고개를 끄덕였다. 니시고리는 그가 가장 화가 났을 때 보여주는 무표정한 얼굴을 한 채 그대로 앉아 있었다. 내게 하고 싶은 말을 실컷 퍼붓지 못할 상황이 올 것이라고는 한 번도 생각한 적이 없는 게 확실했다. 내 전력을 잘 아는 옵서버로 불려왔을 테고 두 경시의 요청이 없으면 아마 입도 뻥긋하지 않으리라. 나는 니시고리 앞에 있는 스테인리스 재떨이를 끌어당겨 담뱃재를 털었다.

이사카 경시가 목소리에 힘을 주며 말했다. "지금부터 듣게 될 대화는 마카베 씨 댁에 걸려온 유괴범의 전화 녹음이야. 신경 써서 잘 들어보도록. 가지키 경부, 미리 이야기했던 대로 재생하게."

가지키는 바로 카세트덱 스위치를 눌렀다. 재생이 시작되었다. 느닷없이 면도날처럼 예리하고 선명한 바이올린 소리가 흘러나왔다. 천사가 수학 계산을 하는 듯한, 파가니니 스타일의 까다로운 프레이즈가 여러 차례 반복되었다.

"사야카입니다." 마카베가 분노에 찬 목소리로 말했다. "이게 아마 어제 마지막 레슨인데……."

유괴당한 딸에 대한 불안과 걱정 때문에 표정을 일그러뜨리며 말을 잇지 못했다. 면도는 했지만 옷차림은 낮에 보았을 때와 같았다. 결국 손에 든 감색 카디건으로 얼굴을 덮고 말았다.

이사카가 설명했다. "범인이 처음 전화를 건 시점에서는 아직 우리에게 사건 신고가 되어 있지 않았네. 따라서 감식 담당이 녹음한 건 없어. 이 녹음은 오디오 장치에 관해 잘 아는 마카베 씨가 연습실에 있는 사야카 양의 레슨용 녹음기에 전화 회선을 연결해 녹음한 것이지. 안타깝게도 앞부분은 약간 손상되었지만 그래도 귀중한 실마리가 되었어. 감식 분석을 위해 조금 전부터 더빙을 하는 중이야."

바이올린 소리가 갑자기 끊어지고 소녀가 신경질적인 목소리로 '엄마, 이 부분은 못하겠어'라고 했다. 떼쓰는 말투였다. 다시 바이올린 소리가 울리기 시작했지만 또 바로 끊어졌다. 그리고 귀에 익은 한 여자의 목소리가 들려왔다.

'—경찰에 신고하면 그 애 목숨은 없습니다. 아시죠?' 내 사무실에 전화를 건, 남자처럼 낮은 목소리를 지닌 그 여자가 틀림없었다.

'그럴 일 절대 없소.' 마카베 오사무가 허둥대는 말투로 대답했다. '그러니 사야카에게 절대 손을 대지 마시오. 제발 부탁이오.'

'오늘 밤 안으로 일련번호가 없는 헌 지폐로 9000만 엔을 준비하세요.'

'9000만 엔이라고? 그, 그런 큰돈은 가난한 작가인 내가 마련할

수 없을 거요.'

'그럼 얼마나 준비할 수 있죠?'

'오늘 밤이라면 아무리 긁어모아도 2, 3000만밖에……'

'7000만 엔으로 타협하죠.'

'4000만 엔이라면 어떻게 해볼 수도 있겠는데.'

'딸의 목숨 값을 깎으려는 건가요?'

'말도 안 돼! 당신이야말로 딸의 목숨을 경매에 부치는 짓을 하는 게 아니오?'

'전화 끊을까요? 당신에게 비난받기 위해 통화하는 게 아니니까.'

'잠깐! 전화를 끊지 말아줘. 하지만 내가 준비할 수 있는 금액에는 한도가……'

'6000만 엔. 더는 절대 양보할 수 없어요. 6000만 엔이 이쪽에서 처음 예상한 금액이니까.'

마카베가 화난듯이 신음했다. '할 수 없군. 빚이라도 내거나 어떻게 해서……. 하지만……'

'내일 아침 일찍 전화하겠습니다. 그때 돈이 준비되어 있지 않거나 경찰에 신고했다는 사실이 밝혀지면 아마 당신 딸은 다시는 바이올린을 켤 수 없을 거예요.'

'그런 말도 안 되는―.'

불쑥 전화기를 내려놓는 소리가 났다.

'잠깐, 기다려줘. 여보세요…… 여보세요! ……아아, 제길. 끊어버렸군.'

테이프에서 소리가 나지 않자 가지키 경부가 중지 버튼을 눌렀다.

"어때, 이 목소리를 들은 적이 있나?" 이사카가 몸을 앞으로 내밀며 물었다.

"같은 목소리 같군." 나는 담배를 끄며 대꾸했다. "남자인지 여자인지 구분이 가지 않는 특징은 똑같아. 하지만 사무실에 전화가 걸려온 지 벌써 열두 시간 가까이 지나서 기억이 희미한걸. 자신 있게 이야기할 수는 없어. 만약 어느 쪽인가가 다른 한쪽 목소리를 흉내 내는 거라면 다른 사람 전화일 가능성도 있겠지. 귀가 기억하는 건 별로 믿을 만한 게 못 돼."

이사카는 떨떠름한 표정으로 고개를 끄덕이며 다른 형사들 얼굴을 바라보았다. 회색 샤크스킨 상의에서 '켄트 마일드'를 꺼내 론손 라이터로 불을 붙이더니 다시 내 쪽으로 시선을 돌렸다.

"이 전화가 걸려온 건 어제 19시 15분에서 20분 사이였네. 일주일에 두 번 받는 바이올린 레슨 때문에 음악대학 교수인 외삼촌 댁으로 간 사야카 양이 올 시간이 지나도록 돌아오지 않아 걱정하기 시작했지. 그런데 18시 30분경에 가이 교수가 '오늘은 사야카가 왜 레슨을 받으러 오지 않는 거냐' 하고 전화를 걸어 집안이 발칵 뒤집혔네. 그 뒤에 이 전화가 걸려온 거지."

나는 고개를 끄덕였다. 이사카는 그걸 확인하고는 말을 이었다.

"다음 날 아침 8시, 그러니까 오늘 오전 8시에 우리는 마카베 씨의 신고를 받고 급히 수사 태세를 갖췄지. 당신 진술에 따르면 오전 9시 반쯤 의뢰인을 가장한 전화가 걸려왔다면서? 아마 그 전화를 걸고 당신이 말려들 거라고 확신했겠지. 두 번째 전화가 거의 10시 정각에 마카베 씨 댁으로 걸려왔네."

이사카가 담배 끼운 손가락을 살짝 흔들어 신호하자 가지키가 다시 녹음테이프를 돌렸다. 전화 신호음이 몇 초간 들리다가 수화기 드는 소리와 함께 중단되었다.

'여보세요, 마카베입니다……. 여보세요? 누구십니까?'

그 몇 마디에 자식을 빼앗긴 아버지의 애타는 심정과 어젯밤 잠을 이루지 못했음을 짐작케 하는 피로감이 배어났다.

'돈은 준비되었습니까?' 같은 여자 목소리였다.

'물론 준비했소. 헌 지폐만으로 6000만 엔. 작은 여행 가방에 넣었으니 언제든 들고 나갈 수 있소.'

'가지고 나올 필요는 없습니다.'

'뭐라고? 그럼 어떻게 할 거요?'

'오늘 오후 2시에 와타나베 탐정사무소에서 왔다는 남자가 댁으로 찾아갈 겁니다. 그 사람에게 6000만 엔을 건네세요. 그렇게 하면 한 시간 뒤에 당신 딸을 돌려보내겠습니다. 아시겠습니까? 와타나베 탐정사무소입니다.'

방 안에 있는 모든 사람의 시선이 내게 쏠렸다. 필터 달린 피스에 불을 붙이던 니시고리만 나를 보지 않았다. 스테인리스 재떨이를 니시고리 쪽으로 밀어주었다. 그는 불을 붙이고 성냥개비를 재떨이에 던져 넣었다.

'알았소. 하지만 그 전에 사야카가 무사히 있는지 목소리를 들려줘.' 마카베의 음성이 살짝 떨렸다.

'그게 절대적인 조건이오. 아니면 남자에게 돈을 넘길 수 없어.'

상대방은 잠시 대꾸를 하지 않았다.

'사야카는 무사하겠지?' 마카베의 목소리가 더 떨렸다.

'딸 목소리를 듣는 게 조건이라고요? 마카베 씨, 당신 스스로 생각해낸 겁니까? 설마 경찰이 시킨 건 아니겠죠?'

'말도 안 돼! 밤새 잠 못 이루며 고민하다 보면 그쯤은 나도 생각할 수 있어. 이래 봬도 작가 행세를 하는 사람이오. 전 재산을 털고 빚까지 져가며 돈을 내놓는 마당에 이만한 조건을 거는 게 당연하지. 딸 목소리를 들려주겠지?'

'……좋습니다. 와타나베 탐정사무소에서 가는 남자가 그쪽에 도착하기 전에 요청을 들어드리겠습니다. 그럼 나중에 다시.'

상대방이 수화기를 내려놓자 마카베가 상대방을 부르는 공허한 목소리가 이어졌다. 가지키는 재생을 중지시켰다.

"통화 시간이 짧아서 역탐지는 불가능했어." 이사카는 애당초 기대도 하지 않았다는 투로 말했다. "그리고 세 번째 전화는 13시 50분─당신이 마카베 씨 댁에 나타나기 직전이지."

이사카가 신호하자 가지키는 다시 테이프를 돌렸다.

'마카베입니다……. 여보세요?'

'엄마! 엄마, 살려줘! 아빠, 제발 살려줘!'

그 울부짖는 소리에 겹쳐지듯 마카베와 부인일 여자가 필사적으로 딸 이름을 계속 불렀다. 하지만 딸은 전화기에서 멀어졌는지 대꾸가 없었다. 마카베 부부가 체념한 듯 딸 이름을 부르는 목소리가 멎었다. 테이프에서는 아무 소리도 나오지 않았고, 방 안에도 어색한 침묵이 흘렀다.

이윽고 전화가 끊어졌는지 확인하듯 작은 목소리로 마카베가 '여보세요……?'라고 말했다.

'마카베 씨, 매우 중요한 소식이니 정신 바짝 차리고 들어주세요.' 지금까지 부드러웠던 상대방의 말투가 바뀌었다. 위압적이고 빠른 말투였다. '곧 댁에 나타날 예정인 와타나베 탐정사무소 사람과 우리는 손을 끊겠습니다. 그 남자는 아무래도 돈을 손에 넣으면 우리를 배신하고 6000만 엔을 독차지할 생각인 모양입니다. 따님은 지금 목소리를 들려준 대로 우리에게 있습니다. 잘 들으세요. 와타나베 탐정사무소에서 찾아갈 남자에게 6000만 엔을 건네줘도 따님은 돌려드릴 수 없어요. 그 사람에겐 아무것도 주지 말고 돌려보내세요. 따님은 우리가 다른 안전한 장소로 옮길 테니 걱정할 것 없습니다. 아시겠습니까?'

'어째서 그러지? 당신들 관계가 틀어지건 말건 내 알 바 아니지만 사야카는 그러면―.'

'시간이 없으니 한 번만 더 이야기하겠습니다. 그 사람에게 돈을 전달해봐야 딸을 돌려주지 않습니다. 딸을 되찾고 싶다면 다음 전화를 기다리세요.'

상대방이 수화기를 내려놓았다. 마카베가 '이게 대체 뭐하는 거야!'라며 비명에 가까운 소리를 질렀다.

"이 전화 직후에 당신이 마카베 씨 댁에 나타났지. 우리가 마카베 씨와 의논한 다음에 어떻게 대응하기로 했는지는 당신도 이미 아는 그대로야. 그 뒤에 온 네 번째 전화가 녹음되어 있네." 이사카는 반도 더 남은 긴 담배를 재떨이에 눌러 껐다. "당신을 체포하고 여기로 연행해 신문하던 15시 35분에 걸려온 전화일세. 역탐지는 역시 실패로 끝났고."

테이프에서 전기가 접속되는 잡음이 나온 뒤에 다시 전화 신호음이 울리더니 수화기를 드는 소리가 났다.

'여보세요, 마카베입니다…….'

'매우 안타깝군요. 경찰에 알리지 말라는 우리 경고는 완전히 무시당했어. 약속한 대로 당신들은 이제 딸을 만날 수 없을 겁니다.'

'무슨 소리야! 잠깐만. 미안. 정말 미안해. 제발 사야카를 돌려줘. 경찰에겐 당장 물러가라고 할 테니까. 부탁이야, 다시 한번…….'

'약속을 깬 건 그쪽입니다. 당신은 딸의 목숨보다 우리를 잡는 걸 더 중요하게 생각했어요. 그걸 잊지 마세요. 그리고 와타나베 탐정사무소에서 간 남자는 전화번호부 상호편에서 대충 고른 미끼에 불과합니다. 그 사람 덕분에 경찰이 끼어들었다는 사실을 알았으니 고맙다는 말을 해야겠군요. 탐정에게 그렇게 전해주세요…….'

4

경찰과 이야기하다 보면 대화는 늘 먼 길로 돌아가기 마련이고, 또 반드시 그들이 원하는 목적지에 이르고 만다. 유치장에서 나왔을 때 돌려받은 손목시계는 오후 9시 40분을 가리켰다. 메지로 경찰서와 경시청 형사들은 시계를 들여다보는 내 동작에서도 뭔가 특별한 의미를 캐내려 했다. 이 회담의 목적은 아직 반밖에 달성되지 않은 상태일 것이다. 그들이 더할 나위 없이 신중하게 다뤄야 할 중대한 사건을 떠안고 있음은 분명했다. 하지만 그 이외에도 뭔가 골치를 썩이는 문제가 있는 모양이었다. 신주쿠 경찰서의 니시고리 경부는 관할 지역이 아닌 여기서는 적극적으로 나설 생각이 전혀 없는 듯했다.

수사본부장인 오치아이 서장이 오사코 경부보에게 창문을 열어 환기를 하라고 명령하고 나서 관리직 특유의 '조용히 하라'라는 듯한 헛기침을 했다.

"유괴범의 전화 녹음과 이사카 경시의 설명으로 오늘 저녁까지의 사건 경과는 다 알았을 거야. 자신이 어째서 사건에 말려들었는지도 알게 되었고. 만약 범인과 한패라면 이미 뻔히 알았을 테지만."

오치아이의 탐색하는 듯한 시선을 무시하고 나는 두 번째 담배에 불을 붙였다.

"유괴범은 매우 지능적이야." 서장이 말을 이었다. "따라서 이 사건 수사에는 세심한 주의가 필요해. 마카베 씨의 경찰 신고는 범죄를 증오하는 시민으로서 매우 용기 있는 행동이지 절대 잘못은 아니라고 생각하네. 그리고 우리 수사 태세에도 이렇다 할 빈틈은 없었다고 믿어." 누가 반론할까 두려운 듯이 틈을 주지 않고 말했다.

"마카베 씨 댁에 나타난 당신에 대한 조치는 불과 몇 분 만에 결단을 내려야만 했던 그 상황에서는 적절한 판단이었네. 당신이 몸값이 든 여행 가방을 들고 나가면 바로 미행을 시작할 준비가 되어 있었지. 하지만 상황이 그렇게 흘러가지 않게 된 이상 당신을 긴급 체포하여 신문하는 것이 사야카 양 구출을 위한 가장 나은 길이라고 판단했네. 다만 연행 과정에 약간 배려가 결여된 부분이 있어서 범인이 원하던 정보를—그러니까 우리가 이 사건에 개입했다는 사실을 드러내는 결과가 되고 말았지만……."

오사코 경부보가 눈썹에 난 사마귀를 손가락으로 만지는 시늉을 하며 얼굴을 숙였다. 책임을 느끼기 때문인지 그냥 포즈인지는 알 수 없었다.

"하지만 지난 일보다 앞으로 사야카 양 구출을 최우선으로 삼아 어떤 수사 방침으로 임하는가가 가장 중요한 문제이겠지."

서장의 훈시 같은 장광설에 형사들도 질리기 시작했지만 본인은 전혀 개의치 않는 듯했다.

"사와자키, 당신이 단순히 이 사건에 말려든 피해자인지 아니면 아주 교묘한 계획에 따라 행동하는 범인과 한패인지 지금 당장은 따지지 않겠소. 실제로 그럴 틈도 없고." 그는 불만스럽다는 듯이 말을 끊었다. 그리고 말투를 바꾸어 연설을 마무리하듯 말했다.

"이제 유괴범이 마카베 씨 댁에 마지막으로 건 전화를 들어보지. 그러면 마카베 씨와 우리 수사본부가 직면한 문제를 당신도 이해할 수 있을 테니."

이사카 경시가 너무 오래 기다렸다는 듯이 듯이 말했다. "이 전화는 이전 전화에서 다섯 시간 반 뒤인 21시 정각에 왔네. 대략 사십 분 전이지." 그는 다시 가지키 경부에게 테이프를 재생하라고 신호를 보냈다.

빼앗긴 자와 빼앗은 자 사이의 어색한 대화가 빼놓을 수 없는 의식처럼 되풀이되었다. 낮은 목소리 여자가 곧 본론에 들어갔다.

'이게 마지막 기회입니다.'

'아, 다행이군. 정말 다행이야. 기도하는 심정으로 전화를 기다렸소. 뭐든 시키는 대로 할 테니 사야카만 무사히 —.'

'그럼 그 입부터 다무세요. 쓸데없는 소리를 할 시간이 없습니다. 오늘 밤 11시 정각, 간파치 길에 있는 패밀리 레스토랑 '킹 타이거'

다카이도 분점으로 6000만 엔을 가지고 나올 것. 알겠습니까?'

'잠깐만…… 다카이도에 있는 킹 타이거?' 마카베가 메모를 하는 기척이 났다.

'그리고 이번 건은 절대 경찰이 관여하지 않게 할 것. 만약 조금이라도 그런 기미가 보이면 거래는 바로 취소됩니다. 이번에도 그러면 우리 노력은 진짜 물거품이 되고 말 겁니다.'

'알았소. 절대 그런 일은 없도록 하겠소. 레스토랑에는 반드시 나 혼자 가지.'

'누가 당신에게 오라고 했나요?'

'뭐? 무슨 소리요?'

'6000만 엔을 운반하는 사람은 당신이 아니라 와타나베 탐정사무소에서 왔던 남자입니다.'

그제야 내가 왜 여기 있는지 이해했다.

'뭐라고? 하지만 그 사람은 당신들과 한패가 아니라고 했잖소. 만약 그 사람이 그런 역할을 거절한다면 어쩌지?'

'설득하세요. 딸의 목숨이 걸렸어요. 설득할 수 있을 겁니다.'

'하지만 내 전 재산에 빚을 내서 보탠 6000만 엔이나 되는 돈을 누군지도 모를 사람에게 맡길 수는 없소.'

'당신 재산이라고? 그건 이제 우리 돈이지. 안 그래요? 아니면 당신은 그 돈을 넘겨줄 생각은 없고 경찰과 뭔가 계략이라도 꾸미는 건가?'

'마, 말도 안 되는 소리. 절대 그렇지 않소.'

'이게 마지막 통보입니다. 어차피 이 전화는 녹음될 테니 메모할 필요는 없겠죠. 오늘 밤 11시, 간파치 길에 있는 킹 타이거 다카이도 분점으로 와타나베 탐정사무소 사람에게 6000만 엔이 든 여행 가방을 가지고 나오게 한다. 차는 그 사람이 모는 블루버드를 사용할 것. 그다음 지시는 그 사람에게 직접 내릴 겁니다. 우리가 6000만 엔을 건네받고 한 시간 뒤에 딸을 풀어주도록 하죠. 만약 경찰이 개입한다면 거래는 바로 끝입니다. 그럼 안녕히 주무십시오.'

'앗! 여보세요……'

테이프가 멈추자 방 안은 다시 조용해졌다. 나는 손가락을 태울 만큼 짧아진 담배를 재떨이에 눌러 껐다.

오치아이가 한숨을 내쉬었다. "……요컨대 이런 사정이오."

이사카는 롤렉스 손목시계를 흘끗 보더니 나를 바라보았다. "범인의 요구에 어떻게 대처할 것인가. 방법은 여러 가지가 있어. 하지만 당신 대답에 따라 달라지겠지."

"시간 여유가 있나?"

"10시 15분까지라고 했나?" 이사카 경시가 오사코 경부보에게 확인했다.

"예. 늦어도 10시 20분까지입니다." 오사코는 나를 돌아보며 설명했다. "만약을 위해 당신 블루버드는 스기나미 경찰서 관할 간파치 길에서 가까운 곳에 대기시켜두었어. 거기까지는 언제라도 순찰차로 바로 달려갈 준비가 되어 있고. 여기서 10시 20분에 출발하면 11시까지 범인이 지정한 레스토랑에 도착할 수 있네."

"이십오 분 이내에 결론을 내려야만 해." 이사카가 말했다.

나는 고개를 끄덕이고 마카베 오사무를 바라보았다. 그는 초점 잃은 눈으로 네 개의 긴 탁자 한가운데 있는 공간을 바라보고 있었다. 손이 닿지 않는 곳에 있는 어린 딸을 생각하는 듯했다. 내 시선을 깨닫고 입술을 떼려 했지만 마음만 앞서 뭐라고 말을 꺼내야 할지 모르는 모양이었다. 해야 할 말이 딱 하나뿐일 때는 그러기 마련이다.

오치아이가 도움의 손길을 뻗었다. "마카베 씨에게는 선택의 여지가 없네. 범인 지시에 따를 수밖에 없지. 몸값을 넘겨주는 역할을 당신에게 부탁하기 위해 사정 설명이 끝나기를 이제나저제나 하며 기다린 거야." 그의 얼굴에 씁쓸한 표정이 스쳐지나갔다. "다만 우리로서는……."

오치아이는 말을 흐리며 이사카를 돌아보았다. 이사카는 엘리트 경시답지 않게 바로 이어받지 못했다. 담배에 불을 붙이지도 않으면서 론손 라이터로 두세 차례 불을 켰다.

"수사본부의 의향은 다르다는 건가?" 내가 물었다. 아무도 대답하지 않아서 옆에 앉은 니시고리를 바라보았다. 여전히 무표정한 얼굴로 예전부터 그것 외에 본 적이 없는 검은 넥타이를 못마땅하다는 듯이 휙 잡아당겨 느슨하게 했다. 수사과장인 모리 경부는 이 자리에 있고 싶지 않다는 듯 졸린 눈으로 계속 내 앞에 있는 탁자를 내려다보았다.

이사카 경시가 또렷하지 않은 말투로 이야기했다. "아니 뭐…… 반드시 다르지는 않네. 수사 방침은 어디까지나 사야카 양의 안전을 우선으로 하고, 아니, 최우선으로 하고 있지. 그래서 만약에 당신이 몸값을 건네주는 일을 맡아준다면 우리는 그걸 말릴 수는 없어. 심정적으로는 말이야. 하지만 경찰로서는 그걸 가만히 구경만 할 수는 없지."

내가 물었다. "왜지?"

마카베도 동시에 물었다. "왜입니까?"

목소리는 마카베 쪽이 한 옥타브 더 높았다.

"굳이 설명해야 하나?" 이사카가 내게 대답했다. "당신은 마카베 씨의 가족이 아니고, 친척이나 친구도 아니야. 예를 들면 변호사처럼 마카베 씨의 이해를 대표할 수 있는 입장도 아니지. 그냥 민간인에 불과해. 알겠나? 유괴범은 법을 어기는 일에 아무런 망설임도 없는 위험한 녀석들이라고 봐야 해. 우린 당신 안전도 책임져야 하는 거야. 만에 하나 사고라도 나면 본인이 원해서 갔으니 어쩔 수 없다는 식으로 넘어갈 수는 없어."

나는 쓴웃음을 지었다. 그걸 보더니 이사카가 위압적인 말투로 덧붙였다. "우리는 이미 당신과 외모가 비슷한 형사 한 명을 뽑아 대기시켜두었어. 이런 임무는 역시 전문가에게 맡겨야 해. 이건 마카베 씨에게도 양해를 구했고."

"그건 이야기가 다르죠." 마카베 씨가 흥분한 목소리로 항의했다. "사와자키 씨가 거절했을 경우에는 그렇게 하지 않을 수 없다고 했잖소. 이러면 내가 사와자키 씨에게 몸값을 건네주는 일을 부탁하기도 전에 받아들이지 말라고 암묵적으로 강요하는 꼴 아닙니까?"

"그러려는 건 아니지만······." 이사카는 떨떠름한 표정으로 말끝을 흐렸다. 딸의 안전을 위해 최선의 방법을 선택할 권리를 지닌 아버지의 주장에는 경시청 엘리트도 말발이 서지 않았다.

어떤 동작도 취하기 힘들 것 같은 분위기가 방 안을 메웠다. 침묵을 깬 것은 그동안 회의의 테두리 밖에 있다고 여겨지던 모리 수사과장의 졸린 듯한 목소리였다.

"마카베 씨에게는 진심으로 동정을 표합니다. 하지만 사와자키 씨도 다른 분 걱정만 할 수는 없는 처지죠. 몸값을 건네주는 역할을 받아들이면 겨우 벗게 될 것 같았던 '공범자' 혐의를 다시 뒤집어써야만 하겠죠. 아니, 오히려 혐의가 더 짙어지게 될 겁니다."

모리의 말을 들은 마카베 오사무는 얼굴이 창백해졌다. 결국 수사본부에서는 이 모리라는 형사가 핵심을 가장 잘 파악한 것이 아닌가 하는 생각이 들었다. 그는 종잡을 수 없는 표정으로 말을 이었다.

"돈을 건네주는 역할을 거절하더라도 민간인이라면 그게 당연하지 부끄러운 일은 아니라고 생각합니다······. 즉 사와자키 씨가 거절하면 거의 자동적으로 '공범자' 혐의는 풀리기 때문에 이 방을 나가 바로 집으로 돌아가도 상관없겠죠. 서장님, 그렇지 않습니까?"

마카베의 표정에는 이미 딸을 잃은 아버지 같은 짙은 불안이 새겨져 있었다. 그에 반해 형사들의 얼굴에는 이 회의에서 가장 미묘한 절충이 무사히 이루어졌다고 안도하는 빛이 떠올랐다. 하지만 니시고리 경부만은 달랐다. 만약 그가 이 자리의 책임자라면 지금 이 순간 내 언동을 모두 봉쇄하고 불문곡직 다시 유치장에 처넣었을 게 틀림없다.

　서장이 마카베를 위로하듯 말했다. "유괴범은 상당히 지능이 높은 놈들인 모양입니다. 설마 따님을 해치는 바보 같은 짓은 하지 않을 겁니다. 몸값을 넘겨주는 일은 우리가 선발한 베테랑 형사가 책임지고—."

　나는 서장의 낙관적인 의견을 가로막았다. "마카베 씨, 저를 고용할 요금과 경비에 관해 설명드리죠. 유괴범이 직접 저를 지명했다면 거절할 수 없겠군요."

5

창밖을 날아가듯 스쳐 지나는 번잡한 도시의 밤거리가 이토록 정
겹게 느껴지는 까닭은 대체 무얼까. 사람을 감금 상태로 두는 짓의
효용이란 대단한 것이었다. 우리를 태운 메지로 경찰서의 검은색 크
라운은 사이렌을 울리며 달리는 순찰차의 인도를 받아 메지로 길에
서 야마테 길로 급히 우회전했다. 이미 10시 20분이 지난 시각이었
다. 운전하는 사람은 무로오 형사, 조수석에 오사코 경부보, 뒷자리
에는 가지키 경부와 마카베 오사무 그리고 내가 앉았다. 마카베는
낮에 그의 집 현관에서 본 벽돌색 작은 여행 가방을 마치 딸의 목숨
인 양 무릎 위에 얹고는 껴안고 있었다.

"유괴범은 전혀 짐작이 가지 않습니까?" 내가 마카베에게 물었다.
의뢰인과 탐정이 치러야 할 사무적인 교섭은 이미 끝난 상태였다.

"아뇨……. 그런데 그건 왜……?" 그가 의아하다는 듯이 나를 바라보았다.

"사업에 실패한 친척―따님의 숙부나 재종형제, 당신의 직업상 라이벌, 혹은 부인에게 버림받은 옛날 애인, 그런 부류의 사람들 말입니다."

마카베는 별로 화난 기색도 없이 진지한 얼굴로 기억을 더듬었다. "아뇨, 제가 아는 한 그런 사람은 없습니다. 도쿄 이외의 지역에 사는 먼 친척까지는 잘 모르겠습니다만…… 다들 넉넉하게 산다고 하기는 힘들어도 딸을 유괴해야만 할 사람은 한 명도 없습니다."

"당신에겐 라이벌이라고 할 만한 사람이 없습니까?"

"저는 작가입니다. 교제라고 해봤자 지극히 한정된 몇몇 출판사 편집자뿐이죠. 그리고…… 라이벌이라는 존재가 나타나려면 제가 쓴 작품이 적어도 백 배는 더 팔려야……." 마카베는 슬쩍 농담하는 투로 말했지만 본인은 그걸 전혀 의식하지 못하는 느낌도 들었다.

"예를 들면 소설에 특정 모델을 써서 원한을 샀다거나 한 적은 없습니까?"

"아뇨, 그런 경험도 없군요……. 제가 쓰는 소설에는 대략 세 가지 타입이 있습니다." 자기 직업 이야기가 나오자 그의 말이 약간 매끄러워졌다. "한 가지는 필명이라기보다 익명이나 마찬가지인 이름으로 쓰는 포르노소설인데 이름을 들으면 의외로 아실지도 모르겠군요. 제법 팔리니까요. 하지만 그 이름과 저를 결부할 수 있는 사람은 담당 편집자 이외에는 세무서 직원뿐일 겁니다. 제 수입의 5, 60퍼센트는 포르노소설에서 나오니까요." 마카베는 자조 섞인 웃음을 지으며 말을 이었다. "두 번째는 작가가 되기로 마음먹은 뒤로 제 본명으로 계속 쓰는 시적인 환상소설인데, 모델 같은 게 등장할 작품이 아니기 때문에 당신이 지적한 그런 일은 없습니다. 아쿠타가와상 후보가 되었던 데뷔작의 연장선상에 있는, 제 이십 년 창작 활동의 중심이 되는 분야죠. 아쉽게도 여기서 들어오는 수입은 전체의 5퍼센트도 되지 않을 겁니다……. 세 번째는 오륙 년 전부터 쓰기 시작한 일종의 '안작贋作' 같은 작품이죠. 남의 문체가 지닌 특징이나 버릇을 흉내 내는 데 소질이 있다는 걸 알아차린 편집자 권유로 유명작가가 완성하지 못한 유작의 결말을 시리즈로 쓰고 있습니다. 처음에는 나쓰메 소세키의 《명암》이었는데 이어서 요코미쓰 리이치의 《여수》, 그리고 야마모토 슈고로의 《엄숙한 갈증》, 가와바타 야스나리의 《민들레》, 근래에 시마자키 도손의 《동쪽 문》을 잇달아 쓴 것이 제법 호평을 받아 단순한 패러디를 넘어선 작품이란 평가를 얻었습니다. 작가가 아직 살아 있어 유작이라고는 할 수 없지만 하나야 유타카의 《사령死靈》을 제가 멋대로 마무리 지은 것도 대단한 블랙유머라고 평가받아 화제가 되었습니다. 아마 이쪽 작업으로 얻는 수입이 30퍼센트가 넘을지도 모르겠습니다. 이쪽 일은 여성 작가 이름 같은 '오다 마키'라는 필명을 쓰고 있죠. 오다마키베실을 속이 빈 공처럼 둥글게 감은 꾸리에서 따온 이름입니다. 이렇게 인기 있을 줄 알았다면 당당하게 제 실명으로 쓰는 게 나았을 텐데……. 최근 〈쇼세쓰신초〉에 《다이보사쓰토게야마나시 현에 있는 표고 1897미터의 고개이자 나가사토 가이잔의 미완성 소설 제목 —마지막 편》을 실었는데 소설 덕분에 잡지 구독자가 늘었다는 이야기를 담당자가 하더군요. 모 출판사가 이런저런 신문과 잡지에 연재중인 여러 추리소설의 마지막 수수께끼 풀이 부분을 다 써버리자는 기획을 들고 왔지만 그건 좀 지나치다는 생각이 들어서……."

마카베는 열심히 이야기를 하다가 문득 자신이 처한 상황을 떠올리고 내 질문으로 돌아왔다. "어쨌든 이처럼 어수선한 일을 하는 작가에게 독한 원한을 품을 사람이 있으리라고는 생각할 수 없죠."

나는 담배에 불을 붙이고 창문을 약간 내렸다. 길이 붐비지 않아 크라운은 순조롭게 달려 주오 선 히가시나카노 역 옆에 있는 육교를 지났다.

마카베가 침묵이 두렵다는 듯이 다시 말하기 시작했다.

"아내도 별 문제가 없어요. 그 사람은 자식 둘 이외에는 안중에 없습니다. 특히 사야카가 나이에 비해 바이올린에 뛰어난 재능이 있다고 인정받은 뒤로는 놀라울 만큼 적극적으로 지원하는 중입니다. 고생을 많이 하신 장인은 음악대학 교수인 손위 처남과 아내를 음악으로 출세시키려 교육하셨다고 합니다. 아내는 저와 결혼하기 직전까지만 해도 상당히 기대를 모으던 바이올리니스트였죠. 아쉽게도 사고로 오른손을 다치고 난 뒤로는 무대에 서지는 못하지만요……. 그래서 딸의 바이올린 공부에 더 기대를 걸었던 모양입니다. 봄방학 때 미국 버몬트에서 개최되는 '말보로 음악제'의 교육 레슨에 핀커스 주커만 씨 추천으로 특별히 참가했는데 그때 지휘자인 최정희 씨에게 인정받아 '클리블랜드 교향악단'과 함께 연주하게 된 뒤로는 그야말로 모녀가 신바람이 나 있습니다. 물론 아내는 큰애인 요시히 코에게도 신경을 많이 씁니다. 중학교 3학년이라 고등학교 입시를 앞둔 어려운 시기니까요……. 그 바람에 저는 불편하게 지내지만 다행히 작가라는 직업이 비교적 아내가 신경 쓸 일이 덜한 자유로운 일이라 이럭저럭 버티는 중입니다."

길어진 담뱃재를 문에 달린 재떨이에 털려고 했지만 너무 늦었다. 나는 바지에 떨어진 재를 손으로 털면서 다른 질문을 했다.

"그 전화 속 목소리를 들어본 적은 없습니까? 낮고 특징이 있는 목소리던데요."

"아뇨……." 마카베는 고개를 갸웃했다. "그게 여자인가요? 말투는 여자 같았지만 목소리가 굵고 낮아 아무래도 남자라는 생각이 자꾸만 듭니다."

나도 그 점은 알 수 없었다. 지금은 남자인지 여자인지 자신이 서지 않았다. 마카베는 어떻게 생각하느냐는 눈으로 형사들을 바라보았다. 세 형사는 말없이 앞쪽에 보이는 밤거리만 뚫어지게 보았다. 차는 나카노사카우에서 오른쪽으로 꺾은 뒤 오우메가도를 타고 서쪽으로 달렸다.

내가 물었다. "범인과 접촉하기 전에 두세 가지 묻고 싶은 것이 있습니다. 사야카 양이 유괴될 즈음에 관해 좀 상세하게 이야기해줄 수 있겠습니까?"

달리던 차가 갑자기 좌우로 흔들렸다. 운전하던 무로오 형사의 몸 어딘가에 힘이 들어갔기 때문이다.

"괜찮겠습니까, 경부보님?" 무로오가 차를 안정시키고 나서 화가 난 사람 같은 목소리로 말했다. "저 탐정을 언제까지 저렇게 놔둘 겁니까? 우리 차 안에서 거만하게 마치 신문하듯—."

무로오는 앞서가는 순찰차 뒤로 끼어들려던 여성 운전자를 보고 요란하게 경적을 울려댔다. 두 상사는 모두 아무런 질문도 받지 않았다는 표정을 지었다.

무로오 형사가 내뱉듯이 말했다. "경찰에 들어온 지 십육 년이 되는데 용의자에게 몸값을 전달하게 하다니, 이런 말도 안 되는 이야기를 들어본 적은 없군요. 경부보님은 화가 나지도 않습니까?"

마카베가 불안한 듯한 목소리로 말했다. "하지만 형사님, 그 문제에 관해서는 서장님을 비롯한 다른 분들과 상의하여 이미 결론을 내린 겁니다."

"선생이야 이 탐정이 어떤 사람인지 모르기 때문에 그런 큰돈을 맡기고도 마음 놓을 수 있는 거죠."

"무슨 말씀입니까, 그게?"

무로오는 조수석에 앉은 오사코의 얼굴을 힐끔 보고 나서 의미심장한 목소리로 말했다. "마카베 선생, 이상하다고 생각해보지 않았습니까? 관할 지역도 아닌데 신주쿠 경찰서 경부님이 대체 왜 아까 그 자리에 불려왔는지?"

"무로오 형사, 그만둬." 오사코 경부보가 말했다. 말리려는 의지가 담기지 않은, 건성으로 하는 명령이었다.

"하지만 마카베 씨도 그 사건에 관해 알아둘 권리가 있을 겁니다." 무로오의 목소리가 더 커졌다. "따님의 목숨과 전 재산이 걸려 있으니까요. 그걸 대체 어떤 남자에게 맡긴 상태인지는 알아야 하지 않겠습니까?"

"그 사건이라니, 무슨 말씀이죠?"

나는 담배를 재떨이에 쑤셔 넣었다. 이 경찰들의 속셈은 뻔히 보였다. 어떻게든 내가 맡은 역할을 못 하게 하고 싶어 했다. 당연한 일이다. 가령 내가 그 역할을 무사히 마친다고 해도 경찰 체면은 반쯤 구긴 꼴이 된다. 유괴범과 접촉할 절호의 기회를 외부인에게 떠넘긴 셈이기도 하다. 게다가 내 '공범자' 혐의를 완전히 떨쳐내지 못했다. 만에 하나 내가 몸값을 들고 도망친다면 경찰은 그야말로 어처구니없는 꼴이 된다. 아니, 거기서 그치지 않고 온갖 곳에서 수많은 비난을 받고, 경찰 체면은 땅에 떨어지리라. 인질의 안전을 최우선으로 삼았다는 변명 정도로는 도저히 버텨낼 수 없을 것이다. 경찰이 내게 몸값 전달 역할을 시키고 싶지 않은 것은 지극히 당연한 일이었다.

나는 등받이에 기댔다. 오른쪽 팔꿈치 상처는 이제 거의 통증이 없었다. 경찰들의 자기방어를 위한 노력이 효과가 있을지 어떨지 느긋하게 구경하기로 했다.

오사코 경부보가 뒷자리에 앉은 가지키 경부를 돌아보았다. "어떻게 하실 겁니까, 경부님?"

"아, 무로오 의견도 분명히 일리가 있어……. 할 수 없지. 나보다 자네가 그 문제에 관해서는 더 잘 알 테니까 직접 이야기해줘."

오사코가 시선을 마카베 쪽으로 돌렸다. "칠팔 년 전 사건입니다. 신주쿠 경찰서 관할에 와타나베라는 나이 든 탐정이 있었죠. 경찰에 협력적인 인물이었습니다. 그래서 신주쿠 경찰서에서 '세이와카이'라는 폭력단과 각성제 거래를 가장하면서 그 사람을 미끼로 이용했죠. 결과는 어처구니없었습니다. 와타나베는 경찰이 준비한 3킬로그램이나 되는 각성제와 세이와카이가 준비한 1억 엔을 빼앗아 행방을 감추었죠. 선생 옆에 앉은 와타나베 탐정사무소의 사와자키 씨도 그 와타나베와 육 년 넘도록 파트너였기 때문에 필연적으로 공범 혐의를 받았습니다. 그 사건 취조를 맡은 사람이 아까 보신 신주쿠 경찰서의 니시고리 경부입니다. 결정적인 증거는 전혀 없었기 때문에 석방되었지만 결백하다는 사실이 완전히 입증된 것도 아니었어요……. 선생의 따님 목숨을 좌지우지하게 될 사람이 그런 전력을 지닌 사람이라는 점은 알아두셔야 합니다."

마카베는 판단을 포기한 표정이었다. 무릎 위에 얹은 작은 여행 가방에 이마를 대고 깊은 한숨을 내쉬었다.

"흔히 형사는 말재주가 없다고 하던데 말솜씨가 좋군." 내가 칭찬했다. "하지만 유감스럽게도 와타나베가 그 전에는 당신들 동업자였던 데다 당신들보다 훨씬 뛰어난 형사였다는 해설은 빼먹었어."

무로오가 노골적으로 혀를 찼다. 그는 고개를 돌려 반감을 고스란히 드러낸 눈으로 나를 노려보았다. 하지만 운전 때문에 바로 앞을 다시 봐야만 했다.

마카베가 고개를 들고 가지키에게 말했다. "그렇지만 그 경부님은 서장님이 '사와자키란 사람을 믿을 수 있겠나?'라고 물었을 때 '제가 사와자키를 어떻게 생각하건 맡길 수밖에 없죠'라고 대답하지 않았습니까?"

"그러니까 하는 말입니다. 선생 결심에 달린 문제예요. 선생만 탐정 같은 수상한 직업을 지닌 사람보다 경찰을 신뢰해주신다면ㅡ."

"아뇨, 저는 이미 결심을 했습니다." 마카베가 나를 돌아보았다. "가령 사와자키 씨가 범인과 한패라고 해도…… 아니, 오히려 사와자키 씨가 범인들과 일당이기를 바랍니다. 그리고 이 6000만 엔을 범인들에게 가지고 가서 제발 딸만은 무사히ㅡ."

"너무 간단하게 생각하시는군요." 가지키 경부가 싸늘한 목소리로 말했다. "이 탐정은 범인과 아무런 관계도 없고, 그저 우연히 이 사건에 말려들었을 뿐이라고 생각합니다. 지금까지의 경과를 보건대 그럴 가능성이 높죠. 하지만 그렇다고 해서 저 사람이 당신이 바라는 대로 범인들에게 반드시 몸값을 건네줄 거라고는 생각할 수 없어요. 우리가 염려하는 바는 바로 그 점입니다." 가지키는 자기주장이 마카베의 머릿속에 스며들기를 기다리는 듯이 뜸을 들였다. 그리고 목소리에 힘을 주어 말을 이었다. "예전에 저 사람 파트너가 1억 엔이나 되는 현금을 손에 넣을 기회를 놓치지 않았듯이 저 사람도 이 역할이 자신에게 찾아온 천재일우의 기회라고 생각할지도 모르지 않습니까? 안타깝게도 킹 타이거 주위의 우리 경계 태세는 완벽하다고 할 수 없습니다. 만에 하나라도 범인이 우리가 있다는 사실을 눈치채면 안 되니까요. 결국 저 사람이 6000만 엔이라는 몸값을 들고 도망칠 기회는 얼마든지 있다는 게 지금 상황입니다."

마카베가 더욱 동요했다. 가지키는 그 모습을 도저히 지켜볼 수 없다는 듯이 고개를 돌렸다. 그리고 창밖에 누가 있기라도 한 듯이 중얼거렸다.

"6000만 엔을 버리고 싶다면 그야 상관없습니다. 하지만 그 돈이 도착하기를 애타게 기다릴 범인과 함께 있는 따님은 어떻게 되겠습니까?"

마카베가 낮게 신음했다. "잠깐만요……. 생각할 시간을 조금 주세요……."

차는 몇 분 전에 고엔지에서 이쓰카이치가도로 들어서 이미 스기나미 경찰서 관할 지역을 달리고 있었다. 내 블루버드가 대기중인 지점은 얼마 남지 않았다. 하지만 이런 상태라면 내가 블루버드를 타기 위해서는 한참 더 기다려야 할 듯했다. 위신이 걸린 경찰의 수법은 집요했다.

나는 끝없는 갈등으로 괴로워하는 마카베를 외면하고 창밖으로 지나가는 어두운 주택가를 바라보았다. 삼십 분쯤 전에 메지로 경찰서 화장실에서 니시고리 경부와 잠깐 나눈 대화가 머릿속을 스쳤다. 니시고리는 결국 다른 형사들이 있는 자리에서는 내게 한마디도 하지 않았다. 오사코 경부보가 마카베에게 들려준 팔 년 전 사건 뒤에도 우리는 여러 차례 만났다. 그리고 만나면 반드시 서로 불쾌하게 만들 의무라도 있는 양 행동했다. 도망친 와타나베는 니시고리가 매우 고맙게 여기던 옛 상사였다. 그런 와타나베가 강탈사건을 일으키게 된 까닭도, 그리고 그 사건의 이유가 된 알코올 의존증도 모두 옆에 붙어 있던 내 책임이라는 것이 논리를 무시한 니시고리의 결론이었다. 나 역시 니시고리의 주장보다 그럴 듯한 결론이 있는 것은 아니었다.

메지로 경찰서에서 나오기 직전에 화장실에서 볼일을 본 뒤 문을 나서다가 니시고리와 마주쳤다.

"오후 2시에 마카베 씨 집 옆에 서 있던 야마토 택배 밴을 조사해 줘." 내가 말했다. "앞쪽 범퍼 양쪽이 아래로 처졌어."

"건방 떨지 마, 탐정." 니시고리가 말했다.

앞서가는 순찰차와 크라운은 이쓰카이치가도가 간파치 길과 만나기 직전에 좌회전하여 이노카시라 길로 들어서기 전에 있는 가시 철조망으로 둘러싸인 공터에 멈췄다. 막 10시 45분이 되려는 시각이었다. 크라운의 환한 헤드라이트 불빛 속에 대기하던 순찰차와 내 블루버드가 들어왔다. 크라운의 엔진이 꺼지자 세 형사는 마카베를 바라보았다. 마카베는 특별히 누구 한 사람에게 이야기하지 않는 투로 말했다.

"작가는 등장인물을 자유자재로 다룬다고 생각할지도 모르겠습니다만 사실은 멋대로 움직이려는 인물을 따라갈 수밖에 없습니다."

마카베는 벽돌색 작은 여행 가방을 내 무릎으로 옮겼다.

6

자정이 가까운 간파치 길 드라이브는 늘 긴장을 늦출 수 없었다. 귀가를 서두르는 자가용과 돈을 더 벌려는 택시, 짐을 내려놓은 뒤 다른 짐을 싣고 수도권을 탈출하려는 대형 트럭이 교차하듯 스쳐갔다. 메지로 경찰서에서 일곱 시간 넘게 쓸모없이 시간을 소모해 피곤했고 차량 정기검사를 곧 받아야 할 블루버드 때문에 주의를 게을리할 수 없었다. 조수석에 6000만 엔이 든 여행 가방이 놓여 있는 경우에는 더욱 그러했다.

간파치 길을 달리는 차량 흐름에 섞여 들어가 오 분도 지나지 않아 이노카시라 길과 교차하는 지점 조금 앞 도로 왼쪽으로 패밀리 레스토랑 킹 타이거가 눈에 들어왔다. 왕관 쓴 호랑이가 프라이팬을 든 간판이 주차장 옆 기둥 위에서 밝게 빛났다. 나는 블루버드를 주차장에 세우고 조수석에 있는 여행 가방을 집어 든 다음 차 문을 잠그고 나서 대낮처럼 밝은 레스토랑 안으로 들어갔다. 흰 반소매 와이셔츠에 검은 나비넥타이를 맨 아르바이트 학생 같은 웨이터가 나를 맞이하며 혼자냐고 물었다. 나는 동행이 올지도 모르겠다고 대답하고, 일부러 레스토랑 전체가 잘 보이는 한복판 4인석을 골라 앉았다. 이렇게 비효율적인 자리 안내는 하지 말라고 엄하게 교육받았는지, 웨이터는 약간 기분 상한 표정을 짓더니 큼직한 메뉴판을 건넸다. 그것을 받아들며 나는 사분의 일 크기로 접은 1000엔짜리 지폐를 웨이터의 손에 쥐여주었다.

"내게 전화가 올지도 모르니 잘 부탁해."

팁 받는 일에 익숙지 않은 웨이터는 누가 볼 새라 허둥지둥 지폐를 검은 바지 주머니에 집어넣더니 '손님 존함은요?' 하고 물었다.

"전화 거는 사람이 나를 와타나베, 혹은 사와자키나 마카베란 이름으로 부를지도 몰라."

웨이터의 얼굴에 수상하게 여기는 표정이 스쳤지만 더 캐묻지는 않았다. "그럼 주문하실 때 불러주십시오." 웨이터는 테이블을 떠나려 했다.

나는 그를 불러 세워 들여다보지도 않은 메뉴판을 도로 건넸다.

"믹스 샌드위치하고 커피 부탁해."

웨이터가 가고 나서 의자 위에 있던 여행 가방을 발아래로 옮겼다. 컵을 들어 물을 한 모금 마시고 담배에 불을 붙인 뒤 정면 벽에 걸린 시계를 보았다. 11시가 되려면 아직 이삼 분 여유가 있었다. 멋진 디자인에 컬러풀하고 패셔너블하지만 시각을 확인하기에는 불편한 시계였다. 시간에 쫓기는 사람을 위한 시계가 아닌 것만은 분명했다. 시계라고 불러서는 안 될 물건인지도 모른다. 가게 안을 둘러보니 30석가량 되는 테이블에 거의 손님이 앉아 있었다. 심야족으로 보이는 학생이나 술을 마신 직장인, 물장수 스타일의 여자가 대부분이었다. 늦은 시간이라 가족 동반 손님은 거의 보이지 않았다. 마시고 먹고 또 담소하며 다들 자기 시야 바깥에는 다른 세계가 존재하지 않는 듯이 행동했다. 나는 손님 가운데서 범인 일당과 잠복하는 형사의 모습을 찾으려는 짓은 하지 않았다. 모든 손님이 범인이거나 형사, 둘 중에 하나로 보이는 심리 상태였다. 오히려 이제야 혼자 있을 수 있다는 사실을 즐기고 싶었다. 가시철조망에 둘러싸인 공터에서 블루버드를 타고 출발할 때부터 적어도 눈앞에서 나를 감시하는 인간은 없다는 해방감을 맛보았다. 하지만 그 해방감도 몇 분 이어지지 않았다.

11시가 지나자마자 레스토랑 계산대 쪽에서 전화벨이 울렸다. 아까 그 웨이터가 동료를 밀치며 달려가더니 카운터에 가려 보이지 않는 전화에서 수화기를 집어 들어 귀에 댔다. 웨이터는 바로 나를 향해 살짝 고개를 숙여 신호를 보냈다. 담배를 끄고 일어서 여행 가방을 들고 계산대 쪽으로 서둘러 갔다. 웨이터에게서 수화기를 건네받은 뒤 가슴에 대고 눌러 송화구를 막았다.

"상대방이 나를 뭐라고 불렀지?"

"와타나베 씨를 불러달라고 했습니다. 조금 전 빨간 여행 가방을 가지고 들어온 손님이라고 하셨죠."

"목소리가 남자처럼 낮은 여자였나?"

"예, 아마. 그런 느낌이었습니다."

나는 고맙다고 하고, 웨이터가 계산대에서 멀어지기를 기다렸다가 수화기를 귀에 댔다.

"여보세요……?"

"굼뜨시네, 탐정." 바로 그 목소리였다.

"어떻게 해야 하는지 이야기해."

"삼 분 이내에 길 건너편에 있는 '서니 사이드'라는 레스토랑으로 이동하세요."

"차는 어떻게 할까?"

"물론 타고 가야죠. 다음 이동 장소도 이번처럼 가까울 거라고 할 수는 없잖아요? 당신이 차보다 빨리 달릴 수 있다면 몰라도."

"차를 끌고 가려면 삼 분 이내에 가기 힘들지도……."

"맘대로 하세요." 상대방이 심각한 목소리로 내 말을 끊었다. "당신이 꾸물거려서 전화받는 종업원이 '그런 손님 안 계십니다'라며 전화를 끊으면 거래는 그걸로 끝이에요."

"왜 이렇게 서두르지?"

"별로 급하진 않죠. 시간은 다 계산했으니 제시간에 올 수 있을 거예요—경찰에게 메시지를 남기거나 쓸데없는 수작을 부리거나 하지만 않는다면."

"그런 걱정은 하지 마. 경찰은 인질을 돌려줄 때까지 절대 나서지 않을 테니까."

"그걸 믿으라는 건가요? 쓸데없는 소리를 하느라 벌써 일 분 가까이 허비했어요."

화가 났지만 꾹 참았다. "출발을 알리는 총성은 따로 없나?"

"잠깐 기다려요." 여자가 말했다. "당신을 즐겁게 해주지."

"무슨 소린가?"

"6000만 엔이 든 가방은 블루버드 트렁크에 넣고 잠그지 말아요. 차에서 내려 움직일 때는 트렁크에 그냥 놔둘 것. 알겠어요?"

"그럴 수야 없지. 6000만 엔이라는 거금이 들었어. 차량 털이범이나 좀도둑에게 넘어가도 상관없다는 소린가?"

"일 분 경과." 그렇게 말하고 상대는 바로 전화를 끊었다.

웨이터를 불러 커피와 손도 대지 못한 샌드위치 값을 계산하고 바로 레스토랑을 뛰어나왔다. 주차장까지 달려가 블루버드 트렁크를 열고 작은 여행 가방을 집어넣었다. 운전석으로 뛰어들어 간신히 시동을 걸고 주차장을 빠져나왔다. 간파치 길로 들어가 약 삼십 초후, 구가야마 방면으로 빠지는 도로와 교차하는 지점에서 신호가 바뀌기 직전에 불법 유턴하여 간파치 길 반대 차선으로 달렸다.

서니 사이드 주차장에 블루버드를 세우고 가게 안으로 뛰어 들어가니 계산대 옆 핑크색 전화가 울리는 중이었다. 지배인으로 보이는 자그마한 중년 종업원과 나는, 1루 베이스를 다투는 투수와 타자 주자처럼 전화기를 향해 달려갔다.

"와타나베라는 사람을 찾는 전화라면 내게." 종업원이 수화기를 집어 들기 직전에 내가 얼른 말했다.

종업원은 몇 마디 통화를 하더니 나를 돌아보았다. "킹 타이거에서 오신 와타나베 씨를 바꾸라는데요?"

"맞아요. 납니다. 고마워요." 나는 수화기를 건네는 종업원에게 아까처럼 지폐 한 장을 쥐여주었다. 어차피 주문할 틈도 없을 테니 가게를 나갈 때 사소한 트러블이라도 생기지 않기를 바랐기 때문이다.

"전화 바꿨어." 상대방에게 말했다.

"늦지 않았군요. '폴크스'라는 곳은 알아요?"

"그래." 나는 한숨을 내쉬며 대답했다.

"거기 고기 요리는 무척 맛있으니 당신이 채식주의자가 아니라면 추천하고 싶군요. 폴크스에서 오 분 뒤에." 전화는 끊어졌다.

그 뒤로 약 한 시간 동안 나는 오기쿠보와 다카이도 사이의 간파치 길과 그 주변에 있는 심야 레스토랑이나 패스트푸드 가게를 생쥐처럼 열심히 돌아다녔다. 폴크스에서 해피모어로, 스카이락에서 데니스로, 맥도널드에서 엘 구루메로.

경찰은 킹 타이거에서 나와서 서니 사이드로 향하는 나를 보고 벌써 유괴범의 의도를 어느 정도 눈치챈 모양이었다. 신중한 수사 태세를 갖추었기 때문인지 나도 그들의 움직임을 알아차릴 수 없었다. 유일한 실마리인 범퍼 양쪽이 내려간 택배회사의 밴은 한 번도 보이지 않았다. 이 시간에 택배회사 밴이라면 눈에 확 띌 것이라고 판단했거나, 아니면 내가 실마리라고 잘못 생각하고 있거나 둘 중 하나이다.

유괴범은 계속 레스토랑 이름과 제한 시간만 간단하게 전달했다. 블루버드로 돌아올 때마다 재빨리 트렁크를 열어 여행 가방이 있는지 확인했다. 안에 든 내용물까지 일일이 확인할 여유는 없었다.

엘 구루메로 뛰어 들어가니 유럽 길거리에서나 볼 수 있을 멋진 빨간색 전화박스가 계산대 옆에 있었다. 도무지 어울리지 않는 덩치 큰 두 남자가 전화중이었다. 둘 다 첫눈에 오토바이를 타는 사람이라는 것을 알 수 있는 스무 살 조금 넘은 젊은이였다. 가죽 오토바이 슈트를 입은 키 큰 쪽이 전화 상대보다 오히려 가게 안에 있는 사람을 의식한 듯이 소리 내어 웃었다. 또 한 사람은 오토바이를 타는 것보다 위로 들어 올리는 게 어울릴 듯한, 역도 선수 못지않은 체격이었다. 등에 'FLST heritage softail'이라는 로고가 들어간 징 박힌 가죽점퍼, 새것인데도 여기저기 찢어진 청바지 차림이었다. 전화박스에서 몸을 반쯤 내밀고 하이네켄 캔 맥주를 손에 든 채 친구의 전화 통화를 들으며 수염 기른 얼굴로 히죽거리고 있었다.

나는 전화박스에 가장 가까운 빈자리를 골라 앉았다. 직장을 옮기려다 실패한 분위기의 중년 웨이터가 다가왔다. 이 늦은 시간에 일하기는 졸려서 괴롭다는 표정이었다. 나는 샌드위치와 커피를 주문했다.

"저 녀석들이 저기 들어간 지 얼마나 되었죠?" 나는 전화박스 쪽을 가리키며 물었다.

"이럭저럭 십 분에서 십오 분쯤……? 정말 골치 아픈 친구들입니다." 웨이터는 대충 그렇게 얼버무리고는 졸려서 도무지 견딜 수 없다는 듯이 얼른 주방 쪽으로 가버렸다.

이미 제한 시간이 지났지만 나는 서두르지 않기로 했다. 유괴범도 이쪽 전화가 통화중이면 어쩔 수 없으리라. 지금까지 들어간 레스토랑에서는 한 번도 이런 경우는 없었지만 유괴범은 이런 상황도 계산했을 것이다. 반나절만 가벼운 노동을 하고 6000만 엔을 손에 넣으려면 당연히 모든 상황을 고려해야 한다. 나는 상의 주머니에서 담배를 꺼내 불을 붙였다.

레스토랑 안 시계가 자정을 가리키려 하는 중이었다. 전화박스의 두 사람은 여전히 낄낄거리고 있었다. 그런데 키 큰 젊은이가 불쑥 수화기를 내려놓았다. 그러더니 서로 어깨를 쿡쿡 찌르며 뭐라는지 알아들을 수 없는 소리를 질렀다. 키 큰 쪽이 하이네켄 캔 맥주를 받아들고 한 모금 마셨다. 그리고 두 사람은 전화박스를 나와 자기 자리로 돌아가는 듯했다. 잠깐 마음이 놓였지만 그건 어설픈 기대였다.

전화박스 안에서 벨이 울렸다. 나는 자리에서 일어섰다. 오토바이 라이더 복장을 한 두 젊은이도 걸음을 멈추더니 전화박스를 돌아본 다음 서로 얼굴을 마주 보았다. 마치 이 세상에 재미있는 일이 너무 많다는 듯한 표정이었다. 역도 선수 같은 젊은이가 전화박스 안으로 들어가 수화기를 집어 들었다. 눈 깜빡할 사이에 일어난 일이라 누구도 막을 수가 없었다. 벨소리를 들은 종업원도 전화박스 쪽으로 가고 있었는데, 그 모습을 보고는 계산대 부근에서 멈춰 섰다. 나도 테이블 앞으로 나와 상황을 지켜보기로 했다. 달리 어쩔 방법이 없었다.

역도 선수 같은 남자는 전화 상대에게 같은 말을 몇 차례나 되묻는 듯했다. 이윽고 고개를 한 번 크게 끄덕이더니 수화기를 전화 옆에 내던지고는 박스 밖으로 나왔다.

"와타나베 씨…… 손님 가운데 와타나베 씨. 전화 왔습니다." 그는 레스토랑 구석구석까지 들릴 만큼 큰 목소리로 말했다. "계시면 전화박스 앞으로 오세요."

여러 손님들이 킥킥 웃었고 반쯤은 못 들은 척 무시했다. 키 큰 젊은이가 마치 자기가 나설 차례라는 듯이 전화박스로 들어가 수화기를 들고 통화하기 시작했다.

나는 전화박스 쪽으로 급히 갔다. 도중에 어쩔 줄 몰라 하는 종업원에게 말했다. "내가 와타나베야. 내게 맡겨줘."

"와타나베 씨!" 역도 선수 같은 남자가 또 소리를 질렀다. "와타나베 씨 없나? 없으면 전화 끊어."

내가 남자 앞에 섰다. "내가 와타나베야. 전화 받아줘서 고마워." 나는 떡 벌어진 그를 밀치고 전화박스 문을 열었다. 그리고 통화중이던 키 큰 남자에게서 수화기를 빼앗았다.

"실례, 내가 와타나베야. 전화 바꿔줘." 나는 그의 어깨에 손을 얹어 박스에서 밀어내고 들어가 문을 닫았다. 키 큰 남자가 슬쩍 웃었다. 하지만 눈에는 분노가 담겨 있었다. 그는 전화박스 밖에서 나를 노려보더니 하이네켄 캔으로 전화박스 문을 두드리기 시작했다. 그러자 의외로 역도 선수 같은 남자가 친구를 달래 어깨동무를 하고 전화박스에서 떨어졌다. 이런 녀석들에게는 유약한 모습을 보이기보다는 세게 나가야 한다고 생각했다. 하지만 이 판단도 어설픈 생각이었다.

더는 시간을 낭비하지 않기로 했다. 수화기에 대고 입을 열었다.

"여보세요⋯⋯."

"이게 대체 뭐하는 거지?" 귀에 익은 목소리가 날카롭게 들려왔다. 신경이 곤두선 말투였다.

"아무것도 아니야." 내가 차분하게 대답했다. "통화를 길게 하는 주정뱅이가 있었는데 그 녀석들이 멋대로 전화를 받은 거야."

"정말인가요⋯⋯? 무슨 이상한 꿍꿍이를 꾸미는 건 아니겠죠?"

"걱정 마. 그보다 이런 빤한 연극은 그만두고 어서 여행 가방을 가져가. 경찰 감시망은 이미 벗어났을 거야. 어디든 내키는 곳에서 6000만 엔을 가져갈 수 있을 텐데."

"당신이 명령할 생각인가요?"

"지나치게 신중하잖아? 게다가 남의 돈이라도 한 시간 이상 내 차에 두면 왠지 소유권을 주장하고 싶어지니 참 이상한 노릇이지."

상대방이 웃었다. "당신에게 열한 살짜리 소녀를 죽게 할 배짱이 있을까? 허튼소리 늘어놓을 시간이 있다면 당장 거기서 나오는 게 나을 거예요. 이번엔 처음으로 돌아갑시다. 킹 타이거에서 칠 분 뒤에⋯⋯ 아니, 오 분 뒤."

"이봐, 그만해—." 하지만 전화는 이미 끊어졌다.

불쑥 끼어든 사람이 전화를 받는 바람에 하마터면 궤도에서 이탈할 뻔한 유괴범의 계획은 다시 원래 궤도로 돌아온 모양이었다. 나는 계산을 마치고 삼십 초 뒤에 가게에서 뛰어나왔다. 그리고 또 삼십 초 뒤에는 블루버드 트렁크를 열어 여행 가방을 확인했다. 다시 삼십 초 뒤에는 시동을 걸고 블루버드를 출발시키며 기어를 바꾸었다. 문제는 그때 일어났다.

주차장을 빠져나가려는 블루버드 정면을 400에서 500시시급 새카만 오토바이가 가로지르나 싶더니 뒷바퀴가 블루버드 오른쪽 앞부분에 걸려 옆으로 쓰러지며 나뒹굴었다. 나는 급브레이크를 밟았다. 오토바이와 함께 넘어진 키 큰 남자가 아무 일도 없었다는 듯이 일어나더니 이쪽으로 걸어왔다. 순간 차를 출발시킬까 생각했지만 쓰러진 오토바이가 걸릴 것 같아 주차장을 빠져나가기는 무리였다. 남자는 검은 헬멧을 썼지만 틀림없이 레스토랑 안에 있던 두 명 가운데 한 명이었다. 나는 차 문을 열고 밖으로 나와 녀석을 상대하려 했다. 하지만 밖으로 나오려 고개를 내민 순간 뒤에서 강력한 일격을 가해서 콘크리트 바닥에 쓰러질 뻔했다. 큼직한 손이 멱살과 바지 벨트를 잡아 나를 차에서 끌어내더니 바닥에 내동댕이쳤다. 보지 않아도 상대는 역도 선수 같은 녀석이 분명했다. 온몸에 심한 통증이 느껴졌지만 소리를 지를 틈도 없었다. 키 큰 녀석이 바로 다가와 머리를 걷어차려 했다. 쓰러진 채로 보니 나치 친위대 장화처럼 잘 닦은 부츠는 날카로운 칼과 묵직한 흉기를 합친 듯한 공포감을 주었다. 나는 얼른 왼팔로 머리를 감쌌다. 충격을 느낀 순간 왼팔은 마비되었고, 가린다고 감싼 왼쪽 옆머리에서도 찌르는 듯한 통증을 느꼈다. 그대로 영원히 바닥에 누워 있고 싶었지만 누군가가 나를 기다린다는 생각을 떠올렸다. 이름은 잊었지만 분명히…… 마이클 잭슨 티셔츠를 입은 소년. 아니 소녀인지도 모른다…….

　나는 감각이 있는 오른팔을 써서 필사적으로 몸을 일으키려 했는데, 커다란 손이 두 겨드랑이를 파고들어 편하게 일어설 수 있었다. 누가 친절하게 도와주었을 리 없다는 것은 알았다. 키 큰 녀석이 내 복부에 연속해서 펀치 두 방을 넣었다. 숨이 컥 막혔다. 하지만 그 순간 두 녀석이 싸움에는 익숙지 않다는 사실을 파악했다. 키 큰 녀석은 내 몸통을 공격하면서 헬멧 바이저를 올리고 가느다란 콧날을 드러냈다. 첫째, 몸통 공격 자체가 잘못되었다. 오토바이 라이더용 두툼한 장갑을 꼈다면 철저하게 상대의 안면을 공격하는 것이 맞다. 역도 선수 같은 녀석도 잘못되었다. 왼팔을 내 목에 느슨하게 감고 오른손으로는 내 어깨를 잡고 있었다. 이런 상황이라면 '풀 넬슨^{등 뒤} ^{에서 상대의 목 관절을 공격하는 레슬링의 기술}'으로 두 팔을 꼼짝 못하게 해야만 한다. 호흡기관이 서로 연결되어 있기라도 한 듯이 둘이 동시에 숨을 들이켰을 때 나는 정면에 있는 키 큰 녀석의 코를 정통으로 들이받았다. 그 반동을 이용해 뒤에 있던 역도 선수 같은 녀석의 옆구리에 체중을 실어 팔꿈치 공격을 날렸다. 두 놈은 억 하는 소리를 지르며 그 자리에 웅크리고 앉았다. 싸움에 익숙하다는 것은 맞는 데도 익숙하다는 이야기다. 이렇게 주저앉는 자세는 한 번도 얻어맞아본 적 없는 놈들이나 보이는 반응이다. 바로 두 번째 공격으로 이어가야 했지만 놈들 공격으로 받은 충격이 컸다. 간신히 두 녀석의 공격 범위에서 벗어나 양쪽이 한 눈에 들어오는 위치까지 물러섰다. 블루버드 옆에 주차된 빨간 랜서 앞에 기대 호흡을 가다듬으려 했다.

등 뒤에서 구두가 콘크리트 바닥을 스치는 희미한 소리가 들렸다. 그때 비로소 처음 이 주차장에 블루버드를 몰고 들어왔을 때 헤드라이트 불빛으로 나란히 주차된 오토바이 두 대를 본 기억이 났다. 두 번호판이 흙투성이였던 것까지 생각났다. 이런 순간에 그런 어리석은 기억을 떠올리다니. 나는 소리가 난 쪽을 돌아볼 틈도 없이 뒤통수에 거센 일격을 당하고 의식을 잃었다.

7

　나는 다 허물어져가는 영화관 좌석에 수갑으로 묶인 채 천장에서 떨어져 내리는 회반죽 부스러기를 불안하게 올려다보고 있었다. 덩어리까지 마구 쏟아져서 공포심을 부채질했지만 이상하게 내 몸에는 떨어지지 않았다. 수갑은 나중에 영화관 종업원이 풀어주러 올 거라고 누군가가 가르쳐주었는데, 아무도 다가오는 기척이 없었다. 영화관 안에는 나뿐이었다. 비스듬하게 찌그러진 스크린에는 차 위에서 연설하는 남자가 저격당해 쓰러지는 장면이 반복해서 나왔다. 하지만 쓰러진 사람은 나였고, 주위를 둘러싼 사람들이 내 이름을 계속 불렀다…….

　세 사람의 얼굴이 나를 들여다보고 있었다. 머리도 눈도 또렷하지 않아 누군지 잘 알 수 없었다.

"사와자키, 정신이 드나? 일어나." 목소리를 들어보니 무로오 형사인 모양이었다.

다른 한 사람이 얼굴을 들이대며 말했다. "사와자키 씨, 정신이 들었나?" 왼쪽 눈썹에 커다란 사마귀가 보였다.

나는 수갑이 채워져 있을 오른쪽 손목을 잡아당겨보았지만 역시 뜻대로 되지 않았다. 그러자 낯선 세 번째 사람이 다른 두 사람과는 좀 다르게 동정 어린 목소리로 말했다. "호흡이나 맥박 모두 정상이니 크게 걱정할 필요는 없겠군요."

흰 헬멧을 쓰고 흰옷을 입은 그 남자가 손을 놓자 그제야 내 손목이 자유로워졌다.

"하지만 심한 뇌진탕을 일으켰으니 내일은 뒤통수가 부어올라 온종일 심한 두통을 앓을 겁니다." 그는 오사코 경부보를 돌아보며 말했다. "만약을 위해 병원에서 정밀검사를 해야 합니다. 너무 시간을 지체하지 말아주세요."

형사들이 고개를 끄덕이자, 그는 내 시야에서 사라졌다. 나는 들것에 누워 구급차 안에 있는 모양이었다. 차창 밖 불빛을 보려고 고개를 들었다. 주차장 구석의 엘 구루메라고 적힌 빨강, 노랑 네온 간판이 눈에 들어왔지만 머릿속이 출렁거리는 듯이 아프고 구역질이 나서 머리를 베개 위로 되돌릴 수밖에 없었다.

발쪽에 버티고 선 무로오가 고소하다는 표정을 지으며 나를 바라보았다. 오사코는 약간 지친 표정으로 들것 맞은편에 있는 좌석에 걸터앉았다. "여기가 어딘 줄 알겠나?"

나는 머리 상태를 확인하기 위해 천천히 두세 차례 고개를 끄덕여 보였다. 이번에는 통증도 구역질도 없었다.

"상황 설명을 들어야겠는데, 괜찮겠어?" 오사코가 다시 물었다.

"그래……." 목이 바싹 말라 쉰 목소리밖에 나오지 않았다. "그 전에 물 한 잔 마시고 싶군."

오사코 경부보가 무로오 형사를 돌아보았다. "구급대원에게 물 좀 달라고 하고, 가지키 경부를 불러와."

무로오가 콧방귀를 뀌었다. "아까까지만 해도 잘난 척하며 떠들던 주제에 물 한 잔 달라니. 영리한 척하는 녀석의 얼빠진 진술을 듣는 게 무척 기대되는군."

무로오는 그렇게 내뱉고 구급차 뒷부분에 있는 승강구로 나갔다.

나는 조심스레 들것에서 상반신을 일으켜 양말만 신은 발을 바닥에 내려놓았다. 오사코가 상의 가슴주머니에서 볼펜을 꺼냈다. 그 볼펜으로 증거물이라도 다루듯 들것 아래서 내 구두를 하나씩 꺼냈다.

"한 가지만 가르쳐줘." 나는 구두를 신으며 말했다. 뒤통수에 다시 묵직한 통증이 느껴져 잠시 동작을 멈춰야만 했다. "트렁크 안에 든 6000만 엔은 어떻게 되었지?"

오사코가 내 얼굴을 뚫어지게 바라보았다. 그러더니 천천히 고개를 저었다. "남아 있을 리가…… 없지 않겠나?"

그는 불쑥 고개 젓는 동작을 멈추고 미간을 찡그리며 나를 응시했다.

"하지만, 설마—."

"나를 블루버드 운전석에 앉혀줘." 내가 말했다. "지금 몇 시지? 범인이 나더러 12시 11분까지 킹 타이거에 도착하라고 했어. 어쨌든 킹 타이거로 가는 게 현재 최선의 수습책이 되지 않겠나?"

오사코는 자기가 상상하던 현장 상황과 내 이야기가 서로 맞아떨어지지 않는다는 표정을 지으며 말했다. "……그렇지만 이미 0시 15분이 지났어. 그리고 몸 상태가 이런데 운전은 무리야."

제복 경찰관이 나타나 열려 있는 조수석 창문 너머로 물이 든 잔을 오사코에게 건네면서 다 마신 뒤에는 엘 구루메 주방에 반납해달라고 말했다. 나는 구두를 신고 나서 잔을 받아 들고 찬물을 한숨에 들이켰다.

가지키 경부와 무로오 형사가 구급차 뒤로 들어왔다.

"탐정 선생이 정신이 든 모양이로군. 괜찮다면 먼저 상황 설명을 듣고 싶은데." 가지키 경부가 빈정거리는 투로 말했다.

"경부님, 느긋하게 그런 이야기나 할 때가 아닐지도 모릅니다." 오사코가 급히 말했다. 오사코 형사는 방금 내가 한 말을 듣고 여기서 일어난 일이 그들이 상상하던 것과 다르다는 사실을 깨달은 모양이었다.

"무슨 소린가?" 가지키 경부는 오사코를 돌아보며 그렇게 말하고 시선을 내게로 되돌렸다.

나는 블루버드를 타고 단독 행동에 들어간 이후의 경과를 일 분이내에 간단하게 설명했다. 내가 유괴범과 순조롭게 접촉하고, 몸값을 건넨 뒤에 폭행을 당했을 거라고 지레짐작하던 형사들의 안색이 싹 변했다. 나는 즉시 행동에 옮겨야 할 일을 가지키 경부에게 이야기했지만 반응이 둔했다. 수사를 지휘해야 할 그가 한 시간 뒤면 틀림없이 인질로 잡힌 소녀가 풀려날 거라 여기고 대기했던 게 분명했다. 신주쿠 경찰서 니시고리 경부가 수사를 지휘했더라면 이 순간 내 앞에 버티고 서서 욕을 실컷 퍼부을 것이다. 하지만 메지로 경찰서 형사들은 나를 신문부터 하려 들었다.

무로오 형사가 제일 먼저 입을 열었다. "그렇다면 자네는 오토바이를 타는 녀석들이 유괴범인지 어떤지도 확인하지 못한 채로 6000만 엔이나 되는 몸값을 넘겨주었다는 소린가?"

"넘겨주지 않았어. 그놈들의 방해를 어떻게든 피해보려고 했지만 결국 이런 꼴이 되고 말았지. 6000만 엔이 든 여행 가방이 없어졌다는 사실은 오사코 경부보에게 들었을 뿐이야."

"멍청하긴! 뭐가 어떻게든 피해보려고 했다는 거야!" 무로오가 내뱉듯이 말했다.

"잠깐." 가지키 경부가 생각하는 표정을 지으며 말했다. "오토바이를 탄 놈들은 역시 유괴범과 한 패거리이고, 자네를 때려 기절시킨 뒤에 트렁크에서 몸값을 꺼내 달아났다고 볼 수는 없는 건가?"

"있을 수 없는 일은 아니지." 내가 대답했다.

오사코 경부보가 눈썹을 치켜올렸다. "혹은 그놈들이 우연히 끼어든 훼방꾼이라 하더라도, 트렁크에서 여행 가방을 꺼내 간 사람은 자네가 기절당한 기회를 재빨리 이용한 유괴범일지도 모르고?"

"있을 수 없는 일은 아니지." 내가 똑같은 대답을 반복했다.

"경부님이나 경부보님이나 너무 낙관적입니다." 무로오 형사가 대들 듯이 말했다. "여행 가방을 가지고 간 놈이 오토바이 탄 놈들이든 아니든 일단 유괴범이 아직 몸값을 손에 넣지 못했을 우려가 있다는 거예요. 그렇지, 탐정?"

"그래서 블루버드를 타고 킹 타이거로 가서 대기해야만 한다고 이야기하는 거지."

사실 나는 이런 수습책에 아무 기대도 하지 않았다. 하지만 기대를 걸 수 없는 행동이나 조사라고 해서 다 포기한다면 탐정이 할 수 있는 일은 거의 없을 것이다.

오사코가 손목시계를 보며 말했다. "그렇지만 범인이 지정한 시각을 이미 팔 분 이상 넘겼어."

"이런 곳에 걸터앉아 있는 것보다는 낫겠지." 나는 빈 잔을 오사코에게 건네주며 일어섰다.

"빈손으로 간단 말인가?" 무로오가 무뚝뚝하게 물었다. "몸값도 없는데 대체 어떻게 할 작정이지?"

나는 무로오를 바라보았다. "만약 유괴범이 시간이 지났는데도 전화를 걸어온다면 사정을 설명하고 시간 여유를 좀 달라고 할 수밖에 없지."

형사들은 얼굴을 마주 보았다. 이 사태를 어떻게 처리해야 할지 머리를 굴리는 것이다. 한 시간 전에 마카베 오사무를 설득해서 나를 '운반책'으로 쓰지 못하게 만들려던 팀워크는 이미 사라졌다. 결국 나를 킹 타이거에서 대기하게 하는 일 이외에는 적당한 방법이 떠오르지 않는 모양이었다.

무로오가 불쑥 눈을 부라리며 나를 바라보았다. "사와자키, 놈들 지시에 따라 간파치 길을 오락가락하는 사이에 6000만 엔을 어딘가에 숨겨두었다가 이제 그걸 집어 들고 도망칠 작정은 아닐 테지? 혹시나 싶어 이야기해두겠어. 우리가 확인한 것은 블루버드 안에는 현금이 한 푼도 없다는 사실뿐이야. 몸값이 사라진 문제에 관해 자네가 결백하다고 판단한 게 아니야."

무로오다운 발상이었다. 머릿속에 백 가지 의심이 떠오르면 반드시 백 마디를 다 내뱉는 사람인 모양이다. 그리고 백 가지 가운데 하나라도 먹이가 걸리면 자기는 유능한 형사라고 믿을 것이다. 나머지 아흔아홉 개의 불발탄은 내일도 아니고 그날로 까먹어버리는 성격이리라. 인간으로서의 품성만 신경 쓰지 않는다면 그런 방법은 누구나 채택할 수 있고, 누구에게나 통한다.

나도 시험해보기로 했다. "내가 쓰러져 있던 이 현장에 맨 처음 도착한 사람이 누군가? 그 사람 소지품도 검사를 하는 게 6000만 엔을 찾아낼 확률을 높일 수 있겠군."

말이 끝나기도 전에 무로오가 멱살을 잡고 비틀었다. "이 자식! 헛소리 집어치워! 내가 뭘 어쨌다는 거야!"

"쓸데없는 짓 그만둬!" 오사코가 무로오의 손을 잡아 흔들어 멱살을 놓게 했다. "그런 조사는 언제든 할 수 있어. 지금은 일분일초를 다퉈야 할 일이 있잖아."

"게다가 소녀의 목숨이 걸려 있지." 가지키가 말을 보탰다.

일분일초를 헛되게 만드는 사람이 누군지 따지지는 않기로 했다. 그때 물 컵을 갖다 주었던 제복 경찰관이 아까와는 전혀 달리 긴장한 얼굴로 구급차를 향해 달려왔다.

"이사카 경시님이 가지키 경부님을 급히 찾습니다."

가지키와 무로오가 구급차에서 후다닥 뛰어나가 경찰관 안내를 받아 주차장 입구 부근에 서 있던 순찰차로 달려갔다. 가지키는 운전석 창문으로 무선 마이크를 집어 들더니 두세 차례 대답을 반복했다. 옆에서 교신 내용을 듣던 무로오의 표정이 싹 바뀌었다. 그는 서둘러 구급차로 돌아왔다.

무로오는 구급차에 올라타더니 똑바로 내게 다가왔다. 그는 큼직한 손으로 내 왼쪽 어깨를 움켜쥐고 힘을 꾹 주었다.

"탐정, 자네 참 잘했어." 그는 오사코를 바라보며 보고했다. "유괴범이 0시 8분에 마카베 씨 집으로 전화를 했답니다. '지정한 시각과 장소에 몸값이 오지 않은 이상 교섭은 모두 중단한다'라는 말만 하고 바로 끊었다고 합니다."

남아 있던 약간의 기운마저 빼버리는 그 전화로 내 불운한 하루는 겨우 막을 내렸다. 그리고 더 불행한 나날이 시작되고 있었다.

8

　일주일하고 이틀이 덧없이 지나갔다. 일찍이 이토록 무력감에 시
달린 나날은 없었다. 나는 자신의 능력을 과대평가하는 사람은 아니
었다. 구 일 전 그날 밤 이후 유괴범은 연락이 뚝 끊어져 마카베 사
야카의 소식은 전혀 알 수 없었다.

　그날 밤, 경찰은 나를 근처 병원 응급실로 옮겨 머리에 대한 정밀
검사를 받게 한 뒤, 바로 메지로 경찰서로 연행했다. 그리고 블루버
드로 단독 행동에 들어간 뒤부터 의식을 되찾을 때까지를 자세하게,
거의 초 단위로 진술하도록 요구했다. 신문을 담당한 사람은 가지키
경부와 모리 수사과장이었다. 오사코 경부보와 무로오 형사를 비롯
한 수사관들은 몇 개 조로 나뉘어 간파치 길 주변에서 내 행동에 대
한 확인 수사를 진행해 하나하나 대조했다. 그런 과정을 통해 내가

무엇을 했는지 불확실한 시간이 오 초를 넘지 않으며 불명확한 행동을 할 여유도 없었다는 사실이 밝혀졌다.

나를 습격한 두 명, 혹은 세 명의 오토바이 녀석들은 레스토랑에 있던 몇몇 목격자와 내 진술을 바탕으로 바로 도쿄 도의 모든 순찰차에 긴급 수배가 내려졌다. 하지만 만족스러운 결과는 나오지 않았다. 메지로 경찰서에서 신문을 받기 전에 경찰은 내게 폭주족 관련 전과자 파일과 블랙리스트를 보여주며 습격한 두 녀석이 있는지 확인시켰다. 대략 오백 명이 넘는 얼굴 사진을 훑어보았지만 해당되는 사람은 없었다. 다만 키 큰 녀석과 제법 흡사하게 생긴 남자 사진을 한 장 뽑아, 확실치는 않다는 단서를 달면서 경찰에 건넸다. 날이 밝을 무렵 잠옷 차림에 겁을 집어먹은 그 남자와 대질했지만 역시 전혀 다른 사람이었다.

신문은 다음 날 오전 7시 반경에 끝나, 길기만 할 뿐 아무런 도움도 되지 않을 것 같은 진술서에 대충 서명했다. 내게 쏟아지는 형사들 시선에는 블루버드를 타고 돌아다니는 동안에 6000만 엔이 든 여행 가방을 유괴범이나 제삼자에게 몰래 넘겨준 것이 아닌가 하는 의심이 여전히 남아 있었다. 그러나 내가 마카베 씨에게 손해를 끼치거나 경찰의 수사 활동을 방해했다는 확증은 나오지 않았다. 나를 계속 붙잡아둘 만한 이유도 발견되지 않았다. 결국 경찰은 나를 풀어줄 수밖에 없었다.

"돌아가도 되겠지?"

진술서의 내 서명을 확인하는 가지키 경부에게 물었다.

그는 진술서를 보던 눈을 들어 내키지 않는다는 목소리로 말했다.
"마카베 씨 댁 현관 부근에 서 있던 택배회사 밴 이야기를 왜 우리한테 해주지 않았지?"

"묻지 않았으니까."

"묻지 않아도 그런 건 보고해야지."

"보고했어. 자기들 체면만 구기지 않으려고 아등바등하는 형사에게 한 건 아니지만."

가지키 경부가 불끈 화난 표정을 지으며 노려보았다. 옆에 앉아 졸린 표정을 짓던 모리 수사과장의 표정은 전혀 변함이 없었다.

"지난밤에 그런 실수를 저질러놓고도 큰소리는 잘도 치는군." 가지키가 가시 돋친 목소리로 말했다. "넌 평소 대체 얼마나 뺀질뺀질한 인간이야?"

가지키의 빈정거림을 무시하고 내가 물었다. "결과는 어땠지?"

"무슨 결과?"

"택배회사 밴 조사 결과."

가지키는 인내의 한도에 달한 듯한 표정으로 나를 보았다. 대신에 모리 수사과장이 반쯤 감은 눈을 뜨며 대꾸했다. "그 차는 분명히 자네가 마카베 씨 댁에 나타난 어제 오후 2시 전후로 부근에서 배달을 하던 차였어. 도쿄 지역에서 앞부분 범퍼가 심하게 변형된, 그러니까 양쪽 끝이 아래로 처진 차량은 그 한 대뿐이라더군. 하지만 평소하던 업무중이었을 뿐인 듯해. 그 차에 타고 있던 직원에게도 특별히 수상한 점은 없었지. 조사는 계속할 거야. 그 직원도 한동안 우리가 감시하게 될 테지만, 아마도······."

나는 그날 오후 마카베 씨 집 앞에서 야마토 택배 차량에 들이받힐 뻔했던, 지나가던 차 한 대를 떠올리려고 했다. 머리를 얻어맞아서인지 기억이 흐릿하고 모호했다. 기억난다고 해도 그게 실마리가 될지 알 수 없었다.

모리는 뭔가 잔소리를 하고 싶어 하는 가지키를 가로막으며 내게 말했다. "우리가 특별히 본청이니, 신주쿠 경찰서니, 메지로 경찰서니 따지면서 관할을 다투는 건 아니야. 그 점은 알아둬. 그리고 이번 사건에 관한 내용은 모두 대외비로 할 것─이건 설명할 필요도 없겠지만. 그 점만 이해한다면 언제 돌아가든 상관없어. 앞으로 당신에겐 여러 가지 협조를 부탁해야만 할 테니까."

"내가 할 수 있는 협조는 다 했어······." 내 목소리에는 화난 가지키의 태도를 누그러뜨릴 만한 힘이 없었다.

전날 밤 일이 악몽처럼 느껴지는 메지로 경찰서를 나서자 밖이 환했다. 오전 8시가 다 된 시각이었기 때문이다. 그리고 꼬박 나흘 동안 내게는 밤낮 없이 삼교대로 감시와 미행이 따라붙었다. 그 사이에도 세 차례나 메지로 경찰서로 불려가 진술 내용에 관해 몇 가지 재신문을 받았다. 세 번째 신문 때는 나를 공격한 녀석 가운데 한명인, 가죽점퍼에 역도 선수 같은 남자의 얼굴 사진을 확인했다. 모리 수사과장이 흘려준 바에 따르면 요코하마 근교에 사는 호소노라는 이름의 일용직 근로자라고 했다. 그가 도쿄 도까지 와서 오토바이를 타고 돌아다닌 사실은 주위에 별로 알려지지 않았던 모양이다.

이른바 폭주족도 아니기 때문에 찾아내는 데 애를 먹었지만 내가 진술한 인상과 할리 데이비슨 로고가 들어간 가죽점퍼가 중요한 단서가 되었다고 모리 수사과장이 말했다. 자기 체중에 어울리지 않는 성을 지닌 호소노는 사건을 전후해 일터나 거주중인 연립주택에도 들르지 않아 경찰은 아직 그와 접촉하지 못한 상태였다. 나를 습격한 또 한 명인 키 큰 남자 쪽은 아직 이름도 확인되지 않았다.

그 뒤로 수사가 이렇다 할 진전이 없는 데는 분명한 이유가 있었다. 그날 밤 유괴범이 '교섭은 모두 중단한다'라고 통고했는데도 그걸 진짜로 믿는 사람은 아무도 없었다. 수사본부의 모든 사람들은 6000만 엔이라는 큰돈이 눈앞에 어른거리는 이상 가까운 시일 안에 범인들이 재교섭을 위해 연락할 것이라고 생각했다. 낙관적인 견해를 지닌 사람은 범인이 이미 몸값을 손에 넣었고, 그 통고는 수사본부의 활동을 막거나 지체시키기 위한, 혼란을 주기 위한 위장 전술에 지나지 않으며 언젠가 적당한 시기에 어린 소녀 인질을 풀어줄 것이라는 기대까지 품었다. 하지만 그렇게 되지 않았다. 그런 상태에서 일주일 하고도 이틀이 지나버렸다.

나는 사무실 책상에서 《마이니치신문》에 실린 바둑 '혼인보 전' 기사를 읽고 있었다. 일본으로 돌아와 펼친 제2국은 혼인보가 도전자를 격파하고 설욕해 1승 1패 동률을 기록했다고 전했다. 이 주 전에 바둑 역사상 최초로 파리에서 열린 제1국은 내가 응원하는 오타케 히데오 9단이 백을 들고 불계승을 거두어 다케미야 마사키 혼인보를 깨고 도전자로서 최고의 출발을 했다. 그때 신문 1면을 장식한 컬러 사진에서 짙은 갈색 계통의 일본 전통 복장을 입은 오타케 9단의 대국 모습을 본 것이 아득한 옛날인 듯한 기분이 들었다. 그 무렵에는 도전자가 나머지 대국에서 한 번 지고 한 번 이기고를 반복하면 오래간만에 빅 타이틀을 따낼 수 있을 텐데, 하는 태평한 생각이 나 하면 되었다.

나는 신문에 실린 기보에 정신을 집중하려 했지만 소용없는 노력이었다. 포기하고 신문을 접어 책상 위에 내던졌다. 아침부터 담배를 지나치게 많이 피우기는 했지만 손님이 깜빡 두고 간 일회용 라이터로 다시 불을 붙였다. 책상 위의 W자 모양 유리 재떨이에 꽁초가 수북하게 쌓여 있었다. 필터 없는 담배를 평소보다 더 많이 피우니 입안이 청소하지 않은 파이프 담배의 대통 같았다. 그때 전화벨이 울려 수화기를 집어 들었다.

"여보세요…… 와타나베 탐정사무소인가요?" 젊지 않은 여자 목소리인데, 점잔을 빼는 악센트였다.

나는 그렇다고 대답했다.

"절대로 비밀을 지켜야만 하는 매우 어려운 문제로 조사를 부탁드리고 싶습니다. 하지만 당신을 믿어도 될지……."

"이번 달에는 신뢰도가 제 중요한 상품이라고는 할 수 없군요."

"뭐라고요? 지금 장난치는 건가요?"

"반대입니다. 너무 진지하게 대답한 것 같군요. 일반적인 탐정 업무 범위에서라면 믿어도 좋을 겁니다."

"도무지 믿음이 가지 않는 말이로군요."

"솔직할 뿐입니다. 지금 전화 거신 분께서 과대광고에 너무 길들어 있어서 그렇겠죠."

"그런가요? 하지만 이건 절대로, 무슨 일이 있어도 비밀을 지켜야하는 일입니다."

"한 가지 충고드리죠. 그 건은 저에게나 다른 사람에게도 절대 이야기하지 말 것. 그보다 먼저 당신 스스로 잊어버리고 다시는 떠올리지 말 것. 완벽하게 비밀을 지키기 위해서는 그게 유일한 방법입니다."

"당신 정말 무례한 사람이군요." 여자는 전화를 끊었다. 이런 식으로는 의뢰가 성사되지도 않고 아무것도 안 된다.

나는 오전중에 담배를 몇 개비 더 피웠다. 점심을 거르고 더디 가는 오후 시간을 견뎠다. 유괴범의 마지막 전화를 받았을 때부터 뒤통수에 한 방 먹을 때까지 일을 흐릿한 비디오테이프를 되풀이해서 보듯이 백 번도 넘게 떠올리고 있는데 또 전화벨이 울렸다.

"와타나베 탐정사무소입니다……." 이번에는 영업에 성의를 보인다는 느낌을 주려 했지만 니코틴과 타르 때문에 엉망이 된 목소리로는 효과가 있을 리 없었다.

"탐정?" 귀에 익은, 여유 있는 베이스 음성이 들려왔다.

"우리 하시즈메 형님께서 그쪽에 가 계시지 않나?"

"모르는 이름인데." 나는 수화기를 내려놓으려 했다.

"잠깐! 잠깐 기다려. 조직에 약간 말썽이 있어서 반드시 하시즈메 형님께 연락을 취해야 해. 부탁이니 형님이 거기 계시면 전화 바꿔 줘. 신세는 갚을게."

하시즈메는 폭력단 세이와카이의 젊은 간부였다. 메지로 경찰서 형사들이 마카베 오사무에게 이야기하던, 옛 파트너 와타나베의 사건 이후로 지긋지긋한 인연이 맺어졌다. 팔 년 전에 일어난 1억 엔 플러스 각성제 강탈 사건이다. 빼앗긴 것을 되찾기 위해 공범 혐의가 있는 나를 만나러 사무실에 쳐들어왔을 때만 해도 하시즈메는 풋내기 간부였다. 하지만 그 세계에서 두각을 드러내는 비결을 아는지, 나이에 비해 조직에서 제법 행세를 하게 되었다. 그때 하시즈메와 그의 부하가 닷새에 걸쳐 내게 가한 폭력과 협박은 별로 떠올리고 싶지 않은 기억이었다. 하지만 하시즈메는 잊을 만하면 나타나 집요하게 와타나베의 소식을 캐물었다. 지금 전화를 건 녀석은 분명히 이력서에 키와 몸무게 이외에는 아무것도 적을 필요가 없을 듯한 거구의 야쿠자다. 자기를 뚱보라고 부르건 괴물이라고 부르건 눈썹 하나 까딱하지 않는 하시즈메의 심복이었다.

"그 녀석은 작년인가 재작년 여름 이후 본 적 없어." 내가 말했다.

"정말인가……? 그런데 목소리가 여느 때와는 다르군."

"담배를 너무 피워서 목이 좋지 않을 뿐이야. 전화 끊어. 나 바빠."

"그 목소리 이야기를 하는 게 아니야. 너답지 않게 이상하게 차분하지 않아. 초조한 모양이군……. 무슨 일 있나, 탐정?"

나는 쓴웃음을 지었다. "넌 좋은 귀를 살릴 만한 직업으로 전직해야겠어. 하시즈메를 보면 연락하라고 할게." 나는 전화를 끊었다.

오후 3시가 지나자 해가 잘 들지 않는 사무실 안이 어두컴컴해졌다. 나는 책상을 떠나 하나밖에 없는 창문 쪽으로 다가갔다. 내려놓은 블라인드에 손가락을 끼워 벌리고 주차장 건너편 길을 살폈다. 나흘이나 감시와 미행의 대상이 되다 보면 이런 연극 같은 행동은 습관이 되는 모양이다. 뒤편 잡거빌딩 입구 부근에 숨어서 이쪽 창을 살피는 사람이 있었다. 분명히 메지로 경찰서 형사는 아니었다. 나는 서둘러 사무실을 나섰다.

9

　햇빛이 전혀 들지 않는 2층 복도를 통과하고 한 사람밖에 지나다닐 수 없는 계단을 내려간 뒤 자물쇠가 걸리지 않는 우편함 앞을 지나 건물 밖으로 나왔다. 이십 년도 넘는 세월과 배기가스 때문에 지저분한 빌딩 정면을 우회하여 사무실 창문을 감시하는 인물이 있는 쪽 길에 섰다. 빠른 걸음으로 다가가도 상대는 눈치채지 못한 채 같은 자세로 사무실 쪽을 쳐다보고 있었다. 손을 뻗으면 닿을 만한 거리에서 우뚝 멈춰 선 나를 보더니 '앗' 하는 소리를 질렀다. 그러고는 얼른 몸을 돌려 도망치려 했다. 20미터 떨어진 창문 안쪽에 있어야 할 인간이 느닷없이 눈앞에 나타나니 어린애가 아니라도 당황하리라.

　"너 마카베 요시히코지?"

소년은 걸음을 딱 멈추더니 나를 돌아보았다. 자기 집 뒷마당에서 처음 보았을 때처럼, 쏘는 듯한 시선으로 나를 똑바로 바라보았다. 작고 가냘픈 몸이 허를 찔린 놀라움과 분노로 가늘게 떨렸다. 청바지 위에 걸친 티셔츠에는 마이클 잭슨 얼굴이 아니라 '세이부 라이온스'의 마스코트를 만화로 그린 사자가 찍혀 있었다. 하지만 소년은 '도코로자와 구장'에 가본 적도 없고, 페넌트 레이스에서 라이온스가 오늘 몇 위인지도 모를 것 같은 인상을 풍겼다.

"하고 싶은 이야기가 있는 모양이구나, 꼬마야. 어디 들어보자."

소년은 소년답게 민감했다. 내가 적극적으로 잡으려 들지 않는다는 사실을 깨달았다. 수염이 나려고 막 거뭇거뭇해지기 시작한 입가에 자기가 유리하다고 판단한 웃음이 떠올랐다. 그리고 분노가 가라앉아 몸을 떨지 않게 되고, 눈빛이 아이다움을 잃고 흐려졌다. 소년은 '흥' 하고 콧방귀를 뀌더니 등을 돌려 그냥 가려 했다.

소년을 불러 세우지 않았다. 내가 불러 세울 거라 생각하고 있다는 사실을 알았기 때문이다. 5, 6미터쯤 멀어졌을 때는 자식 공부에 열 올리는 부모를 기쁘게 하기 위한 선물처럼 흔들리던, 북 밴드에 매단 학용품이 부자연스럽게 흔들렸다. 소년은 걸음이 점점 느려지더니 10미터쯤 떨어진 곳에서 마지못해 걸음을 멈추고 나를 돌아보았다. 나는 집게손가락과 가운뎃손가락을 뻗어 권총 모양을 만들어 손바닥을 위로 향하고 손가락을 딱 한 번만 구부려 '이리 오라'라고 손짓을 했다. 소년은 몇 초간 내 손짓에 따르기는 내키지 않는다는 듯한 몸짓을 보였다. 그리고 걸음수를 계산하는 듯한 걸음걸이로 돌아오더니 내 앞에 멈춰 섰다.

"왜 돈을 범인에게 주고 사야카를 구해주지 않았죠?" 소년이 불쑥 앙칼진 목소리로 따져 물었다.

나는 호흡을 가다듬어야 했다. "이야기 들었을 텐데. 두 남자에게 습격당했고, 누군지 모를 세 번째 사람이 뒤에서 머리를 때렸어. 정신이 들었을 때는 다 끝난 상태였지."

"형편없네." 소년이 눈썹을 찡그리며 말했다. "그럴 거면 돈을 전달하는 역할을 맡을 자격이 없었던 거잖아요."

"노력은 했어. 하지만 노력한다고 다 되는 건 아니라고 누가 가르쳐주지 않았니?"

"그런 건 물어보지 않아도 알아요. 남들보다 열심히 공부했는데 입시에 떨어지는 일도 있으니까." 소년은 자기도 세상 물정 다 안다는 표정을 지으며 말했다. 이 또래 아이들은 무슨 일이든 입시 공부에 빗대어 이해하는 모양이었다. 소년이 고개를 숙였다. "……그렇지만 누구에게 불평도 못 하고 일 년 동안 꾹 참을 수밖에 없죠. 결국 자기가 잘못한 거니까요."

별 볼 일 없는 의견이었다. 열네댓 살 먹은 아이 입을 통해 이런 소리를 들으면 교육이 땅에 떨어졌다는 말이 그저 유행어만은 아니라는 사실을 실감할 수 있다.

소년은 나를 쳐다보며 묘하게 목소리에 힘을 주고 말했다. "그렇지만 난 아저씨처럼 변명 따위는 하지 않아요. 예를 들어 내 동생 사야카가 이렇게 된 게 나 때문이라고 해도 말이에요."

"뭐라고?" 나는 소년 쪽으로 몸을 내밀 수밖에 없었다. "그게 대체 무슨 말이지?"

캐묻는 듯한 내 말투에 소년이 흠칫했다. 한쪽 손에 들었던 북 밴드를 두 손으로 고쳐 들더니 화려한 컬러 표지가 있는 입시 참고서와 노트로 내 공격을 막겠다는 듯이 방어 자세를 취했다.

"동생이 유괴된 게 너 때문이라는 거냐?"

소년은 고개를 돌렸다. 그러고는 잃어버렸던 우위를 바로 되찾았다. "흥, 아저씨에겐 이야기할 필요가 없어."

"얘……." 나는 소년이 도망치지 못하게 두 팔을 뻗어 어깨를 잡으려 했다.

그때 내 뒤에서 누군가의 목소리가 들려왔다.

"요시히코, 이런 데서 뭐하는 거냐?"

소년과 나는 동시에 뒤를 돌아보았다. 인도 쪽으로 붙여 세운 흰색 크레스타 운전석에서 오십대 후반의 신사가 내리는 중이었다. 신사는 얇은 감색 천으로 된 더블버튼 상의 단추를 채우면서 차 뒷부분을 돌아 인도로 올라왔다. 그는 소년에게 심각한 목소리로 말했다. "너 학원 시작할 시간이 한참 지났잖아."

"외삼촌, 하지만……." 요시히코가 입을 비죽 내밀었다. "사야카가 이렇게 되었는데 나만 공부하고 있을 순 없어요." 목소리가 점점 작아지더니 소년은 고개를 떨구었다.

"아버지한테 이야기 들었을 텐데—." 소년의 외삼촌은 말투를 약간 누그러뜨렸다. "평소와 똑같이 생활하되 눈에 띄는 짓을 해서는 안 된다고. 사건이 외부에 알려지면 진짜 사야카에게 무슨 일이 일 어날지…….”

요시히코는 자기에게 무슨 일이 일어나기라도 한 듯이 얼굴을 일 그러뜨리며 고통스러운 표정을 지었다. “알아요……. 그렇지만 벌써 여러 날 지났는데 사건 수사는 전혀 진전이 없잖아요.”

소년은 그 원인 가운데 하나로 생각하는 내게 혐오감을 드러내는 시선을 던졌다.

“오늘로 구 일째야.” 내가 말했다. 그리고 소년의 외삼촌이라는 인물을 돌아보았다. “이 아이에게 묻고 싶은 것이 있습니다만, 잠깐 이야기해도 괜찮겠습니까?”

그는 흰머리가 살짝 섞인 언저리를 손가락으로 쓱 문지르고 금테 안경을 살짝 고쳐 쓰더니 천천히 고개를 저었다.

“그럴 필요는 없겠죠. 이 아이가 동생이 유괴당한 것은 자기 때문 일지도 모른다고 한 소리에 관해서는 조금 뒤에 제가 설명하겠습니 다.” 그는 살짝 고개를 숙이는 듯한 몸짓을 했다.

“당신이 탐정인…… 사와자키 씨죠?”

그렇다고 대답했다.

“저는 마카베 오사무의 손위 처남인 가이 마사요시입니다. 무사시 노 예술대학 현악과 교수로 있습니다.” 그는 소년을 바라본 뒤 돌아 서며 말했다. “자, 이제 가거라. 난 이 사람과 중요한 이야기가 있어.”

마카베 요시히코는 외삼촌을 바라보다가 불만스러운 표정을 지 으며 내 쪽으로 시선을 돌리더니 다시 외삼촌을 바라보았다. 뭔가 말하려고 입을 움직이다가 그만두었다. 소년은 자기 외삼촌과 나 사이에 서서 잠시 시선 둘 곳을 찾지 못했다. 그쪽에 자신의 행동에 대한 결정권을 지닌 뭔가가 존재하는 듯한 태도였다. 이윽고 소년은 우리를 등지고 어색한 걸음걸이로 신주쿠 역 방향으로 걸어갔다.

가이라는 남자는 조카의 뒷모습을 바라보며 말했다. "사야카 사건에 관해서는 매제에게 자세하게 들었습니다. 당신 이야기를 포함해서요." 그는 나를 돌아보며 다시 안경테를 검지로 살짝 밀어 올렸다. "오늘은 당신과 의논하고 싶은 일이 있어서 찾아오던 중이었습니다. 그런데 요시히코가 보이기에……."

"제 사무실은 저 건물에 있습니다." 나는 주차장 건너편 모르타르를 칠한 잡거빌딩을 가리켰다. 건물 입구와 사무실 위치를 가르쳐주고, 차는 주차장에 있는 블루버드 옆에 세우라고 이야기한 뒤 먼저 사무실로 돌아왔다.

가이 교수는 키가 그리 크지도 않은데 등이 구부정한 체형이었다. 체격에 비해 팔이 약간 길었고 음악을 직업으로 삼은 사람치고는 조금 딱딱하게 생긴 사람이었다. 음악가라기보다는 교육자로서의 기질이 얼굴에 드러나 있다는 인상을 받았다. 짙은 눈썹은 안경테 위로 비어져 나와 있었다. 콧날이 우뚝해 여학생들에게 동경의 대상이 되기보다는 오히려 웃음거리가 될 것 같았다. 지나치게 큰 입은 열리면 누군가를 꾸짖을 것처럼 굳게 닫혀 있었다. 분명히 엄격해 보이지만 왠지 미워할 수 없는 친밀감이 느껴지는 묘한 얼굴이었다.

가이는 손님용 의자에 앉더니 다른 의뢰인들과 마찬가지로 불편한 듯이 엉덩이를 두세 차례 움직였다. 의자에 앉고 나서야 자기가 탐정사무소의 손님이 되려 한다는 사실에 놀란 모양이었다. 손님들의 그런 심리는 평상심을 잃고 극단적인 태도를 취하게 만드는 경우가 있다. 공연히 화가 난 듯이 행동하는 사람이 40퍼센트, 지나치리만치 마음이 약해지는 사람이 30퍼센트, 자기가 안고 있는 문제보다 당장 이 자리를 버텨내는 일이 더 중요하다는 듯이 거짓말을 늘어놓으며 속이려 드는 사람이 20퍼센트. 대략 이런 식이기 때문에 본인은 깨닫지 못하지만 더할 나위 없이 비협조적이다. 하기야 탐정에게 협조적일 만한 인종은 절대 탐정사무소를 찾아오거나 하지 않는다.

가이 마사요시는 나머지 10퍼센트에 속했다. 철저하게 냉정하고 침착하며 무표정했다. 미루어 짐작하기에 평소보다 더한 것이 아닌가 싶을 만큼 냉정하고 침착하며 무표정했다. 이런 손님은 어지간해서 속마음을 보여주려 들지 않았다.

"사와자키 씨, 당신에게 조사를 하나 부탁하고 싶은데, 맡아주시겠습니까?"

매제와 유괴 사건 이야기를 듣다보니 탐정 이야기가 나와 거기에서 힌트를 얻어 부인의 외도를 조사해달라거나, 잃어버린 '스트라디바리우스'라도 찾아달라는 걸까? 나는 책상 위에 있는 담뱃갑을 집어 한 개비 빼어 물고 일회용 라이터로 불을 붙였다. 수북하게 쌓인 꽁초를 책상 아래 쓰레기통에 버리고 재떨이를 대답을 기다리는 손님과 나, 중간에 내려놓았다. 그는 고개를 저으며 담배를 피우지 않는다는 표시를 했다. 대답을 마냥 미룰 수는 없었다.

"무슨 조사입니까?" 내가 물었다.

"빤하잖아요? 조카 유괴 사건에 관한 조사입니다."

나는 재떨이를 원래 위치로 끌어당기고 재를 떨었다.

"유괴 사건에 관해 무엇을 조사하라는 거죠?"

"물론…… 범인을 찾아내 조카인 사야카를 구출해달라는 겁니다." 그의 목소리에는 별로 설득력이 없었다. 실제로 그런 의뢰를 할 의사가 있는 걸로 여겨지지 않았다. 가이의 얼굴을 뚫어지게 바라보자 그는 곤혹스러운 듯이 외면하고 말았다.

"진심이십니까?" 내가 물었다. "설명할 필요도 없을 테지만 경찰이 많은 시간과 여러 명의 수사관을 투입했는데도 별 진척을 보이지 않는 수사입니다. 저 한 명이 더 붙어봐야 별 의미가 없다고 생각하진 않습니까?"

가이는 표정 변화도 없이 입을 다물고 있었다. 그가 뭔가를 숨기고 있다는 확신은 없었다. 물론 그렇지 않다는 확신도 없었다.

나는 각도를 바꾸어 질문을 던졌다. "이 조사에 대해 마카베 씨가 아십니까? 그분 의뢰라면…… 그러니까 피해자 아버지 의뢰라면 저도 조사 비슷한 것을 약간은 할 수 있을지도 모르겠습니다만."

"물론 매제는 제가 당신을 만나는 것을 압니다. 하지만 이건 어디까지나 제가 의뢰하는 것이지 매제와는 아무런 관계도 없습니다." 가이가 단호한 어조로 말했다.

"제 처지에서는 그렇게 넘어갈 수가 없습니다. 아니, 가령 마카베 씨가 의뢰한다고 해도 이 조사는 매우 곤란하다고 생각합니다. 경찰이 저를 그냥 놔둘 리 없죠. 경찰과 말썽이 생기는 걸 특별히 꺼릴 이유는 없지만, 간단하게 이야기하자면 비싼 요금을 받고 의뢰를 받아들여 놓고도 제대로 일을 할 수 없을 거라는 이야기입니다."

가이가 살짝 웃음을 지었지만 미소인지 쓴웃음인지 알 수 없었다. 혹은 비웃음인지도. 안경테를 버릇처럼 밀어 올리더니 바로 엄숙하고 무표정한 얼굴을 되찾았다. "그런 점은 다 감안한 상태에서 부탁하는 겁니다."

나는 담배를 끄고 말했다. "요시히코 군이 유괴는 자기 때문일지도 모른다고 한 이야기는 무슨 뜻입니까? 이야기해주겠다고 약속하셨죠?"

이번에는 가이가 틀림없는 쓴웃음을 지었다. "아아, 그건 그 애 나름대로 책임을 느끼기 때문이죠. 지금까지 사야카가 바이올린 레슨을 받을 때는 늘 요시히코가 데리고 다녔습니다. 그날 처음으로 그러지 않았죠. 우리 집은 도텐'도쿄 전차'의 준말 조시가야 부근이고 요시히코가 다니는 학원은 이케부쿠로에 있기 때문에 오며가며 사야카를 데리고 다녔습니다. 사야카가 레슨을 시작한 삼 년 전부터 한 번도 거르지 않았는데, 요시히코가 요즘 데리고 다니는 걸 무척 싫어했던 모양입니다. 요즘 애들은 외아들이나 외딸이 많기 때문인지 형제들 사이가 좋은 것까지도 호기심 어린 눈으로 바라보는 경우가 있다고 하더군요."

"그런데 왜 그날만?"

"그럴 나이죠. 요시히코는 싫어했고, 사야카도 열한 살이라 곧 중학생이 될 나이니까요. 매제 말에 따르면 사야카를 혼자서 레슨에 보내게 된 직접적인 원인은 전날 요시히코와 사야카가 다투었기 때문이라더군요. 텔레비전 채널 때문에 그랬던 모양이에요. 둘은 사이가 좋지만 자주 다투기도 했죠. 열네 살과 열한 살이니 무리도 아닙니다. 다만 부모로서는 사야카가 오후 7시 반에 귀가한다는 것이 걱정이었는데 전차로 조시가야에서 기시모진마에까지만 가면 되니까 크게 걱정할 일은 없을 거라 생각했겠죠." 가이는 짙은 눈썹을 찡그리며 말을 이었다.

"하지만 사야카는 우리 집에 도착해야 할 5시 이전에, 아직 환할 때 유괴당했으니…… 그건 누구 책임이라고 할 수도 없고……."

가이의 목소리는 역시 동요를 숨기지 못했다. 그는 두 차례 연이어 안경테를 밀어 올렸다. "어쨌든 일이 그렇게 된 것이니 요시히코는 자기가 그날 사야카를 데려다주었으면 이런 일이 일어나지는 않았을 거라며 나름대로 마음 아파하고 있는 겁니다."

나는 고개를 끄덕이며 한숨을 내쉬었다. 진짜로 그 소년에게 유괴 사건의 책임이 있다고 생각한 건가. 무엇을 기대한 거지, 탐정?

가이가 말했다. "부탁드린 조사 말입니다만…… 어려운 일이라는 건 알지만 맡아주실 수 없겠습니까?"

나는 내 마음속 목소리에 귀를 기울이느라 가이의 물음에 대한 답변이 늦어졌다.

가이는 뭔가 마음을 굳힌 듯이 말을 이었다. "그럼 요시히코의 고민이 바로 우리 부부의 고민이라면 생각을 바꿔주시겠습니까?"

"그건 무슨 뜻이죠?"

"요시히코는 사실 우리 부부의 아들입니다. 그 애가 태어났을 때 마카베 군의 아내인 제 여동생은 나이가 서른이 넘었습니다. 전문의 진단으로는 아기를 낳을 수 없을 거라더군요. 요시히코를 양자로 삼고 싶다고 했을 때 우리 부부는 크게 고민하지 않고 허락했습니다. 우리에겐 이미 요시히코 위로 셋, 그것도 아들만 셋이 있었으니까요. 솔직히 말해서 아내나 저나 넷째는 어떻게든 딸을 낳고 싶었죠……. 거기다 우리 나이도 나이고 마침 그때 제가 가벼운 심장 발작을 일으킨 일도 있고 해서 요시히코는 여동생 부부가 키우는 것이 마음이 놓이겠다는 생각이 들었습니다. 여동생 부부에게 사야카가 태어난 것은 요시히코를 양자로 들이고 서너 해 뒤였죠."

"요시히코 군은 자기가 양자라는 사실을 압니까?"

"예, 압니다. 여동생 부부는 요시히코가 먼저 눈치채서 고민하거나 삐뚜로 나갈까 봐 중학교에 들어갈 무렵에 밝힌 모양이더군요."

"그렇군요……. 교수님 부부가 요시히코 군이나 마카베 씨 부부와 마찬가지로 사야카 양이 무사하기를 바라는 심정은 충분히 이해가 됩니다."

나는 담배에 불을 붙이고 의자에서 일어나서 등 뒤에 있는 창문을 30센티미터쯤 열었다. 내려다보이는 거리에 신경이 거슬릴 만한 인기척은 없었다. 나는 자리로 돌아왔다.

"하지만 의뢰하신 건에 관해 제 사정은 전혀 변함이 없습니다. 선생이나 요시히코 군에 대한 동정심이 깊어졌다 해도 이번 사건에 대한 제 입장은 변할 리 없고, 제 조사 능력이 커질 리도 없죠."

"그럼 이렇게 말씀을 드리면 어떨까요?" 가이는 약간 빠른 말투로 이야기하기 시작했다. "매제가 유괴범에게 지불하기 위해 준비한 6000만 엔 가운데 절반인 3000만 엔은 제가 마련한 겁니다. 물론 매제는 빌렸다고 생각해 언젠가 때가 되면 갚겠다고 약속했습니다. 하지만 돈이 범인 손에 넘어갔는지 아닌지도 알 수 없는 지금 상태에서는 저 또한 돈의 행방에 신경을 쓰고 찾아내려 할 권리쯤은 있다고 할 수 있지 않겠습니까?"

지금까지 무표정하던 가이의 얼굴이 붉어졌다. 금전 문제를 입에 올리기는 창피하다는 듯한 표정이 떠올랐다.

"이건 돈을 목적으로 한 유괴죠." 내가 확인하듯 말했다. "범인은 도쿄 어디에 사는지 알 수가 없습니다. 아니, 이 나라 어디에 사는지도 모르죠. 선생은 지금 그런 조사를 제게 하라는 겁니다. 저는 텔레비전에서 활약하는 명탐정이 아니기 때문에 마지막 CF가 나오기 전에 멋지게 범인을 찾아낼 만한 재주는 없습니다. 비용을 낭비하게 될 뿐이죠."

손끝으로 담뱃재를 털었다. 재가 재떨이 가장자리에 떨어지더니 책상 위를 굴러 가이 쪽으로 갔다.

"가이 교수님. 3000만 엔을 찾고 싶어서 저를 만나러 오신 건 아니죠? 아직 오신 진짜 이유를 말씀하시지 않았습니다."

가이는 반론하려고 입을 열었다가 안경테만 만지고는 그냥 입을 다물었다. 체념한 듯 어깨를 들썩이며 숨을 쉬더니 상의 안주머니에 손을 넣어 두 번 접은 쪽지를 꺼냈다. 그러고는 말없이 종이를 펼쳐 내게 내밀었다. 나도 말없이 받아 들고 쪽지를 보았다. 네 명의 낯선 이름과 그들의 주소, 근무처가 꼼꼼한 글씨로 적혀 있었다.

"그 네 사람이 이번 유괴 사건과 아무 관련이 없다는 사실을 급히 확인하고 싶어요. 그런 일이라면 혼자서도 조사할 수 있을 겁니다."

가이는 괴로운 표정을 지었다. 하지만 그 목소리에는 결과가 이래서 마음이 놓인다는 듯한 울림이 담겨 있었다.

나는 고개를 끄덕이고 담뱃불을 껐다. 그리고 새 의뢰인에게 얼굴 붉히지 않고 금전적인 문제를 설명하기 시작했다.

10

블루버드를 몰고 신주쿠를 빠져나올 때는 오는지 마는지 구분이
안 될 만큼만 내리던 비가 고슈가도, 간나나 길, 세타가야 길을 달려
목적지에 가까워지자 본격적으로 쏟아지기 시작했다. 토요일 저녁
이 가까운 때라 걱정한 만큼 시간이 걸리지는 않았다. '세타가야
NTT' 앞에 있는 유료 주차장에 차를 세웠다. 뒷자리 아래서 비닐우
산을 꺼내 몇 해 만에 산겐자야 거리로 나왔다. 아케이드가 있는 상
점가를 통과해 세타가야 선 터미널 역 옆을 지나 '스즈란 길'이라는
어디에나 있을 법한 음식점 거리를 거쳐 가이 교수가 준 명단 맨 위
에 적힌 주소지로 향했다.

오가는 사람 모두 뭔가 손해를 보았다는 듯한 표정이었다. 우산을
쓰고 있어도 축축해지는 날씨 때문일지도 모른다. 앞에서 가는 사람

을 추월하지 않으면 손해라는 듯이 바삐 걷는 사람이 많았다. 그러다 보니 우산끼리 부딪히고 상대가 젖든 내가 젖든 전혀 신경 쓰지 않는 모습이었다. 언제 어디서나 귀에 들어오는 소리는 손해를 보았다는 말뿐이라 온 세상이 세무서 창구가 되어버린 듯했다.

스즈란 거리가 끝나는 부분에서 오른쪽으로 돌자 자자와 길과 합쳐지기 직전의 도로 옆으로 새먼핑크 색에 가까운 화려한 겉모습을 한 7층 건물 '뉴 자자와 레버런스'가 나타났다. 4층 정면부터 맨 위까지 계단식 경사면처럼 설계된 까닭은 햇볕이 잘 들게 하기 위한 것인지, 멋을 내려고 그런 것인지, 건폐율 때문인지 알 수 없었다. '레버런스'라는 외래어의 의미도 잘 이해되지 않았지만 아마 토끼장에서 궁전 수준까지의 주거 형태를 두루 가리키는 단어이리라.

건물 앞을 천천히 왕복하면서 궁리했다. 5층의 테라스를 감시할 수 있을 만한 주변 건물은 보이지 않았다. 조금 떨어진 곳이라면 적당한 건물을 찾을 수 있을지도 모르지만 비 때문에 제대로 보이지 않는다면 아무 의미도 없었다. 테라스 창 너머로 내가 확인하고 싶은 것을 마침맞게 목격할 수 있을 거라는 보장도 없었다. 한시바삐 알고 싶다는 의뢰인의 요구가 있어 느긋하게 조사할 여유 따위 없었다. 최선이라고는 할 수 없겠지만 더 직접적인 수단을 선택하는 길뿐이었다. 늘 그랬다. 탐정 일은 대부분 차선책에 의존해야만 했다. 최선책은 시간 부족이나 일손 부족, 경비 부족 때문에 혹은 단순히 불법행위라는 이유로 포기해야만 했다.

나는 비닐우산을 접고 입구의 무거운 유리문을 지나 건물 안으로 들어갔다. 오른편 안쪽 엘리베이터로 가서 위를 가리키는 삼각형 버튼을 눌렀다. 관리실 표시가 있는 문 옆의 작은 창문이 열리더니 눈이 부은 초로의 사내가 얼굴을 내밀었다. 궁전 문지기라기보다 토끼장 주인 같은 느낌이었다.

"어디를 찾아 오셨습니까?" 그냥 습관적으로 묻는 말투지 엄격한 업무적인 질문은 아니었다.

"502호에 사는 케이시 다케다 씨." 나는 정직하게 대답했다. 발음하기 좀 멋쩍은 이름이었다.

"아, 엘리베이터를 타고 5층에서 내리면 바로 오른쪽입니다."

관리인인 듯한 남자는 고개를 다시 집어넣고 창문을 닫았다. 나는 엘리베이터를 타고 5층 버튼을 눌렀다. 문 위의 디지털 숫자가 깜빡거리며 7층 중 5층에 도착했음을 알렸다. 비가 와서 공기가 서늘한 5층에 내려 관리인이 가르쳐준 대로 오른쪽 통로로 갔다. 화려한 새먼핑크는 외관뿐이고, 회색 콘크리트 바닥과 회색 모르타르를 칠한 벽이 이어졌다. 가슴 높이의 외벽 너머로 비 때문에 뿌옇게 보이는 세타가야 주택가가 펼쳐지고 시부야 방면으로 가는 수도고속 3호선이 뻗어 있었다.

501호 다음에 502호 출입구 철제문이 있었다. 초인종이나 버저 같은 것은 떼어냈는지 어디에도 보이지 않았다. 문은 마치 광고게시판 같아서 노크할 곳을 찾기 민망할 지경이었다. 한복판에 잭 다니엘스 소인이 찍힌 나무상자를 뜯어 만든 문패가 걸려 있고, 서툰 글씨로 '武田慶嗣'라고 큼직하게 적혀 있었다. '慶嗣'에는 '케이시'라는 발음이 붙어 있다. 그 아래에는 가로로 길쭉한 플라스틱 플레이트 두 개가 위아래로 걸려 있는데, '케이시 다케다 & 온더록스' 'KC 프로덕션'이란 글자가 스텐실로 인쇄돼 있었다. 그리고 문 아래쪽 절반은 이 세상의 고뇌를 한 몸에 짊어진 표정을 한 열일고여덟 살 가량의 여성 록 가수와 온더록스의 콘서트 투어 포스터가 붙었다.

콘서트 타이틀은 각각 '어둠의 왼손' '우리 죽은 자와 함께 태어나다' '비非A의 세계'로, 공은 들었지만 문외한인 나로서는 의미를 알수 없었다. 나는 노크할 곳을 찾던 중이라는 사실을 떠올리고 플라스틱 플레이트 부분을 세 차례 두드렸다.

누군가 응답하면서 나오는 기척이 들리더니 문이 열렸다.

"너무 이르잖아, 비가 오는데―."

선글라스 낀 남자는 나를 보더니 입을 다물었다. 곱슬곱슬한 머리카락을 어깨까지 늘어뜨렸고 서른대여섯 살쯤 되어 보였다. 중키에 체격이 적당했다. 세탁을 많이 해서 해진 청바지에 칼라 없는 흰 셔츠 차림이었다. 얼굴과 팔다리의 길이를 반쯤 축소한 마쓰다 유사쿠 형사 드라마로 인기를 얻은 일본 배우 같은 남자였다.

"실례. 매니저가 올 예정이어서 그만……."

"가이 요시쓰구甲斐慶嗣 씨입니까?" 내가 물었다. '慶嗣'를 '요시쓰구'라고 읽은 까닭은 그의 아버지가 명단을 설명할 때 그렇게 읽었던 것을 기억하기 때문이었다.

"아, 본명으로 불리기는 정말 오래간만이군요. 무슨 용건입니까? 누구신지?"

"저는 사와자키입니다. 좀 묻고 싶은 게 있어 찾아뵈었는데—."

"혹시…… 경찰입니까?" 케이시 다케다, 즉 가이 요시쓰구는 그렇게 말하더니 선글라스를 이마 위로 밀어올리고 내 얼굴을 뚫어지게 바라보았다.

나도 잠시 상대를 관찰했다. 이 남자는 내가 찾아온 이유를 짐작하고 있는 듯한 인상을 받았다. 그는 선글라스를 벗어 접은 다음 청바지 벨트에 걸쳤다. 나는 그에게는 유괴 사건에 관한 이야기를 숨길 이유가 없겠다고 판단했다.

"당신은 지난주 수요일에 누구를 유괴하지 않았습니까?"

"이런, 진짜 단도직입으로 나오시는군요." 그는 어이없다는 듯 웃음 지으며 나를 위아래로 꼼꼼히 살폈다. 애써 경박하게 보이려던 태도가 옅어진 것처럼 보였다.

"경찰에서 나온 분은 아니로군요. 형사라면 그런 식으로 묻지 않을 테니까……. 여기 서서 이야기할 수는 없으니 어쨌든 잠깐 들어오시겠습니까? 어차피 집 안도 쭉 살펴보고 싶겠죠?"

"그렇게 말씀해주시니 고맙군요."

우산꽂이로 쓰는 페인트 깡통에 비닐우산을 꽂아 넣고 현관으로 들어갔다. 그리고 가이 요시쓰구의 안내를 받아 복도 끝에 있는 열 평가량 되는 거실로 갔다. 칸막이를 제거하고 온통 녹색 계통 카펫을 깔아 출입문의 요란한 모습에 비해 의외로 차분한 분위기였다. 오른편의 주방과 식당도, 거실 맞은편의 세미 더블베드가 놓인 침실도 청결하고 깔끔하게 정돈되어 있었다. 내가 들어온 입구가 있는 벽 전체에 그가 음악을 직업으로 삼았음을 드러내는 것들이 정리되어 있었다. 대형 오디오 장치에 신시사이저 같은 기계—악기라고 부르기에는 저항감이 느껴졌다—가 연결되어 있고, 색과 모양새가 다른 두 종류의 일렉트릭 기타가 놓여 있었다. 삼단으로 된 수납장 가득 레코드판과 CD가 꽂혀 있고 녹음 스튜디오에서나 볼 법한 대형 테이프레코더가 있었다. 레코드판 수납장 뒤편 벽에는 기타를 든 세 명의 외국인 사진이 붙어 있었다. 대형 텔레비전과 상당히 많은 책이 꽂힌 책장도 그쪽이었다. 모두 깔끔하게 정돈된 상태였다. 바깥 도로 쪽 베란다로 통하는 두 개의 커다란 새시 창에는 창밖 어두운 회색 하늘과 마찬가지로 수수한 회색 커튼을 쳤다. 이 방 주인은 록 기타리스트라는 화려한 외양에 비해 의외로 수수하고 상식적으로 생활하고 있는 것이 아닌가 하는 생각이 들었다.

그는 방 한가운데 있는 소파를 가리키며 앉으라고 권한 뒤 주방 쪽으로 갔다. "마침 커피를 끓이던 중이어서요."

나는 소파로 가기 전에 레코드판 수납장으로 다가가 그 앞에서 멈춰 섰다. 기타 연주자 사진을 보는 거라고 오해한 가이 요시쓰구가 커피를 잔에 따르면서 말했다.

"누군지 아십니까?"

나는 세 장의 사진을 훑어보았다. "아뇨……."

"제 선생님—아니, 선생님이라기보다 제 신이라고 부르는 게 맞겠군요. 세고비아, 케니 버럴, 에릭 클랩튼입니다."

나는 수납장 앞을 떠나 소파 두 개 중 작은 쪽에 걸터앉았다.

"신은 한 명이라도 너무 많다. 이게 요즘의 정설인 줄로 알았는데요……."

가이가 웃었다. 내가 보고 있던 것은 레코드판 수납장 위에 소중하게 놓인, 세월이 느껴지는 바이올린 케이스였다. 케이스 위에는 살짝 먼지가 쌓였는데, 과연 열흘 전후로 이런 상태가 될 수 있을까? 마카베 사야카는 바이올린 레슨을 가던 도중에 유괴당했다.

소파 앞 테이블에는 사용하던 오선지, 검정색과 빨간색 연필, 지우개, 13초에서 멈춘 스톱워치, 당구 나인볼 공을 본뜬 뚜껑이 달린 금속 재떨이와 세븐스타 담배, 그리고 SF소설로 보이는《짐승의 수학》이란 제목이 적힌 두툼한 책이 놓여 있었다. 재떨이 뚜껑을 열고 담배에 불을 붙이자 가이 요시쓰구가 커피가 담긴 머그컵을 들고 와 맞은편 소파에 앉았다.

"내 짐작이 틀리지 않는다면 당신이 사야카의 몸값을 운반한 탐정 아닙니까?"

내가 고개를 끄덕였다. "그걸 어떻게 아시죠? 그 사실은 대외비일 텐데."

"어머니요." 그가 쓴웃음을 지었다. 제스처로 커피를 권하고 자기도 한 모금 마셨다.

"아버지와 나는 이십 년 동안 냉전 상태지만 어머니는 날 믿어주시거든요. 이번 주 월요일이었으니 닷새 전인가요? 어머니가 전화를 걸어 그 이야기를 해주신 거죠. 사실은 며칠 전부터 연락하시려던 모양입니다만 내가 콘서트 투어 때문에 도쿄를 떠나 있었거든요.

월요일에 겨우 전화가 연결된 겁니다."

그는 머그컵을 테이블에 내려놓고 세븐스타를 한 개비 뽑아 불을 붙였다. "어머니는 아버지와 달리 내가 살아가는 방식을 인정해주기 때문에 중요한 일이 있으면 알려주십니다. 물론 사건 이야기는 절대 남에게 이야기하지 말라고 당부하셨지만."

나도 커피를 마셨다. 약간 비에 젖었기 때문에 따스한 커피가 반가웠다.

가이 요시쓰구는 담배 연기를 입으로 내뿜어 코로 들이마셨다. "그런데 당신을 여기로 보낸 사람은 아버지죠?"

나는 그 질문에는 대답하지 않았다. "오히려 그 반대 아닙니까?"

"반대……? 무슨 뜻이죠?"

"어머님이 당신을 믿는다는 이야기 말입니다. 당신을 믿는, 아니 믿고 싶어 하는 사람은 아버님 쪽일 겁니다. 믿고 싶기 때문에 사건이 일어난 뒤로 구 일 동안이나 당신에게 그 문제를 확인하지 않고 지낼 수 있었겠죠. 어머니란 더 현실적이기 때문에 아버지처럼 희망적으로 아들을 보지 못하는 거죠. 솔직히 이야기해서 어머님은 당신이 유괴 사건의 범인일지 모른다고 의심할 수도 있어요. 그래서 사건이 일어난 뒤로 하루빨리 당신과 연락해서 걱정을 털어내고 싶었던 것 아닐까요?"

가이 요시쓰구는 쓴웃음을 지으며 고개를 살짝 저었지만 내 이야기를 부정하지는 않았다.

"그럴지도 모르겠군요……. 하지만 당신의 날카로운 의견은 모든 어머니에게 통용되지는 않을 거라 생각하는데요. 우리 어머니처럼 쉰 살이 넘은 어머니라면 그렇게 이야기할 수도 있겠지만……. 특히 요즘 젊은 어머니 경우에는 우선 자기 자식을 이해하지 못해요." 그의 말이 묘하게 실감이 담긴 불평처럼 들렸다.

상대방이 하고 싶어 하는 이야기에 귀 기울여야 일이 더 잘 풀리는 경우도 있었다. "그런 문제에서 젊고 젊지 않고는 별로 상관이 없을 거라고 생각합니다만……."

"아뇨, 실제로 지금 별거중인 내 처 같은 경우에는 자기 자식을 거의 이해하지 못합니다. 다섯 살 되는 딸인데 처는 진심으로 이 세상에서 가장 예쁘고 성격도 좋은 아이라고 믿으니까요."

"오해도 이해의 한 형태라고 할 수는 없나요?"

"말도 안 돼요. 정도의 문제입니다. 제 엄마를 그대로 빼닮아 진짜 심술궂은 애예요. 하지만 그런 말을 하면 끝장이라서……. 현대 여성은 왜 이렇게 되어버린 거죠?"

"예나 지금이나 변한 것은 없다고 생각합니다. 예전에는 여자에 대해 이러쿵저러쿵하지 않았죠. 요즘은 여자를 제일 먼저 비평 대상으로 삼게 된 겁니다. 그뿐이겠죠."

"그런가요?" 가이는 담배 연기를 코로 들이마셨다. "난 그렇게 생각할 수 없지만……."

섣불리 상대방에게 동조하는 것은 금물이다. 특히 일가친척에 관해서는 자기야 뭐라고 하건 남들에게는 비난받고 싶지 않은 법이다. 나는 천천히 담뱃불을 껐다.

"전화하신 어머님에겐 뭐라고 했죠? 말씀해주실 수 있습니까?"

"물론 쓸데없는 걱정은 하지 말라고 했습니다. 유괴 사건은 지난 주 수요일에서 목요일에 걸쳐 일어났죠? 난 한창 콘서트 투어중이라 수요일에는 규슈 지방의 후쿠오카에서 가고시마로 이동했고, 목요일에는 가고시마에서 오키나와로 움직였을 겁니다. 내가 유괴 계획을 세운 주범이고 실행은 다른 사람에게 시켰다고 생각할 수도 있을 테지만……. 글쎄요, 내게 그런 지도력이 있다면 더 제대로 된 록 밴드를 이끌며 더 많은 돈을 벌겠죠."

"돈 이야기가 나왔으니 내친 김에 묻죠. 당신에게는 7, 800만 엔쯤 되는 빚이 있다면서요?"

그가 천천히 미소 지었다. "역시 당신 뒤에 있는 사람은 아버지였군요. 올해 초에 그 빚을 갚기 위해 도움을 좀 받을까 싶어서 조시가야에 있는 집으로 세 번 찾아갔는데 헛걸음했으니까요." 그는 비 내리는 하늘을 바라보듯 시선을 창밖으로 돌렸다. 어쩌면 더 먼 곳을 보는지도 몰랐다.

"할아버지는 음악 같은 건 전혀 이해하지 못하는 양반이었다는데, 출세를 위한 수단으로 자식들에게 음악 기초 교육을 반 강제적으로 시켰다더군요. 하지만 아버지나 고모나 아르바이트를 할 수 있는 나이가 되자 학비는 한 푼도 주려고 하지 않았던 모양이에요. 아버지는 오히려 그게 자기 인생에 크게 플러스가 되었다고 생각하며 단순히 구두쇠에 지나지 않았던 할아버지에게 감사하는 마음까지 갖고 있죠. 그리고 우리 세 아들에게도 똑같은 교육을 실천할 셈이었던 모양입니다. 물론 할아버지만큼 극단적이지는 않아 대학을 마칠 때까지는 돌봐주겠지만 그다음에는 자립하라고 했죠. 그래서 저와 둘째인 요시로는 대학을 졸업한 날 이후로 아버지에게서 경제적인 도움은 전혀 받지 않습니다. 아버지는 이미 상당한 재산을 모았을 텐데 우리는 거기 기댈 수 없는 거예요. 그 재산은 일본의 음악 문화 발전을 위해 전부 기부할 작정이라고 선언했으니까요. 아버지가 이야기하는 음악 문화란 물론 클래식이지 록 따위는 포함되지 않습니다."

가이 교수의 '교육론'은 명단을 건네받을 때 본인 입으로 직접 들었기 때문에 별로 새롭지는 않았다. 물론 표현 방법은 전혀 달랐고, 재산에 기대지 못하게 한 것은 자식들의 자립을 촉진하기 위한 방편이라고 했다.

가이 요시쓰구는 이야기가 다른 곳으로 흘렀다는 사실을 깨닫고 얼른 말했다. "그래서 아버지가 빚 갚는 데 도움을 주지 않은 건 사실입니다. 7, 800만 엔쯤 되는 빚은 지난해 말에 내가 기획한 큰 이벤트가 멋지게 실패하는 바람에 생겼습니다. 친한 친구들한테 빌린 돈이라 하루빨리 갚고 싶어 아버지에게 울며 매달리기도 했지만 심한 독촉이 있는 것은 아니라 실제로는 조금씩 갚으면 괜찮습니다. 이미 빚은 500만 엔 이하로 줄었고 이번 투어에서 얻은 수입으로 나머지 반쯤은 갚을 수 있을 거예요." 그는 담배를 끄더니 약간 강조하듯 이렇게 덧붙였다. "어쨌든 무거운 죄를 범하면서까지 몇 천만 엔이나 되는 돈이 필요한 빚은 아니죠."

"하지만 당신이 돈을 갚기 위해 이리저리 뛰어다닐 때는 그리 편해 보이지 않았다고 들었습니다."

그는 고개를 끄덕였다. "어떤 빚이건 빚은 편치 않기 마련이니까요. 빚 때문에 앞으로 이삼 년간은 하고 싶지도 않은 콘서트를 계속해야 한다고 생각하면 더욱 그렇죠. 최근 육 개월만 하더라도 뻔뻔하게 록 가수라고 내세우는 젖비린내 나는 어린 아가씨나 꼬마들 반주해주느라 아주 넌덜머리가 납니다. 일본에 록 가수는 없어요. 일본어로 부르는 건지 영어로 부르는 건지 아무리 귀 기울여도 구별할 수 없는 초등학생 글짓기만도 못한 가사가 멋대로 설치는 동안은 진짜 록은—." 그는 갑자기 말을 끊었다. "이런, 탐정에겐 이런 이야기는 재미없겠군요." 멋쩍은 표정을 지으며 스스로 비웃듯 웃음을 흘렸다.

나는 화제를 바꾸었다. "저 바이올린은 당신 겁니까?"

"예? 그런데요……." 그는 레코드판 수납장 위에 있는 바이올린 케이스와 내 얼굴을 두세 차례 번갈아 보았다. "그렇군요. 그런 말씀인가요? 잠깐 기다리시죠."

그는 소파에서 일어나 레코드판 수납장으로 다가갔다. 바이올린 케이스에 쌓인 먼지를 털고 잠금장치를 풀어 뚜껑을 연 다음 내용물이 보이도록 내 쪽으로 내밀었다. 얼핏 보기에도 이미 오래전에 쓸 수 없게 된 바이올린이었다. 그가 악기의 가느다란 목 같은 부분을 쥐고 들어 올리자 몸통과 연결되어 있어야 할 부분이 둘로 꺾여 있는 것이 보였다.

"중학교 3학년 때 아버지에게 일렉트릭 기타를 사달라고 했더니 때리더군요. 그래서 내 방으로 돌아와 아버지 대신 이걸 들고 벽을 쳤죠. 그날 이후로 바이올린을 켠 적이 없습니다……. 그리고 사야카가 쓰는 바이올린은 적어도 7,800만 엔은 하는 물건일 테니 이런 고물 바이올린과 혼동하면 웃음거리가 될 겁니다."

나는 설명을 인정하고 고개를 끄덕였다. 그는 바이올린을 제자리에 올려놓고 소파로 돌아오더니 손목시계를 보았다. "달리 더 묻고 싶은 게 있습니까?"

"글쎄요……. 다른 두 형제분은 어떻습니까? 요시로 씨와 요시키 씨가 유괴 사건과 관계 있을 가능성이 있다고 생각하십니까?"

그는 잠시 생각에 잠겼다. "아버지처럼 생각하면 둘 다 도저히 그런 일에 관계했을 거라고는 생각할 수 없습니다. 하지만 어머니처럼 생각한다면 두 사람 가운데 어느 한 쪽이 사건에 관계되었을 우려는 충분히 있겠죠." 그러고는 씩 웃더니 덧붙였다. "탐정, 이건 어머니에 대한 당신의 관점을 참고해서 이야기하는 겁니다."

나는 쓴웃음을 지었다. 그리고 시선을 돌려 베란다 뒤나 침대 뒤에 있는 문과 주방 안쪽의 다용도실 근방을 둘러보았다. 눈치 빠른 가이 요시쓰구는 내 생각을 바로 알아챘다. 그는 손목시계를 한 번 더 들여다보고 나서 말했다.

"아파트 안을 살펴보고 싶은 모양이군요. 나는 직접 안내해드릴 만큼 호인이 아닙니다만, 5시가 되었으니 다음 주에 있을 라이브 공연 의논 때문에 두세 군데 전화를 해야 합니다. 통화하는 사이에 마음대로 가택수색을 하시죠."

나는 그러겠다고 대답하고 소파에서 일어섰다. 가이 요시쓰구는 전화가 놓인 침대 옆 테이블로 가서 수화기를 들었다.

약 십 분 간 헛일이라는 걸 알면서도 아파트 내부를 철저하게 조사했다. 유괴당한 소녀는 물론이고 그 존재를 암시할 만한 머리카락 한 올, 흔적 하나 발견할 수 없었다.

나는 소파로 돌아와 마시다 남은 식은 커피를 들이켰다. 가이 요시쓰구는 록 밴드 동료와 하던 통화를 마치더니 뭔가 발견했느냐고 물으며 돌아왔다. 나는 일어서서 아무것도 발견하지 못했다고 대답하고 협조에 감사드린다고 했다. 우리는 거실을 뒤로하고 현관으로 향했다.

누군가가 문을 두드렸다. 가이 요시쓰구가 대답하자 바로 문이 열리더니 서른 살쯤 된 자그마한 남자가 뛰어 들어왔다. 둥글게 만 포스터를 비에 젖지 않도록 셔츠 안쪽 옆구리에 안은 채 자동차 키홀더를 손바닥 위에 짤랑거리고 있었다.

"케이시, 늦어서 미안해. 간나나 길이 너무 붐벼서―." 남자는 나를 보더니 입을 다물었다. 뜻밖의 손님에 놀란 모양이었다.

"아니야, 딱 알맞게 왔어." 가이 요시쓰구가 말했다. 그는 내게 방금 들어온 남자를 매니저라고 소개하더니 다시 그 남자에게 말했다. "지각에 대한 변명은 됐고, 지난주 수요일과 목요일의 내 스케줄을 될 수 있으면 자세하고 정확하게 이 사람에게 가르쳐줘."

매니저는 영문을 몰라 머뭇거렸다.

"자, 어서." 가이 요시쓰구가 손가락을 튕기며 재촉했다. 매니저는 당황해 키홀더와 포스터를 현관 옆 쓰레기통 위에 내려놓고 점퍼 안에서 두툼한 수첩을 꺼냈다. 페이지를 뒤적이더니 이틀간의 케이시 다케다와 온더록스 시간대별 스케줄을 읽어 내려갔다.

나는 매니저가 첫째 날 스케줄을 다 읽고 둘째 날로 들어갈 때 중단시켰다. "그럼 그때 도쿄에 돌아와 있을 가능성이나 도쿄에 있는 누군가와 빈번하게 연락을 취했던 적은 없습니까?"

"도저히 불가능합니다. 빡빡한 강행군 스케줄을 무사히 마친 것만 해도 기적에 가까운데."

나는 가이 요시쓰구에게 조사에 협조해주어 고맙다고 말했다.

"그런데…… 이분은 경찰에서 나온 분인가?" 매니저가 머뭇머뭇 가이에게 물었다.

"아뇨. 왜 그렇게 생각하셨습니까?"

"실은 사오 일 전에 사장님이 투어가 있던 날의 스케줄에 관해 똑같이 질문하셔서요. 오늘 사장님을 만났는데 사실은 경찰이 문의해 왔기 때문에 물어보았던 거라고 하시더군요. 대체 무슨 일 때문에 그러는지 케이시를 만나면 물어봐달라고 하셨습니다."

수사본부로서는 당연한 점검이었다. 마카베 오사무 주변 인물 모두에 대한 사건 당일 알리바이와 경제적인 상황을 조사했으리라.

"아, 걱정 마. 내 옛날 밴드 친구가 대마를 가지고 있다가 걸려서 그 시절 친구들을 조사하고 있을 뿐이야. 안으로 들어가서 좀 기다려줘."

가이 요시쓰구와 나는 매니저 옆을 지나 문밖으로 나왔다. 가이 요시쓰구가 정색을 하고 말했다. "아버지와 나는 이십 년 동안 관계가 좋지 않지만 원망하거나 하지는 않습니다. 아버지에게 공연한 걱정을 끼치고 싶지도 않고요. 요즘은 록이나 재즈를 높이 평가하는 대학교수도 드물지 않으니 상상하기 힘들겠지만, 우리 경우에는 경찰관 아들이 도둑놈이 된 것이나 마찬가지로 난리였죠……. 생각해보면 아버지는 불쌍한 분입니다. 장남은 록 뮤지션, 차남은 레스토랑을 경영하며 음식과 매상 이외에는 흥미가 없고, 셋째는 대학에서 공부는 때려치우고 복싱에 빠져 있으니까요. 그래도 피가 조금은 섞인 조카 사야카에게서 자신의 후계자가 될 가능성을 발견했다 싶었는데 그런 사건이 터진 겁니다. 아버지도 상당히 속이 뒤집혔겠죠. 자식들 문제로 공연한 걱정은 하지 마시라고 좀 전해주시겠습니까?"

상식적으로 이야기하면 누굴 통해서 전달해야 할 이야기는 아니라는 생각이 들었다. 하지만 꼬여버린 아버지와 아들의 관계는 상식이 통하지 않는 영역에 속할 것이다. 나는 말없이 고개를 끄덕이고 엘리베이터로 향했다.

11

저녁식사를 마치고 일단 사무실로 돌아갔다. 돌아오는 길에 벼락까지 치며 비가 거세졌지만 신주쿠에 도착할 무렵에는 다시 빗발이 약해졌다. 전화 응답 서비스에 전화를 걸어보았는데 자리를 비운 동안 들어온 연락은 전혀 없었다. 석간신문을 펼치고 어제 오후 후쿠오카 현경의 경부보가 도스라는 시의 신용금고에서 권총 강도를 저지른 사건에 관한 추적 기사를 읽고 있는데 전화벨이 울렸다.

"여보세요……. 와타나베 탐정사무소인가요?" 일부러 꾸민 목소리가 아니라면 수화기에 손을 대고 말을 하는 것처럼 또렷하지 않은 남자 목소리였다.

나는 그렇다고 대답했다. 구 일 전에 전화로 시작된 악몽이 재현될까 봐 배 속에 경련이 일어나는 느낌이었다.

"메모할 준비해. 딱 한 번만 이야기할 테니까."

"누구십니까? 이름을 대시죠." 메모지를 끌어당기고 볼펜을 집어 들었다.

"마카베 사야카라는 이름에 흥미가 있다면 쓸데없는 소리는 하지 않는 게 나을 거야."

나는 튀어나오고 말 것만 같은 백 가지 이상의 말을 삼켰다. "메모지는 준비했어."

"와세다 길에 있는 오타키바시 네거리에서 우회전해서 오치아이 중앙공원 쪽으로 가는 길은 알겠지?"

"오치아이 처리장 버스 정류장이 있는 길 말인가?"

"아니, 그 바로 전이지. 쭉 가다가 오른쪽으로 꺾어져서 간다 강과 만나는 도로 말이야."

"아, 알겠어."

"간다 강을 건너서 첫 번째 나오는 네거리에서 좌회전해서 200미터쯤 가면 도로 왼편에 '실버 홈 게이주엔'이란 간판이 나와. 그 간판 앞에 곁길이 있어. 약간 언덕길인데 그 길을 3, 4미터쯤 들어가면 게이주엔 앞이 나오지."

"빈손으로 갈 수는 없고, 꽃을 들고 갈까 아니면 경단이 좋을까?"

"전에는 양로원이었지만 그런 데까지 신경 쓸 필요는 없어. 거기 1층 한가운데 관리사무소가 있지. 오늘 밤 8시까지 올 것. 알았나?"

"그러지. 그런데 거기서 무얼 하라는 거지? 혹시 그 몸값이 내게 있다고 생각한다면 큰 오산이야."

"쓸데없는 걱정은 하지 말고 그냥 이쪽 지시에 따르면 돼. 하지만 이 사실을 경찰에 신고하면 8시 약속은 물론이고 모든 일이 끝장이야. 정해진 시간에 오지 않아도 마찬가지."

"뭐가 끝장이라는 거지?"

"8시에 만나면 알게 될 거야."

"그래……? 내가 경찰에 신고했는지 아닌지 그쪽이 어떻게 알 수 있지?"

상대방이 의미심장하게 웃었다. "내기할까?"

"그만두지. 그보다 내가 그 약속 장소에 가지 않는다면―고의든 뜻하지 않은 사정이 생겨서든― 대체 어떻게 된다는 건가?"

"넌 올 거야. 반드시 올 거야. 난 요즘 젊은 놈들처럼 전화로 주절주절 긴 소리는 하지 않는 성미야. 그럼 8시에 보지." 상대는 전화를 끊었다.

손목시계로 시간을 확인하니 오십 분쯤밖에 시간 여유가 없었다. 나는 수화기를 내려놓지 않고 전화기 후크를 누른 뒤 어렴풋이 기억하는 번호를 돌렸다.

"신주쿠 경찰서 수사과입니다." 기억하는 번호가 맞았다.

"니시고리 경부를―."

"나다."

"사와자키야."

"알아. 무슨 일인가, 탐정?"

"방금 정체불명의 남자에게서 전화가 와서 오늘 밤 8시까지 어느 장소에서 만나기로 했어."

"난 네 아빠가 아니야. 너 하고 싶은 대로 해."

"그 남자가 마카베 사야카라는 이름을 대더군."

"뭐라고? 그 말을 먼저 해야지! 어디서 만나기로 했지?"

"넌 내 아빠가 아니야." 나는 수화기를 내려놓고 사무실에서 나왔다.

비 개인 길을 따라 늘어선 철쭉 안쪽에 다다미 한 장 크기쯤 되는 게이주엔의 간판이 쇠로 된 다리 세 개로 버티고 서 있었다. 하지만 앞쪽에 나무 두 개를 커다란 X자 모양으로 박아놓았다. 전화 속 남자가 말한 간판 앞 곁길에는 통나무 울타리로 차량 진입을 가로막고 '통행금지' 표시를 세워 두었다. 7시 45분이었다. 나는 그대로 블루버드를 전진시켜 100미터쯤 앞에 있는 적당한 공간에 주차했다. 도영주택 옆이라 주위에 여러 대의 차가 노상 주차되어 있는 지역이었다. 그리고 블루버드 트렁크에서 자루가 긴 손전등—알 굵은 건전지가 세로로 네 개 들어 있다—을 꺼내 간판 쪽으로 돌아왔다.

통나무 울타리가 차량 진입을 가로막았지만 보행자는 양쪽 틈새로 자유롭게 드나들 수 있었다. 주위를 둘러보아도 울타리 안으로 들어간다고 뭐라 할 만한 사람이나 지나가는 자동차는 보이지 않았다. 나는 마치 다른 사람의 몸을 빌린 듯한 들뜬 감각을 느끼면서 금지 구역 안으로 한 걸음 내디뎠다.

포장된 언덕길은 완만하게 오른쪽으로 커브를 그렸다. 양쪽이 울창한 잡목 숲이라 앞이 거의 보이지 않았다. 20미터쯤 가서 뒤를 돌아보니 통나무 울타리나 그 너머에 있는 길은 나무에 가려 보이지 않았다. 가로등 불빛도 닿지 않아 걷기 불편해 손전등 스위치를 켰다. 계속 굽어지는 언덕길을 20미터쯤 더 올라가니 어둠 속에서도 점점 시야가 트이며 잡목 숲을 빠져나가는 출구에 이르렀다. 주차장을 겸한 앞마당 저편으로 상자에 창문만 뚫어놓은 듯한 학교 건물 같은 3층짜리 건물이 보였다.

이상한 것은 그뿐만이 아니었다. 손전등 불빛을 비춰볼 필요도 없이, 그 건물은 완전히 타버린 상태였다. 철근 건물이라 골조만은 원형을 유지하고 있지만 불길 때문인지 진화 작업 때문인지 유리창이 모두 깨져 눈알을 파낸 눈구멍 같아 으스스했다. 창 주위, 특히 창문 위쪽 콘크리트는 불길에 타서 새카맣게 변색되어 있었다. 나는 전화를 건 남자가 '전에는 양로원'이라고 했던 말을 떠올렸다. 검게 탄 냄새가 코를 찌르는 기분이 들었지만 눈에 보이는 광경에서 비롯된 착각인 듯했다. 이 건물이 불에 탄 것은 이미 여러 달 전일 테니까.

게이주엔에 불이 났을 때의 신문기사를 읽은 기억이 났다. 다행히 죽은 사람은 없지만 한밤중이었기 때문에 여기 살던 수십 명의 노인이 꽤 다쳤을 것이다. 양로원은 회계 쪽에 부정이 있다는 이야기도 들렸고, 탈세 혐의가 있다는 소문도 나돌던 가운데 일어난 사고라 신문기사는 방화 가능성이 있다는 냄새를 풍기기도 했다. 최근에는 경영자 측에서 새로 부자만 대상으로 하는 고급 아파트 수준의 노인 시설을 건설할 계획이라는 사실이 드러나 주민과 반대파가 격렬한

항의 운동을 벌였다. 그래서 예정된 철거 작업은 잠시 연기한다는 기사를 일주일 전 신문에서 읽었다.

건물 중앙에 있는, 예전에는 정면 현관이던 부분으로 향했다. 여차하면 손전등을 무기로 삼으려고 고쳐 쥐었다. 현관 안쪽에서 희미하기는 하지만 전등 불빛이 흘러나오는 것이 보였기 때문이다.

앞뜰을 가로질러 건물 정면에 이르러 콘크리트 계단을 올라갔다. 입구 유리문은 양쪽 다 열려 있었다. 다만 한 짝은 유리가 완전히 없어졌고, 다른 한 짝은 아래 부분에만 깨진 유리 뒤에 베니어판을 붙여두었다. 열 때문에 뒤틀린 문틀을 보니 열어둔 것이 아니라 화재 이후 닫을 수가 없던 모양이다. 나는 베니어판 뒤로 몸을 숨기고 캄캄한 건물 안쪽을 손전등으로 비췄다. 열두 평쯤 되는 현관 로비였다. 두 개의 커다란 콘크리트 기둥이 서 있고 기둥 윗부분에는 검게 그을린 흔적이 남아 있었다. 마찬가지로 천장에도 불길이 닿아 불에 탄 패널이 박쥐 떼처럼 매달려 있었다. 오른쪽 기둥 주변에는 로비에서 쓰던 긴 의자와 탁자 같은 것들의 잔해가 잔뜩 쌓여 있었다. 로비 왼쪽 옆으로는 양로원 직원들이 쓰던 사무실인지 그럴싸한 창구가 있는 카운터와 문이 보였다. 창구나 문에는 유리가 없지만 손전등을 비춰도 안은 캄캄한 움막처럼 보일 뿐이었다. 로비 제일 안쪽에 콘크리트 계단이 있고, 그 위로 층계참이 보였다. 2층으로 올라가는 계단인 모양이었다. 바닥이나 계단은 비교적 깨끗했다. 불이 난 뒤 청소를 한 번 했는지도 모르지만 불을 끄느라 퍼부은 물에 씻긴 것 같았다. 2층으로 가는 계단 옆 벽에 역시 베니어판으로 막아

119

둔 문이 있는데 몇 센티미터쯤 열려 있었다. 아까 본 전등 불빛은 그 틈새로 새어 나오고 있었다.

나는 '출입금지' 팻말을 매단 로프 아래를 지나 현관 로비로 들어갔다. 발소리가 나지 않도록 조심하면서 불빛이 새어 나오는 문까지 똑바로 갔다. 문 옆 벽에 등을 대고 잠시 숨을 죽였다. 문 위에 '관리사무소'라고 적힌 새 플라스틱 팻말이 걸려 있었다. 삼십 초를 기다려 보았지만 안쪽에서는 아무런 소리도 들리지 않았다.

"누구 없소?" 내가 물었다. 물이 있는 우물 밑바닥을 향해 소리친 것처럼 울리며 공허하게 들렸다. 문손잡이를 건드리지 않고 손전등 끝을 틈새로 끼워 넣어 문을 열었다. 사무실 내부를 둘러보고 아무도 없다는 사실을 확인한 뒤에 안으로 들어갔다.

흘러나오던 불빛은 천장을 비스듬히 가로지르는 새 회색 전깃줄 끝에 매달린 알전구에서 나오는 빛이었다. 임시로 끌어놓은 전원에 연결되어 있으리라. 비교적 화재의 피해를 받지 않은 까닭은 방의 위치나 세 평쯤 되는 넓지 않은 공간 덕인지도 모른다. 분명히 불이 난 후에 들여놓은 것으로 보이는 탁자와 의자도 눈에 띄었다. 출입문에 건 플라스틱 팻말로 보아 화재 이후에는 이 건물에서 유일하게 사용하는 방인 모양이었다.

나는 알전구 바로 아래 있는 테이블과 긴 의자 쪽으로 다가갔다. 테이블 위에 먹고 남긴 컵라면 그릇과 빈 우유 팩, 찢어진 팥빵 포장지, 갈색 종이봉투, 둥글게 만 흰색 비닐봉투 같은 것이 흩어져 있었다. 긴 의자 위에는 싸구려지만 새것인 담요 한 장이 아무렇게나 놓여 있었다. 그 안에 뭔가 숨겨두었는지 불룩해 보였다. 담요 끝자락을 잡고 들춰보았다. 바이올린 케이스였다. 몇 시간 전 가이 요시쓰구 집에서 본 것과 달리 새것이고, 훨씬 고급으로 보이는 가죽 케이스였다. 열어볼 필요도 없었다. 손잡이 부분에 매단 플라스틱 명찰에 'SAYAKA MAKABE'라고 주인 이름이 적혀 있었다.

방을 샅샅이 살폈다. 긴 의자 옆 쓰레기통에도 빵과 인스턴트식품 포장지, 빈 우유 팩, 빈 주스 깡통 등이 담겨 있었다. 하지만 단서가 더는 나오지 않았다. 이 건물 전체를 긴급 수색해야 했지만 나 혼자 힘으로는 버거운 일이었다. 전화가 있나 둘러보았는데 적어도 이 방 안에는 없었다.

그때 건물 뒤쪽 새시 창이 몇 센티미터쯤 열려 있는 것을 발견했다. 다가가 창밖을 살폈지만 밖이 어둡고 창문 유리에 그을음이 껴 있어 아무것도 보이지 않았다. 손전등 자루를 써서 창문을 활짝 열었다. 창밖으로 5, 6미터 떨어진 지점부터 잡목 숲이 펼쳐져 비에 젖은 나무 냄새가 풍겼다. 창문 아래쪽에서 물 흐르는 소리가 들렸다. 몸을 내밀어 손전등으로 그쪽을 비췄다. 물소리가 나는 폭 50센티미터쯤 되는 배수구는 의외로 창에서 7, 8미터 떨어진 곳을 지나고 있었다.

이 관리사무소는 정면 현관에서 들어오면 1층이지만 건물 뒤쪽 출입구는 지하층이라 관리사무소로 오려면 두세 층 올라와야 하는 듯했다. 주변 지형과 건물의 관계를 제대로 모르기 때문에 정확하게 파악할 수는 없었다. 배수구는 저녁에 온 비 때문인지 손전등 불빛이 반사되지 않을 만큼 물이 많이 흐르고 있었다. 창문 바로 아래를 흐르는 배수구 안에 흰 옷을 입은 인형 같은 것이 누워 있었다.

나는 얼른 관리사무소에서 나와 로비와 현관을 지나 건물 바깥을 오른쪽으로 돌아갔다. 건물 왼쪽의 정원수 안쪽으로 들어가니 예상대로 내리막이었다. 비 때문에 지면이 물러 미끄러지지 않도록 조심해야만 했다. 끝부분의 급한 경사면을 뛰어내려 가자 폭 2미터쯤 되는 포장된 길이 있었다. 손전등을 건물 쪽으로 돌리자 막다른 부분에 지하 1층과 통하는 비상구 문이 보였다. 어깨 너머로 뒤를 돌아보니 조금 떨어진 곳에 쓰레기 소각로가 있었다. 비상구 앞으로 다가가 살펴보니 왼쪽 발치부터 건물을 따라 더 아래로 내려가는 콘크리트 계단이 있었다. 그 아래가 배수구였다. 계단을 내려갔다. 건물 모퉁이가 나타났다. 배수구 위로 몸을 내밀고 손전등으로 건물 뒤를 비췄다. 조금 전 관리사무소 창에서 내려다본 지점이 틀림없었다. 콘크리트로 쌓은 배수구의 가장자리로 올라가 미끄러지지 않도록 주의하면서 천천히 목표 지점으로 이동했다.

목표 지점이 가까워질수록 속이 울렁거릴 만큼 지독한 냄새가 코를 찔렀다. 오수나 하수구 냄새와는 전혀 달랐다. 그 냄새가 고속 촬영한 동작처럼 천천히, 마지막 희망 한 조각마저 박살냈다.

소녀는 팔다리를 펴고 하늘을 보는 자세로 배수구의 더러운 물에 반쯤 가라앉고 반쯤 떠 있었다. 키는 1미터 40센티미터가 약간 안 되고, 머리 모양은 쇼트 헤어, 원래는 예쁜 주름이 잡혀 있었을 칼라 높은 블라우스 같은 옷에 검은 스커트, 왼쪽 발에만 분홍색 운동화를 신고 있었다. 나머지 신발 한 짝은 보이지 않았다. 하얗던 블라우스는 구정물에 더럽혀져 군데군데 붉게 얼룩져 있었다. 늘어뜨린 팔과 다리 곳곳에 시커먼 멍 같은 것이 있지만 출혈이 있었다 해도 비나 도랑물 때문에 씻겨 내려갔을 테니 확실하게는 알 수 없었다. 피부가 드러난 부분은 물에 잠겨 있기 때문인지, 아니면 이미 부패가 진행되고 있기 때문인지 묘하게 인공적인 광택이 났다.

단추가 떨어져 드러난 목 주위에 붉은─정확하게 이야기하자면 햇볕에 그을린 듯한 짙은 갈색 흉터가 있는 듯했지만 손전등 불빛으로는 제대로 확인할 수 없었다. 무엇보다 소녀의 얼굴이 눈에 띄었다. 조금이나마 원래 모습이 유지되는 곳은 코 아래 부분 뿐이었다. 왼쪽 눈썹 위부터 정수리에 걸쳐 10센티미터가 넘는 찢어진 상처가 있었다. 거기를 중심으로 얼굴과 머리가 원래보다 두 배쯤 부풀어 올라 전체적으로 검은 고무 자루 같았다. 그 안에 흐릿한 안구가 묻혀 있었다. 오른쪽 눈은 왼쪽의 압력 때문에 밀려나 옆으로 튀어나왔다. 마치 배수구 벽면을 기어 다니는 이름 모를 벌레를 가만히 관찰하는 듯했다.

거기까지만 해도 겨우 참을 수 있었다. 하지만 축 늘어진 채 반쯤 벌어진 오른손 안에 있는 것을 보았을 때는 도저히 구역질을 참기 힘들었다. 플라스틱으로 만든 작은 미키마우스가 100억 달러를 벌어들이는 웃음을 짓고 있었다. 나는 바로 등을 돌려 그곳을 떠났다.

울렁거리는 속을 간신히 달래며 지하 1층 비상구 문 앞으로 돌아왔을 때, 건물 앞마당 쪽을 걷는 발소리를 들었다. 재빨리 손목시계를 비춰 보고 나서 손전등 스위치를 껐다. 8시 15분이었다. 전화를 건 남자가 늦게 왔을 가능성도 있지만 그렇게 생각하지 않았다. 두 명의 발소리였다. 나는 소리가 나지 않도록 쓰레기 소각로가 있는 곳까지 이동해 둔덕 경사면을 올라갔다. 자세를 낮추고 숲에 숨어 앞마당이 내려다보이는 위치로 움직였다.

두 명의 그림자가 건물 현관 부근을 살피고 있었다. 어둠 속에서도 그들이 구 일 전 밤에 심야 레스토랑 엘 구루메 주차장에서 나를 공격한 오토바이 2인조라는 사실을 알아차릴 수 있었다. 당장 뛰쳐나가 멱살을 낚아채고 싶었지만 충동을 억누르고 그들의 행동을 지켜볼 분별력은 간신히 남아 있었다. 두 사람은 나와 마찬가지로 여기 처음 온 것 같았다. 건물이 다 타버린 것에 놀라고 있는 데다, 현관 부근을 살피는 모습이나 관리사무소에서 흘러나오는 불빛을 발견했을 때 보인 반응이 그 사실을 또렷하게 증명해주었다. 나를 전화로 불러낸 것은 저 두 녀석이 아닌 모양이었다.

두 녀석은 얼굴을 맞대고 의논을 했는데 이야기 내용까지는 들리지 않았다. 나를 습격한 날 밤과 마찬가지로 오토바이 슈트를 입은 키 큰 사내가 담배를 꺼내 종이성냥으로 불을 붙이려 했다. 성냥을 그었지만 불이 켜지지 않다가 갑자기 성냥 전체에 불이 붙어버렸다. 두 사람의 굳은 표정이 어둠 속에 잠깐 떠올랐다. 오토바이 슈트는 불붙은 성냥을 내던지고 욕설을 퍼부으며 부츠를 신은 발로 밟아 껐다. 그리고 두 사람은 더는 뒤로 물러날 수 없다는 듯이 정면 현관 쪽을 향했다. 의논해서 결정했는지 양쪽으로 갈라졌다. 오토바이 슈트가 현관 맞은편 쪽 정원수 안에 서 있는 게시판에 등을 기대고 숨었다. 또 한 명, 호소노라는 성을 쓰는 역도 선수 타입은 마지못해 역할을 떠맡았는지 머뭇머뭇 건물 안으로 들어갔다.

나는 그대로 삼십 초 동안 기다렸다. 건물 안에서는 아무런 소리도 들리지 않았고, 게시판 뒤에 숨은 오토바이 슈트는 아무런 움직임도 보이지 않았다. 두 명이 따로 있어 내게는 유리했다. 특별히 구체적인 방법이 있지는 않았지만, 더 기다리는 것이 옳은 판단이란 생각은 들지 않아서 일어서려 했다. 하지만 바로 자세를 낮추고 잡목 숲에서 뻗어 나온 보도 쪽을 돌아보았다. 발소리와 함께 사람 목소리가 들려왔기 때문이다. 아무도 살지 않는 불탄 양로원치고는 제법 손님이 많았다.

제복 경찰관 두 명이 손전등을 들고 내가 숨은 숲 앞을 지나 천천히 건물 쪽으로 다가갔다.

"역시 장난으로 신고한 거 아닌가?" 모자를 뒤로 젖혀 쓴 통통한 경찰관이 내키지 않는다는 목소리로 말했다.

다른 경찰관이 진지한 목소리로 대꾸했다. "아래쪽 입구에 오토바이가 두 대 서 있잖아. 폭주족이 들어왔는지도 모르지."

"이봐, 신고자 말대로 저 안쪽에 불이 켜져 있어." 앞서 걷던 통통한 경찰관이 낮은 목소리로 말했다. 파트너가 바로 달려갔다. 두 사람이 손전등으로 현관 로비 쪽을 비추며 안을 들여다보았다.

"여기 일하는 녀석들이 불 *끄*는 걸 깜빡하고 퇴근한 거 아닐까?" 통통한 경찰관은 여전히 회의적이었다.

"어쨌든 일단 살펴보자고." 파트너가 대답했다. 두 경찰관은 건물 안으로 들어갔다. 몇 초 뒤, 게시판 뒤에서 오토바이 슈트 남자가 뛰어나왔다. 경찰관에게 들키지 않도록 조심하면서 앞마당에서 잡목 숲 속으로 뻗은 길로 쏜살같이 도망쳤다. 동료가 남아 있는 건물 쪽은 돌아보지도 않았다.

나는 십오 초를 더 기다렸다. 경찰관이 호소노라는 녀석을 발견했는지 요란한 소리와 고함이 건물 안에서 들려왔다. 나는 얼른 숲에서 나왔다. 오토바이 슈트 녀석이 버린 타다 만 종이성냥을 앞마당에서 발견해 재빨리 주워 주머니에 넣었다. 오토바이 슈트 녀석과 같은 길로 탈출하는 것은 위험하겠다는 생각이 들었다. 순찰하는 경찰들은 함께 움직이는 일이 많기 때문에 나는 앞마당을 똑바로 가로질러 가장 가까운 잡목 숲으로 뛰어 들어갔다. 어두운 데다 비가 와서 무른 지면 때문에 힘들었지만 바깥 도로로 나가는 최단거리를 향해 달렸다. 불쑥 튀어나오는 나뭇가지를 피하지 못해 비에 젖은 나뭇잎의 물방울이 두세 차례 얼굴과 상의에 튀었다. 이윽고 자동차 소음이 들렸다. 가로등 불빛이 보이기 시작하자 바로 숲이 끝났다. 오가는 사람이 있는지 확인한 뒤 보도와 경계를 짓는 허리 높이의 울타리를 넘었다. 시동을 거는 소리가 들려 20미터쯤 떨어진 게이주엔 간판 쪽을 돌아보았다. 오토바이 슈트 녀석이 기어를 넣고 막 출발하는 순간이었다. 녀석은 도로를 가로질러 반대편 차선으로 들어가더니 눈 깜짝할 사이에 사라졌다. 울타리 앞에는 또 한 대의 오토바이와 경광등을 깜빡거리는 순찰차 한 대가 서 있을 뿐이었다.

호소노라는 녀석이 경찰에 잡혔다면 오토바이 슈트 녀석의 체포도 시간문제일 것이다.

나는 마음을 가라앉히기 위해 담배에 불을 붙이고 블루버드를 세워놓은 곳을 향해 걷기 시작했다. 누군가를 남겨두고 떠나가려는 듯이 무의식적으로 걸음이 빨라졌다. 1미터 40센티미터쯤 되는 부어오른 얼굴을 한, 썩는 냄새가 나는 미키마우스가 아까부터 내 곁을 따라 걷고 있었다…….

12

두 잔째 더블 온더록스를 단숨에 들이켰다. 영국 영화배우 로널드 콜먼처럼 콧수염을 기른 바텐더가 카운터 위 등나무로 만든 코스터에 잔뜩 점잔을 빼며 내려놓은 잔이었다. 나는 가만히 기다렸다. 위스키가 몸 안에 퍼져 가게 안이 안개가 낀 듯이 흐릿하게 보이고, 인테리어나 가구가 다른 곳으로 이동한 것처럼 보이고, 조명 불빛이 들불이나 한여름 번개로 보이기를. 하지만 취기는 오르지 않았다. 알코올은 그저 뇌의 일부분을 자극할 뿐이었다. 막차가 떠난 역 플랫폼에 서 있는 듯이 아무런 변화도 느껴지지 않았다. 내가 '디트리히'라는 술집에 들어온 것은 10시가 지나서였다.

그때까지 두 시간은 어디서 무엇을 했는지 정확하게 기억이 나지 않는 부분도 있었다. 블루버드를 니시신주쿠에 있는 사무실 주차장에 세운 것은 분명히 기억하지만 사무실에는 들르지 않은 듯했다. 맨 처음 눈에 띈 바에 들어가 위스키를 스트레이트로 주문한 것은 기억나는데 얼마나 마시고 그 술집을 나왔는지는 잘 모르겠다. 예전 파트너 와타나베가 단골로 드나들던 가부키초 스낵바를 찾으려 걸어 돌아다닌 기억은 나는데 옛 주인의 자식이 물려받아 가게 이름이고 뭐고 다 바뀌었다는 것을 알고 삭막한 기분이 든 뒤의 기억은 희미했다.

신주쿠 지하상가 '서브나드'에서 국번이 '291'인 오차노미즈 주변으로 여겨지는 전화 다이얼을 돌렸지만 아무도 받지 않았다. 하기야 술에 취한 상태라서 번호를 정확하게 돌렸는지는 자신이 없다.

요쓰야 3초메 부근 선술집 카운터에서 마시는데 오른쪽 옆에 앉은 손님이 처음으로 도쿄돔에 가서 야구 경기를 본 이야기를 했지만 왼쪽 빈자리를 가리키며 '난 동행과 이야기하는 중이다'라고 대답했다. 상대가 측은하다는 표정을 지으며 자리를 옮긴 것은 기억나지만 굳이 왼쪽 빈자리에 앉으려던 다른 손님과의 말다툼은 결말이 어떻게 났는지 또렷하지 않았다. 아카사카미쓰케의 당구대가 있는 바에서 이십대 젊은이들이 못마땅하다는 듯이 나를 바라보던 시선은 기억하는데 나보다 10센티미터는 큰 종업원 두 명에게 끌려 나오게 된 원인은 짐작이 가지 않았다.

도라노몬 부근 장애인용 넓은 전화박스에 들어가서 받지 않는 291 국번 다이얼을 두 차례 돌렸다. 포기하고 박스를 나오려다가 밖에서 공무원처럼 생긴 비장애인이 화가 난 듯이 기다리고 있기에 굳이 한 번 더 다이얼을 돌렸다.

　국철 신바시 역 화장실에 쭈그리고 앉아 토한 기억은 나는데 개찰구를 나와 발견한, 여자 손님만 있던 스탠드바의 꼬부랑글자 이름은 기억나지 않았다. 마스터가 '위스키는 무엇으로 드시겠습니까?'라고 물었던 것은 기억한다. '뭐가 있지?'라고 되물은 것도 기억한다. '운을 바꾸고 싶으니 일곱 번째 것을 줘'라고 대답한 것도 기억한다. 당혹스러운 표정을 짓는 마스터가 처음부터 다시 위스키 이름을 가르쳐주던 부분부터 기억이 끊겨졌다. 그 바를 나와 긴자까지 어떻게 왔는지는 거의 완벽한 수수께끼였다.

　회원제 고급 클럽 디트리히는 긴자 2초메에 있는 장외 경마장 앞에서 오른쪽인지 왼쪽인지로 꺾으면 바로 나타나는 연필을 세워놓은 것처럼 길쭉한 진주색 빌딩 꼭대기 층에 있었다. 한복판에 하프 모양이 새겨진 새하얀 문을 열고 들어서자 안내 카운터가 두 평쯤 되는 공간을 두 칸으로 나눈 클로크 룸이 있었다. 흔히 쇼킹핑크라고 불리는 화려한 색상의 실크 원피스를 입은 이십대 초반의 안내 담당 여성이 카운터 너머로 경제관념을 없애버리려는 듯한 미소를 지으며 맞이했다.

　"어서 오십시오……." 여자는 재빨리 나를 위아래로 훑어보더니 말을 잇지 못했다. 오늘 밤이 첫 출근이더라도 바로 앞에 있는 사내가 회원이 아니라는 것은 뻔히 알 수 있으리라.

　"죄송합니다. 저희 클럽 회원증을 보여주시면 감사하겠습니다. 아니면 존함과 회원번호를 말씀해주시겠습니까?"

"그럴 수는 없겠군." 나는 술 냄새 나는 트림을 뿜으며 대꾸했다.

안내 담당 여성이 진짜가 아닌 눈썹을 진짜 이상으로 멋지게 찡그렸다.

"그렇게 말씀하신다면, 저희 클럽은 회원분만 이용하실 수 있어서—."

"난 손님이 아니야. 10시에 문을 닫는다는 이야기를 듣고 찾아왔는데…… 여기 경영자인 가무라 지카코 씨를 만나고 싶군."

"실례지만 존함이 어떻게 되시는지요?"

"사와자키—잠깐만."

나는 가이 교수가 준 명함을 상의 안주머니에서 겨우 찾아내 건넸다. 명함에 적힌 이름을 확인하기를 기다렸다가 뒷면을 보라고 했다. 거기에는 교수가 손수 쓴 '가무라 씨, 급히 사와자키 씨와 면담해주시기를 부탁드립니다'라는 글이 적혀 있었다.

"잠시 기다려주십시오."

안내 담당 여성이 카운터 안쪽 작은 출입문을 열고 안으로 들어갔다. 그 문이 열리자 우아한 클래식 음악이 들려왔다.

별 생각 없이 뒤를 돌아보았는데, 알코올 의존자가 된 예전 파트너 와타나베의 부랑자 친구로밖에 보이지 않는 사내가 벽 안에 서 있었다. 손님의 코트와 모자를 맡아두기 때문에 큰 거울이 달려 있었던 것이다. 거울 속 남자는 수염이 약간 났고 셔츠 칼라는 땀에 젖어 후줄근했다. 구두와 바지자락은 양로원 잡목 숲에 있었기 때문에 진흙투성이였다. 나는 속이 울렁거려 카운터에 몸을 기댔다.

안내 담당 여성이 바로 돌아왔다. "기다리시게 해서 죄송합니다. 안타깝게도 마담—가무라 씨는 손님 초대로 잠시 외출중인데 곧 오신다고 합니다. 저 문으로 들어가시면 바로 왼쪽에 바가 있으니 거기서 기다려주십시오."

"그러지." 나는 카운터를 떠나 안내 담당 여성이 가리킨 문으로 향했다. 똑바로 걸으려 했지만 그렇게 되지는 않았다. 문에는 검은 칠을 한 하프 부조 위에 'DIETRICH For Members Only'라고 새겨진 은제 플레이트가 붙어 있었다. 나는 문손잡이를 잡고 안내 담당 여성을 돌아보았다.

"이 은으로 된 간판, 도둑맞지 않도록."

"예, 충고에 진심으로 감사드립니다."

"자네는 낮에 은행 창구에 근무하나? 아니면 회사 비서실?"

"제 말투가 너무 정중하다 보니 많은 분이 그렇게 묻습니다만."

"설마 여대생 포르노 배우는 아니겠지?"

여자가 쓴웃음을 지었다. "하르모니아 프로이라인이라는 여성으로만 구성된 실내악단에서 비올라를 연주합니다. 잘 부탁드립니다."

나는 그쯤에서 물러나 클럽 안으로 들어갔다. 가게 안은 생각보다 널찍했다. 안내 담당 여성이 말한 것처럼 왼쪽에 10미터도 넘을 듯한 카운터가 있었고, 손님이 네댓 명 앉아 있었다. 브랜디 술잔을 앞에 두고도 술에 취하지 않는 모습이 여기 오기 전 들른 가게에서 동석한 인종들과는 좀 달라 보였다. 카운터 안에는 바텐더가 남녀 한 명씩 있었다. 정면에서 오른쪽으로 스무 개가 넘는 박스석이 있는데 손님이 절반 이상 찼다. 문 닫을 시간이 지났는데도 상당히 손님이 많은 가게 같았다. 그 안쪽에 소형 그랜드 피아노가 자리잡은 작은 무대가 있었다. 확실히는 모르겠지만 인테리어가 18세기나 19세기 유럽 스타일 같았고, 가게 안에 흐르는 관악기 앙상블에 딱 어울리는 분위기였다. 물론 음악은 정면 무대가 아니라 벽에 있는 커다란 스피커에서 들려왔다. 두 스피커 사이에 50인치는 될 듯한 대형 비디오 스크린이 있어 음악 분위기에 맞는 유럽의 아름다운 풍경을 비추었다. 긴자에 있는 회원제 클럽 같은 데 들어와본 것은 처음인데, 뭔가 아카데믹한 분위기라고 할까, 술이 목구멍에 걸릴 것 같은 이런 분위기의 가게가 있으리라고는 생각도 하지 못했다. 계속 문 앞에 서 있으면 손님들 눈길이 쏟아질 것 같아 바 쪽으로 움직였다.

카운터 안에서 콧멘 수염을 기른 바텐더가 점잖게 가이 교수의 명함을 흔들며 신호를 보냈다. 내가 다가가자 바텐더도 함께 카운터 안쪽에서 움직여 자연스럽게 바 구석 쪽으로 유도했다. 가게 안 손님들 눈에 거슬리지 않을 위치였다.

"앉으시죠." 바텐더는 그렇게 말하며 카운터 위에 가이 교수의 명함을 내려놓았다. 나는 그 앞에 앉았다.

가무라 지카코가 단골손님인 피아니스트의 콘서트에 초대받아 아카사카에 있는 '산토리홀'에 갔는데, 그것도 가무라의 업무 중 하나이며 폐점 시간이 지났으니 곧 돌아올 거라는 이야기를 묻지도 않았는데 해주었다. 가무라가 없을 때는 자기가 책임자라는 사실을 확실히 해두고 싶은 말투였다. 나와 비슷한 연배의 무척 두뇌회전이 빨라 보이는 바텐더로, 빨간색 나비넥타이에 빨간색 조끼 차림이 아니라면 텔레비전 뉴스 캐스터나 이혼 소송 전문 변호사쯤으로 보일 남자였다.

"가이 선생님에겐 늘 신세를 지고 있습니다만⋯⋯." 그는 수염을 쓰다듬으며 궁금하다는 듯이 고개를 갸웃거렸다. 가이 교수와 내 관계를 묻고 싶다는 의사 표시 같았다.

나는 상의 주머니에서 담배를 꺼냈다. 바텐더가 조끼 주머니에서 듀폰 금장 라이터를 꺼내 켜서 내밀었다. 하지만 내 성냥 쪽이 조금 더 빨랐다. 꺼진 성냥 아래 어느새 작고 하얀 유리 재떨이가 나타났다. 한 점 먼저 냈지만 바로 동점을 허용한 기분이 들었다.

"멋진 라이터로군." 나는 라이터는 보지도 않고 말했다.

"손님께서 선물로 주신 겁니다." 바텐더도 마치 양말 세 켤레쯤 받았다는 표정으로 대꾸했다.

관악기 앙상블이 클라이맥스를 맞이하려 했다. 글라스와 술병이 쭉 늘어선 진열장 위에 바 손님들 눈높이에 맞춰 일반 사이즈 비디오 스크린이 놓여 있었다. 화면은 어느새 유럽 풍경에서 연미복 차림의 관현악 연주자들이 연주하는 장면으로 바뀌었다.

바텐더가 헛기침을 했다. "뭘 좀 드시겠습니까?"

특별히 친절하게 굴려는 것도 아니고, 술을 팔겠다는 생각도 아닌 것 같았다. 둘 사이에 말이 없는 것을 견딜 수 없어 습관적으로 해본 말이었을 뿐이다.

"아⋯⋯ 위스키를, 얼음 넣어서."

"알겠습니다." 그는 최소한의 운동량으로, 그러면서도 예의를 잃지 않는 수준 높은 기술을 써서 고개를 숙이더니 내 앞을 떠났다.

뒤쪽이 소란스러워져 돌아보니 한 박스석을 차지하고 있다가 일어선 손님들이 출입구로 향했다. 남자 손님 세 명과 호스티스 두 명이었다. 검은 블레이저에 흰 터틀넥 셔츠를 입은 장발 오십대 남자가 주인공인지 젊은 남자 두 명과 호스티스들이 그를 둘러싸고 있었다. 술에 취한 상태라 자신은 없지만 국영 텔레비전 제2방송 같은 데서 자주 보던 지휘자 같았다. 머리카락을 흐트러뜨리며 신들린 듯이 지휘봉을 휘두르는 남자였다.

"오래 기다리셨습니다." 바텐더 목소리에 고개를 돌렸다. 내 앞에 등나무로 만든 코스터에 얹은 더블 온더록스가 놓여 있었다. 나는 담배를 끄고 잠시 잔을 노려본 뒤 술잔을 들어 천천히 시간을 들여 다 들이켰다. 바텐더는 특별한 표정 변화 없이 나를 지켜보았다.

관현악 음악이 끝나더니 잠시 후 이번에는 약간 애조 띤 바이올린과 피아노 이중주가 시작되었다.

"가이 선생님은 훌륭한 제자를 키우게 되셨죠." 바텐더가 말했다. 그는 감탄 어린 눈빛으로 비디오 스크린을 바라보며 음악에 맞춘 듯한 말투로 해설했다. "피아노와 바이올린을 위한 소나타 마단조, 쾨헬 304 ─ 모차르트."

검은 이브닝드레스를 입은 이십대 후반 여성 피아니스트의 나긋나긋한 손가락이 갑자기 짧은 간격으로 빠르게 움직였다. 그리고 갑자기 마카베 사야카가 화면에 등장했다. 바이올린과 일심동체가 되어 천진난만하게 활을 움직이고 있었다. 소녀는 어른스러운 새하얀 드레스를 입었다. 소녀의 귀여운 얼굴은 신문이나 잡지 화보 같은 데서 '천재 바이올린 소녀'로 소개된 것을 몇 번인가 보았다는 사실을 그제야 깨달았다. 두 시간 전 게이주엔 뒤편 배수구에 떠 있던 시체의 처참한 얼굴은 거의 다른 생물에 속하는 것으로밖에 생각할 수 없었다.

"한 잔 더." 내가 쉰 목소리로 말했다.

바텐더는 빈 잔을 들고 다시 내 앞에서 떠났다.

쌍둥이 자매가 아닐까 싶은 어린 바이올리니스트와 아름다운 피아니스트는 간결하고 우아한 음악을 서로 다투듯 연주했다. 나는 화면에서 눈을 뗄 수 없었다. 바텐더가 바로 내 잔을 들고 돌아왔다. 그리고 나는 두 번째 더블 온더록스를 단숨에 들이켰다.

10시 30분이 지났을 무렵, 가무라 지카코로 보이는 기모노 차림의 여자가 출입구 쪽에 나타났다. 옅은 남색 천에 구불거리는 무늬가 있는 옷자락이 스치는 소리와 함께 곧장 바를 향해 다가왔다. 바텐더가 '이제 오십니까?'라며 카운터에 놓인 명함을 집어 여자에게 내밀었다.

가무라 지카코는 나를 바라보며 명함을 받아들었다. 내가 찾아왔다는 이야기는 클로크 룸 안내 담당 여성에게 들은 모양이었다.

"가이 선생님 소개로 오셨군요."

나는 그렇다고 대답했다. 여자는 얼른 명함 양면을 살폈다. 사십대 후반치고는 체격이 큰 여성이었다. 기모노 안에 상당히 풍만한 육체가 숨겨져 있으리라. 틀어올린 머리 모양, 짙은 화장, 양손 손가락에 하나씩 낀 비싸 보이는 반지―어떻게 보더라도 긴자의 클럽 마담 같은 치장이지만 그렇지 않게 보이기도 했다. 내게는 그런 종류의 지식이 전혀 없었다.

명함을 보던 여자가 고개를 들었다. "사와자키 씨라고 하셨죠? 대체 무슨 용건인가요?"

"따님인 가무라 지아키 씨를 만나고 싶습니다. 그 문제로 두세 가지 여쭤보고 싶은 이야기가 있어서요."

가무라 지아키라는 이름은 가이 교수가 건네준 명단 두 번째에 실려 있었다.

어머니의 안색이 잠깐 흐려진 듯했다. 그녀는 오른손 약지에 낀 알 굵은 다이아몬드 반지를 왼쪽 손가락으로 한 바퀴 돌렸다. 주술이라도 거는 듯한 몸짓이었다.

"지아키가 사는 집에는 연락해보셨나요? 간다스루가다이에 있는 오차노미즈 역 근처에 사는데요."

"전화는 두 번. 집에 없는 듯했습니다. 가이 교수는 그 집 주소를 몰라서 연락이 안 되면 당신을 만나라고 했습니다."

"그렇다면 조금 이따 이야기하는 게 낫겠군요."

나는 가게를 둘러보고 고개를 끄덕였다.

"가게 문을 닫아야 할 시간이니 손님들에게 인사한 다음에 천천히 말씀을 들어도 괜찮겠습니까?"

나는 다시 고개를 끄덕였다. 그녀는 살짝 고개를 숙이고 바텐더에게 뒤처리를 부탁한다는 몸짓을 한 뒤 박스석 쪽으로 갔다.

"한 잔 더 드릴까요?" 바텐더가 물었다.

"아니…… 된다면 최대한 쓰고 뜨거운 커피를 사발로 들이켜고 싶군."

주정뱅이가 되는 수업은 다음 기회로 미루었다. 나는 찬물로 세수를 할 생각으로 화장실이 어디 있느냐고 물었다.

13

고급 클럽 디트리히는 우아한 음악이 있는 술자리, 사교장, 문화적인 살롱 같은 장식을 벗어버리고 단순히 일이 끝난 가게의 모습을 드러내고 있었다. 카운터에 있던 손님이 다 나가자 내 자리는 카운터 반대쪽 구석으로 옮겨졌다. 바텐더 표정으로 보아 나는 승격한 모양이었다. 그 자리가 마담인 가무라 지카코가 손님이 없을 때 늘 앉는 정위치인 듯했다.

화장실에서 세수를 하고 바텐더가 커다란 머그컵에 주문대로 끓여준 커피를 마셨지만 속은 별로 좋아지지 않았다. 담배에 불을 붙이고 왼쪽 벽에 걸린 사진을 바라보았다.

둘 다 검은 액자에 담겨 있었다. 각각 아래 명함만 한 카드에 설명이 붙었다. 왼쪽은 1960년에 빈 국립오페라 극장 앞에서, 또 한 장은 칠팔 년 전에 신도쿄 국제공항 로비에서 촬영한 사진이었다. 두 사진 다 가무라 지카코와 그녀보다 열 살 이상 더 들어 보이는 커다란 서양인이 찍혀 있었다. 카드에는 '독일이 자랑하는 세계적인 바리톤 가수'라고 적혀 있었다. 이름이 무척 긴 사람인데 아무래도 그 이름 맨 앞에 있는 디트리히가 이 가게 이름의 유래인 듯했다.

공항 로비 사진에는 그에게 꽃다발을 건네려는 스무 살 전후의 또 다른 여자가 찍혀 있었다. 카드 설명을 보고 그 여자가 가무라 지아키라는 사실을 알았다. 약간 넓은 얼굴, 먼 곳을 보는 듯한 눈, 오뚝하고 날카로운 콧날, 미소 지을 때 가장 예쁜 모양이 될 것 같은 입술—아름다운 아가씨였다. 꽃다발에 어울리는 옷차림이었다. 하지만 왠지 어색한, 자신이 왜 이런 화려한 곳에 있는지 모르겠다는 표정이었다. 1960년의 어머니와 칠팔 년 전의 딸은 거의 같은 나이인데도 혈연관계라는 사실을 겨우 알 수 있을 만큼만 닮았다. 매우 이질감이 느껴지는 모녀였다.

마지막 손님과 호스티스를 보낸 가무라 지카코는 카운터 저편 구석에서 콜먼 수염을 기른 바텐더와 잠시 이야기를 나누었다. 여자 바텐더는 이미 모습이 보이지 않았다. 가무라 지카코는 새 담뱃갑과 작은 핸드백을 받아들고 내 쪽으로 다가왔다. 의자 하나를 건너뛴 자리에 앉으며 기다리게 해서 미안하다고 정중히 사과했다. '샐럼' 담뱃갑을 뜯어 한 개비를 빼고 백에서 길쭉한 금장 라이터를 꺼내 불을 붙였다. 바텐더는 뒷정리를 하고 카운터에서 나오더니 클로크 룸 쪽으로 갔다. 퇴근인지 자리를 비켜주었을 뿐인지는 알 수 없었다.

"지아키를 만나고 싶어 하는 이유를 여쭤봐도 될까요?" 가무라 지카코가 입을 열었다.

"그 전에 이걸 봐주시죠." 나는 상의 주머니에서 가이 교수가 적은 명단을 꺼내 가무라 지카코에게 건넸다. 가이 집안의 세 아들과 가무라 지아키의 이름이 적혀 있었다.

가무라 지카코는 그것을 보더니 곤혹스러운 표정으로 고개를 들었다. 내 얼굴을 뚫어지게 바라보며 담배 연기를 한숨처럼 내뿜고 나서 머뭇거리며 물었다. "그럼…… 당신은 지아키의 아버지가 누군지 이미 알고 계시는 건가요?"

나는 고개를 끄덕였다. "나는 가이 씨의 의뢰를 받아 일하는 탐정입니다. 그분이 원치 않는 한 따님은 물론 당신에게도 폐를 끼칠 생각은 없습니다."

"탐정이라고요?" 가무라 지카코는 웃으려다가 자기 담배 연기 때문에 기침을 했다. "미안합니다. 하지만 가이 선생님과 탐정이라니, 도무지 상상이 가지 않는 연결이군요."

나는 담배를 끄면서 가무라 지카코의 기침이 그치기를 기다렸다.

"내 의뢰인은 현재 어떤 걱정거리를 안고 있습니다. 그걸 해결하기 위해서는 아무래도 따님이 요 이 주간 어떤 행동을 했는지 알아야 할 필요성이 있어서 이렇게 찾아온 겁니다."

가무라 지카코의 표정이 약간 굳어졌다. "이 주 동안요……? 그러고 보니 선생님도 이상하게 열흘 전부터 뵐 수 없어서 신경 쓰이던 참이었습니다만……. 선생님이 걱정거리를 안고 있다니, 대체 어떤 걱정인가요?"

"의뢰인의 걱정거리가 어떤 내용이냐에 따라 협력하실 수 없다는 이야기라면……." 나는 난처한 표정을 지었다. "명함에 적은 소개장을 가지고 찾아와서 일이 더 편하게 풀릴 거라고 생각했는데요."

가무라 지카코가 미소를 지었다. 약간 협박 같은 내 말은 가무라 지카코에게 통하지 않았다. 편안하게 사는 이십대 아가씨나 삼십대 주부처럼 다룰 수는 없는 상대인 모양이었다. 가무라 지카코는 카운터에 쌓여 있던 재떨이를 하나 꺼내 그 위에 담배를 얹었다.

"협력하지 않겠다니, 그런 말씀 드린 적 없습니다. 하지만 딸은 이미 스물일곱 살 먹은 성인이기 때문에 갑자기 지난 이 주간의 행동을 알고 싶다고 말씀하셔도……. 저는 오히려 그런 일에 도움이 되기에는 가장 부적합한 어미가 아닌가 싶어서요."

"그렇습니까?" 내가 말했다. "따님 행동에 관해서는 직접 따님에게 묻기로 하죠. 당신에게 듣고 싶은 건 될 수 있으면 빨리, 가능하면 오늘 밤 안으로라도 따님과 연락을 취할 수 있는 방법입니다."

가무라 지카코는 고개를 끄덕였지만 내 부탁에 바로 응할 눈치는 보이지 않았다. 나는 슬쩍 한 번 더 밀어붙였다.

"우선 따님 주소를 가르쳐주시겠습니까? 친한 친구라든가 토요일 밤에 나갈 만한 곳을 아신다면 그것도 부탁드립니다. 의뢰인 말로는 따님이 최근 '가와이'라는 피아노 교실 교사를 그만두었다고 하더군요. 새 직장이 생겼다면 참고로 그쪽 연락처도 알고 싶습니다."

가무라 지카코는 재떨이에 얹어놓은 반쯤 재가 된 담배를 껐다.

그리 우아하다고는 할 수 없는 손놀림이었다.

"지아키가 이 주간 대체 무얼 했다고 생각하시는 건가요?" 자연히 목소리가 딱딱해졌다. 오른손 약지에 낀 다이아몬드 반지를 빙글 돌렸다.

"아뇨, 오히려 따님이 아무것도 하지 않았다는 것을 확인한다—그런 조사라고 생각해주십시오. 명단을 보시면 알겠지만 따님만이 아니라 의뢰인의 세 아들에 대해서도 조사중입니다."

가무라 지아키는 카운터 위에 놓인 명단을 곁눈질했다. "지아키를 가이 집안의 세 아들과 함께 취급해주다니, 감사드려야겠군요."

나는 리스트를 집어 접은 다음 상의 주머니에 넣었다.

"왜 탐정에게 그런 부탁을 하신 걸까요?"

가무라 지카코는 눈을 내리깔았다. 나는 벽에 걸린 사진을 바라보았다. 사진 속 모녀가 특별히 불행해보이지는 않았다. 이십대와 사십대의 가무라 지카코 사이에 뭔가 결정적인 차이가 있는 것처럼 보이지도 않았다. 가무라 지카코는 어느 사진에서나 인생을 즐기는 듯이 보였다. 그녀는 두 장의 사진을 찍는 사이에 공식적으로는 아버지가 없는 딸을 낳았다는 이야기가 된다.

"푸념 같군요." 가무라 지카코가 작은 목소리로 말했다. "그 명함은 선생님을 믿듯이 당신을 신뢰하라는 이야기일 겁니다. 선생님을 믿듯이 당신을 믿고 푸념을 하면 안 될까요?" 뒷부분은 농담하는 듯한 말투가 되었다.

"푸념은 흘리게 되어 있습니다. 그래서 나중에 후회하기 마련이죠. 만약에 뭔가 목적이 있어 말씀하신 거라면 제가 들어야 할 이야기는 아니군요."

"아뇨, 그런 게 아니라……." 가무라 지카코는 바보 같은 소리 하지 말라는 표정으로 나를 바라보았다. 조금 전까지만 해도 적당히 상대하다가 적당한 때 돌려보내려는 상대를 대하는 모습이었는데 그런 태도가 사라졌다.

그러고는 불쑥 딸 이야기를 시작했다. 내 질문에 대한 답으로서가 아니라 오히려 자신의 걱정거리를 늘어놓는 느낌이었다. "지아키에 관해서는 이 주간은커녕 벌써 반년 이상 아무것도 모르는 상태입니다. 그 애가 무슨 생각을 하고 무얼 하려는 건지……. 우리 모녀는 예전처럼, 마음이 통하지 않는 사이가 된 것 같아요."

"따님이 스물일곱 살이라고 하셨죠? 그렇다면 어느 정도 자연스러운 일 아닐까요?"

"너무 간단하게 말씀하시네요. 우리처럼 모녀 단둘이 살아온 사람에게 그게 얼마나 괴로운 일인지 이해하지 못하는군요."

"단둘이라고요? 가이 교수는 계산에도 들어 있지 않은 겁니까?"

"그런 이야기가 아니에요. 선생님이 계시기 때문에 우리는 결코 길거리를 헤맬 일도 없고 굶어 죽을 일도 없었죠. 그런 걱정은 한 번도 한 적 없이 편하게 지낼 수 있었으니까요."

"운이 좋군요. 평범한 부부라도 남편 때문에 언제 길거리를 헤매게 될지 불안에 떨면서 하루하루를 보내는 아내와 자식도 있죠. 적어도 그 당시에는 그랬을 겁니다."

"그렇군요……." 가무라 지카코는 잠시 생각에 잠겼다.

나는 손목시계를 보았다. 곧 11시가 되려는 시각이었다.

"어쨌든 따님 주소만이라도 가르쳐주시겠습니까? 그러면 저는 돌아가겠습니다."

가무라 지카코는 정신이 든 듯한 표정으로 말했다. "하지만 그 주소로는 딸에게 연락이 되지 않을지도 모릅니다. 전화도 마찬가지예요. 저도 확실하게는 잘 모르지만 딸은 오차노미즈 역 근처 연립주택에는 이제 살지 않을지도 모릅니다."

나는 의자에 다시 앉았다. 그리고 전혀 다른 질문을 던졌다. "따님이 정확하게 열흘 전인 월요일에—16일입니다만— 아버지인 가이교수에게 전화해 500만 엔을 달라고 했다는 사실은 아십니까?"

"그 애가요? 정말인가요? 아뇨, 그건 전혀 몰랐어요." 가무라 지카코는 깜짝 놀랐지만 표정은 좀 복잡했다. 부녀간 교류가 있었다는 사실에 오히려 기뻐하는 심정이 드러난 것 같았다.

"선생님에게까지 그런 부탁을 하다니……." 가무라 지카코는 혼잣말처럼 중얼거리고 또 무의식적으로 다이아몬드 반지를 만졌다.

"가이 교수가 500만 엔을 융통해주었는지 묻지 않으시는 걸 보면 대답은 짐작이 가는군요."

가무라 지카코는 입을 다물고 있지만 긍정하는 표정이었다.

"교수는 당장이라도 그 돈을 마련할 작정이었던 모양입니다만 아버지의 의무라고 생각하고 어디에 쓸 것인지 두세 가지 질문을 했답니다. 그런데 따님은 별로 냉정한 상태가 아니었는지 그 질문을 거절하기 위한 구실이라고 받아들인 모양입니다. 그래서 돈을 구해달라는 부탁을 취소하더니 어색하게 전화를 끊었다고 합니다. 바로 다시 전화를 걸었지만 그 뒤로도 며칠간 따님과는 통화가 이루어지지 않았죠."

"지아키는 역시 그 연립주택에 살지 않는 모양이군요."

"교수는 당신에게 어떻게 된 일인지 물어볼 생각도 한 것 같습니다만 돈 문제라 비밀로 하는 게 낫겠다고 생각을 고쳤다고 합니다. 꼭 필요한 돈이라면 따님이 다시 연락할 거라고도 생각했고요."

"저는 이해가 갑니다. 선생님의 심정이. 선생님의 걱정거리라는 게 그건가요……? 아니, 그런 문제로 탐정까지 쓸 리는 없을 텐데."

가무라 지카코도 내가 찾아온 이유가 단순한 가족 문제 조사 같은 것이 아니라는 사실을 깨달은 모양이었다.

나는 가무라 지카코의 페이스에 맞추어 이야기를 진행하는 것을 포기했다. 알코올 기운 없이 컨디션 좋을 때라면 상대방 페이스에 맞추는 것이 착실한 방법이겠지만 지금은 그럴 여유가 없었다.

"열흘 전에 의뢰인의 조카인 마카베 사야카 양이 유괴됐습니다."

"뭐라고요……? 그게 정말인가요?" 가무라 지카코는 깜짝 놀랐다. 그리고 내 진지한 표정을 보더니 부르르 몸을 떨었다.

유괴 사건을 대략 간추려 이야기해주었다. 그녀는 딸의 아버지의 조카가 유괴되었을 때 당연히 보일 반응─놀라움, 공포, 분노, 동정─을 모두 드러냈다. 아니, 그 이상이었다. 가이 교수와 마카베 사야카의 사제 관계를 알고, 가무라 지카코 자신도 클래식 음악의 세계 속에서 살아가고 있으니 유괴 사건이 더 실감나게 느껴지는 모양이었다.

나는 마카베 사야카가 이미 시체가 되었다는 이야기는 하지 않았다. 그리고 사건은 아직 공개되지 않았으니 반드시 비밀을 지키라고 못을 박았다.

"하지만…… 그런 무서운 사건이 제 딸과 무슨 관계가 있다는 건지 잘 이해가 되지 않는데요……."

가무라 지카코의 눈에 미심쩍어하는 빛이 퍼지더니 다시 무슨 주문이라도 외우듯 다이아몬드 반지를 빙글 돌렸다.

내가 부드러운 목소리로 말했다. "아마 아버지로서 지레 걱정이 되어 그러는 거겠죠. 이 사건은 몸값을 노린 유괴라고 생각하는 것이 타당하지만 마카베 씨 가족에 대한 원한에서 비롯된 범죄일 가능성도 있습니다. 예를 들어 몸값이 목적이라 하더라도 마카베 씨의 친척이나 지인에 의한 범행이 아니라고 단정할 수는 없죠. 그러면 경찰은 마카베 씨 가족 주변에도 수사의 눈길을 돌리게 될 겁니다. 가이 교수는 그 최악의 경우를 상정한 것 같습니다……. 그러니까 자신의 네 자녀 가운데 누군가가 뭔가 이유가 있어서—아마 돈이 궁해서— 이 유괴 사건에 관련되지 않았나 하는 불안에 떠는 모양입니다. 만약 걱정이 맞아떨어진다면 그 자식이 더 죄를 짓기 전에 아버지로서 손써야 할 방도는 취하겠다……. 그게 나를 고용한 이유일 겁니다."

"그래서 당신에게 급히 지아키와 연락을 취하라고 하신 거군요."

가무라 지카코는 오히려 마음이 놓인다는 듯이 말했다. "딸은 그런 무서운 범죄와는 절대 관계없을 겁니다. 그건 제가 보증할 수 있어요. 아니, 당신이 제대로 납득할 수 있도록 설명하죠."

"그렇게 해주시면 감사하겠습니다." 나는 담배를 꺼내 입에 물었다. 가무라 지카코가 거의 건성으로 내민 라이터로 불을 붙였다.

"좀 오래된 이야기부터 시작해야겠군요." 가무라 지카코가 단서를 달았다. "지아키가 음악에 빠져 있던 것은 '무사시노 예술대학'을 나와 한두 해 사이였습니다. 고등학교 때는 피아노로 이름을 떨치겠다고 어린아이다운 의욕에 불탔죠. 그런데 대학은 피아노과에 들어가지 못하고 성악과로 진학했습니다. 그게 첫 실패였죠. 하지만 '콘트랄토'라는 성역은 드물기 때문에 고만고만한 성적으로 졸업하고도 프로로 노래할 수 있는 길이 열려 있었습니다."

"콘트랄토가 뭔가요?" 내가 물었다.

"아아, 여성이 낼 수 있는 가장 낮은 음역입니다. '알토'보다 훨씬 낮죠. 다만 오페라의 화려한 주인공 역할이 주어지지는 않고 독창에 어울리는 목소리도 아닙니다. 그래도 졸업하고 한동안 이 가게를 도우면서 일주일에 두세 차례 성악 일을 즐겁게 했죠. 제 입으로 말하기는 부끄럽지만 이곳에는 나라에서도 일류 음악가가 드나들기 때문에 그분들 이야기를 듣는 것만으로도 큰 공부가 될 거라고 생각합니다. 그런데 사오 년 전부터 지아키가 점점 가게에 오지 않았고, 성악에도 흥미를 잃은 것 같았습니다. 피아노 교실 교사만은 계속했기 때문에 생활은 크게 어렵지 않았지만……. 특히 요 일 년간은 거의 연락도 없고, 저나 클래식 세계에 완전히 등을 돌리고 지내는 것 같았습니다. 마지막으로 본 것은 반년 전인 설날인데, 그때 음악 따위는 한가한 사람들의 놀이 같은 거라고 이야기해서 심하게 말다툼을 했습니다."

가무라 지카코의 눈동자는 실제로 멀어져 가는 딸을 배웅하는 듯했다.

나는 이야기를 더 빨리 진행하도록 만들기로 했다. "따님이 돈 문제를 꺼낸 것은 언제입니까?"

"아마 한 달쯤 전일 겁니다. 불쑥 전화를 걸더니 '나는 음악 세계에서 살아갈 생각이 없고, 엄마가 하는 가게를 물려받을 생각도 없다. 재산을 조금 일찍 물려준다고 생각하고 1000만 엔을 융통해달라'라고 한 겁니다. 그렇게 큰돈은 없었고 잠깐 변덕이 일어서 그런 소리를 한 거라고 생각했죠. 성악 일이나 피아노 교실 교사를 계속하면서 가게를 이어받는 것이 그 애에겐 제일 편하고 장래성 있는 생활이니까요. 굳이 표현하자면 이미 이만큼 자본이 투자된 것 아니겠어요? 그런데 뭐가 좋다고 다른 세계에서 고생을 하겠다는 건지⋯⋯. 어쨌든 좀 냉정하게 생각하라며 대답을 애매하게 흐려두었습니다. 그러자 열흘쯤 전인 화요일에—아마 아버지에게 전화로 돈을 부탁한 이튿날이겠죠—다시 전화를 했습니다. 놀랍게도 이번에는 제가 자리를 비운 사이에 가게 권리 문서를 가지고 가서는 그걸 돌려줄 테니 어떻게든 돈을 구해달라더군요. 안 그러면 문서를 처분해서 필요한 돈을 마련하겠다고 협박했습니다⋯⋯. 요 열흘간은 그 문제로 딸과 미친듯이 계속 통화했습니다. 하지만 이 싸움은 처음부터 제가 지게 되어 있었죠. 저는 제 생활이 크게 문제가 되지 않는 범위 안에서 800만 엔을 마련했고 내일 딸에게 건네기로 되어 있습니다. 물론 가게 권리 문서와 교환 조건으로요."

"그렇게 된 거로군요." 내가 말했다. 가무라 지카코가 왜 보증을 하겠다고 했는지 이해되었다. 이상한 논리이기는 했지만 분명히 일리는 있었다.

"아버지에게서 500만 엔, 어미한테서 1000만 엔이라는 돈을 받아내려고 안달 난 딸이 또 한편에서 그런 엄청난 사건을 일으킬 틈이 있었겠습니까? 유괴를 당한 것이 지난주 수요일에서 목요일 사이라고 하셨죠? 그 이틀간은 딸이 하도 전화를 걸어대서 가게 일도 제대로 하기 힘들 지경이었습니다."

"따님이 갑자기 그런 큰돈이 필요해진 이유를 아십니까?"

가무라 지카코는 고개를 저었다. "몇 번이나 물었지만 고집이 센 아이라 자기가 새로운 인생을 살기 위한 자금이라는 대답밖에 하지 않더군요. 하지만 제가 느끼기에는 남자 문제 같아요."

"그래요……?"

"남들 못지않게 살기에 부족함이 없는 애가 갑자기 500만 엔이니 1000만 엔이니 하는 돈이 필요해질 이유가 달리 있겠어요?"

"따님이 원래 그런 타입입니까?"

"아뇨, 전혀. 하지만 자식에 대한 부모의 판단만큼 믿을 수 없는 것은 없겠죠."

나는 담배를 껐다. "내일 언제 어디서 따님과 만나기로 하셨나요? 그 자리에 저도 꼭 함께 나가게 해주십시오."

"뭐라고요? 그건……." 가무라 지카코의 두 눈썹이 실을 당긴 듯이 치켜 올라갔다. "아무리 그래도 그건 지나친 실례 아닌가요? 당신은 제가 지금까지 한 이야기를 전혀 믿지 않는 거로군요."

"아뇨, 그렇지 않습니다. 사실은 대부분 믿습니다. 하지만 나는 '지아키 씨는 유괴 사건에 관계하지 않은 것 같다'라는 식의 그런 애매한 보고를 하기 위해 비싼 조사료를 받는 게 아닙니다. 더 확실한 증거를 잡아야만 하죠."

"하지만 남들에게 보이고 싶지 않은 사적인 만남이라서."

나는 포기하지 않았다. "의뢰인이 500만 엔을 마련해줄 의사가 있었다는 이야기도 따님에게 전해주고 싶습니다."

"제가 대신 전하죠." 가무라 지카코도 버텼다.

"당신 감으로는 원인이 '남자'라고 하셨죠? 내일 만날 때 그 남자가 자리에 함께 나올지도 모릅니다. 어쩌면 그 남자만 나올지도 모르죠. 그리고 그 남자가 권리 문서를 안 가지고 나올지도 모릅니다. 애초에 만남 자체가 따님 의사와는 무관하게 이루어지는 건지도 모르고요. ……그래도 800만 엔을 들고 혼자 나가는 것이 낫다고 생각합니까?"

"하지만 설마……." 가무라 지카코는 다이아몬드 반지를 만졌지만 주술의 효과는 사라져, 얼굴에 불안한 기색이 짙어졌다.

나는 내일 만남에서 내가 어떻게 할 생각인지 설명했다. 딸이 내 존재를 눈치챌 일은 없을 거라고 강조했다. 가무라 지카코는 결국 내 요구를 받아들였다.

"내일 오전 11시에 요쓰야 역 앞 다이이치칸교 은행 뒤편의 '파반느'란 찻집에서 만나기로 했습니다."

우리는 오 분가량 더 내일 만남에 관해 의논했다. 가무라 지카코의 얼굴에는 지금까지 한 번도 접촉해본 적 없는 인종과 나누는 익숙지 않은 대화에 지칠 대로 지친 표정이 그대로 드러났다. 그건 나도 마찬가지였다.

인사를 나누고 클로크 룸으로 나오니 콜먼 수염을 기른 바텐더가 카운터 뒤 의자에 앉아 문고본을 읽고 있었다. 그가 일어설 때 《백치》라는 제목이 보였다.

"계산을."

"아뇨, 됐습니다." 그가 상냥하게 웃었다.

"뭐가 됐다는 거지?" 내가 물었다.

"아뇨, 기분 상하셨다면 죄송하지만 마담 손님이고 가이 선생님 소개로 오신 분이라 돈은 받을 수가 없어서요."

나는 상의 주머니를 뒤져 니토베 나이조의 얼굴이 그려진 지폐 5000엔 권를 한 장 꺼내 바텐더의 손가락이 가름끈을 대신하는 문고본 페이지에 꽂아 넣었다.

"팁이야. 《악령》도 읽어봐."

"정말 감사합니다. 그런데 죄송하게도 이건 도스토옙스키의 《백치》가 아니라 사카구치 안고의 《백치》입니다……." 그의 낯빛은 전혀 변하지 않았다. 프로란 그래야 한다.

　나는 이미 술이 깼지만 오늘 밤 내게는 프로로서의 자각이 있었다고 말하기 힘들었다.

14

지하철을 타고 신주쿠로 돌아왔다. 메지로 경찰서 형사들과 마주
치고 싶지 않았기 때문에 사무실에는 들르지 않고 주차장으로 바로
갔다. 양로원 '게이주엔'에 대한 경찰 수사가 예상대로 진행되고 있
다면 그들은 나를 만나고 싶어 할 것이다. 하지만 사양하고 싶었다.
형사들이 대기하고 있을 법한 위치에 주의를 기울이면서 재빨리 블
루버드를 몰고 주차장을 빠져나와 오우메가도를 서쪽으로 달렸다.

토요일 밤이라 붐비기는 했지만 한밤중인 자정에 오기쿠보에 도
착해 곁길로 들어가 차의 방향을 바꾸었다. 아마누마 육교 쪽으로
조금 되돌아와 상점가 노상에 세워진 주차 위반 차량들 틈에 끼어들
었다. 블루버드에서 내려 고토부키 길이라고 불리는 좁은 통로 같은
상점가로 향했다. 대부분의 가게가 이미 셔터를 내렸다.

'마작 KEN'이란 이름의 마작 하우스는 그 길 거의 중간 지점에 있었고, 간판은 아직 켜져 있는데, 거기에 '이 건물 3층'이라고 적혀 있었다. 새로 지은 건물과 낡은 건물이 빽빽하게 줄지어 늘어서서 제대로 알 수 없었지만 그 건물은 3층짜리 낡은 잡거빌딩인 모양이었다. 1층에 있는 셔터 내린 식료품 가게와 영업중인 작은 요릿집 사이에 어두컴컴한 계단이 2층으로 뻗어 있었다.

일행으로 보이는 네 사내들이 계단을 내려오는 중이라 아래서 기다렸다. 앞에 내려오는 키 큰 남자는 베이스 같은 커다란 짐을 안고 있었다. 머리 양옆을 모히칸족처럼 쳐올린 남자가 그 뒤를 이었다. 5월 말인데도 러닝셔츠 한 장만 걸치고 보디빌딩으로 단련된 듯한 울퉁불퉁한 팔에 트럼펫 케이스를 걸치고 있었다. 가죽으로 된 심벌즈 케이스를 든, 스웨터와 청바지 차림의 남자가 '길 에번스가 죽었다면서?'라고 하자 네 번째로 내려오던 검은 블레이저를 입은 빈손인 남자가 '요즘은 재미가 없어'라고 대꾸했다. 그들이 다 내려온 뒤에 바로 계단을 올라갔다. 2층 층계참에 이르렀을 때 스낵바 스타일의 검은 가죽을 덧씌운 문 안쪽에서 황소를 목 졸라 죽이는 듯한 음색의 색소폰 재즈가 들려왔다. 맞은편 나무로 된 문에는 시조 교실 간판이 붙어 있고, 그 아래 '요미우리신문 멋대로 넣지 마!'라고 갈겨쓴 종이가 붙어 있었다. 나는 안쪽에 있는 3층으로 가는 계단을 올라갔다. 3층에 이르기도 전에 마작 KEN의 입구 조명이 보이고 패를 섞는 듯한 소리가 희미하게 들려왔다. 계단을 되돌아 내려와 출입구 옆에 있는 지저분한 공중전화 수화기를 집어 들었다. 요즘 공중전화는 버림받은 듯이 거의 예외 없이 지저분했다. 이것이 일본 경제력의 첨병처럼 길거리에 쫙 깔려 있던 시절도 있었다.

나는 양로원 게이주엔 앞마당에서 주은 종이성냥을 상의 주머니에서 꺼냈다. 앞에는 마작 KEN이라는 이름과 함께 '오늘 저녁도 당신과 가위바위보!'라는 캐치프레이즈가, 뒤에는 주소와 전화번호가 찍혀 있었다. 윗덮개를 여니 오토바이 슈트를 입은 남자가 쓰다 남은 성냥개비와 그 주변이 새카맣게 눌어붙어 있었다. 하지만 뚜껑 안쪽에는 볼펜으로 흘려 쓴 전화번호로 보이는 일곱 개의 숫자가 있었다. 하이픈 앞에 있는, 국번으로 보이는 세 자리 숫자는 마작 KEN의 전화와 마찬가지로 '398'이었다. 나는 그 번호로 전화를 걸었다. 일곱 번째 신호음이 갔을 때 상대방이 전화를 받았다.

"예, 이타미입니다……. 여보세요?" 졸리고 지친 듯한 남자 목소리였다.

나는 일부러 뜸을 들였다. 상대가 이름 말고도 뭔가 더 가르쳐줄지 모르기 때문이다.

"누구지? ……여보세요. ……이타미입니다. ……혹시 무라짱이야? ……아닌가?" 목소리에 짜증과 의심하는 눈치가 짙어졌다. "대체 누구야……? 전화 끊는다."

나는 모호하게 낮은 목소리로 말했다. "지금 마작 KEN에 있는데, 나오지."

"어? 누구야? 요시카와 씨……하곤 목소리가 다른걸. 나 조금 전까지 거기 있다 왔는데……. 쳇, 누구야? 장난치는 게."

156

"어쨌든 나와. 귀한 손님이 왔어." 나는 수화기를 내려놓았다. 담배를 꺼내 불붙인 다음 다시 수화기를 들고 전화하는 척하며 그 자리에서 기다렸다.

십 분을 기다리기로 했다. 이삼 분 지났을 때쯤 낚시 도구 세트를 짊어진 야외 활동복 차림의 남자가 계단을 올라갔다. 이타미라는 남자로 보기에는 좀 이른 것 같았다. 그리고 마작 승패에 관해 이야기를 나누는 학생들이 계단을 내려와 오기쿠보 쪽으로 갔다. 마지막으로 샹송 가수 이브 몽탕이 마흔여섯 살이나 나이 어린 여성과 여덟 번째 결혼을 했다는 이야기를 하는 중년 남녀가 계단을 올라갔다. 그때마다 나는 수화기에 대고 귀가가 늦을 거라는 변명 같은 이야기를 작은 목소리로 상대도 없이 반복했다.

이타미라는 남자는 마작 KEN에 전화를 걸어 확인하고 누가 장난 전화를 한 것이라고 생각해버렸는지도 모른다. 혹시 전화를 끊은 뒤 그냥 자버린 걸까. 나는 수화기를 내려놓고 담배를 끈 뒤에 다시 계단을 올라 3층으로 갔다.

마작 KEN은 열 평쯤 되는 넓이의 평범한 마작 하우스였다. 입구 문을 열자 에어컨이 켜져 있는데도 사람들의 후끈한 열기와 담배 연기가 나를 맞아주었다. 딱 열 개인 마작 테이블이 반 이상 비어 있으니 꽉 찼을 때는 실내 공기가 상당하리라. 하기야 토요일 늦은 시각인 지금도 손님이 이렇게 적다면 그런 걱정을 할 이유가 없을지도 모르겠다. 마작은 서민 오락의 왕좌를 빼앗기고 있는 모양이었다.

"아저씨, 손님!" 누가 소리쳤다. 마작 테이블에서 고개를 든 사람도 내 쪽을 본 사람도 없기 때문에 누가 소리를 질렀는지 전혀 알 수 없었다. 어쨌든 게임이 잘 풀리지 않아 집중하지 못하는 손님이거나 아니면 오히려 잘 풀려서 여유가 있는 손님 중 한 명일 것이다.

계산대 카운터 뒤에 있는 반쯤 열린 유리문으로 졸린 표정을 한 비쩍 마른 초로의 남자가 쑥 나왔다. 이런 계절에 털실로 짠 모자를 쓰고 베이지색 오리털 조끼를 입고 있었다. 카운터에 두 손을 짚더니 코를 훌쩍거리고 나서 '어서 오십시오'라고 했다.

나는 사람을 찾아다니는 척하며 시간을 벌 생각으로 상의 주머니에 손을 집어넣으려고 했다. 이럴 때를 위해 사진은 늘 수첩에 끼워 두었다. 하지만 얼른 생각을 바꾸었다.

"여기 위치가 딱 알맞아 잠깐 들렀는데, 우리 회사에서 마작대회를 열 건데 통째로 빌릴 수 있을까 싶어서—."

"그래요? 어느 회사에서 오셨죠?" 돈벌이 생각에 졸음이 달아난 모양이었다.

"아, 와세다 길 쪽에 새로 이사 온 무역회사인데요. 약간 멀지만 오락 모임을 너무 가까운 곳에서 하기는 힘들죠. 안 그래요?"

"그렇죠. 하지만 우린 아직 전세로 내 준 적이 없어서—." 어떤 이익이 있을지 머릿속 주판으로 신속하게 계산하고 있었다.

내가 얼른 덧붙였다. "본사에서 높은 분도 와서 성대하게 할 예정이기 때문에 이만한 공간이 되면 좋겠는데. 그리고 한 해에 두 차례씩 할 생각이라 이리저리 장소를 바꾸기도 번거롭군요."

주인은 코를 킁킁거리며 그래도 제법 능률적으로 비용과 시간, 배달 음식 서비스 등의 이야기를 했다. 첫째, 셋째 목요일이 정기 휴일인데 그날이라도 괜찮다면 단골들에게 폐도 끼치지 않을 수 있으니 얼마만큼은 할인된 가격으로 제공할 수 있겠다고 했다. 나는 일시는 다음 달 중순이라는 것 이외에는 아직 미정이니 나중에 의논하겠다고 대답했다.

"손님들에게 방해되지 않도록 조심할 테니 잠깐 가게 안을 구경해도 괜찮을까요?"

털실 모자를 쓴 주인은 흔쾌히 그러라고 했다. 나는 카운터를 떠나, 가게 벽을 따라 천천히 한 바퀴 돌았다. 가게 시설 같은 것을 둘러보는 척하며 스무 명쯤 되는 손님의 얼굴을 살펴보았다. 반쯤 보았을 때 출입문이 열리더니 회색 운동복 상하의를 추레하게 걸친 삼십대 후반의 남자가 들어왔다.

"어라, 어떻게 된 거야? 내일 일찍 일어나야 되니 오늘은 일찍 들어가서 자겠다고 했잖아?" 주인이 놀리는 투로 물었다.

남자는 의심스러운 눈빛으로 주인 얼굴을 잠시 뚫어지게 보고 나서 재미없다는 듯한 목소리로 말했다.

"역시 아저씨는 아니었나……?"

바로 옆 테이블에 앉아 있는 뚱뚱한 상점 주인 스타일의 남자가 말을 걸었다. "이타미 씨 아니야? 뭐야? 또 털리러 온 모양이네."

"이상한 전화가 와서. 속았군." 이타미는 주인과 방금 말을 건 손님에게 내가 불러낸 전화 이야기를 하기 시작했다. 약간 부풀려져, 음침한 목소리에 사투리가 심한 이상성격자 같은 말투였던 걸로 되어버렸다. 이타미는 장난전화의 범인이 가게 안에 있는 누군가가 틀림없다고 짐작하고 나쁘게 이야기해서 찾아내려는 속셈인지도 몰랐다.

나는 나머지 손님들 가운데도 오토바이 슈트를 입은 녀석이 섞여 있지 않다는 사실을 확인했다. 카운터로 다가가 이타미가 이야기하다 멈춘 틈을 노려 주인에게 말했다. "그럼 다음 주 초까지는 일정을 정해서 부탁드리러 오죠."

잘 부탁한다는 주인의 인사를 들으며 마작 KEN을 나왔다. 오우메가도로 돌아와 방금 내려온 계단 출입구가 보이는 위치에서 다시 이타미라는 남자가 나오기를 기다리기 시작했다.

이타미가 모습을 드러낸 것은 혹시 상점 주인 스타일의 남자와 같은 마작 테이블에 눌러앉은 게 아닐까 하는 생각을 하며 주머니를 뒤져 담배를 찾으려 했을 때였다. 그는 종종걸음으로 내 쪽으로 다가왔다. 나는 오기쿠보 역 방향으로 조금 이동해 블루버드를 세워둔 곳 바로 옆에 있는 전화박스로 들어갔다. 수화기를 들고 어깨너머로 고토부키 길 입구를 돌아보니 이타미가 운동복 상의 지퍼를 올리면서 바삐 걷고 있었다. 그는 내가 있는 쪽과 반대방향인 왼쪽으로 꺾어져 아사가야 방향으로 걸었다. 나는 전화박스에서 나와 그의 뒤를 따랐다.

마음 같아서는 아마누마 육교 전방 10미터를 걸어가는 남자를 따라잡아 본론을 시작하고 싶었다. 마음으로나 체력적으로나 서두르고 싶었다. 하지만 스스로 자기 소굴을 안내해주려는데 너무 서두르는 것은 좋은 방법이라고 할 수 없었다. 사는 곳이 알려지면 상대는 그만큼 불리한 처지가 된다. 물론 '집, 땅을 급히 내놓습니다'라고 종이라도 나붙어 있다면 이야기는 달라지겠지만.

이타미는 오우메가도를 따라 5, 600미터를 걸은 뒤에야 이윽고 왼쪽 주택가로 꺾어졌다. 역사상 단 한 명뿐인 대학 출신 요코즈나가 망쳐버린 예전의 '하나카고헤야스모 선수 양성 기관 중 하나' 옆을 지나 한적한 지역을 두세 블록 지나더니 별로 깨끗하지 않은 3층짜리 연립주택으로 가는 골목으로 들어섰다. 그때까지 이타미는 나를 수상 쩍다는 듯이 몇 차례나 돌아보았다. 내가 우연히 방향이 같은 통행인은 아니라고 생각한 모양이었다. 나는 전혀 개의치 않았다. 그는 연립주택 부지 안으로 들어갈 때 잠깐 멈칫 했다가 연립주택 계단에다 이르러서야 드디어 걸음을 멈추고 나를 돌아보았다.

"나한테 무슨 용건이 있나?" 그가 기분 나쁘다는 표정으로 나를 바라보았다.

"아, 잠깐 묻고 싶은 이야기가 있어서."

나는 그에게 다가가 마작 KEN의 성냥을 건넸다. 그는 연립주택 계단 불빛으로 성냥을 확인하더니 다시 나를 바라보았다.

"당신, 아까 그 마작 KEN에 있었던 사람이로군. 이 성냥이 뭐가 어쨌다는 거지?"

"윗덮개를 열어 안쪽을 봐주겠나?"

그는 내가 시킨 대로 했다. 거기 적힌 일곱 개의 숫자를 보더니 왼쪽 눈 아래 근육이 꿈틀 움직였다. 자기 전화번호가 적혀 있다는 것

이상의 의식이 작용하는 것처럼 보였다.

"그 성냥을 가지고 있던 남자에 대해 알려주면 좋겠어."

그는 눈을 가늘게 뜨고 의문 하나가 풀렸다는 표정으로 말했다. "아까 전화한 게 당신이군?"

나는 고개를 끄덕이고 몸짓으로 사과를 했다.

"어떻게 이런 짓을……." 그는 화를 내려 했지만 말투에는 오히려 호기심이 더 짙게 드러났다. "하지만 일을 복잡하게 처리하는군. 당신 형사는 아니지?"

나는 그의 질문을 무시했다. "그 성냥을 갖고 있던 남자에 대해 가르쳐주면 오늘 마작으로 잃은 돈을 채워주겠어."

"잃지 않았어, 오늘은." 하지만 표정은 그렇게 보이지 않았다.

"오늘이 아니라도 어제 잃었건 작년에 잃었건 상관없어. 마작을 해서 잃은 적이 없다면 아까 그런 전화를 한 것에 대한 사과를 겸해서 저쪽 큰길에 있는 선술집에서 술이라도 한잔 사는 것도 괜찮고."

"그런 건 상관없지만ㅡ." 말과는 달리 그의 울대뼈가 꿀꺽 움직였다. "하지만 상대방에게 피해가 가는 거 아닌가?"

나는 고개를 저었다. "아마 그 반대일 거야. 그 남자는 오늘 밤 안으로 나를 만나지 않으면 심각한 문제에 휘말릴 우려가 있지."

"그렇다면 가르쳐줘도 괜찮겠지만……. 그 녀석을 그리 잘 아는 건 아니야. 딱 한 번 만났을 뿐이니까."

"키가 크고 스무 살 조금 지났을 만한 나이에 오토바이를 타고 돌아다니지?"

"그래, 아마도……."

"그 친구 이름은?"

"분명히 성이 아쿠쓰였을 거야."

"한 번밖에 만나지 않았다는데 어디서 봤지?"

"고엔지 역 북쪽 출구에 있는 '사총사'라는 마작 하우스에서. 대학 시절 친구가 가자고 해서 처음 간 집인데, 선수 한 명이 갑자기 일이 생기는 바람에 빠졌지. 그래서 마작 하우스에서 소개해 함께 게임을 한 남자야."

"대학 친구가 그 남자와 아는 사이 아니었나?"

"아니, 그 마작 하우스에서 자주 보는 얼굴이긴 하지만 함께 게임을 한 건 처음이라고 했어. 다만……."

"다만?"

"응. 정말인지 아닌지는 모르지만 그 마작 하우스 딸의 남자친구가 아닌가 싶어."

"호오……. 마작 하우스 위치를 가르쳐줄 수 있겠나?"

"고엔지 역 북쪽 출구로 나와서 바로 왼쪽에 거의 아사가야 방향을 따라 비스듬하게 나 있는 좁은 상점가가 있는데, 그 끝에 '오쓰키 빌딩'이라는 옅은 푸른색 3층 건물이 있지. 역에서 걸어서 십 분도 걸리지 않는 거리야. 1층에는 부동산중개소와 스포츠용품점이 있는데 이름은 까먹었어. 건물 3층에 정년퇴직한 국철 직원인 오쓰키란 남자가 경영하는 기원이 있고, 2층이 그 사총사라는 마작 하우스로 되어 있지. 오쓰키 씨 부인이 맡아서 관리하더군. 1층 스포츠용품점 옆에서 오쓰키 씨 큰딸 부부가 작은 카페를 하는데 작은딸은 기원과 마작 하우스, 카페가 바쁠 때 대충 거든다는 이야기를 들었어. 작은 딸이—그날도 마작 하우스 일을 도우며 아쿠쓰와 사이좋게 시시덕 거렸는데— 아쿠쓰의 오토바이 뒤에 타고 있는 걸 내 친구가 몇 번 보았다더군. 그러니 적어도 친구인 건 확실하지."

"몇 살쯤 된 아가씨지? 그 아가씨 이름은?"

"이름은 모르지만 스무 살쯤 되지 않았을까? 남자처럼 짧게 깎은 머리 모양이었는데 별로 어울리지는 않았어. 본인도 아는지 실패했 다며 머리에 무척 신경을 썼지."

"성냥을—."

그렇게 말하며 나는 손을 내밀었다.

"그 전화번호를 적은 사람은 누구지?"

이타미는 성냥을 돌려주며 말했다. "내가 적어줬어. 결국 그날은 아쿠쓰가 혼자만 잃고 내가 딴 셈이었지. 지기 싫어하는 녀석이라 리턴매치를 하고 싶다더군. 평소 어느 마작 하우스에 다니느냐, 어 떻게 연락하면 되느냐 끈덕지게 묻기에 귀찮아서 갖고 있던 마작 KEN 성냥에 전화번호를 적어 건넸지. 뭐 실력이 그쯤이라면 다음 에 다시 붙어도 손해날 일은 없겠다고 생각해서……. 이럴 줄 알았 다면 아쿠쓰 연락처도 물어볼 걸 그랬군."

나는 고개를 끄덕이고 손목시계를 보았다. 12시 45분이었다. 사 총사가 몇 시까지 하느냐고 이타미에게 물었다.

"오늘은 토요일이잖아. 금요일, 토요일과 공휴일 전날은 새벽 1, 2시까지는 영업한다고 친구가 그러던데. 그리고 마작 하우스 손님에 따라 아버지의 기원이나 아래 카페도 늦게까지 문을 여니 힘들다고 그 아가씨가 투덜거리는 소리를 들었어."

나는 이타미에게 적당하다고 여겨지는 사례금을 건넨 뒤 도와줘서 고맙다고 했다. 그의 표정으로 보아 사례는 결코 섭섭지 않았던 모양이다. 이런 반쯤 프로인 도박꾼은 의외로 알뜰한 금전 감각을 지니고 있다. 푼돈의 고마움을 잘 알지도 모른다. 어쩌면 요즘 승률이 좋지 않았는지도 모르고. 이타미는 기분 좋게 연립주택 계단을 올라갔다. 나는 오우메가도로 나와 택시를 잡아 고엔지로 향했다. 블루버드가 있는 곳까지 갈 시간이 없었다.

15

 '이름 없는 카페'가 그 카페 이름이었다. 그런 부류의 이름이 딱 어울리는 부부—십여 년 전 신세대 부부 스타일인 삼십대 중반 남성 주인과 이십대 후반의 여성 주인—가 이건 장사라기보다는 취미라는 듯이 내가 주문한 커피를 끓이고 있었다. BGM은 물론 뉴 클래식으로 콧소리 섞인 음성의 남자가 미묘한 여자 마음을 노래하는 모양이지만 〈아카하타 일본 공산당 중앙위원회에서 발행하는 일간 기관지〉의 논설처럼 '~습니다' '~합니다'라는 투의 가사는 오로지 생리적인 공감을 강요할 뿐이었다.

 1시 10분쯤 가게에 들어왔을 때 오쓰키 빌딩 경영자의 사위로 보이는 남성 주인이 '이제 식사는 안 되는데 괜찮겠습니까?'라고 묻고, 경영자의 큰딸로 보이는 여성 주인이 '이십 분 뒤면 문을 닫을 예정인데 괜찮으세요?'라고 물었다. 두 사람은 스누피와 찰리 브라운을 디자인한 커플 앞치마 차림이었다.

나는 카페에 들어오기 전에 3층에 있는 기원과 2층에 있는 '사총사'라는 마작 하우스를 들여다보았다. 아쿠쓰라는 성을 쓰는 오토바이 슈트 남자나 그 여자친구로 보이는 작은딸도 보이지 않았다. '고엔지 기원'에서는 열 쌍 조금 안 되는 바둑광들이 바둑판을 사이에 두고 대국을 벌이고 있었다. 잠시 입구에 서 있었지만 바둑에 몰두한 채 아무도 반응을 보이지 않아 두 사람이 있는지 없는지 확인하고 2층으로 내려왔다. 사총사는 거의 만원이었다. 접수 카운터에 앉아 있는 경영자의 부인으로 보이는 쉰 살가량의 여성에게 '아쿠쓰는 오지 않았습니까?'라고 물었다. '그러고 보니 오늘 밤은 이상하게 안 보이네요. 토요일 밤인데'라는 것이 대답이었다.

1층 카페에도 두 사람은 보이지 않았지만 나는 손님으로 가장하고 잠시 상황을 살피기로 했던 것이다. 커피를 기다리며 두 사람에 관한 정보를 캐낼 구실을 궁리했지만, 아쿠쓰 이야기를 꺼내는 것이 좋을지, 작은딸 이야기를 꺼내는 것이 유리할지 판단 내리지 못한 채로 담배를 꺼내 불을 붙였다. 가게 안에는 제일 구석 테이블에서 머리를 맞대고 이야기를 나누는 젊은 남녀 커플 한 쌍이 있을 뿐이었다.

커피를 가져왔을 때 나는 부부 가운데 아무나 들으라는 듯이 말했다. "늦은 시간에 들어와 미안하군요. 오우메가도에서 오토바이 관련 큰 사고가 있어서 간나나 길 바로 앞에서 걸어오느라……."

건성이기는 했지만 남성 주인 쪽이 반응을 보여, 나는 엉터리 교통사고 상황을 이야기했다. 이야기를 만들어내는 일은 익숙하지 않지만 오토바이를 타고 있던 남자에 관해서는 실제 모델이 있기 때문에 꾸며내기 쉬웠다.

"그렇지는 않을 거라고 생각하지만…… 그거 아쿠쓰 오토바이 아닐까?" 설거지하던 손길을 멈추고 여성 주인이 걱정스러운 표정으로 끼어들었다.

"그럴 리가 없어." 남성 주인이 의외로 단호하게 부정했다. 그는 내가 찾는 남자에 대해 무언가 아는 듯했다. 희망 섞인 느낌인지도 몰랐다.

아쿠쓰의 이름이 나왔지만 이야기를 어떻게 끌고 가야 좋을지 몰라 잠시 궁리하는데 출입문 위에 달린 두 개의 카우 벨이 크게 울렸다. 그 소리에 나와 부부는 동시에 입구를 돌아보았다. 디자이너 청바지에 청재킷을 걸친 머리가 아주 짧은 여자가 들어왔다. 스무 살가량이고 카운터 안에 있는 여성 주인과 얼굴은 많이 닮았지만 성격은 무척 대조적일 것 같았다. 자동차 경주 신호 깃발을 디자인한 듯한 큼직한 헝겊 가방을 어깨에 걸쳐 옆구리에 끼고 있었다.

"어떻게 된 거니, 마리코?" 여성 주인이 물었다. "그렇게 나돌아다니면 어떡해? 위층 일을 도와야 하잖아."

"아냐, 두통이 심해서 아까까지 집에서 잤어. 눈을 뜨니 배가 고파서 야식이라도 만들까 싶었는데 쌀이 떨어졌지 뭐야. 언니, 쌀하고 뭐든 상관없으니까 샐러드 만들 채소 조금만 줘."

"어머, 그게 아버지 반대를 무릅쓰면서 독립선언을 하고 연립주택까지 얻은 사람이 할 소리니? 너도 참 문제다. 알았으니까 그 가방 이리 줘."

"아, 이건 안 돼." 마리코라고 불린 동생이 당황하며 대꾸했다. "옆집 사람에게 빌린 거라 돌려줘야 하니까 어디 적당한 종이봉투 같은 데 담아줘."

언니는 안쪽 조리실로 가는 포렴을 들추다가 멈춰 섰다. "오우메 가도에서 오토바이 사고가 난 모양인데, 네 멋쟁이 '이지 라이더'는 괜찮은 걸까?"

"그런 사고하고는 관계없어." 동생이 바로 대꾸했다.

"어떻게 알아?"

"그야…… 점심 때 만났을 때 오늘은 오토바이 타지 않을 거라고 했으니까."

"그걸 어떻게 아니? 점심 때 한 약속을 저녁때까지나 지킬지 어떨지 모를 사람들이." 언니는 그렇게 말하며 조리실로 들어갔다.

동생은 기다릴 수 없다는 듯이 서둘러 카운터 안으로 들어가 대형 냉장고를 열었다. 차가운 맥주를 두 병 꺼내 재빨리 헝겊 가방에 집어넣었다. 그리고 형부에게 윙크하더니 검지를 세우고 속삭였다. "아까 전화한 거 비밀이야, 알았지? 부탁해, 형부."

"괜찮겠어, 처제?" 남성 주인이 곤혹스러운 표정을 지었다. "어쨌든 난 아무것도 모르는 걸로 해줘."

"알았다니까."

나는 담배를 끄고 자리에서 일어나 계산대에서 커피 값을 냈다. 가까이 있던 마리코가 계산을 해주었다. 나는 인사를 하고 카페에서 나왔다.

옆에 있는 스포츠용품점 셔터 앞에 빨간 여성용 자전거가 있었다. 뒷바퀴 커버에 '오쓰키'라고 흰 페인트로 적혀 있었다. 옛날식이라 철판을 옆으로 밀어서 바퀴살이 돌아가지 못하도록 잠그는 방식이었다. 주위에 사람이 없다는 걸 확인하고 재빨리 자물쇠를 채운 뒤 '마리코'라고 적힌 플라스틱 명찰이 달린 열쇠를 주머니에 집어넣었다. 과연 의미 있는 도둑질이 될지 어떨지는 알 수 없었지만 일단 자전거를 발로 미행해본 쓰린 경험이 있기 때문이었다. 이런 밤중에 지친 몸으로 자전거를 따라 달리고 싶지는 않았고, 미행당하는 본인에게 '아저씨 괜찮아?' 하는 식의 위로를 받기는 더구나 싫었다.

길 건너편 고엔지 역 방향으로 건물 두세 채쯤 떨어진 지점에 담배 자판기가 있었다. 내가 피우는 필터 없는 담배는 없었다. 대신 필터가 달린 '롱 피스'를 샀다. 조금 기다리니 '이름 없는 카페'의 문이 열리고 동생인 마리코가 나타났다. 헝겊 가방과 함께 '이세탄' 종이 봉투를 들고 있었다. 빨간 자전거로 다가가더니 짐을 핸들 앞에 달린 바구니에 넣고 스탠드를 푼 다음 앞으로 가려고 했다. 자물쇠가 걸려 있어 자전거가 덜컹 하고 멈췄다. 마리코는 다시 스탠드를 세우더니 의아하다는 듯이 사내아이 같은 머리를 갸웃거리며 상하의 주머니를 뒤졌다. 찾는 물건이 나오지 않자 얼굴을 찡그리고 주위를 둘러보았다. 나는 한 걸음 뒤로 물러나 자동판매기 뒤로 몸을 숨겼다. 마리코는 다시 카페로 들어갔다. 하지만 바로 나왔다. 화난 얼굴로 자전거를 흘끗 보더니 자전거 바구니에서 짐을 거칠게 꺼내, 내가 있는 쪽과는 정반대 방향으로 바삐 걷기 시작했다.

미행을 바로 시작하지는 않았다. 마리코가 가는 곳은 예상이 되었기 때문에 당장은 놓칠 염려가 없었다. 예상대로 카페 문을 열고 남성 주인이 나왔다. 처제의 자전거로 다가가더니 잠시 자물쇠 상태를 살펴본 뒤 이윽고 자전거를 들고 옆 건물과의 사이에 있는 공간으로 옮겼다. 앞치마로 손을 닦으며 돌아오더니 처제가 간 방향을 향해 '멍청한 계집애'라고 욕을 하고 카페로 돌아갔다. 참으로 착한 형부다. 나는 자동판매기 뒤에서 나와 오쓰키 마리코와의 거리를 좁히며 미행을 시작했다.

마리코는 와세다 길과 만나기 조금 전에 오른쪽 샛길로 돌았다. 자전거를 쉽게 포기한 것으로 미루어 그다지 멀지는 않을 거라고 짐작했다. 첫 번째 사거리에서 왼쪽으로 들어가더니 대여섯 번째 2층짜리 연립주택 출입구로 들어갔다. 쇠 파이프로 만든 가슴 높이의 문짝은 자유롭게 여닫을 수 있었다. 외등에 비친 연립주택은 새하얀 모르타르를 칠했고, 금빛으로 반짝이는 장식용 전구를 많이 사용한 문이나 동화 스타일로 튀어나온 창문 등이 눈에 띄었다. 낮에 햇빛 아래서는 덩치 큰 신부의 웨딩드레스처럼 튀어 보일 것이다. 일단 독신 여성 전용 연립주택이 틀림없었다. 여성, 그것도 젊은 여성만 사는 연립주택, 젊은 여성만 타는 승용차, 젊은 여성만 읽는 책—이런 것들이 큰 시장 점유율을 자랑하는 곳은 세상에 이 나라뿐이리

라. '젊은 여성'이란 지구상에서 수명이 가장 짧은 포유류이며, 게다가 매년 새로 태어나기 때문에 틀림없이 전쟁이 끝난 뒤 결식아동에게 사탕을 팔듯이 편하게 장사할 수 있을 것이다.

오쓰키 마리코는 1층에 있는 문 세 개 중에서 왼쪽 문을 열고 안으로 들어갔다. 방에는 불이 켜져 있었고, 마리코는 문을 열 때 열쇠를 사용하지 않았다. 게다가 왼편의 철쭉 생울타리 뒤에 시커먼 대형 오토바이가 서 있었다. 다가가 보니 가와사키의 '엘리미네이터 400SE'였다. 그날 밤 내 블루버드 앞에서 일부러 넘어진 오토바이와 색깔이나 모양이 비슷했다. 탄탄해 보이는 쇠사슬을 핸들과 앞바퀴에 감아 한쪽 끝을 바로 옆 쇠파이프 문짝 기둥에 건 다음 대형 번호 자물쇠를 채워두었다. 오토바이에 대한 집념만큼은 충분히 이해가 갔다. 오토바이를 긴박한 순간에 도주 수단으로 사용하지 못한다는 사실 따위는 생각도 않는 인간의 소유물이라는 사실도 충분히 알 수 있었다. 하지만 나는 희망을 버리지 않았다.

16

나는 오쓰키 마리코가 들어간 연립주택의 흰 패널 문을 거칠게
계속 노크했다. 상대에게 생각할 여유를 주지 않고 문을 열게 만들
목적이었는데 다른 방법은 생각나지 않았다. 솔직히 내게는 이런저
런 작전을 세울 기운도 신경도 남아 있지 않았다.

"뭐야, 누구야!" 고함 소리와 함께 마리코가 문을 벌컥 열었다.

안에서 남자가 낮은 목소리로 '야, 열지 마'라고 소리쳤지만 이미
늦었다. 나는 좁은 현관으로 한 걸음 들어섰다. 여자 신발에 섞여 검
은색 오토바이용 부츠가 놓인 모습이 눈에 들어왔다. 구 일 전 밤,
내 머리를 걷어차려 했을 때는 얼굴이 비칠 만큼 빛이 나게 닦여 있
었는데, 지금은 저녁에 온 비와 양로원 숲에서 묻은 진흙 탓에 잔뜩
더러워져 있었다.

"당신 뭐야?" 마리코는 현관에 버티고 서서 나를 노려보았다. 뒤에 남자가 있다는 생각에서인지 꽤 대차게 나왔다. 마리코는 나를 기억했다.

"당신…… 형부 가게에 있던 손님이잖아요? 설마 내 뒤를 밟은 건 아니겠죠?" 마리코는 겁먹은 듯이 뒷걸음질 치며 뒤를 돌아보았다. "다카오, 잠깐 나와 봐. 다카오!"

현관 플로어와 이어진, 아직 집주인의 냄새가 배지 않은 새 주방 너머로 요즘 유행하는 모노톤 가구가 놓인 거실이 보였다. 활짝 열린 거실 미닫이 뒤에서 '제길, 저 바보가' 라고 욕하는 소리만 들려왔다.

"난 아쿠쓰…… 다카오를 만나고 싶어. 네 매력에 끌린 게 아니라 미안하지만 아쿠쓰를 불러주겠나?"

"다카오를?"

나는 고개를 끄덕였다. 그리고 거실 쪽을 향해 말했다. "얼굴 좀 봐. 두세 가지 묻고 싶은 게 있을 뿐 다른 뜻은 없어. 주차장에서 있던 일도 어떤 경위로 그렇게 된 건지 이야기해주면 특별히 문제 삼을 생각은 없어."

거실 미닫이 뒤에서 아쿠쓰가 얼굴을 내밀었다. 윗미닫이틀에 머리가 닿을 만큼 키가 컸다. 오토바이 슈트 남자가 틀림없었다. 흰 티셔츠와 짙은 녹색 트렁크만 걸친 속옷 차림으로 손에는 반쯤 남은 맥주잔을 들고 있었다. 가령 밖에 있는 오토바이가 당장 출발할 수 있는 상태라 해도 저 꼴로는 도망칠 수 없으리라. 방금 샤워를 하고 나왔는지 젖은 머리카락이 이마에 달라붙어 있었다.

"다카오, 대체 어떻게 된 거야? 난 골치 아픈 일은 싫다니까."

"시끄러워! 넌 잠자코 있어." 아쿠쓰는 거실에서 나오더니 맥주잔을 마리코에게 떠맡겼다. "저쪽으로 가 있어. 난 이런 꼰대는 몰라. 분명히 뭘 잘못 알았겠지. 저리 들어가. 그 문 닫고."

"아니…… 여긴 내 집이야. 함부로 말하지 마."

"알았어, 알았다고. 오 분이면 끝나니까 저리 가 있어. ……제발."

마리코는 불만스러운 표정을 지으며 거실로 들어가 미닫이를 요란하게 닫았다.

아쿠쓰는 주방 식탁 쪽으로 이동해 의자를 빼 걸터앉았다. "잠깐이라면 들어와도 돼. 그렇지만 이야기를 빨리 끝내."

나는 현관 앞에 놓인 신발장을 흘끗 보고 아쿠쓰 쪽으로 갔다. 상대가 얼마나 적의를 품고 있는지 알 수 없을 경우에는 구두를 절대 벗지 않는 것이 현명하다.

"무얼 묻고 싶은 거지? 미리 말해두지만 내가 했다는 증거도 없는 일로 이러쿵저러쿵하는 건 사양이야."

나는 쓴웃음을 지었다. "증거 같은, 피차 별로 익숙하지 않은 표현 들먹이지 말자. 늦은 밤이야. 의미도 없이 밀고 당기며 시간 낭비하는 것도 피하고 싶고."

아쿠쓰는 눈을 치켜뜨고 나를 보았지만 이윽고 요즘 젊은이답게 서양식으로 애매한 제스처를 써서 동의를 표시했다.

"심야 레스토랑 엘 구루메 주차장에서 나를 덮친 것 이외에 아무

죄도 저지르지 않았다면 그날 밤 일에 대해 숨김없이 털어놓는 게 너희를 위해서 좋을 거야."

"무슨 소린지 모르겠군. 난 누굴 덮친 기억이 없고, '너희'라고 하던데 누굴 말하는 건지—."

"호소노 말이야. 여긴 법정도 아니고 경찰서도 아니야. 날 덮친 일은 나중에 얼마든지 부정해도 되지만 여기서는 서로 빤한 입씨름 그만두고 대화를 빨리 진행하는 게 낫지 않겠어?"

아쿠쓰는 분수에 어울리지 않게 심각한 표정을 지으며 생각에 잠겼다. 이 젊은이는 자기 처지를 거의 이해하지 못하는 것 같다는 느낌이 왔다. 입을 열게 하더라도 사건 핵심에는 조금도 접근할 수 없겠다는 생각이 들었다. 하지만 어떻게든 확인해두고 싶은 점이 두세 가지 있었다. 나는 주머니에서 한 개비 남은 필터 없는 담배를 꺼내 종이성냥으로 불을 붙였다.

"내 말 잘 들어. 날 습격하라고 너희에게 부탁한 사람과 그 주차장에서 내 머리를 뒤에서 때린 사람이 같은 인물인가? 적어도 관계가 있나?"

아쿠쓰는 내 말에 관심 없는 척했지만 연기가 그리 뛰어나지는 않았다. 침착하지 못한 동작으로 테이블 위에 있던 요란한 패키지의 외국 담배를 꺼내 일회용 라이터로 불을 붙였다. 머리가 모자라는 인간은 궁할 때면 무의식적으로 상대 행동을 따라하는 모양이다.

"그리고—." 내가 말을 이었다. "오늘 밤 너희를 게이주엔이란 양로원으로 불러낸 것도 같은 인물이 틀림없겠지."

게이주엔이란 이름을 들은 순간 아쿠쓰의 안색이 변하더니 담배 연기가 목에 걸리기라도 한 듯이 기침을 했다. 그 사실을 내가 알고 있어 깜짝 놀랐을 것이다. 게다가 그곳은 자칫하면 순찰하는 제복 경찰관에게 붙들릴 뻔했던 공포의 장소이기 때문이리라. 동료를 내 버려두고 도망친 굴욕적인 장소이기 때문이기도 할 것이다.

나는 목소리에 힘을 주었다. "이봐, 너희는 날 습격하고 대체 뭘 얻었어? 그때 내 블루버드 트렁크에 대체 얼마나 되는 돈이 들어 있었는지 알기나 해? 너희는 정당한 몫을 받았겠지? 반으로 나누면 3000만 엔, 삼등분하면 두 명이니 합쳐서 4000만 엔이야. 트렁크 안에 있던 여행 가방에는 현금이 정확하게 6000만 엔 들어 있었어."

"6000만 엔……?" 아쿠쓰는 입을 쩍 벌린 채 내 얼굴을 바라보았다. "거, 거짓말이야. ……농담이지?"

나는 말없이 고개를 저었다. 거실 미닫이에 뭔가 닿는 소리가 났다. 이 집 주인이 귀를 기울이고 있는 듯했다.

"표정을 보아하니 자네들이 받은 건 기껏해야 용돈에 지나지 않는 푼돈인 모양이로군. 오늘 밤에는 대체 어떤 달콤한 속임수에 넘어가서 그 양로원에 불려나온 건가?"

아쿠쓰는 불쾌하다는 표정으로 고개를 돌렸다.

"순찰 경찰관이 그야말로 기막힌 타이밍에 나타났다고 생각하지 않나? 너희는 누군가가 놓은 덫에 걸린 거야."

"덫이니 6000만 엔이니 전혀 몰라……. 그런데, 그게 진짜인가?"

아쿠쓰는 어느새 불이 꺼진 담배를 테이블 위 재떨이에 던져 넣었다. 내가 일어서서 재떨이 쪽으로 손을 뻗자 그는 거의 무의식적으로 내 쪽으로 밀어주었다. 나는 재떨이를 들어 재를 떨고 신발장 위에 얹어놓았다.

"게이주엔에서 호소노가 잡혔다면 언젠가 네게도 경찰의 손이 미칠 거야. 그렇다면 자기가 어떤 범죄에 휘말렸는지는 알아두고 싶지 않을까? 협박하는 건 아니지만 그 인물이 저지르는 범죄는 에누리 없이 중죄야. 공범이 되고 싶지 않다면 날 습격한 경위를 이야기해."

"중죄……? 대체 무슨 소리야? 이유를 말해봐."

거실 미닫이가 열리더니 마리코가 얼굴을 내밀었다. "다카오, 너 대체 무슨 짓을 한 거야?"

"나도 뭐가 어떻게 된 건지 모르겠어." 아쿠쓰는 불안한 듯한 목소리로 말하며 나를 돌아보았다.

"부, 부탁이니 그 녀석이 무슨 짓을 한 건지 가르쳐줘."

"네가 먼저 이야기해. 그러면 네가 '그 녀석'이라고 부르는 인물이 어떤 중범죄를 저질렀는지 가르쳐주지."

아쿠쓰는 빠져나갈 곳이 없을까 궁리하며 또 망설였다.

나는 더 밀어붙였다. "호소노 취조 결과에 따라 당장이라도 경찰이 여기 쳐들어올지도 몰라. 자수하면 사정이 나아지겠지만 만약 이대로 체포되어 '그 녀석'과 공범이 되면 그 혐의가 풀리기 전까지는 취조 기간만 따져도 틀림없이 한 달은 유치장 신세를 져야 해."

"무슨 소리야. 여기 경찰이 쳐들어오다니. 다카오, 이 사람이 이야기하는 게 지난주에 친구와 둘이 20만 엔씩 벌었다는 그 일이지? 그때 한 이야기가 사실이라면 너희는 그리 나쁜 짓을 한 건 아니잖아. 이 사람에게 싸움을 걸어달라고 부탁한 사람이 입에 발린 거짓말을 한 거고, 이 사람 머리를 때려서 기절시킨 건 너희가 아니야. 돈을 준 사람이 때렸지?"

"그래, 맞아."

"그렇다면 사실대로 이야기해. 이 사람 말대로 스스로 경찰에 가서 사정 설명을 하는 게 나을 거야."

"그렇지만……." 아쿠쓰가 우물거렸다. 마리코에게까지 경찰에 가라는 소리를 듣자 겁먹은 기색이 뚜렷했다.

"어쨌든 여기서 네가 경찰에 체포되는 건 싫어. 그러면 우리 아빠는 날 다신 보지 않을 테고 이 집에서도 바로 나가야 할 거야."

이 승부는 애당초 아쿠쓰에게 승산이 없는 듯했다.

"이야기해." 내가 담배를 껐다. "경찰에 자수하느냐 마느냐는 어떤 사건에 휘말렸는지 듣고 결정하면 돼. 둘이서 천천히 의논해."

아쿠쓰는 그제야 마음을 굳힌 모양이었다. 어쩌면 마리코가 지금 당장 해야 할 일이 더 명백해질까 봐 두려워 입을 열기 시작했는지도 모른다.

"어느 날 오후 5시쯤 사총사에서 마작을 하고 있는데 목소리가 이상한 남자가 전화를 했어. 이상한 목소리라는 건, 그러니까……."

"낮은 목소리여서 남자인지 여자인지 확실하게는 구분하기 힘들었나?"

"아니, 남자인 건 틀림없었는데……."

"꾸며낸 목소리 같은, 또렷하지 않은 목소리의 남자인가?"

"그래, 그런 느낌이었어. 그 녀석이 오토바이를 함께 타는 친구와 둘이서 돈벌이를 하지 않겠느냐고 했어. 간단한 일이고 일인당 20만 엔씩 주겠다고. 싸움을 걸고 약간 혼을 내주기만 하면 된다고 했어. 그리고 '네가 협박하는 여자에게서 손을 떼지 않으면 다음에는 이쯤에서 끝나지 않을 거야'라고 겁만 주면 된다고 했지. 그 남자에겐 뒤가 구린 구석이 있어서 절대 경찰에 신고하지는 않을 거다. 그냥 쩨쩨한 공갈범이지 야쿠자도 아니니까 앙갚음당할 우려는 없다─그렇게 말했어."

나는 쓴웃음을 지으며 주머니에서 롱 피스 담뱃갑을 꺼냈다.

아쿠쓰가 내 얼굴을 보며 말했다. "전부 꾸며낸 이야기였나? 나도 곧이곧대로 믿은 건 아니지만…… 호소노는 오토바이 할부금이 밀린 상태였고, 나도 마작으로 잃은 돈이 쌓여서─."

"별로 잘하지도 못하면서 프로 마작꾼 같은 사람들하고 하니까 그렇지."

아쿠쓰는 마리코를 노려보았지만 대꾸할 말이 없는 모양이었다. 나는 담뱃갑을 뜯어 한 개비 빼내 필터를 잘라낸 다음에 불을 붙였다. 두 사람은 그걸 신비한 의식이라도 구경하는 표정으로 지켜보았다. 담배에는 필터가, 사진은 컬러가, 집이나 차에는 냉방장치가 있어야 당연하다고 생각하는 세대다. 문제가 있으면 반드시 모범 답안이 달려 있다고 생각하기도 한다.

나는 담배 연기를 뿜고 물었다. "전화를 건 인물이 너희를 어떻게 알았는지 물어보았나?"

"아, 물었지. 하지만 그 녀석은 '일을 부탁할 상대를 잘못 고른 모양이로군' 하며 전화를 끊으려고 했어. 그 이상은 도통―."

"짐작이 가지는 않나?"

"아마 오토바이나 마작, 호소노가 정신이 팔려 있는 경륜, 경정 그런 쪽 사람들에게 우리 이야기를 들었는지도 모르지. 아니면 그런 데서 우리를 본 적이 있거나……. 달리 짐작 가는 데는 없어."

문제의 인물은 아쿠쓰와 호소노를 통해서 쉽게 찾아낼 수 있는 상대는 아닌 모양이었다.

내가 이야기를 재촉했다. "그 돈벌이 제안에 응한 거로군."

"응……. 9시까지 친구와 함께 오토바이로 간파치와 이노카시라 네거리 근처에 있는 서니 사이드라는 심야 레스토랑으로 가서 다시 전화할 때까지 기다리라고 했어. 서니 사이드에는 우리 이름으로 1만 엔을 맡겨두었으니 마시고 싶은 걸 마셔라. 하지만 일을 제대로 해내고 20만 엔을 받고 싶다면 알코올은 캔 맥주 두 개까지라고 못을 박았지."

"거기서 나를 확인하라고 시켰겠지?"

"그랬어. 당신이 오기 직전에 전화가 와서, 이러이러한 남자니까 잘 기억해두라고."

"내 외모에 관해 설명했나? 아니면 서니 사이드에서 내가 취할 행동에 관한 설명이었나?"

"둘 다였어. 대략적인 인상과 체격을 가르쳐주었고, '와타나베'라는 사람을 찾으면 전화를 받으러 나올 남자라고 했지."

"그리고?"

"당신이 나간 뒤에 다시 전화하기로 되어 있었지. 그때 엘 구루메로 이동하라고 했어. 그리고 약 한 시간 뒤에 나타날 당신에게 무엇을 해야 하는지 자세하게 지시했고. 당신에게 걸려올 전화를 방해하거나 주차장에서 당신에게 어떻게 싸움을 걸어야 하는지를."

"알았어. 그 주차장에서 내 머리를 뒤에서 때린 남자에 관해 이야기해줘."

아쿠쓰는 고개를 저었다. "별로 할 이야기가 없어. 어쨌든 시키는 대로 호소노와 둘이서 당신을 습격했지만 우리 뜻대로 잘 풀리지는 않았어. '협박하는 여자에게서 손 떼!'라고 할 수 있는 상황이 아니었지. 그런데 느닷없이 웬 남자가 나타나서 당신을 때려 쓰러뜨리고 말았어. 놀랄 틈도 없었지만 그 남자는 내게 두툼한 봉투를 던지더니 '위험하니까 도망쳐!'라고 소리쳤어. 우리는 얼른 오토바이에 올라타 쏜살같이 도망쳤지. 봉투 내용물도 확인하지 못하고 말이야. 정확하게 40만 엔이 들었으니 다행이지 종이쪼가리만 있었더라도 어쩔 도리가 없었을 거야……. 그렇기 때문에 그 남자를 본 건 진짜 아주 잠깐이었어."

"뭐든 좋으니 기억나는 걸 이야기해줘. 예를 들어 체격은?"

"글쎄. 작은 편이었던 것 같은데."

"네가 작다는 건 기준이 다르지." 마리코가 끼어들었다. "대부분의 사람들이 작게 보이니까."

"어때?"

내가 물었다.

"그러고 보니 중키에 몸무게도 중간쯤이었는지도 모르겠네. 어쨌든 뚱뚱하지도 마르지도 않았으니까."

"나이는?"

"서른에서 마흔 살 사이쯤 되려나? 젊지도 늙지도 않았어."

"얼굴에는 무슨 특징이 없었나?"

"주차장이 어두워서 얼굴이 거의 보이지 않았어. 선글라스와 검은 모자를 쓰고 있었던 것 같기도 하고."

"목소리는 어땠나? 꾸민 목소리로 전화를 건 그 남자와 같았나?"

"아니, 확실한 건 잘 모르겠어……. 하지만 그럴 가능성은 있고, 적어도 전혀 다른 사람 목소리였다고는 생각하지 않아."

나는 한숨을 내쉬었다. 아쿠쓰도 시무룩한 표정이었다.

"오늘 밤 양로원에 두 사람이 함께 간 것도 목소리를 꾸며서 내는 그 남자가 전화해서인가?"

"아, 맞아. 그날 밤보다 더 편한 일인데 두 배를 벌게 될 거라고 해서…… 8시 반에 양로원 1층에 있는 관리사무소에서 만나기로 약속한 거야. 호소노하고 의논해서 둘이 따로 움직이기로 한 것까지는 좋았는데, 설마 경찰관이 나타날 줄은 몰랐기 때문에 완전히 겁먹었지. ……호소노를 두고 온 건 어쩔 수 없었어. 호소노에게 알리려다가 나도 함께 잡힐지도 모르니까……. 그런 불탄 건물에 들어간 문제는 반성문이나 쓰고 바로 나올 거라고 생각했어."

"그러면 너희가 이번 건에서 접촉한 사람은 목소리를 꾸며서 전화를 건 남자, 그 사람과 동일 인물일 가능성이 있는 주차장에서 본 남자―그뿐이로군? 남자처럼 목소리가 낮고 말투가 여자 같은 사람은 접촉한 적 없나?"

아쿠쓰는 잠시 생각을 하더니 고개를 끄덕였다. 나는 담배를 재떨이에 껐다. 필터를 뜯어냈는데도 늘 피우던 담배와는 맛이 달랐다.

크게 기대하지는 않았지만 전화를 건 남녀나 주차장 남자에 관해서도 얻은 것은 거의 없었다. 아쿠쓰의 이야기를 그대로 믿어야 할지 판단이 서지 않았다. 하지만 이야기의 앞뒤가 맞으니 적극적으로 의심할 만한 점이 있는 것도 아니었다.

수사본부가 내가 공범일 가능성을 완전히 떨쳐버리지 못했던 것과 마찬가지로 아쿠쓰와 호소노가 유괴 사건의 공범자일 가능성 또한 제로라고 단정할 수는 없었다. 언젠가는 수사본부가 호소노와 아쿠쓰 두 사람을 묶어 철저하게 조사할 것이다.

"질문 끝났으면 그 녀석이 무슨 짓을 했는지 가르쳐줘." 아쿠쓰는 사실을 알기 좀 두렵다는 표정으로 말했다.

나는 그를 바라보았다. "블루버드 트렁크에 있던 6000만 엔은 유괴 사건 몸값이었어. 나를 때려 쓰러뜨리고 너희에게 40만 엔만 주고 쫓아버린 뒤에는 주차장에 그 남자와 몸값만 남았다는 이야기지."

나는 마카베 씨를 비롯한 이름은 전혀 입 밖에 내지 않고 더 자세한 내용을 들려주었다. 아쿠쓰와 마리코는 처음에는 멍하니 있더니 곧이어 계속해서 질문을 퍼부었다. 이야기해도 좋을 내용은 대답하고 이야기할 수 없는 내용은 숨겼다.

"그런데 그 녀석은 대체 우리를 양로원으로 보내 무엇을 하려고 했던 걸까. 당신은 함정이라고 했잖아?"

"너희가 양로원에 도착하기 조금 전에 나는 그곳 1층 관리사무소를 들여다보았어. 유괴당한 인질을 며칠간 감금했던 흔적과 인질이 쓰던 바이올린이 남아 있었지." 창문 밖에 피해자 시체가 있었다는 이야기는 하지 않았다. "호소노는 나를 습격한 남자로 이미 수배를 내렸어. 그런데 거기 있다가 경찰에 체포되면 어떤 혐의를 받게 될지는 상상이 갈 테지?"

"제기랄. 그 자식은 겨우 40만 엔으로 우리를 유괴범으로 만들 작정이었던 건가……? 그럼 호소노를 내버려둘 순 없겠군." 그답지 않은 말이었지만 아카쓰 나름대로 경찰에 출두할 마음을 다지려는 것이리라.

"호소노가 수배중이라는 사실은 몰랐나?"

아쿠쓰는 고개를 저었다. "난 몰랐지만 호소노는 돈이 생기면 그걸 두세 배 불리겠다면서 오토바이를 타고 근처 경륜장이나 경정장을 돌아다녔지……. 그래서 어제는 다 털리고 돌아온 상태였어. 자기 집에는 들어가지 않았으니 수배되었다는 걸 전혀 몰랐겠지."

"그래서, 범인은 인질을 돌려보냈어요?" 마리코가 요점을 놓치지 않고 질문했다.

"아니, 아직." 내가 대답했다. 거짓말은 아니었다. "그러니 너희도 이 문제에 관해서는 비밀을 지켜줘야 해. 유괴 사건이 진행중이라는 사실이 공개되면 인질의 목숨이 위험해질지도 몰라."

아쿠쓰와 마리코는 순순히 고개를 끄덕였다.

"그럼 난 어디 가서 자수하면 되는 거지?"

십 초 동안 생각했다. 유괴 사건이 메지로 경찰서 관내에서 일어났다는 이야기는 하지 않았다. 아쿠쓰가 경찰에 출두한 뒤에 두뇌 회전이 빠른 것 같은 마리코로 하여금 특종 제공으로 돈을 벌자는 마음이 들게 만들어 경찰 수사를 방해하고 싶지도 않았다.

"신주쿠 경찰서로 가서 니시고리 경부에게 사정 이야기를 해. 그러면 다른 곳보다 덜 고생할 거야. 널 믿지 않는 것은 아니지만 한 시간 뒤에도 신주쿠 경찰서에 출두하지 않았다면 나는 이곳을 네 은신처로 신고해야만 해." 마지막 말은 이 집 주인을 바라보며 했다.

"걱정 마. 어떻게 된 것인지 이야기를 들은 이상 호소노를 그냥 내버려둘 수는 없으니까……. 하지만 난 당신이 경찰서까지 함께 따라와줄 거라고 생각했어."

"그러면 진짜 자수가 되지 않을 거야." 아직은 신주쿠 경찰서나 메지로 경찰서에 접근하고 싶지 않았다.

"……그렇군. 그런데 당신은 대체 어떻게 이 사건에 관계하고 있는 거지?" 경찰에 출두할 결심을 하고 나니 아쿠쓰의 머리가 조금은 정상적으로 움직이기 시작한 모양이었다.

"피해자의 아버지와 고모부랑 아는 사이라서 몸값 운반을 부탁받았고, 그 뒤로 그 사람들 부탁으로 경찰 수사에 협력하고 있지."

상당히 부정확하지만 거짓말이라고 할 수는 없을 것이다. 슬슬 철수할 때가 되었다. 나는 자리에서 일어나 손목시계를 보았다. "정확하게 한 시간 이내에 자수해."

바지 주머니에서 마리코의 자전거 열쇠를 꺼내 '반납'이라고 하며 언더스로로 주인에게 던졌다. 마리코가 그걸 받아들고 어떻게 된 일인지 깨달았을 때 나는 이미 문밖에 있었다.

고엔지 역에서 택시를 잡을 생각이었기 때문에 오쓰키 빌딩 앞을 지났다. 건물 앞에 일반 승용차 같은 경찰차 한 대를 포함해 순찰차 네 대가 서 있었다. 이렇게 늦은 시각인데도 이삼십 명이나 되는 구경꾼이 모여 있었다. 나는 구경꾼 사이로 들어갔다. '이름 없는 카페' 앞에서 가게 주인 부부가 걱정스러운 얼굴로 서로 몸을 기대고 있었다. 스포츠용품점과 부동산중개소 사이의 2층으로 가는 계단을 오사코 경부보와 무로오 형사가 달려 내려왔다. 무로오는 맨 앞에 있는 순찰차를 운전하는 경찰에게 내가 돌아온 방향을 가리키며 뭔가 지시를 내렸다. 두 형사는 두 번째로 서 있던 일반 승용차 같은 순찰차에 허둥지둥 올라탔다.

아쿠쓰 다카오는 자수가 아니라 체포당하게 될 것이다. 젊은이들이 반드시 상식 있는 행동을 취하지 않는 것은 아니다. 상식 있는 행동을 하려고 명심하고, 노력하고, 결심하는 경우도 있다. 하지만 나이 든 사람의 시간은 약간 빨리 돌아가기 때문에 그들에겐 늘 시간이 부족하다.

오기쿠보에 주차한 블루버드로 돌아왔을 때는 새벽 3시 반이 다

된 시각이었다. 몸도 마음도 영업이 끝난 바의 카운터를 닦은 젖은 행주 같았다. 아까 위장하기 위해 이용한 전화박스로 다시 들어갔다. 내가 이 세상에서 유일하게 기억하는 여자의 전화번호를 돌렸다. 이런 시각에 전화를 거는 구실을, 오늘 밤이나 내일 아침에도 경찰의 방문을 받아야 하지는 않기 때문이라고 스스로를 설득했다. 하지만 첫 번째 신호음이 끝나기도 전에 깨달았다. 전화받을 상대방이 없는 날이라는 사실을. 오늘 나는 평소 같지 않았다. 그 이유는 잘 안다. 내가 죽인 것이 될지도 모를 소녀 때문이다.

나는 신주쿠로 돌아와 제일 먼저 눈에 띈 스물네 시간 영업하는 비즈니스 호텔 주차장으로 블루버드를 몰고 들어갔다.

17

이튿날 오전 9시. 나는 호텔에서 체크아웃하기 전에 소파가 두 개
뿐인 작은 로비에서 신문 세 종류를 훑어보았다. 1면에는 미국 상원
이 INF 완전 폐기 조약 비준안을 압도적인 다수로 가결했고, 일본에
서는 수상이 회견을 통해 '신형 간접세 도입은 1979년의 국회 결의
에 반하지 않는다'라는 의견을 표명했다는 소식이 실려 있었다. 스
포츠란에는 무라야마 미노루 감독이 이끄는 한신 타이거즈가 무려
6연승을 거두었고, 일본 경마 최고의 인기는 사커보이, F-1 제4경
기인 '멕시코 그랑프리'는 맥라렌 레이싱 팀에서 혼다 차를 몬 아일
톤 세나가 폴 포지션결승 레이스 시 출발선에서 가장 앞자리을 차지했다는 기사
가 실려 있었다. 《마이니치신문》의 바둑란은 다케미야와 오타케의
'혼인보전' 기보 게재가 시작되었으며 다케미야가 삼연성 포석을 두

고, 오타케가 중국류로 응수하는 제1보의 여섯 수까지가 실려 있었다. 하지만 그뿐이었다. 내가 찾는 기사는 어느 신문 어느 면에도 실리지 않았다.

나는 체크아웃하고 호텔 현관으로 걸어가다가 마음을 바꾸어 로비 구석에 있는 전화로 향했다. 수화기를 들고 전화 응답 서비스 번호를 돌렸다.

"감사합니다. 전화 서비스 T·A·S입니다."

네다섯 명이 근무하는 안내 여성 직원 가운데 내가 음성을 구별할 수 있는 단 한 명인 허스키한 목소리의 주인공이었다.

"와타나베 탐정사무소의 사와자키인데……. 오래간만이군. 간이 좋지 않다던 바깥 양반은 좀 나아졌나?"

"어머. 글쎄요, 그리 좋아지지도 않고 나빠지지도 않은 상태예요. 그런데 어젯밤부터 전화가 무척 많이 왔어요. 이런 일은 이삼 년 전 그 사건 뒤로 처음 아닌가?"

"이름만 불러줄 수 있겠나? 내용과 전화 온 시각은 필요하면 물어볼 테니까."

"알겠습니다. 가이 마사요시 님이 두 번, 메지로 경찰서 오사코 님에게서 두 번, 그리고 세이와카이의 괴물이라고 하신 분이 세 번이나…… 이상입니다. 괴물이라고 하면 아신다던데요."

나는 안다고 대답했다. "연락해달라는 메시지 이외에 다른 내용이 있었나?"

"괴물이란 분이 마지막에 '하시즈메 형님이 신주쿠에 있는 후생연금제일병원 외과 307호실에 입원했다'라고 했습니다. 오늘 오전 8시 40분에 제가 받은 전화인데 무척 흥분한 목소리였고, 약간 겁을 먹은 듯했습니다. 메시지가 있는 내용은 이 전화뿐입니다."

"알았어. 그럼 바빠서 이만." 전화를 끊고 수첩에서 의뢰인 전화 번호를 찾아 다이얼을 돌렸다. 프런트에서는 과음으로 귀가하지 못한 듯한 술이 덜 깬 비즈니스맨이 지갑에 생각보다 돈이 없는지 어이없어하면서 체크아웃을 하는 중이었다. 신호음이 계속 울리는데 전화를 받지 않았다. 가이 교수는 아마 부인과 함께 매제인 마카베 씨 집에 가 있을 것이다. 전화를 끊고 다른 번호를 돌렸다.

"신주쿠서 수사과입니다." 니시고리 목소리였다.

"사와자키다."

"너 어디 있어?"

"신주쿠 호텔 로비 전화박스. 아니 정확하게 이야기하자면 박스는 아니로군."

"왜 내 이름을 들먹였지?"

"아쿠쓰 말인가? 자수할 생각이 있기에 신주쿠 경찰서에 일본에서 가장 사람 좋은 형사가 있다고 가르쳐주었지. 그런데…… 아쿠쓰는 메지로 경찰서 친구들에게 체포된 거 아닌가?"

"맞아. 하지만 내가 아니면 진술하지 않겠다고 고집을 부려서 새벽 4시에 얼떨결에 일어나 메지로 경찰서까지 불려갔단 말이야. 쉬는 일요일인데."

니시고리의 목소리는 별로 화가 나지는 않은 듯했다. "어제 내게 전화로 8시에 정체 모를 남자를 만날 거라고 한 곳이 게이주엔이란 양로원이었나?"

"전화를 건 남자는 나타나지 않았어. 나하고 아쿠쓰와 그 친구, 순찰 경관까지 모아 얼토당토않은 파티를 열 계획이었던 모양이야."

"흠, 그렇게 된 건가? 하지만 잘 들어, 탐정. 만약에 다음에 또 그 남자가 연락을 하면 무조건 우리에게 연락해."

"우리? 당신에게 먼저 할까 아니면 메지로 경찰서에 먼저 할까?"

"시끄러워. 어느 쪽이 먼저든 상관없어."

"그런데 마카베 사야카 양 시체는 해부가 끝났나?"

"뭐라고! 그걸 네가 어떻게—."

"매번 쓸데없이 소리 지르지 말고. 잘 들어, 마카베 사야카의 죽음은 나하고도 관계가 있어. 그 애가 언제 죽었는지 알면 잔소리 말고 대답해."

니시고리가 짧게 웃었다. "너답지 않군. 이번만은 무척 마음이 급한 모양이야. 탐정 나부랭이가 이런 일에 끼어드니 그렇지."

"유괴범과 피해자 아버지, 그리고 메지로 경찰서가 나를 이 건에 끌어들였어. 그걸 잊지 마."

니시고리는 십 초가량 말이 없다가 무겁게 입을 열었다. "네가 알고 싶어 하는 심정은 이해가 돼. 마카베 사야카는 유괴 직후에서 이튿날 이른 시간 사이에 살해되었거나, 그렇지 않으면 넌 주차장에 큰 대자로 뻗어 있고 범인은 몸값을 받지 못했다면서 교섭 결렬 전화를 걸어온 뒤, 그러니까 열흘 전 밤 0시 18분 이후에 살해되었거나…… 둘 중 하나야."

나는 말없이 니시고리가 말을 잇기를 기다렸다.

"시체 보존 상태가 좋지 않아 정확하게는 알 수 없어. 발견 장소에 적어도 팔구 일간 방치되어 있던 것으로 보이는데, 그 기간 중에 세 차례나 거센 비가 왔다더군. 검시관은 피해자의 사망 추정 시각이 이달 18일, 즉 유괴가 있던 날 오후 5시경부터 20일 오전 1시경, 즉 몸값 교섭 결렬 전화가 온 지 이십 분 뒤까지의 약 삼십 시간 사이라는 의견이야. 지금 단계에서 더는 좁힐 수가 없대. 앞으로 피해자의 위에서 나온 내용물이나 소화물 분석 결과, 감금 장소에서 발견한 유류품, 유족에게서 피해자의 식사에 관한 자세한 이야기를 듣고 비교해보면 더 시간 범위를 좁힐 수 있을 거란 이야기지."

"범인에게서 전화가 오고 이십 분 뒤까지라는 건가?" 나는 가벼운 현기증을 느꼈다. 잠이 부족하기 때문이다. 정신을 가다듬고 물었다. "그래서……?"

"그래서, 라니?"

"그 애는 폭행을 당했나?"

"본 그대로지. 넌 어젯밤 하수구에 떠 있는 시체를 바로 옆에서 자세히 관찰했을 텐데."

"내가 묻는 건…… 눈으로 봐서는 알 수 없는 폭행이야."

"성적 폭행 말인가……? 흥, 그렇군. 하기야 소녀 살해 원인이 성범죄 양상을 띠면 네가 저지른 실수는 별 문제가 되지 않을 테니까."

나는 치밀어 오르는 화를 꾹 눌러 참았다. "누가 그런 소릴 했나?"

"머리를 식혀, 사와자키. 피해자는 성적인 폭행을 전혀 당하지 않았어. 감식 쪽에서는 목이 졸린 피해자가 축 늘어지자 관리사무소 창문을 통해 아래쪽 하수구에 던져버렸을 거라고 보더군. 하수구 콘크리트에 머리부터 떨어지기 전까지 중간에 건물 외벽이나 튀어나온 부분에 몸이 여기저기 부딪힌 모양이야. 일 년 내내 습기가 많아 이끼로 덮인 곳이고 게다가 비가 거세게 내렸어. 현장 보존 측면에서 보면 최악의 환경이지. 정확한 검증은 이제부터일 거야. 어쨌든 사인은 두개골 함몰로 보이는데…… 듣고 있는 거야, 탐정?"

나는 마치 다른 사람 같은 목소리로 똑똑히 들었다고 대답했다.

"이봐, 사와자키. 그 호텔에서 나오면 바로 메지로 경찰서로 출두해. 그쪽은 한시바삐 너하고 아쿠쓰 다카오, 호소노 스스무를 대질시키고 싶어 하니까."

"그렇겠지. 하지만 그뿐만이 아닐걸. 아쿠쓰와 내게 걸려온 전화가 우리가 꾸며낸 것일지도 모른다고 의심할 거야. 우리가 한패가 되어 몸값을 가로챘을 가능성도 있고, 우리가 유괴범이고 일련의 사건은 교묘하게 꾸민 계획일 가능성도 있다고 의심하겠지."

"그 친구들을 얕잡아 보지 마. 경찰이 그런 어설픈 혐의에 휘둘릴 리는 없을 테지만, 가능성이 천분의 일이라도 있다면 무시할 수 없는 것이 경찰이야. 의심받는다고 생각하면 출두해서 결백을 증명해."

나는 확인을 위해 물었다. "아쿠쓰와 호소노의 집, 그리고 오쓰키 마리코의 연립주택에서도 6000만 엔 혹은 그걸 분배한 걸로 보이는 돈은 나오지 않았겠지?"

"안 나왔어. 네 집과 사무실에서도 나오지 않았고."

나는 쓸쓸하게 웃으며 공중전화기에 10엔짜리 동전을 더 집어넣었다. "왜 신문에 사건 관련 기사가 나오지 않았지?"

"수사본부는 전면적으로 기사를 막는 보도관제를 스물네 시간 연장할 거라더군. 공개는 내일 아침에 할 거야. 인질이 살해당한 이상 하루빨리 공개수사로 전환하는 것이 상식인데…… 그 이유는 메지로 경찰서에서 하는 일이라 난 몰라. 아쿠쓰와 호소노를 통해 범인을 잡으려면 그렇게 하는 게 조금이나마 수사에 도움이 된다고 생각하는지도 모르지."

"서니 사이드 종업원 가운데 아쿠쓰와 호소노가 마신 음료 대금 1만 엔을 미리 맡긴 인물을 기억하는 사람은 없었나?"

"없어. 1만 엔이 든 봉투는 원래 계산대 옆에서 주운 분실물이었어. 그런데 나중에 자기가 주인이라며 남자 목소리로 전화가 왔다더군. '9시쯤 가게에 갈 아쿠쓰라는 손님에게 전달해달라'라고 했다는 거야. 수사본부에서는 봉투를 두고 간 손님을 찾아내려 하지만 열흘이나 지난 일이고, 손님이 많았던 시간이니 도저히 무리겠지."

내 생각을 니시고리가 거의 그대로 이야기했다. "범인은 상당히 신중한 녀석이로군."

프런트 안쪽에서 일을 마치고 나온 사십대 커리어 우먼 스타일의 여성이 내가 들고 있는 수화기를 보더니 사나운 새가 먹이를 노리듯 다가왔다. 로비에는 전화가 한 대뿐이었다.

"마카베 사야카의 시체는 이미 마카베 씨 집으로 보냈나?" 내가 물었다.

니시고리는 바로 대답하지 않았다. "탐정, 네가 알고 싶은 건 피해자 장례식 문제인가? 설마 뻔뻔스럽게 분향하러 갈 생각은 아닐 테지? 그러지 마."

커리어 우먼이 핸드백에서 작은 전화번호 수첩을 꺼내고 살짝 헛기침을 하며 손목시계를 본 다음 수첩으로 자기 손등을 두세 차례 두드렸다. 한숨을 푹 내쉬고는 요즘 유행하는 머리 모양인지 낡은 털실 같은 머리카락을 살짝 만지며 하이힐 굽으로 바닥을 콩콩 찍더니 다시 헛기침을 했다. 무척 자연스러운 동작이었다. 공중전화 앞에 설 때마다 수련을 쌓은 모양이었다.

"넌 마조히스트 경향이 있어. 이번 기회에 충고해두겠는데―."

"충고 고마워. 장례식은 언제인가?" 나는 전화를 기다리는 여성에게 싱긋 웃어 보였다. 상대방은 내 미소와 '장례식'이란 말이 어울리지 않아 당황했는지 헛기침을 하더니 또 조금 전과 같은 동작을 반복하려 했다.

"멍청한 녀석이로군." 니시고리가 말했다. "오늘 밤새 문상을 받고 내일이라도 장례식을 할 거라고 들었어. 시체가 그런 상태이니 서두는 것도 무리가 아니겠지."

"오늘 중으로 메지로 경찰서에 출두할 거야. 도망치거나 숨은 건 아니라고 오사코 경부보에게 전해줘."

나는 다시 전화를 기다리는 여성을 바라보며 미소를 지었다. 여자는 '메지로 경찰서에 출두할 거야'라는 말에 놀란 모양이었다. 어제부터 갈아입지 않아 지저분하고 후줄근한 데다 땀 냄새까지 나는 내 옷차림을 새삼스럽게 훑어보았다. 여자는 빙글 몸을 돌리더니 현관문을 향해 똑바로 걸어 나갔다.

"탐정, 넌 대체 무엇을 조사하고 있는 거지?" 니시고리의 목소리가 날카로워졌다.

"그건 의뢰인과의 비밀이라 대답할 수 없어."

"의뢰인이라고? 말도 안 되는 소리 하지 마. 이런 사건을 누가 탐정 따위에게―." 니시고리가 갑자기 말을 멈추었다. 뭔가를 생각하는 모양이었다.

나는 화제를 바꾸었다. "세이와카이의 하시즈메 이야기 들었나?"

"뭐라고?"

"하시즈메 말이야. 4과에서 무슨 이야기를 들었을 텐데?"

니시고리가 언짢다는 목소리로 대꾸했다. "그 멍청이는 어젯밤 늦게 '간바라흥업'이 경영하는 신주쿠의 나이트클럽에서 나오다 총탄을 맞았어. 세력 다툼이겠지. 두 발 맞고 거의 중상을 입었어. 오락가락하는 모양이야."

"누가 쏜 건가?"

"그런 건 몰라. 어차피 늘 벌어지는 세력 다툼이니까. 간바라흥업 쪽 똘마니가 공을 세우려고 했을 테지."

"그렇군……. 여러모로 참고가 됐어." 나는 전화를 끊으려 했다.

"잠깐, 사와자키." 니시고리가 큰 소리로 말했다. "연락 끊지 마."

나는 수화기를 내려놓고 호텔 현관을 향해 걸었다.

18

가무라 지카코는 어젯밤에 입은 기모노와 전혀 다른 원피스 양장 차림이었다. '디올'인지 '생 로랑'인지 나는 모르지만 밝은 오렌지색 옷감에 붓으로 감색 라인을 휙 그은 듯한 화려한 색조의 디자인이었다. 아니, 해가 진 긴자나 일요일 시부야 거리처럼 시간과 장소만 다르다면 보호색 못지않게 수수해 보일지도 모른다. 가무라 지카코는 3미터쯤 떨어진 테이블에 앉아 쪽빛 무늬를 넣어 구운 도자기 잔으로 홍차를 마시고 있었다. 옆 좌석에 갈색 핸드백과 함께 짙은 갈색의 얇은 소형 서류 가방 같은 것이 놓여 있었다. 가무라 지카코는 대체로 어젯밤 긴자 클럽에서 만났을 때 나하고 미리 말을 맞춘 대로 움직였다.

나는 10시 반에 요쓰야에 있는 파반느라는 그 찻집에 들어섰다.

가무라 지카코가 딸인 지아키와 약속한 시간보다 삼십 분 이른 시각이었다. 가무라 지카코는 십오 분 전에 도착해 내 쪽은 보지도 않은 채 등을 지고 앉았다. 내가 보이는 자리에 앉으라고 이야기해두었는데도. 모든 걸 시키는 대로 하고 싶지는 않다는 의사표시인 모양이었다. 나는 웨이트리스에게 햇살이 눈부시다는 핑계를 대고 가무라 지카코와 그 너머 좌석이 잘 보이는 약간 구석진 자리로 옮겼다. 가무라 지카코는 시치미 뚝 뗀 표정으로 살짝 땀이 밴 이마에 레이스 달린 손수건을 댔다.

실제로 그 일요일은 초여름답게 햇살이 눈부셔, 커다란 통유리창이 남쪽으로 난 넓은 가게 안은 캔버스 재질의 롤러 방식 블라인드를 반쯤 내렸는데도 무척 밝았다. 휴일 어중간한 시간대라서 손님은 40퍼센트쯤밖에 차지 않았다. 주위 벽에 사용하지 않은 티슈페이퍼처럼 깔끔한 '아흐레의 꿈'이라는 제목의 연작 수채화가 걸려 있었다. 꿈은 현실 이상으로 다양해서 그다지 꿈처럼 보이지 않는 그림이었다. 하룻밤이 모자랄 뿐만 아니라 _{나쓰메 소세키의 《열흘간의 꿈》에 빗댄 표현} 그림으로서도 결정적으로 뭔가 부족했다. 가게 안에는 졸음을 권하기라도 하듯 따분한 인상주의 음악 같은 피아노 독주가 계속 흐르고 있었다.

11시 오 분 전, 두 잔째 커피를 주문하고 두 번째 담배에 불을 붙였다. 어젯밤 피우다 남은 롱 피스는 블루버드 대시보드에 던져 넣고 필터 없는 것을 새로 샀다. 신문이나 주간지 같은 것으로 얼굴을 가리지도 않고 천천히 담배 연기를 뿜으며, 딸을 기다리는 어머니의 머리 너머 유리창 밖으로 오가는 사람들을 멍하니 바라보고 있었다.

가무라 지아키는 11시 정각에 가게에 들어와 자기 어머니 앞에 섰다. 상대가 누구건 800만 엔이라는 큰돈을 손에 넣으려고 할 때는 자연히 시간을 잘 지키는 모양이었다. 열흘 전 밤, 나는 6000만 엔을 손에 넣으려는 인간과 한 약속에 늦고 말았다. 그놈은 긴자 클럽의 권리 문서 따위와는 비교도 할 수 없을 만큼 까다롭고 위험한, 살아 있는 인질을 잡고 있었다.

어머니와 딸은 상황에 어울리는 어색한 미소를 나누었다. 딸인 지아키는 이십대 후반으로, 어젯밤 본 칠팔 년 전 사진에 비해 크게 변하지 않았지만 인상이 무척 달랐다. 연주회 무대나 긴자 클럽 같은 곳과는 도무지 인연이 없어 보이는 평범한 주부 또는 회사원처럼 보였다. 칠팔 년이란 세월이 흐르는 동안 분명히 잃은 것이 있겠지만 전부 자기에게 필요 없는 것이었다고 이야기하는 듯한 분위기였다. 베이지색 점퍼 안에 입은 파란 셔츠블라우스와 감색 스커트 그리고 굽 낮은 감색 구두도 모두 수수했다. 옷차림만 봐서는 어느 쪽이 어머니고 어느 쪽이 딸인지 구별되지 않았다. 넓은 이마나 오뚝한 콧날과 미소 지을 때의 예쁜 입술은 사진 그대로지만 먼 곳을 보는 사람 같은 눈매는 인상적이지 않았다. 하기야 지금은 어머니 옆자리의 서류 가방에 초점을 맞추고 있는지도 모른다.

"가게는 잘 돼?" 지아키는 어머니 앞에 앉더니 웨이트리스에게 커피를 주문하고 나서 물었다. 상당히 음역이 낮은 목소리였다. 체격이 큰 어머니와 마찬가지로 키는 큰 편이지만, 어머니에 비하면 날씬한 편이라 무척 언밸런스하게 들렸다. 저 외모에 저런 목소리라면 제법 사람들 눈길을 끌 것 같았다. 하지만 그 전화 목소리와 같은지는 판단이 서지 않았다. 지금 들은 목소리는 비슷하지 않지만 말투를 바꾸면 전화 목소리처럼 흉내 내지 못할 것도 없을 듯했다.

어머니는 한동안 가게 근황에 관해 이야기했다. 하지만 딸이 별 흥미를 보이지 않는다는 사실을 깨닫고 적당한 선에서 마무리를 지었다.

"……뭐, 그런 상태야. 아, 참. 고등학교 동창회가 열린다는 안내장이 집으로 왔어." 지카코는 핸드백에서 엽서 같은 것을 꺼내 딸에게 건넸다.

"기부하라는 이야기 아닌가? 동창회는 작년부터 안 나가기로 해서……." 지아키는 내용을 훑어보았다.

"지아키, 내 말 잘 들어. 내게도 조건이 있으니까." 어머니가 불쑥 심각한 말투로 이야기했다.

딸은 엽서를 숄더백 옆면 주머니에 집어넣었다. "그렇겠지, 각오는 하고 있어. 어떤 조건이야?"

지아키는 가게 안을 둘러보다가 커피를 내오는 웨이트리스에 눈길이 멎었다. 웨이트리스가 커피를 테이블에 내려놓는 동안 어머니는 어젯밤과 마찬가지로 샐럼에 불을 붙였다.

"오차노미즈 역 부근 연립주택에서는 이사했지? 일단 새 주소를 정확하게 가르쳐줘."

지아키는 머뭇거리지 않고 바로 고개를 끄덕였다.

"지금 사는 곳은…… 혼자 사는 거 아니지?"

지아키는 이마에 손가락을 대고 잠깐 생각하더니 이윽고 '응'이라고 대답하듯 고개를 끄덕였다.

"남자구나. 하지만 엄마는 그런 일은 확실하게 하고 싶어. 내가 네 문제에 이래라저래라 참견하는 사람이 아니라는 건 알 테지만…… 그래도 네가 나하고 똑같은 고생을 하지 않았으면 좋겠구나."

"그런 걱정하지 않아도 돼, 엄마. 지금은 그 사람에게 사정이 좀 있어서―."

"잘 들어, 지아키." 어머니가 딸의 말을 가로막았다. 아주 잠깐 내 눈치를 살폈다. "오늘은 그런 자세한 이야기는 하지 않아도 돼. 나중에 이야기를 제대로 듣고 싶다는 거야."

지아키가 다시 고개를 끄덕였다.

"이건 마지막 조건인데, 절대적인 조건이야." 지카코가 말을 이었다. "적어도 한 달에 한 번은 가게에 나와서 네가 물려받을 거라는 사실을 종업원이나 손님들에게 확실하게 보여줘."

"하지만 그런 이야기는 지난번에 전화로―."

"그래, 들었지. 하지만 그건 네가 지금 그렇게 생각할 뿐이잖아. 마음은 변하기 마련이야. 마음이 바뀌지 않는다면 그건 그것대로 괜찮지만 몇 년 지나서 갑자기 가게를 맡고 싶다고 돌아와봐야 그 가게는 그런 것이 잘 통하지 않는 세계란 말이야. 그때 가게를 유지하는 데 도움을 많이 주는 사람들과 너 사이에 끼어 마음고생 하기도 싫고, 이만큼 끌어온 가게가 기울어지는 것도 싫어서 그래. 이건 나를 위한 일이라고 생각해줘."

지아키는 한동안 고개를 숙이고 생각에 잠겼다. "할 수 없네. 하지만 정말 한 달에 딱 한 번뿐이야. 내가 나가기 편한 날이어야 하고."

"그거면 됐어." 가무라 지카코가 안심했다는 표정을 지으며 말하고 담배를 껐다. 그러고는 옆자리에 있는 서류 가방을 무릎 위에 얹은 뒤 비닐 케이스에 든 작은 수첩 같은 것을 꺼내 딸 앞에 내려놓았다. 검은 도장 지갑을 꺼내더니 그 위에 얹고 마지막으로 두툼한 봉투를 꺼내 그 옆에 놓고 서류 가방을 닫았다.

"급히 필요한 것 같아 약속한 금액의 사분의 일은 준비했어." 지카코는 봉투를 가리켰다. "나머지는 위험하니까 네 명의로 통장을 만들어 은행 예금으로 넣어두었지. 은행은 다이이치칸교 은행으로 했는데 괜찮지? 나머지 돈은 확실하게 넣어두었으니까 걱정하지 말고. 도장은 이거야."

"믿어, 엄마." 딸이 살짝 얼굴을 붉히며 웃었다.

"여기 넣어서 가져가." 어머니는 서류 가방을 집어 들었다.

"됐어, 백이 있으니까." 지아키는 숄더백을 열고 커다란 갈색 봉투를 꺼내 어머니에게 내밀었다. "미안해, 떼를 써서. 하지만 이렇게밖에 할 수 없었어."

가무라 지카코는 봉투를 받아 안에 든 내용물을 살짝 들여다보고 확인하더니 서류 가방에 넣었다. 긴자 클럽의 권리 문서일 것이다. 지아키는 테이블 위에 놓인 봉투와 통장, 도장을 숄더백에 넣더니 바로 반으로 접은 작은 쪽지를 꺼내 지카코가 마시는 홍차 잔 옆에 놓았다.

"새 연락처는 물어볼 줄 알고 적어 왔어. 주소하고 전화번호야."

"그래. 그리고 가이 선생님이 이야기하던데……." 가무라 지카코는 곁눈질로 나를 슬쩍 보았다.

나는 담배를 끄고 남은 커피를 마셨다.

"네가 전화했다면서?" 가무라 지카코가 물었다.

지아키의 얼굴과 몸이 눈에 보일 만큼 굳어졌다. 심한 장난을 치다가 들켜서 혼나는 아이의 표정을 지었다.

"그게 아니야, 지아키. 네가 생각하는 것과는 달라. 선생님은 네게 돈을 마련해주려고 하셨어. 그런데 네가 전화를 끊은 뒤 연락이 되지 않았잖아. 내게는 비밀로 하는 게 낫겠다고 판단하셨는데, 급히 돈이 필요하면 큰일이라는 생각에 나하고 의논하게 된 거야."

지아키의 굳은 표정이 약간 풀어졌다.

"선생님은 그렇게 생각하고 계시니까 내가 마련한 돈만으로는 아무래도 부족하겠다 싶으면 다시 전화 걸어봐."

지아키는 고개를 저었다. "됐어. 이걸로 충분해……. 선생님에 겐…… 아버지에겐 죄송하다고 엄마가 대신 전해줘."

"그래……? 정말로 괜찮겠니?" 가무라 지카코가 고맙다는 표정을 지었다.

가무라 모녀는 제각각 홍차와 커피를 다 마실 때까지 몇 분간 이야기를 나누었다. 딸은 가까운 시일 안에 시간을 내서 자세한 이야기를 하러 가겠다고 했다. 어머니에게는 긴자의 가게나 클래식 음악에 관한 화제밖에 없어서 걸핏하면 대화가 끊겼다. 어젯밤에 의논하면서 '마카베 사야카의 유괴에 관해서는 오늘 아침 신문이나 텔레비전에 공개되지 않는 한 절대로 입 밖에 내지 말도록' 단단히 일러두었다. 가무라 지카코는 그 약속을 지키려고 무척 노력하는 듯했다.

"그럼 엄마, 오늘은 이만 가볼게." 지아키는 손목시계를 보더니 일어섰다. 숄더백을 건 오른팔에 힘을 잔뜩 주어 보였다. "고마워…….. 헛되이 쓰지 않을 테니 안심해."

가무라 지카코가 고개를 끄덕이자 딸은 출입구 쪽으로 향했다. 가게를 나가더니 통유리창 밖 길에서 어머니에게 손을 한 번 흔들어 보이고 요쓰야 역 방향으로 사라졌다.

나는 바로 자리에서 일어나 가무라 지카코의 테이블 옆에 섰다. "따님 주소가 적힌 쪽지를 주시죠."

가무라 지카코는 잠깐 발끈한 표정으로 뭔가 불평하려 했다.

"잃어버리지 마세요." 그녀는 딸이 두고 간, 반으로 접은 쪽지를 건네면서 불만스러운 목소리로 말했다. 가무라 지아키의 새 주소를 알아내면 내게도 알려줄 것─이것도 어젯밤 협의한 내용이었다. 다만 전화번호까지는 이야기하지 않았다. 이렇게 내가 메모를 맡아두면 어머니가 딸에게 무슨 연락이나 경고를 해줄 수 없을 것이다. 찻집에서 나눈 두 사람의 대화가 뭔가 은폐하기 위한 치밀한 연극이고, 두 사람이 사전에 연락이 있었다면 이야기는 전혀 달라지지만.

"그럼 또." 내가 가무라 지카코에게 말했다. 계산대로 급히 걸어가 전표와 찻값을 여유 있게 얹어놓고 밖으로 나왔다. '몇 해 전에 가벼운 인명사고를 일으킨 뒤로 운전을 하지 않는다'라는 어머니의 말을 들었기 때문에 서두를 만큼 급하지는 않았다. 가무라 지아키는 30미터 전방에서 요쓰야 역 방향으로 걷고 있었다. 나는 날치기에 재능이 없는 모양이었다. 지아키가 오른쪽 어깨에 둘러맨 숄더백은 갚지 않아도 되는 800만 엔으로 두둑한데, 그녀의 걸음걸이에서 도무지 기쁨이나 즐거움을 감지할 수 없었으니까.

19

가무라 지아키는 요쓰야에서 주오 선을 타고 신주쿠 역에서 내렸다. 동쪽 출구로 나가더니 지하 아케이드를 지나 신주쿠 길에서 지상으로 올라갔다. 여성치고는 보기 드물게 미행하기 쉬운 타입에 속했다. 걸을 때는 똑바로 앞만 바라보고, 멈췄을 때도 시선이 거의 일정해 주위를 두리번거리지 않았다. '보행자 천국'에서는 걷기 불편할 만큼 사람이 붐벼 자칫 놓칠 뻔했지만 그 이외에는 내내 편하게 미행했다.

지아키는 기노쿠니야 서점 에스컬레이터와 계단을 이용해 4층까지 올라가 미술 관련 코너로 갔다. 서가가 아니라 계산대가 있는 카운터로 다가가 한 출판사의 서른여섯 권짜리 '세계미술전집'과 '반 고흐 서한전집'을 달라고 했다. 젊은 여성 점원이 파일을 펼쳐 목록 같은 것을 훑어보더니 미술전집 쪽은 전권을 다 갖추려면 출판사에 주문해서 가져와야 한다고 하고, 미스즈쇼보에서 나온 '반 고흐 서한전집'은 여섯 권 모두 재고가 있다고 대답했다. 지아키는 미술전집은 주문해서 배달해달라고 하고, 고흐 쪽은 지금 사가겠다고 했다. 그녀는 숄더백을 열며 얼마냐고 물었다. 점원은 주문과 배송 절차를 마치더니 큼직한 판형의 흰 책 여섯 권을 포장해 종이봉투에 넣고 소형 계산기를 두드려 가격을 말했다. 지아키는 백에서 1만 엔짜리 지폐를 스무 장쯤 꺼내 지불한 다음 잔돈과 종이봉투를 받아들고 카운터를 떠났다.

지아키는 온 길을 거의 그대로 되짚어 신주쿠 역으로 돌아가 이번에는 게이오 선 자동발권기에서 표를 샀다. 나는 만약을 위해 지아키보다 더 멀리 갈 수 있는 표를 사두었다. 지아키는 JR 동쪽 출입구에 있는 개찰구로 들어갔다. JR 중앙 통로를 거쳐 게이오 선으로 가는 연결 통로를 지난 지아키는 게이오 선 환승구로 들어가 플랫폼 계단을 내려가더니 정차중이던 '보통 전철'을 탔다. 전철은 12시 40분 조금 지나 신주쿠 역에서 출발했다.

오후 1시 조금 전에 두 번째 다이타바시 역에 도착했고, 지아키는 거기서 내렸다. 개찰구를 나가 횡단보도를 건넌 다음 와다보리 급수장 쪽으로 향했다. 급수장을 따라 난 도로를 300미터쯤 걸어 모퉁이에서 오른쪽으로 꺾자 왼쪽에 주택지가 보였다. 바로 이곳이 세타가야 구 하네기였다. 지아키가 자기 어머니에게 건넨 메모에 적힌 새 주소였다.

일반적인 미행이라면 여기부터가 매우 어려운 부분이다. 너무 가까이 접근하면 상대가 눈치채거나 경계심을 가질 수 있고, 너무 떨어지면 상대가 어느 집으로 들어가는지 놓칠 염려가 있다. 하지만 이번 미행은 주머니 안에 상대방 주소가 있었다. 나는 지아키의 시야에 들지 않도록 충분한 거리를 두고 몸을 가릴 수 있는 것들을 이용하며 미행을 계속했다.

지아키는 첫 번째 샛길에서 왼쪽으로 꺾더니 생긴 지 며칠 되지 않은 듯한 편의점 스타일의 식료품과 잡화를 파는 가게 모퉁이에서 오른쪽으로 돌았다. '모리타야 스토어'라는 간판이 붙어 있었다. 나는 요쓰야의 찻집을 나온 뒤로 피우지 않은 담배에 불을 붙이고 약간 걸음을 빨리 해 그 모퉁이를 돌았다. 순간 깜짝 놀랐다. 미행하는 상대가 똑바로 내 쪽으로 돌아오는 중이었다. 나는 짐짓 태연하게 지아키를 스쳐 지나갔다. 어깨 너머로 돌아보니 지아키는 모리타야 스토어에 들를 셈인 모양이었다. 앞치마를 걸치고 가게 앞에서 빈 골판지 상자를 정리하던 머리숱 적은 남자가 지아키에게 인사했다.

"아, 유키 씨 사모님, 지금 들어오시는 건가요? 좀 전에 댁 앞에서 남편분을 만났는데 차를 몰고 나가시는 것 같던데."

"그래요……? 오늘 물건을 좀 넉넉하게 살 텐데 배달해주실 수 있을까요?"

"감사합니다, 당연하죠. 무얼 드릴까요?" 두 사람이 가게 안으로 사라졌다.

나는 그대로 걸어 전신주에 붙은 표지판을 보고 하네기 2초메라는 사실을 확인한 뒤 먼저 메모에 적힌 번지를 찾기로 했다. 한낮 햇살이 여전하고 방금 흘린 식은땀도 있어서 상의를 벗어 어깨에 걸쳤다. 그 길을 한 블록쯤 더 가서 일방통행인 곁길로 들어서자 바로 찾는 주소가 나왔다.

지은 지 이십 년 이상은 되었을 목조 2층집 앞에 낮은 블록 담이 있고 제대로 손질되지 않은 정원과 함석지붕을 이은 빈 차고가 보였다. 전체적으로 어수선했지만 최근에 누가 임시변통으로 청소와 정돈을 한 느낌이 들었다. 건물 왼편에는 꽤 오래전에 개축이나 증축을 했는지 약간 새 건축 자재로 지은 사무실 같은 것이 자리를 차지하고 있었다. 정면 콘크리트 문에는 녹슨 우편함이 있고, '유키'라는 성 아래 새로 쓴 작은 글씨로 '가무라'라고 적혀 있었다. 집 앞으로 난 길 조금 앞에 작은 샛길이 있는 것을 발견하고, 나는 모퉁이에 몸을 숨긴 채 '유키 씨 사모님'이 돌아오기를 기다렸다.

담배를 다 피우고 잠시 기다리자 가무라 지아키가 돌아왔다. 책봉투를 들고 있지 않은 것으로 보아 장을 본 물건과 함께 배달받기로 한 모양이었다. 지아키는 블록 담과 마당의 정원수 뒤로 들어가더니 시야에서 사라졌다. 나는 그 자리에서 일 분간 기다렸다. 일 분 동안 궁리를 해보았지만 별로 뾰족한 수가 떠오르지 않아, 그 집을 정식으로 방문하기로 했다.

스위트피가 피어 있는 앞뜰은 단독주택 특유의 약간 습기 찬 흙냄새가 났다. 상의를 입으면서 현관으로 다가가 칙칙한 격자가 쳐진 유리문 옆에 달린 초인종을 눌렀다. 잘 모르면 남자 목소리로밖에 여길 수 없는 대답 소리가 바로 들리더니 유리문 안쪽에 사람 그림자가 나타났다.

"고마워요, 수고하셨네요." 가무라 지아키가 유리문을 열었다. 모리타야 스토어에서 배달 온 줄 알고 문을 연 그녀는 내 얼굴을 보더니 깜짝 놀랐다.

"가무라 지아키 씨시죠? 저는 아버님 가이 마사요시 씨의 의뢰로 조사를 하는 사와자키라는 사람입니다. 두세 가지 묻고 싶은 게 있는데 잠깐 시간을 내주시겠습니까?"

내가 고개를 숙이자 지아키도 따라서 인사를 했지만 의심과 불쑥 찾아온 손님에 대한 불쾌감 때문에 표정은 흐렸다. 지아키는 집에 들어와 점퍼만 벗은 차림이었다.

"조사라뇨? 대체 무슨 일이죠? 하지만 어떻게 여기를……. 어머니죠? 그런데 가이 선생님—아버지 의뢰라고는 해도……."

지아키가 속으로 이런저런 생각을 한다는 것을 쉽게 알 수 있었다. 불안감 때문일 수도 있겠지만 그 이상의 다른 감정이 원인인 것 같다는 느낌도 들었다. 지아키는 내 방문에 대해 이런 경우에 예상할 수 있는 반응을 넘어선 거센 분노를 느끼는 듯했다.

"지아키, 누가 왔니?" 노래하는 듯한 쾌활한 여자 목소리였다. 말투는 밝았지만 젊은 여자 목소리는 아니었다. 지아키가 흠칫 놀란 듯이 뒤를 돌아보았다.

"손님이 오셨어요……. 금방 갈게요." 지아키가 안쪽에 대고 말했다. 그리고 다시 나를 바라보았다.

"불쑥 찾아오시면 곤란하죠. 연락처를 주세요. 다른 날 제가—."

대문 앞에 작은 트럭이 서더니 가게 주인이 운전석에서 내려 짐 칸 쪽으로 가는 모습이 보였다.

나는 지아키의 얼굴을 똑바로 바라보았다. "불쑥 찾아올 만한 이유가 있어서 찾아온 겁니다. 시간을 내주세요."

지아키는 화가 나 얼굴이 붉어졌다. 하지만 입 밖으로 나온 말은 의외로 냉정했다. "마당 오른쪽으로 가시면 남편 작업실이 있습니다. 하얀 문으로 들어가 안에서 기다리세요. 일을 마치면 바로 갈 테니까."

고개를 끄덕이고 지아키의 말에 따랐다. 가게 주인이 '오래 기다리셨습니다'라며 큼직한 골판지 상자와 책이 든 종이봉투를 안고 들어왔다. 나는 주인을 남겨두고 작업실 쪽으로 갔다. 지아키가 말한 하얀 문은 금방 찾았지만 자물쇠로 잠겨 있었다. 문에는 '유키 디자인사무소'라고 적힌 플라스틱 간판이 걸려 있었다. 나는 마당 쪽을 돌아보고 치자나무 가지 위에서 묘한 소리로 우는 화려한 색깔의 큼직한 청색 잉꼬를 올려다보았다. 요즘 새장에서 도망치거나 버림받은 열대지방 새들이 도시에서 살아가며 번식한다는 이야기를 들은 적이 있다. 하지만 실제로 보기는 처음이었다. 잉꼬는 나를 내려다보고 자기가 먼저 온 손님이라고 주장하듯 불만스러운 울음소리를 냈다.

가게 주인이 작은 트럭으로 돌아가고 얼마 후 작업실 하얀 문이 안쪽에서 열렸다. 가무라 지아키가 문이 잠겨 있었는지 몰랐다고 사과했다. 나는 안으로 들어가 문을 닫았다.

묘한 느낌이 드는 작업실이었다. 다섯 평쯤 되는 공간에 커다란 제도대가 셋, 철제 사무용 책상 셋이 효율적으로 배치되어 있었다. 제도대 위에는 디자인중인 도면이 잔뜩 있고, 책상 위에는 서류와 전표 따위가 적당히 놓여 있었다. 벽에는 제작중인 건물 내부 인테리어 사진이나 공사 예정표 같은 것들이 붙어 있었다. 얼핏 보면 어젯밤에도 철야 작업을 한 듯한, 꽤 번창하는 디자인사무소 같았다. 하지만 그런 생각은 방 안에 몇 밀리미터쯤은 될 만큼 온통 먼지가 쌓여 있다는 사실을 발견하기 전까지였다. 어느 날 오후 세계의 종말이 찾아올 거라는 이야기를 듣고 작업중인 디자이너들이 일제히 탈출한 채 돌아오지 않는 듯한 인상이었다. 자세히 보니 벽에 걸린 달력은 반년 전인 작년 12월이고, 제도대 위의 각도가 자유롭게 조절되는 조명기구에는 전구가 없었다. 작업실 구석 바닥에는 슬리퍼 한 짝이 뒤집어져 있었다.

가무라 지아키가 방구석 쪽에 있는 칸막이 너머에서 들어오라고 했다. 나는 그리로 가서 작은 테이블을 사이에 두고 두 개뿐인 접의자 중 하나에 걸터앉았다. 칸막이 뒤에 양동이와 걸레가 있는 곳을 보니 이곳만 얼른 치운 모양이었다. 가무라 지아키가 의자에 앉았다.

"시어머니께서 몸이 편치 않으시니 되도록 짧게 부탁합니다."

나는 고개를 끄덕였다. "아버님인 가이 교수는—제 의뢰인입니다만, 지금 걱정거리가 있습니다. 열흘 전에 그분 주위에서 어떤 범죄가 일어났거든요."

"범죄라고요……?" 지아키의 눈썹이 한자를 처음 배우는 초등학생이 쓴 여덟 팔八 자 모양을 그렸다.

나는 수다스러운 탐정 역을 하기로 마음먹었다. "걱정하지는 마세요. 아버님이 피해를 본 건 아닙니다. 그 범죄에는 미묘한 문제가 있어서 입 밖에 낼 수 없지만, 금전적인 문제가 얽혔다는 점만은 말씀드리겠습니다. 가이 교수에게는 자제가 다섯 있죠. 그건 아시죠?"

"예…… 양자로 보낸 막내아들이 있으니까요."

"그렇죠. 서른다섯 살부터 열네 살까지 다섯 자녀가 있죠. 부모가 자식 문제로 얼마나 공연한 걱정을 하는지는 당신도 잘 알 겁니다. 때로는 헛다리를 짚기도 하고, 상식에서 벗어나기도 하고. 자식 입장에서는 난센스이고 귀찮기도 하죠."

지아키는 공감한다는 표정으로 고개를 끄덕였다.

"예를 들어 도쿄에서 여고생 살인 사건이나 연속 방화 사건, 편의점 강도 사건이 일어나 텔레비전에서 범인은 젊은 남자로 보인다고 보도한다면 아마 자식을 도쿄에 있는 대학에 보낸 시골 부모치고 순간 흠칫하지 않는 사람은 없을 겁니다. 가이 교수도 거의 마찬가지 심정이겠죠. 그 범죄 때문에 자신의 다섯 자녀를 진짜 의심하는 건 아닙니다. 하지만 클래식 음악만이 인생의 전부인 아버님 관점에서 보면 위의 세 아들은 이른바 불효자식입니다. 아버지 뜻을 무시하고 제멋대로 산다는 이야기가 되겠죠. 당신이나 양자로 간 요시히코 군은 다른 부모 밑에서 살고 있습니다. 가이 교수는 자기 자식이 멀리 떠나버린 심정일 겁니다. 그런데 이번 범죄가 일어난 겁니다. 열네 살인 요시히코 군은 몰라도, 나머지 네 명은 제각각 경제적으로 어려움에 처한 듯하고……. 그때 마침 그런 조사를 전문으로 하는 내가 아버님 눈에 띈 거죠. 내게 조사를 의뢰했고, 나는 먼저 장남 요시쓰구 씨를 찾아갔습니다. 그리고 이렇게 당신을 만나게 된 거고요. 조만간 요시로와 요시키, 두 사람도 방문할 겁니다. 하지만 아버님을 원망해서는 안 됩니다. 조금 지나칠지는 몰라도 이 또한 일종의 애정 표현이라고 할 수 있지 않겠습니까?"

가무라 지아키는 내 장광설이 지겨운 모양이었지만, 특별히 반대할 이유는 없다는 듯이 고개를 끄덕였다.

내가 말을 이었다. "그런 걱정은 기우입니다, 라고 하면서 조사를 거절했어야 하지만 나도 이게 직업이라……. 어쨌든 그런 사정이 있으니 두세 가지 질문에 답변해주셔서 아버님 걱정을 풀어드리는 것이 피차 시간을 낭비하지 않는 최선의 방법이라고 생각합니다만."

"그래서 제게 대체 무엇을 묻고 싶은 건가요?"

"우선 이달 18일과 19일…… 지지난 주 수요일과 목요일입니다만, 이틀간 무엇을 하셨는지 묻고 싶군요. 방금 말씀드린 범죄와 연관이 있는 인물은 그 이틀간 범죄 때문에 상당한 시간을 썼기 때문에, 가령 당신이 그날 일 때문에 장시간 어디 있었다거나 멀리 여행을 했다거나 하면—."

"알리바이가 있느냐 없느냐, 그런 말씀이로군요."

"그렇습니다."

"만약 알리바이가 있다면요?"

"나는 저 문으로 나가 다시는 찾아오지 않을 겁니다. 다만 말씀을 확인은 해야겠죠. 알리바이는 남편분에게도 필요하고요."

"뭐라고요?" 지아키는 불쑥 소리를 질렀다. "그이가 아버지와 우리 문제에 대체 무슨 관계가 있다는 거죠?"

"관계는 없겠죠, 아마도. 하지만 알리바이―이건 당신이 사용한 표현이지만, 알리바이란 원래 그런 겁니다. 당신과 이해가 매우 맞아떨어지는 인물이 있다면 함께 알리바이가 있어야 혐의를 벗을 수 있는 것 아니겠습니까?"

"만약 우리에게 알리바이가 없다면 어떻게 되는 거죠?" 지아키가 대드는 듯한 말투로 물었다.

"글쎄요…… 당신이 안고 있는 경제적인 문제에 관해 좀 상세하게 설명을 들을 수밖에 없겠죠. 장남인 요시쓰구 씨에게도 그런 요구를 했습니다. 어떤 이유에서 돈이 필요한지, 얼마나 필요한지, 언제까지 필요한지, 그 돈이 없으면 어떤 일이 생기는지. 그런 문제에 대해 답변해주시면 혐의를 벗는 데 도움이 될지도 모릅니다. 결국 필요한 돈이 적은 금액이고 별 문제가 아니라면 그런 범죄에 관련될 일이 없겠죠. 거꾸로 필요한 돈이 엄청나게 큰 액수라서 그런 범죄로는 메울 수 없다면 그 역시 당신에게 유리한 재료가 될 겁니다."

"소액이라면 10만 엔이나 20만 엔쯤인가요? 큰 액수라는 건 1000만 엔, 아니면 1억 엔가량? 우리처럼 가난한 사람들의 경제적인 문제는 뻔히 그 중간 금액 아니겠습니까? 제게 필요한 금액은 여기까지 찾아오신 걸 보면, 어머니에게 들어서 이미 아시겠죠? 가이 선생님―아버지를 위해서라면 물불을 가리지 않는 어머니이기 때문에 제 문제는 시시콜콜 털어놓았을 겁니다."

지아키는 어깨를 으쓱하고 말을 이었다. "간단해요. 어머니에게 재산을 불려주는 셈치고 1000만 엔을 융통해달라고 부탁했습니다. 쉽사리 허락해주지 않아서 다음에는 아버지에게 500만 엔을 달라고 부탁했습니다. 그때는 제가 제정신이 아니었던 모양이에요. 어머니와 심한 말다툼을 한 뒤였기 때문에 늘 잘 대해주시는 아버지에게 투정을 부리는 심정으로……. 하지만 통화를 하는 중에 제가 하는 짓이 싫어져서 전화를 끊고 말았죠. 그 뒤에 어머니와 이야기가 잘 되어 800만 엔을 융통해주시기로 한 겁니다. 숨겨봐야 소용없을 테니 말씀드리지만, 어머니가 하는 긴자 가게 권리 문서를 가지고 나와서……. 800만 엔은 이미 제가 가지고 있습니다. 그래서 제 경제적인 문제는 완전히 해결되었죠. 어떤 범죄도 저지를 이유가 없어요." 지아키는 마치 쫓기듯 단숨에 내뱉고 숨을 내쉬었다. "이제 의심이 풀렸나요?"

"하지만 이 사무실을 보니 다달이 50만 엔에서 100만 엔, 어쩌면 그 이상 수익을 올릴 만한 일을 반년쯤 전에 집어치운 사람이 있는 모양입니다."

가무라 지아키의 안색이 변했다.

"그런데도 겨우 800만 엔으로 모든 문제가 해결된 건가요?"

"그럭저럭." 지아키는 이를 악물고 대답했다.

"시어머님께서 몸이 편찮으시다고 했는데, 그래도 800만 엔으로 완전히 해결되었습니까?"

"예, 대략." 지아키가 입술을 떨며 말했다. 억눌렀던 분노가 한꺼번에 분출하는 듯했다. 크게 숨을 들이쉬고 마음을 가라앉히려 했지만 낮은 목소리는 역시 흥분해 있었다. "당신은 대체 무슨 권리로 남의 집안일에 참견하는 거죠?"

나는 지아키의 얼굴을 뚫어지게 바라보았다. 냉정한 여자보다 화가 난 여자가 말을 훨씬 많이 하기 마련이다. 나는 계속 침묵하기로 작정했다.

지아키가 소리를 지르듯 말했다. "가이 선생님의 걱정이라고요? 범죄라고요? 대체 내가, 아니 나하고 유키가 무슨 범죄를 저질렀다고 의심하는 거죠!"

열한 살짜리 소녀를 유괴하고, 살해하고, 시체를 유기하고, 아마 6000만 엔이라는 몸값을 뜯은 혐의……라고 이야기해야 할 때가 되었다는 생각이 들었다. 하지만 그러지 않았다.

"지아키, 아직 멀었니? 지아키, 좀 와다오." 집 안쪽이나 2층 쪽에서 다시 묘하게 밝은 목소리가 들려왔다.

가무라 지아키의 얼굴에 어처구니없다는 듯한 표정이 떠오르더니 누군가에게 조종당하듯 의자에서 슥 일어섰다.

"시어머니입니다." 지아키가 뭔가를 내던지듯 말했다. 그리고 대뜸 이렇게 덧붙였다. "죄송하지만 이야기는 다음 기회에 하기로 하시죠."

"어쩔 수 없군요. 그러시죠. 하지만 마지막으로 한 가지만 더―"

나는 지금까지 한 이야기와는 전혀 관계가 없는 일을 생각해냈다. "요쓰야 찻집에서 어머니가 건네준 동창회 안내장이란 걸 좀 보여주시죠."

"예?" 지아키는 잠시 무슨 뜻인지 이해하지 못했다. 하지만 이내 무슨 말인지 깨달은 모양이었다. 얼굴이 점점 붉어졌다. 지아키의 분노는 극에 달한 듯했다.

"잠깐 기다리세요." 지아키는 휙 돌아서더니 사무실 안쪽으로 가서 거기 있는 문을 열었다. 그리고 신고 있던 샌들을 벗고 안쪽 방으로 올라가 바로 본채 쪽으로 달려갔다.

반쯤 열린 문 안쪽 방은 이 작업실과는 달리 오래된 구조였다. 한 면이 유리문으로 되어 있는 네 평쯤 되는 일본식 방이었다. 코를 찌르는 테레빈유 냄새와 얼핏 보이는 여러 개의 이젤을 보니 누가 유화를 그리는 아틀리에로 쓰는 듯했다. 가무라 지아키가 신주쿠 서점에서 산 미술 관련 책이 머릿속에 떠올랐다.

시어머니 시중을 들려고 잠깐 자리를 뜬 거라고 생각하며 담배를 입에 물었을 때 가무라 지아키가 나갈 때와 마찬가지 기세로 되돌아왔다. 샌들을 신기도 바쁘다는 듯이 달려와 앞에 서더니 엽서 같은 종이를 내게 디밀었다.

"자, 보시죠. 이 핑계 저 핑계를 대면서 이상한 질문을 하지만, 당신이 조사하는 것은 이 문제 아닌가요? 그 찻집에서부터 나하고 어머니를 감시했죠?"

나는 엽서를 받아들었다. 겉봉에는 분명히 '지요다 구 고지마치 가무라 지카코 댁 가무라 지아키 앞'으로 되어 있지만 보낸 사람 이름이나 소인도 없는 가짜 안내장 같았다. 나는 종이를 뒤집어 거기 적힌 짧은 메모를 읽었다.

네가 가이 선생님 딸이 아니라는 사실은 당분간 절대 입 밖에 내지 말거라. 이 찻집에서도. 그 이유는 다음에 이야기할게. 반드시 지켜야 한다.

나는 고개를 들어 지아키를 바라보았다. 히스테리를 일으키기 직전이었다. 지아키는 입을 일그러뜨리며 단숨에 퍼부었다.

"자, 이 정보를 가이 선생님에게 보고하시죠. 어머니에겐 딱한 일이지만 가짜 아버지와 딸 놀이하기도 이제 지긋지긋해요. 그리고 아버지도 아닌 남에게 염치없이 돈을 요구하는 짓 따위 다시는 하고 싶지도 않고……."

나는 입에 물었던 담배를 떼며 천천히 고개를 저었다. 이런 사실들을 들춰낼 생각은 전혀 없었다.

지아키가 흥분한 말투로 퍼부었다. "범죄가 일어났는데 다섯 자식들 가운데 누가 거기 관련되어 있을까 염려하신다고 했죠? 자, 가이 선생님에게 가서 내가 범인이라고 보고하시죠……. 내겐 알리바이도 없는 수상한 남자가 있고, 그 사람은 실업자 상태고, 그 남자의 어머니는 남들이 알까 두려운 병을 앓고 있고, 친어머니에게 협박이나 마찬가지 짓을 해서 돈을 우려내는 딸이니 어떤 범죄를 저질러도 이상할 게 없다고……. 아버지, 아니 가이 선생님도 내가 진짜 딸이 아니라는 걸 알면 아무 걱정 없을 테니까요."

나는 엽서를 지아키의 손에 쥐여주었다. 지아키는 입술만이 아니라 손까지 떨고 있었다.

"그런 이야기는 직접 하시죠. 별로 드문 이야기도 아니지만 이십 칠팔 년이나 속고 살아온 남자는 적어도 속인 당사자들에게서 그 이야기를 들을 권리가 있을 겁니다." 나는 목소리를 낮췄다. "당신이 좀 냉정해졌을 때 이야기를 듣기로 하죠."

내 말을 이해할 기운도 없을 만큼 충격받은 상태로 우두커니 서 있는 지아키를 남겨두고 나는 문으로 향했다. 뒤에서 들려온 것은 지아키의 목소리가 아니라 그 밝은 목소리였다. "지아키, 아직 멀었니? 나 죽겠구나. 죽어도 좋겠냐, 지아키?"

나는 뒤를 돌아보지 않았다. 이 집은 한 번 더 찾아와야 했다.

20

신주쿠 역 서쪽 출구 주차장에서 블루버드를 꺼낸 뒤 집에 들러 속옷과 바지를 갈아입고 3시가 조금 지나 니시신주쿠에 있는 사무실로 갔다. 집에서나 사무실에서나 메지로 경찰서 형사들의 마중은 받지 못했다. 나 따위에게 인원을 할당할 만한 상황이 아닌지, 니시고리 경부의 연락을 받고 내가 출두하기를 기다리는 것이 현명하다고 판단했는지 알 수 없었다. 아마 양쪽 다일 것이다. 어제 저녁에 사무실에서 나왔는데도 며칠은 비워두었던 것 같은 기분이 들었다.

비즈니스 호텔에서 이미 훑어본 신문과 발신인 이름이 워드프로세서로 찍혀 있는 우편물처럼 볼 필요가 없는 것들을 책상 위에 내던지고 의자에 걸터앉았다. 담배에 불을 붙이고 메지로 경찰서로 먼저 갈까, 아니면 가이 교수의 차남이 운영하는 레스토랑을 먼저 방문할까 궁리했다. 메지로 경찰서에 출두하면 내 시간은 수사본부 형사들이 주무르게 될 거라는 사실은 불 보듯 뻔했다. 상의 주머니에서 가이 교수가 적어준 명단을 꺼냈다. 시부야에 있는 가이 요시로의 레스토랑 전화번호를 찾아 수화기를 들었다. 그때 사무실 문을 노크하는 사람이 있었다. 젖빛 유리 전체를 가리는 사람 그림자가 보였다. 수화기를 내려놓고 들어오라고 했을 때는 이미 문이 열렸다. 말 그대로 괴물 같은 거한이 문 앞에 서 있었다. 키가 185센티미터가 넘고 체중은 100킬로그램이 넘을 듯한 거구에, 걸칠 기성복 사이즈가 없는지 외국 연예인의 무대 의상처럼 화려한 녹색 사이드 벤트 상의를 입고 있었다. 그 위에 목을 생략하고 무표정한 얼굴과 야쿠자 파마를 한 머리가 얹혀 있었다.

"탐정, 시간 좀 내." 그 넉넉한 베이스 음성이었다.

나는 그 남자 이름을 몰랐다. 폭력단 세이와카이의 간부 하시즈메를 따라다니는 야쿠자인데, 지금까지 두세 차례 본 적이 있지만 그의 이름을 부른 사람은 없었다. 어제 오후, 하시즈메를 찾는다는 전화를 하고, 어젯밤부터 오늘 아침에 걸쳐 전화 응답 서비스에 '하시즈메가 입원했다'라는 메시지를 남긴 본인이었다.

"무슨 일이지?" 나는 안으로 들어오라고 손짓했다.

"형님께서 널 만나고 싶어 해." 그는 문 앞에 서서 대답했다.

"멍청하긴. 난 총 맞은 야쿠자를 병문안할 만큼 호기심 많은 사람은 아니야. 퇴원하더라도 완쾌 축하 모임 같은 데 부를 필요도 없으니 여기 얼씬거리지 말라고 전해."

"만약에 퇴원하시게 된다면 그러지……." 그의 큼직한 어깨가 소리라도 날 것처럼 푹 처졌다.

"두 발 맞았다고 하던데. 어디 박힌 건가?"

"오른쪽 허벅지에 박힌 한 발은 뽑았어. 의사 이야기로는 또 한 발이 왼쪽 폐 근처 흉골인가 하는 위치에 박혔을 우려가 있는데 좀 골치 아프다는 거야. 만약 심장과 가까우면 수술이 어려운 모양이야. X선 사진만 계속 찍더군. 그래도 4시에는 수술이 시작될 거야. 의사는 걱정하지 말라지만 형님이 흥분하신 상태거든. 수술받기 전에 널 데려오라고 하셨어."

"거절하지. 나도 심장에 두 발 맞은 것 같은 상태라 하시즈메를 보면 무슨 짓을 할지 몰라."

그는 한숨을 푹 내쉬었다. "형님은 손가락 하나 건드리지 말고 데려오라고 하셨어. 난 싫다는 널 데려오려면 운신을 못 하는 상태로 만들 수밖에 없을 거라고 말씀드렸지만……. 날 난처하게 만들지 마. 병원까지는 십오 분밖에 걸리지 않아……. 부탁해."

"마지막 대사를 한 번 더 읊어봐. 진심을 담아서."

그는 고개를 숙이고 어찌할 바를 몰라 했다. 어떻게 말을 해야 마음이 담기는 것인지 입안으로 중얼거려보는 듯했다. 나는 그의 옆을 지나 사무실 밖으로 나가 주머니에서 열쇠를 꺼내 문 자물쇠 구멍에 꽂았다. "가지. 문틈에 끼고 싶나?"

그가 허겁지겁 복도로 나왔다. "미, 미안…… 부탁해."

블루버드를 몰고 세이와카이의 젊은이가 운전하는 적갈색 링컨 콘티넨탈 뒤를 따라 달렸다. 덩치 큰 녀석은 나를 감시하기 위해 블루버드에 타 조수석에서 몸을 잔뜩 웅크리고 있었다. 링컨 콘티넨탈은 오우메가도로 나가 신주쿠 전철 고가 아래를 지나 야스쿠니 길을 달려 산코초 교차로 쪽으로 향했다.

"성이 뭐지?" 내가 덩치 큰 친구에게 물었다.

"누구……? 나? 뚱보건 괴물이건 마음대로 부르면 돼."

"성은?" 나는 쓴웃음을 지으며 다시 물었다.

그는 고개를 살짝 갸웃거리더니 기억을 더듬어야만 생각이 난다는 듯이 대답했다.

"사가라."

링컨 콘티넨탈은 후생연금회관 앞에서 좌회전하더니 150미터쯤 달려 삼거리에 이르자 우회전 금지인데도 오른쪽으로 꺾어졌다. 택시가 자칫하면 오른쪽 뒷부분을 들이받을 뻔해 급히 브레이크를 밟았다. 운전기사가 창밖으로 고개를 쑥 내밀었다가 링컨 콘티넨탈 운전석에 앉은 상대를 보자마자 한눈에 어떤 사람인지 알았는지 얼른 도로 집어넣었다. 다음 모퉁이에서 다시 왼쪽으로 꺾어지자 바로 후생연금제일병원 주차장이었다.

사가라라는 남자와 함께 정면 현관으로 들어가 연결 통로를 거쳐 별관에 있는 외과병동으로 갔다. 엘리베이터를 타고 3층으로 올라가 307호실 앞에 섰다. 거기 도착하기까지 제복 경찰관 세 명과 몇몇 4과 형사들, 세이와카이 조직원으로 보이는 열 명 이상의 남자들을 보았다. 대부분 나를 검열하는 듯한 눈초리로 바라보았지만 옆에 있는 사가라를 올려다보고는 알겠다는 듯이 말없이 물러났다. 하지만 307호실 입구 옆 벤치에 앉아 있던, 왼쪽 귀 윗부분이 없는 마흔 살쯤 되어 보이는 남자는 병실 문을 가로막았다.

"이 남자는 뭐지?" 실크처럼 광택이 있는 파란 정장 바지 주머니에 두 손을 꽂고, 종이처럼 얇은 천으로 된 검은색 코트를 어깨에 걸쳤다.

"형님 지시로 면회시킬 거야." 사가라가 대꾸하더니 그 남자 겨드랑이 아래 있는 문손잡이로 손을 뻗었다.

"사가라. 너 말만 꺼냈다하면 형님, 형님, 하는데 대체 누구를 모시는 거지? 회장님께서 아무도 접근하지 못하게 하라고 하신 말씀 잊었나?"

"형님 말씀은 무엇이든 따르라고도 하셨지." 사가라는 검은 코트를 입은 사내를 슬쩍 밀고 문손잡이에 손을 얹었다. "회장님께는 말씀드렸어."

"4과 녀석들이 저렇게 나온다면 도움이 되지 않을 텐데." 내가 말했다.

검은 코트가 미심쩍다는 듯이 나를 바라보았다. "……맞아. 부상자는 우리가 지킬 테니 물러나달라고 해도 말을 듣지 않는군."

"4과 녀석들은 하시즈메를 보호하러 온 게 아니야. 병원에 있는 다른 사람들이 말려들지 않도록 경계하는 거지. 하지만 저 인원으로는 별로 도움이 안 될 텐데."

"간바라흥업 똘마니들이 여기까지 쳐들어온다는 건가?" 그가 주머니에서 얼른 손을 뺐다. 그 손이 무의식적으로 잘린 왼쪽 귀 쪽으로 갔다.

"그러면 당신들이 도움이 되겠지."

"그런 걱정은 필요 없어." 남자는 어깨에 걸친 코트를 벗고 팔을 쓰다듬는 동작을 하면서 문 앞에서 물러섰다.

사가라는 나를 노려보고 307호실로 들어갔다. 내가 뒤를 따르자 그는 문을 연 채로 방 안에 있는 누군가에게 말을 했다. "잠깐 자리를 비켜주시죠."

집중치료실 장비를 갖춘, 그다지 넓지 않은 1인실이었다. 하시즈메는 일반 병상이 아니라 움직이는 수술대 같은 높은 침대에 누워 복잡한 의료기기들에 연결되어 있었다. 사가라의 목소리에 하시즈메 머리맡에 앉아 있던 두 여자가 자리에서 일어났다. 한 여자는 값비싼 옷을 입은 스물대여섯 살쯤 되어 보이는 뛰어난 미모의 글래머였다. 그녀는 손수건을 연방 눈과 코로 가져갔다. 다른 한 명은 외모는 그만큼 되지 않는 서른 전후의 여자였는데, 젊은 여자가 지니지 못한 여성적인 매력이 있었다. 그녀는 차분한 눈으로 나를 흘끗 보았다. 그녀가 글래머의 팔을 잡아끌고 나가려 했지만 젊은 여자는 거부했다. "누구야, 이 사람은? 하시즈메를 두고 나갈 수 없어."

중얼거리는 듯한 하시즈메의 목소리가 들렸다. "사가라에게 그 잘난 코를 뭉개버리라고 하기 전에 얼른 나가."

두 여자가 몸을 파르르 떨었다. 투덜거리는 글래머를 다른 여자가 끌고 병실 밖으로 나갔다.

사가라와 나는 하시즈메의 머리맡으로 다가갔다. 하시즈메는 고열이 있는 창백하게 부어오른 얼굴로, 콧구멍에 가느다란 비닐 튜브를 끼우고 거친 숨을 몰아쉬며 눈을 감고 있었다. 가슴 부분에는 시트가 텐트 모양으로 높이 솟아 있었다. 시트 안에 받침대 같은 것이 설치되어 있는 모양이었다. 시트 밖으로 하시즈메의 두 어깨가 맨살을 드러냈다. 두 어깨는 문신으로 뒤덮였는데 오른쪽 어깨 일부분에 있는 구름무늬 이외에는 무얼 그린 건지 알 수가 없었다.

"형님." 사가라가 하시즈메를 불렀다.

하시즈메는 눈을 뜨더니 나를 바라보았다.

"탐정, 기다렸어. 제길, 당했어."

"기뻐하는 내 얼굴을 보고 싶었나?"

하시즈메는 얼굴을 찡그리며 웃었다. "내가 뒈진 다음에나 기뻐해. 시간이 없으니 바로 용건을 이야기하지." 그는 눈으로 사가라를 찾았다. "그걸 탐정에게 줘."

사가라는 상의 안주머니에서 두툼한 봉투를 꺼내 하시즈메에게 보여주고 나서 내 상의 왼쪽 주머니에 집어넣으려고 했다.

"뭐야, 이건?"

사가라는 내게 애원하는 표정을 지으며 한편으로는 거의 저항할 수 없는 엄청난 힘으로 그 봉투를 내 주머니에 쑤셔 넣었다.

"네게 조사를 의뢰하는 거야." 하시즈메가 말했다. "다만 수술이 실패해 내가 죽었을 때 조사를 시작해."

"네가 그렇게 간단하게 뒈질 놈인가?"

"이거 위로의 말씀까지 해주시다니. 잘 들어, 탐정. 내가 죽으면 이번 건을 철저하게 조사해줘. 대강 간바라흥업의 덜떨어진 똘마니가 멋대로 나를 노린 걸로 되어 있는 모양인데, 나는 꼭 그렇다고는 생각하지 않아. 나를 없애려고 한 장본인은 의외의 곳에…… 어처구니없을 만큼 가까이 있는 것 같아."

"의리니 뭐니 하지만 한심한 직업이로군. 결국은 아무도 믿을 수 없다는 거잖아?"

"그건 내가 하고 싶은 말이야. 내겐 믿을 수 있는 인간이 세 명은 있어."

"이 괴물과 저 여자들 말인가?"

"시끄러워. 어쨌든 내 말대로 해. 돈을 지불했으니 나는 네 의뢰인이야."

"거절하겠어."

봉투가 든 주머니에 손을 집어넣으려는데 사가라가 한걸음 다가섰다. 하지만 그 전에 하시즈메가 오른손을 뻗어 내 목덜미를 잡았다. 손목을 잡아 풀려고 했지만 하시즈메는 믿기 힘들 만큼 온힘을 다해 매달렸다.

"사와자키, 부탁해…… 이대로는 눈을 감을 수가 없어. 조사를 맡겠다고 해줘."

"자업자득이야. 네가 어디 있는 누구에게 죽든 신경 쓸 사람은 한 명도 없어."

나는 하시즈메에 못지않은 힘으로 천천히 손을 풀었다. 하시즈메가 울상으로 입술을 떨며 제대로 알아듣기도 힘든 목소리로 다시 '부탁이야'라고 말했다. 하시즈메의 손은 기분 나쁠 만큼 창백하고 핏기가 없었다. 그의 온몸에서 죽음의 냄새가, 혹은 죽음에 대한 공포의 냄새가 풍기는 듯했다. 어젯밤 시체로 발견된 열한 살짜리 소녀도 자신을 살해하려 한 누군가의 목덜미에 이렇게 매달렸을까……?

"좋아." 내가 말했다. "네가 죽으면 어떤 놈이 죽였는지 조사하지."

하시즈메는 살짝 고개를 끄덕이더니 그대로 정신을 잃고 말았다. 사가라가 긴급 연락용 부저를 누르고, 들어온 문이 아닌 다른 비상용 문으로 달려가 안쪽에서 걸어둔 잠금장치를 풀었다.

"이리 나가서 왼쪽으로 가면 직원 전용 엘리베이터가 있어. 짭새나 우리 쪽 사람과 마주치지 않고 1층까지 내려갈 수 있을 거야. 엘리베이터에서 내리면 왼쪽으로 가. 막다른 곳에 있는 문을 열면 거기가 주차장 제일 안쪽이야."

나는 문 앞에서 사가라에게 말했다. "너희는 툭하면 '부탁이야'라고 하면서 스스로 마무리할 줄 아는 건 하나도 없나?"

밖으로 나와 문을 닫자 바로 병실 안에서 간호사의 다급한 목소리가 울려 퍼졌다.

21

점심때부터 아무것도 먹지 못했기 때문에 시부야 우다가와초에 있는 레스토랑에서 이른 저녁을 마쳤다. 길 건너편 '도큐핸즈' 서쪽에 있는 레스토랑인데 젊은 여성이 보는 잡지에서 특집으로 다룰 만한 젊은 층 대상의 가게였다. 아니, 젊은이만을 위한 곳이라고 하는 편이 더 정확할 가게였다.

가게 벽에는 회중시계를 든 토끼, 스틱을 짚은 부리 긴 새, 물 담배를 피우는 애벌레, 가발을 쓴 개구리, 헤어브러시를 든 새우 따위를 그린 큼직한 일러스트가 패널에 장식되어 있었다. 재미있기는 하지만 식사를 하며 보고 즐기려면 싱싱한 위장이 필요할 것 같은 그림이었다.

테이블 위에 놓인 재떨이나 냅킨꽂이, 선반의 꽃병과 성냥꽂이 등은 칠이 벗겨진 것 같은 양철로 만들었는데, 자세히 보니 모두 외국 자동차 번호판을 가공한 것이었다. 꽃병의 꽃은 모두 드라이플라워, 조명은 모두 골동품 램프에 전구를 끼운 것, 테이블 유리판 아래 끼워놓은 것은 모두 서양의 옛날 신문이었다. 내 테이블에는 존 F. 케네디의 대통령 당선을 알리는《워싱턴포스트》지가 깔려 있었다. 그리고 오늘의 BGM은 모두 '비틀스'다―라고 계산대 옆 안내판에 적혀 있었으니 그럴 것이다.

서른 살 넘은 손님은 한 명도 없고, 남자 혼자 온 손님도 없었다. 5시까지는 약간 여유가 있어서인지 일요일 오후치고는 가게 안이 별로 붐비지 않았다. 나야 어울리지 않는 곳에 있어도 얼굴이 붉어질 나이도 아니었고, 요즘 젊은이들은 묘하게 순한 편이라 종류가 다른 존재를 빤히 바라보지도 않았다. 하지만 '라즈베리 소스를 얹은 스테이크'라거나 '오징어와 모시조개를 넣은 지중해식 햄버거' 따위의, 젊은이나 여성 기호를 노린 요리가 쭉 적힌 정삼각형 메뉴를 건네받았을 때는 지친 소화기관을 지닌 중년 남자로서는 주문하기 약간 곤란했다. 맛도 색도 모양도 멋지게 예상을 배신한 스파게티 요리를 꾸역꾸역 칠분의 사만 목구멍으로 넘기고, 역시 맥 빠질 만큼 당연한 아메리칸 커피를 다 마셨을 때는 이미 5시가 가까운 시각이었다.

웨이트리스들보다 나이가 약간 위로 보이는 계산대의 여성을 불렀다. 가이 교수가 준 명함과 내 명함을 건네며 사장인 가이 요시로 씨를 만나고 싶다고 말했다. 담배를 피우며 사오 분 기다리니 안쪽 주방에서 나온 자그마한 남자가 테이블로 다가왔다. 흰 바탕에 부분적으로 감색을 곁들인 골프 웨어, 감색 골프 바지에 흰 벨트, 흰색과 감색이 뒤섞인 골프 슈즈 차림이었다. 골프를 치느라 햇볕에 그은 얼굴에 새까만 콧수염을 길렀다. 콧수염까지 흰색과 감색은 아니었다. 나이는 아무리 젊게 보아도 마흔 초반이니, 서른한두 살일 가이 요시로일 리는 없었다. 그는 내 앞에 멈춰 서더니 상냥하게 인사를 했다.

"사와자키 씨죠? 여기는 음악이 좀 시끄러우니 사무실 쪽에서 말씀하시겠습니까?"

그는 가까이에 있던 웨이트리스에게 손짓을 하고 나를 자기가 나온 가게 안쪽으로 안내했다. 주방으로 통하는 출입구 바로 옆에 '사무실—이곳은 이상한 나라입니다'라고 적힌 문이 있었다. 우리는 그 안으로 들어갔다. 네 평쯤 되는 넓이였다. 매장과는 대조적으로 지극히 평범한 사무실에, 이십대 남녀 직원 두 명이 각자 전표 다발과 컴퓨터를 들여다보며 일을 하고 있었다. 콧수염 남자가 잠시 쉬며 차라도 마시고 오라고 하자 두 사람은 기다렸다는 듯이 재빨리 사무실을 나갔다. 이 사무실이 바깥 가게와 관계있다는 사실을 보여주는 것은 블라인드 내린 창밑에 세워놓은 패널에 붙은 커다란 일러스트 한 장뿐이었다. 나뭇가지 위에 웅크리고 앉은 고양이가 이빨을 드러내며 씩 웃었다. 《이상한 나라의 앨리스》에 나오는 '체셔 고양이'일 것이다.

남자가 직원 의자를 자기 책상 앞으로 끌어와 앉으라고 권했다.

우리는 책상을 사이에 두고 마주 앉았다. 웨이트리스가 들어오자 콧수염 남자는 맥주를 시키며 내게도 권했다. 나는 사양하고 커피를 한 잔 더 달라고 했다. 그때 '다기능 캐치폰'이라던가 하는 책상 위의 전화가 빨리 받으라고 재촉하듯 요란한 소리를 냈다. 그는 '실례'라며 수화기를 들더니 뉘앙스가 다 다른 '알았어'를 일고여덟 차례 반복한 뒤 전화를 끊고 다시 나를 바라보았다.

"저는 하자마라고 합니다." 그가 명함을 내밀었다. 명함에는 '도쿄비즈니스컨설턴트협회 소속'이라고 찍혀 있었다.

"가이 군은 마침 출장으로 하코다테에 가 있습니다. 그렇게 전하게 하고 하코다테 연락처만 알려드릴까 생각했는데…… 가이 군 아버님 명함을 지참하셨기에 급한 용무라면 여기서 전화를 이용하시는 편이 더 빠를 것 같아서―."

"아뇨, 그렇지도 않은데……."

"어떤 용건입니까?"

"가이 교수가 아드님을 무척 걱정하고 계십니다. 2월경에 요시로 씨에게서 급히 필요한 돈이 있는데 융통해줄 수 있겠느냐는 연락을 받았다는데 그 뒤로 아무 연락이 없는 모양입니다. 그래서……." 나는 가이 교수가 아들의 부탁을 거절했다는 이야기는 하지 않았다.

하자마는 입술을 적셨다. "제겐 가이 군의 사적인 문제까지 대답할 권리도 없고 아는 것도 없습니다만, 이 가게에 관한 문제라면 말씀드릴 수 있는 내용에 한해서는 제게 물으셔도 괜찮습니다."

이 남자에게는 좋아하는 것이 적어도 두 가지는 있는 듯했다. 수다 떠는 일과 골프―골프 이야기를 시키면 아마 끝이 없을 것이다.

"실례지만 당신은……?"

"이 가게 경영자이고 가이 군의 상사라고 보셔도 괜찮을 겁니다…… 올 4월부터요."

"오호, 그래요……? 이 가게는 요시로 씨가 경영하는 줄 알고 찾아왔는데, 좀 당황스럽군요. 혹시 괜찮으시다면 어떻게 된 일인지 사정 이야기를 부탁드릴 수 있을까요?

"그렇군요. 당신이 가이 군 아버님 대리인이라면 이참에 설명을 해두는 편이 좋을지도 모르겠습니다."

웨이트리스가 맥주와 커피를 가져와 내려놓고 방을 나갔다.

"원래 제가 하는 일은 경영 컨설턴트 같은 겁니다만 이번에 한 대형 외식 기업의 의뢰를 받아―기업 이름은 예를 들어 R사로 해둡시다― 가이 군의 이 가게를 지원하기 위해 파견되어 있는 겁니다."

그는 맥주를 한 모금 마시고 중요한 이야기를 하듯 목소리를 낮췄다. "가이 군은 총액 5000만 엔의 부채를 갚지 않으면 이 가게를 매각해야 할 상태에 빠져 있었죠. 그 대형 외식 기업이 부채를 대신 떠맡은 겁니다."

"그게 언제입니까?"

"변제 기한은 3월 말일이었죠. 따라서 4월 1일 자로 대표이사 자격으로 제가 여기 파견되어 올해까지는 근무했습니다. 그 뒤에는 R사의 적당한 인재가 이어받겠죠."

"하지만 요시로 씨가 그만둔 것은 아니로군요. 하코다테 출장이라고 하셨으니."

"물론이죠. R사는 가이 군의 점포, 토지 및 '앨리스 레스토랑'이라는 가게 이름, 젊은이에게 인기 있는 가게 이미지나 특기로 삼고 있는 요리 레퍼토리 등 모든 것을 한데 묶어 1억2000만 엔으로 평가를 했습니다. 그 평가 작업이 제가 이 가게와 관련해서 한 첫 번째 일이었죠. 따라서 가이 군은 5000만 엔을 공제한 7000만 엔을 받고 앨리스 레스토랑에서 완전히 손을 떼느냐, R사가 새로 설립한 '앨리스 레스토랑 체인'에 7000만 엔을 넣은 출자자로서 기획 담당 중역 위치로 남을 것이냐―양자택일을 하게 된 겁니다."

또 책상 위 전화가 울렸다. 하지만 그는 손님이 오셨으니 나중에 전화하겠다고 하고 바로 수화기를 내려놓았다.

"미안합니다. 가이 군은 당연히 후자를 선택했죠."

나는 의문이 생겼다. "한 가지 묻고 싶습니다만…… 4월 이후에, 예를 들어 부채액 5000만 엔 플러스 이자에 해당하는 금액을 요시로 씨가 R사에 갚으면 이 가게와 다른 모든 것을 되찾을 수 있는 방법은 남아 있지 않았던 건가요? 계약서에 그런 조항이 들어가 있지 않았습니까?"

"없습니다." 하자마가 바로 대답했다. "가이 군이 가게를 되찾기 위해서는 1억2000만 엔―아니 R사는 그 금액으로는 되돌려줄 생각이 없었으니 그걸 웃도는 금액을 제시해야만 했겠죠. R사는 부채를 대신 떠맡은 시점에 모든 권리를 손안에 넣었으니 가이 군에게는 원래 한 푼도 지불할 필요가 없었죠. 다만 R사나 저나 가이 군의 이런 젊은이 대상 음식점을 만드는 재능을 매우 높게 평가합니다. 가게 이미지나 메뉴의 신선함 등 종전의 음식 업계 논리로는 생각해낼 수 없는 풍부한 아이디어를 가지고 있죠. R사는 그 재능을 탐냈고, 가이 군도 완전히 제로 상태에서 재출발하기는 힘들 테니 쌍방에게 좋은 기브 앤드 테이크였던 셈이죠. 우리는 가이 군에게 7000만 엔을 출자한 사람으로서의 중역 자리를 주고, 경영자 시절의 60퍼센트에 해당하는 급여를 지불해도 앨리스 레스토랑 체인 플래너 겸 아이디어맨으로서 열심히 일해준다면 충분히 채산이 맞는다고 생각하는 겁니다."

"하코다테 출장도 그 일 때문인가요?"

하자마는 잠깐 주위를 살피는 몸짓을 하더니 목소리를 낮췄다. "이건 기업 비밀이니 그리 아시고……. 요즘은 눈 감으면 코 베가는 세상이기 때문에 R사가 이런 형태의 레스토랑 운영에 진출한다는 사실이 지금 공개되면 큰 소동이 일어납니다."

과장이 심한 남자다. 그렇지 않고서야 잘 알지도 못하는 내게 이런 이야기를 할 리가 없다.

그는 환한 표정을 지으며 말했다. "현재 하코다테에서는 앨리스 레스토랑 2호점이 다음 달 오픈 예정으로 마지막 마무리 단계에 들어가 있고, 고베에 내는 3호점이 공사에 들어갔으며 가나자와의 4호점은 부지 구입이 막 끝난 상태입니다. 가이 군은 2호점 인테리어에 착수한 이달 초부터 하코다테에 가 있습니다."

"계속 거기 있었나요? 돌아온 일 없이?"

"그럴 틈이 없죠. 전력을 기울여 단숨에 하는 공사니까요. 지지난 주인 16일부터 일주일 동안은 저도 시찰을 가서 그와 함께 마무리 확인을 했습니다. 가이 군은 재능이 무척 풍부하지만 좀 지나친 경향이 있어서요."

"그건 무슨 말씀이죠?"

"예를 들면…… 이걸 보십시오." 그는 창문 아래 있는 고양이 그림을 가리켰다.

"이 그림이 왜요……?"

"아뇨, 그림은 괜찮습니다. 젊은 고객층, 특히 여성 고객에게는 상당히 인기 있는 캐릭터라고 하고, 가게 분위기를 멋지고 즐겁게 해주기도 합니다. 하지만 아래 코멘트는 안 됩니다."

나는 몸을 내밀어 그가 말하는 코멘트를 읽었다.

'고양이는 너무 싫다. 온 세상의 고양이가 다 몰려와도 이 체셔 고양이를 당해낼 수 없다. 그들은 결코 웃지 않으니까…….'

나는 어느 부분이 안 된다는 것인지 판단할 수 없었다.

"이 코멘트는 필요 없습니다. 아니, 이 가게가 가이 군 개인이 하는 레스토랑이고 장사보다 그의 취미를 내세우는 일이 중요하다면 그래도 상관없겠죠. 하지만 전국 체인점을 시작하려는 경우에 이런 설명은 적절치 않습니다. 괜한 걱정입니다만 고양이를 좋아하는 고객이 이걸 읽고 불쾌해지거나 다시는 이 가게에 오고 싶지 않아질지도 모르죠. 고양이를 좋아하는 사람은 많으니까요. 이 그림은 전에 가게에서 가장 눈에 띄는 곳에 걸어두었던 것인데 그런 이유에서 떼어냈습니다. 조만간 아래 코멘트를 잘라낸 다음에 원래 자리에 돌려놓게 될 겁니다."

"고양이를 기르는 사람들은 자기가 기르는 고양이만은 자기에게 웃어준다고 믿죠."

하자마는 쓴웃음을 지었다. "인간 이외에 웃을 줄 아는 생물은 없다는데, 그런 학술적인 이야기를 하는 건 아닙니다. 이건 어디까지나 고객을 대상으로 하는 장사의 터부에 관한 이야기죠."

또 전화벨이 울렸다. 그는 수화기를 들더니 잠깐 놀란 표정을 짓고 손으로 송화구를 가린 뒤에 내게 말했다. "하코다테에 있는 가이 군 전화입니다. 우연이로군요. 당신이 와 있다는 이야기를 할까요?"

"아뇨, 그럴 필요는 없겠네요."

그는 고개를 끄덕이고 다시 통화를 했다. "여보세요……. 아, 그런가? ……내일? ……그쪽 마무리는 괜찮겠지? ……그래, 알았어. 잠깐 들르는 거라면 이쪽에서는 만날 수 없겠네? ……그럼 그쪽 오픈 때 보기로 하지……. 아니, 아니야. 자네 스코어로는 아직 무리야. ……그래, 그럼."

수화기를 내려놓은 하자마의 표정이 살짝 흐려졌다. "친척에게 좋지 않은 일이 있어서 내일 도쿄에 돌아오고 싶다는데요."

"그렇겠죠." 나는 가볍게 들어 넘겼다. "아마 사촌 여동생 때문일 겁니다."

"그렇습니까……? 아, 그런 이유로 하코다테에 시찰을 간 것인데 가이 군도 그런 점을 잘 알기 때문에 둘이 협의해서 상당히 느낌이 좋은 가게로 만들 수 있었다고 생각합니다. 사실은 그 가게에서 차로 십오 분도 걸리지 않는 곳에 멋진 골프 코스가 있어서요." 그는 패널 속 고양이에 못지않은 웃음을 지었다. "가이 군도 골프라면 사족을 못 쓰기 때문에 아침에는 매일 함께 코스를 돌고 다음에는 해가 질 때까지 일만 했습니다. 엿새 내내 그랬죠. 부끄러운 이야기입니다만, 뭐가 진짜 목적이었는지 구분이 안 갔죠."

하자마는 쾌활하게 웃으며 남은 맥주를 들이켰다. 나는 담배에 불을 붙였다. 그는 서류 선반 위에서 재떨이를 꺼내 내 앞에 놓았다.

"저는 담배를 끊은 지 일 년 되었습니다. 코스에 나가면 숨이 차서요. 덕분에 비거리가 30야드는 늘었어요." 아들 키가 30센티미터나 자랐어도 이만큼 자랑스러워하지는 않을 것이다. 금연이 골프에 얼마나 도움이 되는지 더 떠벌리기 전에 한 가지 더 묻고 싶은 것이 있었다.

"그런데, 요시로 씨는 왜 그 많은 빚을 지게 된 건가요?"

하자마는 눈썹을 살짝 찌푸렸다. "이건 여기서만 하는 이야기이니 오프 더 레코드로 해주시지 않으면 난처합니다. R사의 한 중역에게서 노름빚이라는 이야기를 들었습니다. 뭐 이제는 전처럼 자기 마음대로 쓸 수 있는 큰돈이 있을 리가 없으니 회사로서 걱정하는 것은 아니지만 친구로서는 좀 걱정이 됩니다. 지금은 그런 눈치가 보이지 않지만 노름은 병이라고 하니까요. 될 수 있으면 가이 군 아버님 쪽에서도 조금 타일러주시면 좋겠는데⋯⋯."

나는 고개를 끄덕였다. 이 남자의 이야기가 거짓말이 아니라면 가이 요시로에게는 일단 알리바이가 있는 셈이다. 가이 요시로의 '경제적인 문제'도 밝혀졌다. 그 해결을 위해서는 3월 말 이전에나 5000만 엔이 필요했지, 5월 중순이 지나서 6000만 엔이 생겨봐야 아무런 효과가 없었다는 이야기가 된다. 그 확실한 증거를 찾는 것은 경찰이 할 일이다. 가무라 지아키와 달리 가이 교수 집안 아들들의 존재는 비밀이 아니었다. 장남인 요시쓰구는 소속된 프로덕션을 통해 경찰이 간단한 조사를 했다. 하자마의 입에서 그런 이야기가 나오지 않는 것으로 보아 가이 요시로는 하코다테의 관할 경찰서에서 직접 조사했는지도 모른다. 아쿠쓰와 호소노 쪽에서 그럴듯한 용의자가 수사본부의 그물에 걸리지 않는다면 마카베, 가이 두 집안의 주변도 더 엄격한 수사 대상이 될 것이다. 그때는 가이 집안 아들들의 흑백이 가려지리라. 나는 가이 교수가 납득할 만한 보고를 할 수 있으면 의뢰받은 책임을 다 하는 셈이 된다.

나는 담배를 끄고 일어섰다. "덕분에 큰 참고가 되었습니다. 그렇다면 의뢰인의 걱정은 90퍼센트 가량 해소될 겁니다. 그럼 이만."

하자마는 바깥 가게까지 나를 배웅하러 나와 계산은 하지 말고 앞으로 자주 이용해달라고 했다. 나는 그럴 생각이 없었기 때문에 굳이 돈을 지불하고 가게를 나왔다.

22

시부야에서 공중전화로 가이 교수 집에 전화를 걸었을 때는 아무
도 받지 않았다. 하지만 사무실로 돌아와 다시 다이얼을 돌리자 통
화중 신호음이 들려왔다. 메지로 경찰서에 출두하기 전에 어떻게든
의뢰인과 이야기를 해두고 싶었다. 전화 응답 서비스로 전화를 걸자
처음 듣는 목소리의 여성 오퍼레이터가 받았다. 메지로 경찰서의 오
사코 경부보가 전화를 한 통 했을 뿐이라고 알려주었다. 나는 사가
라가 상의 주머니에 쑤셔 넣은 하시즈메의 두툼한 봉투를 꺼내 책상
맨 아래 서랍에 넣고 자물쇠를 채운 뒤 담배에 불을 붙였다. 그리고
아래층 우편함에서 가져다 책상 위에 던져두었던 '종이비행기'를 바
라보았다.

날개를 특이하게 접은 비행기였다. 펼쳐보니 '시네마 하우스 JJ'라

는 비디오대여점 전단지였다. 요즘 들어온 비디오테이프 광고 여백에 눈에 익은 볼펜 글씨가 적혀 있었다.

갑자기 여기 벚꽃이 보고 싶어져서 지난달에 돌아왔네. 그 뒤로 오키나와 여기저기서 지냈지. 나이는 이길 수 없군. 오른쪽 무릎에서 오른쪽 발에 걸쳐 신경통이 생겨 따스한 그 지방을 떠날 생각이 들지 않았네.
거리 텔레비전으로 세이와카이 간부가 저격당했다는 뉴스를 보고난 뒤 나도 모르게 여기까지 왔더군. 이젠 술도 별로 마시지 못하는 영감이야. 그럼 또.

                                                              – W

재작년 가을 이후 처음 받은 와타나베 겐고의 소식이었다. 오사코 경부보가 내 정체를 마카베 오사무에게 이야기하고, 몸값 전달을 하지 못하게 하려고 했을 때 이야기가 나온 옛날 파트너 와타나베다. 니시고리 경부의 선배인 전직 형사로, 팔 년 전에 세이와카이의 각성제 거래에 경찰의 미끼로 협력하기로 했지만 거래 현장에서 현금 1억 엔과 각성제 3킬로그램을 강탈해 도망친 남자였다. 그 무렵 이미 심각한 알코올 의존자였는데, 달리 쓸 일도 없는 거금이었겠지만 삼분의 일은 알코올로 변했으리라. 그때 사건을 담당했던 니시고리, 와타나베를 찾아 이 사무실에 쳐들어온 세이와카이 간부 하시즈메와의 악연도 그때 맺어졌다. 와타나베는 사건이 있던 날 이후 한 번도 얼굴을 본 적이 없는데 잊을 만하면 종이비행기 소식과 함께 나타나 종이비행기를 남기고 사라졌다.

나는 전단지를 구긴 뒤 일회용 라이터로 불을 붙였다. 그러고는 와타나베가 사용하던 W자 모양 유리 재떨이 안에서 W자뿐인 서명이 불에 타는 모습을 잠시 바라보았다. 전화를 걸려고 손을 전화기로 가져간 순간 사기꾼 초능력자가 보여주는 묘기처럼 전화벨이 울리기 시작했다.

"네, 와타나베 탐정사무소입니다."

"가이 마사요시입니다. 어젯밤부터 전화를 드렸는데 계속 부재중이라……"

"미안합니다. 지금 댁으로 전화하려던 참이었습니다."

"사실은 사야카가 그만……. 어젯밤에 시체로 발견되어서……." 그는 말을 잇지 못했다. 비록 전화지만 자기 자식을 잃은 듯한 비통한 심정이 전달되는 듯했다.

"그건 알고 있습니다. 안타깝습니다. 뭐라 위로의 말씀을 드려야 할지 모르겠군요."

"감사합니다. ……그러셨군요. 알고 계셨습니까?" 그는 코를 훌쩍거리며 가래가 끓는 듯한 기침을 했다. "실례했습니다. 그래서 사실은 의뢰했던 조사 말입니다만 그야말로 부모의 쓸데없는 걱정이었습니다. 지금 돌이켜보면 부끄럽기 짝이 없습니다. ……결국 아무리 미덥지 못한 자식들이라도 사야카를 죽이지는 못할 테니…… 유괴 사건과 관련없다는 사실이 증명된 것이나 마찬가지라고 생각합니다. 그래서 사와자키 씨에게 더는 무의미한 일을 계속하게 하기는 죄송해서—."

"가이 교수님." 내가 말을 가로막았다. "배려는 감사합니다만, 역시 이미 조사가 끝난 부분에 관해서는 보고를 드려야겠군요."

"아…… 그러십니까? 그렇군요." 그는 넋이 나간 듯한 목소리로 말했다.

나는 장남 요시쓰구와 차남 요시로에 관한 조사 결과를 간략하게 이야기했다. 유괴에 관해서는 두 사람 모두 완전하다고는 할 수 없어도 99퍼센트 결백하다고 생각해도 좋을 것이라고 했다.

"삼남 요시키 씨는 아직 연락이 닿지 않았습니다." 내가 덧붙였다.

"아뇨, 요시키는 제가 직접 이야기했습니다. 사야카 장례식이 내일로 결정되어서 그걸 알려야만 했으니까요. 요시키는 대학 기숙사에 있었습니다. 그 녀석은 권투 선수인데 며칠 뒤 학생선수권을 앞두고 있답니다. 이달 16일부터 일주일간은 감량을 위해 기숙사에 틀어박혀 있었다더군요. 혹시나 싶어 담당 코치를 바꿔달라고 해서 자연스럽게 확인해보았습니다. 지난번 시합 때 기숙사에서 빠져나가 감량에 실패했기 때문에 이번에는 엄중한 감시를 붙여 한 걸음도 나가지 못하게 했다고 하더군요."

"그렇습니까? 그렇다면 틀림없겠군요." 나는 담뱃불을 끄면서 둥글게 말린 채 검은 재가 된 전단지를 눌러 부쉈다. "따님인 가무라 지아키 씨에 관해서는 아직 조사 단계라 확실치 않은 점이 있습니다."

가이 교수는 잠깐 침묵한 뒤에 심호흡하는 소리를 냈다. "사와자키 씨, 제가 전화를 건 까닭은 사실 지아키가 걱정되었기 때문입니다. 방금 지아키에게서 전화가 왔는데, 상당히 흥분한 상태라 무슨 이야기인지 제대로 알아들을 수 없었죠……. 자기는 제 딸이 아니라면서 어머니와 함께 오랫동안 저를 속여왔다고 계속 사과를 했습니다. 설마 그 이야기가 사실이라고는 생각할 수 없습니다. ……지아키는 그 사실을 안다는 걸 어머니에게 비밀로 해줄 수 없겠느냐고 울며 애원했죠. 도무지 무슨 이야기인지 모르겠더군요. ……제가 머릿속이 혼란스러워 제대로 대답도 못 하는데 전화가 끊어져버렸습니다."

가이의 목소리에서도 심한 동요가 느껴졌다. 무리가 아니다. 가장 가깝게 느꼈던 두 사람이 곁을 떠나가려 하고 있었다. 한 명은 영원히 돌아오지 않는다.

"옆에 아무도 없습니까?"

"예? ……아, 그건 괜찮습니다. 아내는 여동생을 따라 병원에 가 있으니까요. 누이는 너무 참혹한 사야카 시체에 충격을 받아 정신을 잃고 쓰러져 인근 응급병원으로 실려 갔습니다. 사야카의 모습은 정말……."

가이 교수의 마음이 가라앉을 때까지 잠시 기다려야만 했다. 그리고 나는 가무라 지아키에 관한 조사 내용을 대략 설명했다. 가무라 지카코가 동창회 안내라면서 지아키에게 건넨 메모 내용도 포함해서. 다만 유키의 집 이야기는 거의 언급하지 않았다. 지아키의 새 연락처도 알려주지 않았다. 그가 묻지 않았기 때문이기도 하지만 한동안 가무라 지아키와 유키의 집에는 아무도 접근하지 않는 편이 낫다고 생각했기 때문이다.

"도저히 믿을 수 없군요. 지카코가 이십팔 년간이나 내게 거짓말을 해왔다니." 가이 교수는 괴롭다는 듯이 말했다. "……하지만 800만 엔 이야기로 미루어보면 지아키도 역시 유괴 사건과는 관계가 없는 것 아닙니까?"

"아마도요. 그렇지만 저는 더 확실히 해두고 싶어 조사를 계속하고 싶습니다."

"그건 상관없습니다만…… 지아키가 내 딸이냐 아니냐 하는 문제는 건드리지 말아주세요. 저도 그 문제에 관해서는 사야카 일이 정리된 뒤에나 생각해볼 수 있는 상태라서—."

"또 한 가지 문제가 있습니다." 내가 말했다. "메지로 경찰서가 제게 출두를 요구했습니다. 대체 누구의 의뢰를 받아 무슨 조사를 하는지 알려고 들지도 모릅니다."

가이 교수는 깊은 한숨을 내쉬었다. "도통 마음 편할 틈이 없군요."

"저는 그런 경험이 한두 번이 아닙니다. 원하신다면 저는 대답하지 않을 작정입니다만—."

"아닙니다, 그러면 당신이 불편해지겠죠. 계속 내 생각만 이야기하는 것 같지만 지아키와 가무라 지카코 이야기만 잠시 덮어주신다면……."

"가이 교수님. 그럼 됐습니다. 경우에 따라서는 당신 이름과 세 아들을 조사한 사실은 경찰에 이야기해야만 할 상황이 될지도 몰라요.

하지만 그 이상의 내용을 털어놓는 일은 없을 겁니다."

그는 거듭 고맙다고 했다. "이런 이야기를 당신에게 해봐야 소용 없겠지만…… 악몽 같은 하루하루입니다. 음악을 생활 수단으로 삼아 편하고 한가롭게 사십 년이나 살다보니 이런 일에는 완전히 무력해지는 모양입니다. 아내와 내 상복을 찾아 마카베 집으로…… 사야 카를 위한 쓰야죽은 이를 기리기 위해 밤샘하는 일본 장례 절차에 가봐야 하는데, 나는 어떤 옷장에 있는지도 모르는 상태입니다. '바이올린은 어떻게 켜는가'라는 것은 이 나라 누구보다 잘 안다고 자부하지만 그 이외에는 그야말로 아무것도 모르겠군요."

가이 교수의 푸념이 한동안 이어질 것 같았다. 아마 어떻게 통화를 마무리 지어야 좋을지 모르기 때문이리라.

"아까 경찰에서 연락이 왔어요. 오늘 밤 11시에 보도관제를 해제해야 하기 때문에, 분명히 매스컴의 맹렬한 취재 공세가 있을 거라더군요. 혼란을 겪지 않도록 준비해두는 게 좋겠다고 충고를 받았습니다. 갑자기 그런 이야기를 들으면 글쟁이인 마카베나 교사인 나로서는……."

"그건 뾰족한 대책이 없을 겁니다. 마카베 씨와 관계있는 출판사에 연락해 도움을 받으면 어떨까요? 마카베 씨 경우에는 그런 일을 잘 알 테고 익숙하기도 할 테니 방어벽을 잘 만들어줄지 모르죠."

"아, 그건 생각하지 못했네요. 가서 마카베에게 이야기를 해보겠습니다."

"요시히코 군은 어떻습니까?" 내가 물었다.

"여동생이 요시히코와 떨어져 있으려 하지 않아 함께 병원에 가 있습니다. 그 애도 필요 이상으로 책임감을 느끼기 때문에 지금은 사야카의 시신과 집에 있기보다 어머니를 돌보며 곁에 있는 편이 나을 겁니다. 마카베가 사실은 저보다 몇 배나 슬프고 고통스러울 겁니다만…… 이를 악물고 견디면서 상황에 냉정하게 대처하고 있어 불행 중 다행이다 싶습니다."

나는 내일 마카베 사야카의 장례식 시간과 장소를 알아낸 다음 전화를 끊었다.

죽은 사람을 두고 하는 대화는 직접 죽음을 언급하지 않더라도 우울해지기 마련이다. 나는 책상을 떠나 건물 뒤 주차장이 내려다보이는 창문으로 다가갔다. 블라인드를 올리자 오후 6시가 지난 5월 말의 오후는 아직 낮이라고 해도 괜찮을 만큼 환했다. 담배에 불을 붙이고 주차장 건너편 거리를 내려다보았다. 물론 마카베 요시히코의 모습은 보이지 않았다. 그것은 지난 일이었다. 예전 파트너인 와타나베의 모습도 보이지 않았다.

와타나베는 그 사건 이후 이 창문을 올려다보기 위해 대체 몇 번이나 이곳에 돌아왔을까. 돌이킬 수 없는 단 한 번의 과오에 대한 책임을 지기 위해, 사람은 적극적으로 전진하는 것처럼 보이는 경우도 있고 주춤주춤 뒷걸음질 치는 것처럼 보이는 경우도 있다. 하지만 진짜 겉으로 보이는 모습 그대로인지 어떤지는 다른 사람이 쉽게 알 수 없는 일이었다. 나는 블라인드를 거칠게 내렸다.

사무실을 나오려 할 때 다시 전화벨이 울렸다. 메지로 경찰서의 오사코 경부보였다. 투덜거리기 전에 삼십 분 이내로 거기 도착할 거라 이야기하고 수화기를 내동댕이쳤다.

23

메지로 경찰서 수사본부는 무거운 분위기에 휩싸여 있었다. 수사
과 입구에 서자 오사코 경부보가 나를 발견하고 책상을 돌아 묵직한
걸음걸이로 다가왔다. 무로오 형사는 자동차 수리공 스타일의 위아
래가 연결된 작업복을 입은 남자에게 조서를 받고 있었고, 가지키
경부는 헤드폰을 쓴 채 테이프레코더에서 나는 소리에 귀 기울이고
있었다. 모리 수사과장은 책상에 펼쳐놓은 현장 사진을 보던 시선을
들어 나를 똑바로 바라보았다. 모든 수사관의 얼굴에 피로와 초조,
짜증이 드러났다. 수사에 아무런 진전이 없다는 것은 물어볼 필요도
없었다.

　　오사코 경부보는 나를 복도 맞은편에 있는 취조실로 안내하더니
잠시 기다리라고 하고 방을 나가려 했다. 그가 문 앞에 멈춰 서서 가

시 돋친 목소리로 말했다. "피해자 시체가 발견된 건 알지?"

나는 저녁놀 때문에 희미하게 빛이 드는 창문을 등지고 의자에 앉으며 고개를 끄덕였다.

"지금 당신에게 들어서."

오사코는 사마귀가 있는 눈썹 아래의 충혈된 눈으로 나를 쏘아보았다. "조금 있다가 여러 가지 물어볼 것이 있어." 오사코는 빠른 말투로 그렇게 말하고 방을 나갔다. 경찰관이 즐겨 쓰는 위협 문구 가운데 하나지만 박력이 없어 그냥 말 그대로의 의미로밖에 들리지 않았다.

잠시 기다리자 복도에서 발소리가 들렸다. 가지키 경부와 함께 오사코가 돌아왔다. 가지키는 말없이 한쪽 벽 가까이 놓인 의자에 걸터앉았다. 오사코가 그 벽 한가운데 있는 사방 50센티미터쯤 되는 미닫이창을 열더니 내게 이리로 오라고 말했다. 옆으로 가자 약간 검은색을 띤 유리창 너머로 옆방이 또렷하게 보였다. 용의자를 확인하기 위한 방이었다. 바로 무로오 형사와 제복 경찰관이 각자 한 명씩 남자를 데리고 들어왔다. 아쿠쓰와 호소노였다. 오토바이 슈트, 가죽점퍼에 청바지 차림이던 그날 밤과 같은 복장이지만, 맨발에 경찰이 지급한 것인지 빌린 것인지 모를 샌들을 신은 모습은 뭍에 오른 갓파다른 동물을 물로 끌어들여 흡혈한다는 상상 속 동물처럼 불안해 보였다. 두 사람은 미리 준비되어 있던 접의자에 이쪽을 향해 앉았다. 수갑은 차지 않았다. 우리를 보는 듯했지만 초점은 우리 쪽에 미치지 못하는 거리에 맺혀 있었다. 아쿠쓰는 눈에 보이는 무엇인가를 경멸하는 듯한 표정이었다. 유리 뒷면이 거울로 되어 있어 아마 저쪽에서는 거기 비친 자기 모습이 보일 것이다. 아쿠쓰에 비해 수염이 난 호소노의 얼굴은 야윈 느낌이 들었고, 눈도 흐리멍텅했다.

가지키 경부가 사무적인 목소리로 내게 물었다. "이달 19일 밤, 정확하게 이야기하자면 20일 오전 0시 5분부터 10분 사이에 간파치 길에 있는 심야 레스토랑 엘 구루메의 주차장에서 널 습격한 2인조가 저 둘인가?"

"습격 몇 분 전에 유괴범이 건 전화를 장난치며 바꿔준 건 분명히 저 두 명—100퍼센트 틀림없고."

경시청 경부와 관할 경찰서 경부보는 잠이 부족한 얼굴을 마주보았다.

가지키가 물었다. "무슨 소리지?" 이어서 오사코가 물었다. "습격한 건 저 녀석들이 아니라는 건가?"

"아마 저 친구들일 거야." 내가 대답했다. "하지만 주차장은 어두웠고 느닷없는 일이었기 때문에 난 습격한 녀석들의 팔과 다리 움직임에 집중해야만 했지. 분명히 둘 중 한 명은 역도 선수 못지않은 체격이었고, 또 한 명은 키가 컸어. 얼핏 본 얼굴도 저 녀석들과 비슷해. 하지만 절대로 저 녀석들이라고 단언할 수는 없지. 특히 헬멧을 쓴 키 큰 남자 쪽은 만약 같은 체격에 얼굴 생김새도 비슷한 다른 남자가 자신이 범인이라고 나선다면 어느 쪽이 진짜인지 분간할 수 없을 거야. 저 녀석들이 틀림없다고 생각하지만 100퍼센트는 아니라는 이야기지."

가지키가 쓸쓸한 표정으로 말했다. "신중한 것도 좋지만 더 현실적인 증언을 해줘. 그런 경우에는 틀림없다고 하면 되는 거야."

오사코가 엿보는 창을 닫고, 옆쪽 벽에 있는 인터폰 버튼을 누르고 말했다.

"무로오 형사, 녀석들 이리 데리고 와."

나는 긴 테이블을 사이에 두고 가지키의 맞은편에 앉았다. 오사코가 입구 옆 선반에서 알루미늄 재떨이를 꺼내 세 사람 사이의 등거리를 가늠하듯이 테이블 위에 내려놓았다. 오사코는 앉으려고 하지 않고 벽에 등을 기댄 채로 와이셔츠 가슴 주머니에서 담배를 꺼냈다. 가지키도 회색 정장 상의 주머니에서 담배를 꺼냈다. 둘 다 비슷하게 생긴 흰 담뱃갑이었다. 아마 '세븐스타' 아니면 '마일드세븐'이거나 '마일드세븐 멘톨', '마일드세븐 라이트' 가운데 두 종류이리라. 본인들도 구분할 수 있을지 의문이다. 담배를 입에 물자 오사코가 '마일드세븐 FK'라는 광고가 들어간 라이터로 나와 가지키의 담배에 불을 붙였다.

출입문이 열리고 엿보는 창으로 본 네 사람이 들어왔다. 무로오 형사가 아쿠쓰의 팔을, 제복 경찰관이 호소노의 팔을 잡고 두 사람을 우리 앞에 세웠다.

무로오가 귀찮다는 목소리로 두 사람에게 물었다. "그날 밤 너희가 심야 레스토랑 주차장에서 덮친 상대가 이 안에 있나?"

호소노가 나를 가리키며 작고 고분고분한 목소리로 대답했다. "이 사람입니다."

"이게 뭐야?" 아쿠쓰가 입을 비죽 내밀며 무로오에게 덤벼들었다. "이쪽에 담배 피우는 두 사람은 어제부터 우리를 취조하던 형사잖아? 이런 엉터리가 어디 있어?"

아쿠쓰에게는 아직 반항할 기운이 남아 있는 모양이었다.

"그래서 뭐가 어쨌다고?" 무로오는 모조 불상 같은 얼굴로 태연하게 대꾸했다. "이 안에 너희가 덮친 남자가 없어? 미리 말해두지만 지금 위증죄까지 더하고 싶다면 얼마든지 다뤄주겠어."

아쿠쓰는 내키지 않는 듯한 눈초리로 무로오를 노려보았지만 결국은 낮은 목소리로 말했다. "저 사람입니다. 뻔히 다 알면서."

"저 사람이라고 하면 모르잖아. 확실하게 지목해!" 무로오가 호통을 쳤다.

아쿠쓰는 입술을 깨물며 마지못해 나를 가리켰다.

"저어……." 호소노가 내 쪽으로 한 걸음 다가서려고 하자 제복 경찰관이 제자리로 물러서게 했다. "우리는 나쁜 생각이 있어서 그랬던 건 아니에요. 당신이 그 여자를 협박하고 있다는 이야기를 듣고 협박하지 못하게 할 생각으로……."

"그런 말을 믿었나?" 내가 말했다. "너희에게 거짓말이 아니라 사실을 이야기할 사람은 차림새를 보고 폭주족이라고 여겨 겁먹은 사람뿐일 거야. 돈을 주고 너희를 이용하려는 사람이 사실대로 말할 리가 없잖아. 그런 것도 모르나?"

"우린 폭주족이 아니라니까." 아쿠쓰가 대꾸했다.

"지금은 아무리 좋게 이야기해도 그렇게 보이지는 않아. 샌들을 신고 잔뜩 풀이 죽어 있으니까. 하지만 그날 밤 레스토랑에서는 어떻게 보였을지 스스로 상상해보면 돼. 그럴 생각은 없었다고 해도 그게 너희 진짜 모습이야."

가지키가 담배를 재떨이에 던져 넣고 말했다. "이제 됐어. 이 녀석들에게 설교를 늘어놓아봤자 아무 소용없지. 유치장으로 돌려보내."

네 사람은 줄지어 문 쪽으로 향했다. 무로오 형사가 도중에 내 어깨에 야구 글러브 같은 손을 얹고 말했다. "더 있다 가, 탐정."

우리는 수사과로 이동했다. 오사코 경부보가 심야 레스토랑 주차장에서 일어난 '상해' 사건에 관한 내 진술서를 받았다. 일부러 시간을 끄는 듯했다. 진술을 마쳤을 때는 8시가 넘은 시각이었다. 진술서에 서명을 하는데 수사과 입구에 이사카 경시가 나타났다.

"경부보. 그쪽 일이 끝나면 그 사람을 안쪽 회의실로 데리고 와줘." 그렇게 말하고 이사카는 바로 돌아섰다. 혼자만 피로한 기색이 얼굴에 드러나지 않는 것으로 보아 집에서 푹 쉬고 나왔는지도 모른다. 아마 이사카라는 남자는 실수를 해서 강등당하지 않는 한 저 빈틈없는 사업가 같은 표정이 바뀔 일은 없을 것이다.

"가지." 오사코가 말하며 천천히 일어섰다.

나는 오사코를 쳐다보며 말했다. "내가 여기서 이대로 경찰서 현관을 나간다면 어떻게 되지?"

"뭐라고?" 오사코가 버럭 소리를 질렀다. 사마귀가 있는 눈썹과 없는 눈썹이 달라붙을 것 같았다. "이 방에서 아무런 저항도 없이 멋대로 나갈 수 있다고 생각하나!"

그 소리를 들은 형사들이 일제히 우리를 돌아보았다. 수사과 전체가 갑자기 조용해졌다.

"아니, 별 문제 없을 거야." 수사과장 자리에서 모리 경부가 기지개를 펴며 일어섰다.

그는 하품을 참으며 우리 쪽으로 다가왔다. "아마 지친 형사 한명이 당신에 대한 임의 출두 절차를 밟고, 다른 지친 형사가 당신 사무실이나 아파트에 몇 번씩 헛걸음을 하게 될 테지. 다음에는 또 다른 지친 형사가 당신 체포영장을 청구하기 위해 법원까지 무거운 발걸음을 옮겨야 하겠지만 쉽게 발부받을 수 있을 거야. 우릴 그렇게 번거롭게 만들 텐가? 수사를 방해하면 마음이 개운치 않을 텐데."

"전혀. 국민의 종이 오로지 직무에 열중하는 모습은 납세자에게 매우 흐뭇한 광경이지." 나는 대답하며 의자에서 일어섰다.

"아, 그런 소리 하지 말고—." 모리 수사과장이 쓴웃음을 지으며 내 옆을 지나 출구 쪽으로 향했다. "감식 쪽에서 피해자에 대한 상세한 검시 소견과 더 정확한 사망 추정 시각도 들어와 있을 거야. 더 있다가 가도 괜찮지 않겠나?"

이번에는 내가 쓴웃음을 지을 차례였다. 나와 오사코 경부보는 모리 수사과장의 뒤를 따라 수사과를 나왔다.

24

우리는 취조실 앞 복도를 지나 그 끝의 표찰이 걸려 있지 않은 방으로 들어갔다. 열흘 전 밤, 유치장에서 풀려났을 때 가장 먼저 데리고 갔던 곳이었다. 다섯 평쯤 되는 공간에 긴 테이블을 ㄷ자 모양으로 배치한 회의실 같은 방이다. 시간이 조금 이르다는 점과 메지로 경찰서 오치아이 서장, 그리고 신주쿠 경찰서의 니시고리 경부가 없다는 점만 제외하면 지난번과 조금도 다를 바가 없었다.

이사카 경시는 방 안쪽 창문을 등지고, 그날 밤에 오치아이 서장과 내가 앉았던 위치의 정확하게 한가운데에 2인분의 권위를 대표하기라도 하듯 앉아 있었다. 그리고 왼편 벽 쪽의 지난번과 같은 자리에 앉은 가지키 경부와 작은 목소리로 이야기를 나누었다. 두 사람 앞에 있는 테이블에는 각자 가죽과 비닐이라는 차이가 있지만 비

숫하게 생긴 검은색 서류 파일이 놓여 있었다. 모리 수사과장과 오사코 경부보는 오른편 벽 쪽에 나란히 앉았다. 나는 마음을 새롭게 할 생각으로 니시고리가 앉았던 바로 옆자리로 위치를 바꾸어보았지만 결국 이사카 경시와 거의 정면으로 마주 보는 자리라서 지난번과 별로 다를 바가 없었다.

이사카와 가지키는 우리가 들어온 사실을 그제야 알았다는 듯이 대화를 멈추고 자세를 고쳐 앉았다. 가지키가 이사카의 허락을 얻는 듯한 몸짓을 하고, 내 쪽을 향해 앉았다. 선발투수로 마운드에 설 선수는 가지키 경부 쪽인 모양이었다.

"탐정, 자넨 자칫하면 공무집행 방해죄에 걸릴 우려가 있다는 건 알 테지?"

"형사가 말머리에 그런 소리를 할 때는 그럴 염려가 없을 때지. 만약 그럴 우려가 있다면 벌써 체포당해 취조를 받고 있을 거야."

가지키는 내 의견을 무시했다. "자넨 유괴범으로 여겨지는 인물에게서 게이주엔이란 양로원으로 호출을 받은 즉시 우리에게 연락해야 했어. 양로원에서 피해자 마카베 사야카의 시체를 발견했을 때도 즉시 우리에게 연락해야 했고. 그리고 틀림없이 아쿠쓰 다카오를 미행해서 그가 숨어 있던 오쓰키 마리코의 집을 찾아냈을 텐데, 그때도 바로 우리에게 연락했어야 해. 적어도 오쓰키 마리코의 집에서 나가기 전에는 우리에게 신고했어야 하지. 이 경우에는 폭행상해 범인 은닉, 도주 방조죄까지 묻게 될지도 몰라."

"그렇게 장황하게 협박하는 방법은 어디서 배웠지? 이야기를 다

듣고 나니 맨 앞에 뭐라고 했는지 기억도 나지 않는군."

가지키 경부가 꾹 참고 말했다. "협박하는 게 아니야. 자네는 우리에게 왜 비협조적이냐고 묻는 거지."

"비협조적이라고 생각하지는 않는데. 범인이 호출 전화를 했다는 사실은 신주쿠 경찰서 니시고리 경부에게 이야기했어. 양로원 집회에는 순찰차를 탄 경관도 초대받은 모양이니 시체는 분명히 발견할 거라고 생각했고. 아쿠쓰는 분명히 자수할 거라는 확신이 있었지. 게다가 경부보 일행이 급히 달려왔으니 도망칠 수는 없을 거라고 판단한 거지."

"그것만으로는 충분하지 않다는 걸 알 텐데."

"그건 당신들 판단이지. 내겐 내 판단이 있어."

"이제야 진심이 나오는군. 자네 판단이란 게 뭔가? 자넨 대체 뭘하는 거야? 유괴범을 찾아내겠다는 건가?"

"당연하지." 내가 대답했다. "한밤중까지 돌아다니며 내가 남의 집 문패 도둑질 같은 거나 하는 줄 아나?"

"그건 우리 일이야. 일반 시민은ㅡ."

"난 거금 운반을 의뢰받았는데 그 돈을 빼앗겼어. 돈을 빼앗은 인간ㅡ아쿠쓰 같은 하수인이 아니라 최종적으로 책임져야 할 인간을 말하는데, 그놈을 경찰이 검거하지 않는 한 나는 그놈을 계속 찾을 거야. 막고 싶으면 정식으로 법적 절차를 밟아 날 구속하면 돼. 그럴 수 없다면 서로 협력하는 방법밖에 없겠지. 모처럼 이만한 머릿수가 모였는데 좀 더 시간 낭비가 없도록 이야기할 순 없겠나?"

방 안에 있는 네 명의 형사는 아무도 안색에 변화가 없었다. 아무런 반응도 보이지 않았다. 어떤 반응을 보여야 좋을지 바로 결정하지 못하는 것이다. 내 태도가 그들의 예상 밖이었다는 이야기가 된다. 그들의 수사가 이 지경으로 제자리걸음을 하고 있으리라고는 상상도 하지 못했다.

　마치 타이밍을 재고 있었다는 듯이 출입문이 열리더니 무로오 형사가 '실례하겠습니다'라며 들어왔다. 벗은 상의와 함께 조서 파일 같은 것을 들고 있었다. 그는 가지키 경부와 나 사이의 빈자리에 큼직한 몸집을 내려놓더니 이마에 흐르는 땀을 걷어 올린 와이셔츠 소매로 쓱 닦았다.

　이사카 경시가 드디어 태도를 결정한 듯이 몸을 앞으로 내밀었다. "분명히 자네 의견에도 일리가 있어. 자네가 이번 사건의 수사에 관여하는 걸 승인하기는 힘들지만, 가장 중요한 것은 마카베 사야카 유괴 살인의 범인을 검거하는 일이지. 서로 완전히 공통된 목적을 지녔다는 건 분명해." 그의 얼굴에는 이런 임기응변 재주가 자랑이라고 적혀 있었다. "따라서 우린 협력 가능한 처지에 있지. 아니 오히려 적극적으로 협력해야만 할 처지라고 해야 할 거야."

　형사들은 놀란 표정으로 수사 책임자의 얼굴을 뚫어지게 바라보았다. 도중에 들어온 무로오 형사는 어처구니없다는 표정을 지으며 못마땅하다는 듯이 입안으로 투덜거리고 있었다. 확성기에 연결하면 '그런 말도 안 되는 소리가 어디 있나?'라는 대사가 들릴 게 틀림없었다.

"무로오 형사." 이사카가 선수 쳐 그를 불렀다. "자네 조사의 경과를 들려줘. 카메라맨이라는 남자가 고엔지미나미 부근의 간나나 길및 오우메가도 주변 오토바이 전문점이나 수리점, 자동차 액세서리점 등에 이달 19일에 집중적으로 전화한 일에 관한 조사는 자네 담당이었지?"

"예. 하지만…… 이 녀석 앞에서…… 말인가요?" 이 녀석이란 물론 나를 가리키는 말이었다.

"그래. 무슨 문제 있나?" 이사카가 싸늘한 목소리로 말했다. 나는 무로오가 측은해지기 시작했다.

"아뇨." 무로오가 대답하더니 상의와 함께 옆 의자에 내려놓은 파일을 테이블 위로 옮겨 펼쳤다.

"결론은 확실합니다." 무로오가 무뚝뚝하게 말했다. "그 사진가는 자기 이름을 '가노'라고 밝히고—한자로 어떻게 쓰는지는 모릅니다만 어차피 가명일 겁니다—조사된 것만으로도 오토바이 관련 점포 일곱 곳에 전화를 걸어 오토바이를 타는 사람 가운데 그럴 듯한 피사체를 찾고 있다고 했습니다. 될 수 있으면 두세 명이 함께 타는 라이더에 체격이 크고 거친 느낌이 드는 녀석들이 좋다, 폭주족은 좀 곤란하지만 이야기가 통할 만한 녀석들이라면 폭주족이어도 상관없다고 했답니다. 그리고 마땅한 라이더가 있다면 교섭은 직접 할 테니 연락처를 알려주면 좋겠다, 쓰게 되면 소개료는 지불하겠다, 큰 출판사 일이기 때문에 사례가 결코 적지 않다. 대략 이런 내용의 전화였다고 합니다. 일곱 점포 가운데 두 곳은 바빠서 거절했지만,

나머지 가게들이 총 아홉 명의 오토바이 라이더를 소개한 것으로 밝혀졌습니다. 그리고 간나나 길에 있는 '이부키 모터스'라는 오토바이 수리점에서 아쿠쓰의 연락처를 가르쳐주었습니다. 전화받은 일곱 명을 통해 카메라맨이라는 남자의 특징을 확인하는 중입니다만 성인 남자라는 사실 이외에는 현재 단서가 될 만한 내용이 전혀 없습니다. 다만 아쿠쓰 일당에게 전화를 건 남자와 동일할 가능성이 매우 높다고 봅니다. 이상입니다."

이사카는 한숨을 내쉬었다. "말하자면 아쿠쓰, 호소노와 오토바이 관련 점주들에게서 유괴범에 관해 캐내기는 매우 힘들다―그런 이야긴가?"

"아마도요." 무로오가 대답했다. "어쩌면 전화를 건 남자가 고엔지미나미 부근을 잘 아는 사람일지도 모릅니다."

"왜지?" 가지키가 물었다. "직종별 전화번호부나 오토바이 관련 잡지만 한 권 있으면 그 지역을 잘 알아야 할 필요는 없을 텐데."

무로오 형사는 굳이 반박하지 않고 고개를 끄덕였다. 이사카 경시가 '켄트 마일드'에 불붙인 것을 신호로 가지키 경부와 모리 경부도 담배를 꺼냈다. 오사코 경부보가 지난번과 같은 자리에서 일어서더니 쇠창살 달린 창문을 열었다. 밤 냄새 나는 공기가 흘러들어왔지만 방 안에 가득 찬 무거운 공기를 바꾸지는 못했다.

나를 습격하라고 의뢰한 인물을 아쿠쓰와 호소노를 통해 밝혀내기는 쉽지 않을 거로 예상했다. 하지만 인원과 시간을 풀가동한 경찰 수사라면 나름의 성과를 거둘 거로 기대는 했다. 오토바이 쪽을 비롯해 마작이나 경륜, 경정을 하면서 알게 된 사람, 나아가 직장, 주거지, 출신지에 이르기까지의 행동반경을 꼼꼼하게 체크하는 끈기 있는 수사가 될 거라고도 생각했다. 설마 이렇게 간단하게 그 단서를 끊어버릴 줄은 상상도 하지 못했다.

이사카가 손목시계를 보자 가지키도 따라서 시계를 들여다보았다. 수사본부가 얼마나 곤혹스러워하는지 또렷하게 알 수 있었다. 거의 아무런 수확도 없이 세 시간 뒤로 다가온 보도관제 해제에 대처해야만 하는 것이다. 매스컴 너머에는 훨씬 더 까다로운 국민들의 이목과 비판이 기다린다……. 나는 담배에 불을 붙이고, 방 안 공기를 나쁘게 만드는 데 가담했다.

"이런 상황이야." 이사카 경시가 단정하듯 말했다. "앞으로 수사는 피해자의 감금 및 살해 현장으로 보이는 양로원에 대한 철저한 검증, 그리고 피해자 가족 및 주변에 대한 조사가 중심이 되겠지." 그는 담배 연기를 뿜어내며 나를 바라보았다. "자네도 알 테지만 이 나라에서 유괴 사건, 특히 어린이 유괴 사건 대부분은 피해자의 근친자나 친척, 지인이나 친구 혹은 피고용인 등이 저지르지. 그 가운데는 영리보다 원한이 더 강한 동기인 경우도 있어. 이번 사건의 경우 그런 견해와 어긋나는 면이 많은 건 사실이야. 범인은 목소리를 들려줘도 아무 상관이 없다는 듯이 전화를 여러 차례 걸었고, 몸값의 금액이나 전달 방법 등도 계획적인 전문 범죄자의 짓으로 보이는 상황이기는 해. 인질 살해에 관해서는 양론이 있을 걸세. 어쨌든 피해자 가족 주변에 범인이 숨어 있을 가능성은 충분하고, 당장은 그쪽 수사를 기대할 수밖에 없네. 그래서 말인데—." 이사카는 담배를 재떨이에 눌러 끄고 얼굴 앞에 떠도는 연기를 손을 저어 밀어냈다.

"우리는 자네가 누군가의 의뢰를 받아 이 사건에 관한 조사를 계속하고 있다는 사실을 알아."

니시고리 경부일 것이다. 경찰관의 연대 의식을 생각하면 별로 신기한 일은 아니다.

이사카가 말을 이었다. "이 유괴 사건을 아는 사람은 아직 몇 명 되지 않으니 누구 의뢰를 받았는지 짐작이 가지 않는 건 아니야. 우리가 알고 싶은 것은 그 인물이 무엇을 조사해달라고 자네에게 의뢰했는가, 혹은 대체 무엇 때문에 그런 조사를 자네에게 의뢰할 필요가 있는가, 그 이유일세. 특히 우리 경찰에게 그런 사실을 비밀로 하면서까지."

나는 뜸을 들이며 천천히 담배를 껐다.

"대답해." 가지키가 끼어들었다. "우리는 서로 협력하기로 합의했을 텐데."

"의뢰인 같은 건 없어." 내가 대답했다. "니시고리 경부를 놀려주었을 뿐이야. 니시고리가 내가 하는 말은 믿을 만하지 않다고 강조하지 않았나? 만약 내가 그에게 한 말을 믿는다면—."

"거짓말!" 무로오가 소리를 질렀다. "너 같은 녀석이 돈도 받지 않고 이런 사건에 계속 머리를 처박고 있을 리가 없어. 누구에게 돈을 받고 졸랑졸랑 냄새를 맡으며 돌아다니는 거지. 그리고 운이 좋으면 6000만 엔이라는 떡도 차지하려는 속셈일 테고."

나는 이사카에게 말했다. "우리는 협력해야 한다고는 했는데 여기 있는 목청 큰 바보도 '우리'에 속하나?"

"뭐라고? 이 새끼가!" 무로오가 호통을 치며 일어섰다. 접의자가 뒤로 넘어갔다. 무로오 앞에 있는 긴 테이블의 다리가 삐걱삐걱 신경 긁는 소리를 내며 앞으로 밀렸다. 진짜 요란한 친구다. 무로오가 마음에 들 것 같았다. 단, 경찰만 아니라면.

"침착해, 무로오!" 오사코 경부보가 호통을 쳤다. "머리 좀 식혀. 십 년 넘게 경찰 밥을 먹었으면서 겨우 이만한 도발에 발끈해서 어쩌겠다는 거야."

"무로오 형사. 잠시 자리를 비켜." 이사카가 항의할 여지가 없는 말투로 명령했다.

무로오는 나를 노려보며 '제기랄'이라고 욕을 하고 쓰러진 의자를 일으켜 세우더니 상의와 조서 파일을 움켜쥐고 방을 나갔다. 가지키가 엉거주춤하게 일어서서 삐뚤어진 긴 테이블을 원래의 ㅁ자로 돌려놓았다. 모두가 내게 보이기 위한 연극이라는 느낌이 들지 않는 것은 아니었다.

"의뢰인이 없다는 이야기는 도저히 믿을 수 없군." 모리 수사과장이 말했다. 이 방에 들어와 처음으로 입을 연 듯했다. "만약 자네 입을 통해 의뢰인의 이름과 그 인물이 자네를 고용한 이유를 들을 수 없다면 우리는 결국 본인을 소환해서 직접 신문하게 돼. 피해자의 장례식이 내일이라 그러고 싶지는 않지만…… 어쩔 수 없겠지." 이쪽은 인정人情으로 밀어붙일 모양이었다.

"이런 식으로는 끝이 안 나겠군." 내가 말했다. "조금 전에 피해자의 상세한 검시 소견이나 더 정확한 사망 추정 시각에 대한 감식 쪽 보고가 들어왔다고 했는데, 그 이야기를 들어볼까?"

모리가 씩 웃었다. 가지키는 약간 당황한 듯이 이사카와 모리의 얼굴을 번갈아 바라보았다. 이사카는 다른 불만이 있는 것 같지는 않은 표정으로 말없이 지켜보고 있었다. 수사본부를 실질적으로 지휘하는 사람은 본청에서 파견 나온 이사카 경시가 아니라 노회한 모리 수사과장이 아닐까 하는 느낌이 불쑥 들었다. 사건이 요란한 움직임과 직선적인 전개를 보이는 동안은 경시청 엘리트 경시가 앞에 나선다고 해도 지금처럼 교착 상태에 빠져 꾸준한 인내가 필요한 상황에서는 모리 같은 단련된 베테랑의 경험이 없으면 이러지도 저러지도 못할 것이다.

"어떻게 하시겠습니까? 괜찮겠죠?" 모리가 이사카의 의향을 물었다. 이사카는 말없이 고개를 끄덕였다.

모리는 시선을 돌려 나를 바라보았다. "자네 요구를 들어줘도 좋지만, 그 대신 자네도 경시님의 질문에 대답해야만 해."

"그것 참 비싸게 나오시네." 내가 말했다. "몇 시간 뒤면 보도관제도 해제될 텐데. 결국 내일 조간신문을 훑어보면 다 알 수 있을걸."

"글쎄, 과연 그럴까? 신문 발표는 자네가 신주쿠 경찰서 니시고리 경부에게 들어 알고 있는 첫 번째 감식 보고만 하고, 내 보고 내용은 덮어둘지도 몰라. 무엇보다 자네 얼굴에는 그 내용을 빨리 알고 싶다고 쓰여 있군. 피해자 사망 시각이 언제인가 하는 문제는 어떻게 해서든 알고 싶은 것 아닌가?"

나는 쓴웃음을 지을 작정이었다. 웃기 위한 얼굴 근육이 뜻대로 움직였는지는 알 수 없었다. "새로운 보고라는 것이 어느 수준인지 기대는 하지 않지만…… 괜찮겠지. 거래에 응하기로 하지. 하지만 내 의뢰인 건도 바로 수사에 영향이 있을 만한 단서라고는 생각할 수 없어. 유괴범과 직접 연결될 만한 실마리라고도 볼 수 없지. 그것만은 미리 말해두겠어."

수사과장과 경시청 경시는 얼굴을 마주 보았다. 경시가 수사과장에게 고개를 끄덕였고, 수사과장이 내게 고개를 끄덕였다. "어쨌든 우리는 모든 정보를 파악해야 해. 사건 해결을 위해서는 그런 것도 무시할 수 없는 법이라."

모리는 내 옆에 있는 오사코 쪽으로 시선을 돌렸다. "경부보, 감식 쪽에서 보낸 새 보고를 탐정에게 설명해주겠나?"

"잠깐만." 내가 말했다. "그 전에 한 가지만 가르쳐줘. 누구에게도 물어볼 수 없어서 난처한 문제가 있어."

"뭐지?" 모리 수사과장이 경계하는 표정을 지으며 물었다.

"마카베 사야카의 보험금 문제야."

이사카가 검지를 세워 신호를 했다. "그건 내 담당이니 내가 대답해야겠군." 그는 의미심장한 미소를 지었다. "피해자는 어떤 종류의 보험에도 들어 있지 않아. 적어도 이 나라에서는."

"무슨 소리지?" 내가 물었다.

"피해자의 해외 매니지먼트를 담당하는 음악사무소에서 들어온 정보가 있어서 미국 대형 보험회사인 '아메리칸 패밀리 인슈어런스' 도쿄 지사에 조회를 해보았어. 그랬더니 마카베 부부와 클리블랜드 교향악단이 공동으로 피해자를 대상으로 총액 160만 달러의 생명 보험 계약을 한 것이 밝혀졌지. 피해자가 청력이나 왼쪽 손가락 등에 손상을 입어도, 그러니까 바이올린을 켤 수 없는 상태가 되기만 해도 상당한 액수의 보험금이 지불되는 특수한 보험이라더군. 보험료를 공동으로 부담하는 클리블랜드 교향악단은 올 가을부터 피해자를 객원 연주자 가운데 한 명으로 삼아 세계 각지에서 20여 회의 콘서트를 열 계획이었던 모양이야. 만약의 사고에 대비한 이런 보험은 그쪽 세계에서는 상식이라더군."

"피해자가 사망하면 마카베 부부에게는 대체 보험금이 얼마나 들어오는 건가?"

"단 1센트도 들어오지 않아. 마카베 씨 가족과 보험회사의 수속은 이달 15일에 끝났지만 교향악단 쪽 수속은 다음 주인 6월 1일에 진행될 예정이었지. 따라서 계약은 무효로 간주되고, 피해자가 다음 달 이후에 죽었다면 받을 수 있을 보험 총액 가운데 절반인 80만 달러 즉 약 1억 엔의 보험금은 전혀 받을 수 없어."

경시의 태도로 보아 그럴 거라고는 짐작했다. 적어도 신경 쓰이던 문제 하나는 해결이 되었다.

"감식 쪽 보고를 듣기로 하지." 내가 말했다.

오사코가 상의 주머니에서 경찰수첩을 꺼내 페이지를 넘겼다. "우선 피해자의 사인인데, 최종적으로는 구강 안에 고인 다량의 피가 기관으로 유입되어 일어난 질식사라는 이야기야. 현장 상황으로 보아 피해자는 하수구 콘크리트 위에 앞머리로 떨어져서 두개골이 함몰되는 중상을 입었지. 그러나 그 시점에는 아직 사망에 이르지 않았고, 그런 곳에서 꼼짝도 못 하는 상태였기 때문에 방금 이야기한 질식사가 일어난 걸로 보여. 혹은 유기한 피해자가 아직 살아 있다는 것을 깨닫고 범인이 다시 아래로 내려가 머리를 가격하고 목을 조르거나 코를 막거나 해서 질식시켰을 가능성도 있다는 보고지. 이쯤이면 됐나?"

나는 태연을 가장하고 고개를 끄덕였다. 양로원 창문을 열고 아래를 내려다본 뒤에 하수구로 달려 내려갔던 내 행동과 시야는 살인자와 거의 일치한다는 생각이 들었다. 속이 메슥메슥해지는 기분 나쁜 일치였다.

"다음은 소화기관에 남아 있던 음식물에 관한 보고." 오사코가 말했다. "피해자의 위장에서는 식후 한 시간 가까이 지난 것이 나왔지만 무엇을 먹었는지는 분명하다더군. 분석 결과 빵, 면 종류, 팥 앙금, 카레, 그리고 우유 등을 동시에 먹은 것이 틀림없다고 해. 우리 과의 수사관들이 마카베 부인에게 물어 확인한 바에 따르면 피해자가 유괴 당일에 먹은 식사는 아침에는 밥과 된장국에 달걀 프라이, 점심시간에는 배가 아프다고 학교 급식을 전혀 먹지 않았어. 그 대신 바이올린 레슨을 가기 전인 2시 반 경에 죽과 달걀 프라이, 비엔나소시지, 그리고 사과와 바나나 같은 과일을 조금 먹었다더군. 피해자의 검시 보고에 따르면 사망 추정 시각은 이달 18일, 그러니까 유괴 당일 오후 5시부터 범인이 마지막 전화를 건 직후인 20일 오전 1시 사이의 약 삼십 시간이라는 거야. 이러한 사실을 종합해볼 때 바이올린 레슨을 가기 직전에 먹은 것이 완전히 소화될 때까지는 피해자가 살아 있었다는 이야기가 되니 살해 시각은 아무리 빨라도 18일 오후 10시 이후인 셈이지. 그래서 피해자가 유괴 직후에 살해되지 않았을까 하는 주장은 약간 근거가 약하다고 봐. 19일 오후에 범인이 건 전화에서 피해자가 어머니를 부르는 목소리가 또렷하게 들렸어. 물론 녹음테이프 같은 걸 사용해서 위장했을 가능성도 없지는 않지만 굳이 그런 공작까지 할 필요가 있었을까?"

오사코가 잠깐 뜸을 들이며 나를 보았다. 나는 고개를 끄덕여 다음 이야기를 재촉했다. "게이주엔에 있는 감금 및 살해 현장에 대한 수사를 통해 테이블 위나 쓰레기통에서 상당한 양의 팥빵과 여러 빵 포장지, 컵라면이나 카레라면 같은 인스턴트식품을 먹은 흔적, 그리고 빈 우유팩과 빈 주스 깡통 등이 발견되었어. 피해자 혼자 먹었다고 단정하기는 섣부르겠지만, 가령 두세 명이 먹었다고 하더라도 만 하루치 이상의 양이 소비되었다더군. 그걸로 미루어 판단해도 피해자의 사망은 최초 추정 시각인 삼십 시간 중에서도 후반부일 가능성이 높다는 이야기가 되지.

"결국 내가 주차장에서 습격을 받고, 유괴범이 마지막 전화를 건 뒤에 살해되었을 가능성이 높다는 이야기로군."

"하지만—." 모리 수사과장이 의아하다는 듯이 말했다. "그럼 유괴범은 6000만 엔을 손에 넣지 못했다고 가정하지 않으면 도무지 앞뒤가 맞지 않아. 전화를 걸었을 때의 느낌으로 보아 그토록 침착하고 냉정한 범인이 6000만 엔을 손에 넣고도 굳이 어린애의 목숨을 빼앗는다는 게 도통 이해가 가지 않지……."

가지키 경부가 빈정거리는 투로 말했다. "역시 6000만 엔은 이 탐정 손에 들어갔다는 이야기가 되나? 아니면 아쿠쓰와 호소노, 탐정을 뒤에서 때린 녀석을 포함한 3인조가 돈을 가로챘고, 그 세 번째 남자도 유괴와는 아무런 관계도 없는 아쿠쓰 일당과 한패로, 다들 아주 교묘한 연극을 하며 입을 싹 닦고 있는 셈인가? 그렇다면 오토바이 라이더를 물색한 카메라맨 이야기는 완전히 우연이라는 이야기가 되겠군. 혹은 주차장에 맨 먼저 달려온 무로오 형사가 횡령했거나. 아니면 직전에 우연히 지나가던 차량 털이범이 트렁크를 열고 꺼내 갔다거나."

모리는 쓴웃음을 지으며 고개를 저었다. "이상하군. 역시 6000만 엔은 유괴범 손에 들어갔다고 봐야 할까? 분명히 탐정이 6000만 엔을 탈취당한 직후에는 아쿠쓰 일당이 유괴범인 줄 알았어. 범인에게서 교섭 결렬 전화가 왔을 때는 아쿠쓰 일당은 우연히 끼어든 훼방꾼이라고 생각을 고쳤지. 그리고 범인에게서는 언젠가 다시 몸값 요구 연락이 올 거라며 낙관했던 게 사실이야. 범인이 우리에게 혼란을 주고 수사를 지연시킬 목적이었다면 감쪽같이 성공한 셈이지. 하지만 그렇다면 범인은 6000만 엔을 손에 넣었다 하더라도 처음부터 인질을 죽일 계획이었다는 이야기가 돼. 정말 끔찍한 이야기지."

이사카는 두 번째 담배에 불을 붙이고 말했다. "서양에서 일어나

는 유괴 사건에서는 몸값을 요구하기도 전에 인질을 살해하는 경우
가 많지. 물론 요즘의 정치적 유괴나 큰 범죄 조직이 저지르는 유괴
는 꼭 그런 것만도 아니지만. 종래의 단독범 내지 몇 명으로 구성된
그룹이 저지른 유괴에서는 인질을 석방한다는 것은 대상이 어린이
라고 해도 중요한 증인이 되기 때문에 큰 리스크를 남기게 된다고
생각해. 프로 범죄자의 주장에 따르면 돈을 목적으로 한 유괴에서는
인질 살해가 철칙이라고도 하고…… . 이번 범인도 처음부터 그럴 속
셈이었는지도 몰라."

오사코는 생각에 잠긴 나를 바라보았다. "왜 떨떠름한 표정이야?
왜 그래? 피해자 살해는 네가 주차장에서 얻어맞고 쓰러졌든 아니
든 처음부터 예정되어 있었다는 이야기를 하는데."

방 안에 있는 모든 사람이 나를 바라보았다.

"이런 가정은 성립하지 않을까?" 내가 입을 열었다. "마카베 씨
집에 몸값 요구 전화를 건 낮은 목소리의 여자, 그리고 아쿠쓰 일당
을 이용해 나를 주차장에서 때려눕히고 아쿠쓰 일당과 나를 양로원
으로 끌어낸 남자. 범인을 이렇게 두 명이라고 해보자고. 두 사람은
내가 엘 구루메 주차장을 나온 뒤 다음이나 그다음 레스토랑쯤에서
트렁크에 든 6000만 엔을 손에 넣을 예정이었어. 이건 물론 두 사람
계획에 따르면 그렇다는 거야. 그때 나는 완벽하게 경찰의 감시 밖
에 있었고, 내가 레스토랑으로 걸려온 전화를 받는 동안은 누구든
쉽게 트렁크 안에 든 몸값을 꺼낼 수 있었지. 결국 두 사람의 계획대
로 진행되고 있었던 거야. 하지만 남자 쪽에는 다른 계획이 있었어.

아쿠쓰 일당을 이용해서 주위에 경찰의 감시가 미치는지 확인하는 동시에 나를 무저항 상태로 만들어놓은 뒤 더 안전하고 확실한 방법으로 6000만 엔을 손에 넣는 거지. 여자는 그걸 모르고 다음 레스토랑으로 전화를 걸고, 나는 그 전화를 받지 못하고."

나는 네 형사들이 귀를 기울이고 있는 걸 확인한 뒤에 말을 이었다. "여자는 몸값을 손에 넣지 못했다고 믿고 교섭 결렬 전화를 걸어. 남자는 여자에게 내가 다음 레스토랑에 나타나지 않았다고 거짓연락을 하고, 인질을 처치하라고 명령했을지도 몰라. 어쩌면 고의로 아무런 연락도 하지 않았을지도 모르지. 혹은 혼자 잽싸게 도주했는지도 모르고…… 그렇게 되었다면 혼자 남아 공포 상태에 빠진 여자에게 인질 소녀가 어떻게 보일까?"

"있을 수 없는 이야기는 아니로군."

"그건 생각해보지 않았네." 모리 수사과장이 신음하는 듯한 목소리로 말했다. "범인들 사이가 틀어졌다는 건가? 6000만 엔을 손에 넣은 범인과 피해자를 살해한 범인이 각각 다르고, 게다가 반드시 이해관계가 일치하지는 않는 범인들이라? 그렇다면 분명히 모순이라고 생각했던 점이 설명은 되는군."

그로부터 약 십 분간 방 안에서는 범인들 사이가 틀어졌다는 가정을 두고 논의가 이어졌다. 그 가정을 부정할 수 있을 만한 반론은 나오지 않았다. 나는 처음에 약속한 대로 의뢰인의 이름과 세 아들 조사에 관해 이야기했다. 하지만 진지하게 귀를 기울이는 사람은 아무도 없었다. 이야기를 하면서도 내 마음속에서는 한 가지 상념이 소용돌이쳤다. 내 가정에 따르면, 내가 아쿠쓰 일당과 뒤에서 습격한 남자의 방해를 물리치고 다음 레스토랑으로 가서 낮은 목소리의 여자 전화를 받을 수 있었다면 열한 살짜리 소녀는 죽지 않았을지도 모른다는 생각이었다.

형사들에게서 풀려나 나는 메지로 경찰서 현관을 지나 주차장에 세워둔 블루버드로 갔다. 몇 시간 뒤로 다가온 수사본부의 기자회견과 보도관제 해제에 대비해 먹이를 앞에 둔 사냥개처럼 코를 벌름거리는 신문과 텔레비전 관계자가 경찰서 안 도처에서 조용히 움직이고 있었다. 내 머리는 완전히 다른 걱정으로 가득했다. 아무런 확증도 없지만, 나를 불안하게 만들기에 충분했다. 6000만 엔을 손에 넣은 남자는 공범인 여자만 살해해버리면 자기는 안전지역으로 도망칠 수 있다고 생각할지 모른다. 그 공범과 여자는 누굴까……? 나 때문에 누군가가 죽는 것은 한 명으로도 이미 너무 많다.

25

　그 손전등을 손에 들면 꼭 시체를 보게 될 것 같아 나는 별로 마음
이 내키지 않았다. 어젯밤 양로원에서도 그랬고, 반년 전에는 가와
사키 폐공장에서 결혼 사기 피해자의 목매단 시체를 우연히 발견했
으며, 이 년 전에는 기누타 공원 근처 영화 촬영소에서 시체 두 구와
중상자 한 명을 발견한 일도 있다.

　가무라 지아키가 사는 유키의 집 앞을 블루버드를 타고 지나가니
창문으로 희미한 불빛이 흘러나오는 2층 방 하나를 제외하면 집 전
체가 완전히 어둠에 덮여 있었다. 그대로 약 50미터를 더 달려 이노
카시라 선 쪽으로 뻗은 약간 큰 길로 나와, 바로 보이는 한 회사 사
원 기숙사의 높은 담 앞에 블루버드를 주차했다. 트렁크를 열어 공
구가 든 보스턴백을 일단 비우고 별로 내키지 않는 손전등과 쓸모가

있을 만한 도구를 몇 개 골라 넣은 뒤 유키의 집으로 되돌아갔다.

오가는 사람이 없는 것을 확인하고 나서 도로 쪽으로 난 함석지붕 차고로 다가갔다. 손전등을 켜지 않아도 차고 안에 차가 없다는 사실은 알 수 있었다. 이미 10시 가까이 되었는데 가무라 지아키가 본인 입으로 말한 '수상한 데다 실업자인' 유키라는 남자는 아직 귀가하지 않았다는 건가?

블록 담을 따라 정면으로 돌아와 낮에는 활짝 열려 있던 가슴 높이의 쇠 파이프 문짝을 살폈다. 손잡이를 돌려보니 자물쇠가 걸려 있지 않아 굳이 타고 넘을 필요는 없을 듯했다. 그때 길 10미터 앞쪽에서 이야기하는 소리와 발소리가 들렸다. 나는 그 자리를 떠나 태연한 얼굴로 발소리가 들려오는 쪽으로 걸어갔다. 경마 '일본 더비'에서 최고 인기를 누리는 사커보이가 열다섯 번째로 들어온 것은 마치 자기들 때문에 개인적으로 꾸민 음모라는 듯한 말투였다. 그들은 술 냄새 나는 숨을 내쉬면서 나와 부딪힐 것 같은 걸음으로 스쳐 지나갔다.

다시 블루버드를 주차해놓은 도로까지 돌아와, 모퉁이에 있는 것을 미리 확인해둔 공중전화로 다가갔다. 가무라 지아키가 어머니에게 건넨 주소와 전화번호가 적힌 메모를 주머니에서 꺼내 수화기를 집어 들고 다이얼을 돌렸다. 호출음이 열 번 울릴 때까지 기다렸지만 아무도 받지 않았다. 나는 다시 유키의 집으로 돌아갔다.

2층 오른쪽 방의 희미한 불빛이나 어둠에 싸인 다른 방도 전혀 변화가 없었다. 정말로 이 집 전화가 울렸는지 의심스러울 만큼 시간의 흐름만 존재하는 듯한 인상이었다. 나는 다시 지나가는 사람이 없다는 사실을 확인하고 문손잡이를 돌려 마당 안으로 들어갔다. 스위트피가 핀 앞마당을 빠른 걸음으로 지나 현관 옆 어둠 속으로 몸을 숨겼다.

바깥 길을 사이에 두고 마주 보는 집이나 옆집에서 내 움직임이 어떻게 보이는지 확인했다. 저쪽에서 보는 시야이기 때문에 보증할 수는 없지만 바깥 길과 맞은편 집은 차고나 정원수 등이 아주 좋은 차폐물 역할을 했다. 하지만 이웃집은 이쪽으로 난 2층 창에 불빛이 들어와 있어, 혹시 거기서 내려다보면 증축한 디자인사무소에서부터 건물 왼쪽 옆면에 걸쳐 내 행동이 뻔히 보일 우려가 있었다. 다만 그 창문에는 영국 국기 '유니온 잭'을 크게 디자인한 커튼이 쳐져 있고, 시끄러운 록 음악 리듬이 멀리 있는 내 귀에까지 들려왔다. 유키의 집에 불이라도 지르면 몰라도 어지간해서는 창문이 열리지 않을 거라고 생각했다.

어둠을 헤치고 건물 왼쪽으로 이동했다. 허리를 구부려 사무소 새시 창 앞을 지난 다음 출입구인 흰 패널 문에 이르러 그 자세 그대로 주위를 살폈다. 아무런 변화도 없었다. 문손잡이와 자물쇠 소리가 나지 않도록 조심하며 살펴보았다. 물론 자물쇠가 걸려 있었다. 하지만 건물 안으로 침입해야 하면 부수거나 쑤셔 열 수 있을 만한 싸구려 스프링 자물쇠라는 사실을 확인했다. 나는 보스턴백에서 손전등을 꺼내고, 사무소 바닥에 방치되어 있는 말라죽은 가지뿐인 화분 뒤에 보스턴백을 숨긴 뒤에 그 자리를 떠났다.

건물 왼쪽 측면으로 돌아들어 두세 걸음 나아갔을 때 처음으로 그 소리가 들려왔다. 쿵쿵 하고 뭔가가 문이나 벽에 부딪히는 소리였다. 그다지 큰 소리는 아니었지만 건물 안쪽의 진동은 느껴졌다. 반사적으로 걸음을 멈춘 뒤 귀를 기울이며 기다렸다. 약 일 분이 지났지만 아무 소리도 들리지 않아 다시 앞으로 나아갔다. 새 건축자재로 지은 사무소 옆을 지나, 그 뒤에 있는 낡은 부분으로 갔다. 옆집과의 사이에 폭 3미터쯤 되는 공간이 있었다. 작은 못과 돌로 꾸민 정원이 있었는데 어둠 속에서도 손질이 전혀 안 됐다는 걸 알 수 있었다. 그 정원으로 네 장짜리 유리문이 3.6미터가량 이어지고 녹색 커튼이 드리워져 있었다. 커튼과 유리문을 열면 정원이 내다보이는 툇마루가 있을 것 같았다. 커튼 중앙 틈새에 7, 8센티미터쯤 되는 틈새가 있어, 조심스럽게 손전등을 켜고 안을 비추며 들여다보았다. 툇마루 안쪽에 또 유리문이 있어 그 안은 잘 보이지 않았지만 손전등 불빛을 움직이자 이젤의 나무다리 같은 것이 얼핏 눈에 들어왔다. 낮에 가무라 지아키가 사무소에서 나갈 때 잠깐 보였던, 그림을 그리기 위한 아틀리에로 쓰는 방 같았다.

건물 안쪽 2층에서 쿵쿵 하고 울리는 소리가 다시 들렸다. 조금 전보다 더 큰 소리라 나는 얼른 손전등을 끄고 유리문 문턱 높이까지 머리를 낮췄다. 이번에는 십 초도 되지 않아 다시 같은 소리가 들려왔다. 집 안에서는 저 정도 소리지만 이웃집이나 바깥 길에서는 희미하게나 들릴 테니 아무도 신경 쓰지 않을 것 같았다. 신경을 쓰는 사람은 마당 끝에 웅크리고 앉아 귀를 기울이고 있는 탐정뿐이다. 탐정의 머리에는 단순히 상상이라고만은 할 수 없을 만큼 또렷하게 그 남자의 이미지가 그려지고 있었다. 가무라 지아키가 이 집에 산다는 사실은 아직 아무도 모른다고 믿어서, 그녀를 죽이면 6000만 엔을 안전하고 확실하게 독차지할 수 있을 거라고 생각하는 남자의 이미지였다.

뭔가가 더 심하게 문에 부딪히는 소리가 나더니 뭔가가 떨어져 굴러가는 듯한 소리가 이어졌다. 나는 마음을 굳히고 얼른 사무소 출입문까지 돌아갔다. 보스턴백에서 크고 튼튼한 드라이버를 꺼내 패널 문 틈새에 끼워 넣고 일격에 스프링 자물쇠를 부쉈다. 드라이버를 주머니에 숨긴 다음 손전등을 들고 건물 안으로 들어갔다.

소리 나는 방향을 찾는 귀와 프로메테우스가 참견한 뒤로 퇴화만 거듭하는 어둠 속에서의 감에 의지했다. 손전등 불빛으로 장애물을 비추면서 사무소를 가로질러 안쪽 문으로 아틀리에 같은 일본식 방으로 들어갔다. 구두를 신은 채였다. 소리의 원인이 밤에 취미로 하는 목수 노릇 때문이라면 그야말로 창피한 소동을 일으키는 꼴이었다. 캔버스를 얹은 여러 개의 이젤을 쓰러뜨리지 않도록 조심하며 방을 가로질러 건물 안쪽으로 통하는 듯한 장지문 옆으로 다가갔다. 일단 손전등을 끄고 장지문을 살짝 열어 안쪽을 들여다보았다. 눈가리개를 한 것처럼 아무것도 보이지 않는 어둠이었다.

그 순간 머리 바로 위에서 뭔가를 문에 부딪는 듯한 소리가 나더니 그 문이 열리는 바람에 벽에 심하게 부딪히는 소리가 이어졌다. 동시에 2층 방에 켜져 있던 불빛이 흘러나와 내가 엿보고 있던 어둠 속에 흐릿하게 복도와 계단이 드러났다. 복도는 바깥쪽으로는 현관에, 안쪽으로는 부엌이나 다실로 통하는 모양이었다. 그 중간에 2층으로 올라가는 계단이 있었다. 계단 위에서 누가 킥킥 웃는 듯한 기척이 났다. 전등 스위치를 켜는 소리가 나더니 시야 전체가 확 밝아졌다. 살짝 열었던 장지문을 반쯤 닫았다. 누군가가 즐겁게 콧노래를 부르며 계단을 내려왔다. 실내복을 걸친 예순 살에서 일흔 살쯤 되어 보이는 노파였다.

노파는 계단을 내려와 내게 등을 지고 복도 안쪽으로 걸어갔다. 낮에 찾아왔을 때 지아키의 이름을 자꾸 부르던 유키의 어머니인 듯했다. 가무라 지아키는 '어머니는 남들이 알까 두려운 병을 앓고 있다'라고 했다. 내가 2층 병실에 갇혀 있던 환자의 탈출 소동을 있지도 않은 범죄행위로 오해한 것일지도 몰랐다. 그런데 가무라 지아키와 유키는 대체 어디서 무얼 하고 있는 걸까? 그들이 급히 현관을 통해 집으로 들어온다고 해도 내 도주로는 일단 확보되어 있다. 나는 될 수 있으면 건물 내부에 대한 조사를 마치고 철수하고 싶었다.

복도에서 발소리가 들렸다. 문틈을 살짝 벌려 들여다보니 노파가 입에 음식을 넣은 채, 또 작은 접시에 만두나 찹쌀떡 같은 것을 얹어 복도 안쪽에서 나왔다. 노파는 계단 바로 앞에서 오른쪽으로 방향을 바꾸어 시야에서 사라졌다. 동시에 판자문을 여는 듯한 소리가 들렸다. 내가 있는 바로 옆방으로 들어간 모양이었다. 귀를 기울이자 기분 좋아 부르는 콧노래 소리에 섞여 장롱을 여는 소리와 옷깃 스치는 듯한 소리가 들려왔다.

오륙 분쯤 기다리며 노파가 건물 안을 돌아다니는 동안은 이쪽을 살펴보는 것은 무리 같아 포기하려는데 갑자기 노파가 복도로 나왔다. 얼핏 보니 옷을 완전히 갈아입었다. 노파가 이쪽으로 올 것 같은 예감이 들어 나는 장지문 옆을 떠나 사무소 쪽으로 물러나 문 뒤에 숨었다. 예상대로 노파가 장지문을 활짝 열고 아틀리에 안으로 들어와 입구 옆 벽을 더듬어 조명 스위치를 켰다. 노파와 방 안이 훤히 보였다. 노파는 흰색에 가까운 회색 블라우스에 약간 짙은 회색 슈트, 은회색 스프링코트에 나이 든 여자들이 흔히 쓰는 작은 터번처럼 보이는 짙은 회색 모자, 그리고 베이지색 뱀 가죽에 회색 소가죽으로 테를 두른 조그마한 핸드백을 들고 있었다. 온통 회색 차림이었다. 어디가 아픈지 알 수 없을 만큼 혈색이 좋고, 자그마한 체구와 양장에 어울리는, 기품 있는 둥근 얼굴을 한 노인이었다. 다만 왼손에 든 접시 위의 만두만이 기묘한 대조를 이루었다.

노파는 방에 들어온 목적이 뚜렷한지 거침없이 행동했다. 일단 핸드백과 만두 접시를 방 한복판에 있는 작고 둥근 나무 의자 위에 내려놓았다. 그러고는 이젤 중 하나 옆에 있는, 물감과 팔레트 등을 얹은 허리 높이의 커다란 나무 테이블을 낑낑거리며 끌어당겨 구석 쪽에 있는 벽장 앞으로 옮기기 시작했다. 오래되어 낡은 것 같아도 단단하게 만들어진 테이블이라 무게가 상당히 나갈 것 같았다. 경로의식이 결여되어 있지는 않지만 조용히 지켜볼 수밖에 없었다. 테이블을 다 옮기자 노파는 테이블 위에 있는 그림물감 따위를 거침없이 치우더니 기어 올라갔다. 테이블을 발판 삼아 벽장 위에 있는 또 다른 장의 미닫이문을 열고 빨간 사각형 상자 같은 것을 꺼냈다. 노파는 그것을 방 한복판 불빛 아래로 가지고 왔다. 벽돌색 작은 여행 가방이었다. 틀림없이 열흘 전 심야 레스토랑 주차장에 있던 내 블루버드 트렁크에서 사라진 여행 가방과 똑같은 것이었다.

노파는 지퍼를 열고 여행 가방 안을 들여다보더니 킥킥 웃으며 접시에 놓인 만두를 입에 밀어 넣고 맛있다는 듯이 먹었다. 여행 가방 안에는 그날 밤 메지로 경찰서에서 확인한 1만 엔짜리 헌 지폐를 백 장씩 묶은 뭉치가 딱 두 개 들어 있었다. 나머지 5800만 엔은 흔적도 없었다. 노파는 그 200만 엔을 핸드백에 넣으려고 했다. 하지만 부피 때문에 무리라는 걸 깨닫고 돈다발 하나에서 한 움큼 지폐를 빼내 핸드백에 넣은 다음 나머지는 여행 가방에 다시 집어넣고 지퍼를 채웠다. 여행 가방과 핸드백을 손에 들고 노파는 불도 끄지 않은 채 방을 나갔다. 나는 다시 방으로 돌아와 장지문 뒤에서 복도 쪽을 엿보았다. 노파가 불을 켜고 현관 마루에 짐을 내려놓더니 살창 앞에 있는 선반에 놓인 전화기 쪽으로 갔다. 전화 옆 검은 표지의 수첩을 뒤져 전화번호를 찾더니 수화기를 들고 다이얼을 돌렸다.

"여보세요. 아, '오하라 택시'예요? ……아, 미안합니다만 택시를 한 대 보내주세요." 지아키를 부르던 쾌활한 목소리의 주인공이 틀림없지만 지금은 부드럽고 기품 있는 느낌이었다. "예? 여기요? 잠깐 기다려주세요." 노파는 갑자기 허둥대며 송화구를 막았다.

"어, 그러니까, 후시노는 시집오기 전에 쓰던 성이고, 유키…… 그래, 유키지." 노파는 살창 미닫이와 상담이라도 하듯 중얼거렸다.

"여보세요, 기다리시게 해서 미안합니다. 저는 유키라고 합니다. ……예, 예? 주소요? 아……그래, 그래요. 하네기 2초메예요. 예, '유키 디자인사무소'입니다. ……신주쿠까지 가려는데 한 대 보내주세요. ……금방 오죠? ……예, 알겠습니다."

노파는 수화기를 내려놓고 현관 마루 옆에 있는 신발장을 열고 구두를 찾기 시작했다. 나는 디자인사무소에서 급히 빠져나온 다음 보스턴백을 들고 현관 불빛을 피해 앞마당을 우회해 바깥 길로 나왔다. 그러고는 50미터 앞에 주차해놓은 블루버드로 직행했다.

26

노파를 태운 택시는 간나나 길을 나가 바로 오하라 교차점에서 우회전해 고슈가도를 타고 신주쿠 방향으로 들어섰다. 풀색과 초록색, 두 가지 색으로 칠한 차체에 회사 이름이 적힌 오렌지색 등을 켠 코로나는 내가 모는 블루버드보다 30미터 앞에서 비교적 천천히 달리고 있었다. 일요일 늦은 밤이라 신주쿠 방향은 거의 붐비지 않았지만 나이 든 손님을 태웠기 때문이리라. 레이서 못지않게 운전하는 택시를 미행하다가 호된 경험을 한 적이 있는데, 오늘 밤만은 그런 걱정은 하지 않아도 될 듯했다. 오히려 문제가 있다면 노파가 택시에서 내릴 때였다.

11시 조금 지났을 무렵, 택시는 니시신주쿠에 이르자 KDD 빌딩 앞에서 좌회전해 고슈가도를 벗어났다. 나는 블루버드를 택시 뒤에 바짝 붙였다. 택시는 '게이오 플라자 호텔' 앞을 지나 미쓰이 빌딩 앞에서 왼쪽으로 꺾어져 다시 '다이이치 생명 빌딩' 앞에서 좌회전했다. 신주쿠의 초고층 빌딩 밀집 지역을 한 바퀴 돈 셈이었다. 목적지가 얼마 남지 않은 모양이라고 생각했는데 택시는 불쑥 '호텔 센추리 하얏트' 앞에서 속도를 늦추며 인도 쪽으로 붙기 시작했다. 택시 운전기사가 고개를 돌려 노파에게 뭐라고 말하자 노파는 내리는 문 쪽으로 옮겨 앉았다. 가장 염려하던 상황이 될 것 같았다. 이런 곳에서 내리지나 않을까 걱정이 들었지만 그래도 신주쿠 역 동쪽 출구에 있는 이세탄 교차로나 가부키초 한복판에서 내리는 것보다는 낫다는 생각이 들었다. 달리던 길을 왼쪽으로 돌아 바로 블루버드를 세우고 나도 내리는 수밖에 없을 듯했다. 그렇게 각오를 다졌을 때 택시가 다시 속도를 내더니 직진해서 호텔 센추리 하얏트 앞 도로 맞은편에 있는 '도신 빌딩'으로 접근했다.

세련된 흑요석 스타일 외벽과 크롬 마감 철강재를 많이 쓴 36층짜리 거대 빌딩은 '블랙 빌딩'이란 별명으로 알려져 있었다. 여기서 기껏해야 500미터 떨어진 위치에 사무실을 얻었지만 고층빌딩과는 거의 인연이 없는 내가 이 년 전에 이 빌딩의 주인인 '도신 그룹'의 패권을 둘러싼 사건에 관여한 뒤로 주변 다른 빌딩보다 약간 잘 알게 되었다. 택시는 블랙 빌딩 북서쪽 사분의 일을 차지한 '파크사이드 호텔' 정면 현관으로 가더니 앞에 멈췄다. 나도 블루버드를 택시 바로 바깥쪽에 세웠다.

중년 택시 운전기사는 뒷자리 노파에게 요금을 알려주고 기다리는 동안 안경 너머로 내 쪽을 수상쩍다는 듯이 바라보았다. '저 블루버드는 아까부터 뒤따라오던 것 같은데, 목적지도 같다면……?' 그런 표정이었다. 하지만 노파가 내민 1만 엔짜리 지폐를 받아들더니 그런 생각은 머릿속에서 지운 듯 계산에 몰두했다. 나는 블루버드 엔진을 끄고 키를 뽑은 다음 차에서 내렸다. 택시를 우회해 손님을 맞이하기 위해 나온 제복 도어맨에게 말을 걸었다.

"좀 급한 일이 있어서 그러니 저 차를 주차장에 넣어주게."

"죄송합니다만 지금 시간이면 담당자가 아무도 없어서—."

나는 미리 준비해둔 사례와 함께 자동차 키를 도어맨 손바닥에 얹어 주었다. "자네가 있잖아."

도어맨이 쓴웃음을 지었다. 지폐를 보면 누구든 생각이 바뀔 밤이었다. "그럼 키는 프런트에 맡겨두겠습니다. 손님 존함이?"

"사와자키." 나는 그렇게 대답하고 자동문 쪽으로 갔다. 마침 택시에서 내린 노파가 자동문으로 왔기에 문을 연 채 먼저 들어가도록 양보했다.

"고마워요." 노파가 인사를 했다. 핸드백과 벽돌색 여행 가방을 내가 선 곳의 반대편인 오른손으로 바꿔 들었다. 나는 '짐을 들어드릴까요?'라고 물으려다가 그리 무겁지 않은 짐이라는 걸 알기에 그만두었다.

"스카이라운지에 가려면 어떻게 해야 하나요? 아세요?" 노파가 걸으며 물었다.

"예. 저 엘리베이터를 타시면 됩니다." 나는 호텔 프런트 옆 엘리베이터를 가리켰다. "저도 그리 가는 길이니 안내해드리죠."

"어머, 친절하기도 하셔라."

우리는 검정색 외관과 대조적으로 빨강색을 바탕으로 한 호텔 로비를 가로질러 엘리베이터로 갔다. 프런트 담당자는 '어서 오십시오'라고 인사를 했을 뿐, 특별한 관심을 보이지 않았다. 이렇게 늦은 시간에 노파나 나나 혼자였다면 사람들 눈길을 더 끌었을지도 모른다. 엘리베이터 세 대 가운데 제일 왼쪽 한 대만 운행중이었다. 아직 열일고여덟 살밖에 되지 않아 보이는 엘리베이터 보이가 하품을 참으며 우리를 맞이했다.

"몇 층으로 모실까요?"

"스카이라운지. 이쪽에 계신 부인도 함께."

"알겠습니다. 36층으로 직행합니다."

엘리베이터 문이 닫히자 노파는 내 위팔을 살짝 건드리더니 중대한 비밀을 누설하듯 속삭였다. "여기 스카이라운지에 있는 '오벨리스크'라는 가게 인테리어는 내 아들이 디자인한 거라오."

"정말입니까?" 나는 깜짝 놀라는 표정을 지으며 진심으로 감탄했다는 듯한 목소리로 대꾸했다.

노파는 아무 말도 하지 않았다는 듯한 표정을 지으며 자랑스럽게 앞쪽을 바라보고 있었다. 엘리베이터 내부에서는 거의 아무 소리도 들리지 않았다. 약간 기압 변화가 있나 싶었다. 기껏해야 대여섯 층쯤 올라갈 만한 시간에 36층에 도착했다.

"도착했습니다. 스카이라운지입니다."

나는 노파를 먼저 내리게 하고 엘리베이터 보이에게 공중전화가 어디 있는지 물었다. 엘리베이터에서 내리면 바로 왼쪽 로비에 있다는 이야기를 듣고 나도 내렸다. 정면에 있는 오벨리스크라는 레스토랑 입구로 가는 노파를 지켜보고 왼쪽 로비로 걸음을 옮겼다.

로비 한복판에 있는 커다란 텔레비전 프로젝터가 신주쿠 야경을 보여주고 있었다. 무료로 볼 수 있는 것은 텔레비전 화면뿐이고 진짜 야경은 스카이라운지에 있는 어느 가게에 들어가 값을 지불하고 구경하라는 속셈인 모양이었다. 오벨리스크 양쪽에도 전 세계 술을 마실 수 있다는 원 샷 바, 수제 케이크와 탄화배전 커피를 파는 커피숍이 있었다. 커피숍은 이미 문을 닫았다.

프로젝터 뒤편에는 크롬 철강재 표면에 나뭇결을 새겨 넣은 뒤 크고 작은 모양으로 자른 장식 벽이 있었다. 제작자의 이름과 경력이 패널에 적혀 있으니 단순한 벽으로 여겨서는 안 되는지도 모른다. 오른쪽 구석에 '화장실' 표시가 붙은 보통 벽이 있고, 그 아래 전화 세 대가 놓여 있었다. 두 대는 각각 이십대와 삼십대 여성이 사용 중이지만 한가운데는 비어 있었다. 다가가 보니 전화카드 전용인 녹색 소형 전화였다. 물론 바로 옆에 카드 자동판매기가 있었다. 나는 아직 전화카드를 사용해본 적이 없었다. 전화가 있고 10엔짜리 동전이 있는데 전화를 걸 수 없다—그래도 세상은 진화한다고들 한다. 카드가 없으면 탐정이란 장사도 해먹을 수 없으리라. 그래도 아직은 버틸 수 있다. 나는 뒤로 돌아 노파가 들어간 레스토랑 쪽으로 되돌아왔다.

각진 기둥 윗부분을 가늘게 만든 듯한 뾰족탑 모양의 대리석이 빗살처럼 늘어서서 오벨리스크와 로비를 가르고 있었다. 그걸 따라 걷다보니 빗살 사이에도 약간 간격을 두고 거무스름한 뾰족탑 모양의 돌이 엇갈리게 늘어서 있어 결국 가게 안은 들여다볼 수 없었다. 당연히 36층에서 내려다보는 전망은 눈곱만큼도 보이지 않았다. 노파와 벽돌색 작은 여행 가방의 동향을 감시하려면 오벨리스크의 손님이 되는 수밖에 없었다.

입구로 들어가 계산대 옆을 지날 때 지배인으로 보이는 검은 턱시도를 입은 남자가 '죄송하지만 12시까지 영업입니다'라고 했다. 노파는 가게 거의 한복판에 혼자 앉아 있었다. 내 몇 걸음 앞에 웨이터가 노파에게 주문을 받으러 가고 있었다. 레스토랑은 세로로 길쭉해 밖에서 상상하던 것보다 훨씬 넓었다. 늦은 시간이라 그럴 테지만 손님은 20퍼센트, 기껏해야 30퍼센트쯤 차 있었다. 나는 웨이터의 뒤를 따라 걸어 노파 뒷자리에 앉았다.

웨이터가 건네준 커다란 메뉴판을 받아든 노파는 첫 페이지 맨 위에 있는 요리를 가리키며 말했다. "오늘은 아침부터 아무것도 못 먹어서 배가 무척 고프군요."

웨이터는 손목시계를 들여다보았다. 주문이 영업시간 이내인지 확인하는 듯했다. "알겠습니다. 마실 것은 어떻게 할까요?"

"와인을 한잔할까? 너무 달지 않은 걸로 부탁해요." 노파는 웨이터의 팔꿈치를 살짝 건드리며 속삭이듯 말했다. "여기 인테리어를 우리 아들이 디자인했다오."

웨이터는 나와 마찬가지로 레스토랑 안을 쭉 둘러보았다. 로비와 경계 부분에 있는 뾰족탑 모양의 석재가 그랬듯이 컬러는 전체적으로 흑과 백의 콘트라스트를 이용했고 군데군데 이집트 분위기가 나는 모양과 무늬가 새겨져 있었다. 테이블과 의자, 집기류도 같은 느낌으로 통일되어 있었다.

"그러세요? 정말 멋진 디자인이군요." 웨이터는 그렇게 말하며 노파의 테이블을 떠났다.

웨이터의 말이 순전히 공치사라고는 할 수 없지만 상당히 집착이 강한 디자이너임은 분명했다. 아무리 애를 써봐야 이 레스토랑의 주역은 길쭉한 공간의 한쪽 면을 차지한 유리창 너머로 보이는 경치일 수밖에 없었다. 내가 앉은 자리에서는 오른쪽 아래로 보이는 호텔 센추리 하얏트의 조명이 좀 거치적거리기는 했다. 하지만 신주쿠 중앙공원 너머 거리의 불빛과 세로로 뻗은 도로 위를 달리는 자동차 불빛의 물결이 한눈에 들어왔다. 거기 있는 각각의 현실 생활을 잊어버리고 그저 빛의 파노라마로만 바라볼 수 있다면 그럴 듯한 기분 전환이 되리라. 눈높이가 바뀌면 분명히 모든 것이 다르게 보이지만 그렇다고 눈에 보이는 그 자체가 달라지는 것은 아니다.

나는 레스토랑 안으로 시선을 돌렸다. 어느 손님이나 시선이 자연스럽게 창밖 풍경으로 가는 모양이었다. 하지만 노파만은 어머니가 어린애를 바라보듯 따스하고 애정 어린 눈길로 레스토랑 안을 이리저리 둘러보았다. 그리고 나만이 그 노파의 뒷모습을 뚫어지게 바라보고 있었다. 커피와 샌드위치를 주문하고 담배를 한 대 피우는데 노파의 테이블로 턱시도 차림 지배인이 다가갔다.

"실례하겠습니다. 디자이너 유키 다쿠야 선생의 어머니 되십니까? 몰라 뵈어 죄송합니다. 이렇게 들러주셔서 감사합니다. 저는 이곳 지배인으로 있는 요시오카라고 합니다."

그는 테이블 위에 와인 잔을 준비하더니 왜건에 싣고 온 등나무 바구니 안에 들어 있던 와인을 테이블로 옮긴 다음 병을 따고 잔에 따랐다. "입에 맞으실지 모르겠습니다만, 저희 가게에서 감사의 뜻으로 드리는 것이니 편히 드십시오."

노파는 형식적으로 '아뇨, 그럴 수야 없죠'라며 사양했다. 양쪽 모두 왕년의 할리우드 영화를 보는 듯한 점잖은 대화를 나누는 사이에 나는 담배를 끄고 자리에서 일어나 계산대 바로 앞 전화박스로 들어갔다. 특별히 주눅이 든 것 같지도 않은 10엔짜리 동전을 핑크색 전화기에 넣고, 요 이틀간 세 번째 거는 번호를 돌렸다. 몇 번을 걸어도 저항감이 느껴지는 번호였다.

"신주쿠 경찰서 수사과입니다." 의외로 니시고리 경부 목소리가 아니었다. 하지만 나이든 남자의 귀에 익고 탁한 목소리였다.

"다지마 주임이었던가?"

"그런데요. 누구십니까?" 니시고리와 달리 이 년쯤 전에 얼굴을 알게 되었지만 경우에 따라서는 니시고리보다 말이 잘 통하는 형사였다.

"사와자키─와타나베 탐정사무소 사와자키야."

"아아. 경부님에게 이야기 들었는데, 골치 아픈 일이 있다면서?"

레스토랑 안을 둘러보니 노파의 테이블에는 벌써 스테이크 디너 세트가 나와 있었다. 냅킨을 가슴에 대고 포크로 찍은 살코기를 막 입에 넣으려는 참이었다.

"경부는?" 내가 물었다.

"한창 취조중이야. 연속해서 발생한 담뱃가게 전문 털이범이 가부키초에서 잠복 형사에게 현행범으로 검거되었거든."

"내 말을 전해줘. 무척 급한 일인데."

"이야기해."

"내가 잃어버린 벽돌색 여행 가방을 가진 인물을 미행하고 있어."

"정말인가?"

"메지로 경찰서에도 전달해주고."

"알았어."

"그리고 메지로 경찰서 모리 수사과장 직통전화번호─아, 십오 분 이내에 알아봐줘. 틈을 봐서 다시 전화할게."

"알았어." 다지마 주임이 같은 대답을 반복했다. 내 테이블에는 주문한 샌드위치와 커피가 나와 있었다. 저녁식사를 일찍 했기 때문에 배가 고팠다.

"어차피 지금 어디 있는지는 이야기해주지 않겠지? 이런 내용을 전하면 분명히 경부님이 불호령을 내릴 거야."

"미안해. 말투는 적당히 조절해서 전하면 돼."

다지마가 웃었다. "그 밖에는?"

"아니, 그뿐이야." 전화를 끊고 자리로 돌아왔다.

한동안 노파와 함께 나도 식사에 집중하기로 했다. 노파는 말과는 달리 호사스러운 식사를 절반도 먹지 못한 듯했다. 식후 디저트인 멜론이 나오자 한 입만 베어 먹고는 자리에서 일어섰다. 여행 가방을 두고 가는 것이 무척 마음에 걸리는 듯 머뭇거렸지만 결국 핸드백만 들고 전화박스로 발걸음을 옮겼다. 핸드백에서 작은 전화번호 수첩을 꺼내 번호를 찾았는데 제법 시간이 걸렸다. 하지만 다이얼을 돌리고 상대가 받자 통화는 한두 마디로 끝냈다. 내 자리에서는 그 전화가 시외 국번이 없는 일곱 자리 번호라는 것밖에 알아낼 수 없었다.

노파는 자기 테이블로 돌아와 커피를 한 모금 마시더니 벗어두었던 코트를 입고 바로 자리에서 일어섰다. 이번에는 여행 가방도 챙기느라 느릿하고 차분한 동작이었다. 하지만 유감스럽게도 계산서를 잊어 웨이터가 서둘러 가지러 와야만 했다. 노파가 레스토랑을 나가는 모습을 지켜보고 나도 계산대로 향했다.

27

　36층을 내려가는 엘리베이터는 더 조용하고 더욱 빨랐다. 나는 여기까지 와서 노파를 놓치고 싶지는 않았기 때문에 경계할 거라는 걸 뻔히 알면서도 같은 엘리베이터에 올라탔다. 하지만 노파는 마치 한 번도 만난 적 없는 사람처럼 행동했다. 오벨리스크를 아들이 디자인했다는 이야기를 이번에는 엘리베이터 보이에게 속삭였다. 1층에 도착하자 노파는 엘리베이터에서 내려 현관 쪽으로 향했다.

　나는 프런트에 들러 블루버드 키를 찾았다. 프런트 담당이 교대해 찾느라 삼십 초쯤 시간이 걸렸다. 현관에서는 노파가 도어맨과 이야기하는 모습이 보였다. 키를 받아들고 뒤돌아보니 노파는 이미 보이지 않았다. 나도 바쁜 걸음으로 로비를 가로질렀다.

　도어맨은 내가 질문하기도 전에 말을 걸어왔다.

"그 할머니와 일행 아니십니까?"

"아, 왜 그러나?"

"택시를 불러드릴까요, 하고 여쭤보았더니 심각한 표정으로 '그런 비싼 걸 탈 처지가 아니에요.'라고 하시더군요. 여기 오실 때는 택시로 왔는데…… 혹시 망령이 드신 거 아닌가요?"

"그렇지 않아." 내가 말했다. "그 사람은 유괴 살인 사건의 중요 참고인이니까."

도어맨이 농담치고는 별로 재미없다는 표정으로 억지웃음을 지어 보였다.

"어디로 갔지?" 내가 물었다.

"현관을 나가 오른쪽으로 가셨습니다. '신주쿠 역으로 가려면 똑바로 가야죠?'라고 물으시기에 그렇다고 알려드렸습니다."

나는 고맙다고 하고 현관을 나왔다. 호텔 밖은 가로등과 건물에서 흘러나오는 불빛 때문에 환했다. 호텔 앞 폭이 넓은 길을 오른쪽으로 약 800미터 걸으면 신주쿠 역 서쪽 출구가 나온다. 그 길을 노파는 작은 여행 가방과 핸드백을 들고 천천히 걷고 있었다. 식사와 와인 때문인지 걸음걸이도 기운차고 씩씩해 보였다. 주위에는 인간이 얼마나 느리게 걸을 수 있는지 시험해보는 듯한 아베크족과 얼마나 삐뚤삐뚤 걸을 수 있는지 시험하는 듯한 술 취한 샐러리맨 이외에는 지나가는 사람이 없었다. 나는 도보로 미행하기로 하고 호텔 밖으로 나왔다.

그 뒤로 이십 분간 노파와 나는 일정 간격을 두고 일요일 밤의 신주쿠 부도심을 산책했다. 노파와의 거리는 약 50미터를 두었다. 신주쿠 역으로 간다는 사실은 알았고, 앞이 잘 보여 놓칠 염려도 없었다. 누가 노파와 접촉할지도 모른다. 가능한 한 거리를 두어 그 인물의 눈에 띄지 않게 했다. 노파의 지각이 둔하다고 안심해서 대충 미행하다가는 손에 잡힐 단서를 놓칠지도 모를 일이었다.

노파는 게이오 플라자 호텔 옆으로 올라가더니 고슈가도와 오우메가도를 잇는 하이패스로 올라가는 계단을 지나 니시신주쿠 1초메로 들어섰다. 이상하다고 느낀 것은 그때부터였다. 노파와 나 중간에 한 남자가 걷고 있었다. 그때까지도 중간에 사람이 끼어든 일은 있었지만 우리 걸음걸이가 워낙 느려 바로 노파를 추월해버렸다. 하지만 이번 남자는 노파와 보조를 맞추어 20미터쯤 떨어진 채 어슬렁어슬렁 걷고 있었다. 하이패스 쪽에서 나타나 수도국 연구소 모퉁이를 돌아 나와 중간에 끼어든 것이 틀림없었다. 남자는 주기적으로 뒤를 돌아보았다. 하지만 그 모습에서는 심한 아마추어 냄새가 났다. 나는 그가 돌아보기 전에 건물 뒤나 어둠 속에 몸을 숨겨 시선을 피했다. 그렇게까지 하지 않더라도 그의 시야는 자기 바로 뒤의 좁은 범위에 한정되어 있었다. 남자는 이십대 중반의 야윈 젊은이로, 해진 청바지 위에 얇은 하늘색 점퍼를 입고 있었다. 똑바로 신주쿠 역으로 갈 거라고 생각했던 노파가 갑자기 오른쪽 샛길로 꺾어져 보이지 않았다. 남자는 당황한 듯이 잰걸음으로 노파의 뒤를 쫓았다. 나도 발소리를 죽이며 뛰었다. 남자가 샛길로 꺾어졌다. 나도 속도를 높여 십 초 뒤에 그 모퉁이에 이르렀다.

남자가 20미터쯤 앞서 걷던 노파를 따라붙는 중이었다. 노파가 발소리를 듣고 뒤를 돌아보았지만 이미 늦었다. 남자는 뒤에서 노파의 여행 가방과 핸드백으로 손을 뻗었다. 노파가 '악' 하고 소리를 질렀다. 남자는 핸드백을 낚아채고 몸을 돌렸다. 두 사람 사이에 여행 가방이 떨어졌는데, 든 것이 별로 없다 보니 가벼운 소리를 내며 길바닥에 굴렀다. 노파는 '도둑이야!'라고 소리를 지르더니 여행 가방을 덮치듯 그 위로 쓰러졌다. 핸드백을 빼앗은 남자는 뒤에 아무도 없는 줄 알고 내가 숨어 있던 건물 모퉁이를 향해 쏜살같이 달려왔다. 모퉁이를 돌아 내 앞을 지나는 순간 나는 남자가 내디디려 하는 발 앞에 오른쪽 발을 슬쩍 디밀었다. 특별히 힘을 주어 발을 걸 필요도 없었다. 남자는 '힉' 하는 기묘한 소리를 내며 공중에 떴다가 2미터 이상 날아가 얼굴과 오른쪽 어깨 어느 쪽이 먼저인지 모를 자세로 길바닥에 떨어졌다. 핸드백은 조금 늦게 남자와 나 중간 지점에 떨어졌다.

남자가 고통스러운 듯이 신음 소리를 내면서 간신히 일어서더니 나를 돌아보았다. 오른쪽 뺨에서 피가 흘렀고 오른쪽 어깨가 아픈지 왼손으로 누르고 있었다. 나는 '가'라고 눈짓을 했다. 남자는 영문을 몰라 잠시 입을 멍하니 벌리고 있었지만 이윽고 몸을 돌려 천천히 달렸다. 그때 노파가 '도둑이야!'라고 외치며 모퉁이를 돌아 들어왔다. 도망치는 남자의 속도가 단숨에 열 배는 빨라졌다.

"할머니, 핸드백은 걱정 마세요." 나는 길바닥에 떨어진 핸드백을 주워 건넸다.

"어머, 당신이 찾아준 거로군요." 노파는 고맙다 하고는 도망치는 날치기 쪽을 바라보며 말했다. "그래도 경찰에 신고는 해야겠네."

나도 그렇게 하는 것이 옳은 조치라고 생각했다. 이런 상태로는 자칫하면 중요한 증거물이 위험할지도 모른다. 하지만 나는 생각과는 다른 말을 했다.

"글쎄요……. 상대는 우발적인 충동으로 이런 짓을 저지른 학생 같습니다. 게다가 경찰서에 가면 할머니도 여러 가지 질문을 받을 텐데 오히려 번거롭지 않을까요?"

노파의 시선이 재빨리 아래로 움직였다. 자기 손에 든 벽돌색 여행 가방을 본 듯도 했다.

"……하긴 그렇군요. 핸드백은 당신 덕분에 이렇게 무사하니까. 아, 참. 당신에게 뭔가 감사 표시를 해야겠군요."

"그러실 필요는 없습니다. 우연히 제가 이곳을 지나던 길이라 다행이었습니다. 그보다 무슨 볼일 없으신가요? 어디 가시려던 중이라거나. 시간이 벌써 이렇게 늦었습니다."

노파가 방긋 웃었다. "그렇군요. 저는 지금 가야 할 곳이 있어요." 그러더니 은밀한 목소리로 물었다. "당신은 내가 왜 이 여행 가방을 소중하게 품고 있는지 아나요?"

"아뇨." 나는 거짓말을 했다. 아니, 사실은 모르는 건지도 모른다.

"난 지금 식당으로 가는 중이었어요. 거기에 이 예쁜 여행 가방을 전해줘야 할 사람이 있어서."

"오호…… 그러세요?"

"당신도 함께 갑시다. 이렇게 위험한 거리라……. 거기는 일류 요릿집과는 비교할 수 없겠지만 음식을 제법 맛있게 하는 집이니 답례로 한턱내죠."

"가시죠. 한턱내시는 거야 어떻든 제가 그 가게까지 바래다드리겠습니다."

노파의 안내로 나는 날치기가 핸드백을 낚아채던 샛길로 들어가 첫 번째 사거리에서 왼쪽으로 꺾은 뒤 신주쿠 우체국 앞 삼거리를 오른쪽으로 돌았다. 일 년쯤 전에 이 근처 은행 지점에서 권총 강도와 우연히 마주친 일을 떠올렸다. 권총 강도 쪽이 오히려 권총을 숨기고 있던 은행 지점장에게 사살당한 사건이었다. 이 일대는 은행이나 생명보험회사가 밀집한 지역인데 거기 뒤섞여 음식점이 있는 잡거빌딩이 여기저기 흩어져 있었다. 노파는 그 거리를 10미터쯤 들어가 은행 주차장 옆에 있는 3층 건물로 안내했다.

'아하유키'란 이름의 식당은 그 건물 2층이었다. 시간은 이미 자정이 지났지만 영업중이었다. 가게 안에는 손님 네댓 명이 카운터와 다다미를 깐 작은 곁방에 흩어져 앉아 있었다. 일본식 인테리어를 한 음식점으로, 어느 자리에서나 밝고 흥겨운 이야기소리와 웃음소리가 들렸다. 여행 가방이 도착하기를 초조하게 기다리는 듯한 손님은 보이지 않았다.

우리가 가게 안으로 들어가자 바로 카운터 안쪽에 있던 쉰 살 안팎으로 보이는 여주인이 노파를 보더니 깜짝 놀라 소리쳤다. "어머, 언니!"

여주인은 카운터 안을 돌아 계산대 쪽 출입구로 뛰어나왔다. 노파의 어깨를 껴안으며 목소리를 낮춰 말했다. "온다는 전화는 받았지만 설마 진짜 나오다니……. 어쩐 일이야? 집에서 누워 있어야 하잖아? 가게가 끝나면 하네기에 있는 언니 집으로 전화해볼까 했는데."

"뭘 그리 야단이냐?" 노파는 동생을 꾸짖는 언니 표정을 지으며 말했다. "난 보다시피 멀쩡해. 환자 취급하지 말아다오."

"그렇지만, 언니……."

카운터 안쪽에 있던 흰옷을 입은 주방장이 '어서 옵쇼' 하며 인사를 했다. 분명히 여주인보다 나이는 아래지만 무슨 일이 있을 때는 믿음직할 것 같은 느낌의 침착한 남자였다. 당장은 남편인지 고용된 주방장인지 판단이 서지 않지만 양쪽을 겸하는 듯했다.

노파는 카운터 옆 의자에 걸터앉아 말했다. "자, 거기 그렇게 우두커니 서 있지 말고 이 집 최고의 요리를 준비해줘. 오늘은 중요한 손님을 모시고 왔고 네게도 깜짝 놀랄 선물이 있으니까."

"이쪽 분은……?" 여주인이 불안한 표정으로 나를 바라보았다.

노파는 나를 소개하려다 당황했다. 하지만 바로 자신 있는 목소리로 말했다. "이분은 요시오카 씨. 다쿠야가 디자인한 오벨리스크 지배인이셔. 조금 전에 날치기에게 핸드백을 빼앗길 뻔했는데 요시오카 씨가 도와주셨지."

"어머, 정말? 이렇게 늦은 시간에 돌아다니니까 그런 일을 당하지." 여주인은 나를 돌아보더니 일단 인사는 해둔다는 듯이 고맙다고 했지만 자기 언니의 말을 반밖에 믿지 않는 표정이 역력했다. 나는 노파가 여행 가방과 핸드백을 내려놓은 좌석을 사이에 두고 한 칸 건너 자리에 앉았다.

"유키짱, 그보다 우리 요리를 해줄 수 있니? 난 아침부터 아무것도 먹지 못했어. 요시오카 씨가 주문하는 것과 같은 걸로 할게."

여주인이 손짓하자 주방장이 알았다는 듯이 고개를 끄덕였다.

"아, 참. 그보다 우선 이걸 유키짱에게 보여줘야지." 노파는 옆 좌석에 있는 여행 가방을 카운터 위에 얹었다. "어때……? 예쁘지? 마음에 들어?"

여주인이 의아하다는 표정으로 언니의 얼굴을 뚫어지게 바라보았다.

"뭘 그리 놀란 표정을 짓고 그러니? 어젯밤에는 빌려온 지저분한 가방이라 창피해서 수학여행을 가지 않겠다며 울고불고 엄마 애를 먹인 주제에."

여주인은 언니가 하는 말이 농담인지 진담인지 몰라 멍한 표정을 지었다.

"언니가 구해 왔으니 안심하고 여행가도 돼. 봐, 새로 산 것처럼 깨끗하잖아?" 노파는 그렇게 말하며 여행 가방의 지퍼를 열고 뚜껑을 획 젖혔다. 백 장에 가까운 1만 엔짜리 지폐가 가방 안에 잔뜩 흩어져 있었다. 노파가 몇 장 꺼낸 돈다발이 날치기당할 때 풀린 모양이었다.

"뭐야, 언니? 이 돈 어떻게 된 거야?"

여주인도 놀랐지만 노파는 그보다 더 놀랐다.

"나, 난, 이런 돈 몰라……." 노파가 멍한 표정을 지으며 아래턱을 병적으로 부들부들 떨기 시작했다. "네게 여행 가방을 주려고 가져왔을 뿐인데 어떻게 이런 돈이…… 아, 이상하게 피곤하네, 몸이 안좋아……."

"언니, 괜찮아?" 여주인이 언니의 등에 팔을 둘렀다.

"머리가 멍하고…… 좀 쉬고 싶어."

내가 일어섰다. 여기까지다. 노파 때문에 주위 손님들도 관심을 보이기 시작했다. 나는 카운터 안쪽에 있는 주방장을 손짓해 불렀다. 그가 가까이 왔을 때 낮은 목소리로 말했다.

"할머니가 몸이 좀 안 좋으신 모양이야. 게다가 여기엔 복잡한 사정이 얽혀 있으니 손님들은 빨리 돌아가게 하는 게 낫겠는데."

그는 시선을 내게서 노파 쪽으로 그리고 여주인 쪽으로 옮기더니 다시 나를 바라보았다. 그리고 내 예상대로 결단을 내려주었다. 조용한 목소리로 '알겠습니다'라고 하더니 먼저 카운터에 앉은 손님들쪽으로 걸어갔다.

노파는 여행 가방 옆 카운터에 팔꿈치를 짚고 두 손으로 머리를 감싸고 있었다. 여주인은 어찌해야 좋을지 몰라 걱정스러운 표정으로 언니의 등을 쓰다듬었다.

나는 여행 가방 뚜껑을 닫고 여주인에게 말했다. "전화 좀 쓰겠습니다." 카운터로 가서 핑크색 전화의 수화기를 들었다. 빨간 버튼을 누르고 '119'를 돌렸다. 상대방이 나오자 구급차를 요청하고 노파의 상태를 간략하게 이야기해주었다. 가게 주소는 계산대 옆 바구니에 들어 있던 홍보용 성냥을 보고 알려주었다. 그 사이에 주방장의 말을 들은 손님들이 계속 내 뒤를 지나 가게에서 나갔다.

그리고 신주쿠 경찰서 수사과 번호를 돌렸다. 이번에는 니시고리 경부가 받았다. 다지마 주임이 말했던 불호령이란 표현이 지나치게 품위 있게 느껴질 만한 욕을 삼십 초 동안 묵묵히 들었다.

"여행 가방을 소지한 인물이 지금 어디 있는지 묻고 싶다면 그만 좀 투덜거리시지."

나는 음식점 이름과 주소를 다시 읊었다.

"여기서 아주 가깝군." 니시고리가 말했다. "삼 분 안에 도착하지."

"당사자가 병든 노인이고 아무런 위험도 없는 사람이야. 최소한의 인원만 데리고 조용히 와줘."

"닥쳐. 지시하지 마."

"메지로 경찰서 모리 수사과장 번호를 가르쳐줘." 나는 계산대에 있는 볼펜을 집어 들었다.

"용건이 뭐야? 내가 전달할게."

"최악의 경우에는 유괴 사건 공범자가 살해당할지도 몰라. 내가 직접 이야기하는 게 빨라."

니시고리는 무뚝뚝하게 커다란 목소리로 숫자 일곱 개를 불렀다. 나는 홍보용 성냥 여백에 메모를 하고 수화기 후크를 눌러 전화를 끊었다.

그리고 니시고리가 알려준 번호를 돌렸다. 가무라 지아키가 어머니에게 건넨 메모를 주머니에서 꺼냈다. 바로 신호가 떨어졌는데 받은 사람은 오사코 경부보인 모양이었다.

"사와자키야. 수사과장 바꿔."

"삼십 분 전에 신주쿠 경찰서에서 연락을 받았는데 중요 증거물인 여행 가방을 지닌 인물을……."

"당신 귓구멍이 없나? 최악의 경우에는 제2의 희생자가 나올 수도 있어. 수사과장 바꾸란 말이야."

"모리다. 함께 듣고 있어. 이야기해."

"자세한 이야기는 할 시간이 없어." 나는 우선 하네기에 있는 유키의 집 주소를 불렀다. "거기 유키 다쿠야라는 디자이너와 가무라 지아키라는 여성이 동거하고 있을 거야. 유키의 어머니로 보이는 노인이 여행 가방을 그 집에서 가지고 나오기에 미행했어."

"……그런가?"

"유키와 가무라 지아키가 오늘 점심 이전에 집에 있었던 것은 확실하지만 노인이 집을 나선 밤 10시 전후에는 둘 다 부재중이었어."

"알았어. 지금이 0시 25분이로군."

"노인과 나는 현재 신주쿠 경찰서 바로 옆이라 니시고리 경부에게 이미 연락했어. 그쪽은 유키의 집 쪽을 부탁해. 만약의 경우를 생각한다면 관할 경찰서에 먼저 출동해달라고 부탁하는 게 나을지도 모르겠군."

"알았네. 바로 연락하지."

나는 전화를 끊었다. 여주인과 주방장이 테이블을 치워 넓어진 다다미방에 노파를 눕히는 중이었다. 눈을 감은 노파는 반쯤 잠이 든 사람처럼 보였다. 그 주변에서 약간 이상한 냄새가 풍겼다. 거의 세 시간 가까이 '배회'한 데 따른 긴장과 피로 때문에 기운이 빠진 노파가 실금을 한 건지도 몰랐다.

"이게 무슨 일이야……." 여주인이 머리맡에 쭈그리고 앉아 우는 소리를 했다. "다쿠야가 어머니 상태가 이상하다고 이야기해줬는데도 장사 때문에 들여다보지도 못했어. 노인성 치매라는 이야기는 들었는데 언니의 이런 모습을 보게 될까 봐 두려웠어……. 그런데 언니는 삼십 년도 더 된 옛날이야기를—내가 여행 가방을 사달라며 울던 일을 기억한다니." 여주인은 언니의 어깻부들기에 얼굴을 묻었다.

나와 주방장은 그저 얼굴만 마주 볼 뿐이었다. 건물 밖에 차가 여러 대 급히 멈추는 소리가 나고 소란스러워졌다. 뒤이어 멀리서 구급차의 사이렌이 들려왔다. 나는 노파의 행동에서 뭔가를 기대하던 나 자신이 부끄러웠다.

28

그날 세 번째로 방문한 유키의 집은 낮과 밤이 뒤바뀐 듯이 어수선했다. 오히려 처음 찾아왔던 낮이 가장 어둡고 조용했다는 인상이 남아 있었다. 유키 다쿠야의 어머니인 유키 기누코로 밝혀진 노파는 과로라는 진단을 받아, 구급차로 이미 신주쿠 경찰병원에 옮겨져 있었다. 여동생 부부가 구급차를 함께 타고 갔다. 나는 니시고리 경부가 운전하는 세드릭을 타고 파크사이드 호텔에 들러 주차장에서 내 블루버드를 꺼냈다. 그리고 각자 차를 몰아 정반대 코스로 1시 반쯤 되어 세타가야 구 하네기로 돌아왔다.

유키의 집 앞 도로에는 관할 경찰서와 메지로 경찰서의 순찰차 일곱 대가 통행이 불가능할 만큼 쭉 늘어서 있었다. 이런 시간에 무슨 일인가 싶어 밖으로 나온 이웃 주민들을 관할 경찰서 제복 경관

이 정리하고 있었다. 우리는 그 혼란을 비집고 들어갔다. 순찰차가
서 있는 줄 뒤에 차를 세우고 유키의 집 현관으로 향했다. 모든 방의
불을 다 켜놓은 모양이었다. 함석지붕 차고에도 불이 들어와 있었
고, 유키의 차로 보이는 은색 코롤라 라이트밴 주위에서 움직이는
수사관들이 보였다. 나는 이럴 경우 전기 요금은 누가 내는 걸까, 하
는 아무런 도움도 안 될 생각을 하고 있었다. 우리가 도착한다고 무
선으로 보고받은 모리 수사과장과 오사코 경부보가 현관 앞에 나와
기다리는 중이었다. 물론 정확하게 이야기하자면 그들이 기다리는
것은 니시고리가 들고 있는 여행 가방이었다.

니시고리 경부가 니시신주쿠의 음식점에서 문제의 여행 가방과
소지자인 유키 기누코를 확인한 다음, 핸드백과 여행 가방 안에 들
어 있던 1만 엔 지폐 백아흔여덟 장 가운데 서른한 장의 일련번호가
몸값을 넘겨주던 날 밤에 제한된 시간동안 급히 적어 남긴 숫자와
일치한다는 사실을 확인한 시점에서, 메지로 경찰서 수사본부는 유
키의 집에 가택수색을 단행했다. 동시에 유키 다쿠야와 가무라 지아
키에 대한 신문이 시작되었다. 하지만 그 근거가 될 가장 중요한 증
거물을 손에 넣기 전에는 수사 활동이 제대로 이루어질 수 없었을
것이다. 흰 장갑을 낀 오사코 경부보는 증거품을 넣는 비닐봉투에
든 여행 가방을 조심스럽게 받아들었다.

"바로 감식에 넘겨." 모리가 말했다. "경부와 탐정은 이쪽으로."

모리 수사과장은 증축한 사무소로 우리를 데리고 갔다.

감색 모자에 작업 점퍼를 입은 감식 담당자가 내가 망가뜨린 스

프링 자물쇠를 살폈다. 우리는 그를 피해 사무소 안으로 들어갔다. 이사카 경시와 가지키 경부 이외에 사십대 중반의 낯선 형사가 동석했다. 관계자가 아니라는 듯 졸린 표정을 짓는 것으로 보아 이 지역 경찰서 형사인 모양이었다.

경찰관끼리 인사를 나누는 동안 나는 낮에 앉았던 칸막이 뒤의 접의자를 끌어당겼다. 지난해 캘린더가 붙은 벽 앞에 앉아 담배에 불을 붙였다. 모리와 니시고리도 가까이 있는 의자에 앉았다. 사무소 안쪽 아틀리에로 쓰는 다다미방에서도 감색 작업복 차림 수사관이 움직이는 모습이 보였다.

"상황을 설명해주면 좋겠군." 이사카가 내게 말했다.

나는 고개를 끄덕이고 유키 기누코가 이 집을 나가 니시신주쿠에 있는 여동생 가게에서 쓰러지기까지의 긴 전말을 간추려 이야기했다. 설명에는 삼 분도 걸리지 않았다.

"거기까지의 경위는 잘 알겠네." 이사카가 말했다. "문제는 자네가 어떻게 이 집에 그 여행 가방이 있다는 사실을 알게 됐느냐는 점이야."

"몰랐어." 내가 대답했다.

이사카가 꾹 참고 말을 이었다. "어떻게 이 집을 주목하고 잠복했느냐고 묻는 거야."

의뢰인과 한 약속이 있었다. 하지만 여행 가방이라는 번듯한 '물증'이 있으니 계속 숨기는 짓은 오히려 의뢰인이나 가무라 지아키에게도 도움이 되지 않을 거라는 판단이 들었다.

"가이 마사요시 씨가 조사해달라고 한 명단에 가무라 지아키의 이름이 있었지."

형사들은 잠시 서로 얼굴을 마주 보았다. 불평하는 일은 자기 역할이라는 듯이 가지키 경부가 덤벼드는 듯한 말투로 물었다. "메지로 경찰서에서는 왜 그걸 숨겼지? 가이 마사요시에게 그 사람 자식들에 관한 조사만 의뢰받았다고 분명히 이야기하지 않았나?"

나는 가지키의 말을 무시하고 천천히 담배를 껐다.

이사카가 짐작이 간다는 표정을 지었다. "가무라 지아키는 아까 우리 질문에 대답할 때 '어머니는 미혼모였으니까요'라고 했는데…… 아버지가 가이 교수인가? 그렇지?"

"딸은 아니라고 하지만 아버지는 이십팔 년 동안이나 그렇게 믿고 살았어. 나는 메지로 경찰서에서 의뢰인이 자기 자식들에 관한 조사를 의뢰했다고 이야기했는데 아무도 그 이름을 묻지 않았어. 하기야 그때는 범인들이 사이가 틀어졌을 거라는 논의에 몰두해서 내 이야기에는 귀 기울이는 사람도 없었지."

"우리는 가이의 자식이 아들만 셋이라고 ― 양자로 보낸 막내아들을 넣어도 네 명이 전부라고 생각했어." 가지키가 입을 삐죽 내밀었다. "그걸 뻔히 알면서 그렇게 말해놓고……. 가무라 지아키 이야기는 묻지 않아도 해줬어야지."

"묻지 않았지만 이야기해주지." 나는 그렇게 말하며 출입문을 조사하는 수사관을 돌아보았다. "저 문을 부순 건 나야. 지문도 나오겠지. 안쪽 아틀리에 바닥에 난 발자국도 물론 내 것이야. 이 집안 식구 것이 아니라고. 수배하면 안 되니까 이야기해두는 거야."

사무소 안이 묘하게 조용해졌다. 문을 조사하던 수사관이 작업을 계속해야 할지 난처해하자 모리가 손을 저어 내보냈다. 니시고리는 등을 지고 제도대 하나에 엎혀 있는 작업 도면을 들여다보았다. 니시고리가 웃음을 터뜨리고 싶은데 참는 것이 아닌가 하는 생각이 얼핏 들었지만, 그럴 리는 없을 거라고 생각을 고쳤다.

"핸드백을 날치기하려던 놈을 멋대로 풀어준 것은 마음에 안 들어." 가지키가 말했다. "만약에 그 녀석이 유괴 사건과 관계있다면 어쩔 거야? 관계없다는 절대적인 확신이 있나?"

"없어. 하지만 그 문제를 가지고 이러쿵저러쿵할 사람은 당신 이외에 없을 거라는 절대적인 확신이 있어." 나는 가지키가 화를 내기 전에 덧붙였다. "여행 가방은 보지도 않고 핸드백을 빼앗아 도망치려는 남자보다 여행 가방을 가지고 이동중인 노파의 행선지가 더 중요하다고 생각했지."

"가무라 지아키에 관해 네가 알려줘서 우리가 유키의 어머니 행동을 감시했다면 그 날치기도 잡을 수 있었을 것 아니야."

나는 가지키의 얼굴을 똑바로 바라보았다. "당신 이야기는 경찰관이 5000만 명쯤 돼서 남은 5000만 명의 예비 범죄자를 맨투맨으로 늘 마크하는 게 이상적인 세상이라는 말처럼 들리는군."

"내가 언제 그런 극단적인 소리를 했다고 그러나?" 가지키는 얼굴이 시뻘개져서 소리를 질렀다.

"아아, 지난 일이야 어찌 되었든—." 모리가 분위기를 수습하듯 말했다.

"탐정, 그럼 자네도 가이 교수의 아버지로서의 직감 이외에는 결국 가무라 지아키나 유키 다쿠야가 유괴 사건의 범인이라는 사실을 증명할 단서는 아무것도 잡지 못한 건가?"

나는 고개를 끄덕였다. "유키 기누코가 여행 가방을 들고 나가지 않았다면 난 이 집 상황을 더 살피다가, 유키라는 남자가 가무라 지아키를 해치지 않을 거란 판단이 들었으면 지금쯤 집에 가서 푹 자고 있겠지."

나를 바라보는 형사들의 시선이 멀어지는 것을 느꼈다. 내게 묻고 싶은 것, 내게 해두고 싶은 이야기는 다 끝난 모양이었다. 나는 새삼스럽게 형사들 얼굴을 둘러보았다.

"두 사람에 대한 취조는 어떻게 진행되지? 그 이야기를 좀 해줄 수 있겠나?"

모리는 이사카를 돌아보았다. "특별한 문제는 없죠? 두 사람을 매스컴 관계자가 우글거리는 경찰서로 서둘러 연행할 필요도 없고, 이쪽에서 취조의 윤곽을 잡아두면 좋겠는데."

이사카는 고개를 끄덕이며 낯선 형사를 소개했다. 내게 소개한 것이 아니라 니시고리에게. 공식적으로 나는 이 자리에 존재하지 않는 인간이었다.

"이쪽은 기타자와 경찰서 순사부장인 구로다 형사. 이 집에 제일 먼저 도착했으니 이야기를 한번 들어보지."

구로다 형사는 살짝 헛기침을 하고, 낯이 익지 않은 형사들이 상대라 그런지 긴장한 목소리로 설명하기 시작했다.

"우리가 메지로 경찰서의 요청을 받고 여기 도착한 것은 0시 45분 정각이었습니다. 우리 차가 막 집 앞에 도착하려 할 때, 나중에 가무라 지아키라고 판명된 여자가 길 반대 방향에서 달려와 집 안으로 들어가더니 현관으로 뛰어 들어갔습니다. 뭔가 큰일이 났구나 하는 생각이 들어 바로 차에서 내려 집 입구에서 안쪽 상태를 살폈죠. 안에서 상당히 크게 말다툼하는 듯한 남녀의 목소리가 들려왔습니다. 메지로 경찰서에서 가무라 지아키라는 여성을 급히 보호하라고 했기 때문에 바로 우리 도착을 알려야할까 생각했지만 아무래도 말다툼이 그런 내용으로 들리지는 않았습니다."

구로다는 그때를 떠올리듯 곤혹스러운 표정을 지었다.

"간추리면 가무라 쪽은 이 집의 망령 든 노모가 불쑥 집을 나갔으니 어서 경찰에 신고해달라, 수색을 요청해달라 주장했습니다. 그것도 말다툼이라기보다는 오히려 알아듣기 쉽게 차근차근 설명하는 듯한, 천천히 설명하는 듯한 말투였죠. 그에 비해 나중에 유키 다쿠야로 밝혀진 남자 쪽은 그건 안 된다면서 집요하게 반대했습니다. 그리고 근처를 더 잘 찾아보라고 했습니다. 가무라는 노모가 있을 만한 장소는 이미 전부 찾아보고 왔으니 어서 경찰에 전화해달라고 계속 이야기했고요……. 그 이상의 전개는 없을 것 같아서 우리는 집을 방문하기로 하고 현관으로 들어갔습니다. 어머니는 이미 경찰에서 보호중이라고 전한 뒤 메지로 경찰서의 도착을 기다렸습니다. 대략 이렇게 된 겁니다."

"현관으로 들어와 두 사람을 처음 보았을 때 상태가 어땠습니까?" 내가 물었다.

구로다는 흘끗 나를 보더니 시선을 다시 이사카 쪽으로 돌리고 대답했다. "글쎄요……. 현관 마루에서 서로 노려보는 느낌이었습니다. 유키는 전화기를 가로막고 서서 사용하지 못하게 하려는 모습이었죠. 그리고 상당히 취해 있었는데, 약간 비틀거렸습니다. 현관에 들어서니 술 냄새가 확 났습니다."

"어머니가 이미 경찰 보호를 받고 있다는 말을 들었을 때 두 사람의 반응은?" 내가 또 물었다.

"가무라는 눈에 띄게 안도하는 모습이었고, 우리에게 고맙다고 하더니 힘이 빠졌는지 현관에 주저앉았습니다. 유키의 반응은 확인하지 못했습니다. 아니, 거의 특별한 반응은 보이지 않은 듯합니다. 어쨌든 자기 어머니가 무사하다는 이야기를 듣고도 골이 난 사람처럼 한마디도 하지 않았죠. 저는 그 시점에는 사건에 관한 상세한 정보가 없었기 때문에 경찰에 전화를 걸지 못하게 한 것도 그 노인이 치매에 걸렸다는 사실을 이웃에게 어지간히 알리기 싫은 모양이다, 그래서 이렇게 무뚝뚝한 태도를 취하는 거구나 생각했습니다."

내가 또다시 물었다. "두 사람이 그런 병을 앓는 어머니를 집에 둔 채로 외출한 이유는?"

"아, 그건 메지로 경찰서 쪽에서……." 구로다 형사는 의자 등받이에 기댔다.

모리 수사과장이 대신 대답했다. "그 문제에 관해서는 가무라 지아키에게서 변명을 들었어. 9시 반 경에 유키가 단골로 드나드는 지유가오카의 스낵바에서 유키가 너무 취해 처치 곤란이라고 연락이 와 어쩔 수 없이 시어머니가 밖에 나가지 못하게 병실 문을 잠가두고 유키를 데리러 나갔다더군. 유키는 고주망태가 되어 집으로 돌아오려고 하지 않다 보니 시간이 걸린 모양이야. 11시 반 경에 겨우 대리운전을 불러 코롤라 라이트밴에 유키를 태우고 돌아왔다더군. 그런데 시어머니가 보이지 않아 깜짝 놀라 여기저기 찾아 돌아다니는 중에 경찰이 왔다더군."

"유키가 경찰 연락을 막은 이유에 대해 가무라 지아키는 뭐라고 했지?" 내가 물었다.

"피차 흥분 상태였고, 유키는 아직 술이 덜 깨서 무슨 말을 하는지 제대로 알아들을 수 없었다더군. '내가 주워온 여행 가방을 어머니가 가지고 나간 모양이니 경찰에 알리면 곤란하다'라는 의미의 말을 했대. 가무라 지아키가 '그런 걱정보다 어머니를 찾는 게 더 중요하다'라고 하자 유키는 '그 여행 가방에는 정체를 알 수 없는 거금이 들어 있어서 범죄와 관계있다고 의심받을 가능성이 있다'라고 대답했다는 거야. 가무라 지아키는 술 때문에 유키의 머리가 이상해진 모양이라고 생각했다더군."

이사카는 담배에 불을 붙이고 말을 이었다. "유키가 진짜로 가무라 지아키에게 그렇게 말했거나 가무라 지아키가 적당히 둘러대는 것이거나 둘 중 하나일 테지만 적어도 여행 가방을 주웠다는 이야기가 나온 것은 분명하다고 봐야겠지. 어쨌든 두 가지 경우를 생각할 수 있을 거야. 하나는 유키만 유괴에 관련되었을 경우. 또 하나는 범인들이 사이가 벌어졌을 경우지. 두 사람은 공범인데 가무라 지아키 쪽은 이 집에 여행 가방이나 몸값이 있다는 사실과 시어머니가 가지고 나간 사실을 구로다 형사가 도착하기 직전에 유키에게 들어 알았을 수도 있어. 이 경우에는 묵비권을 행사하는 유키가 가무라 지아키의 증언과 모순되는 여행 가방 입수 경로를 대면 두 사람을 몰아붙일 수 있을 텐데……."

"두 사람은 틀림없이 공범입니다." 가지키 경부가 주장했다. "가무라 지아키의 낮은 목소리는 마카베 씨 집으로 걸려온 협박 전화의 목소리와 상당히 비슷하다고 생각합니다. 시어머니 병력에 관한 질문을 핑계 삼아 경찰병원에서 가무라 지아키에게 전화를 걸고 목소리를 녹음했으니 조만간 성문 감정이 나올 겁니다. 그러면 확실해지겠죠."

"노파의 병력을 아들인 유키가 아닌 가무라 지아키에게 물었나?" 내가 질문했다.

"아니, 두 사람에게 그 건을 이야기했더니 유키는 무뚝뚝한 표정으로 말을 하지 않았네. 가무라 지아키가 대략 들어 안다면서 자진해서 수화기를 받아들었지. 우리 계산대로 된 거야."

"제삼의 경우는 생각할 수 없는 건가?" 내가 물었다. "두 사람 모두 유괴 사건과는 전혀 관계없는 경우 말이야."

모리 수사과장이 쓴웃음을 지었다. "그럴 가능성이야 있기는 하지. 하지만 그러면 유괴범은 망령 든 노인네라는 이야기가 되는걸."

형사들이 웃는 표정을 지었다. 니시고리 경부만 웃지 않았다. 니시고리 경부는 비웃는 얼굴을 빼면 내게 웃는 모습을 보여준 기억이 없다.

"그래서—." 니시고리가 손목시계를 보더니 비로소 입을 열었다. "두 사람은 뭐라고 진술하고 있지?"

니시고리처럼 독불장군으로 수사를 지휘하는 타입의 형사는 이렇게 협의를 하는 수사 스타일에 틀림없이 짜증이 날 것이다. 그 짜증이 목소리에도 묻어났다.

"현재는 아직 아무것도." 모리가 대답했다. "두 사람을 불안하게 하려고 각각 다른 방에서 취조를 시작했지. 신문에는 유괴 및 인질 살해 이야기가 아직 전혀 나오지 않은 상태야. 기본적으로는 유키 기누코가 가지고 있던 벽돌색 여행 가방과 내용물에만 초점을 맞추어 추궁했지. 납득될 만한 설명을 하지 못하면 유키 기누코를 체포할 수밖에 없다는 냄새를 풍기면서 말이야. 가무라 지아키는 방금 이야기한 대로 자기는 여행 가방도 내용물에 관해서도 전혀 모른대. 다만 그때 자기의 작은 장롱에서 숄더백을 꺼내 내용물을 확인했어. 그리고 자기 명의로 된 예금통장과 약 200만 엔이 든 봉투를 보여주면서 이 집에 자기가 아는 목돈은 그 800만이 전부라고 하더군. 돈의 출처나 입수 경로도 다 설명했고."

그 설명은 내가 요쓰야에 있는 찻집 파반느에서 목격한 그대로였다. 나는 잠자코 듣고 있었다.

"가무라 지아키는 그 200만 엔이 무사히 수중에 있는 한 시어머니가 가지고 돌아다닌 돈에 관해서는 전혀 짐작 가는 바가 없다는 거야. 봉투 안에 든 돈은 얼핏 보기에 신권이었는데, 만약을 위해 허락을 받고 점검했지. 물론 몸값과 직접 관계가 없는 지폐였네. 그 돈의 출처인 가무라 지카코의 증언은 내일 아침 일찍 들을 작정이야. 가무라 지아키의 취조는 지금 여기까지 진행되어 있네."

모리는 한숨을 내쉬며 담배를 끄는 이사카와 교대하듯 담배에 불을 붙였다.

"유키 쪽은 도무지 이야기가 진행이 안 돼." 가지키가 내뱉듯이 말했다. "그 친구는 우리 질문을 완전히 무시하고 있어. 거의 묵비권 행사에 가까운 상태야. 자기 어머니나 가무라 지아키가 체포당할지 모른다고 겁을 줘도 응접실 소파에 앉아 고개를 숙인 채 아무런 반응을 보이지 않아."

"그 녀석 아직도 술이 안 깬 것 아닌가?" 니시고리가 물었다.

"아니야, 술은 이제 대략 깼을 거야. 이유는 모르겠지만 의도적으로 침묵하는 게 틀림없어……. 경찰서로 연행해서 유치장에 하루쯤 넣어둬야 할 것 같아. 시간을 가지고 천천히 공략해 들어가면 방법이 있겠지."

가지키가 불만스러운 목소리로 말했다. "그 친구는 최근 반년 가까이 일도 포기한 듯이 늘 술에 절어 살았어. 게다가 이 집에서 가지고 나간 게 틀림없는 여행 가방이라는 증거가 있잖아? 뿐만 아니라 치매에 걸린 어머니가 행방불명됐는데 경찰에 신고도 하지 못하게 했고. 이렇게 정보가 갖추어져 있는데 너무 비관적이지 않은가?"

"일이 없어 술에 빠졌다고 범죄자라고 단정할 수는 없지. 6000만 엔을 손에 넣었다면 왜 오늘 밤도 저토록 취하게 마셨겠어?"

"소녀를 살해한 일이 이제야 후회되는 건지도 모르지. 어쩌면 축배를 들 작정이었거나 습관적으로 퍼마신 건지도 모르고. 어쩌면 범인들끼리 사이가 벌어져서 가무라 지아키가 돈을 손에 넣은 사실을 눈치채지 못하게 하기 위해 지금까지와 똑같은 생활 태도를 보여야 했는지도 모르고."

나는 담배에 불을 붙이고 누구에게랄 것도 없이 물었다. "나머지 5800만 엔의 행방은?"

"아직 몰라." 이사카 경시가 대답했다. "200만 엔만 남겨두고 나머지는 어디에 숨겼다고 생각하는 게 타당하겠지. 본격적인 가택수색이나 금융기관 체크는 내일 아침 이후에 시작할 거야. 어쨌든 사야카가 유괴당하던 때나 몸값 인도 시점의 두 사람 알리바이를 조사해야겠지. 그 결과에 따라 두 사람 이외에 공범자가 존재할 가능성도 드러날 수 있고. 유키가 여전히 입을 다물고 있다면 일단 가무라 지아키부터—."

그때 사무소의 패널 문이 열리고 감색 점퍼를 입은 수사관 한 명이 뛰어 들어왔다. 감색 모자를 쓴 수사관은 밝은 표정이었다.

"실례합니다. 유키의 코롤라 대시보드에서 이런 물건이 발견되었습니다."

"뭐지?" 모리가 얼른 담배를 끄고 제도대를 돌아 수사관에게 다가갔다.

흰 장갑을 낀 수사관의 손에는 접은 지도 같은 것을 넣은 비닐봉투가 들려 있었다.

"'전국 도로지도' 사이에 아무렇게나 끼어 있어 특별히 신경을 쓰지 못하고 다른 것을 찾았는데 방금 펼쳐보니 중요한 지점에 표시가 되어 있습니다."

모리는 바지 주머니에서 얼른 흰 장갑을 꺼내 끼더니 비닐봉투를 받아들고 사무소 한가운데로 돌아왔다. 신중하게 지도를 꺼내 펼쳐 제도대에 얹었다. 형사들이 바로 주위를 둘러쌌다. 나도 구로다 형사의 어깨 너머로 들여다보았다.

다다미 절반 크기의 '도쿄 23구 전체 지도'였다. 수사관이 말한 대로 여러 곳에 검은 볼펜으로 표시가 되어 있었다.

"이건 마카베 씨 집이야!" 모리가 어울리지 않게 큰 목소리로 말하며 도시마 구 쪽의 '×' 표시를 가리켰다. "여기는 가이 교수 집이고, 두 지점을 연결하는 선은 피해자가 바이올린 레슨을 받으러 오가는 길이로군."

이사카가 스기나미 구 왼쪽 부분을 가리켰다. "간파치 길, 이노카시라 길, 이쓰카이치가도가 교차하는 다카이도 주변의 일고여덟 군데에 표시한 건 몸값을 받기 위해 탐정을 불러낸 심야 레스토랑이 틀림없어."

"게이주엔에도 또렷하게 표시가 되어 있군." 가지키가 말했다.

형사들은 만족스러운 표정으로 마주 보았다. 모리가 대기중인 수사관에게 말했다. "수고했네. 공로를 세웠어. 계속해서 코롤라를 수색해주게."

수사관은 약간 섭섭한 표정을 지었지만 바로 사무소를 나갔다. 다음 달 월급날이나 표창장을 받을 때까지 '공로를 세웠어'라는 수사 과장의 말이 그의 귓속에서 닳도록 재생될 것이다.

모리는 제도대 위 지도를 접어 비닐봉투에 다시 넣었다.

이사카가 힘찬 목소리로 말했다. "여행 가방 쪽은 어머니가 중간에 끼어 연관성이 떨어지는 바람에 좀 답답했지만, 이제 유키와 직접 관련이 있는 증거가 나왔다."

"이제 망령 든 노인을 범인으로 여기는 난센스는 없겠지." 모리가 말했다. 그러더니 내 얼굴을 보며 말을 이었다. "아무래도 탐정은 납득이 가지 않는 모양이로군. 너무 완벽한 증거라 의심스럽다는 표정이야. 추리소설 같은 걸 너무 많이 읽은 거 아닌가?"

가지키가 맞장구를 쳤다. "현실이란 이런 거야. 어떻게 이런 증거를 그렇게 잘 모셔둘 수 있느냐고 묻고 싶나? 범인은 이런 걸 함부로 버릴 수가 없는 법이야. 버리거나 태우려면 누가 볼까 두려워하기 마련이지. 게다가 어머니가 여행 가방만 가지고 나가지 않았다면 대시보드에 넣어두어도 아무런 문제가 없었지. 이렇게 경찰이 여기저기 뒤지는 상황이 되었으니 이제 어떤 은폐공작을 벌여도 때가 늦었지만……."

이사카 경시가 자기 전공 분야라는 듯이 이렇게 마무리를 지었다. "잘 들어. 범죄자는 돈이 필요해서 돈을 빼앗고, 사람이 미워서 누군가를 해치는 거야. 범죄를 저지르는 까닭은 그뿐이야. 자네나 우리 같은 사람에게 죄를 숨기려고 저지르는 건 아니란 말이지."

"대단한 범죄심리학이로군." 내가 담배를 끄며 말했다. 그들은 그저 믿고 싶은 것만 믿으려는 듯했다. 하지만 그들이 믿고 싶어 하는 것이 사실이라고 해도 결코 이상할 일은 없었다.

이사카 경시가 바로 일어서서 모리가 갖고 있던 도쿄 지도를 가리켰다. "좋아, 그걸로 우선 유키를 몰아붙이자고. 계속 묵비권을 행사한다면 서로 연행할 수 있는 재료는 갖춰졌어. 니시고리 경부도 괜찮다면 함께 와줘."

구로다 형사가 일단 기타자와 경찰서로 돌아가 보고를 마치고 내일 아침에 있을 본격적인 가택수사 때 다시 합류하겠다고 했다. 이사카가 바로 승낙하자 구로다는 안심한 표정으로 패널 문을 열고 나갔다.

나는 그 기회를 이용해 물었다. "가무라 지아키를 만나게 해줄 수 있나?"

이사카와 모리가 얼굴을 마주 보았다. 상당한 저항이 있을 거라고 예상했는데 그들은 바로 합의에 이르렀다. 형사들 머릿속은 새로 발견한 증거를 유키에게 들이댈 일로 가득했던 모양이다.

"뭐, 괜찮겠지." 이사카 경시가 선뜻 대답했다. "하지만 부디 우리 수사에 지장이 없도록 신경을 써줘."

나는 주의하겠다고 대답했다. 이사카와 모리는 니시고리를 재촉해 사무소 안쪽 문을 지나 아틀리에 쪽으로 향했다. 가지키가 불만스러운 표정으로 가무라 지아키에게 안내하겠다고 했다. 니시고리는 자리를 뜨기 전에 나를 날카롭게 한 번 노려보았다. 그가 내게 무슨 말을 하고 싶은지는 짐작이 갔다.

'우쭐대지 마, 탐정.'

29

2층에 있는 네 평쯤 되는 일본식 방은 아무리 봐도 평범한 사람의 생활공간이어서 범죄 냄새는 전혀 풍기지 않았다. 복도를 사이에 두고 어머니의 병실과 마주 보는 방이었다. 유키와 가무라 지아키의 거실 겸 침실로 쓰는 모양이었다. 남쪽으로 난 창문 쪽 마루에 밝은 등나무색 카펫이 깔려 있었다. 그 카펫 한복판에 겨울이면 고타쓰로 바뀔 와인색 가구 스타일 테이블을 사이에 두고 가무라 지아키와 오사코 경부보가 앉아 있었다. 방의 두 벽면을 차지한 여성스러운 경대와 장롱 등은 가무라 지아키가 이사 오면서 자기 집에서 가지고 온 듯했다. 문 바로 안쪽에 서 있던 젊은 제복 경찰관이 우리가 들어오자 바로 방을 나갔다.

취조를 중단하고 돌아보는 오사코에게 가지키 경부가 말했다.

"탐정에게 잠깐 이야기 나눌 시간을 줘. 단 우리 수사에 방해가 되지 않도록 주의하고." 가지키는 오사코의 대답을 기다리지도 않고 방을 나갔다. 새로 나온 증거를 유키에게 들이대는 장면을 보고 싶은 모양이었다.

나는 방을 가로질러 테이블 쪽으로 다가갔다. 오사코는 자기 앞에 내려놓았던 수첩을 덮어 상의 주머니에 넣더니 대신 셔츠 주머니에서 담배를 꺼내 불을 붙였다. 그리고 환기를 위해 창문의 연지색 커튼과 그 안쪽의 유리창을 30센티미터쯤 열었다. 캄캄한 하늘과 밤기운이 밝은 방에 검은 틈새를 만든 듯했다. 맞은편에 앉으려 하자 그제야 가무라 지아키가 나를 알아보았다.

"당신은 오늘 낮에……." 역시 무척 낮은 목소리로 말했다. "그럼, 형사였나요?"

가무라 지아키는 낮에 만났을 때와 똑같은 옷차림으로, 베이지색 점퍼의 옷깃을 오른손으로 여며 누르고 있었다. 추운 날씨는 아니었다. 심신이 모두 한계에 이른 상태에서 버텨내려 애쓰는 자세로 보였다.

"아뇨, 그렇지 않습니다. 아까 말씀드린 그대로입니다."

"가이 선생님에게 우리 모녀 이야기를 일러바치지 않은 모양이군요." 감탄하는 것인지 놀리는 것인지 알 수 없는 말투였다. 뺨은 창백하고 희미한 립스틱이 반쯤 지워져 있었다.

"그러겠다고 했을 텐데요. 아버님─가이 교수는 당신 전화에 상당한 충격을 받은 듯했습니다."

"어쩔 수 없죠. 그게 사실이니까⋯⋯." 가무라 지아키는 문득 생각났다는 듯이 말을 이었다. "가이 선생님 주변에서 범죄가 일어났다고 하셨는데, 이 소동이 그 범죄와 관계가 있는 건가요?"

가무라 지아키는 머리를 쓱 움직여 막연하게 소동의 범위를 표시했다. 거기에는 오사코 경부보와 나도 포함되어 있었다. 나는 고개를 끄덕였다.

"대체 무슨 일이 일어나고 있는 거죠?"

오사코 경부보가 불쑥 끼어들었다. "저 사람은 그 질문에 대답할 수 없습니다. 자칫하면 공무집행 방해가 될 우려가 있으니까요."

"묻고 싶은 게 있습니다." 내가 가무라 지아키에게 말했다. "당신은 요 이 주 동안 경찰의 추궁을 받아야 할 위법 행위를 한 기억이 있습니까?"

"아뇨, 없어요." 가무라 지아키가 단호하게 대답했다. 그리고 살짝 표정을 흐렸다. "어머니에게 떼를 써서 800만 엔을 뜯어내거나, 사실은 아버지가 아닌 사람에게 돈을 요구하거나, 시어머니를 병실에 가둔 일이 죄가 된다면 몰라도⋯⋯."

"그렇다면 무슨 일이 일어나고 있는지 신경 쓸 일 없습니다. 한 가지 더 묻고 싶은 게 있어요. 시어머니가 행방불명되어 경찰에 신고하느냐 마느냐 아웅다웅했을 때 유키 씨가 한 이야기를 정확하게 기억할 수 있습니까?"

"예⋯⋯. 하지만 둘 다 너무 흥분한 상태였어요. 시어머니가 없어졌다는 사실을 깨닫기 전부터 우리는 분위기가 험악했어요. 차를 끌고 나갔는데 혼자 돌아올 수 없을 지경까지 술을 마시다니……. 다만 그 사람 입장에서는 제가 어머니에게서 800만 엔을 받아 왔을 때 고개를 쭉 빼고 기다리는 사람처럼 보이고 싶지는 않았겠죠. 도망치듯 집을 비웠던 심정은 이해가 가요."

"신주쿠에 있는 서점에서 산 책은 그 사람에게 줄 건가요?"

"그것도 아시는군요……. 그 사람이 전부터 갖고 싶어 하던 책이니까요." 가무라 지아키의 얼굴에 잠깐 희미한 미소가 스쳐갔다. "학창 시절에는 굳이 디자인 쪽으로 나가지 않더라도 화가로 충분히 살아갈 수 있을 거란 말을 들을 만큼 능력이 있었다는데……."

나는 이야기를 되돌렸다. "그는 어머니가 가지고 나간 작은 여행 가방을 주워 왔다고 했죠?"

"예. 그렇게 말했어요."

"거기에 정체를 알 수 없는 거금이 들어 있었다는 건가요?"

"예, 그래요."

"그 밖에 다른 것이 들어 있다는 이야기는 없었나요?"

"돈 이외에? ……글쎄요. 뭐라고 한 것 같기도 한데, 그때 상황이 그래서……."

"당신을 신문한 형사는 당신이 '여행 가방에는 정체 모를 거금과 뭔가가 들어 있었다'라고 말한 것으로 기억하던데요."

"뭔가가? ……아아, 그래요. 생각이 나요. 지도예요. 큰돈과 도쿄 지도가 있다고 했어요. 정체를 알 수 없는 큰돈과 여기저기 표시가 된 도쿄 지도가 들어 있어서 범죄에 관련되었을 거라 의심받을 가능성이 있으니 전화는 하지 말라고, 그렇게 이야기했어요."

"도쿄 지도라고?" 오사코가 말했다. 테이블 위에 있는 재떨이에 급히 담배를 껐다. "그런 이야기는 처음 듣는군. 부인, 정말입니까?"

나는 오사코를 제지하며 말했다. "경부보, 그 지도는 이미 유키 씨의 코롤라에서 발견되었어. 그게 여행 가방 안에 있었던 물건인지 알고 싶었던 거야."

나는 몸을 일으키며 가무라 지아키에게 물었다. "유키 씨가 한 말 가운데 달리 생각나는 건 없습니까?"

가무라 지아키는 잠시 생각하더니 고개를 저었다. 나는 오사코에게 묻고 싶은 이야기는 끝났다고 하고 자리에서 일어났다.

가무라 지아키가 내게 물었다. "그 사람은 어떻게 되었죠? 괜찮은가요? 이 사람들은 아무것도 가르쳐주지 않아서요."

오사코가 슬쩍 손을 들어, 내게 주의를 환기시켰다.

"저는 아직 유키 씨를 만나지 못했습니다. 그러고 보니 아직 한 번도 본 적이 없군요. 형사들 이야기로는 이제 술이 깨서 안정을 찾은 모양입니다"

가무라 지아키는 안심이라는 표정을 지으며 고개를 끄덕였다.

나는 문 쪽으로 가려다가 고개를 돌려 덧붙였다. "응접실 소파에 앉아 자신의 손을 가만히 바라보고 있다고 합니다."

"더 지껄이면 곤란해." 오사코가 험악한 목소리로 말했다.

가무라 지아키가 쓴웃음을 지었다. "저와 이야기하게 해주면 그 사람도 공연한 고집은 부리지 않을 테고 형사분들도 쓸데없는 고생은 하시지 않을 텐데."

가무라 지아키는 유키가 비협조적인 태도를 취하는 걸 아는 모양이었다. 나는 오사코 경부보의 화난 눈초리를 뒤로하고 방을 나왔다. 내가 나오자 복도에 있던 제복 경찰관이 방으로 들어가는 모습을 보면서 계단 쪽으로 걸음을 옮겼다. 유키의 어머니가 있던 병실에도 수사관들의 모습이 보였다. 출입문 바깥에 달려 있던 고리 방식 자물쇠가 나사째 빠져 매달려 있었다. 네다섯 시간 전에 유키 기누코가 탈출할 때 부순 자물쇠가 틀림없었다. 나는 계단을 내려갔다.

현관으로 나가는 오른쪽에 응접실 문이 있었다. 아틀리에로 사용하는 전통식 방 출입구의 장지문과 복도를 사이에 두고 정면으로 마주 보는 구조였다. 문이 반쯤 열려 있고, 바로 안쪽에 서 있는 가지키 경부의 등이 보였다. 나는 발소리가 나지 않도록 조심히 다가가 그의 어깨너머로 방 안을 들여다보았다.

전형적인 서양식 응접실 거의 한가운데 무릎 높이의 낡은 테이블이 놓였고, 그 너머에 회색과 감색 줄무늬 천을 덮은 소파가 두 개 있었다. 이사카 경시와 모리 수사과장이 이쪽을 보고 앉아 있었다. 그 뒤로는 앞뜰로 난 창이 있는데, 아틀리에와 마찬가지로 짙은 회색 커튼이 드리워졌다. 니시고리 경부는 모리 수사과장의 등 뒤에 서 있었다. 그는 어울리지 않게 뭔가 신경이 쓰여 생각에 잠긴 듯한 표정이었다. 내가 방에 들어온 것도 눈치채지 못한 듯했다.

테이블 바로 앞에 긴 가죽 의자가 있었다. 거기에 유키로 보이는 인물이 이쪽을 등지고 앉아 있었다. 약간 머리가 긴 뒷모습과 선명한 노란색 폴로 셔츠를 입은 어깨가 보였다. 우리가 있는 문에 가까운 쪽 벽에는 유리문이 달린 오래된 책장이 두 개 놓여 있었다. 더 안쪽에는 역시 상당히 오래된 업라이트 피아노가 있고, 피아노용 둥근 의자에 무로오 형사가 커다란 엉덩이를 얹고 앉아 있었다. 유키의 등 뒤이자 내 시야에는 들어오지 않는 곳으로, 무로오 같은 타입의 형사가 즐겨 차지하는 위치이기도 했다.

"이제 그만 입을 좀 열지 않겠나?" 모리 수사과장이 부드러운 목소리로 말했다. "자네도 피곤해서 내키지는 않을 테지만."

유키는 들은 대로 자기 손에 시선을 떨어뜨리고 있는 모양이었다. 모리 수사과장의 말을 완전히 무시했다.

이사카가 테이블 위에 놓인 비닐봉투에 든 도쿄 지도를 유키 쪽으로 쓱 밀었다. 유키는 지도를 바라보았지만 형사들 기대와는 달리 아무런 동요도 보이지 않았다.

이사카가 말했다. "이런 증거가 나왔으니 자네의 묵비권 행사도 별 도움이 되지 않을 거야. 여행 가방이 어떻게 이 집에 있는지, 다 털어놓고 쉬는 게 낫지 않겠나? 적어도 경찰에 구속되어 있는 자네 어머니는 편하게 해드리는 게 어떻겠어?"

경찰병원도 경찰의 일부라는 식으로 이야기하는 것은 이런 경우 지나친 확대해석이었다. 하지만 유키는 멍하니 지도를 바라볼 뿐 아무런 반응도 보이지 않았다.

"어지간히 버티지, 유키!" 무로오가 이웃집까지 들릴 만큼 커다랗게 소리를 질렀다. "우린 네가 입을 다물고 있는데도 한 시간이나 기다리느라 화가 치민단 말이야."

　유키는 전혀 못 들은 척했다. 나보다 훨씬 튼튼한 신경을 지닌 듯했다.

　니시고리가 천천히 움직이기 시작했다. 모리의 등 뒤에서 이사카의 뒤를 돌아 유키가 앉아 있는 긴 의자를 지나 무로오 쪽으로 향했다. 유키는 테이블 위의 지도를 바라보던 시선을 들어 니시고리의 움직임을 보고 있었는데, 니시고리가 자기 등 뒤로 돌아가자 시선을 지도 쪽으로 떨어뜨렸다가 다시 자기 손을 들여다보았다.

　이사카 경시가 지긋지긋하다는 듯이 말했다. "이거야 도무지 방법이 없군. 서로 연행해서 머리를 좀 식힐까?"

　유키는 반응이 없었다. 모리가 이사카의 말에 동의하듯 테이블 위에 놓인 증거물을 집어 들며 말했다. "그렇게 하겠습니까?" 유키의 눈이 증거물을 바라보았다.

　"잠깐만." 니시고리가 말했다. 내가 품은 의문과 같은 의문을 그도 느끼던 모양이다.

　"이 남자는 아무리 이야기를 시켜봐야 전혀 효과가 없어. 이런 친구의 입을 열게 하는 방법은 하나뿐이지." 니시고리는 바로 뒤에서 유키에게 다가가더니 상의 앞섶을 열고 왼쪽 허리에서 권총을 뽑았다. 유키는 자기 일이 아니라는 듯이 반응이 없었다. "열두 살짜리 소녀를 유괴해서 죽인 녀석은 용서할 수가 없지. 위험하니 다들 움직이지 말고 그대로 있어."

　니시고리는 유키의 등 뒤에 서서 총신이 짧은 38구경 리볼버 총구를 유키의 후두부와 3센티미터쯤 떨어뜨려 겨누었다. 방 안에 있는 형사들은 니시고리의 행동에 깜짝 놀랐지만 그 이상으로 꼼짝도 하지 않는 유키의 태도에도 놀라 두 사람을 지켜보았다.

"유키, 네 머리통을 날려주마!"

니시고리는 권총의 격철을 올렸다. 회전 탄창이 돌며 조용해진 방 안에 큰 소리를 냈다. 하지만 유키는 여전히 아무런 반응도 보이지 않았다.

니시고리는 불쑥 방아쇠를 당겼다. 총탄이 들어 있지 않은 탄창이 공허한 금속음을 냈을 뿐이었다. 유키는 여전히 자신의 손만 바라보고 있었다.

"여자에게 확인하는 편이 좋겠군." 니시고리가 말했다. "이 남자는 청각 장애인이야."

형사들은 어안이 벙벙했다. 다들 설마 그럴 리가, 하는 표정이었다. 하지만 그 말에 유키의 행동이 이해가 된다는 표정도 그 얼굴에 드러났다.

"……그게 사실이라면 대체 어떻게 알아냈지?" 모리 수사과장이 다른 수사관들의 의문을 대신해 물었다.

니시고리는 권총을 허리에 찬 권총집에 도로 집어넣었다. "저 남자를 보면 우리 이야기에는 전혀 반응을 보이지 않는데 눈에 보이는 움직임에는 바로 반응했어. 여자가 유키와 말다툼을 하면서 알아듣기 쉽게 이야기했다는 기타자와 경찰서 형사의 증언이 생각나더군. 어머니 병력을 물을 때도 전화를 받으려 하지 않았어……. 그리고 요즘 들어 귀가 안 좋아졌다면 디자인 일을 그만두고 그림을 그린 것도 관계있는 일일지도 모른다는 생각이 들었지."

모리가 떨떠름한 표정으로 말했다. "귀가 들리지 않는 사람이라 전화를 할 수 없다는 이야기로군."

이사카 총경이 일어서서 유키 바로 옆으로 이동해 그의 어깨에 손을 얹었다. 유키가 이사카를 쳐다보았다.

"유키 씨, 당신은 귀가 들리지 않나?" 이사카는 어린아이에게 이야기하듯 몸짓을 섞어가며 한 마디씩 딱딱 끊어서 천천히 물었다.

유키가 미소 짓는 옆얼굴이 보였다. 삼십대 중반의 피부가 약간 검은 미남이지만, 힘든 생활이 눈 주위에 그대로 드러나 있고, 수염도 며칠 깎지 못한 모양이었다.

"이제 눈치채셨습니까……? 귀가 들리지 않으면 불편한 일투성이지만 오늘 밤만은 진짜 편하군요." 술기운 때문인지, 몇 시간 만에 갑자기 목을 썼기 때문인지 꺼슬꺼슬한 목소리였다. 자기 귀로 확인할 수 없어서인지 억양이 별로 없는, 알아듣기 힘든 말투이기도 했다.

이사카가 같은 말투로 물었다. "그럼 언제부터 귀가 들리지 않았나요?"

"잘 안 들리기 시작한 것은 일 년쯤, 전혀 들리지 않게 된 것은 반년 전부터인가?"

"여행 가방과 그 안에 든 200만 엔, 그리고 표시가 된 도쿄 지도가 왜 이 집에 있는지 설명할 수 있습니까?"

유키는 이사카의 입술을 보고 질문을 이해했다. "주웠습니다. 분명히 지난주 화요일 밤이었을 겁니다. 니시신주쿠의 나루코텐 신사 근처, 파란 함석 울타리가 쳐진 쓰레기장에서 주웠습니다. 돈과 지도도 여행 가방 안에 들어 있었죠."

나루코텐 신사는 내 사무실 바로 근처였다. 그 쓰레기장은 내가 있는 건물의 쓰레기장이기도 했다.

새벽 3시가 지났을 무렵 니시고리와 나는 유키의 집을 나왔다. 건물 안에서는 유키 다쿠야가 소리를 듣지 못하는 척하는 것이 아니냐, 소리를 듣지 못해도 자동차 운전은 할 수 있느냐 없느냐, 달리 공범이 있느냐 없느냐, 5800만 엔을 가진 주범이 따로 있느냐 없느냐, 유키 다쿠야와 가무라 지아키가 범인이 아닐 가능성이 있느냐 없느냐ー말하자면 당장은 결론이 나지 않을 논의가 끝없이 이어지고 있었다.

각자 차에 도착하자 니시고리가 자기 차 문을 열려다가 무뚝뚝한 얼굴로 물었다. "탐정, 넌 유키가 청각 장애인이라는 사실을 알았나?"

"아니." 내가 대답했다. "덕분에 가무라 지아키가 갑자기 음악 세계에 등을 돌린 이유 가운데 하나를 이해할 수 있게 된 것 같아."

니시고리는 의심스럽다는 눈초리로 잠시 나를 노려보았다. 이 남자는 타고난 형사다. 다른 사람 같으면 그냥 믿고 싶을 일마저도 의심하는 사람이다.

우리는 차에 올라 이미 구경꾼이 사라진 주택가 도로를 달려 간나나 길을 지나 고슈가도로 나왔다. 잘 정비된 니시고리의 세드릭은 차량검사가 보름밖에 남지 않은 블루버드를 남겨둔 채 바로 시야에서 사라졌다. 블루버드를 사무실 주차장에 넣고 집에 도착하니 3시 반이었다. 구름이 낮게 드리운 미명의 하늘에서는 친밀한 마음을 더 가깝게 만들고, 소원한 마음을 더욱 멀어지게 만들어버릴 듯한 이슬비가 내리기 시작했다. 사건은 거의 원점으로 돌아간 것이나 마찬가지였다.

30

이튿날 오전 10시, 도시마 구에 있는 '조시가야 장례식장'에서 마카베 사야카의 장례식과 고별식이 있었다. 나는 200미터쯤 떨어진 메지로 길 주차장에 차를 세우고 걸어서 목적지로 갔다. 새벽부터 내린 비는 아침에 잠깐 그치는 듯했지만 신주쿠를 빠져나올 무렵에는 다시 세차게 내리기 시작했다.

장례식장은 '조시가야 공원 공동묘지' 남쪽과 가까운 조시가야 1초메에 있었다. 도로 쪽으로 난 장례식장 입구는 여러 참석자와 관계자, 그리고 매스컴에서 나온 취재팀까지 더해져 몹시 혼잡했다. 아침 신문에서 사건을 대대적으로 보도했기 때문에 예상은 했지만 우중충한 날씨에도 불구하고 예상을 넘어서는 혼잡이었다. 금전 목적 유괴 사건, 인질이던 소녀가 살해되었다는 사실만으로도 신문

1면 톱기사가 되기에 충분한 뉴스였지만 피해자는 천재 바이올린 소녀로 세상의 주목을 받던 존재였기에 더욱 그러했다. 기사는 사건 경위에 관해 매우 상세하게 전했지만 자세한 내용─특히 소녀가 살해당한 정황 등─에 관해서는 상당히 모호한 내용도 있었다. 수사 본부가 발표를 삼가는지, 아니면 공표한 다음에 수사 편의를 위해 공개를 제한하는지는 알 수 없었다. 나에 관해서는 심야 레스토랑 엘 구르메에서 몸값 전달을 이렇다 할 지장 없이 해낸 것처럼 나와 있고, 몸값 전달을 담당한 사람은 마카베 오사무의 지인이라고만 되어 있을 뿐 이름은 밝히지 않았다. 어젯밤 유키의 집에서 있었던 일에 관해서는 한 줄도 언급하지 않았다. 발표를 하지 않은 것인지, 단순히 기사 마감 시간을 넘긴 것인지 알 수 없었다. 현재 이 사건과 관계있는 것으로 보이는 중요 참고인 두 명을 취조중이라고 적었는데, 아쿠쓰와 호소노를 말하는 듯했다. 취조 결과에 따라 언제든지 유키 다쿠야와 가무라 지아키로 교체할 수 있도록 하겠다는 수사본부의 계산이 깔렸는지도 모른다.

텔레비전 카메라를 향해 여성 리포터가 우산과 마이크를 손에 든 채, 조의를 표하면 이런 표정이 된다는 듯한 얼굴과 조의를 표하면 이런 목소리가 된다는 듯한 음성으로 보도했다. 뉴스에 희로애락을 담는 것은 이 나라의 특징이기도 하지만 그만큼 뉴스가 신선하지 않다는 증거이기도 하다. 서양의 텔레비전 뉴스는 감정 따위는 끼어들 틈이 없다는 듯이 빠른 말투로 퍼붓는다. 우느냐 웃느냐는 받아들이는 쪽에서 알아서 하라는 태도다. 둘 다 작위적이지만 후자가 그나

마 합리적이고 뉴스의 양도 확실히 많다.

여성 리포터는 눈치 빠르게 음악계나 출판계 저명인사를 잡아 마이크를 들이미느라 여념이 없었다. 상대도 익숙하다 보니 지시를 받기도 전에 카메라를 향해 이럴 때에 입에 올리는 빤한 대사를 늘어놓았다. 죽음의 의식은 죽은 이를 위한 것이 아니라 어디까지나 살아남은 자들을 위한 것이었다.

애조를 띤 바이올린과 오케스트라 음악이 흐르는 장례식장 입구에 들어서자 희고 검은 막을 둘러쳐 임시로 마련한 천막으로 조문객들을 안내하고 있었다. 나는 우산을 접고 순서를 기다려 건네야 할 것을 건넨 다음 테이블 위에 늘어놓은 방명록에 이름을 적어 넣었다. 천막 뒤편에는 상장喪章을 달고 관계자로 위장한 경찰관이 상당수 배치되어 있는 듯했다. 천막을 지탱하는 파이프 기둥에 두 개의 소형 비디오카메라를 설치해 모든 참석자를 기록하는 모양이었다. 경찰도 소용없는 줄 뻔히 알면서 취한 조치라는 생각이 들었다. 거기서 장례식장이 있는 흰 벽돌 건물에 이르는 20미터 남짓한 보도에도 천막이 늘어서서 우산을 펴지 않고 갈 수 있었다. 마지막 천막에 번호표가 붙은, 잠금장치 달린 우산 보관대가 마련되어 있기에 나도 우산을 맡겼다. 건물 입구로 들어가자 방명록 때와 마찬가지로 친척, 동네 사람들, 친구, 음악 관계자, 출판 관계자 순으로 다섯 개 안내소가 설치되어 있었다. 나는 한가운데 있는 안내소 뒤에 섰다. 입구 앞에서는 다른 텔레비전 방송국의 남자 리포터가 역시 침울한 표정으로 마이크를 쥔 채 보도하고 있었다.

"······사야카 양이 좋아하던 '바이올린과 비올라를 위한 협주 교향곡' 제2악장의 애절한 선율이 흐르는 가운데 궂은 날씨에도 불구하고 속속 참석자들이 도착하고 있습니다. 이토록 많은 분에게 사랑받은 사야카 양을 끔찍한 죽음에 이르게 한 가증스러운 유괴범은 도대체······."

나는 안내소에서 어느 쪽 자리에 앉으면 되는지 묻고 상복도 아니고 상장도 달지 않은 사람에게 나누어주는 검고 작은 꽃 모양 리본을 가슴에 달고 장례식장 안으로 들어갔다.

정면에 흰 국화로 뒤덮인 커다란 제단이 마련되어 있었다. 이 계절에 저만한 양의 국화를 준비하기도 쉽지 않을 거라는 생각이 들었다. 한가운데 천진난만하게 미소 짓는 마카베 사야카의 얼굴과 어른스러운 드레스 차림으로 바이올린 연주에 몰두하는 소녀의 커다란 사진 두 장이 놓여 있었다. 그 앞에 흰 천을 덮은 자그마한 관 속 마카베 사야카의 시신이 흰 나무 받침대 위에 안치되어 있었다. 바이올린의 호소하는 듯한 선율이 사진 속 소녀의 바이올린에서 흘러나와 제단의 국화에 스며들 듯이 울려 퍼졌다. 장례식장에는 어림잡아 300석가량 되는 좌석이 마련되었고, 이미 80퍼센트는 참석자로 채워져 있었다. 안내소에서 본 배치도에 따르면 제단과 가까운 앞줄에는 유족과 친척이, 그 뒤의 한가운데는 동네 사람들과 친구가 자리 잡았다. 그 둘레로 왼쪽에는 음악 관계자, 오른쪽에는 출판 관계자가 앉도록 되어 있었다. 나는 내가 앉을 곳을 확인한 뒤 10시까지는 시간이 조금 남았기에 일단 장례식장 밖으로 나왔다.

입구에서 서른 명쯤 되는 열 살 전후 어린이들과 스쳐 지났다. 상복 차림 여교사의 인솔을 받으며 들어오는 모습으로 보아 마카베 사야카와 같은 반 친구들인 듯했다. 모두 긴장한 표정이었는데, 여학생 가운데는 벌써 눈시울을 붉히며 우는 아이도 있었다. 나는 마카베 사야카가 살아 있을 때의 모습을 보지 못했기 때문에 죽은 소녀가 이렇게 어린아이라는 사실에 그만 깜짝 놀라고 말았다. 장례식장 밖에 마련된 흡연 장소에서 불을 붙인 담배는 더할 나위 없이 쓴맛이었다.

바로 옆에 있는 참석자들 한가운데서 가무라 지카코의 긴자 클럽에서 본 오케스트라 지휘자와 신문의 신간이나 잡지 광고에 반드시 얼굴이 실리는 중년 인기 작가가 제각각 마카베 사야카를 처음 보았을 때 느낀 비범한 인상에 관해 이야기하고 있었다. 둘러싼 사람들은 얌전히 그 이야기에 귀를 기울였다.

그 너머에 있는, 남자 대여섯 명이 이야기를 나누는 그룹 가운데 한 명이 내 쪽을 유심히 바라본다는 사실을 깨달았다. 록 기타리스트인 케이시 다케다 즉 가이 요시쓰구였다. 그는 인사를 하지도, 무시를 하지도 않고 모호하게 고개를 숙였다. 내 답례도 비슷했다. 그저께 만났을 때 비하면 부자연스러울 만큼 무뚝뚝한 태도였다. 그때만 하더라도 누구도 마카베 사야카가 살해당할 일은 결코 없을 거라고 생각할 때였다. 어쩌면 그렇게 생각하고 싶던 때였는지도 모른다.

가이 요시쓰구는 자기 양쪽에 있는 남자들에게 나에 관해 설명하는 듯했다. 이윽고 그쪽에 있는 사람들이 모두 나를 주목했다. 요시쓰구의 오른쪽에 있는 약간 젊고 약간 키가 크며 머리카락이 약간 짧은, 볕에 그을린 얼굴을 한 비즈니스맨 스타일 남자는 아마 홋카이도 하코다테에서 달려온 차남 가이 요시로인 모양이었다. 왼쪽에 있는 더 젊고 키가 더 크고 머리를 더 짧게 깎은 남자는 셋째인 요시키가 틀림없었다. 본격적으로 권투를 하는 사람의 체형과 자세 때문에 바로 알아볼 수 있었다. 아버지인 가이 교수와 장남인 요시쓰구, 양자로 간 요시히코 세 사람을 비교하면 그들이 부자지간이라는 느낌이 바로 들지는 않았다. 하지만 거기에 두 아들을 더하면 마치 퍼즐의 빠진 부분이 갖추어지듯 모두 미묘하게 공통된 모습이 있다는 사실을 알 수 있었다. 특히 차남인 요시로는 퍼즐을 푸는 열쇠처럼 아버지와 형제의 특징을 고루 갖춘 것 같았다.

세 형제는 서둘러 한꺼번에 구입한 듯이 거의 같은 모양의 상복을 입었다. 그들은 한동안 내 이야기를 화제로 삼더니 자연히 자기들 이야기로 돌아갔다. 셋째인 요시키만 짧은 머리카락 아래 있는, 감량 때문에 움푹 팬 눈으로 마지막까지 나를 뚫어지게 바라보았다. 장례식 도우미인 듯한 음대생 스타일의 젊은 남자가 쪼르르 달려와 세 사람에게 '장례위원장이 부른다'라고 알렸다. 그들은 젊은 남자와 함께 로비 안쪽에 있는 문으로 사라졌다. 나도 담배를 다 피우고 장례식장으로 돌아갔다.

조금 전에 본 초등학생들 뒤를 따르면서 빈자리를 찾는데 작은 목소리로 내 이름을 부르는 사람이 있었다. 뒤를 돌아보니 경시청의 이사카 경시가 메지로 경찰서 오치아이 서장과 나란히 앉아 있었다.

서장은 제복 차림이 아니라 검은색 더블 정장 스타일의 상복을 입었
다. 바깥 천막에서 본 사복 경찰관이나 비디오카메라와 마찬가지로
유괴 공범이나 관련자가 장례식에 모습을 드러냈을 경우를 생각한
상복인지, 아니면 그저 여기서는 경찰관이라는 존재가 지나치게 자
극적이라고 생각한 배려인지는 알 수 없었다. 아마도 전자일 것이
다. 경찰은 그런 배려는 결코 하지 않는다. 이사카가 자기 옆자리를
손가락으로 가리켰다. 나는 두 사람 앞을 지나 통로에서 세 번째 자
리에 앉았다.

"어쩌자는 건가?" 이사카가 험상궂은 목소리로 물었다.

"죽은 소녀를 조문하러 왔지." 내가 대답했다.

이사카는 얼굴을 찌푸렸다. "그런 건 알아……. 유족 심경은 생각
이나 해봤나?"

"그래. 하지만 일단은 내 손에 운명이 달려 있던 소녀야. 참석해야
만 해."

"……어찌되었든 너무 튀지는 말아줘. 우리가 이렇게 장례식에
참석한 이유는 알겠지?"

나는 고개를 끄덕였다. "결국 어젯밤 두 사람—유키와 가무라 지
아키만으로는 사건 핵심에 이르지 못했다는 이야기인가?"

"그건 아직 이야기할 수 없어." 이사카 경시가 대꾸했다. 하지만
그 얼굴에는 내 말을 긍정하는 표정이 떠올랐다.

"유키는 어떻게 되었지?" 내가 물었다.

이사카는 옆에 앉은 오치아이 서장과 잠깐 얼굴을 마주 보았다.

그러고는 자신의 손바닥으로 시선을 떨어뜨리더니 잠시 생각에 잠겼다.

"전혀." 이사카는 한참 뜸을 들인 뒤에 대답했다.

"가무라 지아키는?" 다시 물었다.

"더 골치야." 이사카가 대답했다. "그 여자 목소리와 협박전화 목소리는 성문이 전혀 일치하지 않았어. 감식 쪽 의견은 그냥 들으면 같은 느낌이 드는 낮은 목소리라도 가무라 지아키의 목소리는 분명히 여자 목소리인데, 전화를 건 사람 목소리는 80퍼센트 이상의 확률로 남자 목소리 특징을 보인다는 거야."

"유키의 목소리하고는 일치하나?"

"아니, 전혀 달라. 그리고 아쿠쓰나 네게 전화를 건 그 남자 말인데, 아쿠쓰 또한 자네가 어젯밤 이야기한 것처럼 그 남자의 전화 대응 방식은 귀가 들리지 않는 사람은 절대 아니라고 단언했네."

"유키의 귀에 약간이라도 청력이 남아 있을 가능성은 없나?"

"본인 말로는 일 년 좀 전부터 귀에 이상을 느끼기 시작했고 점점 증상이 악화되어 오륙 개월 전부터는 완전히 들리지 않는 상태가 되었다는 거야. 지금 전문의가 꼼꼼하게 검사하고 있지. 오늘 아침 진찰 뒤에, 아직 단정하기 이르지만 '메니에르병'이라거나 '돌발성 난청'이라는 이야기를 하더군. 다만 진짜 들리는지 안 들리는지 제삼자에 의한 엄밀한 판정은 쉽지 않은 모양이야. 분명히 최저한의 청력은 남아 있을 것으로 보이는 환자 가운데 과도한 스트레스나 피로 같은 것이 겹쳐 본인에게는 아무 소리도 들리지 않는 경우도 있다더군. 특히 유키의 경우에 어머니의 치매와 함께 병세가 악화된 점은 의사로서 간과할 수 없는 문제라더군."

"니시고리 경부의 권총 이야기는 했나?"

"그래. 그런 상태라면 100퍼센트 들리지 않는다고 봐도 될 거라는 이야기야." 이사카가 한숨을 내쉬었다.

"그런데 수사본부가 전에 없이 신중하군. 공범이나 주범이 따로 있을 가능성이야 어찌 되었든, 별 기대를 할 수 없는 이런 곳에서 잠복하는 게 아니라 지금은 두 사람을 철저하게 추궁하고 있을 줄 알았는데."

이사카는 떫은 표정을 지었다. "이미 두 사람은 아니야."

"무슨 소리지?"

"가무라 지아키는 유괴 시점과 몸값 전달 시점에 완벽한 알리바이가 있어."

"그래……?"

"유괴가 벌어진 18일 수요일 오후에 가무라 지아키는 새 직장을 얻으려고 화장품 세일즈 연수차 이즈의 시모다에 가 있었지. 연수는 사흘짜리인데 스케줄이 빡빡했어. 유괴 이튿날이 연수의 마지막 날이었고, 네가 간나나 길 주변 심야 레스토랑을 뛰어다닐 때는 함께 참석한 연수생들과 다 같이 도쿄로 돌아오는 미니버스에 타고 있었어. 증인이 헤아릴 수 없을 만큼 많아."

"그럼 가무라 지아키를 어쩔 셈인가?"

"모친인 가무라 지카코가 후와라는 실력 있는 형사 사건 전문 변호사를 고용해서 오늘 아침 일찍부터 이러니저러니 참견하기 시작했어. 어쨌든 시어머니인 유키 기누코를 간병해야 한다는 구실로……."

이사카는 울화통이 터져 견딜 수 없다는 표정으로 이야기 상대가 누구인지도 잊은 듯이 말했다. "유키 기누코는 이미 오늘 아침 일찍 집 근처의 노인 의료 전문 사립병원으로 옮겼지. 가무라 지아키도 우리가 경찰서로 돌아갈 무렵에는 석방되었을 거야. 일단 석방하면 다음에는 뭔가 새로운 확증이 없는 한 참고인으로 부르기도 힘들어져. 가무라 지아키의 마지막 취조 때도 그 변호사가 입회해서 옆에서 참견하는 바람에 대체 누가 누구의 신문을 받는 건지 알 수 없을 지경이었으니까."

이사카는 내 얼굴을 뚫어지게 바라보았다. 그가 나를 잡고 수다스럽게 경과를 보고하는 이유를 그제야 깨달았다. 내가 가무라 지아키와 접촉하기를 바라는 것이다. 경찰관이 수다를 떨 때는 반드시 이유가 있기 마련이다.

"유키에겐 알리바이가 없나?" 내가 물었다.

"본인은 계속 '치매를 앓는 어머니 옆에 붙어 있었다'라고 주장해. 병실 밖에 자물쇠가 채워져 있던 건 알지? 그는 언제든 외출을 할 수 있었을 거야. 장례식이 끝나면 철저하게 추궁할 셈이야. 여행 가방을 주웠다는 말도 안 되는 소리를 계속 듣고 있을 수야 없지. 유괴 피해자 외삼촌의 사위라는 사람이 유괴범이 버린 여행 가방을 니시신주쿠 쓰레기장까지 가서 우연히 주웠다니, 인구 백 명밖에 안 되는 깊은 산 속 마을이나 바다에 떠 있는 외딴섬이라면 몰라도 이런 도시에서는 절대로 있을 수 없는 일이지."

장례식장에 흐르던 바이올린 곡이 끝나자 장내는 찬물을 끼얹은 듯한 정적에 휩싸였다. 장례식장은 거의 만원이어서 좌석 뒤에도 일반 조문객이 들어찼다. 에어컨이 작동중인데도 사람들의 체온과 비에 젖은 옷에서 나오는 습기 때문에 공기는 무겁게 가라앉아 있었다. 손목시계를 보니 이미 10시에서 오륙 분 지난 시각이었다.

제단 오른쪽에서 체격 좋은 상복 차림의 중년 남자가 나타나 마이크 스탠드 앞에 섰다. 동시에 쇼팽의 '장송행진곡'이 흘러나왔다. 그는 장례식이 늦어진 점을 사과하고 참석자에게 자리에서 일어나달라고 한 다음 고인의 친척들에게 입장을 부탁해 자리에 앉아달라고 요청했다. 미리 녹음된 고인의 약력이 스피커를 통해 흘러나왔다. 십일 년 삼 개월이라는 짧은 삶치고는 날짜와 외국어, 저명인사의 이름만 두드러진 기나긴 약력이었다. 본인은 초등학교 입학 학력뿐인 짧고 평범한 인생이더라도 십일 년의 두 배, 세 배는 더 살고 싶지 않았을까. 약력 소개가 끝나자 장송곡도 그쳤다.

상복을 입은 진행 담당자가 다시 등장해 장례식 시작을 선언했다. "장례식을 시작하며 한 말씀 올리겠습니다. 오늘 바쁘신 중에도 이렇게 많은 분이 참석해주셔서 진심으로 감사드립니다. 그럼 고 마카베 사야카 양의 장례식 및 고별식을 시작하겠습니다. 미거하나마 고인의 부친 마카베 오사무 님과 오랜 친구인 제가 진행하겠습니다. 사단법인 '일본문예가협회'의 다카가와입니다." 그는 잠시 뜸을 들이더니 말을 이었다. "자리에 계신 여러분, 모두 일어서주십시오. 고

마카베 사야카 양의 명복을 빌며 일 분간 묵념하겠습니다."

마치 삼백 명 이상의 상념이 정지해 멀어져 가려는 한 작은 생명에 집중하는 듯했다. 나는 그때 모든 진실을 밝히는 목소리가 들려오지나 않을까 귀를 기울였다. 하지만 죽은 소녀는 침묵한 채 아무 말이 없었다.

묵념이 끝나자 장례위원장인 가이 마사요시 교수가 소개되어 짧은 식사를 했다. 이어서 네 명의 참석자가 제단 앞에 놓인 관 쪽으로 나아가 영정을 향해 조사를 읽었다. 첫 번째는 재단법인 '청소년음악진흥회'의 전무이사라는 사람의 형식적인 조사였다. 고인을 한 번도 만난 적이 없다는 데 내기를 걸어도 좋을 것이다. 두 번째는 그 지휘자로, 고인의 재능을 누구보다 먼저 발견한 자신의 식견에 관해 자랑을 늘어놓는 조사였다. 세 번째는 고인이 다니던 초등학교의 PTA 회장으로 메지로, 이케부쿠로, 도시마 등의 지명이 자주 언급되는 지역 발전형 조사였다. 마지막은 같은 반 여학생의 작별 인사였다. 고인이 어린이들 사이에서는 천재도 뭣도 아닌 평범한 소녀였다는 사실이 느껴지는, 마음을 편하게 하는 조사였다.

이어서 들어온 조전弔電을 읽는 순서였다. 외국에서 보낸 영어나 독일어 조전도 섞여 있었다. 진행 담당자가 서양의 유명한 관현악단이나 음악가가 보내 온 것이라고 소개했다.

"······이상으로 조전 발표를 마칩니다. 이어서 고인의 명복을 비는 '헌화' 순서가 있겠습니다."

진혼을 위한 중후한 미사곡 같은 음악이 조용히 흐르기 시작했다.

"장례위원장 가이 마사요시 교수님부터 헌화를 부탁드립니다."

제단 양쪽에 흰 국화가 몇백 송이나 준비되어 있었다. 가이 마사요시 다음에는 고인의 아버지인 마카베 오사무, 유족과 친척이 헌화를 했다. 그리고 음악계와 출판계 유명 인사가 뒤를 이었다. 그다음은 자리 순서에 따라 헌화가 진행되었다. 이윽고 차례가 돌아와 나도 오치아이 서장과 이사카 경시의 뒤를 따랐다.

희고 빛나는 비단 천에 덮인 마카베 사야카의 관은 이미 흰 국화로 뒤덮여 있었다. 나는 국화를 관 발치에 내려놓고 잠시 묵례를 했다. 아무런 생각도 떠오르지 않았다. 바로 뒤에서 인기척이 나서 자리를 양보하기 위해 돌아섰다.

전통 상복을 입은 여성이 내 얼굴을 뚫어지게 바라보았다. 아직 쉰 살은 되지 않았을 테지만 그래도 나이보다 젊어 보였다. 나쁘게 표현하자면 소녀 같은 모습이 사라지지 않은 여성이었다. 피아니스트로 출세하려고 한 젊은 나날의 흔적이 느껴졌다. 하지만 불쑥 불행을 당해 거의 병적으로 초췌해져, 원래는 병원에 누워 있어야 할 사람으로 보였다. 소녀의 죽음에 이토록 충격을 받을 사람은 어머니 이외에는 있을 리 없었다.

"당신…… 당신이 사와자키 씨라면서요……? 제, 제발 돌아가주세요."

옆에서 헌화하던 참석자 일부가 이상하다는 듯이 나를 곁눈질하면서 피했다.

마카베 오사무가 자리에서 급히 일어나더니 아내에게 달려와 뒤에서 두 어깨를 안으며 작은 목소리로 말했다.

"교코, 침착해. 사와자키 씨는 사야카를 구하기 위해 누구보다 애를 써주셨어."

"나, 나는 사야카의 죽음과 관계있는 사람이 여기 있는 걸 원치 않아요." 그녀의 눈에서 눈물이 넘쳐 뺨을 타고 흘러내렸다.

요시히코가 어느새 자기 어머니 옆에 와서 손을 꼭 잡고 나를 쳐다보고 있었다. 그 뒤로 괴로워하는 표정의 가이 교수 얼굴도 보였다. 한바탕 소동이 일어날 것 같은 분위기였지만, 내가 원하는 바는 아니었다.

"사와자키 씨." 마카베가 말했다. "아내는 사야카가 죽은 뒤 넋이 나가 판단력을 잃었습니다. 당신 이야기는 좋게 했는데도……."

"부인 심정은 이해합니다. 그럼, 먼저 실례하겠습니다." 나는 마카베 부부를 우회하려고 한 걸음 내디뎠다.

"이봐—." 누가 제단 쪽에서 나를 불렀다.

나는 멈춰 서서 고개를 돌렸다. 관 앞에 가이 교수의 세 아들이 서 있었다. 나이 순서에 따라 내 앞으로 다가오더니 내게 가까이 선 순서대로 적의를 드러냈다. 맨 앞의 가이 요시키가 손에 흰 국화 한 송이를 들고 뚜벅뚜벅 다가왔다.

"이건 가지고 돌아가." 그는 국화를 내게 디밀었다. "우린 몸값도 제대로 전달하지 못한 데다 수상쩍기까지 한 탐정 나부랭이가 꽃을 바치게 하고 싶지 않아."

내가 원해서 벌어지는 상황은 아니지만 소란은 이미 제단 주변 전체로 파급되고 말았다. 나는 국화를 받아들었다. 그리고 그의 옆을 지나 소녀의 관으로 다가가 다시 헌화했다.

"무슨 짓이야!" 가이 요시키가 달려와 큼직한 손으로 내 어깨를 움켜쥐었다. 어깻죽지를 파고드는 듯한 힘이었다. 그는 나보다 키가 몇 센티미터 더 컸다. 아마 인파이터 타입의 미들급 선수이리라.

"헌화는 죽은 사람의 명복을 빌기 위해 한 거야. 네 허가를 받을 필요는 없다." 나는 그의 손을 뿌리치고 그 자리를 떠나려 했다. "이 새끼가!" 하고 소리치며 요시키의 손이 나를 돌려세웠다. 그때는 이미 그의 오른손 스트레이트가 허공을 가르며 내 턱으로 날아왔다. 예상은 했어도 대학 챔피언 타이틀을 노리는 남자의 펀치를 피할 수 있을 리가 없었다. 나는 온몸에 충격을 받았다. 눈에서 불꽃과 어둠이 번갈아 점멸하는 듯한 감각을 맛보며 뒤로 나자빠졌다. 맨 앞줄의 사람이 앉지 않은 좌석을 흐트러뜨리며 머리부터 바닥에 떨어졌다. 본능적으로 머리를 들어서인지 다행히 좌석 시트에 뒤통수가 부딪힌 덕에 바닥에 쓰러질 때는 생각보다 충격이 덜했다.

장례식장 안에서 비명과 놀라는 소리가 났다. 카메라 플래시 같은 것이 두세 번 번쩍거렸지만 그건 단순히 내 머릿속에서만 일어난 현상이었는지도 모른다.

"요시키, 그만둬!" 누군가가 호통을 쳤다.

내가 일어나려고 하는데 가이 요시키의 두 손이 멱살을 움켜쥐고 휙 일으켜 세웠다. 그의 분노에 찬 얼굴이 바로 앞에 있었다. 나는 발이 바닥에 닿자마자 제대로 움직이지 않는 혀를 써서 그의 귀에 속삭였다.

"이제 넌 챔피언이 될 수 없어. 폭력 행위로 시합 출장도 못 하게 만들어주마."

그의 얼굴에서 순식간에 분노도 핏기도 사라졌다. 그의 두 손에 힘이 빠져나갔다. 나는 그의 상복 상의 겨드랑이 아래를 두 손으로 움켜쥐고 두 발에 힘을 주었다. 다음 순간 온몸의 힘을 실은 오른쪽 무릎으로 그의 사타구니를 차올렸다. 그는 욱, 하고 신음하며 멱살 잡은 두 손을 놓더니 몸을 웅크렸다. 나는 두 걸음 뒤로 물러나 한 걸음 오른쪽으로 이동해 그의 턱에 복수의 스트레이트를 한 방 날렸다. 역시 단련된 권투선수라 쓰러지지는 않았지만 겨우 버티는 상태였다. 양쪽 어깨가 처진 것을 확인한 뒤 그에게 다가가 뒷덜미를 움켜쥐고 이번에는 왼쪽 무릎으로 턱을 힘껏 쳐올렸다. 그는 욱, 하고 신음하며 천천히 바닥에 쓰러졌다. 나는 흐트러진 옷매무새를 다듬은 뒤 장례식장 출구로 향했다.

참석자들의 따가운 시선이 쏟아졌다. 영문도 모르고 셔터를 누르는 카메라맨의 플래시 세례도 아팠다. 가이 요시키의 펀치를 얻어맞은 턱도, 복수의 폭력을 휘두른 내 오른손도, 그리고 두 무릎도 아팠다. 특히 마카베 요시히코가 어린애답게 경의를 담아 보내는 시선이 아팠다.

31

이틀간 계속 내리던 비가 그치고 회색 구름 사이로 맑은 하늘이 드러난 것은 달이 바뀌어 6월로 들어선 날의 오후였다. 노인 의료 전문인 '도쿄 유아이카이 호스피스'는 고슈가도를 사이에 두고 하네기에 있는 유키의 집에서 딱 1킬로미터 떨어진 거리에 있었다. '메이지 대학' 운동장에서 멀지 않은 간다 강변 녹지 안에 세운 신축 5층짜리 병원이었다. 평범한 병원이 아니라 양로원이나 복지센터 기능을 함께하는 종합 시설이기도 했다. 병든 노인들에게는 이상적인 시설임에 틀림없지만 호화롭고 우아하며 청결한 외관으로 미루어볼 때 지불해야 할 비용은 만만치 않을 거라는 생각이 들었다.

블루버드를 주차장에 세운 다음, 뒷자리에 있는 여러 가지 과일이 담긴 바구니를 들고 병원 현관으로 향했다. 옮겨 심은 지 얼마 되지 않아 줄기와 가지를 보호하는 새끼줄이 아직 감겨 있는 정원수가 앞마당 여기저기에서 상쾌한 나무그늘을 드리웠다. 여린 잎은 수분을 잔뜩 빨아들여 선명하게 보였다. 산책하기 아주 좋은 환경인데도 병원 직원이나 드나드는 업자 이외에 환자들 모습은 거의 찾아볼 수 없었다. 어쩌면 건물 내부나 안마당 쪽을 더 잘 꾸며놓은 건지도 모른다. 현관을 들어서니 바로 검문소 같은 안내 창구가 있었다. 병원 치고는 약간 엄숙한 제복을 입은 안내양과 경비원이 대기중이었다.

"어서 오십시오." 안내양이 상냥하게 말했다. "입원카드를 보여주십시오."

"입원카드? 지불 정지된 크레디트카드라면 자동차 대시보드 안에서 찾아오지."

경비원이 불쾌하다는 표정을 지으며 나를 쏘아보았다. 안내양은 웃지 않는 얼굴로 물었다. "어느 분 병문안을 오신 건가요?"

"유키 기누코 씨와 간병하는 가무라 지아키 씨."

"손님 존함을 말씀해주십시오."

"사와자키."

"잠시 기다리세요." 안내양은 데스크 위에 있는 리스트를 뒤지더니 내선 전화 다이얼을 돌렸다. 부드러운 겉모습에 어울리지 않게 상당히 엄격한 관리 시스템이었다. 이런 상태라면 주위 시선이 신경 쓰이는 가족을 세상에서 격리시키기에 딱 좋겠다. 탈세한 자산가나 뇌물 먹은 정치가들이 꾀병을 부려 세상 사람들 눈을 피하기에도 안성맞춤인 곳이었다. 설립 자금 출처는 의외로 그런 사람들인지도 모른다. 이만한 시설을 만들려면 그들에게는 복지와 노인 문제 같은 것보다 더 중요한 수많은 근거가 필요할 것이다.

안내양은 내가 찾아왔다는 사실을 알리고 두세 마디 나누더니 수화기를 내려놓았다. 무척 실망한 표정으로 나를 바라보았다.

"막다른 곳에 있는 엘리베이터를 타고 2층에서 내리시면 바로 앞 로비에서 간병하는 분이 기다릴 겁니다."

나는 엘리베이터를 타고 2층에서 내렸다. 바로 앞에 있는 로비에서 가무라 지아키가 기다리고 있었다. 모든 것이 눈에 보이지 않는 무엇인가에 의해 제어되는 듯한 착각을 일으키는 병원이었다.

"시어머님 상태는 어떻습니까?" 과일 바구니를 건네며 물었다.

가무라 지아키는 낮은 목소리로 고맙다는 인사를 했다. "이제 많이 진정되신 것 같아요. 그런 일이 있은 뒤에는 늘 한동안 평온한 상태가 이어지는 것 같아요. 무슨 일이 있었는지는 당신께서도 생각나지 않는 모양이지만요." 가무라 지아키는 표정을 흐리며 눈썹을 찡그렸다. "그저께 신주쿠에 있는 병원에서 이쪽으로 옮기는 도중에 메지로 경찰서에 들러 남편을 면회했는데 시어머니는 자기 외아들이 누구인지도 전혀 몰라보는 모양이었어요……."

가무라 지아키는 말을 맺지 못하고 잠시 고개를 숙이고 있었다. 이윽고 마음을 추스른 듯이 고개를 들더니 내가 찾아온 이유를 알고 싶어 하는 표정을 지었다.

"시어머니를 만나시게요? 아마 당신도 기억하지 못할 텐데요."

"치료에 지장이 없다면 꼭 뵙고 싶군요. 그리고 당신에게도 몇 가지 묻고 싶은 게 있습니다."

가무라 지아키는 고개를 끄덕이더니 앞장서서 병실 쪽으로 안내했다. "치료 문제는 신경 쓰지 않으셔도 돼요. 담당 선생님도 될 수 있으면 여러 사람과 접촉하는 게 좋다고 하셨으니까요. 병실에는 제 어머니와 유키코 이모님도 와 계세요."

가무라 지아키는 '207'이라는 번호판과 유키 기누코라는 명찰이 붙은 병실의 흰 문 앞에 멈춰 섰다. "하지만 저나 시어머니에게서 뭔가 유키에게 불리할 이야기를 들으려 하셔도 소용없습니다. 우리는 정말 아무것도 모르니까요."

"그럴 생각이었다면 경찰에게 맡겼겠죠." 내가 대답했다.

가무라 지아키는 놋쇠로 된 병실 문손잡이를 돌렸다. 과일 바구니가 있어 내가 문을 잡고 가무라 지아키를 먼저 들여보낸 뒤에 안으로 들어갔다.

밝고 널찍한 1인실인데 일반 병원의 병실과는 좀 달랐다. 시설이 잘 구비된 훌륭한 병실에 고급 호텔의 일본식 방과 텔레비전 광고에 나올 듯한 주방을 갖춘 구조였다. 침대를 중심으로 입구에 가까운 반쪽은 일반 병실이고, 침대 너머는 바닥에서 50센티미터쯤 되는 높이에 다다미 여섯 장을 깐 일본식 방으로 꾸며놓았다. 그 안쪽 벽에는 붙박이 일본식 장롱과 장지문을 단 벽장 등이 있었다. 창문에는 미닫이문까지 달려 있었다. 복도 쪽 벽 앞에는 전시실에서 옮겨온 듯한 화려한 싱크대, 다다미방과의 사이에는 플로어와 거의 같은 높이로 된 마루방도 있었다. 자리에 누워 있어야 하더라도 중병이 아닌 노인일 경우에 한복판에 놓인 의료용 침대를 치워버리면 호텔처럼 우아한 생활을 할 수 있을 것 같았다.

유키 기누코는 오후의 부드러운 햇살이 들어오는 침대에 앉아 깜빡깜빡 졸고 있었다. 동생인 유키코와 가무라 지카코는 다다미방으로 올라가 담소를 나누는 중이었다. 두 사람은 동년배에 긴자의 클럽과 신주쿠의 작은 요릿집이라는 차이는 있어도 같은 물장사 계통이라 좋은 대화 상대가 되는 듯했다. 어쩌면 달리 할 일이 없어서 그러고 있을 뿐인지도 몰랐다. 우리가 방으로 들어가자 두 사람은 대화를 멈추고 돌아보았다. 문을 여닫는 소리 때문인지 이야기가 갑자기 그쳐서인지 유키 기누코가 눈을 떴다.

"……지아키, 무슨 일이야?" 어린애가 잠결에 엄마를 찾는 듯이 불안한 목소리였다.

"어머님, 사와자키 씨가 병문안하러 왔어요. 사와자키 씨 기억하세요?"

노파는 내 얼굴을 보았지만 거의 뭔가를 식별하는 듯한 눈길은 아니었다. 엄마가 손으로 가리킨 방향을 무의식적으로 바라보는 어린애와 별 다를 바가 없는 듯했다. 그래도 약간 겸연쩍은 미소를 지으며 나를 향해 두세 차례 고개를 끄덕여 보였다.

"아, 아, 잘 기억하죠."

"안녕하세요, 저도 할머니를 잘 기억합니다."

노파는 안심한 듯이 다시 고개를 끄덕였다. 지아키가 과일 바구니를 무릎 위에 얹어주었다.

"맛있는 과일을 가지고 오셨으니 나중에 드세요."

노파의 관심은 나에서 과일로 옮아갔다.

"지난번에는 정말 감사했습니다." 동생인 유키코가 인사를 했다.

"그야 이분 일인 걸요." 가무라 지카코가 가시 돋친 목소리로 끼어들었다. 요쓰야에 있는 찻집에서 있었던 일 때문에 별로 좋은 인상이 아닌 것이 분명했다. 딸과 유키 집안이 처한 곤경도 모두 나 때문이라는 듯한 표정이었다.

"노인네 몸을 중요하게 생각해 더 일찍 조치를 취해주셨다면 유키 씨 어머니께서도 쓰러지거나 하지는 않았을 텐데."

"엄마." 지아키가 나무라듯 말했다. "이제 곧 5시니까 이모님 모시고 꼭대기 층에 있는 레스토랑에서 식사하고 와요. 어제는 병원 식당이라고 생각할 수 없을 만큼 분위기가 멋지다면서 무척 마음에 들어 했잖아."

"우리를 쫓아낼 작정인 모양이네. 탐정과 무슨 밀담이 있는 모양이니 할 수 없지. 유키코 씨, 갑시다."

가무라 지카코는 툴툴거리며 유키코와 함께 다다미방에서 내려와 환자한테서 해방되는 것이 꼭 싫지만은 않은 듯이 함께 병실을 나갔다.

가무라 지아키가 접의자를 가져다줘서 나는 침대 앞에 놓은 무릎 높이의 작은 테이블 옆에 앉았다. 지아키는 주방으로 가서 보리차를 컵에 따라 돌아오더니 그걸 테이블에 내려놓고 맞은편 의자에 걸터앉았다.

"쾌적한 병원이로군요." 나는 그렇게 말하고 보리차를 한 모금 마셨다.

가무라 지아키는 병실을 둘러보며 이의 없다는 듯이 고개를 끄덕였다. "사실은 비용이 많이 드는 모양이에요. 하지만 후와 변호사가 교섭을 잘 해주셔서 어머니 치료비만 내면 된다고 해서 신세를 졌죠. 이곳 이사장님과 절친한 사이인데 이건 일종의 홍보비라고 합니다. 이삼 일 안으로 경찰에서 남편 문제를 발표하면 매스컴을 비롯해서 여러 사람이 이리 몰려오겠죠. 그때 이곳의 보안이 매우 잘 되어 있다는 사실이 남편 입을 통해 알려지면 더할 나위 없는 홍보가 될 거라면서요."

"그럴듯한 이야기로군요." 나는 안내 창구에서 있었던 일을 머릿속에 떠올리며 대꾸했다. 그리고 다른 이야기를 물었다.

"어머니는 당신이 가이 교수에게 사실대로 말씀드린 걸 알고 계십니까?"

"예, 어제 이야기했어요. 어젠 정말 불같이 화를 내며 여기서 뛰쳐나갔는데 오늘은 저렇게 말짱해요. 내 어머니이긴 하지만 어이가 없죠." 가무라 지아키는 쓴웃음을 짓고 나서 말을 이었다. "하지만 어머니의 거짓말이 시작된 것은 배 속에 있는 저를 가이 교수님이 아무런 의심도 없이 자기 자식이라고 생각했기 때문이래요. 도저히 그렇지 않다고 할 수 없었다는 거예요. 어머니는 가이 교수님이 불쌍하다고 화를 내더군요. 그런데 그건 어머니가 거짓말했기 때문이 아니라, 교수님이 알고 싶어 하지도 않는 사실을 제가 일방적으로 가르쳐줬기 때문에 불쌍하다는 거예요. 어머니는 원래 그리 나쁜 여자는 아니에요. 믿을 수 없을 만큼 낙천적이라고 할까…….”

“당신도 비관적으로 세상을 보는 것 같지는 않군요.”

“예? 아아, 남편 문제나 시어머니 말씀을 하시는 건가요? 그러고 보니 그렇군요. 이건 혈통일까요……?” 가무라 지아키는 눈으로만 살짝 웃었다.

나는 상의 주머니에서 담배를 꺼냈다. 바로 앞 테이블에는 재떨이가 놓여 있고, 공기 조절장치도 완비되어 있는 것 같아 지아키의 허락을 받고 나서 담배에 불을 붙였다.

침대 위 유키 기누코는 내가 뿜어낸 담배 연기를 잠시 바라보았지만 이윽고 흥미를 잃고 다시 과일에 관심을 쏟았다.

다시 가무라 지아키를 바라보며 말했다. “유키 씨의 진술을 믿는 데서 출발해 생각해본 겁니다.”

지아키는 의외라는 듯이 나를 바라보았다. 자신도 수사본부 형사들과 마찬가지로 유키가 우연히 여행 가방을 주웠다는 이야기를 믿을 수 없으리라.

“아뇨, 그가 여행 가방을 우연히 주웠다는 이야기를 믿는 것이 아니라 여행 가방을 주웠다는 사실만을 믿는 겁니다. 우연이 아니라 필연적으로 그렇게 되었다고요.”

“그건 저도 생각해보았죠. 저와 남편 양쪽을 다 아는 사람이 사야카 유괴에 관련되어 있고, 그 사람이 버린 여행 가방을 주웠을 가능성은 있겠죠.”

"어쩌면 유키 씨가 가방을 줍도록 만들 수도 있고요."

"하지만 그런 사람은 몇 명 되지도 않습니다. 그렇다면 남편은 누가 버린 여행 가방인지 말할 수 있지 않겠어요?"

나는 담배를 재떨이에 내려놓고 말했다. "그 사람을 감싸는 건지도 모르죠. 어쩌면 그 인물의 이름을 밝히기 힘든 무슨 사정이 있을지도 모르고."

"하지만 그날 밤은 어쨌든 간에 남편도 지금은 어떤 사건이 일어났는지 알아요. 아무리 그래도 사야카를…… 자그마한 어린애를 유괴해 죽이는 사람을 감싸겠어요?"

"확실하게 어느 한 명을 지목할 수 없어서 머뭇거리는 건지도 모르죠."

"우리가 공통으로 알고 지내던 사람은 너덧 명뿐이에요."

"이 사건에 관련이 없는 사람에게는 결코 폐를 끼치지 않겠다고 약속드릴 테니 누구인지 알려주실 수 없겠습니까?"

지아키는 내키지 않는 표정이었지만 고민하면서 모두 다섯 명의 이름을 댔다. 두 명은 유키 디자인사무소에 마지막까지 남았던 설계사와 경리직원이고, 한 명은 지아키의 고등학교 때부터 친구, 또 한 명은 유키가 귀를 치료받는 의사, 마지막으로 유키가 그날 밤 고주망태가 되었던 지유가오카의 단골 스낵바 주인이었다. 지아키는 그 다섯 명이 인간적으로나 경제적으로나 유괴 사건 따위에 관계해서 큰돈을 손에 넣으려 할 사람들은 아니라고 강조했다.

나는 고개를 끄덕이고 담뱃불을 껐다. 지아키의 보증을 믿지는 않왔다. 사실은 오늘 아침에 메지로 경찰서에 들러 모리 수사과장과 이야기를 했다. 그때 지금 말한 다섯 명과 이름이 나오지 않은 두세 명은 유괴 사건에 관해서는 결백하다고 들었다. 나는 지아키 입에서 그 외 인물의 이름이 나오기를 기대했는데 역시 헛수고로 끝났다.

수사본부는 지아키가 모르는, 유키만 알고 지내는 지인 가운데 유괴 사건을 저지를 가능성이 있는 열 명 전후의 인물에 관해서도 이미 조사를 진행했는데 대체로 공허한 결과를 얻었다.

나는 보리차를 다 마시고 말했다. "두 사람을 다 아는 공통된 지인에 해당자가 없고 유키 씨만 아는 사람은 경찰에 맡길 수밖에 없다면, 다음은 당신이 아는 사람입니다. 조금 듣기 괴로운 이야기가 될 텐데, 괜찮겠습니까?"

지아키는 내 이야기의 방향을 거의 예측했는지 거침없이 '그러시죠'라고 대답했다.

"예를 들어 당신 친구 가운데 당신 몰래 유키 씨와 알고 지내는 여성이 있다면, 그리고 그 여성이 여행 가방을 버린 인물이라면 유키 씨는 그런 사실을 쉽게 털어놓을 수 없을 겁니다."

"그렇군요……. 하지만 그런 여자가 있을 거라고는 생각하지 않아요."

"아니면―." 내가 말을 이었다. "당신에게 유키 씨 이외에 아주 친하게 지내는 남성이 있고, 유키 씨가 그 남성의 존재를 어떤 방법으로든 알고 있다면, 게다가 그 남성이 여행 가방을 버린 인물이라면 역시 유키 씨가 이름을 입에 올리기 힘들 것이다…… 이런 경우는 약간 굴절된 이유이긴 하지만요."

지아키가 쓴웃음을 지으며 병실 안을 둘러보았다. "저한테 그런 남자가 있다면 이런 데서 이러고 있을까요? ……안 그래요, 어머님?"

기누코는 무슨 말인지 모를 텐데도 방긋 웃으며 고개를 끄덕였다.

"실제로 그런 사실은 없다 해도 유키 씨가 멋대로 그런 의심을 품을 가능성이 있는 남성은 있겠죠? 예전 애인이라거나, 음악 쪽으로 알고 지내는 사람이라거나."

"그건 절대로 없다고 할 수야 없지만……." 지아키의 얼굴에서 웃음이 사라졌다.

"유키 씨의 요즘 몸과 정신 상태로 보아 당신이 생각하는 것보다 훨씬 시기심 강한 사람이 되었다고 해도 이상할 건 없겠죠."

"제가 직접 느낀 바로는, 귀가 갑작스럽게 나빠진 육 개월간 그이에겐 저 이외의 여자를 사귈 여유가 없었을 겁니다. 제 이성 관계를 의심할 여유도 없었을 테고요. 하지만 그럴 수 있는 사람을 최대한 떠올려보라는 말씀이죠? 그 사람들 가운데 작은 여행 가방을 버린 사람이 있고, 그래서 그이가 더 빨리 자유로워질 수 있다면."

지아키는 천천히 해당될 만한 남녀의 이름을 더듬더듬 늘어놓았다. 여자 세 명, 남자 네 명의 이름이 나왔지만 그중 여섯 명은 이미 메지로 경찰서 수사본부의 리스트에 오른 이름이었다. 리스트에 없는 한 명은 지아키가 오 개월쯤 전에 다시 만나 두세 차례 식사를 하면서 학창 시절 이야기를 나눈 음악대학 선배라는 남자였다. 하지만 그 인물은 교통사고를 당해 휠체어 신세를 지기 때문에 성악가로서 오페라 무대에 서는 꿈을 접고 가업인 석유 판매업―도쿄에 서른 군데 이상의 주유소를 갖고 있단다―을 물려받아 정력적으로 일하는 모양이었다. 그런 사람이 과연 유괴범이 될 수 있을까 의문을 품으면서도 나는 이름과 회사명을 수첩에 적었다. 아직 남아 있을지도 모른다고 기대한 조사의 실마리는 이게 전부였다.

침대 위에서 기누코가 더듬더듬 지아키의 이름을 불렀다. 이제 막 세상을 배워가는 어린애처럼 민감하게 우리 대화가 끝난 것을 알아차린 모양이었다. 우리가 돌아보자 더 기다릴 수는 없다는 표정으로 바구니 안 과일을 가리켰다.

"예, 어머님. 조금만 기다리세요. 그런데 조금 있으면 저녁식사 드실 시간이에요."

기누코는 떼쓰는 어린아이마냥 고개를 저었다. 지아키는 쓴웃음을 지으며 식사할 때 바나나도 함께 드시면 된다고 달랬다. 병문안에 먹을 것을 들고 와 계속 눌러앉아 있는 것은 노인을 고문하는 짓이나 마찬가지라는 사실을 깨달았다.

나는 자리에서 일어서려다가 다시 앉았다.

"마지막으로 한 가지만 더. 당신과 유키 씨는 언제 어떤 계기로 만났습니까?"

"벌써 오 년 가까이 되네요. 그 무렵 잠깐 사귀던 사람과 만나기로 한 곳에서 우연히……." 지아키는 먼 옛날을 회상하는 듯한 눈으로 내 뒤편 어딘가를 바라보았다. "그때 사귀던 사람에게 연거푸 두 번이나 같은 레스토랑에서 바람을 맞았죠. 그이는 인테리어를 바꾸는 문제로 우연히 두 번 모두 그곳에 있었습니다. 두 번째 보았을 때 말을 걸더군요. 그게 사귀게 된 계기였어요."

기누코가 과일 바구니를 덮은 셀로판 종이를 찢었다. 지아키가 뭐라고 하려는 것을 내가 말렸다. 지아키는 고개를 끄덕이고 말을 이었다. "하지만 그이가 건강하고 사업도 순조롭던 시절에는 저야 그 사람에게 여러 여자 가운데 한 명이 아니었을까요? 서로 진지하게 생각하게 된 건 일 년쯤 전부터였을 겁니다."

"좀 전에 바람맞힌 남자 이름은 나오지 않았는데요."

"아, 사귀기는 했어도 한 달쯤이었거든요. 그 기간에 딱 한 번 영화 보고 식사하는 데이트를 했을 뿐이에요. 그다음에는 바람을 맞았으니까."

"어떻게 알게 된 사람이죠?"

"어머니의 긴자 클럽 디트리히에서 바텐더 견습생으로 한 달 일한 사람이었어요. 대학을 막 졸업한 저는 그 사람에게 잠깐 빠졌지만 그쪽에서는 전혀 그럴 마음이 없어서……. 이름이 아마 기요세 다쿠미일 거예요. 하지만 저는 까맣게 잊었던 사람입니다."

내가 생각하기에도 이름을 숨겨야 할 사람이라는 생각이 들지는 않았다.

"다쿠미는 다쿠야와 초등학교 때부터 아주 친한 사이였지." 유키기누코가 불쑥 말했다. "서로 '다쿠짱'이라고 부르면서 늘 함께 어울렸어."

우리는 침대 쪽을 바라보았다. 기누코는 두 손에 바나나를 들고 혼자 식사를 시작했다.

"뭐라고요? 어머님, 정말인가요?"

유키 기누코는 지아키의 흥분한 표정에 놀라 약간 겁을 먹었다. "아니…… 난…… 그렇지만 다쿠미라면 분명히…….

"이름이 기요세 다쿠미예요." 지아키가 다시 확인했다.

"기요세? ……그게, 중학교 때 와세다 쪽으로 전학 간 애 이름이 다쿠미였던 것 같은데…… 혹시 내 어릴 때 친구인가?"

"그 사람 집도 분명히 그쪽이었어요." 지아키가 흥분한 목소리로 말했다. "어머님, 잘 생각해보세요. 다쿠미라는 사람이 진짜 그이 친구인가요?"

"그렇게 무서운 표정으로 이야기하면 난…….

"하지만, 어머님!"

"잠깐." 내가 지아키를 말렸다. "몰아붙이면 안 돼요. 기요세라는 남자가 유키 씨의 어린 시절 친구라고 가정하고 이야기를 하면 됩니다. 그 사람 나이는?"

"저보다 일곱 살인가 여덟 살 위였으니까 아마 서른넷, 서른다섯. 그이와 동갑이거나 한 살 위네요."

"그 사람이 당신을 바람맞힌 레스토랑에 두 번 다 유키 씨가 있었다고 했잖아요? 당신을 유키 씨와 맺어주려 했다고는 생각할 수 없을까요?"

"설마 그럴 리가…….." 지아키는 몇 초간 생각한 뒤 대답했다. "하지만 있을 수 없는 일은 아니겠네요."

"그 사람이 디트리히를 그만둔 이유를 기억합니까?"

"아뇨, 하지만…… 분명히 그 사람은 작가 지망생이었어요……."

지아키의 머릿속에 먼 기억이 되살아났다. 지아키가 몸을 살짝 떨었다. "가이 선생님은 일 년에 한두 번 매제인 마카베 선생을 어머니가 하는 클럽에 데리고 오셨죠. 그때 기요세 씨가 소설가 지망생이라는 이야기가 화제가 됐어요. 그때까지 쓴 작품을 마카베 선생에게 보여드리고 싶다는 이야기가……."

"그렇다면 기요세라는 남자는 마카베 사야카의 아버지와 접촉이 있었던 겁니까?"

지아키의 눈이 휘둥그레지며 몇 차례 고개를 끄덕였다.

"그런 이름을 쓰는 소설가가 있다는 이야기는 들어본 적이 없는 걸로 보아 두 사람의 접촉이 별로 우호적인 관계를 낳지는 못했다고 생각해도 괜찮겠군요."

"예, 기요세 씨가 디트리히를 그만둔 것도 그 직후였어요. 마카베 선생이 다음에 오셨을 때 어머니가 기요세 씨 소설 이야기를 꺼내자 형편없었다며 심한 말을 하신 기억이 나네요."

"어린 시절 친구라면 특별한 사이죠. 감쌀 이유가 될 겁니다." 동시에 그 남자와 유키의 공범 혐의도 짙어진다는 말은 하지 않았다. "그 사람이 어디 사는지 아십니까? 당시 주소가 되겠지만."

"와세다 근처라는 것밖에 기억이 나지 않아요. 어머니 가게에 가면 바로 알아볼 수 있을 거예요. 어머니도 외우지는 못할 겁니다."

나는 자리에서 일어났다. "어머니를 모셔오죠. 꼭대기 층 레스토랑이라고 했죠?"

　나는 병실 문까지 가서 고개를 돌려 시사중인 기누코를 돌아보았다. "아들 얼굴은 못 알아봐도 틀림없이 그 어머니십니다."

　기누코가 방긋 웃고 고개를 끄덕이는 모습을 보며 나는 병실에서 나왔다.

32

초여름의 하루는 돈을 꾸기 위해 늘어놓는 서론처럼 길어, 니시신주쿠에 있는 사무실로 돌아왔는데도 창밖은 아직 환했다. 나는 가무라 지카코를 조수석에 태우고 유아이카이 호스피스를 나와 지하철 마루노우치 선 호난초 역으로 직행해 그녀를 내려주었다. 긴자에 있는 가게까지 태워다주는 것보다 그게 더 시간 낭비가 적은 방법이라고 생각했다. 기요세 다쿠미라는 남자가 사는 곳이 와세다 쪽이라면 나는 긴자로 가지 않고 와세다에서 가까운 내 사무실에서 대기하는 게 시간이 훨씬 절약될 것이다.

가무라 지카코는 기요세 다쿠미의 당시 주소를 찾는 대로 사무실로 전화하기로 했다. 그리고 후와라는 변호사를 통해 메지로 경찰서에도 연락을 해달라고 부탁했다. 유키 다쿠야의 체포와 유괴 사건 공개 이후 만 이틀 이상 지났기 때문에 분초를 다투어야 할 상황이었다.

가무라 지카코는 내 블루버드를 지금까지 타본 차 가운데 가장 승차감이 형편없는 차라고 평가하고 지하철 출입구로 사라졌다. 나도 동의했다. 그대로 호난 거리를 동쪽으로 달려 신주쿠 부도심 바로 앞에서 좌회전하여 6시가 되기 전에 사무실에 도착했다.

가무라 지아키와 어머니인 지카코의 협력을 무조건 신뢰해도 좋을지 나는 판단이 서지 않았다. 하지만 그쪽을 따라가다가 다소 우회하더라도 나름대로 답 가운데 하나가 될 터였다. 그 이외에 다른 길이 있는 것도 아니었다. 기다리는 시간은 인생의 대부분을 기다리는 데 써온 전문가인 나마저도 괴롭지만, 그날은 그렇지 않았다. 책상 서랍 안쪽에서 오다케 히데오 9단이 쓴 《신 바둑의 열 가지 비결》을 찾아 바둑판 보는 안목을 기르라고 주장하는 '머리말'을 다 읽었을 때 문을 노크하는 소리가 들렸다. 기력棋力 향상은 다음 기회로 미루며 들어오라고 대답하자 마카베 요시히코가 문을 열고 사무실 안으로 들어왔다.

소년은 얇은 네이비블루 운동복 아래 여느 때와 마찬가지로 청바지를 입고, 북 밴드로 묶은 학용품을 들고 있었다. 지금까지와 달리 중학생다운 눈빛과 뺨의 혈색을 약간 되찾은 것 같았다. 목적이 있어 나를 만나러 왔다는 사실을 바로 알아차릴 수 있었다.

"무슨 일이지?" 내가 물었다.

"저어, 난⋯⋯." 소년은 내 무뚝뚝한 말투에 주눅이 든 모양이었다. 하지만 오늘은 그걸 맞받아칠 기운이 있는 듯했다. "난 아저씨가 하는 일을 돕고 싶어요. 괜찮겠죠? 유괴범을…… 동생에게 그런 짓을 한 놈을 하루빨리 잡고 싶어요."

나는 소년의 얼굴을 지그시 바라보며 말했다. "그건 경찰이 할 일이야."

뻔한 대사인 줄은 안다. 하지만 해두어야 할 말이었다. 아니, 어쩌면 어린애와 이야기를 나눌 때 말해두어야 할 것이 있다고 생각하는 게 잘못의 첫걸음인지도 모른다.

"그건 그렇지만…… 그래도 아저씬 유괴범을 찾고 있잖아요? 사람들은—내 주위에 있는 친척들은 입으로는 이러니저러니 하면서 아무도 사야카에게 그런 짓을 한 놈을 잡을 생각이 없어요."

해두어야 할 말이란 결국 무미건조하고 아무런 설득력도 지니지 못했다. 나도 진짜 하고 싶은 말을 해야만 했다.

"난 자기 형제를 때려눕히는 걸 기뻐하는 인간의 협력 따위는 필요 없다."

"……예?" 소년은 예상도 하지 못한 말을 듣자 깜짝 놀랐다. "아니에요. 기뻐한 게 아니에요……. 그렇지만 요시키 형은 그런 꼴을 당해도 싸죠. 권투를 한다면서 실력만 자랑하고. 아주 불쾌해요. 만나면 스트레이트니 훅이니 하면서 꼭 내 턱에 펀치를 먹이죠. 자기는 살짝 때리는 걸 테지만 나는 머리가 멍해질 지경이거든요. 나더러 새싹이라느니 꼬마라느니 하면서 공부만 하지 말고 운동도 좀 하라고 하지만 나도 공부만 하고 싶지는 않아요. 그래도……."

"그래도, 뭐?"

"아뇨······. 난 아저씨가 하는 일을 열심히 돕고 싶어서 찾아왔는데······. 됐어요, 이제."

"뭐가 됐다는 거냐? 넌 착각하고 있어. 내가 무엇을 하건 그건 내일이야. 네 아버지가 소설을 쓰거나 가이 교수가 바이올린을 가르치는 것과 아무것도 다를 게 없지. 네 형이 프로 권투선수가 되면 사람때리는 게 일이 되고, 범인을 잡는 것은 경찰이 할 일이듯 나도 이탐정 일을 하는 거야. 세상 사람들은 지금 이야기한 직업들과 비교하면 내가 하는 일은 아주 지저분하고 천박하다고 여겨. 네가 생각하는, 그리고 돕고 싶어 하는 일은 전혀 하지 않아."

"그럼 유괴범을 찾아내려고 하지 않는다는 거예요? 거짓말이죠? 난 그날 동생을 데려다주지 않아 이런 일이 일어났다는 생각을 하면 가만히 앉아 있을 수가 없어요. 아저씨도 몸값 빼앗긴 일을 생각하면 참을 수가 없을 거예요."

"그래서 같이 탐정 놀이라도 하자는 거냐? 고바야시 소년이 되고 싶다면 아케치 에도가와 란포 작품에 등장하는 명탐정으로, 고바야시 소년의 도움을 받는다 탐정사무소에나 가봐."

"아니에요. 나도 이게 그런 놀이가 아니라는 건 알아요. 다만 내가 도울 수 있는 일이 있다면 시켜달라고 부탁하는 것뿐이죠."

소년은 자기 주위에 둘러진 보이지 않는 울타리에서 벗어나려 발버둥치는 모양이었다. 도와줄 수만 있다면 그러고 싶었다. 하지만 그럴 수는 없었다. 만약 기요세 다쿠미가 유괴 사건과 관련이 있는 인물이라면 그와의 접촉은 상당한 위험이 따를 거라고 예상해야만 한다. 소년의 사회 공부 교재로 쓸 만한 일은 아니었다. 열한 살 딸을 잃은 부모의 남은 아들마저 위험에 빠뜨렸다는 사실이 알려지면 무슨 비난을 받을지 알 수 없는 노릇이다. 비난받는 일은 익숙하지만 정당한 비난을 받는 데는 익숙하지 못했다.

다들 탐정을 만나고 싶은 날인 모양이었다. 사무실 바깥 복도에서 발소리가 들리더니 노크 소리가 났다. 문에 달린 젖빛 유리에 비친 커다란 그림자로 찾아온 사람이 누군지 바로 알 수 있었다.

"거기서 한 발짝도 들어오지 마!" 내가 호통을 쳤다. "바빠서 조폭 나부랭이를 만날 시간은 없어."

문이 열리더니 사가라라는 이름을 지닌 거구의 야쿠자가 모습을 드러냈다. 요시히코 소년과 얼굴이 마주치자 서로 놀란 표정을 지었다. 몸무게가 상대의 세 배나 되는 쪽은 누군가를 보고 놀랄 남자는 아니지만 이곳에 어린애가 있을 줄은 상상도 못 했을 것이다.

"애는…… 당신 아들인가?" 사가라가 진지한 표정으로 물었다.

"아니야. 이번에 새로 고용한 조수야." 내가 진지하지 않은 표정으로 대꾸했다.

사가라는 의외의 손님이 있어 어떻게 말을 꺼내야 할지 곤혹스러워했다. 며칠 전에 보았을 때와 똑같은 옷차림이었다. 피곤해 보이는 얼굴에는 수염이 삐죽삐죽 나 있었다.

"하시즈메가 죽었나?" 내가 물었다.

"아니, 그렇지 않아. 수술이 잘 되어 생명에는 지장이 없대."

"애석하군." 나는 책상 맨 아래 서랍에서 맡아두었던 두툼한 봉투를 꺼냈다.

"하시즈메 형님이 아래 주차장에서 기다리고 계신다. 아직 여기까지 올라오실 수는 없어서. 같이 내려가줘."

"거절하지. 난 중요한 전화를 기다리고 있어서 자리를 비울 수가 없어."

"삼 분이면 끝나. 나도 형님을 빨리 쉬게 해드려야 해."

"안 돼. 하시즈메에게 나중에 다시 오라고 전해."

사가라는 곤혹스러운 표정으로 나와 소년을 번갈아 보았다. 한숨을 내쉬며 사무실 안으로 들어오더니 똑바로 내 책상 쪽으로 걸어왔다. 요시히코가 저도 모르게 두세 걸음 물러나며 사가라에게 길을 터주었다.

사가라는 내 책상에 두 손을 짚고 몸을 내밀며 낮은 목소리로 말했다. "탐정. 부탁이니 어린애 앞에서 거친 행동 하게 만들지 마."

나는 화가 치밀어 책상 위로 흘러내린 사가라의 흰 실크 넥타이를 움켜쥐었다. 금으로 만든 넥타이핀이 떨어져 바닥에 굴렀다. 요시히코가 그걸 줍는 모습이 시야 한구석에 들어왔다.

"조폭이 고운 말씨를 쓰네. 네 직업은 형님이나 두목의 명령이라면 어린애가 있건 여자가 있건 상관없이 폭력을 휘두르는 거지. 안 그래?"

사가라가 넥타이를 움켜쥔 내 손목을 잡고 말했다.

"엉기지 마, 탐정."

사가라가 별로 힘을 주지도 않았는데 내 손은 바로 저리기 시작했다.

"그럼 '나는 필요하면 누구 앞에서나 아무렇지도 않게 폭력을 휘두르는 사람입니다'라고 해. 그러면 주차장에 가지."

"어처구니없군. 좀 봐줘." 사가라가 씁쓸하게 웃었다.

"말해!" 내가 호통을 쳤다. 손에 감각이 없어지며 사가라의 넥타이가 슬슬 내 손에서 빠져나갔다.

사가라는 내 손을 놓고 몸을 일으켰다. 소년을 흘끗 돌아보더니 다시 나를 보았다. 노래라도 부르기 시작할 때처럼 부끄러운 듯이 헛기침을 했다.

"난 필요할 땐 누구 앞에서든 폭력을 휘두르는 남자다. 이제 됐나?" 모기 우는 소리처럼 작은 목소리였다.

나는 봉투를 손에 들고 일어나 문 쪽으로 향했다. 요시히코가 주워 든 넥타이핀을 사가라에게 건네자 사가라는 고맙다는 인사를 하며 받아들었다. 나는 문 앞에 멈춰 서서 요시히코를 돌아보았다. "전화가 오면 수화기를 들고 저 창문으로 날 불러. 아래 주차장에 있을 거다."

요시히코가 고개를 끄덕이는 모습을 보고 나는 사무실을 나왔다.

세이와카이의 적갈색 링컨 콘티넨탈은 좁은 주차장에서 차체의 반을 보도로 내민 상태였다. 해질녘이라 안을 들여다보기 힘들게 처리한 차창이 오렌지색으로 물들어 빛났다. 왼쪽 뒷자리 창문으로 다가가자 오토매틱 윈도가 눈이라도 있는 것처럼 스르륵 내려갔다. 사가라가 따라와 내 등 뒤에 섰다.

창백한 얼굴을 한 하시즈메가 좌석에 기대어 나를 올려다보았다. 잠옷 위에 새하얀 트렌치코트를 걸치고 있었다. 목덜미 쪽에 흰 붕대가 보였다. 왼손은 복부 쪽에 고정되어 있는 모양이었다. 하시즈메는 씩 웃었지만 병원에서 보았을 때보다 부상이 훨씬 악화된 듯한 표정이었다.

"보시다시피, 살아 돌아왔어."

"그렇게 보이진 않는군. 타고 있는 차가 영구차 같아."

하시즈메는 고개를 끄덕였다. "무슨 용건으로 왔는지 알지? 병원에서 했던 이야기는 모두 잊어."

"기억나지도 않아." 나는 손에 든 봉투를 내밀었다.

하시즈메는 오른손을 살짝 저었다. "그건 돌려줄 필요 없어. 100만 엔이면 좀 많기는 하지만 내가 안심하고 수술실에 들어갈 수 있었던 답례라고 생각하면—."

"닥쳐! 내가 너희에게 고용되는 일은 다신 없을 거야." 나는 봉투를 하시즈메의 무릎 위에 내던졌다. 사가라가 가로막으려고 했지만 이미 늦었다. 하시즈메는 상처가 쑤시는지 윽, 하고 신음했다.

"제길, 멋대로 해." 그는 고통스러운 듯이 숨을 쉬며 말했다. "네 놈은 진짜 멍청이야, 사와자키."

나는 사가라를 밀치고 링컨 콘티넨탈 뒤쪽으로 향했다.

"용건 끝났다. 출발해." 하시즈메의 화난 목소리가 뒤에서 들렸다.

사가라가 운전석 문을 열고 올라탔을 때, 사무실 창문이 열리더니 요시히코가 머리를 내밀었다.

"전화 왔어요!"

나는 서둘러 사무실로 돌아갔다.

책상 위의 전화기는 내가 사무실을 나갈 때와 똑같았다. 문에서 책상으로 걸어오는 도중에 그걸 깨닫고 요시히코를 돌아보았다.

"어떻게 된 거냐?"

"내용은 내가 들었어요. 가무라라는 여자한테서 온 전화였어요."

"그래서?" 나는 화를 억누르며 물었다.

"기요세라는 사람의 와세다 주소잖아요? 내가 안내할 테니까 함께 데리고 가세요. 그 사람이 유괴범인가요?"

교환 조건을 내걸다니, 제법 그럴듯한 흉내를 내는 꼬마였다. 나는 책상으로 다가가 상의 주머니에서 수첩을 꺼내 디트리히 전화번호를 찾았다.

"넌 날 돕겠다면서 방해하고 있어. 아까 네가 비난한 사람들과 마찬가지로 너도 동생을 죽인 범인을 잡고 싶은 생각이 없는 모양이로구나."

"아니야! 그렇지 않아."

"주소는 다시 물어보면 알 수 있어. 네 도움은 필요 없다." 다이얼을 돌리면서 요시히코를 보니 어쩔까 망설이고 있었다. 디트리히는 통화중이었다. 가무라 지카코가 내게 전화를 건 다음 후와 변호사에게 연락하는 것이 틀림없었다.

"할 수 없네. 가르쳐줄게요." 요시히코가 말했다. "신주쿠 구 니시와세다 2초메, 8 다시 ……16이었어요. 전화번호는 없대요."

"너 메모하지 않았니?" 수화기를 내려놓고 물었다.

"예, 하지만 틀림없어요. 2, 8, 16이니까."

의무교육으로 배우는 것 가운데 사회에 나와 쓸모가 있는 것은 덧셈과 뺄셈뿐이라는 주장을 들은 적이 있는데 꼭 그렇지만도 않은 모양이다. 파일 박스 위에서 전화번호부를 꺼내 기요세 다쿠미를 찾아보았지만 그 이름으로 등록된 번호는 없었다.

나는 창문을 닫고 문 쪽으로 갔다. "넌 집에 가."

요시히코는 고개를 저으며 한 걸음 뒤로 물러섰다.

"여기 갇혀 있고 싶은 거냐?"

요시히코는 얼른 내 옆을 지나 사무실 밖으로 나갔다. 나는 불을 끄고 문의 자물쇠를 채웠다.

주차장에서 블루버드를 꺼내는 동안에도 요시히코는 주차장 뒤편 잡거빌딩 입구 앞에 서서 나를 바라보았다. 며칠 전에 사무실 창문을 올려다보던 때와 똑같은 위치였다. 나는 도로로 나와 좌회전해 오타키바시 쪽으로 향했다. 날이 어두워졌지만 왼쪽 백미러에 소년이 포기하고 신주쿠 역 쪽으로 걷기 시작하는 모습이 보였다.

얼른 생각을 바꾸었다. 차를 세우고 기어를 변환해 다행히 뒤에서 오는 차가 없다는 걸 확인한 다음 30미터쯤 후진해 요시히코 앞에 차를 세웠다. 요시히코가 멈춰 섰다. 나는 운전석 뒷문을 열고 타라고 손짓했다. 요시히코의 표정이 환해지더니 블루버드로 달려왔다.

소년이 몸을 굽히고 차에 타기 전에 내가 말했다. "내가 시키는 대로 하지 않으면 바로 엉덩이를 걷어차고 작별이다. 알았어?"

"알았어요."

요시히코가 뒷자리에 앉아 문을 닫자 나는 다시 출발했다. 이미 칠팔 분이나 시간을 낭비했다.

33

　기요세 다쿠미가 사는 집은 오래된 목조 2층 가옥과 그보다 약간 나중에 지은, 모르타르를 칠한 창고 같은 회색 건물 두 동으로 되어 있었다. 가쿠슈인 여자 단기대학 앞으로 난 스와 길을 캠퍼스를 등지고 좌회전해서 주소 표시를 열심히 따라가다 보니 그 집은 예상보다 쉽게 찾을 수 있었다. 주소 표시 확인은 요시히코의 역할이었다. 기요세의 집을 확인하고 50미터쯤 더 달려 와세다 대학 주물인지 뭔지 하는 연구소의 높은 담 옆에 차를 세웠다.

　"이 차에서 한 발짝도 나오면 안 돼." 요시히코에게 말했다.

　"현관과 옆에 있는 회색 건물에 불이 켜져 있었어요." 요시히코가 내 말이 끝나기도 전에 흥분한 목소리로 말했다.

　"내 말 들었어?"

379

요시히코는 얼른 고개를 끄덕였다.

"내가 부를 때까지 꼼짝 말고 기다려. 메지로 경찰서 형사들이 올지도 모르지만 그래도 여기서 나오지 마. 알았니?"

요시히코가 다시 고개를 끄덕이는 모습을 보고 나는 차에서 내렸다. 트렁크에 있는 공구를 넣어둔 백에서 유키의 집에서 시체 발견 징크스를 깬 자루 긴 손전등을 꺼내 기요세의 집으로 향했다.

집 앞으로 난 길은 상당히 가파른 언덕길이었다. 정면에는 폭 12, 13미터쯤 되는 콘크리트 담이 있는데 길보다 1미터 이상 높았다. 담 왼쪽에는 2층짜리 목조건물 현관으로 통하는 계단이 있었다. 계단 위의 낮은 문설주에 '기요세'라고 새긴 돌로 된 문패가 박혀 있었다. 계단에서 조금 떨어진 담 오른쪽에는 폭 2미터, 높이는 언덕이기 때문에 150에서 160센티미터쯤 되는 차고의 출입구가 열려 있었다. 셔터가 올라간 채 흰 시빅이 앞부분을 안쪽으로 주차되어 있었다.

왼쪽 계단을 올라가 경첩이 부서진 낮은 판자문을 열고 목조건물 현관으로 갔다. 요시히코의 말대로 현관 문 위에 낡은 전등이 켜져 있었다. 문 옆 기둥에 '기요세 다쿠미'라고 적힌 나무 문패가 걸려 있었다. 그 아래 있는 초인종을 눌렀다. 아무런 반응도 없었다. 현관 전등 이외에는 불이 꺼져 있었기 때문에 반드시 반응이 있을 거라고는 기대하지 않았다. 문손잡이를 돌려보았지만 잠겨서 움직이지 않았다. 초인종을 다시 오래 눌러도 여전히 반응이 없었다.

손전등을 켜고 현관 앞을 떠나 마당 오른쪽으로 이어지는 징검돌 위를 걸었다. 정확하게 차고 위에 해당하는 부근에 관목 울타리를 연장한 듯한 키 낮은 정원수가 두세 그루 심어져 있었다. 징검돌은 그 사이를 지나 안쪽의 모르타르 칠을 한 창고 같은 건물 입구까지 뻗어 있었다. 단층에 열 평쯤 되는 건물이었다. 창고 같다고 느낀 까닭은 모르타르를 바른 벽에 창문이 없었기 때문이다. 출입문 중앙에 젖빛 유리를 끼운 작은 창이 있는데 거기서 불빛이 흐릿하게 흘러나왔다. 요시히코가 이야기한 그 불빛이었다.

다가가다가 뭔가를 태운 듯한 연기 냄새를 맡았다. 냄새는 모르타르 건물과 그 옆 높은 담 사이에 있는 드럼통 쪽에서 나는 듯했다. 그쪽을 먼저 확인하기로 했다. 징검돌을 벗어나 조심스럽게 걸었다. 손전등으로 비추니 쓰레기를 태울 때 쓰는 드럼통이라는 걸 알 수 있었다. 손을 가까이 가져가 보니 아직 열기가 남아 있고 연기가 살짝 눈에 스며들었지만 불은 이미 꺼진 상태였다.

나는 다시 모르타르를 칠한 건물로 갔다. 문 앞에 섰을 때에야 건물이 무슨 용도인지 알 수 있었다. 문 옆에 세로로 긴 간판 같은 표찰이 달려 있고, 검은 글씨로 '기요세 아키요시 기념 문고'라고 적혀 있었다.

손전등을 끄고 문을 노크했다. 역시 아무런 대꾸도 없었다. 문손잡이를 잡고 돌렸다. 문이 바깥쪽으로 열렸다. 반 평쯤 되는 봉당이 있고 그 안쪽에 새시 유리문이 있는 한 칸 높은 마루방이 이어졌다. 유리문은 열려 있고, 불빛은 그 방 전체를 비추고 있었다.

나는 봉당으로 들어갔다. 마루방으로 올라가는 입구에 놓인 구두 한 켤레를 발견하고 손전등을 오른손으로 바꿔 들었다.

유리문으로 다가가 방 안을 들여다보았다. 열 평쯤 되는 공간이 크고 작은 무수한 서적으로 가득했다. 철제 서가가 일고여덟 줄로 방 안에 가지런히 놓였고 네 벽면은 유리문 부분을 제외하고는 천장 가까이까지 이르는 붙박이 책꽂이였다. 소규모 도서관이나 간다에 있는 커다란 헌책방 두세 군데를 합쳐놓은 분량이었다. 유리문 근처의 정리카드를 넣어두는 듯한 파일 캐비닛 앞 바닥에 거무스름한 서류 가방이 놓여 있었다. 그 옆에는 스무 권쯤 되는 고색창연한 책이 아무렇게나 두 더미로 쌓여 있어 완벽하게 정리된 서고 전체 분위기와 어울리지 않았다.

그때 불쑥 서가 뒤에서 자그마한 남자가 나타나 똑바로 내게 달려들었다. 재빨리 옆으로 피하려 했지만 조금 늦었다. 하지만 남자는 내게 부딪히기 직전에 양말을 신은 발이 미끄러져 앞으로 고꾸라져서 내 무릎에 별 위력 없는 타격을 가했을 뿐이다. 나는 남자의 몸을 왼쪽으로 뿌리쳤다. 그는 유리문의 새시 틀에 등을 부딪히더니 숨이 막히는지 신음 소리를 냈다. 나는 반사적으로 손전등을 치켜들고 상대를 비췄다. 머리숱이 옅어진 서른 살 넘어 보이는 남자로, 도수 높은 안경이 코에서 미끄러져 떨어지려는 중이었다. 아무리 보아도 격투나 폭력과는 인연이 먼 사람이라 손전등으로 내려칠 필요는 없다고 판단했다. 남자는 그 틈을 노려 봉당에 있던 구두를 움켜쥐더니 문으로 도망치려고 했다. 나는 왼손으로 남자의 뒷덜미를 잡아 봉당으로 끌어들여 마루에 팽개쳤다. 뒤통수가 책꽂이 모서리에 부딪혀 안경이 바닥에 떨어졌다. 남자는 싸울 생각도, 도망칠 생각도

버렸는지 머리를 감싸 안았다. 나는 구두를 신은 채로 마루로 올라가 남자 바로 옆에 섰다.

머리숱이 적고 안경과 복장이 나이 든 사람 같아 그런 줄 알았는데 자세히 보니 이십대 후반에 어딘지 학생 티가 남아 있었다. 서른네댓 살이 되는 기요세 다쿠미는 아닌 듯했다.

"누구냐? 기요세는 어디 있지?" 내가 윽박지르듯 물었다.

"기요세 씨는 없습니다. 급한 일 때문에 한동안 집을 비우실 거라고 했으니⋯⋯."

남자는 안경을 주워 쓰고 상반신을 일으켜 책꽂이에 등을 기댔다.

"아, 저는 수상한 사람이 아닙니다." 그는 갑자기 상의 주머니를 뒤졌다. 차라리 그가 유괴 살인을 저지를 만큼 수상한 자였으면 좋겠다는 생각이 들었다.

"저는 스도라고 합니다. 기요세 씨와는 다이타니자키_{문학가 다니자키} _{준이치로를 작가인 동생과 구분하여 일컫는 말}에 관한 연구 때문에 인연이 생겨 가깝게 지냅니다." 그는 주머니에서 꺼낸 흰 봉투를 내밀었다. "이걸 보시면 제가 여기 있는 이유도 알 수 있을 겁니다."

나는 봉투를 받았다. 앞에는 검은 잉크로 '스도 군에게'라고 적혀 있었다. 잘 쓴 펜글씨였다.

"그게 살림채 쪽 현관에 핀으로 꽂혀 있었죠. 저는 한 달에 한 번쯤 찾아와 국문학 전반에 조예가 깊은 기요세 씨의 말씀을 듣거나 문학 이야기를 나눕니다. 오늘 밤도 그럴 예정이었는데⋯⋯."

나는 봉투 안에서 편지지를 꺼내 읽었다.

미안하지만 급한 일로 해외에 나갑니다. 좀 오랫동안 집을 비우게 되었습니다. 문고는 필요하면 자유롭게 이용하세요. 돌아오는 대로 연락하겠습니다.

연구에도 많은 노력이 있기를 바랍니다.

기요세 드림

편지를 읽는데 목조건물 쪽에서 무슨 소리가 난 듯했다.

"그래서 기요세 씨는 저를 믿고 이 서고 열쇠가 있는 곳도 알려주셨는데 읽어야 할 책이 얼마나 되나 살펴보려고……. 여기는 와세다대학 교수였던 기요세 씨의 할아버지가 돌아가신 뒤에 만든 문고로여기에서만 볼 수 있는 귀중한 문헌도 있습니다."

자기가 이곳에 있을 정당한 이유를 증명하자 남자는 약간 세게나왔다. "그런데, 실례지만 당신은—?"

"자네가 진짜 스도 본인이라고 증명할 게 있다면 보여주게."

"예, 물론." 그는 부딪힌 머리에 신경을 쓰면서 일어났다. 상의 안주머니에서 지갑을 꺼내 면허증을 뽑아 내밀었다. 나는 편지를 건네주고 대신 면허증을 받아들었다.

스도 도시오, 1960년 생, 본적이나 주소나 사이타마 현 아사카 시였다. 얼굴 사진은 틀림없이 본인이었다.

다시 본채 쪽에서 문이나 미닫이를 여는 듯한 소리가 들렸다.

"바깥 차고에 있는 시빅은 자네 차인가?"

"예, 그런데요."

"면허증은 잠시 맡아둘 테니 여기서 기다리게."

"아니, 그렇지만 그건……."

"곧 경찰이 도착할 거야. 그 전에 그걸 원래 있던 책꽂이에 돌려 놓는 것이 현명하지 않겠나?" 나는 스도의 것으로 보이는 서류 가방 옆에 쌓여 있는, 값나갈 듯한 책 두 더미를 가리켰다. 스도의 안색이 확 변했다.

"아까 내게 덤벼든 것은 여기서 도망치려던 것이 아니라 나를 도둑으로 알고 물리치려 했던 것 같다고 증언하게 하려면 여기서 한 걸음도 움직이지 마."

나는 낭패한 표정을 짓는 스도를 남기고 서고에서 나왔다. 조금 전까지만 해도 캄캄했던 1층 방에 불이 켜져 있었다. 얼른 정면 현관으로 갔다. 문손잡이를 돌리자 자물쇠가 열려 있어 문이 바깥쪽으로 열렸다. 현관 안으로 들어갔다. 바깥 문 위에 켜놓은 불 때문에 안이 환했다. 평범한 단독주택의 평범한 현관이었다. 반 평쯤 되는 봉당과 한 평쯤 되는 마루가 보였다. 2층으로 올라가는 계단과 5, 6미터 길이의 복도가 안쪽에 보였다. 밖에서 보인 것은 그 복도 끝 왼쪽 방의 불빛이었던 모양이다. 출입구인 장지문이 반쯤 열려 있어 복도 끝 흰 벽에 불빛이 삼각형 무늬를 그렸다.

나는 마루로 올라가기 전에 구두를 어떻게 할까 망설였다. 안전을 위해서는 벗으면 안 되지만 발소리가 커진다. 결국 신은 채 마루로 올라가 최대한 소리를 죽이고 복도를 걸었다. 흰 벽에 삼각형으로 비친 불빛에 잠깐 그림자 같은 것이 스쳤다. 누가 저 방에 있음이 분명했다. 나는 복도 끝까지 가서 30센티미터쯤 열린 장지문 뒤에서 방 안을 살짝 엿보았다. 서양식 거실인 모양이었다. 사람은 보이지 않았다.

"누구지? 기요세인가?" 내가 장지문 뒤에서 말했다.

"……탐정 아저씨?" 요시히코의 떨리는 목소리가 들려왔다.

나는 참았던 숨을 내뱉으며 장지문을 활짝 열고 거실로 들어갔다.

"나와, 꼬마."

요시히코가 방 안쪽에 있는 소파 뒤에서 일어섰다. 신고 있던 파란 운동화를 두 손에 꼭 쥔 모습이었다. 적어도 나보다는 부모에게 예절 교육을 제대로 받은 모양이었다.

"엉덩이를 걷어차이고 싶어서 왔니?"

"아뇨, 아니에요. 너무 안 나와서 걱정이 됐어요. 하지만 시킨 대로 하지 않은 건 죄송해요."

"잘못했다고 생각하지 않을 때는 너무 쉽게 사과하는 게 아니야." 나는 구두를 벗어 회색 카펫이 깔린 장지문 옆에 내려놓았다.

"어디로 들어왔니?"

"현관요." 요시히코는 나를 따라 운동화를 커튼이 쳐진 창문 아래 내려놓았다.

"열쇠는 어디서 났어?"

"우편함 바닥에 쇠를 안쪽으로 구부린 홈이 있어요. 손을 넣어 더듬었더니 거기 있던걸요. 우리 집에서 열쇠를 숨겨두는 장소와 같았어요." 요시히코는 청바지 주머니에서 머리 부분이 클로버 모양으로 된 열쇠를 꺼냈다.

"불법 침입이야. 이리 줘."

요시히코가 언더스로로 던진 열쇠를 받아 주머니에 넣었다. 요시히코가 처음으로 미소를 지었다. 나는 웃지 않았다. 그렇지만 요시히코의 얼굴을 보고 웃음과 그리 멀지 않은 표정이었다는 사실을 깨달았다. 나는 경찰이 도착했을 때 소년이 이 집 안에 있게 하고 싶지는 않았다. 어떻게 해야 요시히코가 떼쓰지 않고 받아들일지 생각하는 중에 여러 대의 차가 줄줄이 멈춰서는 소리가 밖에서 들리며 주위가 소란스러워졌다.

경찰의 가택수색은 신속하고 철저했다. 나는 구경하는 일 말고는 아무것도 할 수 없었다. 할 필요도 없었다. 메지로 경찰서에서 모리 수사과장, 오사코 경부보, 무로오 형사를 비롯한 수사관과 감식반 및 제복 경찰관들이 달려왔다. 그들이 도착한 시각은 7시 20분경. 가무라 지카코가 후와 변호사와 연락이 잘 되지 않아 시간이 걸린 모양이었다. 경찰이 도착한 지 삼십 분 뒤에는 중요한 확증을 몇 가지 확보해 기요세 다쿠미의 도주에 대한 대책 수립을 끝냈다.

우선 기요세가 스도라는 남자에게 남긴 '해외에 나갑니다. 좀 오랫동안 집을 비우게 되었습니다'라는 메시지. 그리고 수사관이 거실 옆에 있는 기요세의 서재에서 발견한 수많은 해외여행 팸플릿, 해외여행 안내서, 비행기 시간표 등을 근거로 나리타와 하네다 두 공항의 국제선, 국내선 모두에 기요세를 긴급 수배하기로 했다. 일주일쯤 전에 스도가 전화를 걸었는데 그 통화에서 기요세는 여권을 만들었다며 조만간 해외여행을 할 예정이라고 했다는 사실 때문에 더 서둘러 수배해야 했다. 문제는 기요세를 잡을 수 있느냐 없느냐였다. 스도에게 메시지를 남기고 집을 나간 시간을 확실하게 알 수 없었지만, 5시 이전이었으면 스도가 조교로 근무하는 네리마 구의 모 대학에 직접 전화를 걸었을 거라는 추측도 있어 공항 수배가 효과를 볼 가능성은 충분해 보였다.

기요세의 얼굴 사진은 수사관이 서재를 비롯해 몇 군데서 발견해 스도의 확인을 거친 뒤, 가장 가까운 도쓰카 경찰서의 팩시밀리를 이용해 각 공항에 긴급 수배를 위해 전송했다. 기요세가 실명으로 탑승 수속을 할 거라는 보장은 없기 때문에 수배를 하려면 사진이 꼭 필요했다. 오사코 경부보가 내게도 사진을 보여주면서 '심야 레스토랑에서 당신을 습격한 남자인가?'라고 물었다. 나는 확신할 수 없다고 대답했다. 기요세는 사진만 봐서는 피부가 하얗고 통통한 뺨에 코가 우뚝한 미남이었다. 하지만 약간 험상궂은 눈매와 무언가에 대비하는 듯한 포즈가 담긴 스냅사진은 형사들에게 그가 흉악범죄의 주모자일 가능성이 높다는 인상을 심어준 듯했다. 나는 사진만 보고는 아무런 느낌도 들지 않았다. 나를 이 궁지에 빠뜨린 상대와 직접 대면하고 싶을 뿐이었다.

기요세가 마카베 사야카 유괴 살인에 관계한 것으로 보이는 증거가 이미 발견되었다. 잡지나 신문 활자를 한 글자씩 오려내 편지지에 붙인, 일종의 범행 성명서 같은 것이 쓰레기통 안에서 나왔다. 모리 수사과장이 '위장 공작을 할 작정이었군'이라며 그것을 내게 보여주었다. 편지는 여성인 척하려는 듯한 표현으로 적혀 있었다.

나는 돈이 탐나서 유괴 같은 터무니없는 짓을 저지른 건 아니에요. 사야카처럼 많은 것을 타고난 아이가 미웠습니다. 혼자서 이 세상 모든 행복을 누리는 듯한, 그 자신만만한 표정이 미웠어요. 하지만 이미 그 아이는 더는 그럴 수 없을 테니까 지금 어디 있는지 가르쳐드려도……

성명문은 끝을 맺지 못했다. 마찬가지로 활자를 오려 붙여 만든 '아사히 신문사' 주소가 적힌 봉투와 함께 구겨 쓰레기통에 버려져 있었다. 범죄자는 무슨 까닭인지 아사히를 좋아해 이런 편지는 다들 그 신문사로 보냈다. 하기야 유괴 사건 관련 기사가 처음 공개된 그저께 날짜의 신문은 삼대 일간지인 아사히, 마이니치, 요미우리 모두 2층 기요세의 침실에서 발견되었다. 게다가 전화번호부의 지역 페이지에는 엘 구루메를 비롯한 간파치 길 주변의 심야 레스토랑과 간나나 길 주변의 오토바이 관련 가게에 빨간 색연필로 밑줄이 그어져 있었다. 물론 와타나베 탐정사무소 아래에도 밑줄이 그어져 있었다. 무로오 형사가 그걸 보여주면서 '와타나베라는 이름을 바꾸지 않는 이유는 50음 순서로 제일 마지막에 오니까 눈에 띄라고 그런 거지?'라며 헛다리를 짚었다.

가택수색이 시작되고 얼마 지나지 않아 기요세에게 여성 동거인

혹은 상당히 친밀한 관계인 여자들이 있다는 사실이 밝혀졌다. 2층 침실에는 경대와 여성용 화장품이 있었다. 옷장에는 여자 옷, 신발장에는 하이힐 같은 것이 상당히 남아 있었다. 이웃 탐문을 개시한 수사관들에게서 일주일에 한두 번 몰래 드나드는 서른 살 전후의 여성이 목격되었다는 보고가 들어왔다. 기요세의 긴급 수배 내용에는 '여성과 함께 움직일 가능성 있음'이라는 정보가 추가되었다. 형사들은 마카베 씨 집에 걸려온 협박 전화의 '남자처럼 낮은 목소리의 여자'와 관계있을 것으로 보고 조사를 시작했지만 당장은 그 여성이 누군지 파악할 수 있는 재료가 발견되지 않았다. 스냅사진에 몇 명 그럴듯한 여성이 찍혀 있지만 사진 속에 있는 여성인지 아닌지 확인할 길이 없었다. 스도 도시오는 기요세의 사생활에 관해 아는 것이 없고, 그런 여성이 있다는 이야기도 듣지 못했다고 했다. 무로오 형사가 '보나마나 유부녀와 불륜 관계일 테지'라며 내뱉듯이 말했다.

마카베 요시히코와 나는 서재 수사가 진행되는 동안에는 거실에 머물다가 그게 끝나고 거실 수사가 시작된 뒤에는 서재로 옮겼다. 그곳도 출입구와 동쪽으로 난 창문 이외에는 벽이 온통 책꽂이로 채워져 있었다. 이쪽은 서고에 있는 장서보다 비교적 최근에 나온 출판물이 많았는데, 주로 일본 문학 대가들의 전집이 가지런히 꽂혀 있었다.

모리 수사과장이 필요에 따라 우리가 여기 오게 된 경위를 묻기는 했지만 그보다 눈앞에서 진행되는 수사와 대응에 쫓기고 있었다. 내가 가르쳐줄 필요도 없이 감식 담당자가 마당 드럼통을 조사했는데, 모리에게 한 보고에 따르면 분석에 시간이 걸릴 테고 무엇을 태웠는지 알아내기는 어려울 거라는 이야기였다. 나는 이만한 증거물과 유류품을 남겨놓으면서도 드럼통에서 소각해야만 했던 것이 무엇일까 생각했다. 아마도 기요세의 도피처나 공범인 여성의 신원, 또 다른 동범자의 존재 같은 것이 드러날 우려가 있는 물건이었으리라. 어쩌면 사건과는 아무런 관계도 없는 단순한 쓰레기일지도 모른다.

경시청의 가지키 경부가 이십 분쯤 늦게 도착했고, 이사카 경시가 급히 실시한 유키 다쿠야의 신문 내용을 모리 수사과장 일행에게 전달했다. 유키는 기요세 다쿠야의 이름이 수사 선상에 떠올랐고 긴급 수배되었다는 이야기를 듣자 드디어 무거운 입을 연 모양이다.

'기요세하고는 초등학교 때부터 친구였다. 가무라 지아키를 만나게 해준 것도 기요세이고, 그 과정이 아무래도 우연을 가장해 여자를 양보받은 모양새였기 때문에 지아키에게는 말할 수가 없어서 기요세와 친구라는 사실을 계속 숨겨왔다. 오륙 년 전까지는 경제 형편도 내가 더 나았고, 기요세는 아직 소설가 지망생이라 가난했기 때문에 내가 이럭저럭 도와주는 꼴이었다. 요 일 년 사이에 처지가 뒤바뀌어 내가 계속 돈을 빌렸다. 기요세는 자기 뜻과는 달리 떳떳하게 내세울 수 없는 글을 필명으로 써댔기 때문에 예전에 빌려간 돈을 갚을 만한 여력은 있다고 했다. 기요세는 늘 귀가 어서 나아 디자인 일을 다시 하라고 격려해주었다. 지난주 화요일 밤에도 돈을 빌릴 생각에 기요세의 집을 방문했다. 며칠 전에도 돈을 빌렸기 때문에 마음이 불편해 집 앞에 차를 세운 채 머뭇거리는데 기요세가 그 여행 가방을 들고 집에서 나왔다. 차고에서 폭스바겐을 몰고 나와 어디론가 나가는 모양이었다. 이상하게 주위를 경계하는 것 같아 그만 호기심이 생겨 뒤를 미행했다. 전에도 이야기한 것처럼 그가 니시신주쿠에 있는 나루코텐 신사 근처 쓰레기장에 여행 가방을 버렸다. 나는 그 가방을 주워 집으로 돌아왔다…….'

　가지키는 유키 다쿠야가 이렇게 진술했다고 전했다. 이야기의 앞뒤가 맞기는 하지만 형사들 표정에는 유키가 기요세와 공범일 거라는 의심이 짙게 드러났다. 가지키는 기요세의 폭스바겐은 등록번호, 연식, 차체 색상을 알아내자마자 수배에 들어갔다고 덧붙였다. 폭스바겐의 색깔은 옅은 파란색이라 내가 처음 마카베 씨의 집을 방문했을 때 야마토 택배회사의 밴에 추돌할 뻔하고 달려간 차가 떠올랐다. 마카베 씨의 집을 감시하던 것은 범퍼 양쪽이 아래로 처진 밴이 아니라 기요세의 폭스바겐이었으리라.

　요시히코는 지친 표정으로 서재 책상에 있는 의자에 앉아 있었다. 요시히코가 여기 있다는 이야기는 가택수색이 시작되기 전에 경찰을 통해 마카베 씨에게 알려두었다. 요시히코도 전화로 괜찮으니 걱정하지 말라고 안심시켰다. 하지만 조금 전부터 요시히코는 옆구리인지 복부 부근을 누르거나 문지르고 있었다.

　"왜 그러니?" 내가 물었다.

"아뇨, 가끔 이래요. 별일 아니에요."

"복통이냐?"

"아뇨, 그렇지는 않은데요. 반년쯤 전에 높은 담 위에서 뛰어내렸을 때 장에 약간 무리가 가서 그 뒤로 툭하면 장과 장이 스치는 느낌이 들어요……."

"병원에 가지 않아도 괜찮겠니?"

"괜찮아요. 심해지면 장염전腸捻轉이 일어나지만 증세가 가벼워서 약간 따뜻하게 마사지를 해주면 바로 나아요."

바로 옆에서 기요세의 파일 박스를 조사하던 무로오가 입을 열었다. "사와자키, 너 제정신인가? 이런 곳에 어린애를 데리고 오다니. 기요세가 도망친 뒤였기에 다행이지."

나는 무로오의 핀잔을 흘려듣고 모리에게 말했다. "얘를 집에 데려다주겠어."

"아니, 넌 여기 있는 게 나을 텐데. 요시히코 군은 우리 애들에게 데려다주라고 하지."

요시히코가 의자에서 일어났다. "됐어요. 혼자서도 갈 수 있으니까. 메이지 길을 똑바로 따라가면 그리 멀지 않은걸요."

나는 요시히코의 얼굴을 보았다. 배가 아프기 때문인지도 모르지만 그 이상으로 힘든 표정이라는 느낌이 들었다. 나도 일어섰다.

"아니야, 내가 데려다주지. 이런 시간에 몸도 좋지 않은데 혼자 보낼 순 없지." 나는 모리 수사과장을 돌아보았다. "괜찮지? 데려다주고 바로 돌아오겠어."

모리는 괜찮다고 대답하고는 부근에 있던 제복 경찰관에게 경찰 통제선 밖까지 바래다주라고 명령했다.

배를 누른 채 걷기 힘들어 보이는 요시히코를 부축해 기요세의 집을 나왔다. 우리는 블루버드를 탈 때까지 한 마디도 하지 않았다.

34

한 해에도 손꼽을 만큼 쾌적한 밤은 부드러운 바람이 불고 있었지만 기분은 곧 닥쳐올 장마철의 낮게 드리운 회색 구름처럼 무거웠다. 나는 마카베 요시히코를 조수석에 태우고 바로 블루버드를 출발시켰다. 니시와세다 주택가 좁은 길을 한동안 달려 버튼식 신호등이 있는 와세다 길 교차로에 도착했다. 나는 거기서 우회전을 할 생각이었다. 와세다 길과 메이지 길을 거쳐 십오 분만 가면 메지로에 있는 요시히코의 집에 도착할 것이다.

"저기서 오른쪽으로 꺾으세요." 요시히코가 불쑥 말했다. 신호등이 파란색으로 바뀔 순간이라 뒤에 있던 택시가 짜증스럽게 클랙슨을 울렸다. 나는 핸들을 크게 돌려 우회전이 금지되어 있는데도 오른쪽으로 꺾었다. 블루버드는 예정과는 반대로 와세다 길을 동쪽으로 달리기 시작했다.

"빨리요." 요시히코가 앞쪽을 뚫어지게 바라보며 말했다. 당연히 시키는 대로 할 거라는 듯한 말투가 신경 쓰였다. 나는 요시히코의 주문에 따라 속도를 올리며 물었다.

"왜 그러니?"

"어쨌든 쭉 달려주세요."

"배 아픈 건 괜찮니?"

요시히코는 잠시 대답이 없었다. 나는 일부러 블루버드의 속도를 도로 낮췄다.

"더 빨리 가요……. 도쿄 역에 가야 하니까."

"도쿄 역? 거긴 왜?"

블루버드는 바바시타를 지나 지하철 도자이 선 와세다 역 근처를 달리고 있었다. 요시히코는 기요세의 집에서 얼마나 왔는지 거리를 확인하듯 뒤를 돌아보았다.

"……아빠와 엄마가 기다려요."

"마카베 부부가 지금 도쿄 역에서 기다린다는 거니? 이유를 설명해야지."

"매스컴 취재가 귀찮고, 엄마의 충격이 가라앉아 몸이 좋아질 때까지 이삼 일 나고야 부근에 있는 아버지 고향에 머물 예정이에요."

나는 조수석에 앉은 요시히코를 흘끗 보았다. 왼쪽 배를 누르고 있었다. 뭔가 꿍꿍이가 있는 것 같다는 생각이 들기도 했다.

"아까 전화할 때는 왜 그런 이야기를 하지 않았지?"

"그야 나고야에 가는 건 어제 결정된 일이니까요. 아까 전화할 때는 아빠가 어제 이야기한 신칸센 출발 시간에 늦지 않겠느냐고 물어봐서 괜찮을 거라고 했죠. 신칸센 개찰구 앞에서 기다리신다고 하기에 알았다고 대답한 거예요……. 난 더 일찍 돌아갈 수 있을 줄 알았으니까."

"메지로 경찰서 형사들은 알아?"

"아뇨, 못 가게 하면 곤란할 테니 경찰에는 도착한 다음에나 알리겠다고 했어요."

"신칸센 시각은?"

"8시 32분에 출발하는 '히카리'예요. 아마…… 히카리 329호일 거예요."

나는 손목시계를 보았다. 8시 5분, 6분이 지났다. 차는 벤텐초 교차로를 지나 천천히 오른쪽으로 꺾어졌다. 나는 다시 속도를 올렸다. 요시히코의 부탁을 받아들인 것은 아니었다.

"아마 시간에 대지 못할 거야." 내가 말했다.

"그러니까 빨리 가자는 거죠."

가구라자카 역 앞이 진입 금지이기 때문에 오른쪽으로 꺾어 오쿠보 길로 향했다.

"왜 꺾어져요?" 요시히코가 흥분한 목소리로 물었다.

"일방통행 길로 들어가 꼼짝도 못 하고 싶어?"

오쿠보 길의 신호등이 파랑으로 바뀌기 직전에 교차로에 진입해 거의 속도를 늦추지 않고 좌회전을 했다. 횡단보도로 나서려던 여자

애들이 얼른 뒤로 물러서더니 남자 못지않은 욕을 퍼부었다. 여자 옷을 걸쳤다고 해서 속까지 여자라고는 할 수 없다. 기요세의 집을 나온 뒤로 머릿속 한구석에서 맴돌던 의문이 그제야 확실해졌다.

"신칸센 나고야행이라면 그 뒤에도 두세 편 있을 거야. 좀 늦으면 기다려주겠지."

"안 돼요. 엄마를 그런 데서 기다리게 하고 싶지 않아요. 전속력으로 달려줘요."

나는 다시 조수석에 앉은 요시히코의 눈치를 살폈다. 안색이 별로 좋지 않았다. 당장 병원에 데리고 가야 할 것 같았다. 가구라자카우에와 이다바시 교차로를 다행히 신호에 걸리지 않고 빠져나가 메지로 길을 500미터 지난 곳에서 불쑥 속도를 늦추고 차를 세웠다.

"왜 그러세요? 왜 세우세요? 시간 없는데."

나는 요시히코의 얼굴을 똑바로 바라보았다. "너 대체 무얼 숨기는 거니? 도쿄 역에 가고 싶다면 왜 아까 이다바시 역에서 내리려 하지 않았지? 그게 더 빨리 갈 수 있을 텐데."

요시히코는 앗, 하고 소리를 질렀다. "깜빡했네. 전철로 가면 되는데. 어쨌든 빨리 가요―."

"아까 그 집에서 내가 방에 들어가기 전에 뭔가 발견했지? 8시 32분에 출발하는 신칸센을 탈 사람은 네 부모가 아니야."

요시히코는 잠시 입술을 깨물고 생각에 잠겼지만 숨을 크게 들이쉬었다가 다시 내뿜었다. "날 분명히 도쿄 역까지 데려다준다고 약속해줄래요?"

"안 돼. 교환 조건은 절대 받아들일 수 없어. 무얼 숨기고 있는지 이야기하지 않으면 여기서 U턴해서 너희 집으로 직행할 거야."

요시히코가 불쑥 청바지 주머니에 손을 넣더니 흰 쪽지를 꺼냈다. "이게 그 집 전화 옆 메모지 제일 위에 있었어요."

나는 쪽지를 받아들어 읽었다.

신칸센 도쿄 역

히카리 329호 20시 32분

연필 글씨지만 필적은 스도에게 남긴 메시지를 쓴 글자와 매우 비슷했다.

"그래서 도쿄 역으로 데려가달라고 한 거로구나."

기요세 다쿠미는 히카리 329호를 탈 생각일까? 탈 것이라고 볼 이유도, 타지 않을 거라고 볼 이유도 얼마든지 생각할 수 있었다. 해외 도피는 단순히 위장용일 수도 있다. 어쩌면 이 메모는 몇 달 전 취재 여행 때 이용한 교통수단일지도 모른다. 어쨌든 느긋하게 생각할 틈은 없었다. 이다바시로 돌아가 전철을 타고 도쿄 역으로 갈까, 이대로 차를 몰고 갈까 바로 결정해야 했다. 전철 쪽이 시간은 덜 걸릴 테지만 시간 맞춰 전철이 오고 오차노미즈 역에서 갈아탈 때도 매끄럽게 연결되어야만 했다. 하지만 요시히코가 나와 똑같이 움직여줘야 한다는 전제가 깔려 있다. 나는 메모를 상의 주머니에 찔러 넣고 블루버드를 출발시켰다.

"지금 몇 시예요?" 요시히코가 물었다. 일이 자기 뜻대로 풀려갈 때 아이들이 그러듯 들뜬 목소리였다.

나는 200미터 앞에 보이는 구단시타 교차로의 신호가 빨강으로 변하는 것을 보며 손목시계를 들여다보았다.

"8시 15분이야." 내가 대답했다.

"이제 십칠 분밖에 남지 않았어⋯⋯." 요시히코가 시들한 목소리로 말했다.

"꽉 잡아!" 내가 소리쳤다. 신호가 파란불로 변하기 직전에 속도를 줄이지 않고 구단시타 교차로를 향해 오히려 액셀러레이터를 세게 밟았다. 신호를 기다리던 차 두 대를 피해 반대 차선으로 들어가 신호가 파랑으로 바뀜과 동시에 신호등 구역으로 들어갔다. 검은 라이트밴이 노란 신호에서 야스쿠니 길을 갑자기 직진해 들어오는 바람에 블루버드의 오른쪽 앞과 부딪힐 뻔했다. 나는 왼쪽으로, 라이트밴은 오른쪽으로 핸들을 꺾어 잠깐 동안 두 대가 나란히 달리는 상태로 신호등 구역을 대각선으로 빠져나갔다. 내 블루버드가 두 배의 속도를 내자 라이트밴은 바로 뒤처졌다. 전방의 교와 은행 모퉁이 보도에 닿을락말락했을 때 핸들을 오른쪽으로 꺾어 직진 방향 도로로 간신히 들어갔다. 문에 몸이 부딪힌 요시히코가 반동 때문에 이번에는 내 쪽으로 쓰러질 뻔했지만 도어 손잡이를 잡고 겨우 버텨냈다. 교차로 한복판에서 오도 가도 못하는 라이트밴이 백미러 안에서 점점 멀어져갔다. 구단시타 파출소 경찰관이 한눈팔기를 기대했다. 요시히코는 문에 부딪혔을 때 왼쪽 복부의 상태가 더 악화되었는지 신음하면서 몸을 구부렸다. 두 손으로 배를 누른 채 창백해진 얼굴을 찡그리고 있었다.

"……더는 무리야." 내가 말했다.

"안 돼, 세우면! 시간이 없어요." 요시히코가 가쁜 숨을 몰아쉬며 말했다. "아저씨는 사야카를 죽인 범인을 잡고 싶지 않아요?"

"네가 메모를 숨기지만 않았어도 지금쯤 신칸센 플랫폼에 형사들이 대기하고 있었을 거야."

"하지만 나는…… 아저씨와 함께 범인을……." 요시히코의 말이 끊어졌다.

블루버드는 오른쪽으로 황거皇居의 해자를 바라보며 다케바시의 수도고속도로 밑을 지났다.

"더는 말하지 마."

나는 요시히코에게 다시 꼭 잡으라고 한 뒤 급브레이크를 밟아, 다케바시에 있는 마이니치 신문사 건물 모퉁이에 있는 원통형 건물 앞에 블루버드를 세웠다. 신문사에는 볼일이 없었다. 30미터쯤 뒤에 있는 다케바시 파출소가 목표였다.

"왜 멈췄어요?" 요시히코가 걱정스럽다는 목소리로 말했다.

나는 차창 밖으로 보이는 파출소를 가리키며 말했다. "저걸 봐."

요시히코가 배를 누른 채로 고개를 돌려 바라보았다. 파출소 앞에 서 있던 경찰관이 블루버드를 정차시키는 모습이 신경 쓰였는지 수상하다는 듯이 이쪽을 살피고 있었다.

"시간이 없으니 얼른 결정해. 네가 차에서 내려 저 파출소까지 걸어가지 못한다면 난 바로 병원으로 갈 거야."

"아니, 그러면 유괴범을 놓치잖아요."

"시끄러워. 내 말 들어. 넌 저 파출소로 가서 병원에 데려가달라고 하기 전에 사정 설명을 하고 메지로 경찰서에 연락을 취해야 해. 그리고 신칸센 메모 이야기를 하고 긴급 수배를 요청해. 경찰이나 나나 시간에 대지 못할지도 몰라. 하지만 어느 한 쪽이라도 출발 전에 도착하면 기요세를 잡을 수 있을지 모르지."

"그렇지만─."

"또 한 가지 중요한 문제가 있어. 메지로 경찰서 형사에게 이렇게 전해. 기요세는 여자와 함께 있는 게 아니라 기요세 자신이 여장을 했을 가능성이 있다고."

"옛……?" 요시히코가 의아하다는 표정을 지었다.

"무슨 소린지는 알겠지?"

"……예, 알아요."

"동생을 죽인 범인을 잡기 위해 네가 할 수 있는 일은 그 두 가지야. 도쿄 역까지 가봐야 그런 몸으로는 개찰구까지 달려갈 수도 없어. 계속 거기 앉아 있는 건 범인의 도주를 돕는 거나 마찬가지지."

소년에게 마지막 결단을 내리게 한 것은 내 말이 아니라 파출소 경찰관이었다. 그는 신문사 앞에서 급정거한 채 움직이지 않는 차를 조사해야 한다고 판단했는지 이쪽으로 오고 있었다.

"알았지? 도쿄 역은 내게 맡겨." 요시히코는 조수석 문을 열더니 배를 감싸고 급히 내렸다.

"저 경찰관에게는 나를 메지로 경찰서 형사라고 해."

요시히코가 고개를 끄덕이고 문을 닫자마자 나는 블루버드를 출발시켰다. 룸 미러에 경찰관과 이야기하는 요시히코의 모습이 얼핏 비쳤다. 8시 23분. 남은 시간은 구 분밖에 없었다.

블루버드는 200미터가량을 잘 달렸지만 히라카와몬 교차로에서 신호에 제대로 걸려 삼십 초 이상 소비했다. 거기서 오테몬 교차로까지 갑자기 차가 늘어나 마음먹은 대로 달릴 수가 없어 이 분 가까이 시간을 잡아먹었다. 오테몬 교차로의 신호등이 간발의 차이로 빨강으로 바뀌었다. 억지로라도 진입하려면, 해자 주변을 산책이라도 할 작정으로 횡단보도로 나오려는 커플을 뛰어넘는 방법밖에 없었다. 어쩔 수 없이 보도 옆쪽으로 차선을 변경하고 신호가 바뀌기를 초조하게 기다렸다. 손목시계의 바늘은 8시 28분을 가리켰다. 신호가 바뀌기 직전에 키가 크고 마른 남자 한 명이 해자 쪽에서 바람에 날리듯 걸어오는 모습이 눈에 들어왔다. 옆 차선의 차가 요란하게 클랙슨을 울렸다. 남자는 그 차를 돌아보면서 내 블루버드 앞 유리창 밖에서 걸어갔다. 아는 사람이었다. 신호가 파란색으로 바뀌어 있었다. 나는 차를 출발하는 것도 잊고 마른 남자의 옆얼굴을 집어삼킬 듯이 바라보았다. 와타나베였다.

와타나베 겐고는 내 옛 파트너였다. 팔 년 전에 신주쿠 경찰서가 조직폭력단 세이와카이와 각성제 거래에 그를 미끼로 이용했을 때 3킬로그램이나 되는 각성제와 1억 엔의 현금을 강탈해 도주한 남자이기도 했다. 전직 경관으로, 예전에는 니시고리 경부를 비롯한 후배들에게 수사의 기초를 가르친 신주쿠 경찰서 명형사부장이었는데 하나뿐인 아들이 학생운동 리더로 체포된 그날 경찰을 그만두었다. 아내를 암으로 잃고 장례식 전날 십 년 만에 만난 아들과 화해했지만 일단 집에 들어갔다 다시 나오려던 아들 부부와 손자는 교통사고를 당해 즉사했다. 아내의 장례식은 그의 모든 피붙이를 포함해 네 명의 장례식이 되어버렸다. 술을 한 방울도 마시지 않던 사람이었는데 삼 년 뒤에는 어엿한 알코올 의존자가 되어 있었다. 탐정 일을 하면서 업무상 실수는 한 번도 없었지만 실수는 시간문제였으리라. 그는 그렇게 되기 전에 아무에게도 폐를 끼치지 않고 계속 마실 수 있을 만한 자금을 스스로 조달해 우리 앞에서 사라졌다. 잃은 것은 조직폭력단의 1억 엔과 경찰 증거물 보관소에 있던 각성제, 그리고 신주쿠 경찰서의 체면뿐이었다. 니시고리는 존경하는 선배에게 배신당했고, 나는 경찰과 세이와카이 양쪽에서 공범 혐의를 받아 열흘 이상 고문이나 마찬가지인 닦달을 당했다. 하지만 그런 건 아무것도 아니었다. 만약 그가 우리와 같은 세계에 머물고 있다면, 살아가기 위해 필요한 것을 잃은 나이 든 알코올 의존자가 우리에게 줄 수 있는 심리적인 부담은 훨씬 크고 우울했을 것이다. 강탈 사건은 그가 선택한 최선의 처신이었다.

와타나베는 계절에 어울리지 않는 거무스름한 겨울 양복에 별로 때가 타지 않은 와이셔츠 차림으로, 낡은 검은 구두를 신은 발을 약간 절듯이 걷고 있었다. 눈 아래에서 목덜미에 걸쳐 약간 붉은 기운이 도는 얼굴빛으로 보아 팔 년 전과 마찬가지로 자기 목숨을 단축하는 습관을 꾸준히 지키고 있음을 알 수 있었다. '젊었을 때는 이케베 료영화배우 겸 수필가를 빼닮았다는 소리를 들었지'라는 게 기분 좋게 마실 때의 입버릇이었지만 그것도 팔 년이라는 세월에 완전히 사라져 그런 분위기만 희미하게 남아 있을 뿐이었다. 등을 약간 구부리고 걷는 마른 체구 안에는 팔 년 전과 변함없이 강한 정신이 깃들어 있다—라고 생각하고 싶지만 내 희망적인 관측에 지나지 않았다.

나는 눈앞을 지나가는 남자에게 아무런 악감정도 없다는 사실을 비로소 깨달았다. 이따금 보내오는 메모 같은 '종이비행기' 편지에 화가 나는 것은 그가 자기 목소리를 직접 들려주지 않기 때문이었다.

잠깐—아마 몇 초 동안 이런 생각을 하는데 뒤에서 클랙슨 소리가 들려왔다. 와타나베는 보도로 올라가 파란불이 되었는데도 움직이지 않는 차를 의아하다는 눈으로 바라보았다. 그도 나라는 사실을 깨달았다. 요란한 경적 소리의 홍수 속에서 그의 입이 '사와자키'라고 발음하는 모습이 보였다. 그가 내 쪽으로 두세 걸음 다가왔다.

나는 정신을 차리고 액셀러레이터를 힘껏 밟아 블루버드를 출발시켰다. 우치보리 길의 마지막 300미터를 달려 좌회전하자 도쿄 역 마루노우치 방향 출입구 정면이 보였다. 600미터를 더 달려 역 앞 광장에 이르렀다. 블루버드를 마루노우치 중앙 출입구에 최대한 가까이 정차시켰다. 택시 운전기사들의 욕설을 무시하며 키를 꽂아두고 차에서 내려 운전석 문을 열어둔 채 중앙 출입구로 달려갔다.

역 구내의 인파를 헤치며 달렸다. 정면 벽에 있는 시계를 보니 이미 31분이 넘어서고 있었다. 나는 개찰구 역무원에게 달려가 일방적으로 퍼부었다.

"경찰이다. 흉악범을 쫓고 있어. 철도경찰관을 신칸센 플랫폼으로 파견해줘."

나는 개찰구를 지나는 승객들을 밀치며 파고들어가 100미터쯤 되는 중앙 통로를 달려갔다. 신칸센 환승구로 가는 왼쪽 계단을 올라가 신칸센 개찰구까지 달렸다. 같은 수법을 써서 개찰구를 빠져나가면서 게시판을 보고 히카리 329호가 15번 플랫폼이라는 사실을 확인하고 단숨에 계단을 달려 올라갔다. 계단 중간에 이르렀을 때 발차 신호가 그쳤다. 나는 속도를 더 높여 플랫폼까지 달려 올라갔다. 히카리 329호는 내 눈앞에서 천천히 멀어져갔다.

35

그 뒤로도 한 시간 동안 나는 도쿄 역에서 기요세 다쿠미를 찾으려는 헛된 노력을 계속해야만 했다. 손도 흔들어주지 못하고 히카리 329호를 멍하니 배웅한 직후에 두 명의 철도경찰관이 플랫폼으로 달려왔다. 그들에게 사정 설명을 하려고 했지만 경찰관을 사칭한 것이 문제가 되어 처음에는 귀를 기울이려 하지 않았다. 마카베 요시히코가 다케바시 파출소에 한 신고 처리가 시간이 걸렸고, 메지로 경찰서와 연락을 취하는 데도 애를 먹었다. 게다가 메지로 경찰서 내부의 판단이 늦어져 도쿄 역 철도경찰과 관할 경찰서에 출동 요청이 들어온 것은 히카리 329호가 출발하고 나서 십오 분 이상 지났을 때였다.

나는 기요세의 수배 사진이 도착할 때까지 도쿄 역에 남아, 9시대에 출발하는 히카리에 대한 철도경찰의 수색 작업에 따라나섰다. 혹시나 싶어서 그랬지만 아무런 성과도 없었다. 사진이 도착한 뒤에 제복 경찰을 따라 유라쿠초 역 옆에 있는 마루노우치 경찰서로 이동했다. 거기서 블루버드를 역 앞 광장에 방치한 경위서를 쓰고, '자동차교통사업협회'에서 영업 방해라는 고발만 없으면 도로교통법 위반쯤으로 넘어갈 수 있을 거라는 기쁠 것 없는 이야기를 들은 뒤 약 1톤의 움직이는 증거물을 넘겨받고 경찰서를 나섰다.

메지로 경찰서에 도착한 것은 10시 반이 지났을 때였다. 기요세의 집에는 오사코 경부보와 약간의 수사관만 남고 대부분 경찰서로 돌아와 있었다. 이사카 경시가 모리 수사과장의 책상 옆에서 수사 진척 상황을 여실히 드러내는 표정으로 담배를 피우고 있었다. 나는 옆에 있던 접의자를 가져다 모리와 부하들의 책상 사이에 있는 좁은 공간에 걸터앉았다. 이사카 경시가 공항에서 수배한 10시까지의 상황을 이야기해주었다. 나리타 국제선 삼십여 편과 하네다 공항의 국내선 다섯 편에는 기요세 다쿠미가 탑승하지 않았다. 국제선에 위조 여권으로 혹은 국내선에 가명으로 탑승하려는 기요세로 의심할 만한 인물도 없었다. 기요세가 여장했을 가능성이 있다는 정보가 전달된 후부터는 여성 승객도 조사 대상이 되었지만 거기에 해당하는 인물도 발견되지 않았다. 이미 국내선은 종료되었지만 국제선은 아직 파리와 런던으로 가는 항공편을 비롯해 여럿 남아 있기 때문에 거기에 온 힘을 쏟고 있다는 이야기였다. 결국 기요세가 스도에게 메시지를 남기고 공항으로 직행했다면 오후 6시 30분쯤부터 긴급 수배로 수색이 시작된 7시 30분쯤까지, 약 한 시간 사이에 이륙한 내외 오십여 편의 항공편에 위조 여권 또는 가명으로 탑승했을 가능성이 충분하다고 했다. 이 수사망은 처음부터 끝까지 불완전했다.

나는 오사코의 책상에서 재떨이를 발견하고 담배에 불을 붙였다. 모리 수사과장에게 마카베 요시히코가 어떻게 되었는지 물었다. 소년은 다케바시 파출소에서 이다바시에 있는 경찰병원으로 옮겨 치료를 받자 바로 통증이 가라앉았으며 이삼 일 집에서 쉬면 문제가 없을 거라는 진단을 받았다고 했다. 마카베 씨에게 알리자 아내의 건강 상태가 아직 좋지 않아서 외출할 수 없지만 마침 그 집에 가 있던 가이 교수가 바로 병원으로 가겠다고 했으니 지금쯤은 집으로 데려가는 중일 거라고 전했다고 한다. 그 말을 듣고 나는 하루의 피로가 반은 줄어든 듯한 기분이 들었다.

모리 수사과장의 책상 위에 있는 전화가 울렸다. 나고야 역 철도 경찰이었다. 나고야에서 히카리 329호에 승차한 네 명의 수사관에게서 연락이 왔는데 승객 가운데 기요세 다쿠미나 변장한 것으로 보이는 인물은 없다는 정보였다.

"신요코하마에서 내렸다고 생각할 수도 없고……." 모리가 그렇게 중얼거리며 수화기를 내려놓았다.

"대응이 좀 늦었어." 나는 담배를 끄며 말했다. 나 자신을 포함해서 한 말이었다.

책상에서 보고서를 쓰던 무로오 형사가 또 내 말에 과잉반응을 했다. 경찰 간 연락이 제대로 되지 않았다거나 메지로 경찰서가 적절하게 대응하지 못했다는 소리로 들렸던 모양이다.

"애당초 네가 그런 꼬마를 데리고 다닌 것이 원인이야. 용의자 집에 어린애를 데리고 가서 중요한 증거를 집어가버리면 방법이 없지. 이건 네 책임이야. 만약에 기요세를 놓치게 된다면 그냥 넘어가진 않을 거야." 그는 모조 불상에 달려 있는 듯한 못생긴 손가락을 내게 들이밀었다. 무로오의 호통은 무겁게 가라앉은 수사과의 분위기 속에서 마구잡이 화풀이로밖에 들리지 않았다. 나는 반론을 펼치지 않았다.

가지키 경부가 유키 다쿠야에 대한 취조를 마치고 수사과로 돌아왔다. 유명 브랜드에서 만든 가죽 서류 가방을 든 남자가 함께 나타나 문 앞에서 이사카와 모리에게 인사를 했다. 후와 변호사인 모양이었다. 나와 비슷한 연배지만 내가 입은 옷을 다섯 벌은 살 수 있을 양복을 자연스럽게 걸치고, 윤기 있는 검은 머리카락을 앞이마로 자연스럽게 늘어뜨렸다. 들은 대로 꽤 실력 있는 변호사로 보였다. 그는 인사를 마치더니 바로 떠났다.

가지키는 오사코의 책상 빈 의자에 쓰러지듯 걸터앉았다. "글렀어. 유키는 기요세가 어디로 도망쳤는지 힌트가 될 만한 내용은 전혀 모르는 모양이야."

유키 다쿠야의 유괴 살인 사건 공범 혐의가 벗겨지고 있다는 사실은 메지로 경찰서에 도착하자마자 모리 수사과장에게 들었다. 유키는 진술을 시작하자마자 유괴 사건이 일어난 18일 오후와 몸값 전달이 있던 이튿날 밤의 알리바이를 댔고, 거의 증명이 끝났다.

18일 오후에는 가무라 지아키와 귀를 치료하는 의사에겐 비밀로 하고 신바시에 있는 '지케이 의대 병원' 이비인후과에서 정밀검사를 받고 있었다. 이튿날은 그 검사 결과 역시 비관적으로 나왔기 때문에 저녁부터 술을 잔뜩 마셔 9시부터 이튿날 아침까지 세타가야 경찰서 유치장에 갇혀 있었다.

마카베의 집에 걸었던 유괴범 전화인 '남자처럼 낮은 목소리의 여자' 녹음을 들은 스도 도시오와 다른 두세 명의 증인이 기요세 다쿠미의 목소리가 틀림없다고 증언했다. 간파치 길 주변 심야 레스토랑을 정신없이 뛰어다니게 만든 전화의 인물이, 주차장에서 내 뒤통수를 공격하는 것은 시간적으로도 가능하기 때문에 수사본부는 기요세의 단독 범행 쪽으로 기울어지고 있었다. 만약 공범이 있다 하더라도, 적어도 아직 수사 선상에 떠오르지 않은 미지의 인물일 거라고 추측했다.

"그런데 한 가지 새로운 사실이 드러났어." 가지키가 말했다. "유키는 처음에 진술을 주저했지. 하지만 후와 변호사가 묵비권은 행사하지 않는 것이 나을 거라고 권하자 더듬더듬 이야기하기 시작했는데, 기요세는 단순히 여장을 하거나 여자 말투를 쓰기만 하는 게 아니라 분명히 동성애 성향이 있는 남자였다더군."

"여자에겐 흥미가 없다는 이야기입니까?" 무로오가 물으며 중얼거렸다. "변태로군."

나는 예전에 기요세가 가무라 지아키의 호의에 대해 무관심했다는 이야기와 유키와 연결시켜주었다는 진술을 떠올렸다. 어쩌면 유키가 기요세와 아는 사이라고 자진해서 밝히지 않은 이유 가운데 하나도 그런 문제 때문일지도 모른다.

"유키는 어떻습니까? 그 녀석도 마찬가지인가요?"

"아니, 그렇지 않은 모양이야. 아내도 있고……. 하기야 이건 본인이 그렇다고 주장하더라도, 아내가 보증하더라도 고스란히 믿을 수는 없는 일이지만……."

가지키는 의미심장한 웃음을 지으며 문득 생각났다는 듯이 말을 이었다. "새로운 사실은 그뿐만이 아니로군. 아무래도 이건 기요세의 범행 동기, 적어도 큰돈을 손에 넣으려고 한 이유 가운데 하나로 봐도 좋을 텐데, 기요세는 언젠가 외국에서 성전환 수술을 받는 것이 꿈이었던 모양이야. 아니 간단하게 꿈이라고 치부해버릴 수 있는 게 아니지. 실제로는 그 수술을 받지 않고서는 살아갈 가치도 없다고 생각할 만큼 집념을 보였다더군."

방 안에 있는 모든 수사관이 모호한 표정을 지으며 고개를 끄덕였다. 큰돈이 필요한 이유로는 납득할 수 있지만 성전환 수술을 하고 싶은 이유가 도무지 실감이 가지 않았기 때문이리라.

모리 수사과장의 책상 전화가 다시 울렸다. 마카베 오사무가 건 전화인 모양이었다. 모리의 응답으로 보아 요시히코가 집에 도착했다는 소식을 전하며 아울러 수사 상황—유괴 살인 용의자가 체포되었는지 어떤지—를 묻는 듯했다. 모리는 현재 상태를 간략하게 전달한 뒤 내일 오전 중에 찾아가 소설가 지망생이던 기요세 다쿠미와 오 년 전에 접촉했던 경위를 듣고 싶다고 했다. 그러면 기요세의 범행 동기가 더 명확해질지도 모른다. 잠시 후 모리 수사과장이 나를 불러 수화기를 건네주었다.

"마카베 씨가 자넬 바꿔달래."

나는 수화기를 받아들었다. "사와자키입니다."

"마카베입니다. 불쑥 전화를 바꿔달라고 해서 죄송합니다……. 오늘 아들 녀석이 여러모로 폐를 끼쳤습니다."

"아뇨, 그렇지 않습니다. 몸이 좋지 않은데 이리저리 데리고 다녀서 더 나빠지지나 않았으면 좋겠습니다."

"아닙니다. 그런 걱정은 하지 마세요. 그건 만성적인 통증인데다 이젠 완전히 좋아졌으니까……. 그보다 그렇게 침울했던 아들이 오늘 하루 만에 생기를 되찾은 듯이 씩씩해져서…… 조금 전까지 저와 처남을 상대로 사와자키 씨와 겪은 모험담을 흥분해서 늘어놓았죠."

"그래요?" 내게는 계속되는 불운이었어도 소년에게는 모험이었다면 그건 그 나름대로 다행이다.

"밤이 깊어서 병원에서 준 진정제를 먹여 재웠는데, 사와자키 씨에게 고맙다고 전해달라더군요. 지금은 아내가 저런 상태라 아들이라도 어서 기운을 차렸으면 했는데……. 그리고 장례식 때는 애써 와주셨는데 아내가 큰 실례를 저질러 사과를……." 마카베는 말을 제대로 잇지 못했다.

내가 화제를 바꾸었다. "요시히코가 학용품을 제 차에 놓고 갔습니다. 그게 없으면 난처할 테니 내일이라도 보내드리죠."

"아뇨, 아들도 하루 이틀 쉬게 할 작정이니 언제 시간 나실 때 들러주세요. 사와자키 씨가 와주신다면 아들도 무척 기뻐할 겁니다."

전화기를 통해 누군가의 목소리가 들렸다. 요시히코의 목소리는 아니었다.

"가이 교수가 잠깐 바꿔달라고 하시네요."

가이 교수와의 이야기는 마카베 오사무가 약간 감정적이었기 때문인지 무척 사무적인 느낌이었다. 그는 자신의 네 자식에 관한 조사―지아키는 제외해야 했지만―에 관해 고맙다는 인사를 하고, 바로 조사비를 수표로 보내겠다고 했다. 조금 더 얹어 보낼 것 같은 의미의 말을 했다. 나는 그럴 필요는 없고, 조사한 것은 네 명 가운데 세 명뿐이었으니 그에 적합한 요금이면 된다고 했다. 그는 내가 조사하지 않은 셋째 아들 요시키와 장례식장에서 난투극을 벌인 일에 대해 정중하게 사과했다. 나는 요시키가 멋진 오른손 펀치를 지닌 파이터라고 말해주었다. 가이 교수는 자식들이 이번 사건에 아무런 관계가 없다는 사실을 밝혀줘 고맙다고 했다. 그 점에 관해서는 아들들에게 감사하는 게 낫겠다고 대꾸했다. 가이 교수가 잠시 뜸을 들인 뒤 '그렇겠군요'라고 말해, 나는 그렇다고 하고 전화를 끊었다.

그 뒤 얼마 지나지 않아 나리타 공항에 나가 있던 수사반에서 오늘 밤 출발하는 비행기는 모두 떠났는데 기요세 다쿠미는 결국 모습을 드러내지 않았고, 공항 내 어디에서도 비슷한 인물을 발견하지 못했다는 보고가 들어왔다.

나는 기요세 다쿠미의 집까지 가게 된 경위에 대한 진술은 내일 아침으로 미루고 메지로 경찰서를 나왔다. 형사들도 지쳐서 오히려 잘되었다 싶은 모양이었다.

메이지 길을 거쳐 야스쿠니 길과 오우메가도를 지나 니시신주쿠에 있는 사무실로 돌아왔다. 내가 사는 연립주택에는 차고가 없기 때문에 블루버드는 사무실 주차장에 넣어야만 했다. 오우메가도를 달려 신주쿠 경찰서 앞을 지나면서 니시고리 경부를 생각했다. 희한하게 그의 통명스러운 얼굴이 보고 싶어졌지만 최대의 화제가 될 와타나베와 잠깐 마주친 일은 절대로 입 밖에 내선 안 된다는 생각이 들어 그만두었다.

집에 들어가 봤자 바로 잠을 이룰 수가 없을 것 같아 사무실에 들러 아무도 없는 건물에서 담배를 한 개비 천천히 피웠다. 나를 이 주간 궁지에 빠뜨린 남자는 1만 킬로미터 저편으로 날아갔는지 아니면 아직도 이 도시 어딘가에 숨어 있는지조차 알 수 없다. 하지만 내 손이 닿지 않는 곳으로 가버렸다는 사실만은 틀림없었다.

36

현관의 느티나무를 써서 만든 장식 문이 안쪽에서 열리고, 모든 것이 시작된 이 주 전 오후와 마찬가지로 마카베 오사무가 서 있었다. 삐죽삐죽 솟은 수염도, 얇은 감색 카디건이나 넥타이를 매지 않은 흰 와이셔츠도 똑같았지만 나를 보는 표정만은 전혀 달랐다. 그날 그는 나를 몸값 받으러 온 유괴범으로 생각했다. 오늘은 평범한 사립탐정을 대하기에 어울리는 차분한 표정에 약간 당황한 기색이 느껴질 뿐이었다.

삼십 분 전에 전화로 방문하겠다고 하자 마카베는 요시히코가 기분 전환을 위해 근처 공원에 나가 3시까지는 들어오기로 되어 있으니 3시 이후에 와주면 안 되겠느냐고 했다. 나는 좋다고 대답하고 전화를 끊었다. 하지만 내가 마카베의 집 밖에 있는 인터폰 버튼을 누른 것은 2시가 조금 지났을 시각이었다. 너무 일찍 찾아온 방문자에 대한 당황한 표정은 이내 새로 사귄 친구를 환영하는 듯한 표정으로 바뀌었다. 마카베는 내가 내민 요시히코의 학용품을 잠자코 받아 들었다.

"자, 들어오시죠. 상황이 이래서 대접할 것도 없습니다만."

나는 현관으로 들어갔다. 마카베의 안내에 따라 구두를 벗고 현관 옆에 있는 문을 통해 널찍한 서양식 방으로 들어갔다. 지난번에는 현관에서 바로 메지로 경찰서로 연행되었기 때문에 비극이 있었던 가정의 내부를 보기는 이번이 처음이었다.

세 개의 방이 한 줄로 이어진 듯한 구조였다. 내가 안내된 방은 제일 앞쪽에 있는 세 평 넓이의 응접실이었다. 베이지색 카펫에 베이지색 천을 씌운 소파가 거의 노란색에 가까운 북유럽 스타일 나무 테이블 주위에 놓였다. 문 반대편에 뜰이 내다보이는 유리창이 있었다. 방의 칸막이는 치워두었다. 옆방은 네 평쯤 되는 거실로 꾸며져 있었다. 거실만은 다른 부분보다 천장이 높고, 2층으로 가는 계단이 오른쪽 안으로 나 있었다. 갈색 카펫 위에 갈색 소파와 테이블이 놓였고, 뜰 쪽으로 난 유리창을 통해 자유롭게 드나들 수 있었다. 2층으로 가는 계단 바로 앞에는 아마 주방으로 이어지는 모양인 넓은 출입구가 있었다.

그게 끝이 아니었다. 거실 안쪽도 칸막이를 치웠는데 네 평쯤 되는 짙은 갈색 카펫이 깔린 방이 보였다. 한복판에 짙은 갈색 그랜드 피아노가 있고 막다른 벽에는 마니아 취향의 본격적인 오디오 기기와 CD, 레코드 등이 진열장에 놓여 있었다. 마당 쪽에는 마찬가지로 유리창이 있는데 짙은 갈색 커튼을 드리워서 다른 쪽보다 약간 어두웠다. 마카베 사야카와 피아니스트이던 어머니의 연습실로 꾸민 듯했다. 오디오 기기 한가운데에 있는 대형 테이프레코더는 사야카가 레슨받을 때 쓰던 것으로, 유괴범의 전화도 그것으로 녹음한 모양이었다. 직경 30센티미터는 될 것 같은 커다란 금속제 테이프 릴이 로봇의 두 눈처럼 이쪽을 바라보았다. 세 개의 방은 응접실, 거실, 연습실로 독립되어 있지만 가구 위치를 옮기면 열 평이 넘는 파티장이나 작은 콘서트홀처럼 꾸밀 수도 있는 구조였다.

마카베는 나를 응접실 소파로 안내하더니 거실을 거쳐 주방 쪽으로 사라졌다가 또 바로 나왔다. 요시히코의 학용품 대신 깡통에 든 피스 담배와 기린 캔 맥주 두 개를 손에 들고 있었다. 유괴 사건 와중에서는 그가 담배 피우는 모습을 본 기억이 없었다. 당시 그의 정신 상태를 드러내는 것 같기도 하고, 아무리 비극적인 사태도 결국 시간의 힘이 인간을 일상으로 되돌리고 만다는 사실을 드러내는 것 같기도 했다. 인간 정신의 회복력은 놀랍다—라고 표현할 수도 있었다.

"아내는 누워 있어서 인사를 드리지 못하네요." 그는 2층으로 통하는 계단 쪽을 바라보고 나서 맞은편 소파에 앉았다. "이제 마음은 좀 진정이 되었지만 장례식 때 비를 맞은 바람에 여름 감기가 심한 모양입니다."

나는 고개를 끄덕였다. 우리는 각자 자신의 필터 없는 담배에 불을 붙였다. 내가 사양하기도 전에 마카베는 캔 맥주를 따서 앞에 내려놓았다.

"아…… 요시히코가 놀러 갔다는 공원 앞에 세탁소가 있습니다. 전화해서 들어오라고 하죠. 세탁물 배달할 때 인사쯤은 나누는 사이니 이름을 대면 알겠죠." 그가 소파에서 일어섰다.

"아뇨, 그럴 필요 없습니다. 모처럼 기분 전환하러 나갔으니……. 마카베 씨, 저는 당신을 만나려고 온 겁니다."

"예……?" 마카베는 소파에 다시 앉았다. "그래서 약속보다 일찍 오셨군요. 무슨 일 때문입니까?"

나는 마카베의 얼굴을 상대가 곤혹스러워할 만큼 오래 뚫어지게 바라보았다.

"이 집에서 대체 무슨 일이 일어난 겁니까?"

이번에는 마카베가 나를 나보다 더 오래 뚫어지게 바라보았다.

"무슨 일이 일어나다니요? 무슨 말씀입니까? 그 끔찍한 유괴 사건 말씀을 하고 계신 것 아닌가요?"

"저는 댁에서 유괴 사건이 일어나지 않았다고 생각합니다. 여기서 일어난 것은 과실에 의한 살인. 아니, 오히려 뭔가 아주 불행한 사고가 일어난 건 아닐까 상상합니다."

마카베는 아직 두세 모금밖에 피우지 않은 담배를 재떨이에 눌러 껐다. 캔 맥주를 들고 단숨에 반 이상 들이켰다. 갑자기 목이 마른 모양이었다.

"무얼 근거로 그런 터무니없는 말씀을……. 당신은 사야카의 시체를 양로원에서 보셨을 겁니다. 어린애에게 그런 무자비한 짓을 할 인간이 흉악한 유괴범 이외에 어디 있겠습니까? 그게 이 집에서 일어난 사고라니, 어떻게 그런 말씀을."

"사야카 양의 시체는 하수구의 습기 많은 곳에 열흘 가량 방치되어 있었습니다. 그날도 그랬지만 그 사이에 세 차례나 비가 와서 시체에 심한 손상이 있었죠. 열흘 전 상태로 되돌아가 본다면, 그만한 외상을 입을 사고나 폭력이 일반적인 가정에서 절대 벌어지지 않는다고는 할 수 없을 겁니다."

마카베가 마구 고개를 저었다. "너무 심하군요! 당신은 더 분별이 있는 분인 줄 알았는데, 이토록 슬픔과 고통에 빠진 집을 찾아와 그런 생각 없는 발언을 하다니……."

나는 감정적인 표현은 무시하고 반론이 나오기를 기다렸다. 마카베에게도 그런 의도가 전달된 모양이었다.

"만약에, 만에 하나 당신이 이야기하는 그런 일이 있었다고 해도, 그게 왜 그런 유괴 사건으로 변하는 겁니까?"

"무슨 폭력 사태가 있었다고 하면, 그 가해자가 법적으로 처벌받는 일을 회피하기 위해서."

"말도 안 되는 소릴……. 우리 집에는 사야카에게 그런 폭력을 휘두를 사람이 없습니다."

"아마 무슨 사고가 일어났을 테죠."

"사고라면 사고라고 신고하면 아무런 문제도 없지 않습니까?"

"사고에도 여러 가지가 있습니다. 사고를 일으킨 본인이 그렇게 피해를 줄 생각은 아니었는데 결과적으로 사망자가 나왔다면 신고만으로는 넘어갈 수는 없겠죠. 게다가 사고였더라도 그 죽음에 책임이 있다면 법적 제재를 받아야겠죠."

"그래도 사고는 사고예요. 터무니없는 유괴 사건 따위를 꾸며서 얼버무릴 만한 일은 아니잖습니까?"

"몇 가지 조건을 덧붙이면 꼭 그렇지도 않죠."

"조건이라니, 무슨 소리죠?"

나는 담배를 껐다. "예를 들면 사고의 가해자가 요시히코 군이라고 해봅시다."

마카베의 얼굴이 약간 긴장되었지만 입은 열지 않았다.

"그 애가 당신 부부의 친자식이라면 아무 문제가 없겠죠. 오빠가 잘못해서 동생을 다치게 했다. 어느 가정에서나 일어나는 일입니다. 집안 문제로 끝나겠죠. 하지만 요시히코는 가이 교수 부부에게서 얻어온 양자입니다. 자식이 생기지 않던 시기에 얻은 양자이고, 나중에 동생 사야카가 태어난 거죠. 천재 바이올린 소녀라는 사야카의 화려한 모습에 비하면 요시히코는 그다지 두드러지지 않은 소년입니다. 그런 요시히코가 동생을 심하게 다치게 하는 사고를 일으켰습니다. 가이 부부에게 도저히 고개를 들 수 없는 일이 아니겠습니까? 게다가 사야카는 가이 교수가 네 명의 친아들 이상으로 기대를 거는 바이올린 후계자였죠. 양자로 보낸 아들이 자신의 꿈이던 조카를 사고로 죽게 만든 겁니다. 부모라는 사람들이 대체 무얼 했느냐는 소리가 나오겠죠. 그건 사고였습니다, 하고 넘어갈 수 없는 사태죠⋯⋯. 예를 들어 만약 여기에 사건이 일어난 뒤 대응을 제대로 못해서 죽지 않아도 될 사야카가 죽었다는 조건 같은 게 덧붙는다면, 바깥에서 쏟아질 비난과 추궁을 피하기 위해 유괴 사건으로 보이려 했다고 해도 그다지 이상할 일은 아닐 겁니다."

마카베는 깡통에서 담배를 한 개비 뽑았다. 깡통 뚜껑이 테이블 위에서 떨어져 바닥에 굴렀다. 마카베는 그것을 무시하고 담배에 불을 붙였다.

"그런 있지도 않은 일로 우리 집안을 중상모략하지 말아주세요. 불쾌하기 짝이 없는 이야기로군⋯⋯. 그런 말도 안 되는 상상을 하다니. 그게 분명히 유괴 사건이라는 사실을 보여주는 증거가 잔뜩 있지 않습니까?"

"증거라니, 그게 뭐죠?" 내가 물었다.

마카베는 담배 연기를 내뿜었다. "우선 기요세 다쿠미라는 남자가 있죠. 오늘 아침 메지로 경찰서 형사들에게도 답변했습니다만, 저는 그 사람을 오륙 년 전에 만나 그의 소설 습작을 무척 혹독하게 비평한 모양입니다. 그런 이유로 사야카에게 그런 끔찍한 짓을 하다니, 상식적으로는 생각할 수 없는 일이지만 유괴한 아이를 죽이는 인간에게 상식이 통할 리가 없으니―."

"당신이 오륙 년 전부터 쓰기 시작했다는, 유명 작가의 미완성된 유작을 마무리하는 '안작' 시리즈. 나는 그걸 기요세 다쿠미가 쓰던 게 아닐까 생각합니다."

"뭐요!"

"당신들은 오륙 년 전부터 작가와 대필자, 혹은 유령 필자랄까, 그런 직업상 협력 관계를 맺어온 것 아닙니까? 그런 관계가 세상에 알려지면 안 되니 그때부터 두 사람은 우호적인 만남이 아니었던 것처럼 보이려 했을 겁니다. 그런 관계가 이번에 유괴 사건으로 위장하는 데도 매우 도움이 되었겠죠. 보통 그런 협력을 부탁할 만한 사람이 있다면 반드시 제삼자도 알기 마련인데 당신과 기요세 다쿠미의 경우에는 아무도 몰랐습니다. 사고가 발생한 뒤 당신이 유괴 사건으로 꾸미기 위해 도움을 청할 사람으로 그를 떠올렸다고 해도 이상하지 않죠."

"기요세가 내 유령 필자라니. 대체 어떻게 그런 말도 안 되는 생각을 ……."

"기요세의 집 서재와 별채 서고를 보니 그만한 집필 능력, 아니 적어도 그 일을 하기 위한 자료는 풍부하더군요. 기요세는 도주 직전에 마당에 있는 소각로에서 뭔가 처분했습니다. 중요한 유괴 증거물은 그렇게 잔뜩 남겨놓았으면서 이상하게 다른 무엇인가를 태운 겁니다. 유괴 사건이 있었음을 암시할 만한 증거는 일부러 남겨두고, 당신과의 관계가 들통날 증거―안작 시리즈의 원고 같은 것―을 태워버렸다고 생각하면 앞뒤가 맞아떨어집니다. 그리고 '오다 마키'라는 필명도 기요세와 당신이 함께 쓰는 이름일지도 모르죠."

마카베는 내 시선을 피하고 이야기의 방향도 돌렸다. "기요세란 남자가 대체 왜 그런 골치 아픈 일에 협력한다는 겁니까? 지명수배까지 당해야 하는데."

"그건 아직 모릅니다. 기요세가 당신에게 협력하기로 결심한 시점에는 그에게 수사의 손길이 미칠 거라는 생각을 전혀 하지 않았을 테죠. 그런데 불쑥 어제와 같은 일이 터진 겁니다. 다른 사람 같으면 도망치지 않고 진실을 털어놓겠죠. 기요세는 실제로 아무런 범죄도 저지르지 않았고, 당신 부탁에 따랐을 뿐인 종범자에 불과하니까요. 하지만 기요세의 수중에는 거금이 있습니다. 이야기를 들어보니 성전환을 무척 원한다더군요. 당신이 지불한 사례금이 몸값 전액인지 일부인지는 모르겠지만 그걸 들고 도망칠 수 있는 만큼은 도망쳐보자는 생각이 아닐까요? 기요세 입장에서는 어젯밤에 잡히나 일 년 뒤에 여성으로 변신한 뒤에 잡히나 죄목이 달라질 게 거의 없죠. 적어도 경찰 취조실에서 형사의 엄격한 취조를 받는 것보다 거액의 돈을 어디에 쓸까 궁리하는 편이 훨씬 더 즐거울 겁니다……. 기요세에게 도망칠 수 있는 기회를 준 사람은 당신이에요. 어제 사무실에서 내가 기요세라는 사람의 존재를 눈치챘다는 걸 알게 된 요시히코가 그 소식을 당신에게 전하자마자 말이죠."

마카베는 쓴웃음을 지었다. "당신 이야기에 따르면 우리는 참으로 교묘한 위장 유괴를 계획한 거로군요."

"당신이나 기요세나 그런 궁리를 해내기에 어울리지 않는 직업은 아닌 것 같은데요."

"하지만 협박 전화의 사야카 목소리는? 사야카가 사고로 죽은 뒤에 전화로 이야기를 했다는 겁니까?"

나는 연습실 쪽에 있는 커다란 두 눈알을 지닌 기계를 가리켰다.

"저 테이프레코더겠죠. 저건 바이올린 레슨을 녹음하기 위한 것이 죠? 전화로 사야카가 말한 건 '엄마! 살려줘!'라는 일방적인 외침뿐 이었습니다. 예를 들어 전에 바이올린 연습을 하다가 오빠와 싸운 일이 있다면 그만한 말은 테이프에 남아 있어도 이상할 게 없겠죠. 아마 그런 녹음 내용이 있다는 것도 위장 유괴 사건을 꾸민 이유 가 운데 하나가 아닐까요? 카세트로 테이프를 복사해서 기요세에게 건 네주면 되니까요."

"경찰의 부검 결과에 관해서는 어떻게 설명할 작정이죠? 유괴가 일어난 것은 5월 18일 오후 3시부터 4시 사이인데 사야카의 사망 추정 시각은 그날 오후 5시부터 이튿날 밤중까지로 되어 있죠. 그리 고 몸 안에서 나온 음식물은 어떻게 설명할 겁니까?"

"따로 설명할 필요도 없을 텐데요. 경찰은 유괴 사건을 당한 마카 베 씨 가족이 하는 이야기는 믿는다는 전제에서 출발했을 뿐이죠. 하지만 당신이 이야기하는 오후 3시부터 4시 사이에 유괴는 없었습 니다. 사야카는 오후 5시 이후에 이 집에서 무슨 사고가 있어 사망 했을 겁니다. 소화기관 안에 남아 있던 음식 잔류물은 당신 부인의 증언을 기초로 한 겁니다. 바이올린 레슨을 받으러 가기 전인 2시 반경에 먹은 죽이 모두 소화되었기 때문에 그 뒤로 시간이 꽤 흘렀 을 거라고 추측했죠. 그리고 완전히 소화되지 않고 남은 카레라면과 팥빵이 검출되었으므로 그 음식물은 유괴범들이 준 것이고, 양로원 에도 그런 포장지와 흔적이 남아 있었던 것으로 미루어 사야카의 사 망 시각은 더 늦은 시기일 거라 추정했습니다. 하지만 부인이 거짓

증언을 했고, 양로원에 남아 있던 흔적은 당신 지시에 따라 기요세가 꾸며놓은 것이라면 사야카는 이 집에서 팥빵과 카레라면을 먹은 뒤, 오후 5시 이후에 사망했다고 보아도 아무 문제가 없습니다. 그리고 가이 교수가 사야카가 레슨을 받으러 오지 않았는데 어떻게 된 거냐고 전화로 물은 6시에는 위장 유괴 사건의 줄거리가 나와 있었던 셈이 되겠죠. 경찰은 이튿날 아침 8시에 신고를 받았으니 그 사이에 기요세에게 사야카의 시체를 옮기게 해 양로원을 그럴듯하게 꾸미고, 첫 협박전화의 녹음이나 사야카의 목소리를 복사하는 작업을 마쳤겠죠. 몸값 전달 방법이나 오토바이 라이더 두 사람과 멍청한 사립탐정 하나를 엮는 복잡한 계획은 밤새 시간을 들여 만들어냈을 겁니다."

마카베는 고개를 저으며 천천히 담배를 껐다. "어떻게 그런 터무니없는 이야기를, 말도 안 되는 스토리를 생각해냈는지 이해가 안 가는군요……."

내 주장을 부정하는 듯한 표현을 썼지만 마카베의 말투에서는 그저 피곤한 기색만이 느껴졌다.

"유괴 사건이 진짜 있었다고 전제하고 생각하면 별로 부자연스럽게 느껴지지 않을 일도 그 전제를 의심하면 여러 가지 모순이 드러나죠. 유괴범이 자기편으로 이용한 것으로 보이는 오토바이 라이더나 사립탐정의 역할은 그야말로 사야카 살해를 자연스럽게 보이도록 만들기 위한 고육지책입니다. 정말로 죄를 뒤집어씌울 작정이었다면, 오토바이 라이더나 내게 몸값 가운데 1000만 엔이라도 남겨서 제대로 용의자로 만들 수 있는데 그런 공작은 하지 않았죠. 나중에 기요세가 내 사무실 부근 쓰레기장에 200만 엔이 든 작은 여행 가방을 놓고 갔다는 사실을 알게 되기는 했지만, 그 시점에는 이미 메지로 경찰서가 나를 용의자 취급하는 단계는 지난 상태였어요. 진짜 유괴범이라면 자기들이 원하는 금액 이상을 요구하고, 그걸 위장 비용으로 썼을 겁니다. 하지만 가족끼리 꾸민 위장 유괴 사건이기 때문에, 요구하는 사람도 지불하는 사람도 당신이기 때문에 그런 일을 위해 쓸 만한 여윳돈은 없었을 겁니다. 가이 교수에게서 빌린 3000만 엔을 그런 용도로 쓰지 않은 점을 보면, 그 돈은 협력에 대한 사례로 기요세에게 전달돼야 할 금액 아니었습니까?"

마카베는 반론의 실마리를 잡으려는 눈치였지만 쉽게 잡히지 않는 모양이었다. 그는 감정에 호소했다.

"아무리 그래도 죽은 자기 자식을 구더기가 들끓는 하수구에 열흘이나 버려둘 부모가 어디 있겠습니까? 아무리 다른 자식의 죄를 감추기 위해서라고 해도 그런 무자비한 짓을 할 수는 없을 겁니다."

"이번 사건에서 내가 처음 의문을 품은 점이 바로 그 시체를 방치해두었다는 사실이었습니다. 그리고 그것과 아주 밀접한 관계가 있는, 여행 가방을 버린 행위였죠."

"그래요……? 그건 왜죠?"

"당신들이 죽은 사야카를 양로원에 버릴 때는 이튿날인 19일에 발견될 거라고 예상했겠죠. 화재로 전소된 그 양로원은 새로 짓기 위해 19일에 마지막 조사를 실시하고 다음 날인 20일에는 철거 작업에 들어갈 예정이었으니까요. 하지만 그곳에 대신 들어서게 될 건물이 호화 아파트라는 사실이 폭로되자 주민 반대 운동이 일어나 철거 작업은 연기되어버렸죠. 사야카를 버리고 온 당신들, 특히 요시히코나 부인은 마음이 괴로웠을 겁니다. 사야카의 주검을 빨리 되찾고 싶었겠죠. 하지만 공사가 진행되지 않을 것 같아 나흘째 되는 날 다른 방도를 강구했죠. 기요세에게 여행 가방을 버리게 시킨 겁니다. 여행 가방을 쓰레기장에 놓아두면 그걸 주운 사람이 갖고 갈 우려가 있기는 했지만 그런 걱정을 하고 있을 수는 없었겠죠. 나를 용의자로 만들 목적이 아니라 지도에 적힌 '×' 표시에 의미가 있었던 거죠. 양로원 이외에는 모두 그 시점에 유괴 사건과 관련 있는 장소를 나타내는 표시였죠. 경찰이 지도를 입수하면 바로 양로원을 수색했을 겁니다. 하지만 그런 계산도 기요세의 친구인 유키 다쿠야가 여행 가방을 가져가는 바람에 뜻하지 않은 결과로 끝나고 말았죠. 사야카는 다시 나흘간 더 버려진 채로 있어야 했습니다. 그래서 이번에는 오토바이 라이더와 순찰차 경찰관, 그리고 나를 양로원에서 마주치게 하는 수단을 쓰려고 했죠. 이 방법으로 겨우 사야카의 시신을 수습할 수 있게 되었습니다. 아마 그 방법으로도 시신이 발견되지 않았다면 마지막 수단은 기요세의 방에 있던 '범행 성명서'를 신문사에 보내는 것이었겠죠? 만약 이게 진짜 유괴범이 저지른 짓이라면 사야카를 어디 땅속에 파묻어버리면 그만일 겁니다. 사야카를 죽였지만 시신은 가족에게 돌려보내 장례를 치르게 해주고 싶은 기특한 범인이라면 일찌감치 범행 성명서를 보내면 해결될 문제였죠. 사야카의 주검을 찾으라고, 눈치채지 못하게 교묘한 수단을 세 차례씩이나 시도할 필요가 없었을 겁니다."

마카베가 남은 맥주를 단숨에 들이켰다. 내 주장을 부정할 생각은 없는 듯했다. 이후의 방책을 고심하는 듯한 표정이었다.

"또 한 가지, 꼭 해두고 싶은 이야기가 있습니다." 내가 말을 이었다. "요시히코 문제입니다. 요시히코는 이 사건 때문에 무척 마음이 아팠을 겁니다. 동생을 죽게 만든 사고를 일으켰다면 마음이 아픈 건 당연하겠죠. 하지만 그게 아니라 당신이 이런 해결 방법—거짓으로 뭉친 책임 회피 방법을 밀어붙이기 때문에 서로 다른 두 가지 감정 사이에서 크게 스트레스를 받을 겁니다. 한편으로는 당신 말에 따라 계속 거짓말을 해야 한다고 생각해 당신과 마찬가지로 진상이 밝혀질까 두려워하고 있습니다. 다른 한편으로는 모든 것이 밝혀지기를 바라며 자기가 일으킨 사고의 책임을 지고, 지금과 같은 번거로운 거짓에서 풀려나고 싶다는 강한 욕구가 있을 겁니다……. 그런 마음이 나를 대하는 태도에서도 그대로 드러났습니다. 한편으로는 나를 두려워하고 내 행동을 방해하려고 하면서도, 다른 한편으로는 본인도 나처럼 사야카의 죽음에 책임을 느끼는 사람이라는 공감을 보이며 협력하려 했죠. 어제 보여준 요시히코의 행동은 모두 그 양쪽 극단을 오가는 시계추 같았습니다. 계속 이렇게 지내다가는 아직 어린 정신이 일그러지거나 파탄을 맞이하게 될 겁니다. 아직은 필사적으로 맞서서 버티지만 한번 등을 돌리면 세상을 포기한 인간이 되고 말 겁니다……. 당신에겐 자식을 감싸고 가족을 지킨다는 대의 명분이 있을지도 모르겠지만 요시히코는 이런 상태에서 살아갈 수가 없습니다."

"알겠소. 이제 그만! ……당신 말이 맞아요. 요시히코는 어젯밤 경찰병원에서 돌아온 뒤 내게 말을 하지 않으며 무언의 항의를 하고 있습니다. 전화로 당신에게 잘 지냈다고 한 말은 거짓입니다. 나도 이제 이런 일은 지긋지긋합니다."

마카베는 크게 한숨을 내쉬었다. 내가 입을 대지 않은 맥주를 건네자 그는 무의식적으로 받아 들어 한 모금 마셨다. 그러고는 악몽이라도 꾸는 듯한 얼굴로 이야기를 시작했다.

"문제의 발단은 그야말로 하찮은 남매간 다툼이었던 모양입니다. 어린애들 싸움은 아시죠? 평소에는 사이좋은 남매인데 두세 달에 한번은 어른도 놀랄 만큼 격렬하게 싸우죠. 사야카는 주변에서 천재 소녀로 떠받들기 때문인지 때론 무척 거만하고 심술궂을 때가 있었습니다. 다툴 때 그런 면이 나타나면 어린애라고는 생각할 수 없을 만큼 폭력적인 싸움이 됩니다. 요시히코는 원래 얌전한 아이라 먼저 싸움을 포기하고 그만두는 편이었는데 이번만은 달랐어요. 요즘 학교 성적도 떨어지고 고등학교 입학시험은 하루하루 다가오니 평소 울적했던 감정이 한꺼번에 폭발했을까요. 어쨌든 싸움의 계기는 음식이었습니다. 우리 어렸을 때와는 달리 배고픔을 모르고 자랐는데 음식을 두고는 정말 심하더군요. 학원과 바이올린 레슨을 가기 전에 각자 먹을 간식을 준비해두는데, 그날은 사야카에겐 컵라면을, 요시히코에겐 빵과 우유를 챙겨주었던 모양입니다. 요시히코는 학원 숙제가 끝나지 않아 출발해야 할 시각인 4시 반이 되어서도 꾸물거렸죠. 사야카는 혼자 가면 안 된다고 일러두었기 때문에 기다리다가 화풀이인지 장난인지 몰라도 요시히코 몫으로 준비해둔 간식까지 먹어치웠답니다. 5시가 조금 지나 요시히코가 숙제를 마치고 간식을 찾았는데 빵이 없었던 겁니다. 옆에서 사야카가 얄밉게 웃었다더군요. 두 아이가 요란하게 소리를 지르며 거실 안을 뛰어다니는 소리가 나나 싶더니 왠지 기분 나쁜 느낌이 드는 소리가 난 뒤에 불쑥 조용해졌죠. 그리고 아내의 비명이 들려왔습니다. 안쪽 서재에 있다가 뛰어나가 보니 사야카는 계단 위에서 밀려 떨어져 머리에서 엄청나게 피를 흘리며 온몸을 부들부들 떨었습니다…… 저 높은 계단 위에 있는 층계참 난간을 넘어 거꾸로 떨어졌는지 고무나무 화분을 얹어 놓았던 콘크리트 블록 모서리에 머리를—."

마카베는 딸의 그때 모습을 머릿속에서 지우려는 듯이 크게 고개를 저었다.

"경련도 멈추고 사야카는 숨이 거의 넘어가는 상태였습니다. 나는 사야카를 살릴 수 없다는 사실을 바로 깨달았습니다. 이래 봬도 전업 작가가 되기 전에는 간호사였으니까요. 어쨌든 내가 제일 먼저 한 일은 요시히코를 설득하는 것이었죠. 이 사고와 너는 아무런 관계가 없는 것으로 하겠다고요. 그 이유는 물론 당신이 말한 그대로입니다. 그 애는 양자인데 살인자로 만들면 친부모인 가이 교수 부부를 볼 면목이 없다는 생각이 들었죠. 그런 이야기를 차근차근 한 뒤에 의사를 부르건 구급차를 부르건 할 작정이었습니다. 그런데 요시히코가 고집을 부리며 '이건 나 때문에 일어난 일이니 그런 거짓 말은 절대로 할 수 없다'라며 내 말을 들으려 들지 않았습니다. 흥분한 상태로 사야카를 계속 바라보는 요시히코를 거실에서 데리고 나와 열심히 설득했습니다……. 삼 분이 지나고, 오 분이 지나자 요시히코가 쇼크 상태에서 벗어나 약간 진정하며 우리 입장을 이해해주었을 때, 사야카의 몸은 핏기를 잃고 체온도 떨어진 데다 온몸이 굳어 있었습니다. 구급차를 부를 타이밍을 놓쳤다는 생각이 들었죠. 나는 머리를 최대한 굴려 이 사태를 어떻게 극복해야 할지 궁리했습니다. 처음 떠오른 것은 우리 집은 사야카의 바이올린 연습 때문에 완전히 방음이 되어 있으니 누구도 소음을 들은 사람이 없을 거라는 생각이었습니다. 사고 흔적을 지우고 콘크리트 블록은 마당 구석에 묻어버렸죠. 그리고 한 시간 뒤에 기요세에게 전화를 걸었을 겁니다. 그다음에는 가이 교수가 건 전화를 받고 사야카는 여느 때처럼 레슨을 받으러 갔다고 대답했죠. 그게 모든 사태의 시작이었습니다……."

"유괴 사건으로 꾸민 사람은 당신이라는 이야기로군요. 모든 책임은 당신에게 있다고 생각해도 되겠네요."

"물론입니다. 기요세도 여러 가지 아이디어를 주었지만 모두 내가 판단했습니다. 예를 들어 양로원이 철거될 거라는 이야기는 기요세가 알았지만 최종적으로는 내가 결정해 사야카를 그곳으로로 옮기게 했죠."

"내가 사건에 말려들었을 때 사야카는 이미 죽은 상태였고요."

"예……. 당신에겐 정말 미안하게 되었습니다."

"와타나베 탐정사무소를 고른 까닭은?"

"그 문제는 기요세에게 맡겼습니다. 나는 큰 탐정사무소가 아닌, 실례되는 표현이지만 가능한 한 볼품없는 탐정사무소를 고르라고 지시했을 뿐이죠."

나는 쓴웃음을 지었다. "기요세의 선택이 틀리지 않았던 것 같군요. 주차장에서 내 뒤통수를 때린 것도 기요세입니까?"

"그렇습니다. 계획하지 않던 일이지만 기요세 말로는 2인조가 칠칠치 못해 어쩔 수 없었다더군요."

"몸값 잔액은 모두 기요세의 수중에 있습니까?"

"아뇨, 당신 말대로 기요세가 손에 넣은 돈은 3000만 엔뿐이고 나머지는 내가 가지고 있습니다. 처음에 나는 기요세에게 내 전 재산의 반인 1500만 엔을 받고 협조해달라고 부탁했죠. 사실은 전부터 그는 자기가 쓴 안작 시리즈를 앞으로 발생할 모든 저작권료라고 생각하고 2000만 엔에 사라는 요구를 하던 중이었어요. 그 시리즈를 내 작품으로 발표하는 것은 기요세가 원한 일입니다. 그가 자기 작품을 발표하면서 익명을 원한 까닭은 당신도 이야기한 성별에 관한 고민 때문이었던 것 같습니다. 작가가 되면 조금은 세간의 주목을 받게 되고 그러면 생활의 또 다른 이면이 매우 불편해질 테니까요. 명예보다는 실리를 취한다, 그런 이야기가 되겠죠. 나는 기요세의 요구에 대해 1000만 엔을 제시했죠. 한창 교섭이 진행되던 중에 이번 사고가 일어난 겁니다. 기요세는 아시다시피 성전환 수술을 받고 여성이 되고 싶어 했죠. 수술 비용도 필요했고, 수술 후에는 성전환 문제에 너그러운 유럽 어딘가에서 살고 싶어 했습니다. 나는 서로 제시한 금액의 중간을 잡아 1500만 엔으로 이 사고를 유괴로 위장하는 걸 도와달라고 부탁했는데 기요세는 받아들이지 않았습니다. 아니, 위장을 돕는 데는 오히려 적극적이었습니다. 유괴범에게 줄 몸값이라고 하면 주위에서 돈을 빌릴 수도 있고, 특히 처남이라면 사야카를 되찾고 싶다는 생각에 돈을 빌려줄 거라고 조언해주더군요. 그리고 3000만 엔을 주면 돕겠다고 했습니다. 내겐 선택의 여지가 없었죠. 처남이 마련해준 3000만 엔은 고스란히 기요세에게 넘어갔죠."

"내가 운반한 여행용 가방에 6000만 엔 전액이 들어 있었습니까? 아니, 그럴 리가 없겠죠?"

마카베가 쓴웃음을 지었다. "메지로 경찰서를 출발하기 전까지는 들어 있었죠. 그 뒤에 당신이 순찰차에 타기 직전에 화장실에서 기요세에게 지불할 3000만 엔 이외에는 숄더백 안에 준비해두었던 신문지로 바꿔치기를 했습니다. 숄더백은 순찰차에 타기 전에 내 차에 집어넣었고요. 기요세에게 6000만 엔을 넘겼다면 나는 아마 무일푼이 되었겠죠. 이 사고를 헤쳐 나갈 수 있게 된다고 하더라도 경제 상태가 그 지경이면 아무 의미도 없을 테니까요. 내 손 안에 남은 3000만 엔을 처남에게 갚고 나서 생계를 꾸려갈 작정이었습니다."

"기요세가 어디로 도주했는지 아십니까?"

"아뇨, 어제 당신이 기요세의 집으로 가는 중이라고 연락해줄 때 어디로 도망갈지 물었더니 모르는 것이 낫지 않겠느냐고 하더군요.

알게 되면 만약의 경우에는 위증죄까지 범하게 될 거라면서……. 그 만약의 경우가 되고 말았군요."

"달리 하실 말씀은 없습니까?"

"아뇨." 마카베는 고개를 저었다. "다만, 한 가지 당신에게 부탁이 있습니다."

나는 고개를 끄덕이며 담배에 불을 붙인 다음 마카베의 말을 기다렸다.

"조만간 경찰에 가서 모든 진상을 밝히고, 마땅한 처벌을 받을 작정입니다. 이건 맹세하죠. ……하지만 시간을 좀 주세요. 요시히코와 이 건에 관해 한 번 더 이야기를 하고, 진상을 밝히는 일에 그 애도 동의한 상태에서 경찰에 출두하고 싶군요. 그리고 아내가 몸이 회복될 때까지ㅡ."

"그렇게 하려면 시간이 얼마나 필요합니까?"

"아마 일이 주, 길어봐야 한 달……."

"메지로 경찰서 형사들을 과소평가하는군요. 기요세의 체포가 더 빠를지도 몰라요. 그럼 기요세의 입을 통해 진상이 밝혀질 겁니다. 하루라도 빨리 자수해야 할 겁니다. 자수했을 때와 체포당했을 때는 사정이 전혀 달라집니다."

마카베가 불쑥 화난 표정을 지었다. "자수니 체포니, 그런 흉악범 같은 표현을 써야 합니까? 난 가족을 지키려고 한 사람입니다. 분명히 법을 어겼고, 당신들에게도 폐를 끼쳤고, 세상을 소란스럽게 만들기도 했어요. 하지만 적어도 이 세상 아버지는ㅡ가족을 사랑하는 아버지들은 내가 한 일을 이해해줄 겁니다. 내가 저지른 짓이 얼마나 큰 죄인지는 모르지만 결코 창피한 죄라고는 생각하지 않아요. 사야카가 죽은 것은 어쩔 수 없었어요. 하지만 요시히코를 지키고 마지막까지 피가 섞인 부자의 대화를 계속하려고, 충격에 빠진 아내를 도우려는 것이 왜 안 된다는 겁니까? 난 지금도 내가 한 일은 옳았다고 생각해요. 다시 같은 사고가 일어나도 역시 머리를 짜내 가족을 지킬 겁니다."

"인간이 하는 짓은 모두 잘못되었다고 생각하는 편이 나을 겁니다. 모두 잘못이지만, 적어도 용서받을 수 있는 잘못을 선택하려는 노력은 해야겠죠."

"그게 당신과 나의 차이입니다. 내게는 긍지라는 것이 있어요. 가족을 지킨다는 긍지."

"나도 긍지 이야기를 한 겁니다. 가족을 지킨다고 하지만 요시히코나 부인을 가장 괴롭히는 것은 당신이 머리를 짜낸 '허위'이고, 결국은 당신 자신 아닙니까?"

"무슨 소릴!" 마카베가 버럭 소리를 질렀다. 하지만 자신감은 흔들렸다. "……그래서, 그걸 셋이서 다시 확인하기 위한 시간이 필요하다는 거요. 왜 약간의 유예도 줄 수 없다는 거죠? 이런 성격의 죄가 자수하든 체포되든 대체 무슨 차이가 있다는 겁니까?"

"당신은 자기밖에 생각하지 않는군요. 부인이 저지른 죄는 자수할 때와 체포당할 때의 차이가 큽니다."

"뭐라고? 아내가 저지른 죄? 그게 대체 무슨 소리요?"

그때 옆에 있는 거실 쪽에서 소리가 났다. 계단 위에 있는 2층 문이 열리는 소리였다. 마카베와 나는 소파에서 일어나 옆방으로 달려갔다. 가운 차림에 머리가 흐트러진 마카베 부인이 비틀거리며 계단을 내려왔다.

"여보, 거기서 무얼 하고 있었어? 누워 있어야 해."

"여보, 그분 말씀이 맞아요. 당신이 요시히코와 누가 사고를 일으킨 것으로 할까 의논하느라 방에서 나가 있는 사이에 나는 이 계단 아래서 사야카 옆에 남아 있었잖아요. 도저히 사야카를 똑바로 볼 수가 없었어요. 고통으로 온몸이 경련을 일으키고 머리 상처에서는 아무리 틀어막아도 피가 흘러넘쳤죠. 두 눈은 흰자위만 보이고 입술 사이로 혀가 튀어나왔어요. 피 섞인 침이 줄줄 흘렀고요……. 바로 사야카가 다시는 바이올린을 들고 무대에 설 수 없을 거라는 걸 깨달았어요. 다시 무대에 설 수 없다면 이 아이는 차라리 죽기를 원할 거라고 생각했죠. 그때는 분명히 그렇게 생각했어요……. 지금은 그게 옳은 생각이었는지 모르겠지만…… 나는 그 애가 입고 있던, 그 애가 좋아하던 주름 잡힌 블라우스 옷깃 위로 가느다란 목에 두 손을 얹고……."

그녀는 현기증이 나는 듯이 계단 난간을 잡고 그 자리에 주저앉았다.

"여보!" 마카베는 계단 바로 아래까지 달려갔다.

"……사야카가 움직이지 않게 되기까지 십 초도 걸리지 않았어요. 그 뒤에도, 경찰에서 죽은 그 애를 돌려준 뒤에도 약간 검게 변색

된 사야카의 목을 당신이나 요시히코가 보지 못하게 신경 썼어요."

마카베가 나를 돌아보았다. "경찰은 그 사실을……?"

"물론 압니다. 가짜 범인을 가려내기 위해서라는 이유로 발표하지 않았을 뿐이죠."

마카베는 어깨를 축 늘어뜨리고 다시 아내를 돌아보았다.

"미키마우스를 사야카의 손에 쥐여준 사람은 부인, 당신이죠?"

"예. 봄방학 때 사야카와 둘이 말보로 음악제에 초대받아 갔을 때 디즈니랜드에서 사왔는데 사야카가 가장 좋아하는 거였어요. 그래요…… 내가 죽인 거예요, 그 애를."

부인을 거실 소파로 옮긴 뒤 마카베 오사무는 메지로 경찰서로 전화를 걸었다. 사건의 진상을 이야기하고 가족 전원이 자수하고 싶다는 뜻을 전했다. 부인은 그 말을 듣고 오히려 안도한 표정이었다. 마카베는 내게 요시히코를 공원에서 데리고 와달라고 부탁했다. 나는 마카베 부부가 섣부른 선택을 할 우려는 없다고 판단하고 집을 나섰다. 마카베의 집과 메지로 경찰서는 500미터쯤 되는 거리라 현관을 나와 바깥 길로 들어서려 했을 때는 순찰차의 사이렌 소리가 멀리서 들려오기 시작했다. 마카베가 가르쳐준 공원 쪽으로 가려고 하는데 요시히코가 돌아오는 모습이 눈에 들어왔다. 나는 이웃집과의 경계 부근에 주차시킨 블루버드 쪽으로 가서 문 앞에서 소년을 기다렸다. 요시히코가 다가와 멈춰 섰다. 요시히코는 내 표정을 읽고 무슨 일이 있었는지 눈치챈 모양이었다. 다가오는 사이렌 소리가 무엇을 의미하는지 이해한 것 같았다.

"올 줄 알았어요." 소년이 말했다.

"넌 동생을 죽이지 않았어."

"……그건 알고 있었어요."

나는 고개를 끄덕이고 블루버드에 올라타 그곳을 떠났다. 도중에 메지로 경찰서 순찰차 세 대와 스쳐 지났지만 사건이 끝났음을 알리는 신고에 마음을 빼앗긴 형사들은 누구도 나를 알아차리지 못했다.

***

니시신주쿠에 있는 사무실로 돌아와 우편함을 들여다보니 오늘 아침 신문과 함께 날개를 접는 방식이 특이한 종이비행기가 들어 있었다. 나는 좁은 계단을 올라가 어두운 복도를 지나 2층의 사무실 자물쇠를 열었다. 블라인드를 올리고 창문을 열어 환기를 했다. 책상에 앉아 종이비행기를 펼쳐보니 스페인 플라멩코 댄서가 '돈키호테'를 춘다는 전단지였다. 그 여백에 눈에 익은 볼펜 글씨가 적혀 있었다. 어젯밤에 팔 년 만에 잠깐 재회한 내용을 언급한 평소보다 곱절이나 긴 와타나베의 편지였다. 읽을 필요도 없을 만큼 한 마디, 한 글자 모두 예상한 내용 그대로였다. 나는 담배에 불을 붙이고 그 종이성냥의 불로 전단지에 불을 붙이려고 했다. 지금까지 와타나베가 보낸 편지는 모두 그렇게 재로 만들었다. 나는 급히 생각을 바꾸고 성냥불을 껐다. 그리고 전단지를 원래의 비행기 모양으로 되돌리는 작업을 시작했다. 접은 자국이 남았어도 상당히 어려워 삼십 분 뒤에야 겨우 종이비행기가 되었다. 창문으로 가서 날개를 접어 올린 부분을 살피고, 풍향을 확인하고, 바람의 세기를 재고, 착지 지점을 점검했다. 이러다 보면 우리는 불쑥 삼십 년 전의 전문가로 돌아가게 된다. 나는 비행기를 초여름 오후 바람에 살짝 실어 보냈다……

'내가 죽인 소녀'라는 제목과 도입부를 구상하고 두 번째 작업에 착수한 것은―〈미스터리매거진〉 1988년 7월호의 인터뷰에 따르면― 같은 해 5월 말이었다. 완성되기까지 거의 일 년 반이라는 시간이 흘렀다. 스스로 생각하기에도 곤혹스러우리만치 붓이 느려 처녀작 《그리고 밤은 되살아난다》를 발표한 직후부터 두 번째 작품에 대한 기대를 보내주신 독자분들에게는 사과를 드릴 수밖에 없겠다.

지난번 작품과 마찬가지로 이 작품에도 실제로 존재하는 지명, 단체명, 기업명, 개인명, 작품명 등이 자주 나오는데, 이 책이 픽션인 이상 실재하는 것과는 아무런 관계도 없다. 사용하면서 신중을 기해 어떠한 폐도 끼치지 않도록 신경 썼다. 혹시 문제가 있다면 책임은 여러 등장인물에게 있는 것이 아니라 지은이의 역량 부족 때문이다.

끝으로 집필하는 데 지은이의 부족한 지식을 메워주신 분들과 하야카와쇼보早川書房의 편집부 여러분에게 이 자리를 빌려 깊이 감사드린다.

지은이 삼가 드림

한 남자의 신원 조사

_하라 료

　내가 하라 료를 처음 만난 곳은 오기쿠보 역 부근의 손님 없는 어두컴컴한 라이브하우스였다. 그는 이상한 선율을 피아노로 즐겁다는 듯이 치고 있었다. 재즈에는 문외한인 내가 듣기에도 건반을 듬성듬성 누르는 듯하고 불협화음이 많은, 손가락 동작이 딱딱한 그의 연주는 아마 자기 나름의 피아노 연주법인 모양이었다. 좋게 평가해도 잘 치는 솜씨는 아니라서, 나를 빼면 손님이 아무도 없는 까닭이 짐작이 갔다. 하지만 프로 피아노 연주자가 손님 없는 객석을 향해 연주할 거라는 생각은 전혀 못 했기 때문에 나는 가게 밖으로 희미하게 흘러나오는 피아노 소리에 이끌리듯 라이브하우스의 문을 열었던 것이다. 가게 주인을 빼면 이제 막 조사를 시작하려는 피조사인과 단둘이 이렇게 좁은 공간에서 얼굴을 마주하다니, 탐정으로는 거의 실격이라고 해야 하리라.

피아니스트는 내가 라이브하우스의 문을 여는 소리로 그날 밤 첫 손님이 들어왔다는 걸 알았겠지만 무관심한 채로 약 한 시간가량 지루하게 피아노를 연주했다. 나하고 거의 같은 또래로 보였는데, 나보다는 약간 작은 체구에, 10월 초인데도 추운지 검은 코듀로이를 위아래로 입었다. 숱이 별로 많지 않은 콧수염을 기른 얼굴을 약간 숙이고 여러 해 전에 잃어버린 하찮은 물건이라도 찾는 듯 건반에서 소리를 주워 올리고 있었다.

***

"이 사람의 과거를 최대한 상세하게 조사하게."

하루 전인 월요일 아침, 내 사무실을 찾아온 나이 많은 의뢰인이 명령조로 말했다. 운전기사 딸린 대형 벤츠를 주차장에 넣고, 고급스러운 정장을 입은 마른 노신사는 피아니스트라기보다는 지명수배 포스터 속 인물같이 상태가 좋지 않은 얼굴 사진을 책상 너머로 내밀었다. 그리고 조사 기간은 한 달이며 조사비를 넉넉하게 미리 내겠다고 약속했다.

"이 남자 말고도 각각 다른 탐정사무소에 의뢰해 여섯 명의 남자에 대한 조사를 진행중이네. 내가 말한 조건에 맞는 남자를 찾아낸 탐정에겐 보너스로 조사비의 열 배에 해당하는 금액을 지불하겠어."

"조사비 이상의 금액을 받을 수는 없죠." 내가 말했다. "그보다 선생께서 찾으려는 남자가 지녀야 할 조건이란 걸 가르쳐주시죠. 그러면 조사 기간이 더 짧아질지도 모릅니다."

노신사는 가난한 사람은 결코 보여줄 수 없는, 부자가 실수로 흘리는 천박한 미소를 지어 보였다.

"그건 가르쳐줄 수 없네. 보너스를 타내려고 엉터리로 거짓 보고를 하면 곤란하니까. 내친 김에 이야기해두는데, 자네의 보고 가운데 한 가지라도 거짓이 있으면 자네는 이 도시에서 장사를 할 수 없게 될 거라고 생각하는 게 좋아."

나는 쓴웃음을 지었다. "보너스는 필요 없다고 했을 텐데요. 하지만 그 인물을 찾는 이유만은 들어야겠군요. 가족도 아니고 지인도 아니라고 하셨는데, 그런 사람의 프라이버시를 조사하는 이상 목적을 모르고서는 가령 표창받은 경력을 지닌 사람이라 해도 보고할 수는 없죠."

"흥, 탐정은 자네 말고도 있어. 내가 잘못 찾아온 모양이군." 노신사는 의자에서 일어섰다.

나는 의자에 앉은 채 나가는 문을 알려주려고 사무실 문 위치를 손가락으로 가리켰다.

노신사는 화가 난 듯이 얼굴을 찡그리며 일어서려다가 아무런 반응을 보이지 않는 나를 보며 다시 자리에 앉았다. 삼십 초 이상 나를 쏘아보았지만 이윽고 포기한 듯한 말투로 입을 열었다.

"삼 년 전에 막 열일곱 살이 된 외손자가 불치의 병으로 세상을 떠났지. 안타깝게도 내겐 이제 피가 섞인 손자는 없네…… 세상을 떠난 손자는 음악적인 재능이 있고 재즈라는 걸 좋아해 피아니스트가 되고 싶어 했지…… 난 그 길을 걷는, 재능은 있지만 기회를 얻지 못하고 불우하게 살아가는 사람 가운데 한 명을 골라 죽은 손자를 대신해 내가 할 수 있는 일을 할 생각이야."

"할 수 있는 일이 뭐죠?"

"그 길에 전념할 수 있도록 지원하는 거지. 음악적인 재능을 키워주기 위한 도움인데, 간단하게 이야기하자면 주로 경제적인 지원이 되겠지. 세상을 떠난 손자가 살아 있다면 물려주었을 10억 엔 상당의 금액 범위에서는 언제든 도와줄 작정이야."

"오호…… 그렇게 큰돈이 준비되어 있다면 일곱 명 전부에게, 아니 더 많은 불우한 사람을 돕는 건 어떨까요?"

"아니야, 손자는 한 명이면 족해. 그렇게 많은 이를 거두었다가 도중에 좌절하거나 변절하는 자가 튀어나오는 건 원치 않아. 그리고 몸이 약해 병으로 죽을 사람은 절대 사절이야. 모든 조건을 갖추고, 내 도움으로 손자의 꿈을 이루어줄 수 있는 사람을 딱 한 명만 고를 거야."

"내가 조사하는 이 남자를 포함한 일곱 명은 누가 어떤 기준으로 고른 거죠?"

노신사는 얼굴을 찌푸렸다. "거기까지 대답할 필요는 없을 테지만…… 내가 신뢰하는 변호사가 중심이 되어 음악 관련 스태프를 만들었고 신중하게 시간을 들여 선발한 사람들인 건 틀림없어. 하기야

하라 료라는 이 남자는 일곱 명 중 나이가 제일 많고 재능에 관해서
도 극단적으로 찬반양론이 있었지. 뭐, 일종의 다크호스라는 것 같
네. 너무 어려도 곤란해. 난 그리 오래 살지 못할 테니 결과를 하루
라도 빨리 보고 싶어."

　노신사의 말을 믿지 않았고 그런 것을 과연 지원이라고 할 수 있
을지도 의문스러웠지만, 일단 신원조사 의뢰를 받아들였던 것이다.

＊＊＊

　한 달하고도 닷새 뒤인 같은 월요일 아침, 고령의 의뢰인은 벤츠
에 있는 전화로 '아래 주차장에 와 있다'라고 일방적으로 말하더니
일 분 뒤에는 내 사무실 의자에 깊숙하게 앉아 있었다.

　"그 남자에 관한 조사 결과를 들려주게." 그가 말했다. 엄격한 눈
빛이었지만, 사랑스러운 손자의 장난감을 품평하려는 듯한 엄격함
이었다.

　"어떤 내용부터 보고할까요?"

　나는 서랍에서 몇 페이지로 이루어진 보고서를, 상의 안주머니에
서는 두꺼운 수첩을 꺼내 책상 위에 얹었다.

　"자네가 아는 그 사람의 첫 경력부터."

　나는 고개를 끄덕였다. "1946년 12월 18일, 사가 현 도스 시 출
생. 나보다 한 살 아래로군요."

노신사는 쓴웃음을 지었지만 말을 자르지는 않았다.

"초등학교 성적은 우수. 하지만 음악 점수는 별로 좋지 않습니다. 노래는 거의 음치에 가까울 만큼 형편없다는 증언도 있고요."

"중학교는?"

"도스 중학교. 역시 성적은 우수. 체육 성적도 그럭저럭 괜찮은 편. '합주부'라는 음악 클럽에 가입했습니다."

"합주부?"

"중학교치고는 보기 드물게 관현악 오케스트라였던 모양입니다."

노신사는 고개를 끄덕였다.

"음악에 흥미가 있었다기보다 네 살 위인 형이 그 동아리에서 활동했기 때문에 별 생각 없이 가입했답니다. 중학교 2학년 때 처음으로 재즈를 듣고 거기 빠진 모양이더군요. 그 무렵 일본을 방문하기 시작한 미국 재즈 밴드를 텔레비전을 통해 보거나 근처 레코드 가게에 매일 드나들며 재즈 음반을 들었다고 합니다."

"그 중학교 동아리 활동에서 피아노를 연주했나?"

"아뇨, 피아노 연주는 훨씬 뒤의 일이고, 그때는 클라리넷이나 색소폰 같은 관악기를 연주했습니다. 고등학교는 같은 계열로 진학을 하지 않고 후쿠오카로 통학하게 되었는데 학교 브라스밴드에서도 색소폰을 불었죠. 재즈에 대한 흥미는 더욱 높아졌고, 학교 성적은 단숨에 열등생 대열에 합류했습니다. 1학년인가 2학년 여름방학 때 가출할 셈으로 색소폰 하나만 들고 도쿄로 가려고 한 일이 있는데 그만 악기를 분실했답니다. 나고야에 있는 누나 집에 들렀다가 도쿄로 가려던 계획을 포기하고, 그냥 단순한 여행을 마친 뒤 고향으로 돌아온 모양입니다."

"그럼 피아노는 언제 시작한 건가?"

"대학에 들어간 뒤. 대학에서 '재즈연구부'라는 동아리에 들어가 바로 색소폰에서 피아노로 전향했군요."

"그런데 피아노라는 악기가 그렇게 늦게 시작해도 연주할 수 있는 건가?"

"철저하게 자기 방식대로 연주한다고 합니다. 재즈라는 음악에 그런 면이 있는 모양이지만 피아노용 악보에 적힌 것은 거의 연주하지 않고 자기 방식으로 멋대로 즉흥 연주를 한다더군요."

"졸업한 뒤에는 도쿄의 레코드회사에 입사했다는 이야기를 들었는데 재즈 연주자로 취직한 건가?"

"아뇨, 그냥 샐러리맨으로. 하지만 겨우 두 달 만에 그만두었죠. 공식적으로는 무단결근 일 개월로 징계해고를 당한 것으로 되어 있더군요."

"그만둔 이유는?"

"제멋대로 레코드 제작 기획서를 제출하고, 그게 받아들여지지 않자 그냥 회사에 가지 않았다고 합니다. 그 당시 무척 친하게 지냈던 친구의 다른 증언에 따르면 회사를 그만두게 된 경위는 분명히 그렇지만 실질적으로는 요즘 이야기하는 전형적인 '5월병_{신입사원이나 신입생이 새 환경에 적응하지 못해 생기는 정신적 증세}'이 아닌가 추측하더군요. 학창 시절에 제 잘난 맛에 살던 시골 청년이 느닷없이 사회에 나왔고, 도쿄 분위기가 맞지 않아 일종의 공황 상태에 빠진 모양입니다. 그래서 물에 빠진 사람이 지푸라기라도 잡듯이 포기했던 재즈 피아노에 대한 열정을 다시 불태우게 되었을 거라고 증언했습니다."

"대체 어느 쪽이 사실인가?"

"글쎄요. 잘 모르겠습니다만, 아마 둘 다 사실인 것 같습니다."

"피아노를 자기 방식대로 연주한다고 하고, 프로 연주자를 지망한 동기도 뚜렷하지 않군……. 그런데도 열 장 가까운 음반을 내기도 하고 재즈 연주자들 모임인 뉴…… 뭐라는 그룹에서 리더 노릇을 할 수도 있다는 건가?"

나는 보고서의 페이지를 펼쳤다.

"뉴 재즈 신디케이트로군요. 자세한 내용은 모르겠습니다. 거기서 세 명의 전문가에게 그 사람에 관해 물어 보았습니다."

보고서에서 그 부분을 찾았다.

"그의 피아노 연주 기술은 매우 낮은 수준이고, 음감도 별로 뛰어나지 않다는 점은 세 사람 모두 의견이 일치했습니다. 다만 한 사람의 의견에 따르면—좀 억지 같아서 저는 제대로 이해하지 못했지만—그 사람에게는 재즈의 재능보다 재즈가 지닌 사상적인 방향을 판단하거나 지시하는 일, 젊은 재즈 연주자를 잘 통솔하는 리더로서의 수완이 있다는 이야기입니다. 그런데 다른 한 사람의 의견에 따르면, 그에게 리더의 자격이라고 할 수 있는 뛰어난 작곡 능력은 없다고 하더군요. 그가 지닌 것은 동료 연주자들이 그때그때 어떤 연주를 하는 것이 더 낫고 효과적인지를 지시하는 능력, 그러니까 일종의 프로듀서적인 재능뿐이라고 하더군요. 세 번째 사람의 의견에 따르면, 프로듀서로서 필요한, 시대의 감각을 읽어내 연주자가 하고 싶은 음악과 청중이 듣고 싶은 음악의 접점을 찾아내는 능력도 없고 그런 노력도 하지 않는다고 합니다. 그가 음반을 내거나 그룹 리더로 활동할 수 있는 것은 그저 일본의 재즈 층이 얕고 수준 낮다는 현실을 드러내는 증거에 불과하다. 이렇게 역설하더군요."

"그런가? 하지만 여러 가지 아르바이트를 하면서 거의 수입도 없는 재즈에 매달리다니 그만큼 재즈 피아노에 대한 강한 열정을 지니고 있다는 이야기도 되지 않겠나?"

"그런 의견을 보이는 사람도 있죠. 하지만 실제로는 그가 흥미를 느낀 또 다른 한 가지, 영화제작 현장에 참여해 십 년쯤 전부터 아르바이트를 겸해 조감독 일이나 시나리오 집필에 관계한 뒤로는 연주 활동이 상당히 줄어들었습니다."

"재즈를 걷어치운 건 아니겠지?"

"예. 그 무렵 함께 연주 활동을 하던 어느 인물의 표현을 빌리면—." 나는 그 남자를 만났을 때 남긴 메모를 찾았다. "가장 충실한 연주를 하던 시기에도 자신의 가능성을 추구하지 않고 지금 지닌 능력만으로 할 수 있는 최선의 연주를 하려 했다. 다른 말로 표현하면 프리 재즈의 과격한 연주법에서 더 정통적이고 온건한 피아노 연주로 후퇴했다. 더 확실하게 이야기하자면 델로니어스 몽크라는 피아니스트를 자기 나름대로 해석하는 수준으로 타락했다—라고 할 수 있다는데, 무슨 이야기인지 아시겠습니까?"

"나는 모르겠군. 어쨌든 하라 료라는 남자는 현재 재즈보다 영화나 시나리오 같은 쪽에 전념하고 있다는 이야기인가?"

"그게 그렇지도 않습니다."

"무슨 소린가?"

"영화 쪽 친구들과 계속 교제는 하지만 조감독 아르바이트나 시나리오 집필은 사오 년 전에 했을 뿐이지 그 뒤로는 완전히 손을 뗀 상태입니다."

"영화에서 멀어졌다면, 재즈에 대한 의욕이 아직 시들지 않았다는 이야기 아닌가."

"그게 그렇지도 않습니다."

"무슨 소린가?"

"요 사오 년 동안 그는 도쿄에 있는 시간보다 고향인 규슈의 도스에서 머무는 시간이 더 많아졌습니다."

"고향에서 무얼 하는 건가?"

"형이 둘 있는데 그 가족과 함께, 그러니까 1982년부터 1983년에 걸쳐 큰 병을 앓은 어머니 간병을 하거나 1983년 여름에 세상을 떠난 아버지를 간병하거나, 운신이 불편한 어머니가 1985년 즉 올해 5월에 돌아가실 때까지 보살피기도 하고……."

"재즈를 버리고 뒤늦게 효도를 한 건가?"

"글쎄요……. 연로해서 병약해진 부모 곁에서 수입도 없이 빈둥거리는 걸 효도라고 할 수 있다면요."

"그럼 그동안 피아노를 연주할 틈은 전혀 없었던 거로군."

"일 년에 몇 차례, 도쿄에 들를 때만."

"고향에서는 연주 활동을 계속하고 있나?"

"아뇨, 전혀."

"모친이 세상을 떠난 뒤에는?"

나는 고개를 저었다.

"하지만…… 뭔가 도모하는 일이 있어서 피아노를 몰래 연습한다 거나 연구하는 것 같지는 않은가? 하라 료에게는 재즈의 길을 계속 걸을 의사가 없다고 판정해놓고 나중에 '사실은……' 어쩌고 하면 용서하지 않겠어."

직접적으로는 아무런 교류도 없었던 한 달 남짓한 조사 대상에 불과해도, 내 조사 결과에 따라 그가 큰 도움을 받을 기회를 놓치게 된다면 기분 좋을 리가 없었다. 하지만 일은 일이다.

"안타깝게도 그가 재즈 피아노에 대해 예전 같은 의욕을 되찾게 만들 수는 없을 거라고 생각합니다."

노신사는 눈썹을 찡그렸다. "뭔가 그런 확증이라도 있나?"

"그는 영화계를 떠난 서른 살쯤부터 요 칠팔 년간 소설을 쓰려고 하고 있습니다."

"소설이라고?"

"예. 그가 아주 가까운 친구 두세 명에게만 이야기했고, 출판 관련 인물과도 거의 접촉이 없는 모양이니 저도 확신하기는 매우 어렵습 니다만, 이건 거의 100퍼센트 정확할 겁니다."

"영화에, 효도에, 이젠 소설인가! 도저히 내 손자의 꿈을 이루어줄 틈이 없겠군."

세타가야 구 사쿠라조스이에 있는 하라 료의 아파트에 침입해 손에 넣은 두세 가지 증거와 친구들의 증언을 보고했지만 노신사는 귀 기울여 듣는 것 같지 않았다. 재즈 피아니스트가 되고 싶어 하던, 세상을 떠난 손자를 떠올리는 표정이었다.

"그는 집필에 전념하기 위해 내년 초에는 사쿠라조스이에 있는 아파트를 떠나—."

"이제 됐어." 노신사는 이야기를 가로막았다. "아무래도 시간 낭비였던 모양이군. 다음 후보자에 관한 보고를 들으러 가야겠어."

그는 피곤한 듯이 자리에서 일어나더니 조사 비용이 모자라지는 않는지 확인한 뒤 보너스를 주지 못해 유감이라는 말을 남기고 사무실에서 나갔다.

의뢰인이 떠난 지 한 시간도 되지 않아 사무실 문을 노크하는 사람이 있었다. '들어오세요'라고 하자 문이 열리더니 낯익은 검은 코듀로이를 위아래로 걸친 남자가 조용히 들어왔다. 하라 료였다.

"나에 관해 전부 조사한 모양이더군." 그의 첫마디였다. "당신이 나에 관해 조사하고 있다는 사실은 일주일 전에 눈치챘지만 여기를 알아내는 데는 시간이 좀 걸렸어."

나는 그가 내 조사를 눈치채지 못하게 만전을 기하지는 않았다. 그렇다고 이런 만남을 예상도 기대도 하지는 않았지만.

"게다가 그걸 밥벌이에 이용했다고?" 그가 말했다. 별로 화가 난 말투는 아니었다. 그는 내가 피우는 것과 같은 필터 없는 피스를 주머니에서 꺼내며 덧붙였다.

"이번엔 내가 그럴 차례야."

내가 그 말뜻을 이해한 것은 하라 료와 드문드문 만나기 시작한 지 이 년 반 뒤에 그가 첫 소설《그리고 밤은 되살아난다》를 우송해 주었을 때였다.

이 글은 1995년에 하야카와쇼보에서 간행된 《미스테리오소》에 수록된 것이다.

감시당하는 여인

1

가와무라 요시오는 차분하지 못한 모습으로 카페에 들어서더니 가게 한복판쯤 테이블에 혼자 앉은 올리브색 블루종을 입은 여자 손님 쪽으로 향했다. 달리 비슷한 연배의 손님이 없기 때문에 내가 짚은 손님도 그 여성이었다. 가와무라는 여자 앞에 서더니 상의 안주머니에서 작고 두툼한 봉투를 꺼내 내밀었다.

"급히 볼일이 있어서 앉을 시간은 없어."

올리브색 블루종을 입은 여자는 봉투를 보더니 살짝 눈살을 찌푸렸지만, 말없이 고개를 끄덕이며 건네받아 의자 옆에 놓인 핸드백에 집어넣었다.

두 사람의 모습은 가게 안 누구에게도 수상한 느낌을 줄 만한 것이 아니었다. 봉투 내용물이 뜨거운 러브레터라고 생각한 사람도 없을 테고, 1만 엔짜리 지폐 오십 장이 들었다고 상상한 사람도 없었으리라.

"……그럼 다시 연락할게." 여자가 말했다.

가와무라는 내 위치에서 봐도 얽은 자국이 눈에 확 띄는 얼굴을 살짝 끄덕이더니 가게 안을 재빨리 둘러보았다. 서른 살쯤 되어 보이는 희미한 인상을 주는 얼굴에, 정확하게 가운데 가르마를 탄 앞머리를 자기 신체에서 가장 소중하다는 듯이 좌우로 빗었다. 내 존재를 눈치챘을 테지만 물론 그런 기색은 보이지 않았다. 그는 돌아서서 출입구로 향했고, 물을 가지고 오던 웨이트리스에게 미안하다는 표현을 하고는 바로 가게를 나갔다.

가게에 남겨진 여자는 가와무라가 보이지 않게 되자 오히려 마음이 놓이는 듯했다. 가와무라를 기다릴 때 보인 긴장한 모습은 지워지고 없었다. 이목구비가 또렷한 예쁜 여성으로, 이십대 중반쯤으로 보이기는 하지만 다이어트에 성공한 여성 특유의 나이를 가늠하기 힘든 느낌이라 사실은 서른 살 가까이 되지 않을까 싶었다. 여자는 마시던 홍차에 입을 대며 테이블 위 담배로 손을 뻗으려다가 손목시계를 보았다. 오후 3시가 십 분 남짓 지난 시각이었다. 시계에 달력 기능이 있다면 17일 토요일로 표시되어 있으리라. 여자는 문득 약속 시간이 다 되었다는 사실을 깨달은 듯 허둥지둥 옷매무시를 가다듬더니 자리에서 일어나 카페를 나갔다. 나는 여자를 뒤쫓았다.

신주쿠 햐쿠닌쵸 1초메는 JR 주오 선과 세이부신주쿠 선이 V자를 그려 세 부분으로 나뉘는 어수선한 지역인데, 우리가 나온 카페는 그 서쪽 끄트머리 비좁은 구역에 있었다. 여자는 곧장 JR 오쿠보 역으로 향했다. 누가 미행한다는 사실을 눈치챈 것 같지는 않았다.

"그 여자에게 최근 반년 동안 줄곧 협박당했죠." 가와무라는 어제 내 사무실을 찾아와 이렇게 말했다.

"무슨 이유로?" 내가 물었다.

"그런 내용까지 대답해야 합니까?" 가와무라는 부루퉁한 표정을 지으며 말했다. "그랬다가는 그 여자 문제가 잘 처리된다고 해도 다음엔 당신에게 협박당하지 않겠어요?"

"협박이 이어질 만큼 자세하게 이야기할 필요는 없고."

가와무라는 잠시 망설이더니 결국 입을 열었다.

"여자 문제입니다. 하지만 이미 끝난 옛날 여자관계예요." 말투에 규슈 쪽 사투리가 섞여 있는 듯했다.

"그래도 제 아내가 알면 곤란하죠……. 직장에 알려져도 그렇고."

가와무라는 서일본에 근거지를 둔 은행의 도쿄 지점에 근무했다. 그는 여자관계를 빌미잡혀 삼 개월마다 50만 엔씩 두 차례에 걸쳐 그 여자에게 줬고, 이번이 세 번째라고 했다. 어떻게 과거 여자관계를 아는지는 도무지 알 수 없고, 협박하는 여자가 누군지도 전혀 모른다고 했다. 근무중인 은행으로 전화해 그런 이야기를 하는 바람에 번번이 돈을 주지 않을 수 없다고도 했다.

"협박자의 신원이 밝혀지면 어쩔 작정인가요?" 내가 물었다.

"어쨌든 상대가 어디 사는 누구인지는 알아야 손을 쓸 수 있잖아요? 그쪽도 내가 정체를 파악했다는 사실을 알게 되면 협박을 그칠지도 모르죠. 그렇게 간단하게 해결되지는 않을 수도 있지만, 어쨌든 상대가 누군지 알아내지 않으면 아무 방법이 없어요. 그걸 사와자키 씨가 조사해주셨으면 하는 겁니다."

한 가지 분명한 점은 가와무라가 경찰 신고라는 가장 효과적이고 당연한 방법을 취할 마음이 없다는 사실이었다. 나는 그가 하는 말을 다 믿지는 않았어도 의뢰를 받아들이기로 하고, 이튿날 햐쿠닌쵸 카페에서 50만 엔을 건넬 때 어떻게 할지 의논했다.

그런데 오쿠보 역 플랫폼에서 전철을 기다리는 올리브색 블루종 여자는 경계심이 너무 없었다. 표를 사서 개찰구를 지날 때도, 전철을 기다리는 삼 분 사이에도 주위를 신경 쓰는 눈치는 거의 보이지 않았다. 여자가 소부 선 나카노행 전철을 올라탔다. 나는 옆 칸에서 관찰하고 있었는데, 이런 상태라면 가와무라 본인이 바로 옆까지 다가가지 않는 한 뭔가 문제가 있다고 눈치채지도 못할 것 같았다.

여자는 나카노 역에서 주오 선 전차로 갈아타고 니시오기쿠보 역에서 내렸다. 역사 1층에 있는 슈퍼마켓 '세이유'에서 식료품을 산 다음, 북쪽 출구와 이어지는 기타긴자길을 150미터쯤 걸어가 주택가가 있는 왼쪽 길로 꺾어졌다.

나는 미행 대상과 충분히 거리를 두기 때문에 상대가 길을 꺾을 때는 자연히 걸음을 서두르게 된다. 그런데 10미터쯤 앞서 걷던 남자가 나와 똑같이 행동하는 모습을 보았다. 뒷모습만 봐서는 키가 크고 다부진 체격을 지닌 남자로, 회색 양복 상의를 옆구리에 낀 것 말고는 빈손이었다. 그가 여자와 마찬가지로 왼쪽 방향으로 꺾어질 때, 햇볕에 그을린 삼십대의 옆얼굴이 보였다. 아까 세이유 출입구 부근에서 본 남자였다. 여자가 탔던 소부 선 전철에서 손잡이를 잡고 있었던 것 같기도 했다. 하지만 출발점인 햐쿠닌쵸 카페에는 분명 없었다.

나도 뒤따라 주택가 쪽으로 모퉁이를 돌았다. 남자가 10미터쯤 앞서 걷고, 그 10미터쯤 앞에 올리브색 블루종 여자가 걷고 있었다. 토요일 오후 5시라서 다른 행인 때문에 미행이 실패할 염려는 없을 듯했다. 그렇지만 이런 상황이 계속되면 바람직하지 않다. 다시 조심스럽게 살펴봐도 남자가 여자를 뒤쫓고 있다는 증거는 전혀 없었다. 여자는 똑바로 앞을 바라보며 세 블록쯤 더 걸었다. 그런데 여자가 쇼핑할 때 까먹고 사지 않은 물건이라도 생각났는지 갑자기 뒤로 돌아 왔던 길을 되짚어 걷기 시작하자…… 가벼운 코미디 영화처럼 남자가 당황해 '우향우'하고, 나도 덩달아 '우향우'하는 우스꽝스러운 장면이 머릿속에 떠올랐다. 하지만 그건 쓸데없는 걱정이었다.

다음 블록에 이르렀을 때, 남자가 오른편의 벽돌로 지은 5층짜리 아파트 현관으로 쑥 들어가고 말았기 때문이다. 앞서 걷던 여자에게 신경 쓰는 모습은 아니었다. 신분을 아는 인물의 행동을 감시하는 미행과는 달리, 오늘처럼 미행 성공 여부에 모든 게 달린 경우에는 이쪽도 그만 신경이 아주 예민해져버리는 모양이다. 여자는 10미터쯤 더 걸어가 벽돌 아파트 맞은편인, 길 왼쪽에 있는 작은 주택 앞에서 멈춰 섰다.

나는 눈길을 돌린 다음, 바로 앞에 있는 꽤 큼직하고 낡은 단독주택의 정원수를 바라보며 같은 속도로 계속 걸었다. 여자가 도로 쪽으로 난 철문을 열고 들어가는 건 알아챌 수 있었다. 그 철문 앞을 지날 때 여자가 현관 자물쇠를 열고 건물 안으로 들어서는 모습이 보였다. 문 옆 블록 담장에는 우편함이 있는데, 그 위에 걸린 문패에 '쓰루미'라고 적혀 있었다.

2

이튿날인 일요일에도 나는 여자를 계속 조사했다. 쓰루미 마사코라는 여자의 정체에 대해서는 토요일에 이미 대략 조사를 마친 상태였다. 나이는 스물여덟이고, 한 차례 결혼해 여섯 살 난 아들이 있지만 일 년쯤 전에 이혼했다. 헤어진 남편은 니시오기키타에 있는 집을 나갔고, 지금은 재혼해 나카노 구 가미타카다에 사는 듯했다. 처음에는 아들을 떠맡아 모자 단둘이 산 모양인데, 아이가 아버지와 함께 살기를 원했는지 한 달 전쯤에 아이를 전남편에게 보내고 혼자 살고 있다는 사실을 파악했다. 기치조지에 있는 수입품 전문 판매점 '오버시즈'에서 주임으로 일하는데, 업무 의욕이 왕성한 여성이라는 점이 어린 아들에게는 오히려 딱한 환경이 되고 말았다. 낮에는 늘 혼자 노는 모습을 보았다고, 역 쪽으로 조금 돌아간 곳에 있는 소바집 여주인이 귀띔해주었다. 계모이기는 해도 부모가 있는 가정에서 자라는 편이 그 아이도 행복하지 않겠어요, 라고 여주인은 덧붙였다.

나는 토요일 오후 8시에 일단 니시신주쿠 사무실로 돌아왔지만, 의뢰인 가와무라에게서 전화는 없었다. 그는 처음에 늦은 시각에라도 미행 결과를 알고 싶은 듯이 말했다. 그렇지만 여자가 50만 엔을 받아 그날 안으로 돌아갈 수 있는 도쿄 도내나 수도권 지역에 산다고 단언할 수는 없었다. 그리고 곧장 집으로 돌아갈지 어떨지 알 수 없다는 점도 설명해서 미행 결과 보고는 다음 주 월요일로 미루기로 했다. 일요일에는 탐정도 쉽니다, 라고 했지만 이건 거짓말이었다. 설사 당일 중으로 여자의 정체와 주소를 알아내더라도 가와무라에게 바로 보고할 생각은 없었다.

의뢰인의 말처럼 쓰루미 마사코라는 여자가 협박자인지. 협박이 그 여자 뜻에 따른 행동이더라도, 달리 공범 또는 주범이라 할 만한 인물이 있지는 않은지. 이런 것들은 짧은 시간의 조사만으로는 쉽게 알아낼 수 없을지 모른다. 그렇지만 쓰루미가 의뢰인과 어떤 관계인지, 협박의 원인인 과거 여성관계와 어떻게 연결되는지는 확인해두고 싶었다. 의뢰인을 위해서가 아니라 나 자신을 위해서.

일요일 오전 내내 가랑비가 내렸는데, 니시오기쿠보 역에 도착했을 때는 이미 그친 상태였다. 구내 공중전화 수화기를 들고 쓰루미의 번호로 걸었다. 호출음이 서른 번 넘게 울리는 걸 듣고 있었지만 아무도 전화를 받지 않았다. 나는 부근 주민에게 수소문할 생각으로 어제저녁과 같은 길을 걸어 쓰루미의 집 쪽으로 향했다. 어제 카페에서나 미행 중에 그녀의 시선이 내 얼굴에 머문 적은 한 번도 없다고 확신하지만, 오늘 조사에서도 마주치는 사태는 피하고 싶었다.

그래서 그녀의 부재는 오히려 환영할 일이었다.

　나는 쓰루미의 집에서 한 채 건너에 있는 똑같은 타입의 단독주택 현관 초인종을 눌렀다. 가정주부라고 하기에는 화장도 복장도 화려한 느낌이 드는 삼십대 중반 여성이, 낯선 방문자를 맞이하는데 경계심을 보이지 않고 귀찮다는 기색조차 없이 현관문을 열고 얼굴을 내밀었다.

　"쉬시는데 죄송합니다. 이웃에 사는 쓰루미 씨를 찾아왔는데 외출하셔서……."

　"어머, 오늘 근무하는 날 아닌가? 오늘 아침에도 여느 때와 같은 시간에 나갔는데요." 자기 집에 용건이 있어 온 게 아니라는 걸 알고 살짝 기분이 상한 듯했다.

　"아, 저는 기치조지에 있는 상점 '오버사이즈'에서 나왔습니다. 오늘 휴가를 내서 집에 있을 줄 알았는데……. 갑자기 영업 문제로 급히 의논해야 할 일이 생겨서 그러는데, 쓰루미 씨가 어디 갔는지 짐작 가는 데 없으세요? 예를 들어 친정집이라거나 휴일에 다니는 무슨 문화센터 강좌라거나. 어디든 괜찮은데요."

　"친정에 가지 않았을까요. 규슈 서쪽에 있는 시골 마을이라고 들었는데, 하루 쉬면 다녀올 수 있지 않을까요?"

　쓰루미의 본가가 규슈라는 사실은 가와무라의 규슈 사투리와 맞아떨어진다. 두 사람의 인연은 그 부근에서 시작된 걸까.

　"이혼 전에는 부부가 테니스 클럽 회원이어서 저희 남편까지 넷이서 복식 시합을 하기도 했는데, 이혼한 뒤로는 발길을 완전히 끊었어요. 헤어진 남편과 관계있는 건 뭐든 다 끊어버리고 싶은 걸까?" 그녀는 괘씸하다는 듯이 말하며 의미심장한 말투로 이렇게 덧붙였다.

"게다가 그게…… 그럴 틈도 없었을 테고."

"무슨 말씀이죠?"

"그야 휴일이면 대개 그 남자와 함께 지냈으니까요."

"아, 재혼할 거라고 소문 난 우리 회사 하시즈메 전무 이야기인 모양이군요. 키 크고 잘생겼죠. 전무라지만 아직 젊어서 마흔 살이 될까 말까 한……."

현관 문틈으로 얼굴을 내민 주부의 표정이 확 밝아졌다. "전혀 아니에요. 자그마하고 쉰 살은 넘어 보이는 데다, 머리숱도 적고 아무리 좋은 말로 해도 잘생겼다고는 할 수 없죠. 비싸 보이는 BMW를 타고 다니니 전무쯤 될지는 모르지만……. 이런, 이 이야기 저한테 들었다는 건 절대 비밀이에요."

"물론이죠." 나는 공범자처럼 목소리를 낮추며 물었다. "그 사람과 오래 사귀었나요?"

"글쎄요, 아마 반년은 넘을걸요. 그 집 헤어진 남편이 재혼한 게 지난해 11월이고, 제가 그 여자 새 애인 이야기를 우리 남편에게 한 게 설 연휴 때였으니까. 헤어진 지 반년도 되지 않아 양쪽 다."

가와무라에 대한 협박이 시작된 반년 전, 쓰루미는 이미 그 남자와 관계가 있었다는 이야기가 된다. 그 남자에 관한 정보를 더는 얻을 수 없었다.

"오늘 제가 찾아왔다는 건 쓰루미 씨에게 비밀로 할게요." 이렇게 말하며 시간을 내주어 고맙다고 인사하자 이웃 주부는 "텔레비전에서 옴 진리교 사건만 계속 내보내서 지긋지긋하던 참이라 마침 딱 좋았어요"라고 대꾸했다.

나는 이어서 건너편 이웃집을 방문했다. 이쪽은 어제 쓰루미를 미행할 때 바라보던 낡은 단독주택인데, 쓰루미의 집과 이 집 사이에는 사람 눈높이쯤 되는 판자 담장이 있고, 그 너머로 정원수가 보였다. 판자문이 달린 문기둥에는 '사이조 미쓰구'라는 문패가 걸려 있었다. 문패 주인은 지난해 초에 아내를 잃고 혼자 사는 노인이라는 사실은 이미 조사를 마친 상태였다. 판자문이 열려 있어서, 나는 문을 지나 돌을 3미터쯤 깔아놓은 앞마당을 걸어 격자문이 있는 현관에 이르렀다. 초인종이 보이지 않아 어떻게 하나 망설이는데 안에서 누군가 움직이는 모습이 보였다. 그리고 불쑥 문이 열렸다. 갈색 진베이^{팔다리 기장이 짧은 여름옷}를 걸친 야윈 노인이 눈앞에 선 나를 보더니 깜짝 놀랐다.

"뭐요!"

"놀라게 해드려 미안합니다. 잠깐 여쭙고 싶은 일이 있어서 찾아왔습니다만—."

"흥, 손자인 겐이치를 차로 치어 죽인 건 바로 나야. 더는 할 이야기 없어. 돌아가!"

나는 한걸음 물러나 노인의 얼굴을 바라보았다. 약간 어두운 현관 안쪽에서도 노인의 붉은 눈가와 입꼬리에 고인 침, 파르르 떨리는 턱 선이 또렷하게 보였다. 뭔가 심상치 않은 노인의 마음을 드러내는 것 같으면서도 잘 생각해보면 전부 그저 노인의 육체적 특징에 지나지 않는 것 같기도 했다.

"그게 자랑입니까?" 내가 물었다.

"뭐라고?"

"아, 농담입니다. 댁의 불행을 온 세상이 알고 있는 건 아닙니다. 이만 실례하죠."

나는 돌아서서 문 쪽으로 향했다.

"당신, 형사나 신문기자 아닌가?" 노인이 묻기에 나는 고개를 저었다. "아뇨. 이웃인 쓰루미 씨를 찾아온 사람인데, 집에 없기에 혹시 어디 갔는지 아실까 싶어서."

노인은 대나무 바구니 같은 것을 들고 현관에서 나왔다.

"몰라. 난 오랫동안 아무하고도 만난 적 없고, 누구하고도 이야기를 나눈 적 없어."

노인은 오른쪽 마당으로 천천히 걸음을 옮겼다. 걷기도 힘든 듯했다. 밖에서는 보이지 않았지만, 마당에 선 나무 너머에 채소밭이 있는 모양이었다. 노인은 마당 입구에서 멈춰 서더니 나를 노려보며 덧붙였다.

"겐이치 말고는 누구하고도."

"손자분은 죽었나요?"

"그래. 내가 차로 치었어. 난 겐이치의 유령과 살고 있지." 노인은 기쁜 듯이 미소 지었다. "늙은이는 손자를 좋아한다고 하는데, 그건 반쯤은 거짓말이라는 거 아냐? 나도 전에는 겐이치와 친하지 않았지…… 그런데 죽어서 돌아온 겐이치와 나는 친구야."

노인은 조금 기운이 나는 듯한 걸음으로 마당 쪽으로 갔다.

나는 판자문을 지나 밖으로 나왔다. 문 뒤에 한 남자가 서 있었다. 햇볕에 그은 얼굴을 한 그 삼십대 남자가 나를 똑바로 바라보았다. 어제 쓰루미를 미행할 때 중간에 끼어 걷던 남자였다. 어제와 마찬가지로 회색 양복을 입고 있었다. 남자는 어제 그가 들어간, 길 반대편에 있는 벽돌 아파트 쪽을 손가락으로 가리켰다.

"사와자키 씨죠? 잠깐 같이 갑시다."

3

아파트 3층 301호실은 빈집이었다. 임시로 들여놓은 사무용 책상 두 개와 의자 두 개가 건물 모퉁이에 해당하는 거실 창 가까이에 대충 놓여 있을 뿐이었다. 그중 하나에 낯익은 오십대 남자가 앉아 있었다.

"사와자키라고 했지? 아, 이리 와 앉아. 날 기억하나?" 그는 내 얼굴을 빤히 바라보며 옛날부터의 버릇인 오른쪽 콧방울을 손으로 잡아당기는 동작을 반복했다. "역시 생각이 났다는 표정이로군. '도쿄중앙흥신소'에 있던 우메노야."

나는 그가 권한 의자에 걸터앉았다. 나를 데려온 젊은 남자는 책상 가장자리에 엉덩이를 얹었다. 책상에는 전화기, 도청용 수신 장치로 보이는 장비, 테이프 레코더, 그리고 그들이 여기에 여러 날 틀어박혀 있었음을 나타내는 식료품 잔해 등이 놓여 있었다.

"몇 년 만이지?" 우메노는 자기가 묻고 스스로 답했다. "우리가 이케부쿠로 부근 미술관에 페인트로 몰래 낙서하고 도망가던 녀석을 조사할 때, 메지로 경찰서에 있던 모리라는 형사 소개로 지원하러 왔을 때부터니까 이제 오륙 년쯤 된 모양이군."

우메노는 책상 위에 놓인 담배를 집어 들더니 내게 권했다. 나는 거절하고 내 담배에 불을 붙였다.

"나를 이리 부른 이유를 듣고 싶어."

"그건 외부인에게 이야기할 수가 없는데……."

우메노는 담배 연기를 천천히 토하면서 말을 이었다.

"자네는 예전에 본 적이 있으니 내가 무슨 일을 하는지 알 거야. 게다가 그 책상 위에 놓인 장비를 보면 자네도 우리 사정은 짐작하겠지. 아무튼 이 근처에서 어슬렁거리면 곤란해."

"감시하는 사람이 쓰루미 마사코인가?" 내가 물었다.

"그렇기도 하고, 그렇지도 않기도 해. 그 여자 집을 지켜보는 건 확실한데, 이쪽이 노리는 건 여자를 찾아올 남자 쪽이지."

"BMW를 탄 오십대 남자 말인가?"

"세키야 히사시를 압니까?" 젊은 흥신소 직원이 불쑥 끼어들어 물었다. 우메노가 제지하려 했지만 이미 늦었다.

"세키야 히사시란 남자에 관해 이야기해줘." 내가 말했다.

"그건 이야기할 수 없죠." 젊은 남자는 실수를 만회하려는 듯이 잔뜩 힘을 준 목소리로 말했다.

"이야기하지 않을 수 없겠군" 하고 우메노가 콧방울을 잡아당기며 말했다.

"우메노 선배님, 그렇지만 방금 말씀하셨다시피 그건 대외비일 텐데요?"

우메노는 재떨이 대신 양철로 만든 정어리 통조림 빈 깡통에 담배를 넣어 끄고는 말했다.

"우리 첫 번째 목적이 뭐지? 세키노를 덮치는 거잖아? 형사로 착각할 수도 있는 이런 남자가 냄새를 맡고 돌아다니는데 세키노가 여기 나타나겠어?"

젊은 흥신소 직원은 불만에 찬 표정이었지만 반론은 하지 않았다.

"그리고 우리 세대는 동업자에게 폐가 된다는 걸 알면서도 무턱대고 자기 볼일만 보려고 들지는 않아. 도의를 따져서라거나 양심 때문이 아니라 뭐, 가난이 몸에 배서 그렇다고 할까."

육 년 전 우메노는 동업자의 민폐 같은 걸 생각하는 흥신소 직원은 아니었다.

"자세한 사정 이야기는 할 수 없지만—." 우메노는 이렇게 전제하고 나서 내게 자기들이 하는 일을 대략 이야기했다.

세키야 히사시는 그들의 의뢰인에게 2000만 엔이나 되는 빚을 졌다. 갚아야 할 기한은 지난달 말에 지났는데, 지난주 금요일에 전액을 갚겠다는 세키야의 말을 믿고 기한을 연장해주기로 했다. 세키야는 금요일에 의뢰인 앞에 나타나지 않았는데, 대신 어떤 정보가 의뢰인 귀에 들어왔다. 세키야가 500만 엔을 밑천으로 삼아 가와고에에 있는 경륜장에서 배당금 3, 4000만 엔을 받았다는 신빙성 있는 정보였다. 의뢰인은 세키야가 그 돈을 고분고분 빚을 갚는 데 쓸 거로 생각할 만큼 물렁물렁한 사람이 아니었다. 정보를 얻자마자 예전부터 관계가 있는, 우메노가 일하는 흥신소에 부탁해 세키야가 드나드는 곳에 잠복하게 했다. 그중 한 곳이 쓰루미의 집이었다. 세키야는 의뢰인이 쓰루미와 자신의 관계를 파악하고 있다는 사실을 몰랐다. 다만 경륜 밑천 500만 엔을 빌려준 인물이 도주한 세키야가 내일까지 배당금을 보내지 않으면 세키야를 횡령으로 경찰에 고발하겠다며 화가 잔뜩 나 있다고 했다. 경찰이 나서면 쓰루미와의 관계가 밝혀지는 건 시간문제라서, 의뢰인도 우메노 팀도 세키야를 잡을 수 있는 건 오늘이나 내일이 고비라고 생각하는 듯했다.

세키야 히사시 같은 상황에 있는 남자가 그리 쉽게 여자 집에 모습을 나타낼 리는 없겠지만, 거기에 나 같은 인간이 여자 주변을 어슬렁거리면 안 그래도 작은 가능성을 제로로 만들어버리는 꼴이다. 우메노가 취한 대응은 타당한 것이었다.

"알았어"라고 나는 말했다. "내 일은 세키야란 남자와 관계없어. 그러니 그쪽 일에는 방해되지 않을 거야."

나는 일어서서 옆쪽 창으로 다가가 하얀색 비단 커튼 너머로 쓰루미의 집을 내려다보았다. 확실히 그녀의 집 전체가 보이는 아주 좋은 감시 장소였다. 나는 의자로 돌아와 말했다.

"하지만 조건이 있어. 우선 몇 가지 묻고 싶은 게 있는데."

두 흥신소 직원은 얼굴을 마주 보았다. 우메노가 시선을 내 쪽으로 돌리더니 고개를 끄덕였다.

"외출한 쓰루미 마사코의 행동은 감시하고 있나?"

"그래."

"어제도 그랬어?"

"그래……. 하지만 안타깝게도 오쿠보 역에서 나왔을 때 이 친구가 여자 행방을 놓쳤지."

젊은 흥신소 직원이 분하다는 표정으로 고개를 숙였다.

"할 수 없어 역에서 대기하니 삼십 분쯤 지나서 여자가 돌아왔어. 그 사이에 여자가 어디서 누굴 만났는지는 자네가 더 잘 알 거야. 이야기해줘."

"세키야 히사시란 남자를 만나지 않았다는 건 내가 보증하지."

"여자는 자네 의뢰인을 만났군. 그렇지?"

나는 대답하지 않았다.

"자네 의뢰인이 세키야 히사시와 관계가 있다면?"

"그렇게 생각하지는 않지만 조사해보지." 나는 이렇게 대답한 뒤 말했다.

"하나 더 묻고 싶은 게 있어."

"요구가 좀 많은 것 같군. 말해봐."

"세키야가 위험을 감수하면서까지 여자 앞에 나타날 거로 생각하는 걸 보면, 여자에 관해 상당히 자세하게 조사했을 거야. 그 내용을 이야기해주면 그쪽 영업을 방해하면서까지 내 구두를 닳게 할 필요는 없겠지. 쓰루미 마사코에 대해, 그리고 그 여자와 세키야의 관계를 빠짐없이 이야기해줘."

둘은 또 얼굴을 한 차례 마주 보았다. 나는 책상 쪽을 가리키며 덧붙였다.

"거기 있는 도청 장치로 알게 된 내용도 빠짐없이 말이야."

4

협박자의 주소를 알아냈다고 전화로 보고하자 가와무라는 후나바시에 있는 사택에서 니시신주쿠에 있는 내 사무실까지 바로 오겠다고 했다. 휴일이라 넥타이는 매지 않았지만, 은행원이 근무처인 도쿄 지점이 있는 오테마치를 지나는 지하철을 타니 어쩔 수 없다는 듯이 어두운 남색 여름용 정장 상하의를 갖춰 입었다. 그는 맞은편 고객용 의자에 앉더니 미행 결과를 한시라도 빨리 알고 싶어 했다.

"이런저런 사정이 겹치면서 애초 설명한 것보다 경비가 더 많이 들어서."

가와무라는 남의 약점을 파고드는 거냐고 말하고 싶은 표정으로 나를 노려보았지만 이내 체념한 듯이 안주머니에 있는 지갑으로 손을 뻗었다.

"그건 상관없으니 어서 조사 결과를……."

나는 이십 초쯤 더 상대방의 애를 태우고 나서 책상 위에 있는 쪽지를 펼쳤다. "나중에 이 쪽지를 줄 텐데, 그 여성 주소는, 그러니까……세타가야 구 오쿠사와 6초메에 있는 '펠리스 지유가오카'라는 아파트이고—."

가와무라는 심각한 표정으로 내가 부르는 주소를 들었다.

"—여자 이름은 아키바 도모코."

"예? 뭐라고요? 그건 아니죠. 전혀 다른 사람……."

가와무라는 거기까지 말하고 입을 다물었다. 쪽지에 적힌 주소와 이름은 몇 해 전 수첩을 보고 베낀 다른 사건 관계자이니 다른 게 당연했다. 간과할 수 없는 점은 가와무라가 쪽지에 적힌 주소를 들었을 때는 내 보고를 믿고 있었다는 사실이다.

"쓰루미 마사코라는 이름은 알고 있던 여자의 주소를 왜 내게 조사시켰는지, 그 이유를 듣고 싶군."

가와무라는 눈을 감은 채 말했다. "아뇨, 이름을 알고 있다는 사실을 숨긴 건 죄송합니다. 하지만 미행이 잘 되면 어차피 주소와 함께 이름을 알게 될 테고……. 그래서 의뢰할 때 이야기했듯이 그 여자가 나를—."

"협박했다는 이야기는 믿을 수 없어. 쓰루미 마사코를 자세하게 조사한 어떤 남자에게서 상세한 보고를 들었는데, 그 여자가 누군가를 협박할 일은 만에 하나도 없다고 하더군. 게다가 협박자 이름을 안다면, 탐정을 고용해 조사시키지 않아도 주소쯤은 아마추어인 당신도 알아낼 수 있을 거야."

"그렇지만 쓰루미 마사코라는 이름은 가짜일지도 모르고⋯⋯."

"그럼 내가 아키바 도모코라는 이름을 댔을 때 어떻게 대뜸 아니라고 한 거지? 가명일지도 모른다고 의심한다면 아키바 도모코라는 이름이 본명이었군, 하는 반응이 나와야 할 텐데."

가와무라는 대답하지 못하고 이마에 맺힌 땀을 손등으로 닦았다.

"그런데 세키야 히사시란 남자를 아나?"

"아뇨⋯⋯." 가와무라의 표정은 당황한 빛으로 가득했다.

"굳이 그 여자가 협박자라고 주장한다면 경찰에 찾아가 이야기하는 수밖에 없겠군."

"아뇨, 그건 곤란해요." 가와무라가 당황해서 말했다.

나는 책상 위에 놓인 담배를 꺼내 불을 붙였다.

"탐정 비용을 내는 건 당신이고, 그 비용을 헛돈으로 만드는 것도 당신 자유야."

가와무라는 잠시 뒤 '진짜 이야기'라는 걸 털어놓기 시작했다. 그 이야기도 두 번째 '꾸며낸 이야기'일 염려는 충분했지만, 처음에 한 이야기보다는 훨씬 어린애 같고 어리석어서 외려 더 신빙성 있게 느껴졌다.

"저는 쓰루미 마사코를 사랑합니다."

두 사람은 반년 전 '마케팅 믹스'에 관한 특별 강습회라는 곳에서 처음 만났다고 한다. 나흘간의 일정 가운데 이틀째 되던 날 말을 걸게 됐고, 강습회가 끝난 날에 가와무라는 그녀에게 식사를 함께하자고 했다. 하지만 그녀는 볼일이 있다며 거절했다. 가와무라는 애원이라도 하듯 명함을 건네며 언제 틈이 나면 연락해달라고 했다. 한 달쯤 지나 가와무라가 포기하려던 즈음, 쓰루미한테서 전화가 왔다. 그때부터 한 달에 한두 차례 연락이 와 만나게 되었는데, 여자 쪽은 가와무라가 만남에 열을 올릴수록 신중해지기도 하고 경계하는 것 같기도 해서 반년이 지난 지금도 쓰루미 마사코라는 이름 말고는 어떤 사람인지 알 수 있을 만한 내용은 전혀 가르쳐주지 않는다고 한다. 강습회에서 처음 말을 나눈 계기가 된, 쓰루미가 가와무라와 같은 규슈 출신이라는 점만 제외하고.

가와무라는 쓰루미보다 두 살 아래이고 처자식이 있다. 게다가 근무하는 은행 중역의 친척 가운데 철부지 아가씨와 내키지 않는 결혼을 한 것이라고 한탄하며 애당초 은행이라는 직장은 자기에게 맞지 않는다—이렇게 불황인 세상에서는 능력 부족인 은행원의 80퍼센트가 틀림없이 자기는 이런 일에 맞지 않는다고 생각할 테지만—하고 투덜거리는 걸 보면, 쓰루미가 더 깊은 교제를 망설인 마음이 이해되지 않는 바도 아니었다.

가와무라 요시오라는 남자는 대학부터 취업까지는 제 뜻대로 엘리트 코스를 밟아왔지만, 사회에 나온 뒤로는 입시 참고서 없이 실력과 결단을 요구받는 '시험'에서 좋은 점수를 얻지 못한다고 느끼는 유약한 타입 같았다. 그렇다고 중역의 친척이라는 철부지 아가씨와 한 결혼을 자기 업적처럼 여기는 남자라면 가와무라에 비해 그리 나을 것도 없다.

요즘 들어 가와무라가 모든 걸 버리고 고향 규슈로 돌아가 완전히 새출발하고 싶다는 극단적인 희망을 입에 올리자 쓰루미가 달래거나 타이르는 일이 잦았다고 한다. 그래서 가와무라는 그날 만나고 헤어지면 그녀가 다시는 연락하지 않는 게 아닐까 하는 불안에 휩싸여 하루하루를 보냈다고 한다. 그래서 그녀가 가르쳐주려 하지 않는 신분이나 주소를 직접 알아보기로 마음먹었다. 하지만 만남이 시작된 강습회 주최자에게 문의해도 프라이버시라서 알려줄 수 없다는 대답이 돌아왔다. 한 번은 직접 미행해보려고도 한 모양인데, 들킬 위험을 무릅써야 한다는 걸 깨닫고 어떤 흥신소를 방문했다고 한다. 하지만 조사 의뢰 이유를 사실에 가깝게 이야기하자 프라이버시 문제를 꺼내는 바람에 그냥 나올 수밖에 없었다고 한다. 물론 흥신소에서는 은근히 조사비를 더 달라는 눈치를 주었을 게 틀림없지만.

"그래서 여기를 찾아왔을 때는 그만 거짓말로 협박을 당하고 있다고 해버린 겁니다……. 죄송합니다."

"카페에서 건넨 봉투에는 뭐가 들어 있었나?"

남자가 좋아하는 여자에게 무엇을 건넸는지 캐물어서 무슨 소용이 있겠는가.

"아, 대답할 필요는 없어." 내가 말했다.

5

이튿날 오후, 나는 흥신소 직원 우메노가 잠복하고 있는 니시오기

키타의 아파트로 갔다. 우메노는 나를 마치 같은 홍신소에 고용된 동료처럼 맞이했다. 그리 이상한 일은 아니다. 그렇게 해야 쓰루미의 집 감시를 내게 방해받지 않을 테고, 또 이 업계에서는 흔한 일이지만, 내게 자기들이 하는 일에 대한 협조나 분담을 요구하는 번거로운 이야기를 꺼내지 않기 위한 최선의 응대 방법이라고 생각할 뿐이었다.

어제와는 다른 까까머리 젊은 홍신소 직원이 함께 있었다. 어제 그 남자는 기치조지 직장에 있는 쓰루미를 마크하는지 일정한 간격으로 전화 연락이 들어왔다. 최근에는 홍신소 직원의 필수 도구가 된 휴대전화로 거는 것이리라. 쓰루미의 집 감시는 까까머리 부하에게 맡겨놓은 채 우메노는 어제와 마찬가지로 의자에 앉아 콧방울을 잡아당기며 말했다.

"그쪽 일은 어떻게 되었나?"

이쪽 일은 어제 가와무라와 만나 이야기를 나누고 일단 끝이 날 뻔했다. 가와무라는 허위 의뢰를 사과한 뒤 자신의 잘못된 생각을 반성하는 모습으로, 다음에 쓰루미에게 연락이 와 만날 수 있게 되면 기회를 놓치지 않고 자기 본심과 희망을 털어놓을 것이며, 그래도 마음을 받아주지 않으면 그녀를 포기할 작정이라고 했다.

그때까지의 탐정 비용을 정산하는 가와무라를 바라보며 나는 머리를 굴렸다. 우메노한테 얻은 정보를 믿는다면, 지금 쓰루미가 놓인 상황을 고려해볼 때 가와무라에게 아주 늦게 연락하거나 어쩌면 다시는 연락하지 않을 가능성이 클 것 같았다. 그렇게 되면 기다리다 지친 가와무라는 다시 내 사무실을 찾아올 것이다. 그리고 나는 쓰루미가 그 시점에 어떤 상황에 있는지 알아내기 위한 조사를 처음부터 다시 해야만 한다. 의뢰인이 돈을 허비하는 거야 본인 마음이지만, 나 자신이 무의미한 공백과 보람도 없는 재조사 때문에 번거로워지는 것은 내키지 않았다.

최악의 경우까지 예상하면 가와무라는 쓰루미가 연락하기도 전에 그녀에 관한 최신 정보를 신문 사회면 기사나 텔레비전 뉴스로 접하게 될 가능성도 충분했다. 물론 환영할 만한 정보가 아니다. 설사 허위 조사를 요구한 의뢰인이더라도 나는 그의 이익을 먼저 생각해야 한다. 그런 탐정의 책무를 제대로 수행하지 않은 듯한 기분이었다.

결국 나는 지장이 없을 정도까지만 쓰루미가 처한 상황을 가와무라에게 이야기했다. 그리고 가와무라는 내게 다시 쓰루미를 감시하고, 힘이 닿는 한 그녀를 안전하게 지키고, 예상되는 범죄에서 그녀를 격리해달라고 새로운 일을 의뢰했다.

내 대답이 늦어지자 우메노가 말을 이었다.

"아, 캐물을 생각은 없어. 자네가 그런 건 절대 입 밖에 내지 않는 사람이란 사실은 알지만, 자네 일에 우리가 대신할 수 있는 부분이 있다면 협력해도 괜찮다고 생각해. 어차피 우리는 당분간 여기 틀어박혀 있어야 할 테니까."

나는 모호하게 대답했다.

"사이조라는 이웃 노인에 대해 이야기해줄 수 없나?"

"그게…… 우리 직원들은 처음에 이 아파트에 빈집이 있는 줄 몰라서 그 영감님 집을 감시 장소로 빌리려 한 모양이야. 그런데 말도 꺼내보지 못했지. 장소를 빌리기는커녕 안으로 들이지도 않고 마구 화내며 쫓아냈다는 거야. 그 영감님 머리가 좀 이상한 것 같더군."

"손자를 치어 죽였다고 하던데."

"어제 만났군? 흔한 일이지. 차고에서 차를 꺼내려다가 오토매틱 기어 조작을 잘못해서 갑자기 뒤로 급발진한 모양이야. 뒤에서 놀던 손자는 그 자리에서 숨을 거두었대. 게다가 영감님 부인이 병약했는지 아들이 하나밖에 없고, 그 아들이 또 외동딸과 결혼하고, 아이는 하나밖에 낳지 않았어. 결국 세 가정의 단 하나뿐인 자손이 차 사고로 세상을 떠났으니 비극도 그런 비극이 없지."

"그게 그 노인이 그토록 사람을 싫어하는 태도를 보이게 된 이유인가?"

우메노는 목소리를 낮췄다. "이건 이 지역에 아는 경찰이 있어서 들은 이야기인데, 사실 손자를 친 건 영감님이 아니라 부인이었다는 소문이 있어."

"그 할머니는 어떻게 됐지?"

"사고가 난 지 삼 개월쯤 있다가 죽었어. 병원에서 죽었다는데 자살이 아니겠느냐는 소문도 있지."

"소문뿐이로군."

"당연하지. 사고가 난 시각에 영감님은 다른 곳에 있었다는 증언이 나왔는데, 그 증인이 중간에 자기가 착각했다고 증언을 뒤집었어. 사실 경찰이 정말로 의심하던 사람은 영감님도 할머니도 아니고 아이 아버지였어. 즉 영감님은 아들이 일으킨 사고를 뒤집어쓴 게 아닌가 하고. 그렇지만 결국은 아무런 확증도 나오지 않은 채 영감님 진술 그대로 사건은 정리됐대."

"그 아들은 어떻게 되었지?"

"회사에 자진해서 간사이 지사 근무를 신청해 오사카로 이사했다더군. 도쿄에 있으면 아들 죽음을 자꾸 떠올리게 된다는 모양인데, 업무 관계로 도쿄에 자주 오면서도 아버지에게는 얼굴조차 내비치지 않지. 부자간 인연은 끊어진 거나 마찬가지라서 영감님이 저렇게 이상해진 것도 이해된다고 그 형사가 말하더군."

창문 옆에 서 있던 까까머리 흥신소 직원이 갑자기 긴장한 목소리로 말했다.

"선배님! 옆집 마당 뒤쪽에 누군가!"

우메노는 재빨리 일어나 부하 곁으로 달려갔다. 나도 일어났다.

"아, 아니네요. 근처에 사는 아이 같습니다."

"저 애? 지금 건물 뒤편으로 사라진 청바지와 청재킷을 걸친 꼬마 말이지?"

"맞습니다. 죄송합니다. 뒤편에서 갑자기 사람이 움직이는 바람에 당황해서 그만……."

"저 꼬마는 전에도 한 번 본 것 같아. 지친 모양이군. 내가 좀 교대하지. 내 감으로는 슬슬 뭔가 움직임이 있을 것 같은데……."

그러나 그날은 아무런 움직임도 없었다. 적어도 우메노가 기대하는 변화는 일어나지 않았다.

6

땅거미가 질 무렵, 6월 중순치고는 갑자기 기온이 떨어졌다. 감시하기 위해 사용하던 거실은 커튼 뒤에서 움직이는 부자연스러운 그림자가 밖에서 보이지 않도록 조명을 어둡게 해두었다.

"사이조 영감님 집은 저녁식사 준비를 하는 모양이군." 우메노가 커튼 옆에 붙여놓은 의자에서 기지개를 켜며 말했다.

나도 창가로 다가가 다른 커튼 틈새를 살짝 들춰 길 건너편 집을 내려다보았다. 어제와 마찬가지로 진베이를 걸친 노인이 마당에 심은 나무 사이사이를 대나무 바구니를 옆구리에 낀 채 걸어가는 모습이 보였다. 가끔 허리를 굽혀 빨간 토마토 열매를 따는 모양이었다. 멀어서 제대로 알 수는 없지만 어제보다 움직임이 많이 느려진 느낌이었다.

"저희도 저녁 먹을까요?"

부엌 쪽에서 인스턴트커피를 마시던 까까머리 흥신소 직원이 우메노에게 물었다.

"이나바가 돌아온 뒤에 먹지."

이나바는 쓰루미를 감시하는, 어제 그 젊은 흥신소 직원이다. 퇴근 후 집으로 돌아가는 쓰루미의 뒤를 밟아 주오 선을 타려는 중이라고 조금 전에 전화 연락이 왔다.

"아니, 저 영감님 왜 저래?" 우메노가 버럭 소리를 질렀다.

사이조 노인이 두세 걸음 옆으로 비틀거리는가 싶더니 안고 있던 바구니를 땅에 떨어뜨리는 모습을 나도 목격했다. 노인은 허리를 펴려다가 심한 통증이 느껴지는지 얼굴을 찡그렸다. 창문이 닫혀 있어 여기서는 아무것도 들리지 않지만, 고통을 이기지 못해 소리를 지른 게 틀림없었다. 노인은 왼쪽 가슴께를 두 손으로 쥐어뜯는 듯한 동작을 두세 차례 반복하더니 그대로 그 자리에 쓰러졌다.

나는 얼른 현관으로 향했다.

"사와자키, 잠깐! 어딜 가려는 거야?"

"모르겠나?" 나는 우메노를 돌아보고는 말했다. "저 영감님에게 가지."

"쓸데없는 짓 하지 마. 우리 일을 방해하지 않겠다고 했잖아." 육 년 전으로 돌아간 목소리였다. 조금 더 나이를 먹어 사람을 부리는 처지가 되었어도 인간의 본성은 쉽게 바뀌지 않는 모양이다.

"방해할 생각은 아닌데 쓰러진 노인을 내버려둘 수는 없지."

나는 거실을 나가 멍하니 서 있는 까까머리 흥신소 직원 옆을 지나 현관으로 통하는 복도를 걸었다. 뒤따라온 우메노가 등에 대고 말했다.

"저 영감님이 더 살아야 무슨 의미가 있겠나?"

나는 구두에 발을 밀어 넣으며 말했다.

"당장 구급차 불러. 얽히고 싶지 않다면 내가 부른 걸로 해."

"부르지 않겠다면?"

"동네 주민들이 여기서 쓰루미 마사코를 감시하는 탐정들이 노인이 죽어가는 걸 보고만 있었다는 사실을 알게 되겠지."

우에노는 혀를 끌끌 차더니 거실 쪽으로 걸음을 옮겼다. 나는 아파트 문을 열고 뛰쳐나갔다.

***

창백한 얼굴로 땀을 축축하게 흘리는 사이조 노인을 바닥에 눕히고 진베이 옷깃을 느슨하게 한 다음, 나는 그의 차가워진 손을 잡고 맥을 쟀다. 맥박은 조금 약했는데 때때로 불쑥 빨라지는 듯했다. 갑자기 노인이 실눈을 뜨고 내 팔을 움켜쥐었다.

"겐이치를…… 소, 손자를, 부탁해……."

노인은 내 대답을 기다리고 있었다.

"알겠습니다." 나는 대답했다. 달리 아무런 방법도 없었다.

노인은 아주 잠깐 마음이 놓이는 듯한 표정을 지었지만 이내 눈을 감고 고통스러운 듯 목에서 쉭쉭 소리를 내기 시작했다. 그리고 구급차 사이렌이 들리기까지 몇 분 동안이 엄청나게 긴 시간으로 느껴졌다.

구급대원들은 신속하게 움직였다. 환자가 쓰러졌을 때 상황을 짧게 묻더니, 바로 들것으로 노인을 옮겨 구급차로 갔다. 대원 한 명이 내게 구급차에 함께 탈지 묻고 있을 때 쓰루미가 니시오기쿠보역 쪽에서 걸어왔다. 그러다가 상황을 깨달았는지 이쪽으로 달려왔다.

"사이조 영감님이죠? 쓰러지셨어요?"

"텃밭에 채소를 따러 갔다가 쓰러지신 모양입니다." 구급대원이 가르쳐주었다.

"저는 옆집 사는 쓰루미라고 해요. 저도 병원으로 갈게요. 아드님은 오사카에 있는데, 연락처를 알아요."

쓰루미를 미행해온 흥신소 직원이 이웃 주민들 틈에 섞여 당혹스럽다는 표정으로 이쪽을 바라보고 있었다.

나와 쓰루미를 태운 구급차는 바로 사이렌을 울리며 달려 나갔다.

***

'니시오기 중앙병원' 담당 의사에 따르면 사이조 노인이 쓰러진 이유는 급성 심근경색이라고 했다. 아주 위중한 상태라 오늘 밤에서 내일 아침이 고비라고 했다. 쓰루미가 오사카에 사는 사이조의 아들에게 연락했는데, 전화를 받은 며느리는 남편이 오늘 밤늦게나 들어오기 때문에 내일 아침 일찍 출발해도 병원에는 점심때쯤이나 도착할 거라고 대답했다. 쓰루미는 삼 개월쯤 전에도 사이조 노인이 가벼운 심장 발작을 겪었다면서 그때 경험에 비추어 주민자치회 회장과 지역 노인복지 담당자에게도 전화 연락을 취했다. 십 분 뒤, 얼굴이 불그레한 예순 살쯤 되어 보이는 자치회장이 땀을 닦으며 병원으로 달려왔다.

쓰루미는 자치회장에게 면목이 없다는 듯 말했다.

"사이조 씨 곁을 지키고 싶은 마음은 굴뚝같지만 제가 9시에는 집에 꼭 들어가야 해서요. 뒤를 부탁드립니다."

손목시계로 시간을 확인하니 8시가 되려는 중이었다. 나도 이만 가보겠다고 그들에게 말했다. 나는 아버지가 예전에 사이조 노인과 친한 사이여서 오랜만에 방문했다가 쓰러지는 모습을 보았다고 대충 둘러댔다. 내일 전화해 경과를 묻겠다고 하자 구급차를 불러준 덕분에 목숨을 건졌다며 고마워했다.

나는 쓰루미보다 한 걸음 먼저 병원을 나왔다.

7

우메노 팀이 있는 아파트로 돌아오자 쓰루미의 집을 감시하는 일은 거의 박살이 났다고 생각하던 흥신소 직원 세 명이 나를 노려보았다.

"그래, 쓰루미 마사코는 어디 있나?" 우메노가 감정을 억누른 목소리로 물었다.

"니시오기 중앙병원. 하지만 이미 병원에서 나왔을 거야."

"왜 병원에서 우리에게 연락해주지 않았죠?" 이나바라는 흥신소 직원이 입을 삐죽거렸다.

"불평하기 전에 왜 내가 여기 돌아왔는지 알고 싶지 않나?"

흥신소 직원 세 명은 서로 얼굴을 마주 보았다.

"구급차까지 타고 그 노인 옆에 붙어 있던 여자가 9시에는 집에 돌아가야만 할 일이 있다고 했지."

이번에는 흥신소 직원들의 시선이 자기 손목시계와 서로의 얼굴을 바삐 오갔다. 9시까지는 십 분쯤 남은 시각이었다. 세 사람은 말 없이 바로 쓰루미의 집 감시 태세로 돌아갔다.

쓰루미가 집으로 돌아온 시각은 9시 오 분 전이었다. 까까머리 흥신소 직원이 책상 위에 있던 휴대전화와 자동차 키를 움켜쥐고 아파트에서 뛰쳐나갔다. 급히 차량으로 추적해야 할 무엇인가가 쓰루미의 집으로 접근하고 있거나, 아니면 쓰루미가 외출할 때를 대비해서일 것이다. 우메노가 조금은 내 눈치를 보며 책상 위에 놓인 도청 장치 스위치를 켰다. 바로 쓰루미의 집 안에서 나는 소리가 스피커를 통해 들려왔다.

9시 일 분 전에 쓰루미의 집 전화벨이 울렸다. 우메노가 도청 장치에 붙은 버튼 가운데 하나를 눌렀다. 그러자 전화 송수신 양쪽 소리가 더 크게 들렸다. 아마 실내 어딘가에 부착한 도청기에서 전화기 자체에 부착한 도청기로 전환했으리라.

〈나야, 세키야.〉 전화 속 목소리가 말했다. 실내에 긴장과 기대가 뒤섞인 분위기가 감돌았다. 하지만 약 삼 분 동안 전화로 나눈 대화 내용은 그 기대와 긴장을 지워버리기에 충분했다. 세키야 히사시가

〈지금 그리 가도 될까?〉라고 몇 번이나 물었으나 쓰루미는 〈당신하
곤 이미 지난달에 헤어졌어. 다시는 만나고 싶지 않아〉라는 대답뿐
이었다. 세키야가 〈네게 줄 선물이 있어〉라며 환심을 사려고 해도
여자는 들으려 하지 않았다.

"딱 한 번만이라도 좋으니 좀 만나줘." 우메노가 애원하듯 말했다.

〈바로 근처에 있으니 십오 분이면 갈 수 있어〉라고 세키야가 말했
을 때 흥신소 직원 이나바가 '바로 근처가 어디야!'라고 물었지만, 물
론 세키야는 대답하지 않았다.

〈나 일 때문에 중요한 전화를 기다리는 중이니 이만 끊을게.〉 쓰
루미가 전화를 내려놓는 소리가 스피커를 통해 들려왔다.

우메노와 이나바의 낙담한 한숨 소리가 실내에 흘렀다.

"쳇. 세키야가 찾아오기로 해서 9시까지 돌아와야 한다고 한 줄
알았는데 아무 일 없네. 업무 전화를 기다린 거였잖아." 이나바는 내
게 빈정거리듯 그렇게 말하고 계속 감시하던 창가를 떠나려고 했다.

"계속 감시해." 우메노가 호통을 쳤다. "저런 식으로 전화가 끊어
졌는데 남자가 잠자코 물러날 것 같나?"

***

삼십 분 뒤, 이나바가 쓰루미의 이웃인 사이조 노인의 텃밭 뒤편
에서 얼핏얼핏 비치는 손전등 불빛─펜 모양 손전등인지 가느다란

불빛이라고 했다—을 발견했다. 이나바는 '틀림없이 세키야 히사시다'라고 외치며 아파트를 뛰쳐나갔다. 우메노도 '여기서 저놈 움직임을 보고 있어줘'라는 말을 내게 남기고 부하의 뒤를 따랐다.

창문 쪽 감시 위치로 가니 과연 작은 불빛이 노인의 텃밭 부근에서 움직이고 있었다. 얼마 지나지 않아 바로 아래쪽 도로를 우메노 일행이 뛰어 건넜다. 그 발소리를 들었는지 불빛이 움직임을 멈췄다. 하지만 바로 텃밭 뒤편을 향해 뛰는가 싶더니 불쑥 사라졌다. 우메노와 이나바가 반쯤 열린 판자문을 지나 안으로 뛰어드는 모습이 보였다.

하지만 결국 우메노는 그 이상의 성과는 얻지 못했다. 삼십 분 넘도록 손전등을 든 사람을 찾아 돌아다녔지만 결국 모두 초췌한 얼굴로 돌아왔다.

"세키야를 놓쳤어." 우메노가 힘없는 목소리로 말했다.

***

우메노 팀은 회사 지시를 받아 오늘 밤 내내 감시를 계속하게 되었다. 흥신소 직원 세 명은 하나같이 이건 쓸데없는 잠복이라고 투덜거렸다.

나는 아파트를 나와 역 근처 주차장에 세워둔 블루버드를 꺼내 쓰루미의 집 출입구는 보이지만 아파트의 감시 위치에서는 내가 보이지 않는 장소를 골라 차를 세웠다. 이 직업을 저주하고 싶어질 만한 백 분쯤 되는 헛된 시간을 흘려보냈다.

밤이 깊어 자정이 되기 직전, 쓰루미의 집 정면에 짙은 남색 BMW가 멈추더니 클랙슨을 세 차례 울렸다. 나는 시동을 걸었다. 꺼져 있던 쓰루미의 집 조명에 불이 들어왔다. 동시에 건너편 아파트에서 남자 두 명이 뛰쳐나왔다. 아마 우메노와 이나바이리라. 둘은 BMW 쪽으로 달려갔지만, BMW는 그들이 오는 것을 눈치채고 급발진했다. 나도 블루버드 라이트를 켜고 기어를 넣었다. BMW는 똑바로 이쪽을 향해 달려왔다. 두 차는 아주 잠깐 충돌할 것처럼 보였지만 양쪽이 동시에 브레이크를 밟았다. 두 차는 겨우 30센티미터쯤 되는 간격을 남기고 급정거했다.

우메노와 이나바가 달려와 BMW에서 세키야 히사시를 끌어냈다. 그는 많이 취한 것 같았다.

"경륜으로 번 4000만 엔은 어디 있나?" 우메노가 무서운 말투로 물었다.

세키야는 슬쩍 웃음을 지었다. "그런 돈이 남아 있으면 이런 데서 어슬렁거리지 않지."

"돈 어디 있느냐고!" 우메노가 다시 물었다.

"당신들 무나카타 씨가 보낸 사람이지? 내 빚에는 무나카타 씨보다 더 빠른 순번이 있어. 조폭 금융회사인 가부라기흥업 말이야. 경륜으로 딴 돈은 3200만 엔. 가부라기흥업에는 빚 2500만 엔에 이자 500만 엔까지 붙여 갚아야 했지. 안 그러면 날 죽여버렸을 테니까.

남은 200만 엔은 사흘 만에 어디론가 사라지고 남은 건 잔돈뿐이지. 무나카타 씨는 조폭이 아니니까, 설마 날 죽이거나 하지는 않겠지?"

8

잠옷 위에 가운을 걸친 쓰루미는 우메노와 세키야가 각각 차를 끌고 자기 집 앞에서 떠나는 모습을 지켜본 뒤 나를 돌아보았다. 그 눈에는 모멸의 빛이 서려 있었다.

"사와자키 씨, 당신도 저 사람들 동료로군요. 저 사람들과 함께 세키야를 잡기 위해 우리 집이나 이웃을 기웃거렸죠? 그래서 사이조 씨가 쓰러지는 모습을 목격했겠죠. 그런데 병원에서는 마치 사람 목숨을 구한 은인인 척하고…… 혹시 구급차를 부를지 말지 저 사람들과 의논하느라 일이십 분 동안 사이조 씨를 내버려두진 않았나요?"

"저 아파트에 있던 게 나뿐이었다면 분명히 삼십 초는 빨리 달려올 수 있었을지 모르죠. 그 대신 구급차를 부르는 건 십 분 이상 늦어졌을 테고."

그녀는 쓴웃음을 지었다. "당신, 의외로 정직하군요. 정직한 거짓말쟁이네요. 내 주변이 있는 사람들은 대개 정직한 거짓말쟁이……."

그녀가 이야기하는 사람이 세키야 히사시인지 가와무라 요시오인지, 아니면 헤어진 전남편인지, 아니면 그들 모두인지 알 수 없었다.

"여자는 말주변 좋은 정직한 남자를 기다리는데 말이죠. 그런 남자는 어디에도 없더군요. 그렇지만 이게 다 자식을 제 곁에 두고 제대로 키우는 엄마가 되고 싶었기 때문이고, 그 애가 헤어진 아빠와 살고 싶다고 한다면 난 남자 따윈 필요 없죠."

그녀는 저기압이 다가오고 있는 듯한 시커먼 밤하늘을 바라보며 희망은 어디서도 찾을 수 없다는 듯이 머리를 좌우로 젓더니 자기 집 쪽으로 걸어가기 시작했다.

"쓰루미 씨." 나는 말을 걸었다. "헤어진 남편에게 전화해봐주시겠어요?"

그녀는 수상하다는 표정으로 돌아보았다. "이런 시간에? 왜요?"

"당신 아들 마음이 바뀌었을지도 모르죠."

그녀는 설마 하는 표정을 지었다. 하지만 그 눈에는 혹시나 하는 희망적인 빛이 어리는 듯했다. 나는 그녀를 그 자리에 남겨두고 사이조 집 앞에 세워둔 블루버드로 걸어갔다.

대시보드에서 자루가 긴 손전등을 꺼내 사이조 씨 집의 반쯤 열린 판자문을 지나 격자문이 달린 현관으로 갔다. 격자문은 소리도 없이 열렸다. 그러고 보니 이 집은 사이조 노인이 텃밭에서 쓰러지기 전, 여기서 밖으로 나왔을 때 그대로라는 생각이 났다. 손전등을 켜고 현관으로 들어가 구두를 벗은 다음 안으로 들어섰다.

1층에 있는 다섯 개의 방에서는 노인 혼자 산다는 사실을 증명하는 것 말고는 아무것도 발견할 수 없었다. 현관 쪽으로 돌아와 계단을 올라 2층으로 갔다. 2층에 있는 방 세 개에서는 사람이 사는 느낌이 별로 들지 않았다. 하지만 건물 안쪽에 위치한 두 평 남짓한 크

기의 네 번째 방으로 들어갔을 때, 뭔가 움직이는 기척이 났다. 손전
등 불빛으로 출입구 옆 벽에 있는 스위치를 찾아 불을 켰다. 구석 쪽
에 놓인 어린이용 침대에 누워 있던 소년이 졸린 듯 눈을 비비면서
상반신을 일으켰다. 흥신소 직원이 말한 대로 청바지와 청재킷을 입
은 모습이었다.

"괜찮니?" 내가 물었다. 뭐가 괜찮냐는 건지 나도 알지 못했지만.

소년은 불빛 때문에 눈이 눈부신 듯했지만 잠시 내 얼굴을 바라
보고 나서 말했다.

"할아버지를 병원에 데려다준 아저씨지?"

"그래. 보고 있었구나?"

"응…… 할아버지는 괜찮아?"

상대는 아직 초등학교도 들어가지 않은 듯한 어린아이지만 노인
의 상태를 알 권리는 있을 것 같았다.

"심장이 많이 안 좋은 모양이야. 그렇지만 치료가 잘되면 살 수
있을지도 모른다고 의사 선생님이 말했어."

소년은 살짝 울상을 지었지만 울음을 터뜨리지는 않았다.

"너 여기서 계속 지내는 거니?"

소년은 고개를 끄덕이더니 바로 고개를 저었다.

"여기 며칠이나 있었어?"

"일주일인가, 열 밤쯤…… 되었나?"

"너 옆집 쓰루미 씨네 아이지?"

소년은 고개를 끄덕였다.

"이름은?"

"고헤이. 근데 할아버진 겐이치라고 불러."

"넌 가미타카다에 있는 아빠 집에 있었지?"

"응······. 근데 아빠는 출장 가서 다음 달까지 계속 집에 오지 않아. 아빠가 없으면 아줌마가 매일 야단만 쳐서 싫어. 그래서 엄마한테 가겠다고 했더니 어서 가라고 해서······. 전철 탈 돈을 받아서 돌아왔는데 미리 말하지 않고 오면 엄마한테 방해가 될까 봐······."

소년은 입술을 깨물며 울음을 참았지만 눈에 눈물이 고여 있었다.

"그런데 이 집 할아버지가 여기 있어도 된다고 했어."

"자기 전에 마당 토마토 밭 쪽에서 손전등을 켠 것도 너였어?"

소년은 고개를 끄덕였다. 그 바람에 눈물이 뺨을 타고 흘러내렸다.

"혼자 여기 있는 게 무서워서 집으로 돌아갈까 생각했어. 그런데 갑자기 어디서 아저씨들이 날 잡으러 와서 마당 구석으로 숨은 거야. 그 아저씨들은 누구야?"

"걱정하지 않아도 돼. 널 다른 사람으로 잘못 보고 그런 거야."

"그래?" 소년은 좀 마음이 놓이는 듯했다. 그리고 청재킷 가슴 주머니에서 펜 모양 손전등을 꺼내 내게 보여주었다.

"이거 할아버지가 준 거야."

"할아버지 보고 싶니?"

"응."

"엄마도 보고 싶겠지?"

"응."

"아빠도 보고 싶어?"

"응."

대답 소리가 점점 작아지는 듯했지만 같은 질문이 귀찮아 그런 건지도 모른다.

그때 1층 현관 쪽에서 쓰루미가 내 이름을 부르는 소리가 들렸다. 나는 아이가 있던 방을 나왔다. 그러고는 계단이 있는 곳까지 돌아와 아래쪽을 손전등으로 비췄다. 그 동그란 빛 안에 쓰루미가 들어와 있었다. 이쪽을 쳐다보는 얼굴이 무척 창백했다.

"전남편에게 전화했더니 그 사람은 집에 없고, 우리 고헤이가 보름 전에 이리 왔을 거래요." 목소리가 나중에는 비명처럼 변했다.

"적정할 필요 없어요. 고헤이는 여기 2층에 있으니까."

"뭐라고요?"

어머니는 믿지 못하겠다는 표정으로 계단을 달려 올라왔다. 2층으로 오더니 불이 켜진 아이 방을 보고 바로 달려가려 했다. 나는 그녀의 팔을 잡았다.

"아드님을 사이조 씨와 만나게 해줘요."

그녀는 거의 건성으로 고개를 끄덕이고 아이 방으로 가려고 했다. 나는 팔을 잡은 손에 힘을 주었다.

"노인이 살아 있는 동안 반드시 고헤이 군을 만나게 해줘야 해요."

쓰루미는 내 말을 이해하고 고개를 끄덕였다.

나는 팔을 놓아주었다. 그녀는 아이 방으로 갔고, 나는 계단을 내려와 집에서 나왔다.

***

열흘쯤 지나서 흥신소 직원 우메노가 내 사무실로 전화를 걸었다. 그들의 의뢰인은 결국 세키야 히사시에게서 아무것도 받아내지 못했고, 세키야는 경륜 자금 제공자에게 횡령죄로 고발당했다고 했다.

"이건 아파트 빌린 비용을 치르러 갔을 때 들은 이야기인데, 자네가 구급차로 옮긴 영감님은 일주일 만에 세상을 떴대. 그런데 간병해준 이웃집 쓰루미 모자에게 2억 엔 넘는 재산을 남겼다는 거야. 일주일이라는 생명을 더해준 은인은 자네인데, 어처구니없군."

사이조 노인이 2000만 엔을 내게 증여하겠다고 했지만 나는 거절했다는 사실을 우메노는 몰랐다. 2억 엔이라는 돈이 쓰루미 모자에게 어떤 의미가 있고, 어떤 영향을 끼칠지 나는 알지 못한다. 그 돈이 쓰루미 마사코와 가와무라 요시오의 관계에 어떤 영향을 미칠지, 그것도 알 수 없다. 하지만 2000만 엔이라는 돈이 내게 얼마나 위험한지는 아주 잘 알고 있었다.

이 단편은 1995년 11월에 잡지 〈The Mystery Writers〉 임시증간호에 처음 실렸고, 이후 하라 료의 문고판 에세이집 《하드보일드ハードボイルド》에도 수록되었다.

하라 료의 두 번째 작품이자 사와자키 시리즈 두 번째 작품입니다. 이 소설은 제102회(1989년) 나오키상을 받았고, 같은 해《이 미스터리가 대단해!》랭킹 1위를 차지하기도 했습니다. 이듬해 9월에는 한국어판이 나왔습니다. 한국어판은 그 뒤로 오래 절판 상태였습니다. 많은 분들이 구하려고 애를 썼습니다. 우연한 기회에 출판사 창고에 45권이 남아 있는 것을 알게 되었고, 그 책을 독자들 손에 넘긴 것이 2005년 4월입니다. 그 뒤로도 많은 분들의 요청이 있었는데 이렇게 다시 소개할 기회를 얻었습니다.

하라 료는 워낙 과작인 작가라 새로운 소식을 자주 접할 수 없습니다. 옮긴이가 과문한 탓이겠지만, 제가 접한 작가 인터뷰는 2008년 3월에 발매된《이 미스터리가 대단해! 20주년 기념 영구보존판》에 실린 것이 마지막입니다. 그 인터뷰 말미에 작가는 이렇게 말합니다.

《어리석은 자는 죽어야 한다》(탐정 사와자키 시리즈 네 번째 장편)이
후 사 년이 지났습니다. 원래는 사와자키 시리즈 다섯 번째 장편이
이미 독자의 손에 있어야 하는데……. 사실 거의 완성했는데 이런저
런 사정으로 조금 애를 먹고 있습니다. 독자 여러분께 좋은 작품을
드리고 싶어서이니 부디 조금만 더 참아주시기 바랍니다."

즐겁게 기다리면 되겠습니다.
하라 료를 처음 읽고 이제 두 번째 작품을 우리말로 다시 소개하는
사이에도 많은 것들이 변했습니다. 잠시 힘들더라도 결국 좋은 방향
으로 가는 변화일 것입니다. 원작자의 후기와 단편도 뒤에 붙어 있으
니 옮긴이 후기는 쓰지 않았으면 했지만 짧게라도 쓰자는 편집부의
뜻을 받아 후기를 마무리하며, 비채 편집부 여러분께 감사드립니다.

2009년 어느덧 6월
옮긴이

비채 편집부는 이 개정판을 일찍부터 준비했습니다. 그러나 제 작업 일정이 여의치 못해 차일피일 미루다 이제 마무리하게 되었습니다.

이 개정판에서는 이전 판에서 부족했던 여러 부분을 바로잡았습니다. 그사이 강산도 변한다는 십 년 넘는 세월도 흘러 적합하지 못한 표현이 되거나 어색한 부분, 실수를 편집부의 꼼꼼한 도움을 얻어 손질할 수 있었습니다. 오래 걸린 만큼 독자 여러분의 만족이 더 크리라 믿습니다.

아울러 전에 하라 선생의 문고판 에세이집 《하드보일드》에 실린 단편소설을 개정판에 추가하게 된 점은 작업하며 큰 즐거움이었습니다. 우리 삶을 온통 혼돈으로 몰아넣은 코로나19는 물론 앞으로 닥칠 어떤 어려움도 잘 이겨내실 여러분에게 작은 격려의 박수가 되기를 바랍니다.

시간은 버티고 이겨내는 사람들의 적이 아니라 동무입니다. 내 동무의 선의를 믿고, 어깨를 걸고 함께 이겨냅니다.

2022년 꽃 피는 4월

옮긴이

내가 죽인 소녀 블랙&화이트 **016**

1판 1쇄 발행 2009년 06월 29일 **2판 1쇄 발행** 2022년 5월 16일
지은이 하라 료 **옮긴이** 권일영
펴낸이 고세규
편집 박정선 **디자인** 조은아
마케팅 이헌영 **홍보** 이혜진

발행처 김영사
주소 경기도 파주시 문발로 197(문발동) 우편번호 10881
등록 1979년 5월 17일(제406-2003-036호)
주문 및 문의 전화 031)955-3200 **팩스** 031)955-3111
편집부 전화 02)3668-3291 **팩스** 02)745-4827 **전자우편** literature@gimmyoung.com
비채 카페 cafe.naver.com/vichebooks **인스타그램** @drviche **카카오톡** @비채책
트위터 @vichebook **페이스북** www.facebook.com/vichebook
ISBN 978-89-349-7515-1 03830
책값은 뒤표지에 있습니다.

비채는 김영사의 문학 브랜드입니다.